中国小说年度精选

（上）

辛　茜　主编

新疆生产建设兵团出版社

图书在版编目（CIP）数据

中国小说年度精选（上、下） / 辛茜主编． — 五家渠 ：新疆生产建设兵团出版社， 2019.6（2023.5 重印）
ISBN 978-7-5574-1219-7

Ⅰ．①中… Ⅱ．①辛… Ⅲ．①中篇小说－小说集－中国－当代②短篇小说－小说集－中国－当代 Ⅳ．①I247.7

中国版本图书馆 CIP 数据核字（2019）第 007356 号

中国小说年度精选（上、下）

主　　编　辛　茜
责任编辑　王云泽
出版发行　新疆生产建设兵团出版社
地　　址　新疆五家渠市迎宾路 619 号
邮　　编　831300
电　　话　0994-5677185
发　　行　0994-5677116
传　　真　0994-5677519
印　　刷　河北鑫彩博图印刷有限公司
开　　本　16 开
印　　张　40.5
字　　数　560 千字
版　　次　2019 年 6 月第 1 版
印　　次　2023 年 5 月第 2 次印刷
书　　号　ISBN 978-7-5574-1219-7
定　　价　98.00 元（上、下册）

目录
Contents

序

李林荣

一

套用一句流行语，每一部醒目标示着年份数字的年度文学作品选，都好像在无声地感慨：又一年过去了，我很怀念它。尤其是小说的年选，满本所载，都是对虚构的人与事绘声绘色的叙述。这叙述无中生有，却又俨然为真，全靠字字句句砖石砌墙似的堆垒筑造、细针密线似的连缀缝合。在处处喧嚣、时时躁动已成世情常态的当下，还耐得住性子着力于创造、经营虚构的世界和虚构的故事，乍看起来，这简直有点遗世独立、御风而行的奇逸做派。

但细读文本，感觉往往正相反。包括眼前这一年在内，几近二十年间，纯文学期刊上新进的小说作者和新出的小说作品，大都不约而同地采用了贴在地上匍匐前进或离地不远的低空飞行姿态，来施展虚构的本领。此情此景，当然不妨理解成小说创作整体上推移到了一段地心引力急骤加大的历史进程中，顺应或克服这股强力，都需要做出向大地靠拢的选择。而更恰切的理解，也许是小说创作本身已经越来越显著地发展出了一种表达和承担作者现实生活际遇中的惶惑感和缺失感的精神补偿或心理治愈功能。

从小说文体变迁的大背景和长时距坐标系上看，当前小说的这种趋近甚至依傍于现实，并且叙事姿态显得特别谦卑、低调，似乎少了某种天马行空、自成一格的勇气和灵气的情形，远算不上是破题头一遭。唐宋传奇和明代的三言二拍里，就涌动着这种以超然物外的架势来关切和描摹人间烟火、俗世纠葛的叙事潮流。与不以叙事为长，也不以虚构为本的诗和散文相比，小说因叙事而宏阔详备，因虚构而境界自足。宏阔详备，便于盛纳完整细切的世相；境界自足，适合生发系统化和全景式的反照、覆盖、超越现实生活逻辑的观念、价值想象。

美国汉学家浦安迪在明清四大或六大奇书（即我们通常所称的四大古典长篇小说名著再加上《金瓶梅》《儒林外史》）中所揭示的中国人特有的世界观、价值观，表面上与在这些作品之外和之前已存的五行之说、阴阳之学同名同理。实际上，在相同的名目和道理之外，表现和保存在这些小说里的，已是纯度跟现实社会中传承的一整套观念、逻辑完全不能等同的另一套观念、另一套逻辑。只不过，由于“道可道，非常道，名可名，非常名”，言说之难终于造成了辨识之难，说起来和体会起来常常只能混为一谈、归为一气罢了。

简而言之一句话，近年的文坛上，现实主义的套路确实在复活和流行，但与现实主义最初作为浪漫主义和自然主义的克服力量和超越出路而兴起时的状况迥然有异。如今现实主义还魂再起，取材和技法操作照旧，创作过程中的精神驱动、理性支撑却多已空虚，因而所得的作品往往只能徒具现实主义之表，在现实主义文学经典最见长的把握现实和理解、阐释现实方面，却没有足够充沛的激情和信心。

但即便是冲击现实的力道有所不足，只要真切实在，恰当地借用现实主义传统中存留的精到手法，作品也有可能别具神采，在文学创作技巧和文体建构工艺的进步序列里占得一席之地，以至于成为衔接今昔、开启未来的有机一环。这一点，在辛茜所编的这部中国小说年度精选里，就能看得很清楚。

二

全书二十余篇中短篇小说。依作品风貌论，清一色走的是现实主义的路子，而在主题蕴意和精神气象上，这些作品大都徘徊在无意对生活进行哲学式的透视和总体性的把握的层次。浮游在个别的和具体的素材表面，拒绝或者无力渗透、沉浸到生活点滴和社会关系的内部，这当然也可以是一种叙事策略。特别是面对庸庸碌碌的消极气息过于浓厚、碎片化和原子化的身心状态极为普遍的社会生活场景和文学创作素材的时候，假如能够恰如其分、精准有力地捕获这个平庸、消极的情境所独有的那些足以触动人心之处，无论仅仅是感性层面的一点别致的瞬间体验，还是亘古即有、在现实的疲态中也仍然保持和散发着温热、光亮的精神节律，只要捕获到并且呈现出了，这样的作品，也就是有价值的。换句话讲，这些力度、深度和饱满度较之经典都略显欠缺的作品，很可能正是成色十足的现实主义创作诞生乃至旺发之前的一段序曲。

列于卷首的《海里岸上》（作者林森，原载《人民文学》2018年第9期），显然在编者辛茜看来，具有可当全书门面的分量和意义，其题材设定在当代小说中较乏杰作、名篇的海洋生活。只是主人公老苏一登场，就已然带着祖辈航海的家世背景和自己本身也是资深渔民的身份，主动退出了“做海”人的行列。伴随着渔业的衰微，南海之滨的小镇已落魄凋敝多时。在小说叙事开端处，小镇重又昂扬活泛起来，走上了旅游开发的大规模建设之路。老苏记忆中和血脉中积淀的出海行船、打鱼谋生的老规矩和老传统，经历了萧条、荒废、淡忘的三部曲式的消磨之后，正要面临连根拔起、万劫不复的彻底灭绝。甚至连自信早已与这些深沉的记忆、熟稔的技能合铸为一体的老苏本人，应人强邀重新出海领航之际，竟然也丧失了老渔民、老船工那种本能似的抗御和化解晕船的体魄。更尴尬的是，作为老苏一向引以为傲的渔船船长世家镇宅之宝，祖传的《更路经》和罗盘，也在老苏父子既不情愿但又确属主动的取与舍的抉择中，换成了新物件。临到结尾，再次回到海上，迎风掌船的老苏手指前方，以内心独白确认了自己的坟墓必得选在出海途中、大洋深处。这个细节，事实上已成一个凄怆决绝的仪式或典礼。确认了大海作为生命归宿地、人生终止点，也就确认了海洋生活与岸上的陆地生活或乡土生活等价的意义与品质。“海里”就是“岸上”，“岸上”也是一种“海里”的形式。

这么一来，《海里岸上》从老渔民、老船长的沧桑心事中展开的叙述，也就不只是渔民传统生活方式的消逝与由此引发的一曲咏叹调式的挽歌，更是用渔民生活和海洋文化来击破或者揭穿陆地上的乡土生活长期依赖的那层观念迷障和文化外衣：依赖于波澜不息、广袤无垠的海洋，人同样可以建立起稳定、强固、深厚的生存根基意识和认同情感。而老苏得自祖传的“做海”人本领在他晚年失而复归的一番曲折，则证实了依赖于海上生涯的生命价值认同，每一点滴都来自主动的习得和艰苦的磨砺，并不存在丝毫的天赋或神奇世袭。《海里岸上》的犀利之处，也许正在这里。尽管它并没有散开视点，引入一个农耕出身的陆地版的老苏的故事，作为衬托和参照，但全篇读罢，可以明显感觉到，从海上生计和渔民世家的叙事中，衍射出一层指涉更广的意味：陆地上的农人以至一切披挂了传统和祖辈印记的古老活法、身份认同，说到底都和老渔民老苏的自我意识一样，终究是个人切实的历练。如果不能承担这种历练带来的艰辛，就像老苏自己的儿子似的，纵有渔民世家的出身，也会脱落在所谓祖传之业的圈外，甚至反过来有意无意地毁坏这种家世传承。

无独有偶，类似的主题另一种形式的表现也见于书中所收的洪放的中篇小说《人烟》（原载《清明》2018年第4期）：淮河流域豫皖交界地带的一个村庄，建造了大半辈子庙宇祠堂的老匠人庄约之，趁着一息尚存，让年岁也已尽在半百开外的四个儿女用竹床抬着，在冬至时分，游遍村庄四外，却不道明就里，所到之处多为颓塌已久的废墟或遗址。只有在当初建造过它们的庄约之的心目中，这些倾圮得看不出原状原貌的庙与祠，才是神完气足、永远超乎形迹的精神驻地。祖先的魂灵，神祇的暗示，都在此盘桓长存。而庄约之的幸运，则是他的后辈中多少还有能够理解他情怀所系的人。虽然与《海里岸上》老苏的儿子一样，祖传的信念和这种信念的证物，终将不免在本该传续它们的后人那里被改变或被断送。

一南一北，一海一陆，林森和洪放为因消逝而显得宝贵和格外值得轸念的生活方式、生存信念，谱写了咏叹调式的挽歌，又同样由于选择了小人物的心事、心迹作为基调，所以避免了强烈的戏剧性，收敛了抒情和寓意的深广幅度。这种轻拿轻放的处理，正好给细切的生活场景和故事氛围的描摹刻画，留出了余地。凡常人生的感喟，无具体指向、无特定主题的愁绪，恰使哀而不伤、怨而不怒的审美意味从容滋长，并且蔓延开来。

在网络小说和自媒体写作支撑起来的制式的轻阅读和浅阅读体

验极度普泛的今天，纯文学创作正需要发扬这种一方面发掘和聚焦日常岁月里无事的悲哀，另一方面放大和定格生活细节层次的完整气脉和感性经验的艺术表现力。在宏大的议题尚未形成，或者暂时轮不到小说来承担的时候，小说把握生活常态和常态人生体验的技巧理应充分磨砺，尽力趋于完善。反过来讲，能否从日常场景和庸常人生中写出由精细而来的力度，触动人心甚至触动某一文类创作技巧经验的边界，即成为此时衡量小说创作手法得失成败的主要标尺。

在这一点上做得相对突出的，还有冉正万的短篇小说《一只阔嘴鸟》（原载《长江文艺》2018年第1期）。似乎已被许多小说，包括一些宣传过度的、把题材标签化了的长篇小说反复写过的老年心境、老年人日常生活的特别体验，在这里得到了简约而又流畅、自然、细腻、深切的呈现。仿佛是《跑步穿过中关村》的一抹余音或一段续篇，徐则臣的《兄弟》（原载《大家》2018年第3期）把“北漂”小人物相濡以沫的生活悲喜剧，推到了新的时代布景下：“低端人口”疏解出城，违建一律拆净推平。大幅度的背景推移中，都市漂流族中的新一代青年执着寻梦的故事继续上演。简易房坍倒之后形成的单薄废墟里伸出的那只捏着老照片的手，顽强地宣告“花街”来的少年们绝不会轻易从他们儿时梦想升起之地远远撤走，更不会因为阻力和压力的出现而顺势就地倒下。这个作品的题旨显旧了，写法也沉稳平实，一如十多年前的《跑步穿过中关村》，细腻生动的程度虽未达到徐则臣近年小说创作水准的高限，但总体看还是以工笔式的描写见长之作。

三

胡学文的《龙门》（原载《花城》2018年第3期）、朱山坡的《深山来客》（原载《芙蓉》2018年第5期）、马晓丽的《陈志国的今生》（原载《北京文学》2018年第6期）、季宇的《金斗街八号》（原载《长江文艺》2018年第13期）、石钟山的《机关兵》（原载《北京文学》2018年第7期），都属于以故事或叙述形态总的架构见特色的一类小说。《龙门》的推理情节与交叠并置的多线叙述，合力作用，把读者引入了与情节本身同构的悬疑迷局之中。《深山来客》带有笔记与寓言风味。瑶民幽居鹿山被蛋镇人视为世外桃源的活法，但一对中年夫妇定期来蛋镇，专为妻子看电影缓解病痛和抑郁，这一幕的插入，将蛋镇人的鹿山想象和自我认知通通打破。而那对夫妇戛然而止似的隐身敛迹，又将蛋镇人刚被打破的对人对己的习见，连同鹿山夫妇似真似幻的来与去，一概化为婆娑心影。

《陈志国的今生》以人名唤狗，以记人的神情语态讲述宠物在主人家的“一生”经历。小题大做，庄谐并用，衬底的调子还是一派郑重、满怀凄婉，为故事中的家庭宠物，也为一切生有尽时的生灵、性命。《金斗街八号》依作者写熟了的题材和套路而来，有演义的色彩，更近乎通俗故事，人物脸谱化和情节程式化的痕迹很重，但也展示着话本传统在当代小说中神气活现、续命再生的能力。《机关兵》重述对越自卫反击战参战者一代军人的青春故事。师机关大院里几名男女兵的朦胧爱情，做了血与火的历练和牺牲这一短促结尾的舒缓前奏。整体的情节架构犹如回旋曲那样，从对位变调的柔和慢板中，渐渐烘托出深切、沉重的主题强音。不过，有2017年严歌苓发表的《你触碰了我》及由其改编的电影《芳华》在前，《机关兵》的故事和格调设定，多少显出些追随仿作之态。

《枪墓》（原载《山花》2018年第10期）的作者班宇新进文坛，其创作上的锐气和新意已广受瞩目。但《枪墓》在这方面表现并不突出，它的情节组织和叙述安排，取了邱华栋20世纪90年代中后期隆隆作响的“城市战车”系列小说的路数，而剪裁精炼、叙事的利落却又远有不及。凌乱杂沓的印迹密集，令人难以给予妥帖的阐释、化解。这或许是一种探索和实验，但也可能仅仅是情节构思和叙事处理失之粗率所致，并无深意可究。赵宏兴的《旅行》（原载《天涯》2018年第6期）和王新军的《悬泉》（原载《朔方》2018年第1期），分别以第一人称和第三人称展开讲述，内容上却恰好相反，第一人称讲的是别人做主角的故事，第三人称所述，却属叙事学和符号学理论家赵毅衡揭示过的那种“隐身的第一人称叙述者”，在直陈人物内心感受。两篇小说都触及了现实人生常态中多数时候都比较隐蔽和短促的同一情状：婚前的惊悸或惶惑。因婚事临近，内心莫名忐忑加剧，有的人会在感情和理智两方面，都像电线短路似的发生瞬间的“休克”。而这正和起跑线上凝神屏息、蹲踞静候的预备动作完全同理，表面看来是纹丝不动、身心停摆，实际却是在为凌厉果决的断然一举蓄势发力。

肖勤的《去巴林找一棵树》（原载《十月》2018年第6期）、姚鄂梅的《旧姑娘》（原载《长江文艺》2018年第23期）如果放在网络小说平台上，很容易被归类为医疗文。与网络小说中的医疗文多习惯嫁接、穿插一点异能传奇因素的做法有别，这两篇小说坚守了传统现实题材小说摒除玄虚的底线，在耐心刻画病患和医疗细节的同时，还努力把故事线和人物心理走向牵连到见证和感悟个体生命价值的层面。《旧姑娘》的故事核心设定为治疗乳房疾病，因此还带上了女性主义身体叙事的某些成分。像这样在选材阶段即已获得占位优势的作品，叙事形式和题旨内涵如何能够安顿得更精心更深切，还有待进一步尝试和开掘。

邱华栋的《鹰的阴影》（原载《长江文艺》2018年第17期）、武歆的《去圣地亚哥讲故事》（原载《西部》2018年第5期），一占登山题材，一占跨国交往题材，也属于从取材环节就已先声夺人之作。对于这些即使在类型繁复且快速扩容的网络小说写作的世界里，也还尚处未开垦状态的崭新题材，纸介质的传统小说却已捷足先登、挥锹动土，率先经营起来。而这样的经营，究竟是只着力于观照中产阶层生活状态、生活观念和生活空间的新变，就已足够，还是继续延展到更宽广开阔的视野和景深中，把一个阶层的崛起和挣扎、潇洒和纠结、期许和怨念，跟社会文化肌体的心脏和筋脉关联起来，会更加精彩？同样，也需要再有一系列类似的创作实践来应答和验证。

马金莲的《我的姑姑纳兰花》（原载《民族文学》2018年第8期）直接冲击了少数民族生活中的家暴题材，选材勇气可嘉。但可能正因为取材特殊，缺乏相应的叙事文本参照，所以表现题材的手法偏于生硬，没能自如地展现出作者以往的小说里常见的那种细腻感和精巧劲。苗秀侠的《扎手的麦芒》（原载《安徽文学》2018年第10期）和刘烨玮的《透明的翅膀》（原载《绿洲》2018年第3期）两篇乡土题材小说，试图走诗化叙事和诗意造境的路线，但写法并不十分到位，叙述行文多袭用熟词习语，少了些必要的语体细节和文体布局上的陌生化构造。因而，作品面目流于陈旧。

四

纵览这部将由新疆生产建设兵团出版社出版的中国小说年度精选，赞叹编选者辛茜凭借自己长年从事文学编辑和出版工作的扎实专业积累，广泛联系各家文学期刊和各地优秀作家，网罗佳作，用心遴选，以求尽可能全面完整和多方位多侧面地汇集、凸显过去一年小说领域的各路标志性收获，自然不待赘言。小说在时下文坛内外特定的气候下，以何等作为才能适得其所、适当其时地发挥应有的社会作用、实现应有的精神价值？这样的问题，也更因通读这部书稿而变得迫近起来。对此，收在这本书里的《海里岸上》《人烟》等几篇小说，已用它们创作机理上的种种抉择，给出了某种回答。

其实，又何止现在这些作品呢？生逢盛衰交变之世，为社稷苍生写过慷慨壮词，也为一己遭逢写过清丽小诗的杜甫，距今一千多年前，早用他那首后来几乎每一行都流传成名句的五言诗《赠卫八处士》，替文学的本色担当做了最好的证明："人生不相见，动如参与商。今夕复何夕，共此灯烛光。少壮能几时？鬓发各已苍！访旧半为鬼，惊呼热中肠。焉知二十载，重上君子堂。昔别君未婚，儿女忽成行。怡然敬父执，问我来何方。问答乃未已，驱儿罗酒浆。夜雨剪春韭，新炊间黄粱。主称会面难，一举累十觞。十觞亦不醉，感子故意长。明日隔山岳，世事两茫茫。"（标点及字词细节依上海辞书出版社1983年12月出版的《唐诗鉴赏辞典》）

确实，文学力弱，小说终小。弱小者的能力，总要在它担当得起的分量或重压下，才会显示得最好最有效。世间有大风云大变幻，文学可以折射，可以遥感，可以远眺，直接介入其中则机会不多，且常无必要。尤其对于小说而言，力所能及的正道，永在做街谈巷议、丛残小语状的倾诉与讲述中。恰如上引杜诗所示：纵为死生之事兴叹，也唯有定格失声惊呼、心浪翻滚的那一刹那，才最见深切；纵为茫茫世变感慨，也还是以安然叙述老友重逢共享一顿家宴的经过，为艺术最上乘、情理最合宜的表达。

2019年5月11日于杭州旅次

海里岸上

林　森

岸　上

午后三点半，老苏搬着条凳到家门口不远处的木麻黄林中，开始他一天中最惬意的时刻。木麻黄林里吹过来的海风，裹着浓重的腥臭味。这种味道好像能腐蚀一切，海边人家的门窗，若非擦拭上厚厚的油漆，就会在其摧枯拉朽之下，锈迹斑斑。有的人锁上房门离开半年，回家时，阳台、窗口的防盗网就会在手掌的揉捏下，碎成满地锈渣。唯一能抵御海风侵蚀的，只剩下海边生长的植物，尤其是木麻黄。木麻黄在海风的梳理之下，针叶根根分明，好像是浮动在空中的有形光线。老苏的工具不复杂，不过是木工用的小斧头、凿子等，加工对象是一块木麻黄树的老根。两年前的那场超大台风，让靠海的地方满眼狼藉，风过后他走在满是残枝断干的木麻黄林里，内心滴血。一棵被风连根拔起的木麻黄树绊倒了他，爬起后，他望着那棵木麻黄，心有所动。几天后，他借来锯子、斧头，把老树根截断，找来两个后生，抬到院子里放着。老树根在院子里放了快两年，他还没动手，在此期间，他买了木工工具，在很多小玩意儿上练手。真正对老树根动刀，是在大半个月前——他觉得，可以开始了。

他把交错的根须全都除去，剩下光滑的木块。他学会了用铅笔、量角器、尺子等画图——那是一艘船的造型。他想把那艘记忆中的船，以缩小的方式，用一整块树根雕刻出来。他并不急于完成，每天在这片树林里的时光，是独属于自己的。阳光仍然猛烈，海面吹过来的风是有重量的，但从此时到傍晚，风会越来越凉快。他刻几刀，就停下来，抽一根烟。收拾回家之时，地上丢了半包烟的烟头。他其实很少坐到暮色四起，而是在五点左右收拾整齐，到镇上的茶馆里喝杯下午茶。镇子和渔村挨着，是海南岛上最著名的一个渔港，多少年来，一代代“做海”的人，从这里扬帆航向广袤的南中国海。穿过村头往北就是港口，但他步子很急，不敢多看那个他离开、回来无数遍的海港。他已经很久没有机会到海上去了。

茶馆里人声鼎沸。说话的人为了压住杂音，只能把声音喊得更高——人人都在嘶喊，却连对面的话都听不清。老苏还是听到了一些，大概是关于这座小镇的。小镇近些年已经完全变样了，早先那个落魄、凋敝甚至可以说被某种悲伤笼罩的港口，显示出某种迸发、昂扬的新面貌，高楼快速建起，还修建了海洋工艺品一条街，引来不少游客。街角那家店，据说生意最好，老板早已是千万身家了。但有人觉得发展的速度还不够快，还得提提速——提速最好的办法，是得到上级部门的重视。

其实，镇里在出方案时，问过老苏意见的。他在会场听着，只是听，一言不发，被问急了，就说：“我不出海多年了，脑子又坏，这些东西，哪懂？”后来证明，他的沉默让他保留了一些脸面——和他年纪差不多的老渔民阿黄，中气十足地提了几十条建议，条条言出有据，没一条被采纳。最终的方案，是北京一个文化公司的三个90后设计师拍着脑袋做出来的，眼尖的人，可以看出《海贼王》和《加勒比海盗》的气息。但不管怎样，这镇子算是焕然一新了。各级领导在镇上的行程，通过电视、报纸、网络等媒体的报道，把镇子推到了全国人民面前，给小镇带来了很多陌生的面孔。

领导考察之后，镇里尊重阿黄，给他写了一封信，感谢他为小镇的发展建言献策。阿黄把那封信甩在老苏面前，脸变成了彩光灯，各种颜色交替闪耀。老苏说："阿黄，消消气，你也活这么久了，气还这么大？该提的建议你也提了，人家感谢信也给你写了，你还气什么？吃茶，吃茶……"

"我们这些人，就该死在咸水里，不该留下来见这个！"阿黄再拍桌子。

"吃茶，吃茶！"

阿黄不作声了。

老苏年轻时出海，和阿黄从未同船过，但他听过阿黄的勇猛之事。阿黄的水性好到在海里就正常、上岸就发晕，他曾说过，把他四肢捆绑丢到海里，他仅靠耳朵根、舌尖划水，也能安然无恙回到渔村。但阿黄却是同一辈人里最先走下渔船的，五十五岁一过，就浑身不适，海风一吹便骨头痛——据说是他泡在水中的时间过长，寒气侵入了骨头深处。这事也让阿黄在同辈人面前抬不起头，凭什么那些家伙比我在船上多待十几年？他还变得神经敏感，一看到别人低头说话，就觉得是在暗中嘲笑他，脾性愈加暴躁。一暴躁，身上一些关节就发痛，又得压抑着，压出一肚子闷气。他是一名自恨没有死在海中的好水手。

阿黄去木麻黄林里看过老苏的雕刻。他前前后后细细看了十多分钟，越看眼睛越发红："你在刻那艘船啊？你在刻那艘船啊……"老苏取出一根烟点着："你能看出是哪条船？渔船不都长一样嘛！"阿黄摆摆手："哪里一样，不一样，我知道的，你刻的，就是那条船。当年要不是我运气好，生了一场病，没赶上出海，我也随着这船，死在南海了……我该死在海里的……我觉得我是偷生的人，这些年都是偷偷活下来的。晚上睡着，骨头缝里，海风直接穿过去，把人都打散了……"

老苏拍拍阿黄的肩膀："这真不是给你刻的，我哪知道你心里想着啥，我给自己刻的。闲得慌，手不动一动，人就傻了。"

阿黄也拍拍老苏的肩膀："你还会刻这好东西，我也有一件宝贝，藏着没给任何人看，来来来，你跟着我，带你去看看！"

"不去，不去。你能有什么好东西。"

海 里

“出海的人，永远不能喝酒，否则你总会在醉后淹死在水里。”——数十年前，老苏的父亲在老苏上船之前，已经无数次这么警告过他。老苏当然是懂得水性的，他三岁的时候，已经能独自在海面划游，在大人们的笑声中玩潜入水中又浮起的游戏。这不算啥，哪个渔家孩子不这样呢？但近海划游与登上渔船出征远海，是两回事。出海，是男人的事，岸上是属于女人的。风浪和噩运，被男人的身躯挡住，女人们则要面对难熬的等待和寂寞的无眠。

出远海之前，老苏所有关于海的记忆，都跟黄昏和月夜有关。

黄昏是酸楚的。通信不发达的很多年里，等待是唯一的联系方式。女人们每到黄昏，就会在岸边的木麻黄树和椰子树下遥望大海，希望铺满黄金的水面上，出现一个黑点。黑点逐渐变大，变成她们的男人以及船舱里的鱼虾。这样的等待，有等到的欢喜，也有颗粒无收的失望——有时是绝望，出海的男人和那艘船，永远留在某一次风浪里了。月夜则是欢腾的。当月夜下有人，说明渔船已安然回来，女人们悬着的一颗心，暂时回归原位。渔获从船上被卸下，在月光下，鱼虾蟹闪耀着奇特的光泽。有些竟然是透明的，月光穿过鱼虾的身体，散发着晶莹的光。这是小孩子的节日。

老苏十三岁第一次上船。父亲是在出海的那天早上，才告诉他这个消息的——若提前告诉，怕他过于兴奋，睡不好，影响在船上的状态。船离开岸边的时候，老苏陷在兴奋里，不去看岸上老人和女人的挥手。船驶向碧蓝深处，兴奋很快化为乌有。四望全是一样的，只有水天，只有单调到花眼的碧蓝色，航向掌握在父亲手里、心中。船行半天之后，老苏已经把该吐的都吐出来了。船员上前帮他捏肩捏背，被父亲喝止了：“才刚开始，后面两个月都要在水上，怎么受得了？让他吐！”

父亲不理在船上打滚的他，只顾观看太阳，对照着手中的罗盘，有时会从怀里掏出一个被布裹得严严实实的小包，打开那本纸张灰黄的小册子。那么多年了，识字不多的父亲，已经能把册子上的文字背下来了，可海上航行，马虎不得，还是得拿出来印证一下记忆。小册子上，写着这片海域所有的秘密。翻滚到肚子疼，翻滚到口腔泛酸、泛苦，翻滚到无力呻吟。父亲还是不理他，也不让船员过去。

傍晚时，海面平静，有人给父亲换手，父亲把罗盘交到那人手中。父亲下到船舱里，用毛巾沾染了一点淡水，递给他。他接过毛巾时，手是发抖的，可他眼中的恨意并不消减。父亲淡淡地说："要出海，这一关得熬过去，谁也帮不了你。海风吹了一天了，你用毛巾擦擦脸、擦擦裤裆。风咸，不擦要烂掉。"握着父亲递过来的湿毛巾，他发抖的手抬都抬不起来了。父亲伸手扶住他的后背，用力在他肩膀一捏，又抢过毛巾，盖在他脸上。毛巾掀开，好像揭开了一层厚厚的海盐面具，脸上一阵凉意。父亲把毛巾塞进他裤裆，他挣扎而起，呕吐到一动就肚皮刺痛，也不管了，推开父亲的手，自己擦着裆部——淡水少，不能洗澡，这是唯一要优待的部位。

这一趟出海，父亲没给他安排捕捞的活计，只任他在船上不停地呕吐，只任他学会在海上的第一件事——习惯晕船。

岸　上

老苏生了两男一女，女儿是老二，嫁到别的县去了。老三读完大学，没有回海南岛，留在上学的那个城市，成了市民，虽然时不时会在电话里说想念家里的海鲜什么的，但他每年回来的次数是越来越少，他的小孩已在那个城市读幼儿园了，老苏也只见过一回，语言也不通——终究和自己、和这片海没什么关系了。距离最近的是大儿子，就在镇上经营着一间铺面，卖的是砗磲贝加工成的工艺品，还和海水相关，但他已经不出海了，只是从人家手中进货、卖出而已。海上的生活太辛苦，老苏自然不愿儿孙们再继续走自己的路，可……想到祖先多少代人以海为田，儿子这辈却远离了，老苏还是涌起一阵阵怅然。父亲从祖父那里接过《更路经》和罗盘，后来传给自己，自己要递出时，眼前空荡，没人接手。

大儿子在镇上建了四层楼，叫他来一起住，热闹些，他说：“住不惯。”倒也不是住不惯，只是老家若是没人看着，几个月后回来，家里的一切估计全都锈为粉末了——只有人的目光，能保护家中一切物品抵御海风的侵蚀。

这一天，大儿子到木麻黄林里找他，在旁边静静地看着，等着他把一天的雕刻任务完成。望着那一地烟头和被挖下来的碎屑，大儿子默默地帮着父亲搬椅子、锯子、斧子。

老苏问：“有事？”

“不就是想回来跟你喝两杯嘛！爸，你不愿到镇上跟我们住，我不放心你。”大儿子笑了。

“别绕弯弯。”

大儿子不再嬉笑：“爸，你也知道的。还是那事，正式通知已经下达了，砗磲不让卖了，我的钱全压在里面，若是这些货出不了手，我下半辈子全丢进去，也还不了人家的钱……”

“当初我就跟你说过，这东西不能卖，你偏不听，怪谁……”

“谁料到会这样？当时镇上的店铺都卖，也不是我一家。何况当时镇上也是鼓励卖的，一艘艘船远赴南沙、西沙，把砗磲捞回来，有厂子加工，我们不卖，别人也要卖啊，发财的人多了去了。前两年上头领导来，镇上不也还卖着？若不是你当年挡着，我早点进去，早赚到大钱了。我进去太晚，你看，才搞了一年多，又说不让捞、不让卖了，这不搞死人嘛。”

“砗磲是海底的灵物，你们捞上来卖，这是什么？出海的人，不干这种事的，你们……我早讲了，这事不能持久的。”

“爸，这时再说这个，没用了嘛，我就是想把损失减到最小。”

砗磲加工产业在镇上发展了四五年，大批人以此为生，镇里也曾出了相关规定鼓励砗磲加工产业的发展，可最近，省内出台了《珊瑚礁和砗磲保护规定》，要求两个月后，禁止对南海砗磲的开采、加工，这使得兴盛了四五年的小镇，陷入一片哀号。禁卖时间快要到了，那些囤货多的，忙着要把货出手，买家手头捏着钱，就是不愿说个爽快话，砗磲价格一路下跌。老苏的大儿子看着堆在库房里的货，倒数着禁卖的时间，急出了通红的双眼和满口腔的溃疡。

“你想怎么办？我又不认识什么老板，哪有本事帮你把东西卖出去。”

“爸，其他的事，你别管。有个记者朋友，姓宋，他听说你是老船长，通过朋友找到我，想来采访采访你。我知道，妈过世后，你现在越来越不愿见人——连我们这些子孙都不想见了——你也不愿谈那些船上的事，但我不是没办法嘛。宋记者说了，他认识一些想收砗磲的老板，你就配合他做一下采访，他认识的人多，后面他给我介绍点生意……”

“就是说说话？”

“就是说说话！”

宋记者三天后来到渔村。大儿子安排他跟老苏相见后，就急匆匆返回镇上去了，有人打电话给他，说要去看货。宋记者三十多岁，矮墩墩的，几个相机挂在脖子上，简直要把他压趴下。腰间的包里装满各种镜头，显得更矮了。他说：“您忙自己的，我先拍拍照。”老苏只好在木麻黄林里，雕刻着自己的那艘船。在老苏的雕刻下，船的造型已经显现，他正在专注的，是那些细节，他要刻出船身上的纹理和气息，他还想刻出海水在渔船上留下的斑驳感。宋记者把相机镜头靠近木船，拍下了木屑飘落的画面，也拍下老苏对着木船的凝视。宋记者对构图有着极端的敏感，他甚至觉得，是老苏的目光而不是刻刀把这艘小船雕刻成型。宋记者拍摄新闻图片，也拍摄一些永远上不了报纸的图片，他觉得，老苏是一个让他不断摁下快门的拍摄对象。

老苏一根烟接着一根烟，脸藏在烟雾后面，宋记者拍了不少他嘴角叼着烟头的照片。忙了有半个小时，宋记者说：“老苏，可以拍拍你的罗盘和那本书吗？”老苏把烟头丢到脚下，鞋底一划：“你是我儿子带来的，我就直说了，罗盘你随便拍，那本书不行。你们采访有纪律，我们渔民也有纪律。不是我们小气，确实是上面来过一些领导，告诉我们，没有采访介绍信的，不能给看。我们的渔民在南海活动千百年了，这些书是我们在海上活动的证据，不能乱传。”宋记者说：“我理解的，这是我的记者证，你看看，这次下来得急了一些，也没想到会需要介绍信……”老苏说：“那，不好意思了！”宋记者着急了：“你看……老苏，我答应了，给苏伯介绍些生意的，我这次来，并非我个人的事，是省里的日报，要做一期关于南海主权的专题报道。你也知道，有的国家近来跟我们在南海闹得厉害，我们拍你这本书，是要在报纸上登出的，是宣示主权的正能量行为，不会拿来乱搞的。”

老苏沉默了好一阵说：“我信你。但得答应我，不能全拍。封面封底你可以拍，其他的，就不行了。”宋记者慌忙点头说：“好。”老苏站起身，朝院子里面走，宋记者跟在后面。院子很大，侧边小点的房子是祖屋，里面供奉着牌位。老苏时间多，又是闲不住的人，这间祖屋被他打扫得一尘不染。祖屋高处是神龛和牌位，下面是八仙桌。老苏并没有直接去取他的罗盘和经书，而是取了几根线香，燃点起来，插在八仙桌上的香炉里。老苏拜了几拜，念念有词，这才走到八仙桌前，从腰间取下钥匙，插进八仙桌侧面的一个柜锁里。拉开柜子，抱出一个木盒子，老苏说：“出去看。”

木盒子摆放在院子里的条凳上，呈黑褐色，已经看不出原先是什么木头了，外面刷了一层光亮亮的天那水，用来防潮。木盒并没有锁，把盖子揭开，里头还垫着一层布。布掀开，就看到了一本纸张脆黄的册子、一个古旧的罗盘。老苏正要把册子和罗盘取出，宋记者说：“等等，我这样拍一张。”罗盘有一个盖子，打开后，一个圆盘被“甲寅艮丑癸子壬亥乾戌辛酉庚申坤未丁午丙巳巽辰乙卯”瓜分为二十四块，黑褐色的罗盘上，字刷着白色的油漆，指针随着罗盘在老苏手心的抖动，不断变化着方向。册子则是以毛笔字抄就、手工订成的一本书，这本书装订得不平整，书脊以一根早看不出原来颜色的线穿透、捆紧。纸张脆黄，甚至有点黑褐色——任何老旧的东西，好像都不得不被黑褐色掩盖。书的页边也有些翘起，封面上三个字歪歪扭扭——更路经。

宋记者拿着相机的手有些抖："这东西，怎么用？"老苏指着罗盘："罗盘上这二十四个字，代表各个方位，每个字之间的经纬度是十五度，转一圈是三百六十度，是整个地球，行船都要靠这个指引航向……唉，不说这个，现在没人用了，现在都用卫星导航了。这本《更路经》，得结合罗盘来用，上面记载着南海上的各个礁盘、暗沙和岛屿，记载着它们之间的距离和方向。我们以前出海，都要依照上面的记载，算好船的速度和方向，海上茫茫，得绕开礁盘和暗流；风浪来了，得依照这本经书上的记载，找到最近的小岛来躲避……总之，若没有这两样东西，出了远海，即使全程风平浪静，也会迷失方向，没法返航……唉……不说了，不说了，你拍，你拍。"老苏随手一翻，展开《更路经》的一页内文。他话一多，就忘了刚刚跟宋记者强调过的只能拍封面封底的话，宋记者赶紧摁下快门。

老苏展开的这一页，用毛笔写着：

自大潭过东海，用乾巽驶到十二更时，驶半转回乾巽巳亥，约有十五更

……

自三峙下石塘，用艮坤寅申，三更半收

自三峙下二圈，用癸丁丑未，平二更半

自三峙下三圈，用壬丙巳亥，平四更收

自猫注去干豆……

这一行行犹如天书般难解的文字，让宋记者头昏脑涨，他收起相机，掏出纸笔，说："老苏，你讲些在海上的遭遇吧。听说你经历过各种惊险，跟我随便讲点什么，我写下来，一定很吸引人。"

"讲什么？"

"什么都行。"

"渔民嘛……就那样，有什么好说呢？"

老苏把《更路经》和罗盘重新放归盒子，抱进祖屋锁住。八仙桌的抽屉关住的瞬间，老苏脑子里电光石火，闪过一些片段。一九五〇年之后，老苏刚刚上船不久，那时基本不去南沙，而是随着船在西

沙和中沙捕捞作业。二十多年以后，响应国家战略的需要，他踏上了前往南沙的征途。南沙的气候比西沙、中沙更加变幻莫测，需要船长有真正过硬的技术。老苏带着船员，以一本《更路经》和老罗盘，躲过一次次生命中的劫难。当时的老苏和船员，每发现一个小岛礁，就做一件事：捡起岛礁上的石块，垒成一座小小的“兄弟庙”，烧香祈盼顺风顺水，行船平安。祭拜兄弟庙之风，始于明代，其时有渔村一百零八人出海遇难，渔村之人便在海边建庙祭奠，既为招魂，也是祈愿。这一百零八位“兄弟”的亡魂，在渔民们的纪念之中，逐渐变成了渔民们的保护神。岛礁小而荒凉，不像在渔村里，可以把庙修得高大气派，甚至在庙门上写下“兄弟联吟镜海清，孤魂作颂烟波静”的对联。几块礁石垒成的小洞，便足以安放渔民们的恐惧与不安。若是登上的是被别国侵占了的岛礁，老苏还会取出早就准备好的木牌插下，上有大红油漆文字：“中国领土不可侵犯。”来年再登岛，木牌往往不见了，只好把字刻在礁石上。下回再来，刻了字的石头，同样不见了，不知道是被海风、海水磨光还是被别国的人丢了。那些年里，捕捞不仅仅是捕捞，也是凭着一股中国人的热血，在自己的海域巡游。数十年的海上生涯，他被抓去越南蹲过监狱；也曾登陆某个小岛后，被岛上的外国驻军拿枪顶着肚子；他甚至在海上遭遇过某国士兵的持枪扫射，当时他冷静地指挥船员以装着大米的袋子堆在船舵边挡子弹，让船员躲进船舱，他依靠对罗盘、《更路经》和风向水流的谙熟于心，掌舵闪躲，没有让船员成了新的“兄弟亡魂”。他和穷凶极恶的海盗有过生死搏斗，当然也曾遭遇淡水箱破漏，喝自己的尿解渴救命……这些记忆重叠、堆积、纠缠，在祖屋里的这一瞬，搅成一团糨糊。

老苏走到院子里，宋记者递过去一支烟：“讲讲出海的事嘛！”

“出海？”

“是咯，现在跟以前条件不一样，以前出海，很辛苦啊。”

“世上哪有不辛苦的事？对了，你知道不？以前我们出海，遭遇了不测，要怎么办？”

“遭遇不测？指什么？”

“唉，到底是年轻。渔家每一次出海，都走在生死边缘。风浪大了，连人带船，都找不到痕迹了，硬生生，全部吞没了，丝毫不剩啊。”

宋记者脸色严峻，取出录音笔，调到录音状态。老苏继续讲：“死在风浪里，倒还省事。有人死了，其他人找到他的尸体，水路那么远，把尸体运回来，那才叫辛苦。船在海上航行多天，尸体就摆在船上，又热又潮，腐烂得很快，你说，要怎么运回来？”

宋记者嘴角泛酸，胃里在翻滚。

“得用盐腌。像咸鱼一样，把海盐覆盖在尸体上面，吸收水汽。从不晕船的船员，也会被臭味熏得胆汁都吐出来……”

宋记者手一抖，录音笔掉落地上，他没去捡，用双手捂住嘴巴，也没能捂住胃里翻涌上来的腥臭，录音笔被秽物覆盖了。宋记者不知道录音笔坏了没有，但他知道，不用录音笔，他也会清楚地记得老苏讲出来的每个字。

海　里

从初登船到真正自己掌舵，老苏用了将近二十年。如果不是一场意外让父亲瘸了右腿，这个时间还得往后延迟。经过最初的不适期，适应船上生活之后，老苏去了别的船当船员。这是渔村的规矩，父子兄弟不能同一艘船出海，以免遭遇不测的时候，全家灭绝。在别人船上的那些年里，每次在岸上，父亲紧紧叮嘱，让他背熟那本《更路经》、学会看罗盘。对他来讲，学这两样东西比在海上晕船呕吐还难受。但又不得不学，这也不是谁想学就能学的，《更路经》版本不一，却都是各个船长的珍贵私藏。父亲手头这本，传了几代了，已难以说清。在渔村的很多传说里，最初的《更路经》还与明朝的郑和船队有关，他们相信，下西洋的郑和，曾因为一场风暴，停靠在渔村，尝到了渔村最鲜美的鱼虾，并留下了一部最初的《更路经》。之后，一代代的渔村先民，用一次次惨痛的代价，完善、增补着这部小册子——这是一部附着无数海上亡灵的册子。

一位船长，不仅需要掌舵，还是一个记录者，随时记下海上发生的一切。航行路线附近的水况、最新发现的鱼群位置、岛礁的位置……甚至云层也是观测的对象。云天的变化，很少记录在《更路经》上，那是出海人一种口口相传的骨血经验。白天，可以通过瞭望水面的颜色来判断海水的深浅，判断附近是否有礁盘——有礁盘的水要浅一些，日光下，是一种翡翠蓝；没有月亮的夜里，那些经历了生死的老船长，通过云层的反光来分辨岛屿、珊瑚礁以及水下的鱼群。对于老船长来讲，每一次出航，也是验证和矫正《更路经》的过程。

父亲出海多年，在一次大风暴中，他完整地把所有船员带回来了，甚至连捕捞到的海产，也没有多少减少，但是，他付出了一条腿的代价。他严阵以待，顶住了无数次海浪的迎头碰撞，但一次的不留意，他的腿瘸了。伤好之后，父亲萌生退意，老苏很不理解，因为父亲虽然有些微瘸，但在风平浪静的时候，影响并不大。父亲很坚决，他说："你不是我，你不知道情况，但我知道。这一次放过了我，我再下海，就回不来了。"父亲立即下船，不再掌舵，家里的船交给了老苏。

老苏用了三年的时间，才摆平了自己、船员和那片海域。他指挥着航线，不仅关系到能不能满载而归，还关系到一船人的性命。在之后的好多年里，他的船大多数是满载而归的，但总免不了有失落的时候，白忙一个月，船舱空荡荡。最大的损失，当然是有人把命丢在了海里。比如说，那一次疏忽，老苏船上最好的水手曾椰子，就把命丢在海里了。看到曾椰子的身体浮出水面，船长老苏才想起父亲无数次的告诫："出海的人，永远不能喝酒，否则你总会在醉后淹死在水里。"一直到多年以后，老苏还为此惭愧和自责。

当了船长的老苏，一直严禁船员带酒上船，但还是会有些船员悄悄塞着一点，当夜色笼盖，舌尖舔两舔，躺在船板上，遥想茫茫大海尽头处渔村里的家人。若没一点酒，很多人会在咸腥的海风中，洒下饱含盐分的泪滴。

那日，天已亮，曾椰子跟老苏招呼过后，就带着氧气瓶潜到水中去了。在下水之前，老苏闻到了一丝米酒的味道，还没来得及说话，一阵水花溅起，曾椰子已在水中了。这一带是海参出没之地，而海参是此趟出海最重要的目的。老苏不停盯着手表，希望曾椰子在氧气用尽之前浮上来。老苏等到的，是曾椰子抽搐、扭动的身体，在海面上翻滚。老苏和其他船员把他捞上船来没多久，曾椰子就断气了，眼耳鼻甚至肌肤，都渗出鲜红的血。这般死法，突兀而让人惊骇。老苏没来得及细究他遇到了什么事情，就得在船员六神无主的哭声中，想好怎么把曾椰子的尸体运回渔村。

船员的作业都停歇了，他们只要看一眼曾椰子的惨状，就忍不住剧烈地呕吐。老苏让人把捆在曾椰子身上的氧气瓶脱下，解开他的衣服。又让船员到舱里取来淡水，他一点一点擦拭着曾椰子渐渐变得僵硬的尸体，一边洗，一边扇自己的巴掌——他想起了曾椰子下水前闻到的那丝酒气，想到了父亲持续多年的告诫。父亲那么多年的苦口婆心，也没能阻止惨剧的发生。洗净身体的曾椰子，比下水前瘦了一圈——老苏已经知道他是怎么死的了。

干净衣服换上，曾椰子总算有了点人样。天气炎热，在往渔村赶的过程中，要怎么保存这具尸身，成了最大的问题。船上有装淡水的桶，可太矮，没法把那么高的曾椰子装进去。最后，老苏让船员把一艘挂在渔船上的小船抬上甲板，把曾椰子放了进去。再把海盐取出，覆盖在曾椰子身上。海上作业，时间久，有些鱼没法活着运回到岸上，每艘船都备了大量的海盐，用以腌鱼。曾椰子就像咸鱼一样，被盐覆盖在小船上。老苏让船员用铺在船上睡觉的木板，把小船盖住，曾椰子就像一具木乃伊，被封住了。再取来绳子，把木板盖住的小船死死捆住，防止一丝丝的泄漏。本来应该烧在某个海礁上祭拜一百零八兄弟公的线香，插在小船上，被海风吹拂，烧得很快。

船全速返航。

封不住的尸臭开始渗出，起先还很微弱，后来则是汹涌而来。所有人都吐了，连喝水也变成巨大的折磨。五天四夜的漫长航行，船才回到渔村，当眼前的碧蓝中冒出椰子树和木麻黄的一线绿色的时候，老苏松开船舵，轰然倒在船头——他这几天几乎没有闭眼过。

上岸后，尸臭味几乎在他鼻孔里萦绕了一个多月。而后来很多年里，每逢压力大，老苏就做着变成曾椰子的梦……在那个梦里，氧气瓶压在老苏的身上，潜入十几米深的地方，所有的肌肤、血肉都挤压着骨头，或许，是早上的那点酒，让他失去了往日的警惕，只专注着眼前的海参。他忘了，氧气已经快要用完。当呼吸开始急促，他慌乱了，忘了要缓慢升起以卸掉沉重的水压，而是一转身，匆匆往水面上射去。这一浮太快了，浑身每寸肌肤上的水压顿时消失，造成体内压力比体外大得多，血管爆裂，鲜血渗出……

曾椰子只死了一回，而老苏则在梦中，一次次这么死去，又活过来。

岸　上

一个十字路口就把这个小镇的格局划定了，所有的铺面都沿着十字生长。在统一的风格之下，每家店铺都花尽心思摆放各种器物以吸引游客的目光，有的摆放着一只巨大的船锚，有的则摆放着一堆珊瑚礁，有的甚至把一艘木板深黑的小船斜放在门口……在砗磲生意无比热闹的时候，总有游客摆着各种姿势，在店铺门口立起剪刀手拍下照片，传到朋友圈。而此时，店铺依旧，却由于少了游客的光顾，平添了萧条慌乱之感。老苏大儿子的店铺在东街的中间，他找来一块石头，在上面刻出一个罗盘的模样——照着老苏的罗盘来刻的——取了一个颇为霸气的名字“望海楼”，立即有了一股在海上指挥若定的气势。

儿子的店铺半掩着门，老苏没有在儿子的店面前停留，而是直接到了阿黄家。阿黄因为下船早，也是渔村里较早搬到镇上的人，由于先发优势，他家占据了一个很好的位置，处于镇上唯一的十字路口处。阿黄当年买下的地还不小，他的房子除了铺面之外，还留有很大的一个院子。阿黄的房间在后院，即使闷热，窗子也紧闭着——阿黄已吹不得海边过来的风。他瘫坐在房里的沙发上，还裹着一条薄薄的被单，面前摆放着工夫茶的茶具，已经泡好了颜色金黄的茶水。

“会享受啊你！”老苏说。

“我倒是想到茶店里喝，跟人聊聊天，但哪出得了门？风一吹，鼻涕跟水龙头似的。我这病，那么久了，吊针打了好几回，也不见好……”阿黄的鼻音很重，声音沙哑。

“你这样了，还能喝茶不？”

“我不喝，泡给你喝的。我喝水。”

“我自己来，不然你传染我。”

“也不是你想传染就能传的。”

老苏拿起一小杯，一饮而尽，茶水已经没有那么烫了。阿黄等了多久呢？茶水是不是一遍遍凉透，又一遍遍再添？阿黄又裹紧了身上的被单，身子缩到软沙发里面去：“过来的时候，看到镇上那些铺面了？”

“看到了，好多都清空了。”

“谁说不是呢？那些砗磲生意，我总觉得做不长久。千年万年的砗磲贝才能玉化，就这么拿来加工卖了，也是罪过啊……”

“生意人只认钱，哪懂得什么是海？我那儿子，我为这事，才不想搬去跟他住。看着那些砗磲被加工成那样卖掉，心疼啊。”

“……唉，老苏，我找你，是想跟你商量个事。这事我也犹豫了好久，我自己做不来，得你一起才行。我知道你这些年不愿意跟人打交道，不喜欢抛头露面，但这不仅仅是我们自己的事，有时也是不好推掉……”

“镇里找到你的？”

“不仅仅是镇里，还有市里，据说省里领导也很重视。刚才也说到的，镇上这些店铺不让卖砗磲，这不也是好事吗？你也不想看着南海被这么挖吧？可是，不让卖了，镇上这些人，包括你儿子，他们干吗去呢？大家总要吃饭啊，那么多人，总不能说把店铺关了就完事。有些人得分流回渔船上，也有些人得引导着去做别的事，上面想在镇上发展旅游，今年渔季开始之时，想举办一个开渔节。上头问来问去，也找不到人来主持开渔节的祭祀仪式，我倒是很有心参与，但很多东西，我也不懂，我没当过船长，手头也没有一本经书和罗盘，这活儿，我是做不了的了，得你来啊……”

“阿黄，你有热心我知道，但那种场面，我哪里把握得了？还得是庆海爹才行，我哪懂这些……”

“庆海爹不都走了三年了嘛，去挖他尸骨来主持吗？”

老苏也哑口了。庆海爹还在时，每到开渔之前，渔村的人都会提前商量好祭拜的程序。海风灌涌的港口上，聚满渔村老少。锣鼓敲响，祷词念出，人人都点香烧烛，祭拜大海，也祭拜那些丧生在大海中的人。很多年里，庆海爹都是那个事无巨细、把握着一切流程的人，他比老苏大十几岁，是南海上最好的船长。他被当作最好的船长，并非他的船渔获最丰，而是数十年中，他的船员从未有一人把命丢在大海之中。甚至有人传说，那都是因为庆海爹熟悉祭海之俗，能够和那些海上亡灵交流，每当风暴与危险将至，他都能提前获得信息。依靠手中的《更路经》、罗盘和船舵，他把船驶出一条曲折隐秘的线路，避开了风浪，毫发无伤地回返岸上。庆海爹宣布不再继续担任船长的时候，还曾在渔村引起一阵动荡，少了这么一位定海神针式的人物，村人就慌乱了。还好，每年的祭海仪式，庆海爹还出席。庆海爹过世前五年已经行动不便，换他的儿子来主持，村民的向心力便弱了很多。庆海爹一死，仪式等于取消了，各家只在出海之前，各自烧香点烛、轰炸一下鞭炮，算是走了一下过场。

“庆海爹儿子不还在嘛，那套流程，他懂……”老苏说。

阿黄哼哼冷笑：“提那败家子？他倒是懂得照着念，但他眼中只有钱，每件事得多少钱，那是丝毫少不得的，哪请得动他？……何况，那年他为了钱，硬要把罗盘和经书卖掉的事，你又不是不知道。这样的人，哪还能找？”

“这事，应不下来，我这人，话都不会说。我还是刻刻我的木头吧……”

阿黄把裹在身上的被子一抖，滑落地上，他站起来：“老苏，我这身体若还可以，我还想撑着试试，硬着头皮上。实在是没办法了，开渔的时候，我还能不能站直都不好说了。我们这些老的，走的都差不多了，你不应承，还有谁啊？”

“真不行……我再想想……”

老苏告别阿黄后，还没回到渔村，就在街角处被大儿子接到了他家里。当时他脑子一片混乱，差点被一辆摩托车撞倒，儿子从店铺里冲出来，把他往自己店铺里面拽。店铺的货架已经接近清空，地板上一片混乱。不同的袋子里，有的装着砗磲手链，有些则是打磨光滑的整块砗磲贝，还有一些是完全没有加工过的大贝壳——有些人爱在家里摆这原生态的贝壳，说那是自然的味道。几个小工忙得一团乱，绑好的袋子，分别移到店铺里的不同角落。灰尘沾满了整个店铺，老苏简直无处下脚。往店铺后面走，也是一片慌乱。这些海里的宝贝，曾让这个小镇无比热闹，此时却让整个小镇陷入慌乱。

大儿子很高兴：“爸，宋记者跟我说了，说你那天很配合。他的文章写得很好，你看，报纸也登出来了。你还没看到吧？”他从柜台抽出一张报纸，递给老苏。柜台上堆着五六寸厚的一沓报纸，都是同一期的。这是省报的一期特刊，介绍渔民与南海的故事，展开的第三版上，老苏看到了自己的照片，他捧着经书、罗盘的画面，被毫不吝啬地排了三分之一的版面那么大。还有一篇文字，是关于老苏的采访，介绍了他的一些经历。老苏脑子一蒙，平日里，在报纸上出现的都是大领导、大老板，自己一个渔民，被排了这么一张大照片，到茶馆里遇到熟人，还不得被天天挂在嘴边议论？老苏立即把报纸合上了，实在不敢看报纸上的那张老脸，更不敢看记者的文字。

到了楼上坐下，儿子笑呵呵说：“爸，那宋记者是很有本事啊。他回去之后，打了个电话来，说他问到省里砗磲研究会的一位副会长，是一位书法家，也是个大老板，他胃口大，说我这里那些品相好的货，他都能拿下。你也看到了，店里乱成那样，就是要把货分好，他中午要来看货。”

老苏松了一口气：“挺好嘛，麻烦解决了。”

“是很好，是很好。其实，钱也是压在那些品相好的货里，那些差的，不值几个钱，只要这批货一出，就算是缓过来了。爸，你也在店里待着，别着急回去了，晚上咱们父子好好喝几杯……”

“我哪喝酒的？”

“那就待着，吃点马鲛鱼。爸，你就在这吃完饭，我开车送你回去。”

马鲛鱼……老苏吞咽了一下。海里的东西他吃了多少年，马鲛鱼是永远吃不腻的，那种鲜味，能掩盖所有的烦恼，从舌尖溢散全身，瞬间把人包裹在风平浪静的海水里。老苏有时候也会想，出海那么危险，一代代人把命丢在水里，却还要去，其实和这水中之物的味道关系极大，当舌尖触到一块煎得略微焦黄的马鲛鱼，所有海上的历险，都那么值得。

马鲛鱼……平静的海水……人泡在水中，轻轻摇晃……

老苏只能答应下来。

二楼的阳台，可以看到街面，东边不远，就是港口，渔船正在那里停靠。目前是休渔期，但离开渔已经不远，很多人已经在做着各种准备。儿子把二楼阳台改成了一个喝茶的地方，吹过来的风，让老苏有些打哈欠。他翻开报纸，从大标题里可以看出，这期特刊全是和南海有关的。近些日子那个与中国相邻的国家，在南海上折腾不已，在国际上发起了什么南海仲裁案，省内报纸搞了这么一期特刊，也是在宣誓南海的主权。特刊从专家、官员、收藏者到渔民，都进行了采访，讲述了南海的不同侧面。由于自己被刊登在第三版，老苏没太有心情去细看报纸，他叠了叠，塞进口袋，心想，他娘的，还用得着证明吗？不说别的，我们一个小渔村，这些年就有多少人葬身在这片海里？我们从这片海里找吃食，也把那么多人还给了这片海，那么多祖宗的魂儿，都游荡在水里，这片海不是我们的，是谁的？

书法家穿着一身中式衣服，脸很圆，手腕肥嘟嘟，左手戴一条粗大的砗磲手串，颜色通透而乳白；右手则是黄花梨手串，深褐色的斑纹鬼脸，好像还会眨眼。这些珠子都很大，可在他肥硕的手腕映衬下，显得很细小。书法家低着头，每个袋子前都蹲下来，细细看着里面的货。作为收藏者，他知道物以稀为贵的道理，现在这些店家慌乱出手，正是低价进货的好时候——禁止交易的规定很快生效，但那是对公开买卖的店铺的要求，真正好藏品的交易，都是私下里进行的。他藏品量惊人，但他从不嫌多，当然，他只收真正的好货。他不时从每个袋子里挑拣出一些次品。书法家挑好后，立即叫来他的司机，跟老苏的儿子一起清点货物，列出清单。书法家拍拍手上的尘土：“宋记者的采访，我看了，写得好，故事感人。我想见见你爸，不知道方便不方便？”

老苏的儿子笑了起来：“刚好我爸就在楼上，平时他在渔村里，今天刚好在。我叫他下来。”书法家微微点头，不一会儿，书法家就看到满脸铜锈色的老苏。老苏的褐色上衣，塞进黑色的裤子里，腰带有一些脱色。老苏的头发很稀疏，额头光亮，从额头左侧到下巴处，则布满星星点点的黑色斑痕，他的手背犹如长满毛刺的老树根。书法家伸出右手，老苏犹豫了一下，把他斑驳的手，握上了书法家肥滑软嫩的手掌，感觉到书法家的手抖了抖，老苏赶紧把手松开、缩回。

书法家笑着说：“我看到你的采访了，很佩服，想认识认识你。”

“呵……”

“那报纸，我买了很多份送人了，这期报纸做得好啊。”

“呵……”

“我今天来跟你儿子要货……”他指着那些被他挑选过的袋子，“那些，我都要，这货，值不少钱啊。我跟你们镇上不少店家都是老朋友了，他们都急着出手，都在找我。宋记者极力推荐了你儿子，我确实是佩服老苏你，在我们的海上出生入死，维护了我们的主权……我是专门到你儿子这里来要货啊……”

“呵……”

“感谢……感谢！”老苏的儿子在一旁说。

书法家收起笑脸：“老苏，我是直白人，不绕弯子，这次，除了跟你儿子进货，我就是专门来找你的。”

“找我？”

“是。我这人，爱收老东西，连当年古代沉船的海捞瓷都不少，我这次来，就是想找老苏你，能不能把你手头的东西转让给我？”

“我这人，哪有什么东西能让你瞧得上的？”老苏挠挠头，左脸那些斑痕一跳一跳。

“我想要你手上的《更路经》跟罗盘！”

老苏愣住了，回头看看他儿子。儿子表情紧张，眼睛充满祈求，手捏成拳。老苏尴尬地说：“这东西，不算有多贵重，眼下出海，是用不上了，可这是从我爸、我爷爷、我爷爷的爸……一路传下来的，这东西现在到我手上，哪能卖了？”

“老苏，我知道！你看，我这不是跟你儿子做了很大一笔生意嘛。他目前遇到困难，需要出手这些货，我帮他收了那么多，你看……”书法家指着那一个个袋子。

“爸……爸……”儿子喊了两声，把老苏拉到一边，指手画脚，低声说着什么。老苏只是摇头，他儿子头上的汗不断涌出。

“这样吧！我干脆点，老苏，你只要愿意出手，价钱好说，你自己开。另外，我也不挑了，你儿子剩下的这些货，我也给他全拿了。这样，你儿子立即资金回笼，想做点什么，也就宽裕了……”书法家的这句话，把老苏的儿子也惊得愣住了，他唯有看着父亲，不停使眼色，就差跪下去了。

老苏长叹一口气，说：“你跟我儿子做生意，我感谢你。要是别的什么，卖了也就卖了，但这两样东西，也不是自我手上才有的……”

“你看，你看，老苏，你也是不好讲话，你留下这东西，以后也不是要传给你儿子吗？”书法家指了指老苏的儿子，“你以后也是要传给他，他也是能做主的，现在出手，能把他的资金全都救回，他也能赶紧做别的事情去，这不是挺好的事嘛。你这……”

“爸……”儿子抹脸，汗水淋漓。

老苏的语气愈加生冷：“以后我死了，他要卖，是他的事。实在不行，我死前烧了。”老苏脸色黑沉，知道今晚的煎马鲛鱼是没得吃了，迈步跨出店铺。

“老苏……老苏……”书法家喊着，老苏并不应承，他只能转头对着老苏的儿子，“你爸这么不好说话。我想，你还是去做做他的工作，这些货，等你谈定了，一起算吧。我先去老曾那店里看看，他也给我留了些货……”

海　里

天色还没暗透，海面上出现了海螺大小的漩涡，白天波澜不惊的海面，此时变得怪异。老苏的心中紧张起来。这是大风雨即将来临的征兆——可这是十二月底啊，春节已经不远，这一趟之后，很快就要返航过年了，这个月份，按常理讲，是不应该有台风的。渔船的位置，在永兴岛、西岛、浪花礁之间，老苏心里很快做出决断，准备前往面积最大的永兴岛避风。船员中有反对的，说老苏太过胆小，这个月份哪会有台风？这一片海域，并非只有老苏的一艘船，从海南岛来的不少船只，最近都聚集在这片海域。这片海域，前些时候有一艘外国的大轮船经过，触礁沉没了，满满一船的货物，全洒在海里，附近知情的渔民们很快围聚过来打捞，反而没再去留意鱼虾。白天，各艘船散开打捞货物，夜里，亮着灯，各艘船一起停靠在附近一个小小的岛礁。

一看到水面起了漩涡，老苏喊起来：“大家也看看，是不是要起风？”

各家船长都走出船舱，细细观看水面，脸色凝重。

老苏说：“我看风是要起，这里太小，风要来了，怕是没处躲，还是得提早去永兴岛。”

老苏让船员起锚，掉转船头，朝永兴岛的方向而去。二十世纪七十年代以前，大多是木帆船，而此时是一九七三年了，大多是机船，发动机带动船桨，哗啦啦打着水花。七八艘渔船，也跟随着老苏的船，一起前往永兴岛。渐渐黑起来的海面上，一串亮灯的船队，像一条在海面上游动的龙。

“老苏！老苏！”声音来自一艘逐渐靠近岛礁的船。

老苏缓慢把船停下，那艘船也慢慢地移靠过来。那是一艘新造的大吨位渔船，船长是位中年人，前些时候，那艘船才从渔港下水。那船长老苏也是认识的，两艘船基本上同时出发，沿着相同的航线，但大船速度快，比老苏要早抵达这片海域。

“老苏，去哪儿啊？”对面船高，中年船长的声音压下来。

老苏指着海面：“水面奇怪，怕是要来风浪，去永兴岛躲躲！”

“哈哈哈，老苏，出海多年了，哪听说过十二月有台风的？也太胆小了。”

“满船的人呢，哪能开玩笑？海上找吃的，不靠赌气，不靠胆子肥，得小心啊。”

“老苏，这气我就赌一把！”那艘大吨位渔船立即加速，把老苏的呼喊抛弃在海面上。

对渔民来讲，永兴岛是茫茫南海中最安全的地方。它的面积足够大，有渔民在岛上盖了临时的房子，也有部队官兵驻扎在这里。从永兴岛上岸之后，船员都分散住到那些临时搭建的房子里，老苏听到了船员们的埋怨。船员在牢骚中睡着之后，老苏还在翻来覆去。他踱步到小岛的岸边，观察着水面的变化，他更把目光放长，希望能从海面上看到有一点渔火出现。那渔火一直没有出现。

风终于起来了，在接近凌晨四点的时候，原本轻拂的风，显示出了猛烈的气势，海浪开始翻滚，不断击打着岸边，抛锚定好的渔船也被浪拍打得噼啪作响。雨的到来要缓慢得多。先是洒下一些小点，大半个小时后，倾盆大雨才追赶过来。老苏不能再在岸边待着了，他回到屋子里，浑身已经全是水了。因岛上缺少水泥和砖石，这些房子都用木头搭建，覆盖着铁皮、油毛毡，在风雨中有随时被刮走的感觉。撑了没多久，这些房子全被掀垮了，渔民们匆忙到岛上的水产公司的加工房躲避。因为返航回海南岛比较遥远，这家国营的水产公司把加工部门设到永兴岛上，方便捕捞之后，就近加工，再运输回海南岛。这些加工房把钢管打进土里，要牢靠得多，可仍然在狂风暴雨中摇摇晃晃。

渔民们聚到一块，也没说话，安静地听着外头的风雨交加。

“唉，还好我们躲岛上来了，还好……”终于有人从哪个角落说了一句。

“那艘大船，回来了吗？”

又都沉默了。

黑暗之中，有人压抑不住，抽泣起来。

几乎所有人都没怎么睡好，天色发白之后，呼噜声才相继四起。

这场罕见的冬季台风，竟然刮了整整三天。其间最大的风浪有十多米，巨浪吞没着一切，连这永兴岛好像也不安全了。在这三天里，每逢风小一些，老苏就要冒雨去岸边查看渔船，他担心锚和绳子也没法拉住他的船。

台风过后，天空如洗，一切恢复平静，岛上一片狼藉。老苏决定休整两天再出海。有些渔民已经跃跃欲试，准备出海收拾还在风浪里惊慌失措的鱼虾。水产公司的渔民出去后，第一天就有了收获，竟然捕获了好几条大鲨鱼。老苏出海，从未动过捕捞鲨鱼的念头，听说那些海中霸王被拉回永兴岛的时候，老苏也跟着躲风的渔民去围观，还吸引来了一些岛上驻扎的士兵。捕获的鲨鱼有六头，有大有小，很显然，这些鲨鱼在被射伤之后，再被粗大的网捆住，拉到永兴岛，已经全都死去了。它们巨大的身躯，还是把老苏给震撼了，浑圆的肚子像打满了气。

老苏穿着拖鞋，走到沙滩边上，伸腿踢踢那些鲨鱼的肚子，鲨鱼弹性很足，把老苏的脚打滑到一边去。人都围拢过来。加工人员脸上笑开了花：“先挑一头最大的看看，吃了什么东西，肚子这么圆！”锋利的大刀划过，把鲨鱼肚子剖开。猛烈的腥臭味有着巨大的推力，把围聚的人给推开了。刀继续划，划开鲨鱼的胃，有圆滚滚的东西掉出来，也有条形的东西掉出来，浓烈的腥臭味更加强烈了，围观的人又退缩了几步，有人受不了这强烈腥臭味的刺激，就蹲下来呕吐。加工人员皱起脸来，他用长刀推了推那圆滚滚的东西，滚动了几下。

尖叫声响起来：“人头！”

是人头，正面朝上，脸上粘着鲨鱼胃里的黏液，可没被胃酸化完的样子，还能看出那是一张人脸。那人眼睛暴凸，瞪着所有围观的人。

尖叫声此起彼伏，老苏也再次往后退。那加工人员也吓得手中的刀掉落了下来。大家这才注意到，刚才掉落的那些条形的东西，是人的手脚。

——这些鲨鱼，是被人喂饱的。

在大家的惊慌失措中，围观的士兵们主动上前，接过刀，把剩下的几条鲨鱼也都剖腹了。无一例外，鲨鱼肚子里，全都是人头与残肢。

士兵清洗那些残骸后，老苏和船员从还没被腐蚀殆尽的四个残破的人头中，隐约辨认和猜测，应该是那艘大吨位渔船上的渔民。那艘船上可是有着三十多人啊，马上又要过春节了……所有的渔民都号哭出来。

哭声是永兴岛的另一场台风。

岸　上

那一天风小，阿黄想下楼走走，刚上街，就摇摇晃晃，昏倒在地。家人叫来了救护车，先送到了市里，还没办下住院手续，市医院就联系了省医院，直接送到了省城。省医院正好有京城专家前来坐诊，把阿黄浑身检查之后，给他家人做出了“不建议手术”的诊断。阿黄把家中儿女叫来，儿女都闪烁其词，阿黄绷着脸：“是不是癌？”沉默，等于说出了答案。阿黄说：“待在医院有用吗？”又是沉默。阿黄说：“回去吧，医院里味道重，我待不惯。”是肺部的问题。得知阿黄是老渔民之后，医生貌似很确定地说，可能是当年海上捕捞，长期在水中憋气，对肺部造成了很大的损伤，应该是老毛病了，不过是到了现在，才集中爆发了。

阿黄有个女儿嫁到了广东，夫家很有钱，她从广东飞回之后，强烈要求把阿黄送去广东就诊，说岛内医疗技术不行，得到广东的大医院。她在医院里把所有的兄弟姐妹都数落了一番，说他们纯粹是舍不得钱，又说既然这样，医疗费由她出。她的话惹得一家人在病房里争吵不休。阿黄冷冷地喊了一声："不去广东了，我要回家。不是钱的事，我不想被割成碎肉。硬要叫我去，我就从这病房窗子跳下去。"阿黄轻描淡写中，藏着斩钉截铁。医院开了止痛药之后，阿黄回到镇上来了。阿黄家离镇卫生院不远，阿黄就待在家里，由卫生院的护士上门给他换药水。

老苏来看阿黄的时候，他正斜靠在一个厚厚的枕头上，手臂上扎着吊瓶——自医院回来之后，这药水每天都要输送到他的体内。他曾抗议说不打了不打了，可汹涌而来的剧痛，要把他撕成碎片，他不得不让针头扎进体内。剧痛的袭来，会让阿黄有一种在海水中挣扎的窒息感。很多年里，他在海水中作业，穿梭如游鱼，那种摆动身姿的自由，让他觉得自己应该属于大海而不是陆地。他当然也遇到过在水中快要溺亡的时候，还不止一次，浑身扭动、挣扎，却毫无用处，逐渐陷入更深黑的海底。阿黄曾想，千万种死法里面，溺亡在海中，一定是最惨烈、痛苦的那种。因病而带来的剧痛，若不靠止痛药压制，阿黄就得一次次经历溺入海水的绝望——他得依靠止痛针，一次次从水底返回岸上。

老苏捏了捏阿黄的右手，没有任何反馈的力道，只有穿透掌心的凉意。

"我就该死在水里。"阿黄嘴唇动了动，老苏得静静地听，才能听到那浑浊、带着粗气的话。

阿黄惧怕着海水，又渴望着死在水中。

老苏摇头苦笑。

阿黄忽然想起什么："老苏，那事，你答应下来了吗？"

"什么事？"

"开渔节的祭海啊……这些年……呵呵呵……"

"这事，我答应不下来啊！"

阿黄猛地坐直，就要从床上翻身下来。老苏按住阿黄："你坐下，你坐下，起来干吗呢？”阿黄不理他，伸手去抓挂在床头一个铁架子上的药水瓶。阿黄的手一伸出，浑身就抖动如电击。老苏只好一只手扶住阿黄，一只手取下药水瓶。阿黄摆摆手，往阳台边去。阳台外，日光猛烈，海风也很大。阿黄拉开门，有风灌进，他的抖动更加剧烈，老苏害怕他会摔倒。阿黄靠着阳台的栏杆，老苏只能扶着他。

小镇的街巷上烟尘滚滚，人人貌似很慵懒，但很多人都因为禁卖砗磲的最后期限即将到来而手忙脚乱。不仅仅是店家，镇上的有关部门也很茫然，禁令来得很突然，与这个产业有关的数千人要分流到其他地方去，并非一件容易的事。大儿子到渔村里找过老苏几回，没怎么说话，就静悄悄地站在他身边，看着他刻那树根。老苏不说话，他也就不说，站到暮色将起的时候，他转身离开。老苏知道大儿子的心意，知道大儿子内心的焦躁和无奈，知道大儿子没能开口提出的那个要求……可他能怎么做呢？真的要把《更路经》和罗盘卖给那个书法家？若不卖，那堆货砸在儿子手中，儿子一朝欠人家一屁股债，今后怕是父子也没得做了。

阿黄的脸色愈加蜡黄，他的气息是不规律的：“大家靠海吃海，但现在没人祭海了，大家都信仪器，不信仪式。一门心思只想着钱，渔村没有了……没有了……”老苏不知道该怎么回话，只好不说，他拍拍阿黄的肩膀。刮过来的海风越来越大，怕阿黄身子承受不住，老苏把他强拉回房间里。

老伴的坟墓离渔村不远，却是一块背着海风的地方，老苏心烦意乱时，会到那里坐坐，想一些事情。慢慢算下来，出船那些年，老苏一年中没多少时间见到老伴的。女人不能上船，是渔村多年的习俗了，因为女人上了渔船，导致渔船如何出事的传说，从未绝过。年轻时，出船一两个月，颠簸劳顿倒不是最苦的，最苦的是对女人身体的渴望。白天还好，在水中、烈日下搏斗；夜里，躺在船板上，星光满天，船随风轻晃，体内的欲望都被摇出来了。每次船回渔村，老苏和其他男人一样，在船头看到岸上的女人之后，内心的焦灼和渴盼达到了顶点。但，还得先把所有的渔获卸下船，再洗一顿痛快的淡水澡以后，才开始在女人身上驰骋。女人也憋久了，好奇地问起老苏海上的遭遇，老苏顾不上回答，只是横冲直撞，女人淹没在老苏的狂风暴雨之中。年纪渐大以后，需求少了，老苏会花很多时间，说起海上的遭遇，激起自己女人的阵阵惊叹与尖叫。每次到了最后，女人总会在一阵哭泣中睡去。睡去之前，女人会讲到她在岸上的担惊受怕，讲到她如何照看家里到处野的孩子。老苏知道，在岸上的女人，并不比出船更轻松。

有一回，掌舵期间，老苏的手抖了抖，一股莫名的感觉从水中渗入他的体内。他没跟任何一个船员讲这话，他还需要把他们安全地带回岸上。返回之后，他内心和当年瘸了腿的父亲一样坚决，第一句话就是告诉老伴：“以后，不出海了。”老伴说：“手抖了？”老苏点点头。多年前父亲就说过“大海养人也埋人”的话，手发抖，就是海上的亡灵给他提了醒。回到岸上，他和老伴之间的话多了起来，他一次次说起数十年在海上的各种细节。在这样的讲述中，他不断重返大海之上。这样的重返，随着老伴的过世而结束了。床头空出，老苏每夜睡觉都少了说话的人。

从船上退下来之后，老苏的渔船在渔港边搁置了许久。儿孙都不再出海，不再经营船上的捕捞，老苏想把船售出去。渔村里，并不好出手，最后，是另外一个县的一位海鲜店老板买去了，并不是买来捕捞，而是变成了移动餐厅。海鲜店开在海边，有一些包厢在岸上，也有一些包厢在一些渔船改成的船上，客人点餐之后，渔船离岸，在水上摇摆着，客人一边大快朵颐一边吹着海风。

船卖出去后，老苏有一次思念那艘船，悄悄跑了几个县，找到那家海鲜店，寻找自己的船。海鲜店有三艘可以开出去的包厢，外面都涂上统一的靓丽油彩，挂着一盏盏灯笼，老苏辨认了好久，才找到那艘曾很熟悉的船。看到渔船变成了这模样，老苏内心悲凉，想转身离开，却被那老板拉住了，非要让他上自己那艘船看看。老板给这间包厢取了一个名字——老船长号。老板让人把船开动，带着老苏转了一圈，老苏越来越难受，竟然有些晕船，让赶紧靠岸，低着头就走了。

他没再去看过那艘船。

他后来一直后悔把船卖给了海鲜店老板，他宁愿把它放在岸边，让它在海风中坏掉。

海 里

从船上退下来之后，老苏也上过几次船的，都不是远海，只是那些在近海的小船，早上出去，傍晚便会回来，他就是到船上过过瘾。船家撒下渔网之时，他便在一旁看，要前去帮忙，船家也不愿意，怕他手慢，耽误了。船家倒是会问他意见，哪片海域鱼虾多一些，他观察了一下方位和波纹，指着一个地方，船家便在那里下网，果然拉网的手觉得沉甸甸的。

船员忙着网鱼之时，老苏有时也会取下一个救生圈，绳子绑在胸口，跳进水中游泳。船员也不理他。渔村的人都水性好，谁有时兴趣来了，都会到水里游一阵。老苏双腿划动，仰着头，看着日头强烈地射在水面上，光线刺眼。他总是用仰泳，双手双脚缓慢地踩水，便会浮在水面上。这是最放松的时候，手脚酸了，还可以抓住救生圈，连踩水都省了。游累之后，朝船上招呼一下，便有人丢下一个软梯，他顺着梯子爬到船上。上船之后，他打两瓢淡水冲冲身子，把身上的盐分勉强冲掉。

但那一回之后，再也没有船家愿意让老苏上船了。那次，他踩着水，浑身越来越舒坦，就抱住了救生圈。还是觉得很舒坦，他竟然有了昏昏欲睡之感，他想着睁开眼睛，可更大的困倦压合他的眼皮，他双手竟然松开了救生圈，人就朝水里潜去。耳鼻一淹入水中，他就有些惊醒过来了，可他并没有立即浮出水面。日光照射进海里，离水面四五米处都可以看到，可更深处的碧蓝，一无所知。幽深的水底在一瞬间，强烈地吸引了他。他主动往深处潜去。胸口绑救生圈的绳子阻碍了他，他竟然拉松了绳结，继续往深处去。身上的水压越来越沉，呼吸也越发急促了，老苏很清楚，继续往下，就会永远留在海里了。他明明知道后果会怎样，可海水更深处，还是对他有着强烈的吸引力。他眼前不再是碧蓝的水，而是闪亮的光，是金碧辉煌的海底宫殿。

无数已经消失在海上的面孔，就在那宫殿里欢迎他。站在前面的那个年轻人，没看错，是曾椰子。那个当年浑身毛孔冒血，被用海盐腌回渔村的水手。老苏想，曾椰子当时是不是也看到了眼前的景象，才越潜越深呢？曾椰子身边那一群人，应该是那次冬天风暴里葬身鲨鱼肚子的那些，站在前面的，就是那个中年船长。他还是一脸傲气，那年的台风和鲨鱼，并没有把他的傲气吞下去。老苏的父亲，也在。父亲本来是死在岸上的，怎么会也在呢？但那不是他，又是谁呢？父亲紧盯着他，不知道是欢喜还是悲戚。他想起父亲过世之前，曾留下遗言，让把他的尸体烧成灰后撒进海里，老苏并没有遵照父亲的话来做。把父亲埋进墓地之后，老苏倒是把父亲的衣裤等烧了，撒进海里。此时父亲为什么是那样的神情呢？他是在怪罪自己吗？

更多的面孔，是他见所未见的，甚至有很多位穿着古代的衣服，那是传说中的一百零八兄弟公吗？海底的宫殿有光，光是黄色的，还会变化，变成橙色，接着变红变紫。那些光不能看，一旦直视，便目眩神迷。晕眩让他更想睡了，可他奋力看着眼前这些人。这么多人拥堵在宫殿的门口，是在欢迎他吗？身上的水压、鼻腔里水的堵塞、体内的缺氧，并没有让他觉得难以忍受，他感到了前所未有的安详。他继续朝宫殿潜去，快速扑向那变化中的光。

可他没法潜了，他的两只手臂被抓住了，他本能地扭动起来。一扭动，辉煌的宫殿消失了，宫殿里的人也消失了。安详也消失了，只有缺氧的痛苦，他浑身扭动，直至昏厥过去。

醒来后，已在船上。

是船上的两个年轻人救了他。船上有人看到老苏脱开胸口的绳子，立即报告了船长，船上水性最好的两个人，立即绑着绳子跳到水中救人。船上的人看着两个年轻人钻进水中，每一秒都那么漫长。当三人浮出水面，船上人赶紧拉收绳子。老苏被压出满口满口的海水，才醒过来。船长一直在船板上跳："老苏，你这是要害死我，你这是要害死我……老苏，你说，你跟着我的船出来，却把绳子解开，是想干吗？你不想活了，还要把我一船人也都拉下水吗？老苏，你……”老苏又能说什么呢？他一言不发，他也不明白刚才怎么就鬼使神差要往深处去。刚才眼前所见，又是怎么一回事呢？老苏坐起来，海风吹着，他觉得冷了，日头猛烈，但寒冷刺入骨髓一般。船长用力跺脚，高喊：“回去。”

那一回之后，老苏再未有机会出海——所有的渔船，都拒绝他的靠近。一个惯于水上生活的人，只能远远看着渔船，再也难以登上。

他只好用一块树根，刻一艘独属于自己的小船。

岸　上

大儿子躺在床上，右腿绑着绷带，呻吟不断。儿媳妇跟大孙子，都在旁边看着。绷带里是跌打损伤的药，散发着刺鼻的气味。绷带上，有一团一团的污迹，那是血凝结后颜色可疑的污块。老苏来到儿子家，看到这景象，问道：“怎么回事？”大儿子闷着头，不作声。儿媳妇推了推大儿子的手，他还是摇摇头，不说话。儿媳妇憋不住了：“还不是欠人家的钱欠的，再过几天，估计这腿都要给卸下来了。”大儿子的头更低了。接到孙子电话的时候，老苏已经大概问出了什么事。那些积压在手中的砗磲，让儿子最近的资金周转出了问题，追债的人多了，就有人在夜里堵着他，来了一顿拳打脚踢的警告。最近镇上这类事情越来越多，尤其是之前陷入困境而去借了民间高利贷的。

大儿子猛抬头，喊：“你跟爸乱讲什么讲？出去！”

儿媳声音更大了：“我说什么了？我说什么了？这不是事实吗？”

孙子也说：“妈，你少说两句。爷爷都清楚。我跟爷爷讲过了。”

她仍旧没有放低声音：“反倒是我的不是了？当时人家那老板要把这些货全部收走，要不是爸不肯把那个……出手，事情早解决了。我们何至于把这堆废物压在手上？”

大儿子抬头猛瞪着他老婆，想说什么，却又把头低下了。

老苏坐到儿子床边，摸了摸儿子腿上的绷带，儿子发出些微呻吟，老苏问："医生怎么说？"

"也没什么，皮外伤，擦擦药膏，休息几天就好了。"

老苏点点头："那些货还是没人收？"

"有收的，价格很低。"

"我倒打听到，有些人开始按住，不出手了。他们说，现在砗磲不让捞，以后肯定价钱还会更贵，面上说不让卖，只要是好货，私下里卖给藏家，估计没法查，价格也保证。"

"爸，话是这样说，但我耗不起啊。还有，万一有人举报呢？主要是，我现在手头空了，外面债务追得紧，要是手松，我也就任那些东西丢那就是……"

老苏沉思良久，伸手拍拍儿子受伤的腿，站起来，盯着上了高中的孙子："你跟我回家一趟，我把东西给你，你带来给你爸。"

"爸，那是……"大儿子有些哽咽。

"人最重要。要是人都没了，留着那东西也没用。卖给懂行的人，可能保存得比留在我们手中还好。《更路经》比人活得长，我早想清楚这事了。"

老苏昂着头走出去了，他孙子盯着父母的脸，犹豫着要不要跟上去。儿媳妇一直眨眼，床上的伤号点点头，孙子才跑出去。儿媳跑到二楼的阳台外，探头看着她儿子和老苏走远，兴奋地跑回丈夫身边："这下成了。"

他把脸藏回床角。

她埋怨道："要早听我的，也不至于那么麻烦，不至于拖到现在。你一会儿就给那个书法家打电话，东西早点给人家送去。早点把钱抓自己手里才是正事……"

他的脸仍旧藏在阴影里，看不出是什么表情。

她伸手摇晃着他的肩膀："这事……总算……"

"少废话！"

“什么？”

“滚！”声音撕心裂肺，带着哭腔。

一直劝老苏去主持祭海仪式的阿黄，并没有见到祭海仪式。老苏把《更路经》和罗盘交给孙子一周后，阿黄就忽然从家里消失了。家人在早上去看阿黄，发现他床上空空的，还剩一半的盐水瓶放在枕头上，针头滑落到地上，人已经不知去向。全家人四处找寻，并没发现任何踪迹。去派出所报了警，镇上不少人也都出动，还是没找到。派出所人员问阿黄家里人，他行动不便，又是半夜出门，你们竟没人发现？家里人哑口无言。

老苏听到消息时，并没有多么震惊。他悄悄到了海边，对着起伏的潮汐，燃点香烛，对着大海拜了拜。永远有波浪不断涌上，又立即退去，所有的痕迹，在水的面前都是暂时的。阳光泛着金黄色，把海水映照出不同的蓝，靠近沙滩处的水是泛绿的，越往深处，越变得深蓝。沙滩边，长着一排排野菠萝，接着是一排排椰子树，再远一些，是木麻黄林。很多年里，这里都是很热闹的。翻晒、缝补渔网的人，在夕阳下留下剪影，再被夜色覆盖。

天色亮得花眼，老苏眼前却仿佛一片漆黑。就像当年瞬间就感知到曾椰子是怎么死的那样，老苏也理解了阿黄独自离去的心情。自己不是也要扎身潜水，去往那个海上亡灵的宫殿吗？老苏好像清晰地看到，昨晚后半夜，阿黄在思前想后的内心搏斗之后，终于义无反顾拔掉针头。下定决心的他，有着回光返照的镇定，有着最佳水手的充沛精力，他躲开家人的一切眼目，悄悄走出房门，穿过小镇的街巷。他悄悄解下一艘无人注意的小木船，用尽所有的力气，往大海更远处划去。月虽不圆，但月光铺满海面，小船沿着水面上的月光之路划远。最后，阿黄这位当年最优秀的水手，翻了一个身，投入了海水之中。一直念叨着应该死在水中的阿黄，不愿在一场绝症中变得人不人，鬼不鬼，就钻进大海，寻找那些把身体和魂魄都留在海水中的伙伴去了。

老苏又想起当初阿黄说有好东西给他看，他没去，那是什么呢？

是那艘他给自己准备好，要划出去的小船吗？老苏让阿黄的家人在附近的海域搜寻一下。阿黄的家人半信半疑，却也没了法子，到处打听有没有哪家人丢失了小木船，却只得到一阵阵的摇头。不少年轻人驾着船在渔港附近的海域搜寻了两天，也没有任何结果。倒是有人发现了半艘破旧的船板，离海边也不远，集中人力搜寻了半天，水性好的人还带着氧气瓶扎入水底，毫无痕迹。所有的搜寻都徒劳无功。虽然还没放弃希望，但阿黄家的人，已经准备好依照渔村的习俗，像安葬那些葬身大海的人一样安葬阿黄。

祭海仪式在小镇的渔港边举行。

砗磲的禁售令已经生效，镇上的店面清空了。有的改成了卖烟酒的杂货铺，有的改成了小饭馆，也有的准备改装成民宿，更多的店铺则还空着，店家尚没想好要经营什么。开渔季来临，市里准备把开渔节打造成一个旅游节，邀请了不少游客、媒体和上级的领导。小镇上人山人海，老苏从未见过镇上这么热闹过。一想到还要表演，穿着长袍的他，浑身的汗就淋漓而下。附近的渔船全部聚集在渔港这里，排好了队，只等着开渔节之后，千帆竞发，往南海而去。老苏也没见过这么大的出海阵仗。当年开渔也是多艘船一起出航，可哪有眼前这种政府部门组织得这么声势浩大啊？

渔港边搭了一个主席台，彩旗飘荡，围聚的人带动了无数小生意的到来。主席台前拥挤不堪。十点半，仪式开始了。先是领导讲话，大概讲了今后将如何以旅游带动小镇的渔业发展，如何让渔业成为小镇旅游的新特色，还计划推出近海捕捞的旅游项目，由旅游公司出面打造，游客可以随渔船出海，体验真实的海上生活。当然也讲到了，要如何引导小镇转型……后面很多话，老苏没听进去，也听不懂。按照安排，领导讲话之后，就轮到他了，他在后台，坐着也不是，站着也不是，脚都是发抖的，在海上突然遭遇台风，他也没这么紧张过。他朝旁边的工作人员一招手：“给我拿点白酒。”工作人员有些纳闷，以为仪式需要用到，赶紧跑步去买。老苏接过白酒之后，拔开瓶盖，狠狠地灌了一口，酒气上涌。从不饮酒的老苏，为了制服心中的惊涛骇浪，咬着牙把怪味吞了下去。

领导讲话完了，主持人喊了一声：“开始！”

老苏拍了自己两巴掌，拍出两口酒气，终于安定心神。他缓缓走到主席台前的红布旁。此时，所有的目光都注视着他。所有的紧张已经没有了，老苏手中捧着两张纸。在此时，老苏觉得自己已经不是老苏，而是过世的庆海爹——他走路的样子，都有点像庆海爹了。老苏点点头，有人给他递上一个话筒。老苏高声喊道：“祭海仪式开始。”声音在人群中回荡，那么多人，都屏住了呼吸，只有海风摇晃着渔港上的船帆和主席台周围的彩旗。老苏道：“各家船长，上前领香。”各家船长走到老苏边上的祭坛边，各自领取了一支线香，按照此前排好的位置，前后站定。

老苏喊道：“念《祭海文》。”

船长们低头作揖。老苏念道：

海南省某某市某某镇，叩请恩光香河主众宗亲、五姓孤魂、一百零八兄弟。

山川银露，男女神畅，保佑祖国领土、海洋完整。

渔民远到三沙生产，求财财到，求利利来，好人相逢，恶人走背。

东方财源到，西方财源也不停，南方财源广进，北方财源接接来。

利禄宏开，生产安全，蚌盒变珠宝，渔乡笑呵呵。

兄弟公保佑渔民精神饱满，满载而归。

子孙给尔祭海仪式。

出海生产！叩首，再叩首，三叩首！

老苏带领所有船长，向着大海的方向跪拜。场边有些渔家的人，也跪了下来。这篇祭文，并非传自庆海爹，而是老苏按照庆海爹当年祭海的零星记忆，加上自己想的几句话，找来村子里稍懂文字的人，写了下来，也不管是否通顺，先念了再说。

《祭海文》念毕，老苏喊道：“念《除妖文》。”

所有船长仍旧列队恭听。

天最神，地最神，人离难，难离身。

南无法、南无佛、南无观世音菩萨，

阿弥陀佛、蓬莱仙、象天地、仙真人，

三官五雷神、兵统领神、兵竟西方万名古佛明圣经，

亨前汉末清，归于无大道；乾元亨利贞，乾元亨利贞。

吾捧太上老君火，急急如律令。

伏发伏发！

念完之后，仍是向着大海的方向跪拜。

第三个项目，是敬拜《更路经》、罗盘。祖传的《更路经》和罗盘已卖给了书法家——这本是他自己多年来断断续续手抄的备份，罗盘则是一个新的，已经用玻璃罩扣住，摆放在祭坛之上。因为这两件都不是老旧的东西，老苏有些心神不定，害怕有人指出，害怕露馅，也害怕若是哪天出海的渔船出了啥事，会有人怪罪是因为这两件新东西镇不住。他还想到阿黄最介怀的，就是庆海爹的儿子，把庆海爹的经书和罗盘卖了，可自己不也是卖了吗？老苏强压住混乱的心绪，凝神静气，把还萦绕在喉舌之间的白酒的味道，当作自己的镇静剂。老苏也刹那闪过一个念头：要是用来祭海的，是自家的那两件老东西，该多好啊——即使要卖，祭拜了再卖，也行啊……但……唉……这事，没得假设了。老苏心中涌上对父亲、祖父以及更久远的先祖的愧疚，手不禁有些发抖，他越是用力镇定，手越是抖动得厉害。旁边的船长，并没有觉得有啥不妥，他们甚至因此觉得是老苏全身心投入。随着老苏的指挥，所有船长在祭坛面前，向《更路经》和罗盘敬拜，祈祷保佑海上顺风顺水、平平安安。之后，燃放鞭炮、燃烧纸钱，各种气味向老苏口鼻涌来，呛得他几乎要流泪。后面所有的喧闹，就跟老苏无关了。他脑子一片空白，所有人潮的涌动，他都闭眼不看。一阵阵喧闹以后，好几位领导在主席台上，用剪刀剪断一条彩带，之前讲话的领导高喊一声：“开渔！出发！”

渔船开始鸣笛，离岸出港。

老苏坚持要抱着自己刻好的那艘船出海去，让它随自己去吹一趟海风。

那艘船上漆之后，油光闪亮，渔船上该有的部分，一概不少，抱在手上，沉甸甸的。祭海仪式之后，老苏随着市内、镇上的相关领导一起上了一艘大船。组织者是旅行社的负责人，也邀请了周边的一些老渔民。他们要给新规划的旅游线路踩线，说是开拓什么海上新线路、拓展未来海洋旅游新方向、给热爱出行的人带来更极致的新鲜体验……都是一些老苏听不大懂的话。停靠岸边的时候，船有点随波轻荡，抱着自己雕刻的木船踩上甲板，老苏竟然有一点晕船。老苏赶紧把小木船摆放在甲板之上，自己伸手扶住船身。

船离开岸，往大海深处而去，船上、岸上尽是欢呼的声音。那些老渔民也在欢呼，尽管出海几十年，但这一次他们是前所未有地放松，可以谈笑风生，可以安然赏景，可以不理船怎么开、会不会遭遇风浪，这是他们第一次卸下担子出海。带着咸味的海风迎面而来，老苏晕船的感觉更重了，他忍不住嘲笑自己，还算是一个出海几十年的老渔民吗？他的脸色迅速苍白起来，喘气都有些急促，甚至喉咙泛酸，有呕吐将至的感觉。看到他神情不对，两个年轻人赶紧过来，把他扶进舱内，安排了个位置让他坐好。坐着，也并不能减轻一丁点儿晕船之感，若不是船已经开出老远，或许他会要求上岸。当然，上岸的念头只是在心底一闪而过，他为自己冒出这个念头脸红。他只能强忍着，尽量让自己去看船舱外的波光闪闪的海面和飞溅而起的浪花。恍惚之间，老苏回到了当年第一次随父亲出海的时候，回到了曾椰子的尸体被腌在船上臭味难忍的时候，回到了想潜入深海留在那个海底宫殿的时候。亲手雕刻好的木船，就放在脚下，好像那并不是一座雕塑，而是自己当年驰骋海面的那艘渔船。这艘小木船，跟真正的船一样，也有一个船舱，揭开一块板，里头空空的，这是老苏留给自己的位置。他想着，哪天要过世了，会叮嘱儿孙们，把他烧成灰，装进这艘船里，放到海上，让它随着海浪漂荡，沉在哪片海域都好……这个念头他不敢深想，他知道，即使交代了儿孙们，他们也未必会按照自己的想法去做——他当初不也没听父亲的交代，没把他撒进大海里吗？这个家族，总是出一些不听父亲话的逆子。但即使完不成这心愿，老苏也愿意随时摸着这艘小船，像当年从海上归来的夜，抚摸着自己女人的胸脯。

晕船感在开出大半个小时之后才减轻。旅行社的一位导游，前来扶着老苏到船长的驾驶室内。老苏交代道："把我的船看好！"那导游笑了："老苏，没人动你东西。"老苏回头看了几次，才跟着进到驾驶室内。船长立即站起来，是一位四十几岁的中年人，他伸手跟老苏握了握："苏爹，您好！这一次，还得麻烦您帮我们费心看看。到时要是有游客来，当然得让那些客人玩开心了，水下得能钓到鱼才是；还得麻烦您一起帮着我们找一找，哪片海域比较适合海钓，哪一片适合深海潜水。"

老苏说："多年没出海了，陌生了，陌生了。"

"别这么说，海上的路线图，都刻在您脑子里呢。现在仪器很先进，我们就缺少经验，以后还少不得请你们老渔民帮帮忙呢！"他的手一划，"看看，这就是我们现在的驾驶室，跟你们以前的掌舵行船，差别可大了。"老苏看着眼前的一片仪器，各种仪表闪着光，还有面积不小的显示屏，显示着卫星定位导航，显示着离岸边多远，显示着船航行过的路线。老苏赞叹道："这些东西，得学多久才会使啊？"船长笑了："比您学那经书容易多了，您到前面来看看，观察一下这片海，看看怎么样？"

老苏走近玻璃窗，外头的海面清清楚楚，但不会再有海风直扑而来，不会有海风给他浑身涂抹上一层厚厚的海盐。当船头的海水像要迎面扑来的时候，他的晕船也就消失了。他挺直了腰板，直愣愣地看着外头的水纹变化。他知道，当年所有沉睡的记忆已经在此刻复活，天空、水面出现任何一丁点颜色、形状的变化，他都能立即知道，那貌似如常的海面之下，隐藏着什么样的鱼虾、奇景或危险。腰板是怎么挺都挺不直了，但老苏知道，只要站在船身的最前面，毫无疑问，他就还是那个指挥若定的船长——这艘船上，唯一的船长。《更路经》里记载的千百条线路图，在他的眼前交错，缓缓铺展开。海面上纵横交错交通繁忙，海面上绝非一无所有。老苏忽然指着一片海面，中年人赶紧过来，想听听他说什么。老苏没有说，他本来想说的话，硬生生吞了回去，葬于肚腹中的汪洋，那句话他不会给任何人说。那句话，他早已用自己歪歪扭扭的毛笔字，记在手抄的那本《更路经》最后一页："自大潭往正东，直行一更半，我的坟墓。"

【原载《人民文学》2018年第9期】

旧姑娘

姚鄂梅

今天，我要陪妈妈去医院，她得去做个手术。她的乳腺出了问题，不得不切掉它。

昨晚，她脱掉上衣，让我给她拍了几张照片。她指着左侧那一只说：就是它给的你第一口奶。

接着她告诉我，如果她是个左撇子，我的第一口奶可能吃在右侧，但她不是，不仅出生后的第一口奶，以后每天的第一口奶，我都从左侧开始。由于我每顿都只能吃光整只左乳加半只右乳的乳量，长期下来，便造成了这样一个结果：跟右侧相比，左乳略略有点下垂，显然是使用过度引起的。问题偏偏就出在辛劳的左乳。妈妈也觉得难以理解，她以为要出问题也会出在右边。

很抱歉让你看到这么难看的、生病的东西，不过你放心，未来你的小乳房一定不是我这样的，它们一定健康又美丽，比你在美术馆看到的还要漂亮一百倍。

我要给我爸打电话，她不让，理由是，她宁可让我看到，也不想让他看到它的样子。

其实你也不必去，我完全可以一个人去医院。

我当然要去。我有任何事，她都跟我在一起，现在她遇到这么大的事，身边怎么可能没有我。再说我也该开始做些事了，当我们面对面站着时，我已经可以看到她的头顶。每个人都说，我不像个十二岁的女孩子。我总觉得，除了食物，有种东西也是生长素，那就是父亲的缺位。这并不是说我没有父亲，我有，他还活着，而且他们并没有离婚，只不过，他在离家一百公里外的另一座城市。

看着她胸前微微隆起的衣服，我不禁想起一个多月前的一个情景，我们横躺在床上聊天，我讲到学校的游泳课，告诉她我们班已经有女生开始穿C罩杯的胸罩了，她没吱声，冷不防身子一侧，一把掀起我的上衣，瞄了一眼，心满意足地躺了回去。我敢肯定你将来不是个大胸女人，这我就放心了。

我又惊又怒，拽着衣襟直叫：世上有你这样的妈吗？

得了，我是最像妈的妈。她一脸鄙夷地说：等你长大了就知道，大胸真难看，穿衣服显土，运动也不方便，稍大一点就一副大妈相。

她的确不算大胸女人，而且，就我所知，她总是寻找一切机会不穿胸罩，所以她有很多胸前有口袋的衬衣、宽松T恤，秋冬季更不用说，胸罩在她身上基本就绝迹了。她说她最喜欢的影星是凯拉·奈特丽，她符合她的一切审美标准：平胸，柔和的方脸，灵活的身躯，炽热的双眸。她说凯拉·奈特丽会是一辈子的姑娘，她老了不算是老了，而是旧了，她顶多会变成个旧姑娘。

妈妈说她就想当这样的姑娘，从崭新的姑娘到旧了的姑娘，不管多旧，只要是姑娘，她都乐意。

她说这跟裙子没有关系，跟长发也没有关系，事实上她更多的是穿裤子，亚麻裤、牛仔裤，常年晃着两条旧旧的腿、皱皱的腿，头发也不烫，天热就扎成一束，或是挽成一个大球，堆在头顶，四周掉下丝丝缕缕的散发，像刚从大风天里钻出来。

要想做一辈子的姑娘，第一条就是不能胖，所以我们家的体重秤一直摆在最显眼最方便称重的位置。但体重秤只是个结果，为了让那根指针指向一个满意的数字，我们的厨房和冰箱必须时刻处于理性状态。你记好，胖女孩的人生之路更艰辛。她说。

怕什么！我可以合理地利用衣服把我的身体藏起来，不让人家看到我是胖还是瘦呀。

是可以，但那只对标准体形有效，如果是个胖子，再宽松的衣服也无能为力。

她已经算瘦子了，但还是有自己的藏身秘籍。她在秋季不穿毛衣，她穿夏天的T恤，再套一件秋天的衬衣，再冷就加一件有腰带的风衣，或是耐脏耐磨的卫衣。到了冬天，她再在秋衣的基础上裹一件大棉袄。她说这个办法不仅能很好地藏起身体，还省钱，因为夏天的衣服比毛衣便宜得多，而且经过一个夏天的暴晒暴洗，T恤都有点走形，不适合留到明年再穿，所以安排它秋冬季节跟各种外套痴缠在一起，最终狼狈毙命。她还说，这样一来，我们就把春夏秋三个季节的衣服都穿在身上了，就不需要大衣柜了，也就不需要大房子了。

我们的房子很小，小到拖地可以不用拖把，只用一块大抹布就行。

妈妈曾在电话里对什么人说：我房子不大，刚刚够住下我的身体和灵魂。

我喜欢她这句话。

更早一些的时候，我记得我们是住过大房子的，我记得屋里有一段短短的楼梯，每间屋子都有个小阳台。有一天，妈妈牵着我的手去坐火车，火车的头有点像鲨鱼。

我们住进了宾馆，我喜欢那间宾馆，它有白色的被子和枕头，我一直在那堆白色的东西上面跳啊跳。后面我们出去了，走了很多地方，见了很多陌生人，有些人不太友好，一边跟她说话，一边冷冷地打量我，说：我不租给带孩子的人。还有人在电话里说：孩子看上去不吵，很安静，大人也很文静。后来，我要睡了，妈妈就一直抱着我，我在睡梦中感觉到她一直在走，走啊走，偶尔停下来，把我放在膝盖上，摸我的头。等我彻底醒来的时候，我已经站在了一片深绿色的地板上，妈妈说：看看我们的新家。新家不大，当我高兴的时候，几大步就能从大门跨到阳台，那是我们家最长的直线距离。

直到现在，妈妈一看到那种一蹦一跳穿着小伞裙的女孩就走不动路，她总是对我说：当时你就像她这么大，只会撅着小屁股上楼梯，不会下楼梯，得我抱。这话我至少听她说起过三百次。

当我大一点的时候，小时候的某个情景会突然闯进脑子里，尤其是火车、宾馆、租房这些场景。有一次，我突然想起我们离开家门的情景，我碰到小区里一条认识我的大金毛，我想留下来跟它玩，妈妈却拖着行李箱过来拉我：走啦，我们要去旅行啦。想到这里，我情不自禁地跑去问她：当年你说你要带我去旅行，结果却是搬家，就是那一次，对不对？

她转了转眼睛：是吗？我想不起来了。

弄清这一点并不重要，所以我放过了她，但有个问题我非弄清楚不可，我同桌在问我，你爸爸妈妈离婚了吗？因为他从来没有看到过我爸爸。

这一次，她没有转眼睛，很肯定地给了我回答：没有，我们没离婚，我们只是因为工作的关系没有住在一起而已，你不要少见多怪，很多家庭都像我们一样，这是最科学最高效的家庭布局，你看那些动物，那些马，那些大象，还有狮子，当它们还是不会捕猎的小动物时，都是跟妈妈在一起的，就像我们俩一样，爸爸的职责就是外出捕猎。

有段时间我特别喜欢问她为什么。

为什么我们家没有客厅，没有转角沙发。

她看了我一眼，答：因为我们不需要客厅，不需要转角沙发。

我又问她为什么。她说因为我们没有客人，我们也不需要躺在沙发上像个胖懒人一样地看电视。

为什么我们没有小汽车？

因为我不想给这个世界再增加一丝一毫的污染，也不想过多地消耗日渐稀少的能源。

为什么我们不出国旅行？

旅行应该安排在一个人的青春期，现在就让你去看世界，到了青春期，还有什么东西能打动你、震撼你呢？

我在学校里上跳远课跳得不好，被同学嘲笑，她知道后，傍晚时分带我来到附近一所学校的操场，看我跳了一次后，她找到了我的问题。

你不要担心踩不上那块起跳板，你的脚上有脚眼睛，它自然会找到起跳板，你只要盯着沙坑就行。

我按她说的试了几次，真的好多了。

你记住，无论何时何地，你的眼睛只需盯着你的目标物。

对了，她是个牙医。她说过，因为工作的关系，她讨厌看到人的牙齿，但偏偏人的脸上，对她来说，最醒目的就是一口牙齿，大概正是这个原因，她不认可世界是美好的这个说法，她说那是人的理想，或者说是心情愉快时的幻觉。

她认为她此生最大的错误就是去学牙医，她热爱医学，这没错，但阴差阳错，她不得不去学了牙医，她说这就像一个人热爱画画，梦想当一名大画家，结果却当了一名美甲师。

鉴于这个原因，她从不问我，你长大了想做什么，她说这会形成某种误导，还说将来的事，最好什么都不知道，谁都不知道，也不要去求神问卜，将来就是将来，只有对它一无所知，一无所料，我们才能兴致勃勃地活下去。

于是我们就整天乐呵呵傻乎乎往前走，有时我到第二天早上才想起来还有份作业没做，已经没时间了，她略一思索，给我写了个证明：某某同学因昨天发烧，作业没做完，请求今天补做。又不犯法！我们补做就是了。她说。

但现在，我们没法傻乎乎乐呵呵地往前走了，我特别想知道她的病会怎么样，特别想知道那把手术刀上会不会也长了眼睛，把该留着的留着，坏东西剜得涓滴不剩。

她的老板，另一个姓孙的女牙医，也来送她入院。我叫她孙妈妈。

对你来说，外观上不会有任何变化，你反正平得像男人。孙妈妈说话向来痛快：孩子一断奶就该剜掉，如果那时我在你身边，我就会这么建议你。

孙妈妈是个体形胖大的人，当她坐下来时，显得无比端庄，仿佛全世界都在她脖子底下簇拥着她，支持她，而当她站起来，又仿佛全世界都挂在她的肩上，把她累得气喘吁吁，颤颤巍巍。她有一手好厨艺，我们有时去她家聚餐，她做出来的主菜和甜点常常让人产生错觉，似乎我们不是坐在她家的小饭厅，而是在某个高大上的餐馆，侍者穿梭不停，却无声无息。我曾经问她：孙妈妈，这些好吃的东西你是怎么做出来的？

她望着我，严肃地说：用手做出来的呀，等你长大了就知道，女人就是个多功能机器。

她突然不往下说了，我知道，那是因为妈妈的腿悄悄撞了她一下。

孙妈妈用她肥厚温暖的手握着我的手。

孩子放心，只是个小手术，就像你吃苹果，吃出一点坏的，拿刀把那块剜掉就没事了。

手术定于明天，也就是周一早上。我在走廊里走来走去，侦察地形。

这个病区的墙上有很多宣传画，有几张是关于乳房切除的，有些切除后的乳房很恐怖，刀口缝得太紧，把旁边的皮肉扯得龇牙咧嘴，像在喊冤。孙妈妈叫我别看，但我就想把它看清楚，记在心里，这样，明天以后，我就不用去看妈妈的胸了，我怕她受不了我看她。

孙妈妈似乎知道我的意思。你妈妈不会是这样的，她变化不会太大，她几乎就没有这坨多余的肉。

这天晚上我没有回家，就在病房里。我睡在她脚那头，她的脚又长又硬，凉飕飕的，像两块奇形怪状的石头。好几次我怀疑她死过去了，她好像知道我在想什么，故意动一动，以此告诉我，她还没死。

第二天一早，她就催我上学。我背起书包走到走廊尽头，藏了起来，直到护士们把她扶上担架，推着她往手术室方向走，我才现身出来。没多久，孙妈妈也来了。

我向她坦白，我撒谎了，妈妈让我照常上课，不要请假，我答应了她，可我实在做不到。

孙妈妈夸我做得好。有些谎是该撒的。

我还撒了一个谎，我给我爸打过电话，他应该也快到了。

真的吗？他说了他会来？

当然会来，老婆做手术，做丈夫的不该来吗？

孙妈妈就笑：看看，一把年纪了，还要一个孩子来教我。

我们坐在离手术室不远的消防楼梯上，人们都挤在电梯那里进进出出，我们坐的地方变成了舒服又安静的角落。

孙妈妈问我，跟爸爸多长时间见一次。被她一问，我开始认真回忆这事，我好像有很长时间没跟他见过面了，因为妈妈说过，他有两份工作，忙得很，叫我不要用做五休二的普通男人的标准去要求他。偶尔我们也会通个电话，不是我打给他，也不是他打给我，而是妈妈打通了再把电话递给我。

他叫我波妞，因为我和他一起看过一部宫崎骏的动画片，他很喜欢里面那个叫波妞的红衣服小女孩，从此我就有了波妞这个小名。

我告诉他妈妈得了癌症时，他在那边惊呼一声，然后就一直说：波妞、波妞啊，我跟你说，没事的，你不要怕，我……我马上通知你舅舅。我问他什么时候回来，他说他立刻就去请假，请了假就过来。他还问我，是妈妈让我打这个电话的，还是我自己打的。我说，当然是我自己。妈妈忙得很，她一直都在收拾要带到医院去的东西，还要收拾房间，把每个收纳箱都贴上字条，以免我找不到换季的衣服。我正要叫妈妈来听电话，他喊住了我：不要告诉她你给我打过这个电话好吗？我猜他是想给妈妈一个惊喜，另外他可能也需要镇定一下情绪，毕竟这不是一个令人高兴的消息。

孙妈妈碰碰我：你妈没事的，乳腺癌是癌症里面最轻的，很好治，说不定医生切开一看，发现原来是良性的，赶紧缝好，抬下去，再向护士招手：下一个！

我笑了，我也觉得会是这样，妈妈一向是个很健康的人，连感冒都很少，从不见她吃药，倒是我，三天两头咽喉发炎，扁桃体发炎。

快得很，过不了几年，我们波妞就长大了，就是大人了，可以反过来照顾妈妈了。

孙妈妈也开始叫我波妞，爸爸取的小名真好，妈妈其实也给过我一个小名，叫伊伊，但没叫响，迄今为止，除了妈妈和我，很少有人知道我还有伊伊这个名字。

孙妈妈抓过我的手，放在她大面团似的膝盖上，温暖地望着我：好好读书，将来跟我学做牙医。

不，妈妈不希望我也像她一样，在别人的烂牙齿里度过一生，她说世间还有很多比烂牙齿更有意义的工作。

孙妈妈大笑起来：她这样说的？这不对，解除别人的痛苦，不分大小，都是高尚的工作。

孙妈妈在看表。你爸爸还没到！看来他的假不好请啊。她撇撇嘴：也许他的工作太重要了，离了他，地球都没法转。她让我再打一下爸爸的电话试试看。

爸爸很快就接了电话：波妞啊！

因为我跟他是同时说话的，我的声音打断了他的：爸爸，你什么时候到啊？

他清了下嗓子：波妞啊，爸爸正要给你打电话，爸爸现在有点事走不开，你放心，妈妈没事的，她现在有医生和护士，爸爸来了也没用，爸爸既不会开刀，也不会打针，来了也跟废物一样，医生也不喜欢有太多家属在场。舅舅应该快到了。

孙妈妈似乎听见了爸爸的声音，牵起一只嘴角，哼哼地笑。

我就知道，他现在有新家，有新孩子，前妻家的事算什么呢？

孙妈妈你什么意思？难道他们离婚了吗？我问过妈妈，她说他们没有离婚，只是因为工作的原因，不住在一起而已。

孙妈妈先是两眼圆睁，接着就羞红了脸：啊！对不起对不起，我弄错了，我把他想成另外一个人了，看我这记性，看我这嘴。

没关系，像我们这样的家庭的确很少。妈妈自己也说，我们的日子过得像野生动物，野生动物就像我们这样，孩子跟着妈妈，爸爸在外面觅食，她说这才是最高效最科学的组合。

你妈这样跟你说的？她还真是有个性呢。

孙妈妈接了个电话，回来对我说，她有急事，需要回到她的牙科诊所去，但她会派一个人过来帮助我，也会给我们送午饭过来，叫我不要出去，她一有空就过来陪我们。

妈妈提前一个小时从手术室出来了，看来手术特别顺利，只是状态比进去之前差多了，脸色灰白，人事不省，有种生命已经离她而去的感觉。

舅舅赶到了，他放下行李，看看妈妈，又看看我，一副被吓坏的样子。怎么就把日子过成这个样子了？！似乎妈妈生病是我们不小心犯的一个错误。

又一个劲地问我：她进去之前交代了什么没有？医药费押了多少？有没有写个备忘书之类的留给你？她就这么一躺就进去了，什么都没交代？

我不知该怎么回答，因为妈妈从来没跟我谈过这些问题。

舅舅在妈妈床边走来走去，歪扭着脸，像在进行痛苦的思考。然后他拿起电话。

哎，是我啊，我到了，情况很糟糕啊，我觉得你应该马上过来一趟，怎么说也是孩子妈对吧？

原来是在跟我爸打电话，但他语调怎么怪怪的。

我知道你忙，但这边也不是寻常的事嘛，她到底还是个孩子，一问三不知。总之你火速赶到吧。

放下电话，他又去观察妈妈，用手指在她鼻子底下试探，又扒开她的眼皮，喊她的名字，全都无效。我很生气，觉得舅舅真的很无知，难道他不知道他的手是有细菌的吗？不怕把妈妈染上新的疾病吗？

舅舅找护士去了，我猜他是要去了解妈妈的病情。

一个面相温和的阿姨拎着几只饭盒推门进来，一见我就冲我笑。细一看，原来是牙科诊所的阿姨，我见惯了她穿工作服的样子，现在她冷不丁换上自己的衣服，害得我差点没认出来。她说孙医生让她给我们送饭过来。

她带来的饭菜量很大，荤菜居多。我很为难，因为妈妈是素食主义者。

啥？素食？每天都是我做的饭，每天都是两荤一素，她都吃得干干净净，啥时候她变成素食主义者啦？

不可能，除了鸡蛋和牛奶，她不沾荤的。

那你呢？你也跟她一起素食？

我不一样，我要长身体，我得吃肉，所以我们家的肉是做给我一个人吃的。

阿姨愣愣地看着我：你妈真是，对自己也太狠了！

舅舅过来了，因为病人还没醒，阿姨送来的饭菜正好招待舅舅。舅舅边吃边悄声问我：那个女的，是你妈单位派来照顾她的吗？

我告诉她，人家只是来送饭的，人家送好饭马上就走了。

这算什么单位？职工生老病死都不管的吗？

吃了几口，又开始叹气：可惜了，这么赚钱的工作，当年你外公要是让我去学牙医就好了。

我突然不喜欢舅舅了，他从一进来，就没说过一句好听的话，一直在抱怨，说话还不文明。我忍不住开始反击：舅舅，妈妈出院了还要去上班的，她是个很好的牙医，她手机里有个几百人的群，那些人都是她的患者，她每天都在义务回答人家的咨询。她还是一个特殊学校的志愿者牙医，那里的学生们特别喜欢她，她一去，他们就围着她手舞足蹈。

志愿者牙医？完全不收钱的吗？

当然不收钱，否则还叫什么志愿者啊？

那是多大一笔固定财源啊！她怎么还是这样？活一辈子都长不大。

爸爸终于到了，他比以前胖了不少，一见我，就用力搂着我，不肯撒手。

他连公文包都没来得及放下，妈妈说得对，他真的很忙。

我抱着他的胳膊，拖着他去看妈妈，可惜妈妈还没醒。

得知他已走进住院部大厅时，舅舅说要抽烟，出去了。舅舅似乎并不像爸爸还没到时那样急着想见他。正好，我有机会单独问我爸一件事。

爸爸夸我长高了，说他像我这么大的时候，还是个小矮子，才只有一米五。

你会大大超过你爸，各个方面，这是一定的。

我望着他傻乐，他说什么我都不反对，都爱听，不像舅舅，舅舅每说一句话，我都在心里悄悄反驳一句。这种情绪不是我能控制的。

犹豫了一下，我终于说了出来：爸，有人说你们离婚了，不是真的吧？

我明显感到他身躯一震：……谁说的？

不管别人怎么说，我只信你，还有妈妈。

那……妈妈怎么说的？

她说你们没离，你们只是因为工作关系而没有住在一处。

那就行了，你信你妈就好了，别管别人怎么看，这种事，没有人比自己更清楚了。

妈妈也说，人不是活给别人看的，自己感觉好就是好。我就是感到奇怪，为什么别人的看法都跟我们家的人不一样呢？

这就叫特立独行，这也是你妈妈身上最闪光的地方，值得你学习。

但她有时又教我要做大多数，比如学校春游，人家都带薯片，她叫我也在包里塞一袋，其实我在家从不吃那个东西。

这叫随和，为人随和也很重要，可以帮你跟人相处。

可你刚刚还在赞美特立独行。

是啊，世界上的事就是这样，这里正确，不一定到那里还正确。他的目光开始游移，表示他对这个话题已没了兴趣。

我问他，现在妈妈生病了，他是不是该考虑跟我们住在一起了，因为妈妈需要人照顾。

他朝病床上瞟了一眼，说：等她好一点后，我会跟她好好谈谈的。

我追着问，他希望我和妈妈过去，还是他过来？因为我觉得他们要谈的话，无非也是这个问题，而我作为这个家里的一员，有知道的权利。

爸爸沉吟了一会儿，很严肃地把问题给我抛了回来。波妞，我问你，如果妈妈病得很厉害，照顾不了你，让你去舅舅家住几年，你愿意吗？

为什么？我想想舅舅大声说话的样子，不耐烦的样子，我可不喜欢爱抱怨的人，何况妈妈病了，正好由我来照顾她，为什么反而要安排我到别处去呢？

爸爸很忙，你又还没成年。

没成年也可以做很多事情。

看起来爸爸对我们要讨论的事情缺乏准备，所以他逃了出去，他说他要去找舅舅商量个事。

我来到妈妈枕头边，尽管她听不见，我还是对她说：我不想去舅舅家，我想要爸爸回来，我和爸爸分担家务，你什么都不用做，好好休息就行。

她闭着眼睛躺着，一点反应都没有。

舅舅先进病房的，他气呼呼地从床头柜里拽出自己的包，对我说：让你爸在这里守着，我们俩回去一趟。他需要我给他带路。

爸爸也板着脸尾随而至，似乎他们刚才谈得不愉快。

我带着舅舅坐地铁，他一进地铁就没那么气呼呼了，孩子似的紧跟着我，生怕走丢了。我有点得意，你再像在病房里那样咋呼呀。

但一到家里，他的气焰又起来了，大声说：你妈妈的医保卡啊证件啊这些东西都放在哪里？赶紧给我找出来，医院结账要用。

我依稀记得衣柜里面有个抽屉，每次我上医院，妈妈都从那个抽屉里拿医保卡。舅舅根据我的指点，找到了那个抽屉，翻了一阵，索性用力将抽屉拔了出来，倒扣在床上，零七碎八的东西铺开了半张床，舅舅在里面扒拉着。

我找出我的医保卡，递给舅舅，他瞄了一眼，不感兴趣。

妈妈的大学毕业证、工作证、职称资格证，都露面了，但似乎都不是舅舅要找的。我问他到底在找什么，他心不在焉地敷衍我：找个东西。

翻来覆去找了好几遍，一无所获，舅舅把那些东西胡乱扒拉进抽屉，但抽屉却装不进衣柜里了，哐啷哐啷折腾了老半天，终于强行推了进去，却没能还原，移动柜门关不上，他不得不照着抽屉使劲砸了一拳，咔的一声响，移动柜门勉强可以关上了。

你把抽屉弄坏了。

反正你也不会再用它了。他径直去了厨房，一扇一扇打开橱柜门，凡是有盖子的东西，他统统打开来看一看。

最后，他停下来问我：你知道你妈把房产证放在哪里了吗？

我摇头，我真不知道，妈妈从来没跟我说过这个东西，我也从来没有见过。

你爸爸是直接去了医院，还是先到家里再到医院的？

我也不知道，我没问过他，也不觉得有必要问他这个问题。

肯定是他拿了，狗日的好快！

舅舅决定就在家休息，医院那边留给爸爸，我交代了一些注意事项，往医院赶去。我才不愿在家里陪着怨气冲天的舅舅呢。

妈妈还没醒，爸爸在看手机，见我进来，爸爸向我伸出手。

他拉着我的手，问我在学校里怎么样，功课好不好，有没有好朋友，有没有当班干部，一番对答后，他表示对我的一切都很满意。你妈妈的确是个让人放心的人。

这等于是表扬了我们母女两个人，我很高兴，我猜妈妈也该感到高兴，可惜她还在麻醉中。

如果你回来，我们可以去买一个大点的沙发，现在的沙发是双人的，我希望把它换成三人的，这样我就可以在沙发上睡觉了。我喜欢睡在沙发上。

爸爸抚着我的手臂。如果让你转学，去我那边呢？

还是你回来比较好，我不想离开我的同学。对了，上个月妈妈新买了一个锅，用它做的煲仔饭可好吃了，妈妈现在越来越会做饭了，所以，你就回来吧。

这个，我还没向我领导汇报，还不知道我领导批不批准。

会批准的，我们班上有个人，他的爸爸也在外地工作，后来调回来了。

嗯，我试试看。

爸爸接了个电话，他看了妈妈一眼，压低声音说：人还没醒呢。什么都还没谈。你来干吗呢？好吧好吧，你来看看也行，趁现在她还没醒。

放下电话，爸爸对我说：有个阿姨，是爸爸的好朋友，她也想顺便过来看看。

那她也是妈妈的好朋友吗？

算是吧。你知道怎么招待客人吗？虽然是在医院里，也要尽量像在家里一样，对人热情一点，礼貌一点，这样才能给人留下个好印象。

我点头，这对我不是什么难事，毕竟我跟妈妈一起当过好多次志愿者，每次出门，妈妈都教我要热情大方，彬彬有礼。

一个披着大波浪长发的年轻阿姨出现在病房门口，跟在她旁边的还有一个三四岁大的小男孩。我向她问好，她含混地应了两声，打量我的眼神却很犀利，然后就把注意力转移到妈妈身上去了。

她踮着脚尖走到妈妈床边，背着手，微微弯下腰，细细打量妈妈的脸，她的眼神有点怪，像在挑剔一双鞋，或是什么家用物品。小男孩也跟过去，大声问他妈妈：她要死了吗？她居然不觉得他的提问有什么不妥。

然后她踮着脚尖回到爸爸身边，做了个夸张的古怪表情。

我递给她一瓶矿泉水，她摆摆手，看得出来，她很嫌弃医院的东西。她问我几岁了，读几年级，不等我回答，就对爸爸说：个子还蛮高的哈，跟你不太像，可能像……多一些。

我不明白她为什么不肯说妈妈这两个字，而用下巴指向妈妈来代替。

更让人生气的是，她还凑到爸爸的耳朵边，说起了悄悄话，她的嘴巴都快咬到爸爸的耳朵了。

爸爸在偷看我，我坚决不看他，只看自己的鼻尖，以此报复他的客人对妈妈不礼貌的行为。

我真是不理解，既然她是来看病人的，为什么一句安慰的话也没有，至少要向我或我爸爸说两句代为转达的话吧。爸爸居然会有这样的朋友。

她说完悄悄话就带着她的儿子往外走，小男孩还在追问：妈妈，那个人真的要死了吗？她不耐烦地回答他：是的是的。爸爸警卫员似的跟在他们后面，在我看来，他对他们过于亲切，过于呵护，连那个小男孩说了那么犯忌的话，他也无动于衷。

我拉着妈妈冰凉的手，说出了心里的想法，她一动不动，不知为什么，我总觉得她是听得见的。

爸爸回来了，他问我对这个阿姨印象如何，我说一般，想想到底不甘心，又说：她对人很不礼貌。

有些人是比较率真，甚至鲁莽一点，但她心地是好的。

反正我不喜欢她，我能看出来，她也不喜欢我。

这从何说起？你们才第一次见面。

直觉。

爸爸不再问了，他在房间和走廊里转了两圈，回来问我：舅舅是在家里，还是出去办事了？他刚跟我说他还有事要办。

我说他没出去，他在家翻箱倒柜找房产证呢，已经把妈妈的抽屉都搞坏了。

爸爸哈哈一笑：他找房产证？他找那个有什么用？

是你拿了吗？

我才没拿。手上有房产证，房子就是谁的吗？按说他不会不知道这个道理啊？算了，让他瞎忙去吧。

护士隔几分钟就过来看一次，叫我妈的名字，她也感到奇怪，为什么妈妈一直不能从麻药的状态中醒过来，其实她的各项指标已经趋于正常。

爸爸坐不住了，他向医生再三确认，得知妈妈一切都好，只是尚处于麻醉状态，就决定先去处理一些事情，过一会儿再回来。

他走了，我放轻脚步跟到门边，发现他一出门就加快了脚步，他几乎是跑到电梯门口去的。看来他真有急事。

爸爸一走，妈妈就说话了。

快！收拾东西，我们回家。

我吓了一跳，回头一看，妈妈正坐在床上，两眼澄明地看着我，一点都不像刚从昏迷中醒过来的人。

疼吗？我指指她那里，问她。

嗨！虚惊一场，不是乳腺癌，只是一种很特别的炎症，所以今天根本没做手术。

我高兴得跳起来。

当天下午，我们办好一切出院手续，那个隔一会儿就来看看妈妈的护士送我们到电梯口。妈妈一再对她道谢，护士摇着手说：注意医生的交代事项，随时回诊。我感觉她们不像一般的医生和病人的关系，她们更像是朋友。

我们回家宣布误诊的消息时，舅舅满脸不高兴。怎么会有这么不严肃的医院，就不怕把人吓死？

我把那个弄坏的抽屉悄悄指给妈妈看，她什么也没说，只点了点头。

第二天，舅舅走了，我也上学去了。

当我放学回家，妈妈不在，她很晚才满头大汗地回来。

连续几天都是如此。她说这次误诊给她敲响了警钟，她要开始锻炼身体了，她上下班不再乘车，改用步行。

这次误诊真的改变了她。一个星期过后，妈妈把我拉到她面前，严肃地说：你也得做出些改变，从明天起，我想让你尝试一种新的生活。

她说她才发现，虽然我成绩还不错，其他方面也都可以，但我动手能力极差，她承认原因在于她之前对我包办太多，长到这么大，我居然没做过一次饭，没洗过一次衣服，更没有跟同学以外的人打过交道。她说：你不是想读寄宿中学吗？你这个样子是不行的，我们得准备起来。

尝试新生活的内容之一就是周末住到牙科诊所里去，白天在那里做义工，晚上住在孙妈妈的办公室里。她说这事看起来简单，但困难只有在行动中才会产生，她要我自己去发现，去挑战。

当妈妈带我过去的时候，孙妈妈说：其实她真的不用住在办公室里，她可以住到我家里去，刚好跟薇薇做个伴，我都跟薇薇说过了，她早就盼着呢。突然停止，假咳了一声，像说错了什么。薇薇是孙妈妈的女儿，比我小一岁多。

第一个周末，白天很顺利，毕竟我常来这个诊所做义工，我换上白大褂，打扫诊室，清理卫生间，回答顾客的询问，为医生们跑腿，到了晚上，所有人都走了，诊所里空空荡荡的时候，我开始感到害怕，但还是硬着头皮，按照妈妈的吩咐，用自己带的脸盆和毛巾，在卫生间洗了个澡，然后坐到孙妈妈的办公桌前写作业，一直写到九点，就在这时，走廊里有了些响动，我吓得一动也不敢动，我后悔没在写作业之前就打开门背后的折叠床，此时此刻，我是无论如何都没有胆量走过去拿那个折叠床了。

困极了的时候，我趴在办公桌上睡了过去。胳膊睡疼了，又疼又麻，我不得不离开办公桌，躺到地上。

第二天早上，孙妈妈过来开门营业，问我过得如何，我说了有响动的事，她说那是老鼠，她也听到过。原来孙妈妈也有过睡办公室的经历。

转眼又到了晚上，我决定早做准备，天还没黑，我就做好一切准备工作，把折叠床打开，摆在办公桌后面，然后去洗澡，再然后写作业，当睡意袭来，我只需站起来，往身后的小床上一倒就行。

妈妈让我偶尔也去一下孙妈妈家，她叮嘱我去了那里要听话，要有礼貌，要勤快，要帮孙妈妈做点家务，但不要粗手大脚打破东西，凡事要让着薇薇，不要跟她起争执，要多听少说。我发现自己在孙妈妈家根本没有预料中的拘谨，他们是很随和的一家人，薇薇也很好相处，如果她能做到写作业的时候，不要总是跑过去玩她的暹罗猫，简直近乎完美。

整整半年，我都是在牙科诊所度过的周末，薇薇后来也受我影响，一到周末就跑到牙科诊所来跟我做伴，孙妈妈在卫生间里加装了个热水器，这样一来，我就可以洗淋浴了。我在百度上查了一下，去五金百货小店里买了个地漏，从此再也不担心头发堵塞管道，招致“水漫金山”了。这件事得到妈妈的大力表扬。

有时候，妈妈也会搞个突然袭击，冷不丁打电话过来，问我洗澡了没有，作业做完了没有，困了没有。我回答，诸事搞定，只等睡觉。薇薇有时会调皮地跑过来向妈妈告一状：阿姨，她昨天晚上睡得很晚。而我也会及时拆她的台：难道某人不是跟我同一时间睡的吗？

除此之外，妈妈还经常安排我跑腿，去医院替她买药，去超市买日用品，去小区找物业解决一些小问题，缴纳水电费，跟舅舅打电话聊家常，跟爸爸打电话聊学校里的问题，上网下各种订单，就连接收快递这种举手之劳的事，她也交给了我，虽然她当时离大门比我更近。

你不应该让他扛着东西进入门内，这不礼貌，也不安全，你应该把他堵在门外，自己把东西接过来，自己放好。总之，你不能让陌生人进入家门。

晚上八点以前，一定要回家，天大的事都放到第二天再说。

不要嘲笑弱者，不要激怒任何人。

不要把你的软弱和无助写在脸上，假装你什么都不缺，什么都不在乎。

当我觉得我已慢慢适应独自一人过夜，独自一人度过周末的时候，妈妈把我叫到跟前，说她有话跟我说。

对不起，我骗了你，我们早就离婚了，你生下来不到一岁我们就分开了，但我不想影响到你，所以我制造了你有父亲的假象，你爸爸在这点上还不错，一直挺配合的。真的很抱歉，我试过，也努力过，我想给你一个完整的家，但我实在做不到。

你已经做到了，我从没觉得自己的家不完整。

世界上不可能再有人像我那样爱你，除了你自己。女儿啊，一个人不一定非要读完大学才能独立，不一定要成年了才能独立，人应该在她有需要的时候开始独立行走，哪怕走得战战兢兢，哪怕走得不好看。当初我离婚，带着你从家里出来的时候，也是又紧张又害怕，觉也睡不着，头发一把一把地掉，体重也跟着掉，后来慢慢也挺过来了，虽然我们过得很简单，但简单有简单的快乐对不对？你行的，通过这半年多的试验，我看出来了，你比我当年强多了，真的，我为你感到骄傲。

其实我也怕过，我只是没有告诉你。

正常！一个人在黑暗的隧道里面行走怕不怕？当然怕，谁都会怕，这时候如果前面有火光，她就会拼命朝那火光扑过去，那个时候她还会害怕吗？她根本就不知道怕是什么东西了。所以最要紧的是找到自己的火光，无论在你生命的哪个阶段，都要找到自己的火光。眼下你的火光就是近在眼前的中考，那也是我的火光，我们什么都不要想，咬紧牙关，拿下中考再说。

中考结束了，我考上了心仪已久的高中。那是一个寄宿制学校，妈妈对我的试炼终于有用武之地了。

妈妈提议我们出去吃顿好的，庆祝一下，我想了想说：不如我来做给你吃吧，你不许指点，不许帮忙，你一个字都不要说，全都交给我一个人。

妈妈很兴奋地同意了。

这是我第一次掌勺，我从网上搜了几道菜的菜谱，存在手机上，然后就去了菜场。我觉得做饭没什么难的，大不了拿它当化学实验一样来做。

费了两个小时四十分钟，我做了五道菜，板栗烧鸡、油爆河虾、山药芝士、茄子煲、蘑菇青菜。

我把妈妈请上桌的时候，她眼泪吧嗒吧嗒直掉。我故意逗她：你看清楚了，我一点都没有剽窃你的，全是我的独创。

她泣不成声：我早就看出来了，你比我强太多。

我把鸡块接二连三夹进她碗里。

不行，我不能破例。

得了，你这个撒谎精妈妈，在你昏迷不醒的时候，诊所阿姨无意中已经把你的谎言戳穿了。

妈妈扭捏了一阵说：她那种人，懂什么。

不要这样说人家，怪就怪你的谎言不够严密，你应该说，我是间歇性素食。

她挂着眼泪笑了。

其实你还有很多谎言，我就不一一给你揭穿了，反正都是些人畜无害的小把戏。

但她到底没有吃下那些鸡块，她说医嘱不允许。

其实，我还有个谎言，这次是个真正的谎言。

她放下筷子，缓缓解开上衣，向我展示她的胸部。小小的左乳上，有一条半圆形已经愈合的创口。

现在可以向你揭穿这个谎言了，并没有误诊，它还在里面，医生说已经太迟了，不敢惊动它。不过也有好消息，昨天我去复诊，他们说简直是奇迹，它居然没有继续发展，看起来好像停止了生长。当然，我们也不要太过侥幸，它迟早会打败我的，你要做好准备，有一天，你必须一个人面对一切。

我已哭得看不清她的脸。

不要，我不要一个人，我害怕，你给我好好活着，听到没有？

我不是告诉过你吗？找到前方的火光，人就什么都不怕，你的下一束火光是高考，我会陪你一起，我要再创奇迹。

开学前几天，妈妈带着我来到我的新学校，看来她之前已经联系过了，当我们推开一扇门的时候，校长、财务负责人、班主任已经坐在里面等着我们。

他们的表情既庄重又沉痛，他们说，这是建校以来从未有过的事情，也是必须完成的嘱托。他们将管理好我的账户，协助我支付学费，开支生活费，确保我在整个高中阶段顺利无忧地完成学业，健康成长。校长还说，之所以安排三人共管，是考虑到万一有特殊情况，他们三人中有人需要离开（绝不会三人同时离开），余下的人能继续完成我妈妈的嘱托，同时吸纳可靠的人进入这个三人小组。他们承诺无论周末还是寒暑假，学生寝室都将为我开放。

原来妈妈已决定把我们的房子交给学校管理，由校方负责将房子出租，租金用于支付我的学费和生活费，直到高中毕业、大学毕业，直到我参加工作，需要住进自己的房子为止。

我们一起签了那个协议，那是我第一次郑重其事地签名，刚刚写下我的姓，我就哭了起来，那一瞬间，我意识到，我已正式作为一个独立的人，摇摇晃晃站在这个世界里。

签完协议没几天，妈妈就走了。我把她抱在怀里，她好轻，好薄，为了活下去，她已耗尽最后一丝气力。

孙妈妈带着一帮人帮她换了一身漂亮的衣服，把她放在一张漂亮的小床上，床边环绕鲜花和彩带，她们给她修眉、化妆、梳头，这回她真的像个姑娘了。

这个被生活累旧了的姑娘啊，正在进入某个神秘的匣子，当她从那里面出来的时候，会是一个新的姑娘吗?

【原载《长江文艺》2018年第23期】

鹰的阴影

邱华栋

傍晚的时候，他们抵达了山脚下。这片区域非常荒芜，杂草都很少，没有人在这里扎营。

“我们要加快速度，不然赶不上他们。他们可能在海拔四千多米的那个营地等我们呢。”

陆英勇对周翔说的“他们”，指的是另外几位登山者。他们是通过互联网上的登山爱好者联盟网站认识的。那几个人来自美国、匈牙利、奥地利和法国，再加上他们两个中国人。

周翔是一个登山新手，而陆英勇已经有十多年的非凡的登山纪录了。他登上了好几座世界上著名的山峰：乞力马扎罗峰、麦金利峰、厄尔布鲁士峰、文森峰和查亚峰，分别属于非洲、北美、欧洲、南极和大洋洲。他还到达过南极点和北极点。前往这些人迹罕至之地，是人体很难承受的极限之旅。正因为如此，才有一些人挑战自我，面对大自然，趋之若鹜地去攀登那直入云霄的高大山峰，抵达那渺无人迹的南极和北极点。

陆英勇就是一个不断挑战自我的人。他今年四十岁，刚好比周翔大十岁。早在2008年北京奥运会结束那一年，他就离开了传统行业，在互联网商业领域打拼，是一家上市公司的董事长。而周翔是和他有生意关联的一家公司的总经理。他们是生意上的合作伙伴。但从内心里来说，周翔觉得陆英勇是他精神上的引领者和兄长。他们的渊源很深，早在周翔多年前加入大学里那个著名的划艇队时，他就知道了陆英勇的名字。

大学划艇队成立很多年了，常常和世界著名大学，比如哈佛、牛津、剑桥等大学的划艇队进行友谊比赛。而取得最好战绩的划艇队，就是陆英勇担任队长的那一支。那是20世纪90年代的后期了，这位身高一米八八的划艇队队长，带领他的划艇队员们击败了世界上几所著名大学的划艇队，取得了冠军。十年之后才考入这所顶尖大学的周翔，在划艇队的荣誉室内，看到了照片上和队友一起捧着奖杯的陆英勇，就流露了崇拜之情。

后来，尽管周翔队长和他的队友们非常努力，在当年的世界著名大学划艇友谊赛中，他所在的划艇队取得的最好成绩只是第四名。参加划艇比赛，周翔才看到了欧美大学划艇队的队员们个个身形高大，如猛虎下山一般把个小小的划艇划得像是离弦的箭一样飞，又像是脱缰的野马一样快，中国大学队根本不是对手。可为什么早在十年前，陆英勇当队长的那一届，划艇队就能取得冠军？比赛结束之后，周翔队长想不通。因此，在荣誉室内，他看着墙上的照片里陆英勇冲着他笑的样子很羞愧。

很快，这就成了毕业之前的校园记忆，被周翔淡忘了。毕业之后，忙碌于自己的事业，直到有一天周翔和一家公司谈合作的时候，他才知道这家公司的董事长，就是学长陆英勇。两个有着相距十年的年龄差距和母校记忆的划艇队队长热烈握手了。后来，他们的合作很愉快，陆英勇经验丰富、意气风发、老到成熟，在新媒体时代的商业领域里转圜自如，让周翔十分佩服。周翔就跟着陆英勇一起在生意场上攻城略地，顺风顺水。

后来，有一天，陆英勇请周翔到他的公司参观他的登山纪念小馆。那是一座玻璃幕墙建筑，伫立在二环边的繁华地段，整栋大楼有十多层，外形上看是透明的，建筑风格有些后现代或超现实主义风格。这就是陆英勇的公司总部大楼。周翔来到了十层，出了电梯。来来往往的人很多，公司里的俊男靓女穿梭不止，说明了这家公司的成长性极好。

楼层值班的女秘书看了工作安排，告诉他陆董事长的办公室房间号，他就沿着走廊走过去。这样他就穿越了陆英勇布置的登山纪念小馆。说是小馆，的确是个小馆。这个基本上沿着长廊布置的登山纪念小馆所陈列的，都是陆英勇这些年登山所用过的东西。大大小小、长长短短的东西，如雪地靴、冰爪、登山绳索、手杖、尿罐，而很多氧气瓶就像是废弃的炮弹壳。

周翔还在仔细端详这些登山用具时，陆英勇已经出来迎接他了，和他一起走出来的还有一位气质高雅、面容漂亮的女士。他说："学弟，这是我夫人祁红，她现在要去赶飞机，我送送她。"祁红和周翔握手，微笑问好，"你有客人，不要下去了。"她的笑容里有一种大气爽朗的感觉。在电梯边，陆英勇很细心地把祁红穿的碎花衬衣的衣领整理了一下，拉了拉手，和她告别。

他走过来，给周翔介绍那些东西。这个是四十年前法国人在山上留下的氧气瓶，那个氧气瓶更加古老，是八十年前美国人留在喜马拉雅山上的，他带回来作为纪念。虽然是废品了，可不能当垃圾扔掉，这是标示时间刻度的最佳纪念物。

陆英勇的大办公室被布置成了登山营地。他还养了很多只猫。漂亮的、长相奇怪的黑猫、白猫、花猫，在帐篷、登山绳索、标志旗、上升器、防滑钉和雪镜之间上蹿下跳的。还有鹰和乌鸦的标本，在半空中挂着，像是还在翱翔。林林总总的登山器具，全部在眼前展现，这奇特的内景和所有其他公司办公环境的布置都不一样。这也是他激励员工的方法，更是招揽合作者的一种无形的广告。这广告在说：这家公司的老总攀登过世界上很多高大到直入云端的雪峰，值得崇拜，值得信赖！

"那鹰和乌鸦都是真标本。登山的时候，大鹰有时候在你的头顶飞翔，有时候在你脚下的山谷里滑翔，你可以看见它展开的翅膀的阴影缓缓划过山体。乌鸦嘛，在登山途中，如果你坐下来在雪地上喘气，不到一分钟，乌鸦群就会发现你，然后，它们就在你的头顶盘旋，呱呱叫着，它们以为你不行了，打算吃掉你的眼珠和舌头，以你为食物呢。这个时候，你就必须站起来继续走，然后，乌鸦就一哄而散了。”

周翔感到了一丝恐惧。这时，他想到了一个问题：“师兄，你告诉我，既然登山很艰难，为什么还有那么多人要去呢？”

陆英勇眨巴着眼睛，笑了笑：“因为山在那里。”他拍了拍周翔的肩膀，看着他疑惑的眼神：“这不是我的回答，是一个著名登山家的回答：因为山在那里，所以就要去攀登。”

周翔忽然就明白了，为什么登山？因为山在那里。他懂了。他说：“我也要登山。我能跟着您去登山吗？”

“当然可以啊，你要是能登到更高处，你的公司也会发展得更好。那是一种居高声自远的境界。你应该去登山。”

从那一次见面之后，周翔就在陆英勇的指导下开始学习登山了。陆英勇先帮助周翔联系了一所登山学校。在西藏的喜马拉雅山下，有这样的学校。登山者要通过一两年的实地学习，逐渐提高攀登山峰的海拔高度。假如你还没有登上过一座小山包，就不能去攀登海拔超过五千米的山峰，那很可能是要死人的。必须经过登山训练。在训练中，有的人进步快一点，有的人慢一点，有的人甚至发现自己根本不适合登山。等到登山训练学校觉得你可以登山了，你要提出申请，有关部门才可以给你发登山许可证。

然后，最根本的地方在于钱。没有钱一定不要去登山，这是一项十分昂贵的探险运动，那些登上顶峰的人，几乎可以说是钱堆上去的。至于要花多少钱，那要看你的实力了。

“你甚至可以花几十万美元，雇上几个夏尔巴人，把你抬到珠穆朗玛峰上去。有没有这样的人呢？当然有了。欧美的一些富豪，有的就是这么上去的。夏尔巴人在高山上如履平地，富豪被抬上去，因为他们付钱了。可这就没有什么意思了。登山运动，有一个最重要的特征，那就是要自己一步步地走上去。”

“一步步地走上去？”

“是的，一步步地走上去。不是一步步地走上去的，就不算登山。这是登山的一个铁律。再说了，人生的路不也是这样吗？一天天、一月月、一年年，就这么过来了。没有谁能快进或者放慢这一人生的时间速度，时间对每个人的衡量标准是一样的。登山，就要一步步地走上去。”

在山脚下支好帐篷，陆英勇又仔细检查了帐篷的几个角，压上了防风的石头。他们算是扎营了。今晚，陆英勇和周翔就要在帐篷里过夜了。

他们吃牛肉干，喝水。周翔这时很感念在山前地区出发的村子里他喝到的塔吉克女人煮的奶茶。那奶茶到现在还让他觉得胃里热乎乎的，很舒服，很有热量。躺在睡袋里，一时睡不着，周翔说：

“你是怎么登上乞力马扎罗山的？它是非洲的第一高峰。美国作家海明威有一篇小说，就叫作《乞力马扎罗的雪》。”

“我知道海明威，后来自杀了。他还获得过诺贝尔文学奖。他喜欢斗牛、打猎、捕鱼，年轻时驾驶一艘机船去搜寻过德国潜艇，负伤后在后方医院里喜欢过一个意大利女护士。有一部美国电影说的就是这个故事。”

“那是根据他的小说《永别了，武器》改编的。我还记得结尾，主人公和那个死去的女护士告别，然后‘一个人冒着大雨回家去’，非常硬汉派。乞力马扎罗山，海明威就爬上去过。他的那篇小说里写道：有一只豹子死在雪线之上。”

黑暗中，陆英勇被唤起了遥远的记忆：

“那是十二年前的事了。乞力马扎罗山在坦桑尼亚，最高峰海拔5895米，不算很高大，却是非洲最高的山。攀登乞力马扎罗山，面对它，分别有左、中、右三条上山路。其中，右路距离比较短，坡度也很缓和，不过中间有一段在山脊线上走，地势很险要。最艰难的是走中线，就像是坐缆车一样，直接提升海拔高度，迎面爬上去，路途近，但很费力气。最舒服的是左线，在山脚下的小村落吃饱喝足之后，开始登山，爬到海拔三千米的地方，就向右拐，走一条平缓的路，这是一条最美的观光线路，然后和中线的登顶道路汇合，冲刺最后的海拔一千多米的高度，到达顶峰。有意思的是，山脚下完全是热带风光，可爬着爬着，你就进入了寒冷的冬季。从山脚下向上面看，能看到山峰被白雪覆盖，可靠近了却是一片白云缭绕，都是云里雾里的，你必须穿越整个云雾层，才进入雪山的范围。非常有趣而神秘。山下的热带森林里，植物多样，繁茂无比，有很多猴子，不怕人，问你要吃的。你不要乱给东西，否则它们就一直跟着你，伸着手，你不理会了它们会抢你的东西，就跟峨眉山上的猴子一样。摆脱了猴子，你继续攀爬，渐渐地钻入一片云雾，出了云雾，啊，眼前一下子豁然开朗了，远处的白雪皑皑的峰顶在召唤你。”

周翔想象着陆英勇的那次登山的旅途。他又问：“海明威的那篇小说的开头就说到，在乞力马扎罗峰上有一具风干的花豹尸体，可没有人知道，花豹跑到那么高的地方死去是为什么。你看见过山上有非洲花豹的尸体吗？”

陆英勇笑出了声：“海明威写那篇小说，距离现在有百八十年了吧。我爬乞力马扎罗峰，可以说没有费什么劲儿，很快就登顶了。那是一次愉快的经历，这使我几乎轻视了登山运动，结果，我就吃了苦头。”

“怎么吃了苦头？”

“在第二年的五月，我就去攀登珠穆朗玛峰，结果登顶失败，功亏一篑。当时我已经上到了八千多米的高度了，就差几百米的海拔，但无论如何，我都不能再前进了。身体完全不行了，意志也崩溃了，我就下山了。”

“为什么会失败呢？”

“说到底还是准备不充分。到了第二台阶的时候，我无论如何不能再前进了。尤其是我还看到了不远处一个登山者的尸体，我就崩溃了，不能再前进了。”

“珠穆朗玛峰上有很多登山者的尸体吗？”

“不算很多，但的确能看见。在大本营有一个墓地，是石头垒的一些石堆，有人纪念性地营造的。每个石堆的前面都有人在石头上写了字，说是纪念谁谁的。那个人已经死了，但不在石堆里埋着，而是在山上死了，在更高的地方下不来了，死在登山途中了，被雪山留在那里了。”

听了这话，黑暗中，周翔沉默了好久。他听到外面起风了。这时，死亡的阴影就像是大鹰展开了翅膀，一瞬间飞过来，遮蔽了他爽朗的心情。登山是要死人的，这是他心理上没有准备充分的。

默不作声了许久，周翔听到陆英勇接着说：

“在珠穆朗玛峰的南坡和北坡，两条登山的主要线路的边上，都有死去的登山者。攀登珠峰的死亡率是百分之四，就是登顶一百个人，死四个人。有的是看不见的，他们掉入了冰缝，也有的，被雪崩掩埋了，失踪了。还有的掉入了悬崖，也看不到了。来年冰雪融化，顺着融化的水流会冲下来一些。能看见的尸体，也有一些。在一些地方，死在那里的，趴着、蹲着、躺着、侧倚着的，都有。那些尸体就像是路标一样，你最开始看见的时候，会心惊肉跳。因为那尸体很可能也是你，你也会变成他们。所以，你更要坚持下去，奋力攀爬，度过万难险境。每个死去的登山者都有记载，他们的队友、亲人和登山管理者大都有记载。有人会记住他们的，他们即使不是英雄，也是为了心里的理想死在雪山上的，和大多数庸俗不堪、无法挑战自我的庸人是不一样的。”

周翔觉得他说得也许并不准确。每个人都有权利挑选自己的生活方式，平静、平常的生活，也是一种态度，不用去指责。

“那登山中遇到最困难的时刻，是什么时候？”

“我想想……最困难的时刻，应该是在路上看到那些已经没有能力继续攀登的登山者打算放弃的那一刻，他向你投来恳求帮助的目光时。这时，你需要的是自己奋力前行，你连他的眼睛都不要看，一看到他的目光，你就和他一样了，你立即就变软弱了，被他带走了。这样你很可能就不能继续前进了。”

“登山途中，不断有人放弃吗？”

“在夏季的登山季，在珠穆朗玛峰上，中途放弃的比比皆是。你只管前行，这时，你要心无旁骛，只关注自己的状态。你的体力、心情、呼吸，你的步伐，你的装备有没有问题，你会不会遇到面罩脱落，氧气瓶里的氧气还够不够，你的雪镜有没有损坏，绳索的绳扣系得牢不牢，上升器还在不在，冰爪鞋子给不给力，你雇佣的夏尔巴向导和帮手有没有分心，等等。心无旁骛，一心登顶，这才是一个登山者要做的。”

周翔停了停，想到了这次出来的路途，问：“明天我们能和他们会合吗？”

“差不多，不过我们俩要走一整天，才能到达那个营地。那地方在山上的一个山谷里，靠近边境。我们要小心一点，高山上人烟稀少，但环境很复杂，有些国家的极端势力武装，有时候会非法越境活动。”

外面的风声变小了，空气变得稀薄了。这个夜晚周翔睡得不好，脑袋很疼。在睡袋里感觉不到大地托着他，有点飘浮在空中的感觉。他担心自己病了。

第二天一早，吃了东西，他们很快就出发了。这段上山路没有积雪，到处都是巨大的岩石，干燥而枯涩。一上到山脊上，风就变得又冷又硬。

“我对你登上了那么多山峰的经历非常感兴趣。但你好像讳莫如深，从来不愿意主动提起。现在，都给我说说把。一座座地来，”周翔有点气喘，“比如，北美的麦金利峰，你是怎么登上去的？那可是在阿拉斯加的苦寒之地啊。”

陆英勇停下来，调整了一下手杖，他的墨镜中有周翔那张白皙的脸：“八年前我就登上了麦金利峰。现在说起来，似乎是很遥远平常的事了。麦金利峰是北美洲最高峰，那里接近了北极圈。山上的天气多变，十分恶劣，冰川就像是刀斧的丛林，攀登起来险象环生，可我觉得，比起喜马拉雅山脉的那些高峻的山峰来说，还是要好接近一些。我记得，在麦金利山峰的脚下，有一座美国小镇，叫作塔肯纳镇，凡是进军麦金利峰的登山者，都要在那里停留，做些准备。我在那里雇了一个向导、一个帮手。每年的夏季七月，来登山的人有不少，所以这也是一门很好的生意。这两个当地人有点像印第安人，也有些像因纽特人，总之是两个美国人。”

“他们的价格贵吗？”

“比夏尔巴人便宜。登山的准备工作一定要做充分。我记得我们租借了两架雪橇车，前面拉人，后面拉东西。停留在镇上的时候，当地人就围着我们卖东西，有人给我兜售大鲸鱼的头骨，还有用鲸鱼的骨头做的手杖、相框和棋盘。鲸鱼的骨头特别粗壮，比我的腰还粗，估计你想象不出来。在那个镇上，无论是酒吧还是饭店，都有北极熊的皮毛做成的标本。填充起来的北极熊十分巨大，跟活着的一样，就站在酒吧里或者是酒店大堂里欢迎你，那阵势实在是吓人。我身高一米八八，可和那北极熊的标本比起来，还要小几号。人在北极熊的面前，就像是一只小猴子在大猩猩的面前一样。人类必须保持谦卑，才能在荒野上生存下来。”

陆英勇回想起他见过的那块鲸鱼的头骨，只有一部分，也很巨大，能把他整个人都装进去，可见鲸鱼的脑容量很大。这是一种聪明的动物。最终，他还是没有买下来，他不知道这玩意儿能不能允许带上飞机。

他记得，从塔肯纳镇远眺麦金利峰，它并不高大。可靠近之后，就知道了麦金利峰的艰险了。登山者一队队出发了，每天都有人登顶。等到他们回到小镇上，也都默不作声，就像是完成了一门功课而已。他们不愿意谈论登山的事。登山者在登顶的那一时刻，才是最激动的，之后就平静下来。是登山者本人加高了山峰的高度。这就是登顶的秘密所在。人是狂妄的，必须要给山峰再人为地增加一米多的高度，这是登山者登顶之后能够做到的。

两个人继续登山，从喀喇昆仑山延伸出来的这片山峰似乎并不友好，道路崎岖，落石滚滚。

“攀登麦金利峰最艰难的一段，就是走过它的冰川丛林。可能是风雪的作用，这些冰川纵横交错，十分艰险。我的冰镐和冰爪鞋起到了关键作用，自然还有绳索。我雇佣的当地向导和帮手很给力，他们俩一前一后，耐心地为我服务。他们已经有很多次攀爬麦金利峰的经历了，就像那些喜马拉雅山下的夏尔巴人一样，在高山上如履平地。他们的肺是天然的氧气瓶。也许，他们的血氧含量和我们这些来自平原和丘陵地带的人不一样，他们天然地就是高海拔的动物。我现在记得的是，攀登麦金利峰要战胜的，是内心的孤独和枯燥感。”

“有那么多登山者，还有助手，也会感到孤独？”

“是的。十分孤独。不知道为什么，在阿拉斯加，我看到的景象比任何地方都荒凉。荒凉无比的阿拉斯加大冰原！走啊走，就是没有尽头。前不着村，后不着店的。即使是靠近了雪山，开始登山了，前后也看不到什么人了，除了我的向导和助手我们三个人。其他登山者都不见了，太奇怪了！在镇上的时候他们人很多，一个个都跃跃欲试的样子。可眼前的白色令我绝望，让我想呕吐！可是，我什么都吐不出来。这就是我的感觉。登山路程要走‘之’字形路线。我记得，麦金利峰的三号营地位于海拔3500米的地方，嶙峋的山石突出于冰雪中间，像是怪兽在雪堆里观察你。继续攀登，就是一道天然的谷地，冰雪很厚实，在太阳下还有反光。这一段比较好走，提升高度很快，四号营地设在海拔4300米的地方，从那里可以看见麦金利峰的侧影。后面的攀登就开始变得艰难了，要沿着左侧的山脊线行进。风很大，雪晶不断地打在甚至是砸在我的身上和脸上，风吹的声音很大。这时，我就是大声喊叫，别人也听不见。雪吹在身上就像是钝刀子割肉一样，让我难受不已。可我必须坚持，忽然，风又停了，云雾散去，雪晶也没有了，我一看，来到了五号营地，海拔在5100米左右，是一处山的肩膀，有一片平缓的背风地带。一般在登顶之前，登山者都要在这里休整一下，喘口气，然后，就是最后的海拔1000米的冲锋了。”

“登顶之前，都要稍微休整一下吗？”

“最好休整一下。所以，每一次登顶之前的准备要充分。要准确判断衡量好自己的体力如何，携带的登山用具有没有遗失。曾经有登山者不自量力，没有估计好自己的体力，结果体力透支后就死在山上。登山运动，往往是这最后的海拔1000米的路是最艰难的。在麦金利峰，要沿着左侧山峰的山脊线，走'之'字形路线。我记得，我走着走着，阴郁的心情忽然开朗起来了，四周大海一样的景观逐渐显现了。当时，我看到了阿拉斯加的茫茫无际，想到了杰克·伦敦的《热爱生命》，大自然的辽阔和无情会让你在和它真正对话之后，感到某种绝望。远看那麦金利峰就像是一个女人丰满的乳房，柔和的线条，顶端是白雪皑皑的奶头。可到了最后冲刺登顶的时刻，那平缓的山脊就成了遥遥无期的征途。一步步、一步步地走上去，最后，我终于到达山顶了！可不知道为什么，我那一刻脑子里闪现的，却是鲸鱼头骨的一片灰白色。"

陆英勇不说话了。回忆那段艰险的登山经历，他觉得很忧伤。当时，他和妻子的感情那么好，每到一个地方，即使是用昂贵的卫星电话，他也要和她尽量多说几句。后来，他们的通话越来越少，他也感到越来越远，和她，和天地之间的任何东西。

"下山后，我重新回到了人间那灯火通明的塔肯纳镇，看到很多人在走来走去，酒吧里喧闹非常，酒店里熙熙攘攘，很多人来了，很多人又在离开，可我却感觉自己像是一只孤独的狼，在看着陌生的人群。晚上我睡不着，等待第二天坐飞机离开这里。我从窗户往外看着，我记得那是7月3号的晚上，即将迎来第二天国庆节的美国人，把这个小镇装扮得灯火辉煌，而我的内心里，却有一种无边的惆怅。"

现在的阳光很好，空气的透明度也很好。他们都看见了一只鹰。那只鹰就在他们的头顶盘旋着，遥远地盘旋着，一圈，又一圈。

它似乎发现了什么，在山峦之间，在大地之上。鹰的视力极佳，大地山峦对于它不过是一幅平面地图，任何跃动的东西，都在它的视线之内。

陆英勇停下来，用右手指了指那只鹰："你看，它有多大，它的翅膀展开来，有好几米宽呢。”

周翔紧紧地跟在陆英勇的后面，他的胸口非常憋闷。海拔高度逐渐升高，一切似乎都变了，呼吸变得更加滞重，胸口憋闷，每走一步都是艰难的。透过雪镜，顺着陆英勇手指的方向，他也看到了那只鹰。

那只鹰黑白相间，也许不是鹰，而应该叫作雕？或者鹫？但肯定不是隼，隼是很小的鹰了。这大鹰的翅膀展开来飞翔，就如同静止的风筝那样，在他们的头顶一圈又一圈地盘旋。

“也许，它发现了人的尸体。”周翔吐字艰难地说。他感觉自己的嘴说这几个字，都足足用了一分钟。平时说这几个字只需要三秒钟。

刚才，他用望远镜看到了远处那片雪地里趴卧着的一具穿着红色登山服的尸体，尖叫了起来。陆英勇告诉他，那个人趴在那里已经有十年的时间了，是个欧洲人。每个路过这里的登山者都能看见他。他就像是一个醒目的路标，告诉后来者，来到这里可能会死的。而且，他就在那里死给你看，死得那么平静、平常和安宁，趴在那里再也不能回家，也不能继续向上攀爬，更不能后撤到山下的营地里了。他是真的死了。周翔打了一个冷战。

“它飞过来了。它发现了我们。”陆英勇的声音稍微有点惊讶，周翔能听得出来。

周翔的雪镜片里，映射出了那只大鹰。它忽然俯冲下来，越来越近，似乎要向他们俩警告一样，呼啦一下子掠过了他们的头顶，就在距离他们很近的地方，也许是十米？二十米？在他们的耳边啸叫了一声，疾速地掠过了。

他们俩都看见了一道巨大的阴影掠过了白色的雪地。那是鹰的阴影，它的翅膀展开来的阴影，掠过了白色雪山。

“妈的，不祥之兆。”陆英勇喘了口气说，“高山上的鹰，都是闻到死亡的味道才会啸叫的。可这附近，什么也没有啊。除了那具早就被啄去眼睛、舌头和耳朵的登山者的尸体。”

现在，他们站在一片极其开阔的高台上，可以感觉到雪地下面是坚硬的岩石。从这里能看到眼前无比广大的世界，喜马拉雅山向西延伸而来的喀喇昆仑山的山体纵横捭阖地形成的“大海”。是的，这里是山的海洋，群峰竞起，峰峦叠嶂，高峰并峙，森严、冷漠而高拔，傲岸而遗世独立。这里是阔大和冷峻的世界，没有小山小水，都是大山和白云。白云在山峰之间缭绕，在他们的眼前流过。

他们发现在不远处的一块岩石上，搁着一罐红牛饮料。陆英勇走过去，抓在手里，打开来喝了一口，笑了：“这是美国人皮特给我们留下的路标。咱们要抓紧赶路。你现在感觉怎么样？”

周翔狠狠地吸了一口气：“我，感觉良好。”

他们继续前进。有四个登山者在前面等着他们俩呢。

……你想让我再给你说说我攀登厄尔布鲁士峰的情况？好吧。厄尔布鲁士峰位于大高加索山脉西段，是欧洲的最高峰，不过，它有两座并峙的山峰，一座海拔5642米，另外一座海拔5595米，差那么几十米的海拔高度，在近处和远处都看不出来。高加索地区是俄罗斯的传统势力范围，那里比较贫困，人也很粗狂豪野，桀骜不驯，不过也很淳朴。攀登厄尔布鲁士峰对于我是一次十分愉快的经历。整个登山的路途，要走一个很大的‘之’字形路线。去那里要先飞到索契，然后再坐汽车前往厄尔布鲁士峰山脚下。高加索地区出产的红酒非常棒。我在山脚下就喝到了很好的高加索红酒，无论是格鲁吉亚还是阿塞拜疆、亚美尼亚，红酒都非常好。

说起来，欧洲没有太高的山，从西到东，先是比利牛斯山横亘在西班牙、葡萄牙和法国之间，大画家毕加索和米罗当年要想成名，必须翻越比利牛斯山前往艺术之都——法国的巴黎才可以一举成名，不然他们就是西班牙放牛娃或是街头小混混。仅仅一山之隔，西班牙和法国就差多了。所以，西班牙人看着就像是没有进化好的白人，散漫，爱吹牛，懒惰，喜欢享受和性爱，却又没什么钱。我不大看得上西班牙人，虽然他们祖上曾经阔过，在大航海时代曾经征服过南美洲不少地方，杀了很多印第安人，干了不少让人不齿的坏事。葡萄牙人也是老牌子的海洋殖民者，可现在的葡萄牙，渺小、封闭、保守、沉默，就像是被欧洲遗忘的一块飞地。这全怪并不高大的比利牛斯山的阻隔。

继续往东，就是阿尔卑斯山脉，主要分布在瑞士和法国南部，从意大利也能看到这座山。阿尔卑斯山很有名，这条山脉适合滑雪的地方很多，不过并不惊险。于是，再往东的大高加索山脉的厄尔布鲁士峰，就成了欧洲第一高峰。

从更广大的地缘地貌上来看，从西边的比利牛斯山、阿尔卑斯山到大高加索山脉，然后继续向东，就是喀喇昆仑山脉和喜马拉雅山脉了。这是从欧洲西南部到亚洲西南部的、东西走向的几组巨大的山脉，形成了独特的地理屏障。一些高大的雪峰，构成了这些山脉之上的制高点。

大高加索山是欧洲和亚洲的分界山脉，南面的格鲁吉亚属于亚洲，北面的俄罗斯则属于欧洲。前些年，格鲁吉亚和俄罗斯之间爆发过战争，所以，我一到达厄尔布鲁士峰的山脚下，可以见到不少荷枪实弹的士兵，他们好像要随时准备开枪一样让人紧张。检查我的护照，也是看了一遍又一遍，唯恐我是一个间谍分子。

山脚下的小镇有缆车，直达山腰上的一处观光之地。从那里可以看到三千多米海拔之下的无尽的风景。高加索山山势险峻，勇敢彪悍的山地民族就在这崇山峻岭之间，养成了不服输的性格，比如格鲁吉亚人、阿塞拜疆人、车臣人和印古什人。再往山上走，就是登山者要走的无路之路了，大部分观光客就下山了，我则与两个助手一起，继续攀登山峰。

八月的盛夏时节，去厄尔布鲁士峰的登山者很多，大部分来自欧洲。那个季节特别适合旅游，空气宜人，山上险峻巍峨，山下风光旖旎。我的登山之路很顺畅，目标是海拔5642米的西侧主峰，欧洲最高峰。云团不断涌现，遮蔽了山峰。每一步都很艰难，又很踏实。我就这么一步步地走向了顶峰。

在顶峰之上，我照例要展开一面国旗。过去我在登上顶峰的时候，泪水往往会夺眶而出，一下子就化成了水汽，模糊了面罩和雪镜，让我什么都看不见。后来，再登上顶峰，我就学会了克制，不再那么容易流泪了。我首先感觉到，就是浑身紧张的肌肉忽然松弛了下来，然后我一屁股坐在硬实的雪地上，扔掉登山手杖，松开双腿，让脚上的冰爪鞋子舒展开来，然后，缓慢地从胸前的口袋里掏出来折叠着的一面五星红旗，仰面将它徐徐展开。那一瞬间，我的心里的第一感受就是，我登顶了！第一时刻要向祖国报告这一喜讯。

你听着可能觉得有点夸张。但对于我来说，这是很真实的感受。在山上，绝对不能轻易地想到母亲，更不能轻易喊妈妈，那是在你要死的时候才会喊的。要是你掉进了冰窟窿里，喊的一定是妈妈。那是最绝望的时刻。可是在顶峰之上，你想到的，却是祖国。因为这是令你最骄傲的时刻，只有祖国才能分享和注目于你登顶时的那种巨大的自豪。展开来国旗，激动地想一会儿祖国，即使祖国那个时候很忙，来不及想你这个儿子，你也心满意足，就可以慢慢下山了。

顶峰上有什么？首先是风非常大，就像刀子一样，刮得我的身体感到很疼。其次，山顶的积雪十分厚实，而峥嵘的山石也裸露在山顶，风大了，可以躲在山石后面喘息一会儿。我看到山顶上有人丢下不少纪念物品，比如，一些石头上会缠绕着衣服、他国的国旗和其他物品。这很不好。像珠穆朗玛峰，现在几乎被络绎不绝前来登山的成千上万名登山者产生的垃圾淹没了。每年，西藏当地政府都要派人清理下来几十吨垃圾。最好是什么都不要在山顶留下。

在高加索山下，我回味登顶的感觉，觉得很奇妙。从宾馆往外看，在灯光中，我竟然看到了一些高加索地区的骏马走过小镇的街道。那些骏马身材高大，腿都很长，马蹄得得，鬃毛飘洒，十分符合当年汉武帝寻求天马的要求，就那么在寂静无人的大街上，天马和骑手一起走过，却不知道我这个游子，刚刚从最高的山峰上下来。

他们走在大海一般的山峦之中。远看是两个小点，近看则是穿着鲜艳登山服的两个人。周翔现在的感觉是缺氧，每走一步都很疲乏。

他还感觉到脑袋也很疼，海拔的快速变化，让他的血压也有变化。

“那咱们休息一会儿。”看到他的这种状况，陆英勇扶着他，在一处岩石的背阴处歇息。周翔也看到了陆英勇蹙起了眉头。可能是遥远的事情，击中了他。“我能感觉到，这次出来登山，你的心情也不大一样。”周翔说。

“是的。你知道每个人都有自己隐秘的痛苦。这一次，我带你攀登这喀喇昆仑山，也在疏解我自己内心的痛苦。”

周翔迟疑了一下。他的太阳穴突突直跳：“什么痛苦？”

“我离婚了，就在上个月。”陆英勇的雪镜里，映照的是雪山的连绵。

周翔吃了一惊，他知道陆英勇的妻子很能干，是一位很著名的律师。他们一家三口过得很幸福，孩子也都上了初中，房子好几套，郊区还有别墅，在海南、云南大理和北戴河也都有房产。家里两辆汽车，一辆奔驰迈巴赫，一辆宝马越野，日子一直过得都是顺风顺水，是改革开放四十年的受益者。

“日子过得好好的，为什么要离婚？”

陆英勇从口袋里取出来一袋牛肉干，递给周翔一块。“你要是娶了一个律师老婆，在法律层面上就是一个弱者了。你得按照她对婚姻生活的设想来。否则，你就会被埋怨，你就是不合格的男人，直到你们渐渐疏离。自从我开始登山之后，我距离天空越来越近，而离她越来越远了。这也是她说的。”

周翔沉默了一会儿，从胸口摸出来一张肖像照片，递给陆英勇，笑了，露出来一嘴的白牙。“你离婚了，可我却要结婚了！这一次我登山成功了，我就回去成婚。我要通过这次的登山，来验证我承受结婚后生活变化的能力。”

“我知道你们的恋爱都好几年了，应该有一个正果了。”陆英勇拿过那张两寸的小照片端详着，照片上的姑娘很甜美，“我记得她姓冯，在师大教授心理学，对吧？”

“是啊，学心理学的女人，我估计和女律师也是不相上下吧。她对我的心理状态把握得非常准确，我也心甘情愿被她掌控。可我还是有点不愿意结束自己的单身状态，不知道我能不能适应家庭生活。”

“你肯定行，你责任感很强，又很会妥协。再说了，结婚后有了孩子就不一样了。孩子对婚姻很重要，任何时候都是一种黏合剂。”

“你离婚了之后，你现在是什么感觉？”周翔接过陆英勇递过来的照片，重新放回了胸口的一个小口袋里。

“痛苦。离婚了非常痛苦。人生的任何告别都是痛苦的，还有撕裂感。你的生活被撕开了。我也需要疗伤。我结束了某种生活，而你即将开始一种新生活。我比你大十岁，我们在各自不同的生命状态里。但我们一起来攀爬这里的高峰了，会获得不一样的生命感觉。但怎么说结婚都是美好的。祝福你们。”

周翔看不到陆英勇的眼睛，都在雪镜后面掩藏着呢。听他说话的语气，也许他的眼睛湿润了。

可能是为了岔开话题，陆英勇说：“你知道那个奥地利姑娘安娜，她为什么要来攀登这座山峰吗？”

“不知道。我们距离他们还有多远？”

“估计我们还要走四个小时，才能追上他们。安娜是个漂亮的金发姑娘，她有一个未婚夫，去年来这里登山，说好了登顶之后，就回奥地利和安娜结婚的。结果，他在海拔六千多米的雪山上，失足掉到了冰缝里，再也回不去了。这一次，安娜来和我们一起登山，就是为了看看她未婚夫的殉难之处。为了到他遇难的地方看一眼，她就来了。这是安娜的故事。每个人都有自己的登山故事。”

周翔心里一紧，有了一种不祥的感觉。这一次，他来登山，也是打算登顶成功之后就回去迎娶他心爱的女人的。

“很感人，”周翔喃喃地说，“但我可不想死在雪山上，我要活着回去。我的生活还没有完全展开呢。”

陆英勇这才觉得他说安娜的故事时机有点不对，他拍了拍周翔的肩膀：“没问题，你肯定能回去，娶到你心爱的心理学女老师的。我估计她有第六感，而我也在这里，我这个登山老手，能保证你安全下山回家。”

……那么，如何前往北极和南极两个地球的极点呢？你问我这个，我就告诉你我到达这两个极点的探险经历。现在，去北极和南极地区都比较容易了，交通工具便利了。但说着容易，做起来依然很难。真正抵达极点，是需要巨大的冒险精神和充分的物质准备的。

先说北极。北极点被巨大的北冰洋冰块覆盖，冰块互相挤撞，来回漂移，很难确定。确定北极点的准确位置，需要专用仪器的帮助，才能测定出来。从北极向任何一个方向走都是往南走。

我先从挪威奥斯陆飞到一座极地范围内的小岛上，那里只能降落小型飞机。在那里聚集着打算前往北极点进行探险的人。在北极探险，需要雪地狗、雪车、雪橇，还要防止北极熊的袭击。

前往北极点的路途既顺畅，也很艰险。在前进营地，做好了准备，我们就一个接一个地出发了。寻找极点需要依靠仪器测定，我们划着雪橇，坐着雪车在冰面上飞速前进。

我已经习惯了零下几十度的寒冷，登山服和防雪服非常耐寒。极目远眺，四周是白茫茫一片，这一刻，真孤独啊！在北极我会觉得我是最孤独的。我什么都不想说，狗拉雪橇在飞速前进，营地已经距离我很遥远了。雪橇是最保险的，因为极地犬的耐力是很好的，比汽油更可靠。在寒冷的天气里，汽油、柴油、航空用油都是不可靠的。机械会冻僵，汽油会凝固，发动机会不工作，极地狗却不会，它们活泼而欢快地拉着雪橇前进。在极地，我看到白茫茫的冰原上，耸起了很多冰凌堆。那些冰凌是冰块在互相撞击的过程中涌起的，又在寒冷的天气里完全冻结。远远看去，这些耸起于冰原地平线上的冰凌，很像是一个个白熊蹲伏在那里，打算伺机袭击我们这些挑战者，更何况这里本来就是北极熊的地盘。但靠近了发现，那是尖锥状的冰凌，不过是大自然的杰作。

我气喘吁吁，感到胸部很僵硬，太冷了！肺都不想工作了，可雪橇在前行。走啊走，走啊走，等到我筋疲力尽的时候，向导却说：我们距离北极点不远了！

根据仪器的指点，我们终于到达了北极点！我站在了极点之上。

这里是地球向北的所有经线的汇合点，极点。啊！我激动极了，一下躺在地上，再次展开了五星红旗。极地狗也在叫着，它们在休息，在欢快地吃东西，因为这时你要是不用食物来奖赏它们的辛劳，你就可能回不去了，你就会冻死在这个极点上，成为一个新的标志物。

我记得我躺下来，躺在极点上，似乎听到了这永久的冰块之下，有海豹的呢喃，鲸鱼的尾巴摆。我忽然看见了一个活物，是的，是一个活物，那是一只北极狐狸，白蓝色的，在冰原上探头探脑，一跳一跳地靠近我们，站起来观察我们，然后，又一跳一跳地跑了。这北极狐真是冰雪世界的精灵，它安慰了我孤寂无比的心灵，这时，我的心情平静多了。

向导说马上要刮大风，我们必须尽快撤离，这里不是久留之地，我们很快回到了直升机营地，乘坐直升机飞向极地小岛，从那里再坐更大的喷气式飞机飞回挪威的奥斯陆。北极探险就这么结束了。到达过北极点和没有到达过北极点的人，一定有所不同。可有什么不同，我得好好想想。后来，我的眼前总是出现那只北极蓝狐，它来探望我，似乎想和我说什么，它有秘密要告诉我，只是没有来得及说。

晚上，躺在奥斯陆的一家宾馆里，我头枕雪白的枕头，盖着雪白的被子，那一刻特别想念我的家人，我的妻子、孩子，我一下子大哭不止。我知道，他们都在远离我，而我此刻是多么想和他们靠近，手拉手地靠在一起。

第二年的年底，我又前往了南极，去寻找极点的位置。和北极的冰原不同，南极点的海拔很高，有3800米，那里的气温也非常低，低到了人类几乎难以承受的地步，似乎比北极更加寒冷。不过，那时我已经知道我停不下来了，我必须到达这些人迹罕至之处，才能驯服我内心的野马。

我那一次去南极，到达南极点之后，又接着攀登了南极的最高峰——文森峰。文森峰海拔5140米，是南极洲的最高峰。南极洲之所以叫作“洲”，是因为这里有一片连续的陆地和冰原构成的大陆。

这里和北极刚好相反，只有一个方向——北方。不管你往哪个方向走，都是北方。在南极，也是半年黑夜，半年白天，就是惯常所说的极昼和极夜。

到达南极有很多办法，从智利坐大船穿越终年刮大风的德雷克海峡，是常见的一种。不过，由于我后面的登顶路途还很艰险，我就直接坐一架红色的飞机，飞到了南极洲的边缘谢可林顿。而从那里出发，沿着南极洲的艾博思山脉向南极点进发，就容易多了。在智利那座小城，我们前往南极点的探险者临时形成了一个队伍。等到红色飞机载着我们飞到了北纬89度的探险营地，继续向南极点进发的路途，却依旧十分遥远。想想吧，一架红色飞机在白色的冰原上空飞翔，这有多美！当时，我坐着那架红色飞机飞越了智利到南极的海峡，飞向了极地边缘，心里按捺不住激动。人类最早到达南极点的时间是1911年，是由一些英国人实现的。当时，有两支前往南极点的探险队，结果一支彻底失败了，死伤好几位，另外一支探险队却意外地抢先到达。

如今在南极大陆，通往南极点的路上有多个观测站和补给站，可以得到很好的休息和救援。我发现，到南极的人比去北极的人多多了。可能大家都对南极企鹅感兴趣？那些几乎可以说熙熙攘攘的人们，纷纷来到了南极，在任何一个观察站，到处都有讲英语、法语、德语和西班牙语的人，讲中文的却很少。我们要先在爱国者山脉的营地里，集中进行训练，学会如何在雪地上行进。每个人的雪车后面都托带着行李包。要是善于用雪车，那在蓝白色的冰原上，你就会行走如风。

南极大陆也是一望无际的大冰原，这种空旷让我顿生绝望感，使我忘记了北京大都市的所有烦恼，也忘记了家庭琐事、夫妻之间的冷战和热战带来的不快、抚养孩子的艰难和所有的烦心事。

我们走的通往南极点的路途已经很寻常了。那是一条一百年来很多到达南极点的先辈们不断行过的路。他们的身影在时间的深处消失了，只有我们呼哧呼哧的喘气声，在冰原上回响。除了无垠的雪原，从表面上看不到有什么危险。我们艰难跋涉，一走就是十几公里，拉开了散兵线。可南极洲企鹅在哪里？完全看不见，不知道它们在哪里休息呢，实在是看不到一只企鹅。

向导杰克走在最前面。他就像是在雷区前进的排雷兵那样，手里拿着导航仪器，引领我们直接向南极点进发。我们要走一百多公里的路途才能到达南极点，需要走整整九天。每天，我们都要跟在向导杰克的后面走四到八个小时，然后是扎营休息。有时候，他那穿着红色雪地服的身影会在冰原上停下来，是磁场导致他手里的仪器发生了偏转？我紧盯着他的背影，祈祷他千万不要把我们导向万劫不复之地。好在这冰原不会突然裂开，也不会有暗流涌动，更不会有大鲸猛地冲破厚厚的冰层，从冰盖下一跃而出，把我们掀翻在地，然后全部吞噬。我的眼前有的，只是无尽的冰原，只是那像刀子一样切割着我的脸的冷风。南极的冰原开阔无垠，人太渺小了，这里太浩瀚了，浩瀚到了你简直觉得置身于星空和宇宙里，没有任何参照物能够让你觉得这里有边界。这里的一切都是减法，你什么都看不到，除了来到这里的人自己。没有苍蝇，没有苍鹰，没有岩石，没有乌鸦和马匹。我这一路前往南极点就没有看到一只企鹅。冰原上走动着的，就是我们这些人。我们人人都是逃犯，又像是在追捕自己的镜子里的猎人。

太阳永不落下，我们在白昼里行走，每天要走好几个小时。我们这一行一共有九个人，其中有两对夫妇，分别来自英国和瑞士，还有一个日本人、一个西班牙人、一个德国人。那个德国人一直对我不满意，在智利的餐厅里就觉得我不顺眼，出来一路上扎营的时候，我们挤在一个帐篷里，他总是要睡在中间。在我们的头顶，那永远都不落下的太阳，却是阴冷无比的。零下五六十度的天气，稍微不注意就会被冻伤，截肢的人比比皆是。

一天又一天，走啊走，在茫茫冰原上走路，实在是疲乏至极。当我们看见了南极点的一处美国观测站的建筑屋宇的时候，都很振奋，立即加快了步伐。

终于到达了南极点了！北极点是什么都没有，南极点却有一个巨大的钢球，放在那里，显示着地球这一重要支点。

我靠近那个镜面反射成凸透镜的钢球，看到了自己皲裂和变形的脸。太丑了，被冰雪和风扭曲了，击打了，摧毁了。可我到达南极点了，我终于到达了！我一下子躺下来，再次展开国旗，拍照留念。

在南极点，我感觉到这里真是乏善可陈，我到达这里之后，内心里浮现的是一种虚无感。在南极点观测站里，我喝到了热水，我泡了龙井茶，也请周围的人喝。接着，很快我们会坐飞机离开这里。那几天除了我们，后面还有一些探险者也陆续到了。我们等待了两天，终于有一架飞机前来接我们了。

我们飞离了南极点。还是一架红色的飞机，飞在白色的南极上空。

我坐飞机飞回休整地。我的下一个目标，就是攀登距离南极点并不遥远的南极洲的最高峰——文森峰。再次出发，来到文森峰下，是一周之后的事情了。我这个人做什么事情都喜欢一鼓作气。一鼓作气，再而衰，三而竭，这是中国古人说的。既然来到了南极洲，那我就要攀登文森峰这座最高峰。

文森峰海拔5140米，是地球上几大洲的最高峰中，最后一座被登顶的山峰。1966年，几个美国登山队员登上了文森峰。22年之后的1988年，两个中国登山家也登上了这座山峰的峰顶。现在，我来了。

从山脚下的一号营地出发，直奔海拔3000米的2号营地，一开始的登山路途十分顺利。从2号营地到达海拔4000米的3号营地，则是一段直上直下的路，需要借助绳索、冰爪和冰镐的力量，还有团队的协作。到达3号营地之后，往四下观察，南极洲真的是令人悲哀的苍茫存在。这简直是单调到极点的世界，到处都是灰白一片。天地之间，白云和大地、雪山和天空都是浑然一体的。不像其他地方的高大的雪峰，崇山峻岭之上是蓝天和白云，苍鹰也飞在你的脚下。

我记得在文森峰登顶之后，一场突如其来的风雪袭击了我们。我们来不及在山顶歇息，就赶紧下撤，结果还是有人冻伤了。那对瑞士夫妇的手脚都冻坏了。我估计得截肢了。回到了营地，红色的飞机接应我们。然后是向北飞行，飞回智利的圣地亚哥。

在圣地亚哥，我彻底放松下来，在那些热闹的、到处都喧响着拉丁音乐的智利安第斯山牧羊曲的调子里，我会忧郁而放肆地大哭起来，然后我给我见到的每一个在酒吧里的人买酒喝。我请客！我请所有的人喝一杯！在这个夜晚，我这个唯一的中国人是最孤独的，旷世的孤独，而我又是最幸福的，我和他们在一起，在圣地亚哥这家酒吧里，和他们每一个人都能敞开心扉地拥抱。我哭了，他们也哭了，然后我们又笑了，喝得醉醺醺，人人都跳舞或者抱在一起。

第二天，我们的团队解散了。告别的时候，我和他们都很感伤。有人不知疲惫，兴致勃勃地前往阿根廷，打算去攀登南美洲的最高峰——阿空加瓜峰。阿空加瓜峰是安第斯山脉中的一座高峻的山峰，海拔6964米，是一座死火山山峰。山顶岩石林立，地势相对平坦。

我感觉到疲惫已极。其实，是我的内心忽然地产生了某种厌倦。我格外想念我北京的家，我的老婆和孩子。我拿起电话就给祁红打过去了。在北京，还是白天，祁红正在工作，她有点不耐烦，可她不知道我现在多么想念她，多么想家。她听我絮絮叨叨说了半天，只说了一句：“好啦，你赶紧回来吧。”

于是，我就想尽快飞回去。再见了，南极大陆、南极点，还有南美洲。

这就是我前往北极和南极的一点经历。我去过了，我看见了，然后我又离开了。可能登山的最终目的，就是山在那里，你登顶之后，山，它还在那里。你以为你增加了山的高度，可实际上，山峰是不增不减的。

他们感觉到山上的气温在下降。太阳总是躲在云彩的后面不出来，或者说，云彩太厚了。紧接着，就下起了雪。

周翔没有见到过高山上飘雪。风裹挟着雪花，从天空的深处飘来。其实是从右侧的山谷里升上来的，几朵雪花撞在一起，就变成了雪团，打在他们身上。

“继续前进，我们要翻过这道山梁，然后向东边走，就是一块平缓的坡地了。”陆英勇在前面说，“这段路，你注意脚踩得实一些。

刚下的新雪很虚浮，踩不实的话，容易滑坠。”

周翔这才发现他们已经走在了一道非常陡峭的山脊上了。爬山的时候，你会不知不觉就习惯了大山的走向，等到你真的来到危险的地方时，你不注意就会习以为常，你注意了，那就会胆战心惊。周翔看到假如他稍微向左边走两步，就是一个陡坡，掉下去就是万丈深渊。他的心悬了起来，不敢走了。

陆英勇发现了他的情况，转身喊：“加快步伐，快速通过！”

周翔感到雪团砸在雪镜上，更令他烦恼和慌乱。他加快了速度。可脑子跟上了，步子却跟不上。一脚，两脚，他一下子踩虚了，一个趔趄，失去平衡，就向左边倒去。新雪的虚浮让他没有着落感，他一下子滑坠下去了。

滑坠是登山途中最危险的事故。滑坠，就是你无法按照既定路线前进或者后退，而是偏离主线，突然掉落到一边的非安全区域了。周翔感到自己一下子就掉下去了，他的手杖也甩开了，情急之下他使劲地抓着冰壁，可就是抓不住，一下子滑坠下去。陆英勇立即看到了这一危险情况，他狠踩地面，大喊：“抓住绳子，不要乱动。”

在登山过程中，绳索也起着关键的作用。用冰镐在冰雪上开道，绳索则拴系着人的腰部，贯穿着冰锥、冰爪，登山者使用上升器提升自己。周翔悬在了半空，他脚下是一个巨大的斜坡，掉下去就是滑向不可知的地狱，有去无回。现在，是腰上的绳子救了命。

“脚踩紧了，稳住身体，抓牢绳索，不要动，让我来！”上面传来了陆英勇的声音。这声音沉着而有力，就像是最有效的安慰剂一样，立刻让周翔清醒了许多。他不再慌乱了，心里浮现了未婚妻的脸。他必须活着回去娶她。按照陆英勇说的那样，他的脚踩实了。这时，陆英勇开始一点点地将命悬一线的周翔拽上来。那个过程周翔刻骨铭心，就像是一百年那么长的时间。

终于把他拽了上来。周翔得救了。他瘫软在山脊上，喘了半天气。陆英勇走到他身边，说：“很好。我们继续前进。给你三十秒，立即站起来。”

这次的脱险让周翔切实感受到了登山的险恶。这绝不是旅游，而是玩命。他更加小心了，内心也更加坚定了。有些事情，你经历过了，就会更有力量，而不是被惧怕所吓阻。

下午，雪停了。阴冷而耀眼的太阳再次照射在群山之间。陆英勇在一处凸起的岩石后面，搭起了帐篷，两个人钻进去休息休息，保持体力。

“谢谢你救了我。”周翔递给陆英勇一块牛肉干。这东西在山上吃非常管用。

陆英勇笑了笑，“也是你自己命大。”他嚼着牛肉干，“再说，有个姑娘等着你回家结婚呢，上天不会让你留在山上的。”

“你为什么会离婚？我总是不明白，你们——”周翔疑惑地问。

“生活中总有潜流、缝隙、暗礁、闪失、挫折。不知道哪里来的破坏力量，会突如其来地袭击我们的生活。从南极回到家里后，我似乎感觉到婚姻出现了问题。我老婆有个律师事务所，她是合伙人律师，平时非常忙。我又不断在外面登山，没有人照料家庭。于是，我那个叛逆儿子初三那一年，跟着几个搞摇滚的年轻人，忽然退学去了拉萨。是我老婆花了半个月的时间，才把儿子从西藏找回来，我回家她就埋怨是我把儿子带坏了，儿子变野了。她就开始和我冷战。而我那时候公司业务很忙，赶上了网络化的最好的电商时代，简直要忙疯了。”

“肯定有年轻姑娘喜欢你，对吧。”

“那是有的，这点事情瞒不过我的律师妻子。也有男人喜欢她啊。我们离婚了。她后来找了一个比她小8岁的男朋友。厉害吧？我妻子的取证手段也很厉害。但我很痛苦，我很爱她，可我不得不离婚。办完了离婚手续，为了纾解心情，我就去攀登了一座山峰……”

……那座山峰在印度尼西亚的新几内亚岛上，叫作查亚峰，海拔高度4884米，是大洋洲的最高峰。你要是展开地图来看，你会惊讶于新几内亚岛的巨大，这座岛简直是一个小大陆，靠近赤道。我就是那一次和皮特相识了。他也是去攀登查亚峰的。他是美国宾夕法尼亚人，高个子，长头发，喜欢登山运动。

在新几内亚岛，我想到了自己攀登乞力马扎罗峰的那种感觉。查亚峰是一座没有积雪的岩石山峰，山下到处都是热带植物，山脚下，植物长得太快了！十分茂密，第一天和第二天的植物都不一样，植物能一下子就覆盖所有人兽的踪迹。有很多猴子出没。我站在那里没动，忽然，感觉到我的脚被什么带毛的东西抚摸着，我一惊，低头一看，原来是一只猴子，正在睁大眼睛——它的眼睛像鸡蛋那么大——清澈、深邃、恐惧地看着你，脑袋上褐黄色的毛像是损坏的刷子那样支棱着，你一看它，它就尖叫一声，逃跑了。

大岛上还有很原始的土著，我们就碰到一些，就在我和皮特一起攀登查亚峰之前，在山脚下的密林边上，就有一个用草木编织而成的屋子连接起来构成的一座小村落。一些男人出现了，全都是裸体，他们的裆部用长长的树叶包裹起来，脑袋上装饰着锦鸡或其他鸟类的羽毛，很长、很夸张。不过，他们见过很多外面来的人，并不惊奇。那时候前来查亚峰登山的人络绎不绝，几乎每个月都有，登山者给他们带来了各种东西作为礼物。那个酋长和我握手，他的手又黑又长，就像是猩猩的爪子一样。他看我的眼神就像是食人族看待即将到手的猎物那样。不过，态度基本是友好的，假如你给他们带来了巧克力和糖果、香烟和酒，他们就非常喜欢你，然后一哄而散。

查亚峰攀爬起来十分艰难，艰难的地方在于它完全是一座岩石山，没有一丝冰雪覆盖，需要有攀岩的本领。这恰恰是我不擅长的。所以，皮特帮了我。他教给我很多攀爬这样的岩石山的技巧。

我们出发之后，一开始，有土著孩子忽而跟在后面，忽而跑在前面，拿着弓箭射杀小鸟和小动物，大呼小叫地十分快活。等到海拔升高，岩石山裸露出来，没有了雨林的遮蔽，他们就不见了，我们开始了真正的登山之旅。这时，攀岩的专用鞋子就派上用场了。这是一种柔韧性很好的鞋子。冰爪鞋和冰镐都用不上了，但手杖和绳索依然管用。互相协作至关重要。在岩石山上最大的危险是摔死，把自己随时固定在绳子上很管用。用手牢牢地抓住石头的棱角很管用。一鼓作气，缓慢登山很管用。利用绳索硬是把自己拽上那五十米的绝壁很管用。

我就是在那次登山时遇到了生命危险。当时我也滑坠了，掉到了悬崖下面的石缝里。我卡在那里整整有两个小时，是皮特耐心地、一点一点地将我拽上去。就像我刚才拽你一样。皮特救了我，等下你会看到他。我很感谢他，所以，这一次我们在网上约好了一起来到这里登山。

然后，经历了一场生死挑战，我重新振作起来，和皮特一起，慢慢地登上了查亚峰的峰顶。极目远眺，查亚峰四周莽莽苍苍，全都是雨林。在雨林之上，云雾氤氲漫卷，雨林被涂抹得朦胧神秘。不过，煞风景的，是能看到在查亚峰一侧的美国人投资的一个铜矿，热带雨林被砍伐了，那里就像是一个疮疤。柴火烟雾升腾，山石一层层剥落。

我对皮特说：你看你们美国人，手伸得太长了！皮特耸了耸肩膀，表示道歉。

那次下山是十分痛苦的，我左腿摔伤、肌肉酸疼，穿越了刀斧丛林般的岩石山，穿越了虫子不断掉落在身上的森林，经历了千难万险，我和皮特回到了市镇上，看到了乱跑的猪和鸡，我才知道自己回到了人间，也就不再怕那些带着食人族的目光看着我的土著了……

“他们在那里！”陆英勇指着前面的一顶小帐篷高声说。此时，连续行走了好几个小时的周翔已经筋疲力尽了。他振作起来，加快了步伐，靠近了那个营地。

小帐篷里的几个人出来了。他们是高个子的美国人皮特·恩斯特，奥地利人、金发长腿安娜，很瘦的、看上去有五十岁的法国人让·欧塔维，还有匈牙利人佩泰尔菲，他是一个很壮实的三十多岁的年轻人。

在暮色中，四个人的身影显得错落有致，加深了周翔对这片山谷的亲切感。空气中有煮肉罐头的香气，周翔饿了，他看到陆英勇上前紧紧拥抱了皮特，热烈地说了几句话，又和其他几个人握了握手，显然，他和皮特很亲近，两个人的暗号是拿出两罐红牛碰杯，然后一饮而尽。

周翔已经知道皮特和他一起爬过查亚峰，还把他从石缝里拽出来，救了他的命。陆英勇把周翔介绍给了这几位，他们互相友好地握手拥抱。在这人迹罕至的地方见到了同类，他们都很高兴。终于会合了，明天就可以继续登山了。

陆英勇对周翔说，在这个海拔超过五千米的边境地区，除了偷渡者、武装分子和边防士兵，偶尔会有一些牧羊人出没。

晚上，在帐篷外面，他们一起聚餐。在海拔这么高的地方，有这么一场小小的宴会进行，简直太棒了！各种压缩饼干、罐头、肉干、面包、干果和水，让所有人都感到了愉悦。

皮特和陆英勇商量了一下，就告诉大家明天的登山线路。

周翔观察着来到这里的几个登山者。唯一的女性，奥地利人安娜的长相很硬朗，这符合奥地利人脸部线条清晰的种族特征。德国人和奥地利人都善于沉思，所以，安娜也很喜欢沉思，还略带忧郁。也许，她在怀想长眠在海拔六千多米处的未婚夫？为了活跃气氛，周翔给她递过去一块牛肉干，用英语说，你要补充好能量。你必须像母牛一样有劲儿，才能登上顶峰。

她笑了，说：“用母牛这个词形容一个金发美女，合适吗？”

美国人皮特胡子拉碴的，他的个子超过了一米九，不知道这么高大的身材，是不是在高山上很耗氧。匈牙利人佩泰尔菲喜欢借助手电看书，他带的听说是一本诗集，那就更加令人惊奇了。他来这里是为了写一部描绘喀喇昆仑山的游记。那么法国人让·欧塔维呢？他抱着一个小型吉他，在弹唱着科西嘉地区的歌谣，带有意大利风味儿。周翔笑了，觉得这支队伍的构成五花八门，很奇葩。

晚上，在帐篷里，陆英勇睡着了。周翔感觉自己的状态好多了，肺部似乎习惯了缺氧状态。他拿出未婚妻的照片，用手电筒照着看，心里很温暖。这次登山回去之后，他就要带她一起去一座海岛上举行婚礼。此刻，在他登山的时候，她正在筹划着他们的婚礼的细节。周翔觉得自己很幸运，遇到了一个好女人。

他的动静把在一边打鼾的陆英勇吵醒了，看到周翔拿着手电筒在看照片，陆英勇叹了口气："你会把她娶到手的。你有福了。"

"我要结婚，而你却离婚了。咱俩的状态刚好相反。"

"是啊，刚好相反。结婚，很美好，而离婚，肯定不好。"陆英勇的声音有点低沉。那么，这次登山，也是他治愈创痛的一个方式。陆英勇躺了一阵子，坐起来开始在一张厚纸上写着什么。周翔想看，他不让看。陆英勇写了很久，难道他在写游记吗？或者，在给远方的人写一封信？想到陆英勇一路上悉心地照料着他，从耐心指导他登山的要领，到路上帮助他背东西、煮饭，再到后来在雪坡上把他生生拽出死亡的领地，周翔觉得这个学兄很伟岸，有一种面对任何挑战都顽强不屈的精神。他对陆英勇充满了感激和崇敬。

第二天一早，山下送给养的牦牛队上来了。那是几个夏尔巴人。夏尔巴人的血液里，据说有适应高山上活动的有氧因子。他们在海拔五千米以上的地方都如履平地。在喜马拉雅山和喀喇昆仑山登山的人，都喜欢雇佣夏尔巴人担任向导和助手。往往是好几个夏尔巴人帮助一个登山者攀登。只要你有足够的钱，夏尔巴人就能把你抬到珠穆朗玛峰的峰顶，而且你因缺氧都奄奄一息了，夏尔巴人还不怎么使用氧气罐。

周翔近距离地看那些上山的牦牛。牦牛非常雄壮，几个夏尔巴人把供给从牦牛背上解下来，由队长皮特分发给大家，主要是水和食物。

上午天气不好，山上有风雪，可能还有雷电。夏尔巴人告诉他们雷电袭击之前，岩石会发出嘶嘶的声响，他们就一直等到了下午才出发，一步步地向山上迈进。六个人都背着自己的东西，丁零当啷的声音在山谷间回荡。一个夏尔巴人走在最前面，后面跟着皮特，中间是他们几个，断后的是陆英勇和两个背着食物、水和其他东西的夏尔巴人。

九个人在山脊线上行走，拉远了看，就像是小黑点，蠕动在天地之间。一只鹰看到了他们，它从遥远的雪山之巅飞来，在他们的头顶盘旋，啸叫了一声，等到太阳猛地跳出来，映照了这片海洋般的山系，成为殷红的沸腾的山脉的时候，它又飞走了，阴影在山峦之上移动成一条线。

走了半天，傍晚的时候，他们扎营了。周翔感到自己明显缺氧，头疼，晕眩。他尽量不吸氧，可还是不能像陆英勇那样轻松自如。人家是资深登山家，我是菜鸟。周翔停下来，在一个夏尔巴人的帮助下扎好了帐篷，将手杖绑在帐篷的角上，钻进去躺在泡沫软垫上，赶紧按摩酸疼的小腿肌肉。

天色渐渐黑了。周翔觉得心脏有点儿不适应，陆英勇看出来了，他说："你躺下别动，呼吸要匀称，可能今天你走得太快了，明天要冲顶了，你今晚必须好好休息。"

周翔点了点头，很听话地躺在那里，渐渐地睡着了。在睡梦中，他似乎来到了一座海岛上。天空碧蓝碧蓝的，海水是透明的，他和新婚妻子小冯老师在浅海处潜水，在水下追逐着那些漂亮的热带海鱼。太阳照射在他们水下的身体上，白花花的，闪动着光斑，妻子带着氧气面罩的脸很生动，她很调皮地游过来抓住他……

就在这时候，他感觉到有人捅他，他醒过来了。

是一边的陆英勇。他小声说："有人在外面。不要动。"

周翔也听到了外面有声音，那是人走猫步的声音。可在这高山上，哪里能有人出现呢?

他睁开了眼，忽然看到了一片火光，映照在帐篷的外面。这时，帐篷外面有人用英语大声喊："出来！你们都出来！否则开枪了！"

周翔紧张坏了，但陆英勇非常沉着，他按住周翔，自己坐了起来，然后走出去了。周翔跟着出来了。

只见在他们扎营区帐篷的四周，站着十几个竖立着的黑影。有几束火把被人举着，在燃烧。周翔明白了，他们被某个武装团伙包围了。

接着，皮特、安娜、欧塔维、佩泰尔菲几个人都从帐篷里被赶出来。他们都吓了一跳，很紧张，也很配合，并没有做出什么反抗动作。很快，他们每个人都被捆住了双手，背在身后。这一切只发生在短短的几分钟之内。

周翔的心要跳出胸腔了，他害怕极了，但陆英勇给了他一个眼神，那是温暖的、稳重的、告诉他千万不要怕的眼神。他立即安稳了下来。

在火把的映照下，可以看到这些人都蒙着面，围着头巾，手里端着冲锋枪，都保持了沉默。为首的一个穿着黑色的衣服，只有一双眼睛露出来。他的腰间别有手枪，还有手雷。这伙人全副武装，一看就知道是邻国的一伙武装分子。可他们包围登山队干什么？

为首的对他们进行了搜身，抢走了手表、现金、护照，撕掉了佩泰尔菲的诗集，砸烂了欧塔维的小吉他。其余的人对他们的帐篷也进行了搜查，把抢到的东西背在了身上，拆毁了帐篷。

大概是凌晨四点多，周翔发现那几个夏尔巴人不见了。那些聪明的当地人，肯定察觉到有人包围了营地，早就跑了。

领头的走过去，他的手里拿着从他们身上搜到的各类证件，一一进行核对。他走到排成一排的登山者跟前，先问了陆英勇，“你，中国人？”

陆英勇点了点头，说，“是的。”领头的不说话，接着走到周翔跟前，“你，中国人？”他拿着证件核对着。周翔点头。等到问到皮特的时候，他站住了，“你，美国人？”皮特很淡然地说，“是的，美国人。”

那个领头的看着他，挑衅地和皮特对视。这人的身材也很高大，有一米八，不过还是比皮特矮一点。可以看出来，他很注意这个眼前的美国人，对视了十多秒，他拿起枪托，猛地砸在了皮特的肩膀上，皮特一个趔趄，差点就跌倒了。皮特站起来，那个领头的上来又朝他的脸上打了两拳，皮特的嘴巴和鼻子立即出血了。皮特刚要还击，两个蒙面的人走过来，在他身后用枪托击打他的小腿，皮特一下子跪在那里了。

皮特大喊：“杀了我！来吧！”他恼怒起来了。周翔和陆英勇都感觉到了皮特的愤怒和倔强。四周响起了一片拉枪栓的声音。被绑架的这些登山者和那些劫持者都感到场面紧张起来。

黑暗的山谷里，只有火把的猎猎声响。大家都静止不动了。

那个领头的发话了，“你们，跟我们走！”

周翔感觉到有人拿着枪管捅他，他知道在催促他上路。寒风凛冽，凌晨的山风刺骨寒。陆英勇示意他，不要和他们起冲突，伺机而动。

他们一队人开始前行。

周翔紧紧地跟着陆英勇。他猜测他们被邻国的极端武装绑架了。现在，他们被押着前往大山的那一边。在路上，陆英勇小声说，“前方有一处海拔6200米的隘口，过了那个隘口，有一条山羊道，从那里向北走有我们的边防哨所。”

周翔点了点头。他想，那些人绑架他们这些登山者干什么呢？他想不明白。这里地形复杂，好几个国家互相接壤。再往西，就是中亚地区，往南是巴基斯坦和阿富汗。绑架他们，无非是为了金钱，或者拿去交换什么俘虏，比如被俘虏的塔利班。周翔忽然想起来，他们对美国人皮特很凶狠，刚才还打了他，这说明，他们恨美国人。对陆英勇和他这两个中国人，还算友善。

这一走就是几个小时，一直走到了天光大亮。他们拉开了很长的散兵线，在山脊上行走。那里有一条山道，能够看见远处那海拔七千多米的雪峰。不过，这突如其来的阻断，看来是无法让他们再去登顶雪峰了。

海拔6200米的隘口，是冰川的一条冰舌的延伸地带。周翔看到在旁边的山谷里，巨大的冰舌从山上伸展着，沿着山谷奔腾，蓝色的冰川晶莹剔透，非常美丽。

忽然，大家都看到安娜激动了起来，她挣脱了押送她的那几个人，跑向了旁边的山谷。她这是要干什么？所有的人都站住了，枪栓被拉动、子弹上膛的声音响成了一片，有人在喊叫，要她停下来。可安娜还在疯狂地跑向那片冰川。几个蒙面人在后面追赶他。她跑着，双手在后面绑着，可她还是跑着。有人开枪了，子弹射在了安娜脚下的山石上，溅起了火花，她还在奔跑，跑向那一片山谷。

皮特也大喊起来，他的喊声让安娜停了下来，她还在向冰川方向张望着。后面的蒙面人追了上来。

周翔忽然明白了，她不是在逃跑，而是在奔向靠近冰川的一处山岩。皮特大声对着敌人喊：“不要开枪！她的未婚夫去年掉在了那个冰川下，死在那里了！”

所有的人都明白了。他们知道了安娜为什么奔向那片冰川。她的未婚夫去年死在了那里，她来这里就是为了这一刻，她来到未婚夫殉难的地方。可现在，她以被控制住的方式来到了这里，她被人反绑着，没法自由行动。

大家都站住了，陆英勇对周翔说：“要找机会逃跑。你要听我的。”周翔点了点头。他从来没有遇到过这样惊险的事。他心乱如麻，简直糟糕透顶，这次登山是他找的陆英勇，让他带他来到这里的。可现在，陷入了危局。怎么办？他很焦急。

安娜在山崖边跪着，哭了一阵子。

然后，蒙面的极端分子继续押着她前进。

他们很快翻过了海拔6200米的隘口。这里的视野非常开阔，周围的群山展现了狰狞的一面。凝固的大海波浪般的山峰层峦叠嶂，从这里下山，就会到达另一个国家了。海拔这么高的地方，没有人烟，只有他们这几个登山者，和那些武装分子。不过，可以看出来他们在高海拔地区并不适应，也在加紧下降海拔。

走了几个小时，中午的太阳看着很毒辣，可落到他们身上的感觉依旧是冰凉的。周翔感到手上的绳子勒得很紧。

他们扎营了，这里的海拔降了不少，似乎已经到了别国的领土上。那些绑架他们的人也放松了，在一处山谷里埋锅做饭。

吃完了饭，带头的似乎要审问皮特，把皮特带到了一边问话。皮特的额头、嘴角都有血迹，已经干了。他们每个人都有两个或者三个武装分子看押着。

吃饭的时候，他们给他们松了绑。周翔和陆英勇蹲在地上，吃着一种馕饼。没有水，干嚼很难吃，可一直走路，他们都饿坏了。陆英勇忽然塞给他一张折叠好的纸，对周翔小声说：“帮我带着，也许你能先逃脱。”周翔来不及问什么，纸就塞到了胸口的内袋里。

“一定不要慌张。要找机会跑。我们一路向南，现在我们已经不在中国境内了。他们把我们带到了境外。不过，看来距离他们的营地还很远，要到山脚下才行。”陆英勇小声说。

“那怎么办？”周翔用眼睛问他。

陆英勇这时看他的眼神特别温暖，让周翔很奇怪。陆英勇小声说：“我会掩护你，我说要你快跑的时候，你一定要头也不回地使劲跑，像山羊一样往北面跑，转过山岩，你使劲跑，只要十分钟，你就能跑到祖国的土地上。”

周翔点了点头，他明白了。所有的人命悬一线，能逃跑的机会很渺茫。可他的兄长，他信赖的这个男人会帮助他。他经验丰富，征服过全世界各大洲的最高峰，还去过南极和北极点，经历过生死考验了，他什么都不怕，早就将生死置之度外了。周翔的心渐渐平静了下来。

忽然，他们都看见，就在前面的空地上，那个蒙面的首领和皮特说着说着，就扭打了起来，皮特将蒙面人打倒在地。场面立刻变得紧张了。他们全都站了起来，蒙面人爬起来，拔出手枪，对着皮特的头部就开了枪。皮特一下子倒在地上死了。他一定是被打死了！

这时，陆英勇一把将身边看押他的那个蒙面人的冲锋枪抢了过来，对周翔说：“快跑！快跑！”然后，陆英勇就和冲过来的几个人扭打在了一起。

周翔连滚带爬地开始跑了，向着相反的方向，向着山那边，他像山羊一样开始跑了。本来他以为自己完全没有力气跑了，可是不，现在他敏捷如山羊，不知道从哪里迸发出了全部的力量，他开始使劲地奔跑。腾跃！躲闪！转弯！迟滞！飞奔！停顿！翻滚！冲刺！他飞快地跑着，他听到了其他人都在奔跑的声音，在他背后，场面大乱，大家都在反抗，都在奔跑了。

子弹在他身边和脚下嗖嗖地响着，他不会回头。必须听陆英勇的，他那温暖的目光，其实就是一种诀别。周翔的心里闪耀着陆英勇的目光，他奔跑着，奔向活命的那个方向——北方。在他的身后，不仅有枪声，还有追赶他的跑步声，时远时近。跑过了一个山头，就是一面陡坡，有雪，有大石头，还有一片茂盛的雪莲花。奇怪了，从来没有见过这么多的雪莲花盛开在这美丽的高山上，往常它们都是一朵朵的很孤立，现在则成片开放在这里，像是在欢迎他一样。

他飞快地奔跑着，几乎是跳跃着，翻滚着，像是自由落体的石头，弹起来，掉下去，飞起来，再落地。跑啊，跑啊，跑啊。他一口气跑到了山脚下的一片树林里。

他成功逃脱了。躲了一阵子，只能听见风声。这时他看到，在附近有一队中国边防巡逻兵，正在向这边赶过来。他彻底安全了。周翔再回头往山上看，他看到了一只鹰。那只鹰一定是听到了所有的声音，看到了所有的行动。那只巨大的鹰，沉着地盘旋着，看着眼前寂静的山谷，啸叫了几声。

周翔走出树林，仰望着那只鹰，看到它的影子正在扫过大地。

也许陆英勇已经牺牲了。他为了保护周翔，肯定是中弹了。他们一定会杀了所有的人。只有他逃脱了，回到了祖国的土地上。他忽然想起来陆英勇交给他一张折叠的纸片，他从胸口的内袋里取出来。原来，那是写给他的前妻祁红的最后一封信。在信中，他告诉她他依旧爱她，他已经无法再回家，希望她照顾好儿子，还请她照顾一下他的寡母。显然，这是一封诀别信。陆英勇当时已经感觉到自己再也不能回家了。

周翔没法看下去，他眼睛潮湿了。那只鹰继续在飞翔，就像是陆英勇的化身一样，在遥远的高空守护着他，使他回到了自己的国土上。周翔久久地端详着那只鹰，泪水横流。他默默地念着陆英勇的名字，直到那只掠过整个天空的大鹰的翅膀的阴影，被太阳的反光照亮。

【原载《长江文艺》2018年第17期】

兄弟

徐则臣

寻找孪生兄弟的少年从两军对垒的中间地带走过，在杀声震天之前，对左右两队人马各看了一眼。月光正好，我躲在人群里，看见他转向我们一边时，梦幻般地笑了一下。

一个星期以前，他从南方某个城市来到北京，下火车，背着双肩包，走走停停，最终落脚到我们隔壁的院子，和几个江西来的卖盗版光盘的住在了一起。本来他想跟我们合租。宝来被打成傻子回了花街，两张高低床就空出一个床位，但行健和米萝借口最近有老乡要来，没答应。哪有什么老乡，他俩就是看他不放心，聊完后就把人家打发走了。

“你看他那眼神，”行健对着我半眯一双眼，“迷离吗？”我点点头。“像个神经病吗？”米萝问我。我也点头。必须承认，行健学得很像，他的大眼睛阖上一半，立马山远水远，恍恍惚惚如在梦中。

他们断定这家伙有毛病。想想也是，正常人谁会到北京来找另一个自己。开始他跟我们说，还有一个叫戴山川的人活在这世上，就在北京。我们说，当然，只要不是稀奇古怪的名字，两千多万人里肯定能抓到几个同名的。不，戴山川纠正我们，不仅同名同姓，他跟我是同一个人。我、行健和米萝三人后背上的寒毛瞬间竖了起来。同一个人！戴山川眯起了眼，目光幽幽地放出去，像一只翅膀无限延长的乌鸦飞过城市的上空，从北京西郊一直飞到了朝阳区，再往前，飞到了通州。当时我们坐在屋顶上，这是我们能够给客人提供的最高礼遇。我们希望他能睡到宝来的那张空床上，这样就可以把每个人的房租从三分之一降低到四分之一。

“看，这就是北京。”行健在屋顶上对着浩瀚的城市宏伟地一挥手，“在这一带，你找不到比这更好的房子了。爬上屋顶，你可以看见整个首都。”

戴山川慢悠悠地点头：“嗯，我一定能在这里找到戴山川。”

“你确定要找的是戴山川？”我问。

“不是戴山河？”行健问。

“或者戴山水？”米萝说。

“不是。”戴山川自信地笑了笑。后来我们一致认为，不管从哪个角度看，他笑得都有点诡异阴森。戴山川一边笑一边说：“我要找的就是另一个自己。”

接下来他坐在屋顶上我们唯一的一把竹椅子里，跟我们讲他要找的那个戴山川。他是看着那个戴山川的照片长大的。他从口袋里摸出一张揉皱了的五寸照片，一个白白胖胖的男孩咧着嘴傻笑，可能一岁都不到，顶着一头稀疏柔软的黄毛。“戴山川。”他说。然后从另一个口袋又摸出一张照片，十岁左右的男孩，人五人六地穿着一身花格子小西装，双手掐腰继续傻笑，为拍照临时梳了一个三七开的分头。他说：“我。”

“戴山川。”我说。那个不到一岁的小东西八九年后变成了花格子西装，又过了六七年，小西装和我们一起坐在了黄昏时分北京的屋顶上。不会错，看得出来的。

“我。”

“你就是戴山川。”行健说。

“他是他，我是我。”

“戴山川就是你。”米萝说。

“我是另一个他，他是另一个我。”

有点乱。

行健先觉得问题不对的，他指着飞过头顶的一群鸽子说：“狗日的打下来一只吃吃。”

我和米萝一起追着鸽子看。但戴山川的目光依然像乌鸦一样宽阔地滑翔，鸽群不在他眼里。他坚持要跟我们说说另一个戴山川的事。

事情其实很简单，我们可能都经历过。小时候不听话，父母就会说，早知道不要你了，要另外一个了。另外哪一个呢？另外一个“我”，或者我的“兄弟”或“姐妹”。在父母的叙述中，那个“我”或者我的“兄弟姐妹”，因为养不起，因为不听话，因为某些其他原因，送人了。现在他们后悔了，因为我们让他们很头疼。必须承认，这一招挺好使，年少时我们的小神经都绷不住，担心真有个谁掉头杀回来，穿上我们的衣服，戴上我们的帽子和手套，端了我们的茶杯和饭碗，抢了父母给我们的爱，代替我们活在这世上，于是乖乖地做回个好孩子。这种玩笑式的骗局也就管用那么几年，大一点再怎么编排我们都不信了。大人肯定也觉得编下去很无聊，又转回到最好使的方法上：简单粗暴型责骂。但是戴山川跟我们不一样，他是家里独子，爷爷奶奶、外公外婆、爸爸妈妈、叔叔阿姨、舅舅姑妈，一大群人供着这么一个宝贝疙瘩，哪舍得动粗，连假想敌都舍不得给他树立成别人。这个世界上，能与他竞争的只有他自己。一岁不到，他不好好吃饭，爷爷奶奶指着一张镶在精美相框里的大照片（就是他掏给我们看的五寸照片的放大版）说：

“认识吗，这是谁？”

戴山川指指自己。

爷爷奶奶摇摇头：“不是这里的你，是在北京的你。”

戴山川晃晃悠悠走到穿衣镜前，要钻进镜子里把自己找出来。

他不好好睡觉，爸爸妈妈也指那张大照片给他看。“再不睡，咱们换了那个戴山川回来吧。”

戴山川赶紧闭上眼。

只要家里人往相框里一指，戴山川立马老实。戴山川说，很多年里，他最怕的人不是父母，不是老师，也不是班上抽烟打架的男同学和马路上游手好闲的流氓阿飞，而是墙上的那个自己。他怕到了恨的程度。那个远在北京的自己，他是他最大的敌人。那张照片拍得很立体，不管从哪个角度看，两只眼睛都在盯着你。小小的戴山川用眼睛余光扫一下相框，在北京的那个自己就警醒地注意到了，搞得年幼的戴山川被迫成了整个小区最听话的孩子。进了学校，他也是好学生典型，老师一次次要求大家向他看齐。他想过把照片给毁掉，不敢明目张胆地下手，装作不小心碰掉了相框，玻璃碎了。母亲倒没怎么批评他，拿去装潢店重新镶了一个更漂亮的相框，还挂在原处。父亲说，别再乱碰了啊。

后来，他终于长大到明白镜框里的那个小孩不过是父母管教和要挟他的借口，因为那个戴山川一直停留在不到一岁的模样，而他一天天长大了。但他发现自己已经离不开他了。这么多年，他只有他自己这一个朋友。没有兄弟姐妹，从学校回家，同龄的玩伴都没有，家里人怕他被人欺负，怕他出去跟孩子们疯玩影响学习，怕跑步摔倒了，怕他跟别人争执时打架。他只能跟墙上的自己玩。他跟相框里的戴山川说：

“戴山川，你好。”

他又代戴山川回答：“你也好，戴山川。”

“戴山川你吃了吗？”

他再自己答：“我吃了，戴山川。你呢？”

“我也吃了。你知道《登鹳雀楼》这首诗吗？”

“我还会背呢。白日依山尽，黄河入海流。欲穷千里目，更上一层楼。”

“爸妈今天早上吵架了，你知道为什么吗？”

“天热了呗。”

“晚上又吵了。”

“因为空调没修好。”

“老师下午批评我了，说我不团结同学。”

“那是因为你有我这样的朋友。”

“没错，你说得对。”

没错，相框里的戴山川成了戴山川的朋友。他喜欢跟他说话，他也习惯了想象一个也叫戴山川的自己，如何在一个陌生但十分有名的城市生活。他是最好的朋友，也是唯一的朋友。他一个人在家，从不觉得孤独；或者说，学会和另一个自己交流以后，就不再觉得孤独了。

“没准你真有个双胞胎兄弟呢？”我提醒他。

“要是有个双胞胎兄弟，”行健说，“这事我倒还能理解一点。但另一个自己，咳咳，听着都瘆得慌。”

“除非你有精神分裂症。”米萝说。

“我也想过，”戴山川坐在我们的屋顶上，把那张五寸旧照片翻来覆去地看，“但我爸妈说，他们只生了我一个孩子。一个人在世上，会不会真有自己的分身呢？”他从兜里又掏出一张照片，显然是他刚拍的：“比如，你们在北京见过一个长得像这样的人吗？”

行健打了个哆嗦，撇撇嘴。“不行了，憋得不行。我得上厕所了。”

他要从屋顶上下来。米萝也跟着下，我也站起来。北京是个大地方，的确什么稀奇古怪的事都可能发生，但这事可能性很小。

“我还没说完呢。”戴山川说。

“不用说完了。”行健已经下到了地上，“空床位暂时不租了，这几天我们老乡要来借住，是不是啊你们俩？”

我和米萝说：“嗯，是。”

事情就这么结束了。我把戴山川送出门，朝隔壁努努嘴：“那边应该还有空床位，你去试试？”

第二天早上我头疼病犯了，在街巷里跑步，经过隔壁敞开的院门，听见有人含混地嗨了一声。我停下，伸头往里看，戴山川蹲在水龙头边刷牙，满嘴泡沫地对我摆摆手。

那段时间我们的活儿都停了，小广告不能再贴了。那是“城市牛皮癣”，警察见了抓，城管见了也抓，环卫工人见了也要追着你跑。其他游街串巷的小商贩，开三轮车卖水果的，摆摊卖盗版光盘的，办假证的，地铁口卖唱的，推小车街头巷口摊煎饼果子、炸火腿肠、卖切糕、卖豆浆稀饭包子盒饭的，四处游荡卖笛子、二胡、葫芦丝的，也都老老实实地蹲在出租屋里了。没有人说不许出去，但你要出去那就是找死。全北京都在整顿。听说要开重要会议。

忙着挣钱时，大家相安无事，有矛盾有竞争也没时间掰扯；现在闲下来，有问题解决问题，没事的也相互找个碴儿，吵嘴的吵嘴，打架的打架，反正都不能让光阴虚度了。开始还是单挑，谁有矛盾谁解决，文的武的都行；后来就乱了，以武为主，谁有矛盾一大群人都上。一个篱笆三个桩，谁还没有几个哥们朋友。当然，事情开始也可能只是因为一两个人间的冲突，后来雪球越滚越大，逐渐分出了派别。反正我差不多看明白的时候，已经每天都有一两场群架了。一个地方的老乡结成伙，职业相近的一群也拉成帮；今天上午我找你的事，晚上就变成了你寻我的麻烦。刚开始都还节制，只用拳头和身体，后来逐渐抄上了家伙，棍棒、铲煤的铁锹、通炉子的火钳，还有年轻人防身的匕首和九节鞭，有的把菜刀和炒菜铲子也拿出来了。家伙都挺亮眼，在月亮地里闪闪发光，但真打起来，大家还是知道深浅的。开战之前，双方的带头大哥都提醒自己的队伍：出门在外，都悠着点，一家老小都眼巴巴地看着咱们呢。所以，尽管西郊那段时间事情不断，也伤了几个，但基本都没走原则，打群架更像是个集体游戏，成了清闲无聊时日里的调剂。不得不承认，打架还是挺激动人心的，每天早上醒来，我们一帮游手好闲的家伙都像打了鸡血。

行健和米萝块头大，一身的火气都憋成了脸上紫红的青春痘，这种事肯定不会错过。每天他俩出征前，轮番把房东家里的各种能充当武器的家伙都操练一遍，然后像打虎的武松那样提着出门。我胆小，偶尔跟在江浙一派的队伍里起起哄，充其量是个啦啦队队员；真打起来，很惭愧，我就躲到墙角和树根下了，整个人哆嗦成一团。关键是那时候头疼。神经衰弱面对那种场面会突然爆发，我跟自己的脑袋做斗争的精力都跟不上。这种时候，我最常干的就是撒开腿就跑。不是逃跑，是长跑，只有跑步才能振奋我衰弱的神经。

那天晚上，戴山川从两军对垒之间梦游般地穿过，我躲在老乡们的后面。战斗一触即发，我听见脑袋里有一种明晃晃的声音从远处蛇行而至，头疼马上要开始。我拍着脑袋对行健说：

“不行了，我得跑。”

“跑吧跑吧，”行健握着房东留下来的一根油漆剥落的棒球棍，已然进入一级战备状态，“就没指望过你。”

我敲打着太阳穴，后退，像个逃兵，跑步穿过月光下的巷子。跑到“花川广场”咖啡馆那条巷子，遇上戴山川。他借着月光和路灯光看每一家店铺的橱窗和广告牌。我停下来，我都听得出来自己声音里的嘲讽：

“还在找你自己？”

“我就转转。”戴山川一点都不像在开玩笑，“如果真有另一个我生活在北京，那我得把这个城市好好看清楚。”

还不在频道上。“你就没想过你爸妈从小就在骗你？”

“我知道。那又有什么关系？”他笑眯眯地把盯着橱窗的目光转向我，“我们需要另外一个自己。你想想，如果还有另一个你，想象出他的一整套完整的生活，多有意思！我从小就想，那一个我，我一定要看看他是怎么生活的。”

不在一个频道上。我又问：“你不是瞒着家人逃学来北京的吧？”

“我爸妈知道。他们说，好吧，出门看看也好。”

好吧。这一家人都不在频道上。

“你就没想过，这世界上还会有另一个自己？或者，你还有一个孪生兄弟？而你和你的孪生兄弟正好被互换了名字，你其实是作为你的孪生兄弟生活在这里，而你，现在正由你的孪生兄弟代替着生活在另外一个地方。”

有点绕。跑了两条街刚刚缓解一点的头疼又加重了。我脑子有问题，他比我的还严重。“我没兄弟，只有一个姐姐。”

“如果有呢？”他很认真地提醒我，“再想想。”

没有如果，我对他摆摆手。跑步是治疗神经衰弱的唯一方法，别的只能加重病情。他还要提醒，我已经跑到了“花川广场”的另一边。

“如果有呢？”他提醒鸭蛋，“再想想，你爸妈没说过？”

鸭蛋抱着小腮帮子歪着头想。“有！”他开心地拍着巴掌，“我妈妈说，我要再哭，她就把所有好吃的都给我弟弟。”

“你妈妈说过你弟弟在哪儿了吗？”

鸭蛋撇撇嘴：“没有，我妈妈就说，长得跟我差不多。”

他把鸭蛋从小板凳上拉起来：“走，我带你去看看你弟弟长什么样。”

我站在屋顶上，看见戴山川牵着鸭蛋的小手出了隔壁的院子。

鸭蛋四岁，河南人老乔的儿子。老乔什么不知道，他和老婆带着鸭蛋在北京卖鸡蛋灌饼，每天一大早推着车子到地铁口或者公交站台边，一个鸡蛋灌饼两块五毛钱，多要一个鸡蛋就再加一块。上班的年轻人来来往往，一个早上能卖几百个灌饼。顺带还卖杯装的稀饭和豆浆。两口子一个在平底锅上加热头一天晚上做好的饼、煎出一个个焦黄的鸡蛋，一个卖豆浆、稀饭连带收钱。鸭蛋早上起不来，被锁在家里，不必早早出门的房客顺便帮着照应一下。

老乔一家住在戴山川租住的院子里。区别在于，戴山川和几个卖盗版碟的挤在正房里，老乔一家租住的是院子里单盖的一间屋。西郊租户多，是个房子就走俏，很多房东都在院子里搭建简易房。单砖跑到顶，楼板封盖，再苫上石棉瓦，风雨不怕，就是冬冷夏热。就这样也抢手，便宜，一家人单独租一间，倒也清静。老乔就租了隔壁院子里唯一的一间简易房。

鸭蛋不叫鸭蛋，因为脑袋长成了鸭蛋形，老乔两口子又卖鸡蛋灌饼，大家就叫他鸭蛋。叫多了，老乔两口子也跟着叫鸭蛋，本来的名字大家就给忘了。鸭蛋肯定是独生子，这我敢肯定。老乔说过，能养活一个就不错了，再超生二胎，这几年的鸡蛋灌饼就白卖了，也凑不上那罚款。

老乔带老婆一早推着车子出门了，想找个安全的地方。远点无所谓，整天闲着做不了生意，他们心里急。鸭蛋留在家里跟一帮闲人玩。现在，戴山川把鸭蛋带出了院子。

我在屋顶的太阳底下打了个瞌睡，也就二十分钟，戴山川和鸭蛋回来了。鸭蛋手里举着一张大照片对我喊：

“木鱼哥哥，你看，我弟弟！”

什么弟弟，就是鸭蛋自己。这个戴山川是真能忽悠，带鸭蛋去了趟照相馆，就给他捡来个弟弟。那张照片拍得还算讲究，摄影师给鸭蛋换了身时髦的小衣服，衬衫、领结，还有件挂着怀表的小马甲，鸭蛋装成弟弟，两只手有模有样地插在裤兜里。

我走到屋顶边缘，跟戴山川说："你这不是祸害鸭蛋么。"

"怎么是祸害？"戴山川说，"鸭蛋多孤单，整天一个人锁家里，咱们得给他找个伴儿。"

听得我倒是心头一热。小时候我出疹子，不能见风，又怕传染别人，父母就把我锁在屋里，无聊得我跟闹钟和暖水瓶都聊起了天。我就问鸭蛋：

"鸭蛋，那你告诉哥哥，你弟弟叫什么名字？"

"鸡蛋！"鸭蛋自豪地说，"我叫鸭蛋，我弟弟叫鸡蛋！"

好吧。千万别再给他找个哥哥，要不鸡鸭鹅齐了。"鸭蛋，你弟弟跟你长得真像啊。"

"那当然，"鸭蛋举着照片对我挥动，"鸡蛋是我弟弟嘛。"

必须说，鸡蛋对鸭蛋起到了效果。这是戴山川跟我说的，老乔两口子请他吃了两个鸡蛋灌饼，外加一杯绿豆粥。那段时间绿豆粥价钱上去了。有专家说，绿豆包治百病，超市里的绿豆价翻了三番还是供不应求。老乔说，鸡蛋太好使了，只要一指贴在墙上的鸡蛋，鸭蛋立马听话，该吃时吃，该喝时喝，该睡觉睡觉。一个人待着也不吵不闹，脸对脸跟鸡蛋说话，弟弟长弟弟短，那个亲热劲儿，搞得他老婆都想再生一个娃了。

此言应该不虚，那段时间老乔和他老婆的确没找我帮过忙，要在过去，隔三岔五早上我都得跑过去，看看鸭蛋睡醒了没有。

出大事了。没擦枪也会走火，出了人命。周六下午又有一场大战，双方人数都过了三十，抄着家伙，那场面有点壮观。械斗之前照例是舌战。两边对骂时，一辆货车开过来，嘀嘀嘀喇叭声摁得急，大家本能地就紧急往后退。前面的挤后面，后面的继续往后挤。有人被推倒了，侧身倒在一把锄头上。锄头是房东过去在院子里开荒种菜时用的，房子租出去后，锄头就放在杂物间里，被打群架的搜了出来。为了让武器更具有威慑力，持锄头的家伙特地把锄头打磨了一番，明晃晃亮闪闪，能当镜子照，锋利自不必说。寸就寸在，当时持锄人拄着锄柄，锄刃自然就朝上，倒下的胖崔脖子直直就撞了上去，动脉和气管一起切断了。一群人围上来，眼见着胖崔像上了岸的鱼一挺再挺，脖子底下直往外冒血泡，呼噜呼噜只有出气没有进气的声音把大家吓坏了，搓着手干着急。有胆大的上来捂住他的伤口，旁边的人赶紧打120。120到时，胖崔已经死了。

那天我没在现场。戴山川带着鸭蛋爬上了我们的屋顶，一个跟我讲另一个戴山川，一个跟我讲鸡蛋。戴山川说，他游走在人群里，看着一张张千差万别的脸，觉得这世界真是神奇。既然有那么多不同的脸，一定也会有一张跟他一样的脸，他相信长着那张脸的戴山川一定也会在茫茫人海里寻找他。这么一想，他就觉得他跟这个世界有了无穷多的联系，对面走过来的每一个人，都可能是另一个自己。他觉得自己像一环不可或缺的扣，被织进了一张大网里。

“你确信真有另一个自己？”

“这样的感觉不好吗？”他说，“鸭蛋都喜欢上了他的弟弟。”

“嗯，我天天跟弟弟说话。”鸭蛋真是给戴山川长脸，他手舞足蹈地说，“我弟弟可乖了，给他糖都不吃，还要给我大白兔。”

我对戴山川说：“恭喜你，这么快就找到传人了。”

戴山川对我挤着眼笑。这时候行健和米萝跌跌撞撞跑回来了。进了门米萝就朝屋顶上喊：

“你崔哥去了——”

“哪个崔哥？”我问。

“胖崔！”行健喊起来。

“去做臭鳜鱼了？”我真没想到米萝还能这么文雅地称呼死亡。我能想到的崔哥就是那个安徽来的胖厨子，做一手好菜，尤其臭鳜鱼。自备的料，在他的出租屋里做，吃得我舌头差点咽进肚子里。

“死啦！”行健的声音都变了。他亲眼看见崔哥血尽气绝，他被吓着了。

在人海里找到一个跟自己长得一模一样的人不容易，一个人说死就死也同样不容易啊，但胖崔的确死了。行健和米萝一屁股坐在院子里，我坐在屋顶上一时半会儿也站不起来。我们都吃过崔哥的臭鳜鱼，喝过他熬的母鸡汤。他说，徽菜的特点就七个字：盐重，腐败，有点黄。“腐败”的是臭鳜鱼，“有点黄”的是老母鸡汤。他那么认真的一个人，说到“有点黄”脸都红了。

问题是，胖崔跟谁都没有过节，他只是碰巧那天休息，被同宿舍练摊儿给手机贴膜的老乡拉过来凑数的。

出了人命大家就清醒了，原来这么玩下去也很危险，几支队伍没人招呼就自动解散了。但事情才刚刚开始。一直想整顿城乡接合部的社会治安和闲杂人等，这回逮到了机会。先是半夜三更突击检查暂住证，无证游民一律遣送回老家；接着清查周边的旧房危房和违章建筑，安全设施不达标者一律不得出租，限期加固整改或拆除。以安全的名义，又解决了一部分不安定因素，因为外来者的租住环境多半都有问题。真有深仇大恨的人也打不起来了，没那个心思：被遣送的遣送，被驱赶的驱赶，想留下的赶紧找门路，剩下的烧香拜佛，自求多福。

我们三个半夜被砸开门，手电筒直接照到被窝里。我穿着背心裤衩从箱子里摸出暂住证。米萝记错了地方，箱子里找不到翻包，包里没摸着又去掏衣服口袋，最后在床头柜里翻出来，找到了还被踹了一脚，说他浪费时间太多。

在我们找暂住证的同时，隔壁院子里鸭蛋在哭。另一拨人进了老乔的门，鸭蛋被半夜三更闯进来的陌生人吓哭了。老乔应该是和他们发生了争执，为此还得罪了那些人。我们听见老乔老婆穿着拖鞋噼里啪啦地往外跑，跟在他们后面说：

“你们千万别生气，他真不是那个意思。”

“哪个意思也没用！”一个硬邦邦的男声说，“跟房东说，最迟后天中午。没得商量。”

这个最后通牒指的啥，我们都没深究，没时间。天不亮周围就乱了，收拾的收拾，搬家的搬家，有门路的赶紧投亲靠友。那两天不断有人过来告别。听那些资深的北漂前辈说，好几年没见过这么大规模的清查了。到了“后天”，推土机轰隆隆开到西郊，我们才明白通牒要干什么：强行拆除违建房。从西边的巷子一家家往这边推。每一间违建房都推倒，他们知道指不上房东，谁舍得对自己的摇钱树下手。老乔第二天一早就跟房东打电话，房东咬着舌头说，雷声大雨点儿小，哥们啥场面没见过，小case啦，放一万个心住。但推土机开进了路西的巷子，老乔两口子扛不住了，开始收拾家当。还没收拾完，推土机就从宽阔的院门开进来了。

推房子是大事，我们都去看热闹。戴山川和那群卖盗版碟的也都在，没事干，都猫在家里。那天晚上戴山川差点挨了揍，他算一个刚来不久的观光客，火车票可以作证，但他跟纠察队说明来京理由时，把一个队员给惹毛了。我是纠察队我也毛，什么叫“找另一个自己”？这小子分明在耍他，那队员警棍都举起来了。戴山川发现跟他们讲不清，只好说，来北京找一个失散多年的兄弟。纠察队说，早他妈这么说不就结了？还找“另一个自己”，跟老子拽什么鸟文。拆房队的队长一挥手，推土机直接开到老乔的东山墙下。老乔老婆说，还有几样东西，再给五分钟。队长竖起右手食指和中指：两分钟。然后盯着手表看。

老乔两口子这才真正慌起来，穿着拖鞋往房间里跑，出来的时候拖拖拉拉抱了一大堆，抓到手里的全往外扔，恨不得把床也抢救出来。队长弯下食指和中指，对推土机的司机示意，时间到，开始。推土机司机加了一下油门。鸭蛋突然大叫：

“鸡蛋！鸡蛋！”

在场的都蒙了，鸭蛋叫唤什么鸡蛋？反正我是一下子没反应过来。

鸭蛋哭喊起来：“鸡蛋！我要鸡蛋！我要鸡蛋弟弟！”

他说的是贴在床头的照片。我想冲进去，但推土机的黑烟已经冒出来，开始怒吼着往前推了，我赶紧收住脚。一个人冲进房间，是戴山川。滞后没超过三秒，推土机已经杵到墙上。司机没看见有人进去，因为嘭嘭嘭嘭巨大的机器噪音，他听清楚我们大喊停下和有人时，踩刹车已经来不及了。我们看见老乔一家住的简易房子在左右晃动几秒之后，轰隆隆倒塌了。

连司机都傻眼了。除了鸭蛋还在哭叫他的弟弟鸡蛋，所有人都呆若木鸡。戴山川没出来。

那一段时间的确很长，相当之长。尘烟拔地而起。很多人的下巴都挂在胸前，迟迟没能合上。我们就看着那一堆废墟。一间简陋的房子，连废墟都单薄，石棉瓦、楼板和碎砖头纠缠堆积在一起。司机吓得推土机也憋熄了火。院子里只剩下鸭蛋的哭喊和风声。我确信时间是有声音的，我几乎能够听见时间正以秒针的速度咔嚓咔嚓在走。废墟寂静。然后，寂静的废墟突然发出了一点声响，我们中间谁叫了一声。尘烟稀薄，我们都看见碎砖头哗啦又响一声，一只手从砖头缝里一点点拱出来，一张皱巴巴的照片出现在废墟上。

鸭蛋挣脱母亲，边跑边喊："弟弟！"

【原载《大家》2018年第3期】

龙　门

胡学文

庞丁或扁头

其实，庞丁才是我的本名。那时，我还是龙门第二小学的学生。我没觉得自己的名字有什么不好。五年级上半学期，新换了语文老师。他长了嘴龅牙，嘴巴外突，总是合不拢。我叫他鳄鱼，范大同认为更像野猪。龅牙每次喊我的名字，总要停顿两三秒，庞——丁！每次都有爆炸效果，整个教室都要笑翻了。他似乎很喜欢这种爆炸效应，每堂课都叫三五回。我很是不爽，决定给他点颜色。

大街上的车还没现在这样挤，老师的交通工具多数是自行车。龅牙的自行车并不难找，他到校早，喜欢放在角落。座包套是针织的，咖啡色。我和范大同扎过贺梅的车胎。范大同想和她好，她爱理不理的，脑袋翘得老高。轮胎没气，她只好推着走。范大同奔上去，愣是扛到修车铺。自此，她肯和范大同并排走了。龅牙当然没贺梅那么幸运，对他是惩罚式的。放学，我和范大同远远跟着龅牙。轮胎瘪塌，自行车歪歪扭扭，龅牙也歪歪扭扭，跟到明德北路口的修车铺，我和范大同诡笑着离开。

次日，龅牙将我拎到办公室，问我一个人干的还是两人合谋。上来就给出选择题，非A即B，我才不上他的当呢。龅牙一掌盖住我的额头，另一只手挤压着我的后脑，说还真是扁头。对了，我还有个绰号：扁头。龅牙说，你相不相信，我会让你的扁头变成面饼！这吓不倒我，我一言不发。龅牙并未继续挤压，他缓缓松开，突然扯了我的左耳，叫，十个，扎了足足十个窟窿呢。我暗想，不对呀，明明是九个，怎么成了十个？莫非范大同多扎了一下？还是龅牙被修车的坑了？龅牙说，我没冤枉你吧，要不和修车的对对证？我的心扑腾一下，忙抿紧嘴巴。

龅牙没审出结果，很不甘心。他让我先回教室，如果放学前不主动交代，他就报警了。还没等放学，我就看见了小舅。他让我带上书包跟他走。我说还没放学呢。小舅轻轻推我一把，说老师准假了，现在就走。

我一路磨蹭，想着怎么应对。见小舅发火了，才跟上他。我家住在黄土场六号，据说过去是枪毙犯人的场所，山脚下一垛挤着一垛的黄土，我和范大同仔细寻过，但没发现什么。

上坡便看见停在巷口的警车，我头皮阵阵发紧，想龅牙真够狠的。小舅又推我一把，走呀！

竟然来了三个警察，两男一女。杨翠兰坐在餐桌边的椅子上，双眼红肿。年长的警察在她对面坐着，年轻的一男一女分站在两个角落。第一次看到这种阵势，我慌了神。女警察摸摸我的扁头，叫我不要害怕，说着摘下我的书包。她把课本、作业本、铅笔盒掏出来，铺在地上，一一翻检。作业本上对钩不多，更多的是红叉。那一刻我挺羞的。末了女警察依序装回，冲年长的警察摇摇头。

警察离去，杨翠兰一把搂住我，号啕大哭。

警察不是冲我来的。一工厂的财务室被撬，盗走放在保险柜的两万现款。同一个夜晚，值夜班的工人不知去向。那名工人叫庞有亮，是我父亲。警察来了不止一趟，询问杨翠兰，还有我。旮旮旯旯都搜过了，连庞有亮的二胡都没放过。那一阵，杨翠兰的眼睛基本是肿胀的。开始她和舅舅小声嘀咕，后来说话跟放炮一样，“有亮”被“挨刀货”代替。

庞有亮没有踪迹，警察也一无所获。

两年后的某日，我放学回家，杨翠兰正陪李叔喝酒，就如同她陪庞有亮一样。李叔是庞有亮的同事，也是他最好的朋友。李叔每次来喝酒，都会给我带礼物，一盒饼干、一包软糖还有弹弓什么的。庞有亮叫他不要惯我，李叔总会说，孩子嘛。我挺喜欢李叔的。有次他翻我的作业本，我以为他要皱眉头，孰料他只是笑笑，说我比他强，他没一门功课及格。你看，我也当了工人是不？咱照样挣钱！还有一次，他喝多了，外面下着雨，被庞有亮强行留下，他和我睡在外面，第二天，他竟然有些羞，还向我道歉，说他呛着了我。

庞有亮没把李叔当外人，杨翠兰也是。庞有亮携款逃亡，他那些朋友生怕沾惹上麻烦，躲得远远的，杨翠兰就是这么说的。李叔不怕。除了小舅，李叔来的次数最多。有亮不是那种人，你要相信他，李叔每每这样说。或者，以我对有亮的了解，他没那个胆子。那时，杨翠兰便凶神恶煞般地大嚷大叫，他把我和小丁抛弃了，这总是事实吧？李叔叹口气，就算是，谁还不犯个错呢？等他醒悟——李叔的声音被杨翠兰排山倒海的叫骂淹没。我觉得杨翠兰有些过分，李叔本来是安慰她的，她却把人家当出气筒。

重体力活，自然是李叔干，如换煤气啦，买个米面什么的。龙门冬天寒冷，入冬前院子里必须备两吨煤。我们住的是排子房，前后距离很窄，没法进车，煤块只能卸到巷口。我家的煤都是李叔一筐一筐抱进来的。小舅得过肺结核，不能干重活，根本帮不上忙。庞有亮离开后，李叔就只干活不吃饭了。有时杨翠兰菜都炒好了，李叔也不肯。他总说有事，匆匆离去。杨翠兰就塞盒烟给我，让我追上去塞给李叔。李叔总要摸摸我的头，轻轻叹口气。

所以，那天见李叔和杨翠兰喝酒，我很意外。杨翠兰也完全不是先前灰塌塌的样子，穿了件紫色的衬衣。庞有亮离开后，她就没光鲜过。杨翠兰的腿动了一下，一颗光洁的篮球滚过来。我满心欢喜，抬脚踩住。知道谁给你买的吗？杨翠兰笑盈盈的。我已经是初中生，她还以为我是小孩子呢。我说谢谢李叔。李叔摆摆手，快吃饭吧。这时，杨翠兰的笑一点一点收敛起来，她的脸有些严肃，“从今天起，你改叫爸吧”。

我好一会儿才反应过来。有些东西突然涌上，说不清那是什么。我没说话，低头进了里屋。背后传来李叔的声音，别为难孩子。

毛 头

黄理朝我走过来时，我的肠子都快饿断了。他像我见到的其他公交司机一样，拎个特大号水杯。夜色昏暗，我仍能看清杯底的残水上漂了几朵菊花。

四月的龙门，特别是晚上，寒意甚浓。十分钟后，我和黄理走进明德北红焖羊肉店。一天前我就订了房间，酒早已摆好，五星的龙门老窖。黄理说买这么贵的酒干什么，二锅头就行。我说黄哥哪里话，二锅头是我这种人喝的。黄理说，也罢，不过下次可不能把我当外人。我说，我从没把黄哥当外人。黄理呵呵一笑，这就对了，谁跟谁呀。

黄理酒量大，我领教过。每次我都做干杯状，但杯底总要剩那么一点点。其实，我敞开喝，他喝不过我。我不是来和黄理比酒量的。我带了两瓶酒，如果我少喝一点，另一瓶可能就不用开了。还有，我尽量夹火锅里的萝卜豆腐粉条，油水足，也很好吃的。羊肉自然留给黄理。这样的小九九，我心里有一大把。我并非小肚鸡肠，可日子过成这样，不精打细算不行。大鱼大肉的日子谁不想？命里没有呀。

黄理喝到鼻尖冒汗时，往后仰了仰，他的目光穿过一缕缕热气，定在我脸上。我问过了，不大好办。我说肯定不好办，好办还用得着黄哥吗？黄理说，你倒是有啥说啥，只是，我直接挂不上话，也得通过别人。我说，这就麻烦黄哥了。黄理说，单给校长就得一万。我立刻道，没问题。我早打听好了，校长一万，借读费、杂费、书本费另算，也得一万。我妻子在附属医院打扫卫生，她打听的也是这个价。黄理说，中间人那儿……我说，绝不让人家白跑腿。我从上衣内兜掏出两沓钱，昨天就准备好了，一沓一万一沓五千。黄理愣了愣，旋即笑了，我没退路喽？我严肃地说，我没几个朋友，只能给黄哥添麻烦。黄理说，好吧，我试试，办不成可别怪我。我说，黄哥能办成的，到时我……黄理打断我，办成了请我喝酒，办不成也不要骂我。我说黄哥说笑了，我毛头不是那样的人。黄理问，为什么一定要去二小？我听说二小一个班七八十号人，跟煮饺子一样。我本来想说谁不想念个好学校，临时想起那句话，大声说，我不能让女儿输在起跑线上。黄理哈哈一笑，点着我的鼻子说，看不出来呀，毛头，真有你的。

那瓶酒还是开了。心情好，喝得痛快，餐馆快打烊了，我和黄理才离开。我住得远，在大境门外，走回去已是午夜。平时，妻子快睡醒一觉了，她起得早，睡得也早。那天，她直愣愣地坐在沙发上，我一只脚还没迈进门，她便弹起来问我结果。我说快渴死了，不能让我先喝点水吗？妻子接了杯自来水，递过来突又撤回去，你不说，就甭想喝！我说好吧，大姐，听你的。

被闹铃叫醒，天已大亮。我嗅嗅鼻子，顺着香气望去，看到餐桌上的炒鸡蛋和炸馒头片。想起昨夜的折腾，我笑了笑，觉得骨头也被炸过了，酥酥的。我洗过脸，将炸馒头片和炒鸡蛋放在饭盒里，拎上昨日喝剩的半瓶酒。

父母也住在大镜门外，与我隔一条河，直线距离不过几百米，但因为只有一座桥，每次去父母家要绕一大截。从桥这边走到桥那边，再从桥那边走到桥这边。如我的日子，反反复复，没有变化。

进院便听到父亲的咳嗽声，凿石头一样，咔！咔！！咔！！！我的脑壳阵阵发麻。

母亲正伺候小可洗脸，她护在小可身边，左手香皂，右手毛巾。她瞅见我手里的酒瓶，小声责备。我没接茬，说你别这么惯她，让她自己洗。小可说，我自己洗不了。母亲说，听见了吧，我可没惯她。我说，小可，秋天你就要上小学了，自己连脸都不会洗，老师和同学可要笑话你的。小可猛拍几下水，母亲忙说，那时小可就会了。

我没有马上进里间。又被凿了几下，静等片刻，掀起门帘。屋子有些暗，父亲靠在角落，有些模糊。身旁放一个看不出颜色的痰盂，几年前他就离不开了。昨天好点儿了没？我问。明知是废话，但还是要问。每天问。父亲问，酒呢？我不由笑了，你耳朵倒是好使，我妈不让你喝。父亲一阵剧烈的咳嗽，我忙在他后背拍了几下。父亲喘息片刻，催促，拿进来呀，你是来馋我的？我说哪有大清早喝酒的。父亲没好气，大清早怎么啦？谁规定了？我妥协，好吧，那你少喝点。父亲哼了哼，以为你是大夫呢！

虽然母亲反对，但我仍隔三岔五给父亲买酒。父亲好这口，他和母亲因为这个常闹别扭。早些年，父亲在工厂上班，我和母亲在村里侍弄那二十亩薄地。我们村庄管这叫一头沉。工资月月发，一头沉总是让人羡慕的。父亲倒是每月都回，但带不回多少钱，工资多半买酒了。夜晚吵了架，白天母亲仍是满脸笑意。乡亲打趣母亲是不是半夜半夜数票子，数得眼睛都睁不开了。父亲带不回钱，但他说会把母亲弄到龙门，还说我将来可以顶他的班。父亲倒是没有食言，我们家在一九九二年秋天搬到龙门，但我并没能顶父亲的班。据说两瓶茅台就可以搞定，父亲也准备好了，但那天晚上他喝醉了，没找见厂长家。第二天厂长出门了。待厂长回来，已有了新政策。母亲自是经常唠叨，我也有过怨言，但能怎么样呢？活着的路又不只这一条。父亲仍然爱喝，母亲管不住。父亲住了几次院后，母亲的反对更加强烈。父亲照旧，只是不喝那么多了。我口头是赞同母亲的，行动却偏向父亲。他的日子不多了，喝点又能怎样呢？不喝怕也熬不到年底。我无能为力，能做的就是让他离开时少些遗憾。

范大同

死者是女性，裸体，三十岁上下，脖颈处有明显勒痕，嘴角有凝固的血迹，小腿处有两处梨状瘀青。除丢散的衣服鞋袜，没有任何随身物品。宾馆监控显示，昨天中午，该女子登记入住，半小时后，一男子进入其房间，三个小时后男子离开，手里多了个女式挎包。男子一米七左右，体形偏瘦，头戴鸭舌帽，看不清面容。

我对小李说，摸清死者的身份及社会关系，逐一排查。除了体貌，要注意是不是左撇子。小李问，为什么是左撇子？我说，重新检查尸体，再看一遍监控。小李点头，我懂了。

九天后，案子告破，我和小李辗转呼和浩特、鄂尔多斯，最后在包头将嫌疑人抓获。又是一起婚外情导致的凶杀。我经办的案子，与婚恋出轨相关的占了半数。五花八门，奇奇怪怪。闹出人命并非深仇大恨，常常是芝麻粒般的事。一个人住宾馆走错房间，屋里三个男人正在聊天，走错的人道歉后欲退出，其中一个男人骂了脏话，被骂者下楼买了把水果刀，捅死两人，另一个重伤。更离谱的一桩是一旅客在车站打了个喷嚏，对面的男人说唾沫星子溅他脸上，两人言语不合，撕扯起来。其中一人摸出酒瓶，对方重伤致死。遍地戾气暴气怨气，是不是很邪性？

案件虽多，我没有抱怨过。我是工作狂。第一次办案，验完腐烂的尸体，呕吐了三次。现在当然不会了，有时半夜突然想起某些疑点或意识到可能忽略的地方，会立刻赶到停尸房重新查验。我喜欢自己的工作，但还没到因嗜成瘾的程度。破获一个案子会休息一两天。

正好是周末，我打算把洋洋接回住一晚，当然，住两个晚上就更好了。我知道这有些困难，但必须试试。我给老头买了一盒虫草，给岳母买了两盒进口的钙片。给洋洋的东西不好买，她不像别的女孩喜欢布娃娃小熊之类，也不馋哪一类食品。我在商场转了两个多小时，选定几盒蔬菜饼干，一套有彩绘的童话书。毫无新意，我自己都有些泄气。但不知道选什么，实在不知道她喜欢什么。洋洋有个专门放玩具的柜子，都快撑爆了，其实叫垃圾箱更贴切，因为那些玩具丢进去后，她再无兴趣。

老头住在三义巷，四周高楼林立，小区显得老旧了。他在高新区还有一套房，带电梯的，空置多年。他舍不得离开三义巷，他对三这个数字情有独钟。他当年的办公室是301，住宅也在三层。我早已离开老头的羽翼，但每次进这个门，都觉得自己矮了一头。

刚刚吃过饭，餐具还在桌上。我叫声爸妈，同时瞥瞥洋洋的房间。老头点点头，拿起桌上的报纸，这是他多年的习惯。岳母问我吃过没，我说吃过了。岳母说，刚回屋，才上个三年级，就一大堆作业……你来有事？我捕到她眼底的警惕，说，今天休息，过来看看。

岳母走进厨房，老头仍埋在报纸里，我叫声爸，他抬起头。与我第一次见他的时候一样，雷打不动的表情，只是皱纹多了些。我说，我想带洋洋回去住……一晚，明天就把她送回来。老头看着我，似乎没听懂。我突然有些慌，这令我羞恼。但我毕竟不同于先前了，老头也不是从前的老头。我的目光晃了晃，稳稳地和老头对在一起。若云怎么样？他问。我说，上个月去看过她，她还好，就是瘦了一些。我没撒谎。老头说，你妈想去看看，你带上她。我迟疑一下，下周行吗？老头说，看你时间。脑袋重又扎向报纸。我忙说，明天吧，我开车过来。老头说，你和你妈商量。

岳母自然不同意，每次都这样。她能摆出一万种理由。但老头只要点头，她难不住我。她嘱咐一遍又一遍，喝水，写作业，吃药，我没有失去耐心，一遍遍地应答，妈，我记住了。临出门，岳母突然又想起，洋洋昨天说想吃焖大虾，晚上回来吃吧，我说，门口的餐馆虾做得特别好。岳母说，饭馆不卫生，别带洋洋去那种地方。我说，好吧，那我自己做。我抱起洋洋，快步下楼。

洋洋对我和岳母的争夺——姑且这么说吧，无动于衷。有一次岳母让她选择，她看看我又看看岳母，垂下眼皮，任随发落的样子。她的茫然让我内疚，也让我有说不出的寒意。

一路无话。直到上了1路公交车，洋洋的眼睛方绽放出细碎的光泽。坐公交是洋洋唯一的爱好，她的嘴巴只有坐公交才撬得开。能坐到终点吗？洋洋问。我说，当然可以，坐到终点咱再坐回来。作业很多吗？我问。洋洋说，我能写完。她很聪明，能听出我的话外音。

坐了两遭，到明德北，已是中午。在就近的餐馆吃了点东西，我问洋洋下午想干什么，洋洋毫不犹豫地说，坐公交车。我暗暗叹口气，说，改天再坐行吗，咱换个花样，登山怎么样？你还没登过山吧，万一哪天老师让你写登山的作文，你都不知道怎么写。洋洋沉思一会儿，说，听你的。

西太平山就在明德北，一条缓坡，一条石阶，有些陡。我让洋洋选，她竟然选了石阶。倒也没多高，但爬到山顶，洋洋后背有些湿，额头也汗漉漉的。我脱下外衣让她披，她喊热。我说山上风大，一会儿就不热了，感冒就不能上学了。洋洋乖乖披上。

我和洋洋在朝阳亭坐下。从这个位置能望见龙门的全貌。我和庞丁常爬太平山，后来多了贺梅，再后来是我和贺梅。每次都要在朝阳亭坐一坐，说说话。有时什么都不说，就那么坐着。我第一次和贺梅接吻，不是在树下，也不是在墙角，就在朝阳亭。有人上来，我和贺梅分开；人离开，我俩又吻在一起。

本来打算坐一会儿就离开，但思绪飞扬，醒过神，一个小时过去了。洋洋两手托腮，目光如水。我问她想什么，她说什么也不想。我说去别处看看，她不肯，就要坐着。我只好陪她坐着。

从太平山下来，已近黄昏。我和洋洋商量，打个出租车，那么多作业等着。洋洋不说话，径直走向公交站牌。我跟过去，她说，我能写完。等公交的人多，我让洋洋靠后站站，同时拽了拽她。在站牌旁边立定，我便注意到那个瘦瘦的后生，长发细眼，还有他吊在手腕处的外套。他的目光游移不定，显然在寻找目标。干这么多年警察，我虽然没有火眼金睛，但这点儿判断力还是有的。2路公交到了，我拽着洋洋紧随后生。一妇女上车的瞬间，包到了后生手里。我喝了一声，将后生扑倒。我没穿警服，手铐却随身藏着。这时，我听见尖细的哭声，是洋洋。她站在几米远的地方，双肩抖颤。我说，别害怕，爸爸逗他玩呢，过来，咱们坐下一趟。洋洋迟迟疑疑靠近我。我拽着被反铐的后生退到台阶上，掏出手机。挂了电话，发现后生用异样的目光看着洋洋，我突然急了，大吼，你他妈给老子蹲下！

李　丁

如果一个人脾气暴躁，最好不要开出租。柔韧的血管也会变得脆化，说不定什么时候就炸裂了。但开出租又是治愈急躁的良方，一天天下来，藏在身体里的火星一粒粒熄灭，再无燃烧的可能。被车流挟裹，任喇叭轰鸣，也可安之若素，比如我。

我旁侧的哥们儿不停地按喇叭，虽然他清楚按也无济于事，还是频频拍打。他肚里有火，他在发泄。可有的时候，越急越上火，越上火越急。我估计他开出租不超过三年。长青路是龙门最堵的一条，早先市委市政府在这条路上，常有上访告状的，男男女女疙疙瘩瘩，从政府门口一直堵到新华书店。若运气差，被裹在其中，没有两三个小时逃不出来。开发商跑路，工厂发不出工资，被坑的被骗的，每个人都是火药桶，你一个出租车司机，敢大嚷大叫吗？后来市委市政府搬到高新区，长青路变成单行道，但照样堵。第一附属医院还在这条路上，不光坝上坝下，内蒙古的病人都往这儿跑。我拉的父女也是到一附院的，他们上车我就告知会堵。我从后视镜窥视，老人倒是安稳，女儿神色焦急，但没有狂躁举动。老人腿脚不便，若现在走着过去，二十分钟也到了。

终于挨到医院门口。比刚才好走多了，但快到三中时，又不动了。我想不对呀，这个时间不该如此。当然，堵就堵了，还能怎么着呢。我摇下车窗，正想抽支烟，脑里突然闪了一下。虽然只是预感，但我没有迟疑。钻出车门，穿梭前行。

还没到明德北，我就看见了在路口指挥的杨翠兰。她周围的车辆如一堆乱蚁，那多半是没听她指令被她逼停的。那时，已有一个交警靠近她，并试图将她拖离，哪里拖得动？杨翠兰化身交警，力气超凡，根本不像六十五岁的女人。我奔过去抓住杨翠兰，与交警形成左右合围之势。杨翠兰叫，干什么？没见我正忙着吗？我冲她耳朵叫，妈，我李爸四处找你，他快急死了。杨翠兰顿时被针刺一般，迅速偏过头，在哪儿，他在哪儿？我忙说就在前面，猛拽一下。杨翠兰步态不稳，身体不时碰到车身。交警尾随我和杨翠兰一直到人行道，我回过头说，实在对不起，给你添麻烦了。交警说，今年已经是第三次了。我说，真是对不起。交警挥挥手，走吧，看好她。

杨翠兰左顾右盼，你李爸在哪儿？我牢牢抓着她，就在前面，拐过弯就到了。杨翠兰说，你可别哄我啊。我说我不会哄妈的，李爸驮个煤气罐，你去帮帮他。杨翠兰脸上泛起喜气，没错，他是换煤气去了。

终于到了，我几乎被水洗了一般。杨翠兰问，你李爸呢？怎么不见他？我拽开车门，你上去，咱们开车找他。杨翠兰说，你又哄我，我不上。我大吼，杨翠兰！杨翠兰直定定地看着我，你叫我？我可是你妈啊。我说，你再磨蹭，就再也见不到李爸了。杨翠兰紧张极了，那快点儿啊。

我仍住在黄土场六号，上坡，杨翠兰认出来了。你怎么回来了？你李爸呢？她不像刚才那么狂躁了。我将车停在路口，他出远门了，没跟你说吗？杨翠兰叫，他没出远门，他换煤气去了。我说，驮回煤气他出的门，他会打电话回来，你必须守在电话跟前。我这么说，杨翠兰乖顺了许多。

我结婚时李爸和杨翠兰将隔壁的房买下，拆掉院墙，改造成一个大院子。杨翠兰仍住原来的屋，数年前装修过一回，现在只是多了两扇护窗。那么粗的钢筋竟然锯断了，显然不是一天两天完成的。杨翠兰仔细地擦拭着那部红色电话机，每天不知要擦多少遍，快擦破皮了。等待李爸的电话，是杨翠兰五十九岁以后人生中最重要的内容，每次看到她一动不动地守在那里，我都心如刀绞。可此刻，我却有难以形容的惊骇和愠怒。我伸出手，声音如铁，拿来！杨翠兰问，什么啊？我指指护窗，钢锯条！杨翠兰甚是紧张，什么钢锯条？我抓起电话举过头顶，你要不交出来，我就把电话砸碎。杨翠兰慌了，别砸别砸啊。她转过身撩起床垫。我暗暗心惊，竟然藏了三根钢锯条。哪来的？我追问。杨翠兰摇着头，眼睛盯着我手里的电话，随时要扑上来的样子。我说，你办不到，电话一砸就碎，告诉我，哪儿来的？杨翠兰指指头顶。角落有个通风口。我看着杨翠兰，她说，我不骗你。我缓缓将电话放下。

通风口处扣着木盖，没有固定，我轻轻移开，沿四边摸了一圈，竟然还有两根钢锯条。此外还有一把扳手，一把改锥。我问杨翠兰什么时候放进去的，杨翠兰摇摇头。她抓过电话搂在怀里。我叹口气，妈，你可不能往外跑了，李爸打来电话，没人接，他该多伤心呢。杨翠兰拼命点头，我哪儿也不去。

下午我便把护窗焊好。我跑出租，妻子与人合开麻将馆，谁也没有大把时间陪杨翠兰。有时我想，这和监牢没什么区别，但有什么办法呢？让杨翠兰跑出去等于害她。

我又把屋子检查一遍，连杨翠兰的被褥枕头都仔细搜过，确认她没有藏匿别的工具，但我并不踏实。电话哑的时间久些，她就变得狂躁。妻子让麻将馆的客人假扮李爸往家里打过几次电话，但立刻被杨翠兰识破。李爸的声音已经渗入她的血肉，哄她可没那么容易。

妈，我出去接应李爸，你好好守着电话。杨翠兰一动不动，没有任何反应。我摸摸她的肩，说困了吧。她仍一声不吭。一绺白发垂在脸侧，我轻轻顺了顺。她就这样，前一个小时还大嚷大叫，后一个小时就突然痴呆无声。我把她扶到床上，试图把电话机拽出来。她搂得紧，只好作罢。

我给贺梅打电话，问她忙不忙，我过去一下。贺梅问，是不是阿姨的病又加重了。我说，有点儿。贺梅说，在民政局听讲座，结束我去家里找你。我忙说，开点药就行，我在诊室等你吧。贺梅停顿一下，说也好。但不到十分钟，贺梅的电话就过来了，说已经往回赶。我说不急的，贺梅说少废话，等我！

开了药，贺梅执意要去家里看看杨翠兰，我说她正睡觉呢。贺梅白我，她是我的病人，我有这个权利。我只好笑笑。

杨翠兰仍是痴呆安静模式，贺梅给她量血压，她极为顺从。但对贺梅的询问，她一言不发。

她今天又跑出去了，从屋里出来，我向贺梅解释，她可能有些累。贺梅问，闯祸了？我说还好，没发生事故。贺梅说，再让阿姨来院里住一段吧，毕竟有人护理，各方面都比家里方便。我迟疑一下，吃完这两瓶药再观察。贺梅说，住院费用你不用操心，这个可以变通的，我们毕竟有福利性质。我立刻道，那可不行！贺梅目光犀利，我知你不缺这个，但如果可以省，为什么不呢？我说，已经够麻烦你了。贺梅说，我是医生，有什么麻烦的？把阿姨送过来吧。我说，今天不行了，明天吧。贺梅突然笑了，我可没规定日子。我说，其实我打算请个陪护的，我老婆的麻将馆现在也挺挣钱，只是……贺梅问，阿姨和你继父生活了多少年？我怔了怔，说，二十一年。贺梅问，和你父亲呢？我说，十五年零三个月。贺梅不语，半晌才说，难怪。我说，这和时间多少没关系。贺梅说，当然，我清楚，但未必一点关系没有。我不知道怎么开口。贺梅偏过头，你现在特烦我吧？我说，那又不是秘密。贺梅说，我想把治疗方案调整一下，不过你得配合。我说，这还用说？贺梅说，我还没说呢，说出来，你就不会这么痛快了。

贺　梅

站在楼顶边沿的是盛红敏，红衣黑裤，长发飘飘，格外抢镜。她喜欢红衣服，颜色随季节更替变化，粉红、橘红、紫红、黑红。楼倒没多高，八九层的样子，但摔下来，非死即残。我双手呈喇叭状，冲她大喊。盛红敏没听见，或不屑于理我。她缓缓张开双臂，很优美的飞翔姿势。我的心几乎蹦出来。铃声大作，我从梦中挣脱。电话就在床头，两次才摸到。我不想安装固定电话，手机足够了，但院里有规定，谁也不能例外。半夜来电，肯定没好事。果然。挂了电话，我快速抓过衣服。衣服团在一起，其实井然有序，我焦急，却不慌乱。

还没到二楼，便听到疯狂的嚎叫。焦姓病人身子蜷曲，如一张陈旧的弓，双手捂着裆部。值班医生跪压着焦姓病人，护士小贾手足无措，瑟瑟发抖。我问叫救护车了吗，小贾几乎要哭了，贺大夫……我喝叫，打120。她这才跌撞着往医办室跑。我蹲下去，抓住焦姓病人的胳膊，让他放松，慢慢抬离。他下身赤裸，挪开血淋淋的手，一目了然。我问，在哪里？值班医生没听懂，我又问一遍，他方醒悟，往四下里乱瞅。焦姓病人幸灾乐祸地笑起来，你们找不到了，哈哈。我瞅瞅开了半扇的窗户，让值班医生即刻下楼，无论如何要找到。记得带上手电，我说，叫上小贾。我得留在病人身边。我不是外科大夫，处理不了这个，但我可以让病人镇定，减少出血。

终于能喘口气，喝口水，已经是次日中午。焦姓病人的命是保住了，但……他是三天前住进来的，我还没记住他的名字。不出所料，当天家属团就到院里交涉了。虽然焦姓病人还在一附院的床上躺着，虽然我认为患者为上，但我亦能理解家属的愤怒。院里临时成立了事故小组，院长自然是组长。院里不会让我参加，因为我总是为病人和家属说话，有一次院长急了，冲我拍了桌子。我不是故意和院长唱对台戏，家属也不会找我，但说着说着我就“投敌叛国”了。院长原话。院长挺不容易，上个月有个病人吞了钢笔帽，才消停几天，又发生自宫事件。

达成赔偿协议后，院长把我叫过去。他脸色晦暗，眼袋又大了一圈。他问，喝水不？我说不喝。他问抽烟不，我说不抽。院长拍拍松弛的腮帮子，牙疼，上火就牙疼，不等退休，牙齿非掉光不可。我说，你可以提前退啊，掉光牙，就啃不动排骨了。院长哼一声，我焦头烂额，你倒说风凉话。我说，不敢，我自知有罪，听凭院长发落。院长说，罪谈不上，但责任是有的，不能不处理。我说，你叫我就这事吧，你定就是，不用和我商量。我已经背了好几个处分，再多一个也没什么。就如我收到病人的锦旗一样，已经没了感觉。处分记载在档，那一大包感谢信锦旗在柜子里沉睡。功过于我都是浮云。

院长感慨，我能像你这么洒脱就好了。我站起来，如果没别的事……院长做个手势，我又坐下。院长问，他的刀片是哪来的？我回答不上，这也是我疑惑的地方。入院时已经检查了他的衣物，没携带什么，自入院就没出过病区。事后我问过值班医生和小贾，傍晚焦姓病人没什么异常，除了想摸小贾的手。被小贾呵斥后，也只是嬉笑一阵。自宫不是临时起意，入院前怕就有过念头。由此我推断刀片是他带进来的，没被搜到。但仅仅是猜测，或有别的可能。我问，这有意义吗？院长反问，你说呢？你不在乎多背个处分，我可不想被点着鼻子骂娘。我瞅瞅那几盆花，君子兰的叶子七零八落，龟背竹只剩下半个背了。每次纠纷，那些花都跟着遭殃。

院长说，他们拿花撒了气，就不在我脸上留记号了。我第一次感觉院长可怜兮兮的。我扭过头，一直在想。院长说，刀片其实没什么可怕，可怕的是摸不清他们脑里藏着多少疯念头，没有刀片，还有别的。盛红敏的面容闪出来，我突然一悸。院长说，你常常让我不痛快，但我还真是敬重你，因为你像一把钻头，越硬的东西你越不服输，如果说有谁能钻进患者的脑子，那个人只能是你。我有些不适，略带调侃道，谢谢领导。院长目光凝重，为了医院，也为了你自己。我说，听见歌声了吗？我得走了。

院长室和行政科室都是平房，在医院最后一排，与病房楼隔着几百米距离，但我确实听到了歌声。盛红敏在唱。非常奇怪，无论在医院哪个角落，我都能听到。她唱的是卡伦·卡朋特的《昨日重现》。卡伦·卡朋特，一个三十二岁便离开人世的歌手，盛红敏最喜欢唱她的歌。我其实是个音乐盲，也完全没有音乐细胞，没有盛红敏，我不会知道这些。

快下班时，小贾把盛红敏带到医办室，仍是红黑标配。住这么久医院，她的身材依然令全院女性嫉妒。小贾退出去，只剩我和盛红敏。盛红敏每天要单给我唱一曲，不然她会狂躁不安。起初我只是作为辅助治疗的手段，渐渐地，我有些依赖盛红敏的歌声。如果某天没听到，睡觉都不踏实。熟悉的旋律，《时光飞逝》——《卡萨布兰卡》的主题曲。唱的专注，听的痴迷。直到小贾敲门，我的思绪才从另一个世界拽回。再见，贺大夫，盛红敏深深鞠躬，每次谢幕都如此。我微笑示意，她可以走了。随后立刻扭头，盯着另一个方向。

盛红敏在这座城市曾经家喻户晓，她是山城最美的主持人。那时，我读中学，最喜欢看她主持的节目。我没资格认识她，她与我是天与地的距离。后来盛红敏从屏幕消失了。传闻很多，她出国了，她失恋了，等等。我不相信那些传闻，她是什么人？她怎么可以失恋？还有说她精神失常，我认为更是无稽之谈，是嫉妒她的人故意编排。没想到盛红敏会成为我的病人，原来那些传闻并非空穴来风。盛红敏永远不会知道，她的仰慕者在那一刻突然被尖硬的利器刺穿。盛红敏和我不仅是医患关系，也不仅是歌者与听众的关系。我说不上来那是什么，那该称之为关系，还是别的什么。我只知道，我对她，有不舍，有心痛。盛红敏的病情始终没有好转，但也没太大波动，不在重点监控之列，可我常常梦到她告别人世，割腕、跳楼、吞物……没有一个病人如盛红敏这样折磨我。院长说得没错，每个病人脑里都有刀片，盛红敏不会例外。但我钻不进去。

毛 头

在桥头蹲了不到半小时，我就揽上了活儿。谈妥价钱，我随业主看房，然后拉单子让他买料。我换上工作服，喷水，铲墙皮。我干过很多种活，跑车、装卸，还在屠宰厂杀过三个月猪。现在是刮泥工。这个城市每天都在建楼，不愁没钱赚。老鹰吃肉，麻雀吃谷，各有各的活法，各有各的奔头，我挺知足的。但我不能让女儿像我一样，她该往吃肉的方向努力。大女儿读了所技校，不怎么好，这怪我，从念书那天起她就和别的孩子拉开了差距。在小可身上，我要下大注，让她进龙门最好的学校。

两天半，三百八十元到手了。业主不错，我少要了二十块钱。我买了两袋小可爱吃的无水蛋糕，割了二斤肉。叫花子鸡刚出炉，来了一只。这等美味自然要喝点酒，不然父亲还不嚷翻天？明德北堵车了，电动车、自行车、行人都钻缝儿走。我是他们中的一员，我可不傻傻地站在路边等待畅通。又是那个疯癫的老女人，我明白堵车的原因了。她有家人吗？怎么不看着她点儿？一个司机伸出头呵斥，这么窄，挤什么挤！我没理他，只要不蹭着他的车，想怎么走就怎么走。终于钻出来，我把肩上的电动车放下来，像打了胜仗一样挺挺脖子。

母亲面带惊讶，真是你呀，老东西说你回来了，我以为他胡说八道呢。目光落到酒瓶上，顿时冷了脸。我笑笑，少喝几口，养人。一阵咳嗽之后，父亲说，已经买回来，就不要馋我了。母亲说，听见了吧，老东西不识惯。父亲提高声音，你再说我坏话，我把暖壶砸了。

母亲气呼呼的，有本事你把房顶揭了。父亲啪啪拍墙，我掀开门帘，连洗杯的工夫也等不及了？父亲扬起的胳膊缓缓垂下，嗫嚅，我就是气气她。

两口酒下去，父亲的神色便活了。这酒不错，不过不如上次的，父亲评价。我说，那还用说，上次喝的是五星。父亲问，你请客了？请谁？我说，黄理。父亲的嗓子又开始凿了。黄理这个名字让他不舒服。他和黄理的父亲同一年进厂，黄理父亲不但把老婆孩子的户口转成非农业，还给两个儿子安排了工作。喝口水？我问。父亲摇摇头，大大喝下一口酒。酒比什么都管用，他说，小可妈不是干得好好的吗，怎么又想换工作？我说是小可上学的事。父亲问，念个书也得找人？我说，那得看上什么学校，我想让小可上龙门二小，没关系哪里进得去？父亲沉默一分钟，那得花不少钱吧。我喝了口酒，嚼了粒花生米，见父亲仍瞪着我，说，喝你的酒吧。父亲说，要花多少？我说，你操心自个儿吧。父亲便垂了头。

过了一会儿，父亲问，我还有多长时间？我装出生气的样子，胡说什么呢？父亲说，自个的病自个清楚，怕是没几天了，我想问问，医生是怎么说的？我说，我妈还指望你的退休费养老呢。父亲说，我对不住她，也对不住你，我是个烂人。父亲从没用过这样的词。我说，这酒劲大吧，没喝两杯，你就胡说八道了。父亲说，别看我嘴巴硬，心里一直愧疚，我就一混蛋。我说，醉了，别喝了。父亲挡住我的手，我是混蛋，却不是穷光蛋。我乐了，莫非你藏了宝贝？是祖传的吗？父亲窥窥门口，仿佛怕母亲听到，我确实藏了……现在我不能告诉你，等快闭眼睛的时候，所以我得清楚自个还有多长时间。我嘻嘻哈哈的，你想立遗嘱，我可以请个律师。父亲一本正经，没那个必要。我说，行了行了，我不要你的宝贝，你少冲我妈发点儿脾气就行了。父亲说，习惯了，改不了。我说，那你留给她吧，省得你愧疚。父亲问，不相信你老子？我说，相信！行了吧？父亲说，你会相信的。

妻子带回一张《龙门日报》，第二小学校庆日，有两个整版都是关于二小的。我把那张报纸看了好几遍，妻子说都快吃了。从第二小学毕业的名人很多，官员、老板、主持人、记者、作家、经济学家，连现任市长都是。社会上说二小多么多么牛都是有根据的，绝不是胡说八道。兴奋之余，我也有些不安。想把孩子弄进二小的家长绝不只我一个，在这个城市，太多人和我竞争。

一大早，我就给黄理打电话，黄理说正在进行中，有什么情况随时和我联系。他说，没那么简单，你别催！我听出黄理不高兴了，忙解释说不急的。上午，我特意去了趟二小，当然进不去。我扒着栏杆瞅了一会儿。气球和彩色条幅还在，鱼一样摆来摆去。

下课了，娃们拥出教室，叽叽喳喳的。没有比这更动听的音乐了。有朝一日，小可也会成为这音乐的一部分。我闭上眼睛，沉醉其中，直到铃声再次响起。眨眼之间，校园空空荡荡。另一种声音传来。一男教师走出楼道口，朝侧面的平房走去。又出来一女老师，径直朝大门走来。我盯着她，也许她就是小可未来的语文或数学老师。怎么这么面熟？我暗自嘀咕。她走到校门前，保安迎上去，不知说了什么。大门缓缓拉开，那是保安遥控的。女老师走出大门，我突然想起，女老师应该是第二小学校长，昨天的报纸登了那些从二小毕业的名人照，也登了校长的照片。没错，她就是！我还记住了她的名字，孔侃。我敢说，见到总统我也不会这么激动，浑身过电一样。我甚至想跑过去，问声好。当然我没那么做。那会把人家吓坏。我像打摆一样抓着栏杆，望着那个背影钻进轿车，望着轿车消失……

范大同

去单位的路上，小李打电话，说晚到一会儿，随后说了弃婴什么的。我随便唔一声。昨天去戒毒所看若云，回来便心不在焉。整个夜晚都被她纠缠——结婚多年，她第一次进入我的梦境。她手持利刃，目光又凶又冷，在我的身体上比比画画，我被她震慑住，完全不能动。清早，我脑里似乎塞满糟糠，难以集中注意力。小李没必要打电话给我，不要说晚到一会儿，就是整日不露面，我也不会训他。过了三分钟，也可能是五分钟，脑里突然咔嗒一声，随即回拨过去。告诉小李在福利院门口等我，我马上赶过去。

一旦有事，整个人便上了发条，二十三分钟二十秒之后，我将车停在福利总院门口。婴儿放在一个没有提把的篮子里，身上盖一块荷花图案的薄毯。小李去柜员机取款时发现的，在靠近门口的地方。小李把攥着的纸条给我，我瞅瞅就说，我来处理，有事你忙吧。小李说，我没事。我说，那你找点事干。

小李没再说什么，他当然听出我想支开他。我没做任何解释。其实没什么秘密，有秘密就不会这么说了。

这个地方我太熟悉了，庞丁家就在附近，以前我俩常到这儿玩。总院下设三个分院，养老院、孤儿院、精神病院。无聊时，我们故意挑逗精神病人，冲他们扮各种怪相。有栏杆护着，丝毫不用担心他们扑过来。那些可以在院里自由行走的，病情较轻，没什么攻击性，但也不能刺激。唯一有趣的是小哑巴，每次见到我和庞丁都会敬礼，左手敬了右手还要敬。

办完交接手续，院长送我出来。我和院长见过两次，一次办案，一次也是送一个弃婴，算是老相识了。院长说你连杯水也不喝，我真是过意不去。我哈哈一笑，等我退休了，打算住到养老院，你给我留张床。院长也笑了，没问题，我争取当到你退休。精神病院是侧楼，通体白色。我拽回目光，对了，听说你们这儿有位大夫，特别擅长治失眠症？院长说，有啊，我们院的顶梁柱贺梅，贺主任，很了不起。然后压低声音，不瞒你说，市里有位领导，还有领导的老婆，严重失眠，都是贺大夫治好的，范队长怎么知道她的？你想找她瞧瞧吗？我说，最近睡眠很差，如果方便……院长说，当然方便，走，我陪你过去。我问，是在那座楼吗？我自己去吧。院长说她这个人很怪，我怕她冲撞了你。我说，不要紧的。院长推我一把，走吧，我得给她介绍一下。

算起来和贺梅有一年没见了，上次还是在同学聚会上。说了没几句话，我本想送她一程，但她喝醉了，由庞丁扶着，我没再上前。

我平时走路没什么声响，可不知精神病院的楼梯是什么材料做的，每迈一个台阶，都像锤子砸在冰上。贺梅正在给病人量血压，她很专注。院长打个手势，让我坐，我摇摇头。贺梅该是瞥见了院长，也该注意到了我，但她的姿势表情没有任何变化。量完，病人离去。她把测压仪放回盒内，这才抬起头。

贺大夫，这是刑警队范队长，院长介绍。贺梅的目光终于落到我脸上，没有意外，当然更没有惊喜。我忙上前，伸出手，贺大夫好。贺梅冷冷的，队长？我犯什么事了吗？院长抢先道，瞧你这张嘴，范队长……我向院长示意，院长无可奈何地笑笑，那我下去了，让贺大夫给你瞧瞧 。

我在贺梅侧面的凳子上坐下来。在老头面前，我矮了一头，在贺梅面前，我至少矮两头。我已经没有和他们并肩的可能，虽然我从未放弃努力。贺梅说，你别影响我工作。我说，我是来看病的。贺梅冷笑，你该明白，这是什么性质的医院。我说，当然知道。贺梅问，专程吗？我摇摇头，不，顺便瞅瞅。贺梅说，好吧，什么症状？她的目光柔软了许多。我问，不量量血压吗？贺梅带着嘲讽，这是精神科。我硬着头皮说，可是，你刚才也量了的，难道他看的不是精神科？贺梅审视着我，一言不发，就像我无言地瞪着犯人那样。我不是犯人，可我还是发慌。贺梅说，这里可不是刑警队。我说，对不起，我忘了。贺梅说，有一类病是妄想型的，病人总怀疑自己得了什么病，好吧，既然你想量，把袖子撩起来。我忙说，谢谢、谢谢。她没理我。她一丝不苟，没敷衍我。我直视着她，甚至有些放肆。她注意到了，我以为她会脸红，但直到量完，她的神情都没有变化。一百到一百五，略高一点儿，也还正常，她边放测压仪边说，不用吃药，注意休息。

谢谢你，我轻轻地说。贺梅仍是医生的口吻，建议你找个专科大夫，你可以走了。我说，你还没给看呢。贺梅带了些愠怒，你到底想干什么？我说，我睡眠不好，真的。贺梅显然有所怀疑，你……睡不好？我说，忙起来还行，一旦没有案子，大脑松弛下来就睡不好。贺梅揶揄，你每天都盼望着这个城市发生点儿什么吧。我说，你错了，我向老天发誓，我从无那样的念头。贺梅瞪我一会儿，最差的时候，睡几个小时？我说，说不好，三个小时，也可能两个小时，还全是梦。贺梅笑笑，谁不做梦呢？很多人白天都做。我突然又矮了一些。我垂下头，我只做一个梦。贺梅没再笑，示意我往下说。我说，我总是梦见自己的身体长出东西，有时是一株花，有时是一棵树，有时是铁栏杆，还有一次一群蛇从身体里钻出来，摇摇摆摆。贺梅问，你害怕吗？我摇摇头，只是有些恼火，我不停地拔，可总是拔不完，累得要命，每次醒来都特别口渴，所以睡觉前一定要在床头放两大杯水。贺梅说，过度焦虑，不要紧，我开点药，你先吃着试试。我说，那谢谢你了。贺梅低下头，开了方子给我，到一楼取药。我站起来，却没马上离开。贺梅一动不动，还有事吗？我问，我可以给你打电话吗？贺梅说，当然可以，如果你咨询用药的话。我说，可不可以一起吃个饭？你方便的时候。贺梅极其干脆，不可以！

发动着车，我看见庞丁拎着一兜水果往福利院走来。我从车里钻出，喊他。庞丁显然很意外，用那样的目光看着我，我再说一遍，我叫李丁！我说，叫惯了，改不过来呢。庞丁问，你怎么在这儿？我笑笑，我怎么就不能在这儿？你不接我电话，我只好在这儿等你。庞丁说，我开车的时候不接电话，谁的都不接。我说，你不用解释，接不接都是你的权利。庞丁问，找我干什么？如果让我约贺梅，我办不到。我说，我刚从她办公室出来。庞丁眼睛发硬，你找她干什么？范大同，是个爷们儿，你就离她远点儿！我说，你不用冲我嚷嚷，我只是找她开点药。我返身从车座抓出那两个药瓶，看见了吧？庞丁讥讽，不愧是公安，什么招都使得出来。我叹口气，我知道你不相信我，我也没指望你相信，你有理由这样。但我告诉你，在我心里，你仍然是我最好的朋友。庞丁说，我可没资格和警察交朋友。我听到心里的碎裂声，很响。我说，你是想说我没资格对吧，或许是，不过，你不要把我想得那么坏。庞丁说，哪敢啊，据说你是这个城市的英雄，常在电视上露脸。我家的电视不好，我总是看不清，不知道是不是你。真的是你吗？有个硬岳丈确实不一样。我有些生气，我是干出来的，庞丁，你不要把我想得那么无耻。庞丁说，我哪儿敢呀，你觉得我有这个胆子？没别的吩咐，我要进去了。我问，去看贺梅？庞丁的神情闪过一丝波纹，像水面掠过微风，很快就合回去。他用近乎严肃的声调说，我母亲在上面，这不需要向你汇报吧。我叫，阿姨住院了？为什么不早告诉我？我去看看她。庞丁说，不必了，她不喜欢不相干的人靠近。丢下我，大步走开。

庞丁或李丁

初三毕业前夕，我参与了一场群架。一方是范大同，另一方是邻班的杨不凡。杨不凡的父亲是红星锁具厂厂长，据说常给学校捐款捐物。杨不凡拥有一辆雅马哈摩托，他常在操场上显摆，吓得女生们尖叫躲避。贺梅没躲，不但没躲，还骂了他。杨不凡就这样认识并迷上贺梅，常纠缠她。范大同和杨不凡干了一架，没分胜负。杨不凡约范大同再战，范大同当然不惧。星期六的黄昏，我随范大同到大镜门外应战。对方五人，为首的杨不凡持了一把水果刀。范大同问我怕不怕，我说怕个屎。其实我有些发毛。范大同捡起俩半拉砖头，塞给我一块。混战持续了十几分钟，范大同小臂扎了一刀，杨不凡被范大同拍倒在地。两人都挨了处分。杨不凡没再纠缠贺梅。我损失最大，因小腿骨折，未能参加中考。

在医院的半个多月，基本是李叔陪我。我习惯叫他李叔，叫别的我别扭。杨翠兰负责送饭，中午一趟，晚上一趟。不是炖排骨就是煲鸡汤，出院时我长了五斤肉。回家继续躺着，李叔请了半个月假，没法再请，杨翠兰也上着班，白天基本我一个人在家。我抓着遥控器，从头摁到尾，再从尾摁到头。喜欢的就停一下，不喜欢的就翻过去。范大同来过几次，其中一次与贺梅一道。他找了份零活，也待不长。有时，任电视响着，我呆呆地望着窗外的杏树。杏树是我和庞有亮一起移栽的，那年我五岁，与杏树苗一样高。庞有亮说比比看，你俩谁长得高。我的个子蹿得快，一度超过范大同，但还是没长过杏树。又结果了，再有一个月就可以采摘。一棵树能摘两三筐，当然吃不了，庞有亮打发我给左邻送一碗右舍送一碗。李叔则把杏做成酱装在小罐头瓶里，仍与左邻右舍分享。庞有亮的影子一点点地从我和杨翠兰的生活中淡出。起初，杨翠兰说起他还咬牙切齿，骂他自私鬼，没良心，她隐约听到庞有亮有个相好，他与相好一起跑的。后来，她没了怒怨，如果说起来，用“那个人”称呼。李叔虽不会拉二胡，但厨艺很好。他只要有空，绝不让杨翠兰沾手。他最擅长红烧，红烧肉、红烧猪蹄、红烧鲤鱼、红烧冬瓜和萝卜。庞有亮和我一样总是吃现成的，如果杨翠兰不在家，他只会白水煮挂面。庞有亮的业余时间都用来拉二胡，仿佛这才是他的正业。杨翠兰为此常数落他，她最常说的一句话是“有本事你搂着二胡睡”。庞有亮没打过杨翠兰，偶尔嚷叫，多半是杨翠兰摔了他二胡的时候。李叔脾气更好，嚷都不嚷，邻居们说杨翠兰因祸得福，掉进了蜜罐。如果当杨翠兰面说，杨翠兰总会叹息一声，还能怎么办呢，我和小丁总要吃饭。听上去是被逼无奈，其实心里美着呢，这个我知道。就像那些被树叶掩映的杏，不管藏得多么严实，我还是能发现。一个、两个、三个……我像将军一样辨识着士兵的面孔。

那天李叔拎个编织袋回来，满脸兴奋地让我猜。还没等我张嘴，他就伸进袋子。竟然是一长尾锦鸡，我不由啊了一声。锦鸡受到惊吓，不停地挣扎，李叔抓得牢，几片羽毛飘下来。我以为是李叔抓的，他说他哪有那么大本事，是从别人手里买的。你一个人怪闷的，给你弄个伴儿。李叔连夜做了笼子。笼子吊在窗外我看得见的地方。锦鸡仍然惊魂不定，也可能是悲伤过度，对食槽里的大米粒视而不见。偶尔鸣叫一声，听着让人难过。第三天越发蔫了，一声都不叫。我问李叔怎么才可以让锦鸡进食，李叔想了想说，也许不合胃口，我试试吧。他捉了一些虫子，锦鸡终于有了兴趣。我喜出望外，说李叔你真了不起。李叔说如果你整天想着一件事，一定能做成。李叔让我快快恢复，这样就可以亲手捉虫子喂锦鸡。你喂它，它就喜欢你。我信李叔的话，每次都亲手放食。一个月后，锦鸡的羽毛亮闪闪的，叫声也不那么悲伤了。我取得了它的信任，靠近，它便扑闪翅膀。它的眼睛亮极了，像两面小镜子。哪天没捉到虫子，它也可以吃大米，当然只有我撒它才吃。范大同不信，试验过，嘿了一声，挺通人性啊，真他妈的。范大同问我怎么训练的，我没告诉他。说了他也未必信，那实在算不上秘招。

九月底，我重返校园。但我的心并没有回来，常常走神，牵挂我的锦鸡。腿没好利索，不能快走，但是放学我就一路疾行。锦鸡见到我便欢快地扑腾。只是我没有虫子喂它，这个季节哪里找得到虫子?就算我有时间也不可能。当然，锦鸡可以吃米粒和麦子。一个冬天，锦鸡瘦了许多，羽毛常常是凌乱的。李叔说也不全是吃不上虫子的原因，野鸡，野外的环境更适合它。我犹豫几天，把我的想法对李叔说了。李叔说，小丁，你有任何想法我都支持，只是它在笼里生活得时间久了，觅食能力退化，这么冷的天，冻不死也得让野猫野狗吃掉，不如天暖了再放。我认为李叔说得有道理，就搁下了。

转年春天，一个周六的上午，我与李叔一起上太平山放生。真要放了，又怪不舍的，我的情绪十分低落。在那片树林前立住，李叔说，现在你还可以反悔，给你五分钟时间，你决定吧。我凝视着锦鸡，它也正注视我。我说，还是让它解放了吧。我缓缓打开笼子，锦鸡迟疑着，我做了个飞的动作，它也迈了一步，又一步，仍在迟疑。它终于站在石头上，却没有飞。我问李叔它是不是不会飞了，李叔说有可能，等等看。我连做了两个动作，它扑棱一声，飞到树枝上。我哈一声，它会飞呢。锦鸡鸣叫几声，飞向树林深处，转眼就不见了。我以为它会回头看看我，但没有。我怅然若失，李叔拍拍我的肩，回吧，它会记着你的。

我和李叔准备下山，锦鸡却又飞回来，仍旧站在刚落过的树杈上，冲我鸣叫。我兴奋得五官都变形了，快看，它还认得我。李叔说，它当然认得，在和你告别呢。叫了几声之后，锦鸡再次飞离。李叔说，怎么样？它也舍不得你，你信了吧。我双目放光，憋足劲儿叫了声李爸。他愣了愣，说，好小子！

毛 头

父亲咳嗽了多半夜，母亲没睡好，满脸倦意。母亲心疼我，说我白天干活，不让我留在父亲身边。可我也心疼母亲，她也一把年纪了，况且她白天也有忙不完的活儿。我提出和母亲轮流陪父亲睡，母亲没拗过我，同意了。

父亲是从午夜开始咳嗽的，断断续续，凌晨三点，他坐起来。坐着就没那么剧烈了。父亲让我睡，说再不眯一会儿天就亮了。我倒了杯水给他，坐他对面。父亲说，你要不睡，就给我倒杯酒吧。我不同意，哪有半夜三更喝酒的。父亲央求我，就一小杯，待会儿咽了气，就喝不成了。我心下不忍，倒了一小杯。父亲伸出舌尖轻轻点了一下，喘着粗气说，酒也能止咳的。我说，你喝酒总有理由。父亲咧嘴笑了。突然间，父亲变得严肃，毛头，咱爷俩说说话。

我到底还有多长时间？我清楚地记得，那个夜晚，父亲问得特别认真。我佯装生气，怎么又说这个？就不能说点儿别的？父亲说，人都是要死的，我想得开。我说，我要能掐算，不成神仙了？父亲说，你问问医生。我硬邦邦地说，医生也不是神仙，要问你问。父亲说，你要不问，我就自己去，我还动得了。我瞪着他，你还嫌不乱？父亲固执地说，我心里得有数，咽气前，把该交代的都交代了。我说，有什么话现在说吧。父亲瞪我，你咒我现在死吗？我气笑了，咋说你都有理。父亲说，你明天回趟老家，先把墓地选好。我说，我还没问医生呢，急什么？父亲说，选墓地很要紧。我不理他。父亲说，别把我埋在龙门，埋不起。这倒是实话，我咨询过墓地价格，最便宜的一平方米也要三万，好一点儿位置都要七八万。我没敢和父亲提，不知如何开口。父亲如此说，我大大松了口气。父亲说，把我埋在祖坟，祖坟不要钱，活着是你们的累赘，死了不能再成为你们的负担。我突然一阵羞愧，为自己刚才的想法。我小声说，如果你……父亲打断我，我要和你爷爷、太爷爷在一起。我说，听你的。父亲说，你明天回去一趟。我说，你急什么？父亲说，早晚也得回去，宜早不宜迟，定了我踏实。我问，还有啥交代的？父亲说，对你妈好点儿。他的腔调让我不快，这还用你交代？父亲说，你妈跟我一辈子，没享上啥福，说起来我是吃公家饭的，人人羡慕，可到头……连户口都没迁过来，我对不起她，也对不起你。父亲猛咳一阵，接着说，这房别卖，等着拆迁。显然在交代后事了，我有些难过。父亲说，这辈子让酒害了，我要不馋酒，不会这么糟，毛头，我是不是很自私？我说，我也爱喝两口，你都瞅见了。父亲说，我算个什么东西。我说，越说越离谱，醉了？父亲说，我还有些钱，不多，连你妈都没告诉。我笑了，那是你的喝酒钱吧？父亲在鞋垫下柜缝处都藏过酒钱，害得母亲每天像个侦探。父亲也笑了。我问，你的宝贝呢？现在拿出来让我瞧瞧？有一刻，父亲的脸变得僵硬，还有一丝尴尬。其实我是逗他的。父亲垂下头，我做梦都想有一件宝贝，咽气前传给你。我说，那你继续做，没准梦想成真呢。父亲抬起头，好像相信了我的话。

次日一早，我赶到长途汽车站。父亲催得急，况且如他所言，早晚要办。定了，他踏实，我也踏实。村庄距县城尚有四十公里，到村已经中午。我找到家族主事的长者，说明来意。我计划当日返回龙门。长者领我去了一趟墓地，我才知道事情远非先前想得那么简单。坟墓原本排列有序，也留了活人的位置，是按一具棺木的大小留的。那是过去的标准，现在丧葬风气变了，时兴大穴，一个逝者占去约两个位置。没有空位，后逝者只好埋在别处。虽然也在祖坟附近，但等于另立坟头。所以选墓不是一句话的事，要和族人商量，还要请风水先生。我只好住下。

长者问我墓穴什么样的标准，有一万八的，有两万八的。我吃了一惊，这么贵？长者说一万八的是硬砖砌墙，白灰壁，大理石地面，墓顶为水泥板。长者特意强调是龙门砖，三七式。两万八的仍是三七砖墙，但四壁全是大理石，有精美的图案。我问，含棺木钱吗？长者的表情有些复杂，顿了顿说，棺木是棺木的，有几千的，有几万的。我没吭声，这和在城里买公墓差不多了。过了一会儿，我问，不用丧葬公司不行吗？长者说，至少砌墓要用吧，莫非你还能自己砌？我真想自己砌，自己刮泥子，但我清楚，不大行得通。我问人们都选什么标准的，长者说当然一万八的多，也有选两万八的，你父亲怎么说也是吃官饭的，还是选两万八的好，不然面子上过不去。我说，其实都一样，人死灯灭。长者道，怎么可能一样呢？人在地上几十年，在地下是永久的，活着想好，死了就不想了？古代的皇帝坟墓盖得不比宫殿差，不就打算死了也过原来的日子吗？普通人活着过不上，死了总可以。你别认为黄土一埋就得了，那是你父亲以后的住处呀。我并不认可长者的话，不过没有反驳。况且，他只是建议，决定权在我。接下来又说了些别的，但我心不在焉。我来回权衡，睡觉前才决定。长者赞赏，这就对了，你父亲活着风光，跌倒头必须体面。

第三天我才返回。虽然超出我的想象，但还能承受，可以向父亲交差。我仰靠在座椅上，想眯一会儿，回去还有许多事等着。

电话响了，是黄理的。

贺 梅

上班的路上，我疾步如飞。总是这样，被追着似的，偶有人打招呼，我稍稍点下头，绝不停留。踏进总院大门，准确地说，捕到盛红敏的歌声，我的脚步才会放缓。院长虽多次批评我，但也经常表扬，从未迟到啦，爱院如家啦。他根本就不知道，我是因为牵挂一个人。值班医生不打电话，说明一切安好，但被噩梦扰了一夜，我管控不住自己。我只相信自己的耳朵。

盛红敏唱的是《廊桥遗梦》主题曲《此情永不移》。不知她脑里装了多少支曲子，如果上帝让我许愿，我第一个愿望就是钻进盛红敏的脑子。沟壑还是丛林？峡谷还是险滩？我常这样想。此刻，我小心翼翼的，就像踏过不知深浅的河流。

不待我问，值班医生首先汇报了盛红敏的情况。我点点头，问杨翠兰怎样。值班医生说还算安静，就是不让人靠近。顿了顿又补充，她只信你。我说应激性障碍常常把现实和想象混淆，思维混乱，但某一瞬间是清醒的，如果把那一瞬间拉长，长到几个小时甚至几天，等于在现实和想象之间竖起了隔离墙，那么就有治愈的可能。值班医生马上问，贺主任又有新点子了？我说谈不上新，只是把治疗方案调整一下。

把该做的安排妥，我才去杨翠兰病房。她每次来都住单间，谁让她是李丁的妈妈呢？我好歹有这个权利。除了去大街上指挥交通，更多时候她喜欢一个人待着。单间对她的病有利。她仍抱着那部暗红色的已经磨破皮的电话机，睡觉吃饭上厕所也是如此，她生怕错过丈夫的电话。我坐在她对面，阿姨，你今天好漂亮。杨翠兰露出羞涩的笑，你也漂亮。我说，与阿姨比差远了。杨翠兰抓抓耳边的头发，都白了，怕他认不出我呢。我说，那怎么可能？你依然这么漂亮，叔肯定认得你。杨翠兰扭头望着窗外，换个煤气，咋这么长时间？不会被车撞了吧？我说，不会的，叔又不是第一次干这个，准是顺便办别的事去了，以前不也有过类似情形吗？杨翠兰的眼睛再度有了亮光，他车胎爆了，害我热了两次饭。我说，我就说是吧。杨翠兰嘟囔，也不打个电话。我说，周围没电话，怎么打给你？杨翠兰盯住我，手机呢？他带了的。我说，如果没电呢？他怎么打？她想了想说，也是。我做惊讶状，阿姨用什么牌子的擦脸油，好香！杨翠兰说，紫罗兰。我哇一声，这名字听起来就香。杨翠兰的脸颊微微泛红，他喜欢闻这个。我小声问，李丁不知道这个秘密吧？杨翠兰略显紧张，你别告诉小丁，他还小。杨翠兰的思维串台了。我立即道，好，我不告诉他，谁也不告诉。杨翠兰松口气，你真好。我问，外面有人唱歌，你喜欢吗？杨翠兰大幅度摇头，呜噜哇啦的，像哭一样。我笑笑，那是外国歌曲，你不喜欢，咱放点别的。我把小录音机拿出来，问，准备好了吗？然后轻轻一摁。低沉忧伤的二胡曲缓缓流出。杨翠兰怔了一下，仅仅是怔了一下。好一会儿，她才盯住录音机，眼睛有些大。我屏住呼吸，观察着她的反应。但她只是瞪着，仿佛那是她从未见过的怪物。阿姨，我轻声问，你以前听过吗？杨翠兰没有反应。等了一会儿，我又问。杨翠兰说，听过，老早了。我迫不及待，你能记起什么时候在哪儿听到的吗？杨翠兰说，老早了。我启发她，是不是和小丁一块听的？杨翠兰摇头，忘了。我问，你能听出是什么乐器吗？杨翠兰眨眨眼，不会是二胡吧？我竖起大拇指，阿姨太牛了！怎么样？好听吗？杨翠兰说，也像哭。我立即摁下停止键，不听这个了，咱换一曲欢快的。除了《二泉映月》，杨翠兰的前夫最喜欢拉《赛马》。激昂的旋律在屋里回荡，杨翠兰皱皱眉，但仍在倾听。她的身体慢慢向桌子倾斜，我小心翼翼地叫声阿姨。杨翠兰突然竖直，关了！太乱了！！我说，听阿姨的。杨翠兰喘气不匀，像随奔马跑了一圈。我问，你也听过是吧？是和小丁一起么？杨翠兰摇头。我说，不要紧，你慢慢想，想起来告诉我，有奖励哦。

回到医办室，我从柜子里取出二胡。李丁送来时，两条弦均已断掉。我找人安了两根新弦，调了音，定了调。装扮换了换，身体仍是原先的。只待乐师奏响，那是下一步计划。循序渐进，不可操之过急。家具、器物，包括杨翠兰的记忆都与李丁的继父有关，唯有这把二胡是李丁生父的。李丁的生父挤进杨翠兰的脑子，那么另一个人就有可能往外退，哪怕一点点。我承认这个想法有些疯狂，但作为精神科医生，我知道药物永远达不到最佳疗效。我没十足的把握，只能试着往前走。李丁犹豫了几天才答应。我知他担心什么，那也是我担心的。但李丁还是相信了我。没他的配合，试验不能进行。今天是第一次治疗，还算满意。我给李丁打了电话，末了说，谢谢你。李丁叫，贺梅，你是打我脸吗？他在大街上，我听得出来。我说，不，我说的是心里话，阿姨出院那天，我请你吃饭。李丁生气了，你越说越不像话了。我笑了笑，小心开车，见面再聊。

我不是心浮气躁、沾沾自喜的人，但那天有些兴奋。很想找个人说说话，最好喝上一杯。院长、助理、护士，想了一遭，没有合适的。我犹豫一下，给他发了短信。他是我的病人，失眠症患者，是我治愈的。在治疗期间和他有了关系。但我从不联系他，除非他给我打电话。他很忙，几乎每天都能从电视上看到他。离婚后我独自生活，有的是时间，他发信号，我即刻赶到宾馆，像个应召女郎，但我不以为意。除了时间，我只有寂寞。他曾提出让我去个轻松的地方，那是他一句话的事。我说考虑考虑。他没说什么，冲这一点，他挺善解人意的。过了半个小时，他回信了，检查组来了。没有多余的话，但我清楚那五个字的分量。每一个都超过我的体重。我并不怪他。我想起范大同，也许他可以。有些滑稽，怎么想起他了？虽然我不再恨他。时间确实是良药，但也没有彻底将过去放下，对饮欢庆？拉倒吧。

夜晚降临，我开了瓶红酒。法国的。我没要过他任何东西，除了酒。我还抽烟。院长眼毒，问我平时抽哪种牌子。我当然不会回答。我只在自己的房间抽，什么牌子都与他无关。我打开录音机，盛红敏的声音响起，是《昨日重现》。我录了好多，说起来，盛红敏是陪伴我最多的人。酒与歌声一道流进我的身体，带着些许醉意，我跳了一段舞，在昏沉中进入梦乡。

次日，我的脑袋有些沉，但没在床上拖延。仍旧步履匆匆。范大同是在我抚摸那把二胡时进来的。我停下来，问他睡眠怎样，是不是还需要开药。范大同扬扬手里的食品袋，说来看看庞丁的母亲。我说，这里都是特殊病人，没有家属的同意，不能探视，你问过李丁了吗？范大同说，我只是探望一下，送些吃的。我拿起电话，范大同可怜巴巴的，贺主任，求你。我说，那么，请你离开吧。范大同说，这些东西你交给她，好吗？我停了一会儿，说只此一次。范大同说我保证，如果……我竖起手指，他说，好吧，谢谢你了。他仍站着。我问，你还有事？他上前一步，欲拿二胡。我拦住他。范大同问，这不是庞丁父亲的二胡吗？我看了他好一会儿，你认得？范大同说，当然认得，你知道，那会儿我和庞丁天天腻在一块儿，每次去，他父亲都拉二胡，喏，这缺了一个角，是庞丁碰到地上磕的，弦是刚换的吧？我说，没错，就是那把。范大同问，怎么在你这儿？我说，你开始办案了？范大同带了些歉意，对不起，我是好奇。或许是他歉意的神情触动了我，或许是我仍沉浸在治疗的兴奋中，对他简单讲了。范大同满脸疑惑，这管用？我说，你该离开了。范大同叫，我可以帮你啊。我冷冷地，这里不是刑警队。范大同急躁起来，听我说行吗？要唤起庞丁母亲的记忆，最有效的不是二胡。轮到我疑惑了。范大同目光闪亮，他生父不比二胡管用？我问，你什么意思？范大同说，你该明白的。

李　丁

突然看见了庞有亮。

我猛地踩了下刹车，坐在后排的女士几乎撞到隔离网。顾不得那么多了，我迅速右靠，停车，往庞有亮行走的方向追了几十米。已无踪影。从路口拐进去是古玩市场，人头攒动。我扫了几扫，不甘心地拽回目光。女士问发生了什么，听得出她的不悦。我说实在抱歉，收你半价。女士立即不吭声了。从火车南站返回，我走进古玩市场。我不懂行，平时极少到这种地方。转了两遭也没扫见那个身影。或许是幻觉，但也有可能是他。虽然只看个侧面，但脸形、走路的姿势都错不了的。二十多年过去，庞有亮还有他犯的事早已被忘记，他本人也会这么想吧，那么他回龙门瞧瞧也极有可能。如果是这样，总有一天会撞见他。

用庞有亮治疗杨翠兰的病，我觉得实在荒唐，但架不住贺梅劝说。那些理论那一堆专业术语我听不懂，她打的比方我是明白的。她说如果汤咸了，最好的办法就是用水稀释。我答应配合，万一有可能呢？就不用整日把杨翠兰关在牢笼里了。

庞有亮的痕迹已剔得干干净净，只有那把二胡留了下来，和扳手改锥一起藏在顶棚的角落。杨翠兰最该丢弃的是二胡，因为庞有亮拉起二胡便把一切抛诸脑后，杨翠兰深恶痛绝，几次扬言要砸烂二胡。可是，她没有丢弃。我想不通，问贺梅。贺梅说每个人心里都藏着秘密，本人也未必能破解。贺梅回答了我，我却不知道答案。但不管怎样，二胡是庞有亮的宝贝，唤起杨翠兰的记忆该是可能的。但愿吧。

庞有亮也移出了我的脑子。偶尔记起，也如飞烟，转瞬即逝。我以为和他再没有关系了。贺梅开始对杨翠兰治疗后，他频频闪现。起初只是一粒粒悬游物，慢慢连成一条条线，之后便一块块堆在那里，由模糊渐至清晰。那年中秋节，杨翠兰把排骨炖在锅里，让庞有亮看着，她去商场买月饼，这天月饼打折，她是会过日子的女人。她特意嘱咐庞有亮好好盯着。庞有亮倒是没拉二胡，值了夜班，他睡着了。杨翠兰风风火火地赶回来，庞有亮刚刚被烟呛醒。杨翠兰的嘴可不是吃素的，庞有亮招架不住，便向我求救。是的，只有我能平息杨翠兰的怒气。事后庞有亮塞给我三元钱作为奖赏。我常常闯祸，庞有亮常被请到学校，校长、政教主任、班主任都训过他，彼时的庞有亮像罪犯一样弓腰点头，发誓要狠狠收拾我。他把他们都骗了，他所谓的收拾就是他拉二胡的时候罚我站立。只有一次，他当着某女生的家长扇了我一掌，拎着我的耳朵怒冲冲地离开。走出校门，他就说，如果他不动手，那个女人就先动手了，或许就不是一巴掌。他还说，不管什么场合，都要动心眼。

我想起了很多……

是不是这个原因让我出现幻觉，而并非庞有亮回到龙门？我不知哪种可能更大。我再难以专注，从早到晚，坐在车里左右扫视。当看到一个人，还在很远的地方，只是有几分相像，我便点下刹车，放慢速度，然后加速前进。我清楚，这很不应该，但就是不由自主。有一次，一个客人恼怒了，虽然我再三解释致歉，他还是叫我停车，骂骂咧咧地走了。

我给杨翠兰送换洗的衣服，贺梅说进展还算顺利，如果治愈杨翠兰，盛红敏也有希望。盛红敏的歌唱得棒极了，她没准能重返舞台。贺梅吃了兴奋剂般。盛红敏家喻户晓，我当然知道。贺梅从脚底拎出一盒茶叶，让我带走，说有些家属蛮不讲理地谢她，她实在招架不住。我说，那是谢你的。他们不知道我最在乎的是什么，她说，你该知道的。我下意识地瞅瞅贺梅的小臂，那儿有一道疤痕，是被家属划伤的。我当时说，干吗不改行？她回答我说，慢慢你就知道了。

我开始给阿姨减药了，贺梅仍沉浸在兴奋中，我找到一个愿意来医院拉二胡的人，在唤起阿姨一部分记忆后，我就让他当面拉给阿姨。然后，她突然盯住我，怎么了你？心不在焉的。我说，没有啊。贺梅笑笑，骗我！我问，什么时候可以出院？贺梅问，怎么啦？我说，没怎么，就是问问。贺梅摇头，我给不了你准确时间，心理疗法，我也是尝试。你安心开你的车，我在这儿，你尽管放心。费用的事，我已经向院里申请，应该没多大问题。我忙说，这就不必了，已经给你添了太多麻烦。贺梅反击，这话很伤人呢。我说，我检讨，不过，确实是，医院不是你家开的。贺梅说，不是没有先例，况且我在阿姨身上进行的治疗是试验性质的，在别的医院，所有试验药品都是免费的。我知道你这个人，怕麻烦别人。我不是别人，对不对？其实，应该感谢的人是我，没你的信任，我怎能进行下去？我说，好吧，听你的。贺梅说，这就对了，只要能治好阿姨的病，别的都是次要的。我说，是。贺梅打趣，那为什么还垂头丧气的？

我想向贺梅说的，见了她又不知道怎么开口。在她追问之下，我讲了最近的一切。沉默一会儿，贺梅说，幻觉的可能更大一些，相隔二十多年，即便他真的回来，相貌体形会发生很大变化，你怎么可能一下认出来？我说，万一他真的回来呢？贺梅说，纠缠你的不是他是否回来的问题。我问，那是什么？贺梅说，说起来缥缈，但你被困住了，他若回来，被你发现，你该怎么办？报警，还是视而不见？我被问住。

范大同

去年，局里将十宗案件列为重案，都是陈案。破获了几起，其中一桩命案，嫌疑人逃亡二十八年，更名换姓，娶妻生子，还是个小老板。此案的侦破给局里长了脸，庆功会副市长都参加了。海燕电子厂失窃案不在重点之列，根本就没人提起，似乎被遗忘了。如果不是去看庞丁母亲，我也想不起来。庞有亮外逃多年，或许练就了狐狸的嗅觉，但更重要的是缉捕他的网没有持久地张开，可能与涉案金额不大有关吧。如果庞有亮是一剂药，没有什么比把他本人带到杨翠兰面前更有效。我一直想为庞丁做些什么，我希望和他回到从前。那么，就从这个案子开始吧。

当年负责此案的队长三年前因病辞世，接手的警员也已经退休多年，在秦皇岛与儿子住在一起。我去了一趟，约老警员在餐馆见面。老警员双鬓斑白，但面色红润，状态很好。我迫不及待，直奔主题。老警员轻轻哦了一声，说，这是真正的海鲜，你尝尝，在龙门吃的不新鲜，即便是活的，也没这儿的味道。我说，我可不是来吃海鲜的，我更喜欢牛羊肉。老警员说，习惯就好了，我刚来也吃不惯，现在没海鲜喝酒都没味儿。我说，还是说案子吧。老警员问我多大了，我说这是你当年的习惯吧。老警员说，你四十上下吧，我在这个年龄也觉得自己跟铁块似的，一有案子几宿不睡，抓捕了嫌疑人，那个兴奋。但人毕竟不是铁，说老就老了，好些案子没着落，揣了一堆遗憾退休。哪能事事如意？可这股劲就是缓不过来。刚退那几年，做梦都是案子的事，现在好些了，那已不属于我。我理解你，但你纵有三头六臂，也难免遗憾，干吗这么急？我说，我已经订了返程票。老警员说，那么久了，总得容我想想，来，这是母蟹。

我拽掉螃蟹的腿，老警员缓缓开口。那个案子我记得，因为接手时我有点情绪。有一桩大案，没让我参与，理由就不说了。干咱这行，谁不想啃硬的？普通案子没什么劲。当然纵有情绪，我也不马虎。只是……我调查的时候，海燕电子厂已经被北京一家公司收购，生产的也不再是收音机，工人退的退，调离的调离，认识嫌疑人且有过接触的也就三五个人。当时的两万块钱还算个大数，后来就不算什么了，我调查的那几个人对嫌疑人不是很了解，对他的评价只有一个字：傻，竟为两万块钱扔下老婆孩子跑了。当然，也有关于嫌疑人的传言，如受情妇蛊惑等，没有证据，不足为信。他们对抓不抓到嫌疑人毫不关心，反问我，为什么还查？就是把他抓回来又能怎样呢？觉得嫌疑人不值得，警察也不值得。只有那个躺在病床上的原厂长有些激动，他因为这个挨了处分，但也提供不了什么线索。这桩案子在我手里没什么进展，我只是补充了些调查笔录，发了些协查函。你在卷宗里看到了吧。其实也没什么可调查的，窃款逃亡，所有的证据都指向他。如果发现他的匿身处，直接抓捕就可以。我一度想从他家属那里寻找线索，做那个女人很多工作，但没有收获。对了，你为什么突然对这个案子感兴趣？难道没有更值得破的案子了？我说，所有的案子都值得办，大小只是性质问题。老警员别有意味地笑笑，我差点忘了，你是个副队呢。我沉默一分钟，这桩失窃案发生时，我正读小学，嫌疑人是我要好同学的父亲。老警员点头，凡事必有缘故，祝你成功。我问，嫌疑人是否有同伙？老警员说，卷宗里不写着吗？我说，是写着，但我发现前后意见并不一致。老警员说，廖队长起先认定是有同伙的，后来排除了这种可能，理由写得清清楚楚，我倾向于有同伙参与，却写不到纸面上。我问，为什么？老警员说，只是个人感觉。我说，很想听听。老警员说，那天傍晚，嫌疑人去十字街口的商店买了一瓶二锅头，他常去那儿买东西，店主认得他。在他值班的办公室发现了瓶盖，但没发现酒瓶，应该是离开时带走了，或是扔到了什么地方，反正厂子里没寻见。谁会在出逃时揣半瓶酒？我认为瓶里的酒已喝光了，他没那么大酒量，该是两到三人一起喝的。可是现场只有他一个人的脚印。还有，如有同伙，应一起出逃，但廖队长调查过，市区没发现无故失踪人员。他逃了，同伙像平常一样过日子，这说不通啊。所以，我只是感觉，你知道，干咱们这行的，有时管不住脑子。咦，快吃啊，都凉了。

从秦皇岛到龙门只有慢车，要坐十多个小时。距开车尚有两个小时，我在街头转了转，买了几张报纸，好打发火车上的时间。广场入口处有一乞丐，蓬头垢面，每有人经过，就举起不锈钢茶杯。我扫他一下，没怎么在意，脑里似乎有东西在飘，我竭力抓住。走出十几米，我终于捕到，突然一个激灵。我返回，慢慢走到乞丐身边，将买报纸找回的一元硬币投进钢杯。当啷一声，很响。乞丐说谢谢，却没抬头。我摸了摸，没硬币了。我问，你饿吗？要不要吃些东西？乞丐仍未抬头，虽然头发长，脸也脏，但脸的轮廓还看得清。那一刻，我的心都快蹦出来了。我说，如果你饿，我可以买些给你。乞丐说，包子，猪肉大葱馅。乞丐猛抬起头，两笼我才能吃饱。我愣了愣，说快到点了，丢下二十元离开。乞丐在我背后说，你是好人，愿你长命百岁。

我边走边想，也许庞丁的父亲已经沦为乞丐，两万块钱够干什么？以往的思路，总认为他藏匿在什么地方，如果成为乞丐，就没有藏的必要，或者说，是另一种形式的逃亡，是被警方忽视的藏匿方式。甭说在陌生的地方，就是在龙门的街头流落，又有几个人能认出他？缉捕思路该调整一下。只是——我突然想，如果将已沦为乞丐的庞有亮拎到庞丁母亲面前，他是药，还是毒药？我和庞丁的裂痕就此愈合还是越来越宽？在那一刻，我感觉自己和那些疑问同时悬在了半空。

毛　头

我登上公交车，站在距黄理最近的位置。他说，我等你好几天，每天都揣着，恰今天没带。我说，我不是来拿钱的。黄理问，那你来干什么？我说，找你呀。

事没办成，黄理要把钱退我。接到电话那一刻，我觉得心被整个挖掉了。就在长途汽车上，我给其他人打电话。有的当场就拒了，有的过两天告知帮不上忙。妻子不知怎么和一个陪床家属搭上话，那人说试试。今天上午给了回话，又一扇门堵死了。我又想到黄理，他是唯一的指望。我没把钱取回，就是怕断掉这根线。到公交车上找黄理有些不妥，但我实在等不及了。

我小声讲了，黄理没吱声。到了终点，人下空了，黄理方说，不是我不帮，朋友说难度大，我有什么办法？我说，你再和朋友说说，使使劲呗。我掏出刚刚取出的一万块钱，说只要能成，钱不是问题。黄理乜斜我，毛头你疯了吧。他挡了一下，我还是把钱塞给他。你把我的话转给你朋友，帮帮我，行吗？我摇晃着，快站立不住了。黄理说他就再拽下脸试试。我说，无论如何也要办成。黄理说，没有这么说话的。我说，对不起，这两天我脑袋要炸了。黄理问，为什么非要去二小？大境门有学校呀。他已是第二次问。我没有正面回答，说哪怕砸锅卖铁。

从第二天开始，我不住地给黄理发短信，诸如，天热了，黄哥多喝水；吃了么，要不要坐坐？还有一些黄段子，让他解闷。黄理终于烦了，别催我好不好？我盯着那个问号愣了好一会儿，回复：对不起。我有催促的意思，但不完全是。

第九天，终于等到黄理的电话，他张嘴先骂我，但声音里满是兴奋。那时，我正站在架梯上干活，举一托板泥子。巨大的喜讯差点将我击倒，我晃了晃，一只手撑住墙，黄哥，谢谢你。黄理又骂，你小子，没日没夜地催。我说，今晚坐坐吧，我给黄哥赔罪。黄理说，还是免了吧，我都怕你了。我再三恳求，黄理应了。挂了电话，我仍打摆子一样抖，直到女业主进门。她是个孕妇。我的失态被女业主瞅在眼里，她问我是不是发烧了。我说没有啊。女业主说，你在抖哎，我瞧着都晕。我说，有点累。女业主说，那你歇歇吧。我笑笑，不妨事。女业主说，得给我刮平哦。我说，你放心，我干这个不是一年两年了。我凝神屏气，终于平静下来。女业主没有离去，这是要监督了。她有一搭没一搭地和我说话，提及孩子，我告诉她，小女儿在第二小学就读。女业主甚是吃惊，真的呀？你可不简单呢。我不是爱吹嘘的人，那一刻也不知怎么了。女业主问我家在哪儿，我说大境门。女业主叫，那更不简单呢。她说买这处房就是为了孩子将来能上二小，多花很多钱呢。我瞄瞄她的肚子，暗暗叹服，也就六七个月吧，与人家相比，咱那点本钱算什么？

中午，我买了两个肉包，一瓶啤酒，找处干净的台阶坐下。身后是女业主的小区，对面是第二小学，学校已经放假，校园空空荡荡。庆祝的彩色气球早已不在，只有旗帜在飘。我的小可就要成为这里的一员了。我觉得和这所高大上的学校有了某种亲密关系。一个人在校门前溜来溜去，立刻引起我的警觉。他有些鬼祟，我停止咀嚼，死死盯着他。如果他有什么企图，我会立即冲上去。过了一会儿，有一个人走到他身边，两人握握手，走向停车场。我吁了口气，继续吃包子。

啤酒只是庆祝序幕，晚上我和黄理猛猛喝了一场。我对黄理说，小可入学那天，要在龙门最高的旋转酒店摆一桌，约上他的朋友及朋友的朋友。黄理说等小可上了大学，我说那怎么行，一定要摆！黄理用手指点着我，你呀，真拿你没辙儿。

出餐馆，我踉跄一下，黄理问不要紧吧，我说再喝半斤都没问题，硬是把黄理送上公交车。路上的情景我仍记得，穿越小桥时，我坚持不住，趴在栏杆上呕吐起来。我醒来时，躺在父亲身边。父亲将水杯递给我，渴了吧？我揉揉发胀的脑袋，我怎么回来的？父亲哼一声，鬼知道你怎么回来的。我使劲地想，还是想不起。我说，这么晚了，怎么不睡？父亲说，我等着喝酒呢，你拎个空瓶回来。我看看表，已经后半夜了，说，赶紧睡吧。父亲说，睡不着，觉越来越少了，怎么喝这么多？我说，小可上学的事定了。父亲说，难怪，醉一场也值。又说小可的事解决了，该操心操心他了。我说，瞧你这话说的。父亲问，你问医生了吗？我问，问什么？父亲很不满，我就知道你不上心。我想知道还有多少天，你就不能问问医生？我又气又好笑，没见过你这样的人，非要掰着指头算。父亲固执地说，我想知道。我说，那你问去呗。父亲说，医生不会告诉，不然我就去了。我说，不告诉你，就能告诉我？父亲说，你不一样，医生会说实话。父亲像中了魔，我的争辩和劝说丝毫不起作用。

贺　梅

二胡曲唤起了杨翠兰部分的记忆，虽然我说不准那部分究竟是多少。是温暖的，还是伤感的，我心里也没谱。但我清楚，那部分记忆如窗户的缝隙，终会变宽，直至彻底打开。也许会刺激到她——还有什么比目击丈夫的车祸过程更刺激呢？那是她应激性障碍的病因——但若能驱散她的阴霾，那也值得。

杨翠兰抱电话的胳膊松弛许多，我试着从她怀里拽出来，但未能成功。我一碰她又抱紧了。她紧张地说，贺大夫，不能动。我说，我替你保管。她拼命摇头，不行，他李爸快来电话了。我说，好吧，咱边听边等。一天上午，我终于把她的宝贝拿到手。我轻轻放到桌上，继续和她听二胡曲。她很投入。一曲终了，她突然兴奋地叫起来，我知道了，这是《赛马》！我比她还激动，你确定？她的目光画画一样绕了一圈，就是《赛马》。我说，恭喜你。杨翠兰不安地，你真要奖我？我说，当然，有奖状，还有奖品。都是准备好的。奖品是一块放在塑料盒里的蜂蜜蛋糕。她吃了一半才想起电话。我说吃完再给她，她不肯，一定要抱在怀里。

半个月后，我觉得火候差不多了，电话脱离她怀抱的时间越来越长，最长的纪录是三个小时。播放的那几支二胡曲，她均说出了曲名。我和杨翠兰讲，她表现越来越好，所以打算给她举办一场专门的音乐会。杨翠兰问是不是要去剧院，我说就在这儿，观众就你和我。杨翠兰问李丁可以听吗？我说那就把李丁也喊来。

那天，杨翠兰换了一身新装，我打趣她像新娘一样好看。我注意到李丁的眼神，这样的玩笑让他紧张。接到我电话那刻他心上的弦可能就绷着了。杨翠兰努努嘴，竟有几分羞涩。

乐师如约而至，灰色中山装，黑裤子，这是杨翠兰前任丈夫最喜欢的装扮。我窥视着杨翠兰，她没有特别反应。像正式演出一样，乐师深深鞠了一躬，我碰碰杨翠兰，她随我鼓掌欢迎。没有序幕，没有过渡，乐师往凳上一坐，直接开场。乐曲如瀑，我立刻觉得自己被浸透。再瞧杨翠兰，微张着嘴，要大口呼吸的样子。也就是三五分钟，杨翠兰突然喊，别拉了！乐师颤了一下，并没有停。他在等我的手势。杨翠兰坐在我和李丁中间，这样安排自然是以防万一。没想到杨翠兰动作神速，猛跳起来扑向乐师。相隔不过两米，乐师根本没有躲闪的时间和空间，径直被她扑倒。我和李丁把杨翠兰拽开，李丁死死抱住她。我扶起乐师，说了一万个对不起。杨翠兰仍在跳叫，我暗暗想，亏得李丁在场。

回到医办室，乐师摸着被杨翠兰抓伤的脸，很是恼火。你说她是个病人，可没说她是个疯子！我说，她就是病人，这世上没有不得病的人，她的病不过特殊些。又说了些致歉的话，在费用上做了补偿。

杨翠兰已经安静下来，那部电话又被她牢牢抱在怀里。我让李丁忙他的，李丁不放心。我说，我心里有数。李丁压低声音，你要继续吗？我说，当然，疗效很好，为什么要停止？李丁说，药还是按量用得好。我说，心理干预也是药，而且是可以根治的药，你既然相信我，就相信到底。李丁垂了头，好吧，有情况随时给我打电话。我说，你配合我的最好方式就是安心开车。李丁说，这几天我挺好的。我说，那就好。

我削了一个苹果，一半给杨翠兰，咱们边吃边听好吗？就像昨天一样，女人多听音乐会变得漂亮。我观察着杨翠兰的反应。她没有反对。播完一曲，我问，是不是比刚才那个人拉得好？她好像没听见，小心翼翼地擦拭着电话机，但我知道她在听。好半天，她终于抬起头，带了些戒备。我笑笑，这是考试题，你必须回答。她的目光变虚，像被大雾笼罩住。我轻轻击击桌子，浓雾慢慢散开。我说，其实，我清楚你在想什么。杨翠兰缩缩肩。我说，乐师是我花钱雇来的，你把他赶跑了，不过，我不生气，他让你想起一个人，对吗？杨翠兰低下头，继续擦拭。我问，那个人，你恨他？杨翠兰顿了顿，说，不。我加重语气，你撒谎了，你还在恨他。杨翠兰抬起头，没有。我说，你该恨他，若是我，也会恨他。杨翠兰满脸惊愕。我说，你细细想想，有些地方，他还是不错的。杨翠兰摇摇头。我说，不急，你慢慢想，咱们再听一次《赛马》好吗？杨翠兰轻轻点头。

李 丁

我刚发动着车，范大同拽门进来。我就知道你在家，为什么不接我电话？我说，静音，没听见。范大同哼了哼。我也没好气，我犯了什么事吗？范大同说，想和你谈谈。我说，没空，还得挣钱呢。范大同说，我打车，你不至于拒载吧。我不情愿地，去哪儿？范大同说，南站，走西坝岗。

西坝岗堵车程度仅次于长青路，那天还好，踩油门的脚可以用力了。范大同喂了一声，慢点开。我问，什么时候司机归刑警管了？范大同掏出钱夹，将两张粉色的百元大钞拍在仪表盘上，是这个价吧，我包了。我没吭声。过了一个红绿灯，我放慢速度。我暗暗猜测范大同找我的目的。他肯定有目的。虽说后来我和他来往不多，但他是什么样的人，我最清楚。不需要问，等他开口就是。范大同发完信息，偏过头。我不理他，目视前方。范大同盯我一会儿，将头转向车外。我心里嘿嘿几声，你是刑警队副队长又能咋样，我不犯法，你还能把我铐了？我以为范大同只是暂时沉默，好大一阵，他仍没开口，不由扫扫他。他并没有陷入沉思或发呆状态，而是瞅来瞅去。这小子在欣赏风景？抑或是检查市容市貌？这不可能，他没这份闲。报纸上说他忙得没日没夜的，午饭夜晚吃，晚饭凌晨吃，他的时间像黄金一样。他似乎在寻找什么人……突然一个激灵，不由踩下刹车，猛了些，范大同上半个身子几乎倾倒。没这么撒气的，他说。我没接茬。庞有亮才从我脑里淡出，最近几日，我再没看见他。或如贺梅所言，那不过是我的幻觉。但范大同的怪异举动……我只和贺梅说过，难道贺梅告诉了范大同？有万分之一的可能，范大同也不会放弃，我又想起记者的话。他是来追捕庞有亮的。一定是这样。他以为坐在我的车上，抓捕庞有亮就更有把握。他打小就想当警察，也确实是这块料。但这次他要失望了。我冷笑一声。

南站乱哄哄的，我说这儿不能久停。范大同说，谁说要停？往回返，走清河路。我有些恼火，你这是干什么？范大同说，我不能告诉你，别忘了，我是包车。我说，把你的钱拿走，我不拉你了。范大同说，小心我投诉你。我哈一声，随便。范大同语气柔软了许多，庞丁，我——我打断他，我叫李丁。范大同说，好吧，那就李——丁，我没折腾你的意思，绝没有！我直视着他，那你要干什么？范大同说，我会告诉你的，但现在不行，先开，好吗？如果我拒绝，他会乞求我，这也是他的本事之一。

说实话，我有点紧张。我粗声大气，也是为了掩饰。我并不担心庞有亮被范大同抓捕，如果他确实溜回龙门的话。可不知为什么，我还是紧张。这种感觉从来没有过，在范大同面前。

范大同仍是捕猎的神态。他在找人，确定无疑，也许还揣着手铐呢。这时，我倒希望他和我说说话。我几次偏头，他没有任何反应。快到古玩市场时，我感觉心跳在加快。范大同嘿了一声，我下意识地问，怎么了？范大同回头望了望，路面有一只被压死的鸟，我以为你会躲过去。我讥讽，警察都这样？范大同说，你可是为鸟举办过葬礼。那是放归锦鸡的那年冬天，我在西太平山发现十多只冻死的鸟，用捡来的石头垒了个坟包。我说，挺奇怪的，一个连誓言都能扔到脑后的人，却会记住一些烂芝麻。范大同说，你有资格损我。我说，我哪敢，除非你借给我胆子。我以为他会回击，但他只是笑笑。

依照范大同的吩咐，我把车停在路边。范大同走向明德北超市。我摸出手机，翻出贺梅的号。听到贺梅的声音，我突然语塞。怎么不说话？贺梅问。我深吸几口气，喉咙畅通了些。昨天吃多了，我说。贺梅笑了一声，学会幽默了，吃什么大餐？我说，烙饼卷大葱，还有酱菜丝。贺梅说，故意来馋我。我能想到她板起脸的样子，忙说，打扰你了吧。贺梅说，真不经夸，是要和阿姨说话么？我说，不用了，晚上去看她。贺梅说，状态挺好的，安心开你的车吧。合上手机，我吁了口气。就算贺梅说了，也是无意的，怎么可以问她呢？

范大同出来了，拎了一大包东西。他把东西扔到后座，仍旧坐到副驾驶。西太平山，他说。我怔住，去那儿干什么？范大同反问，我必须告诉你吗？我说，开不上去的。范大同说，非要我一遍遍求你，你才答应？我一声不吭地发动了车。

山门在半腰，门是伸缩的。范大同亮出证件，守门人把门打开。我说，这算不算以权谋私？范大同笑了，你打算告发我？我反问，以为我不敢？范大同说，那我告诉你，我在工作。我说，这钱也是单位报销？范大同笑出声，审问我呀？我有权保持沉默。

就停在这儿吧，范大同指了指。路侧有几株山桃树，山桃拇指大小。山桃长不大，也就这样了。范大同拎着袋子走了几步，回头，下来呀。我说，我是司机，没义务陪你干别的。范大同走过来，算我求你，给个面子行不？我迟疑一下，推开车门。

范大同说到西太平山，我就想到朝阳亭。范大同从食品袋掏出火腿肠、鸭蛋、矿泉水、罐装啤酒，还有面包。他拧开矿泉水瓶盖递给我，自己开了一罐啤酒。你还记得吗？咱们比赛谁吐得远。我说，忘记了。范大同说，那时，什么都有趣。我说，成功人士都喜欢怀旧。范大同说，反正没旁人，你随便损随便骂，就像——我立即道，我可不敢。范大同并不在意我的冷嘲热讽，继续道，一晃就四十了，真他妈快。我说，报纸上说你忙得睡觉都没工夫。范大同仰脖，把整罐啤酒全倒进去。你生父酒量多大？他抹抹嘴角的泡沫问。我愣住。我见过他喝酒，不知道他酒量多大。似乎漫不经心，但我瞧出他是有准备的。是的，他从来是有目的的。我瞪他好一会儿，才问，你绕了半天，就是为了问这个？你直接问就可以，何必兜圈子？还搭上二百块钱。范大同笑笑，直截了当，你会回答？我恼怒地说，你以为兜个大圈子我就会回答？范大同说，前几日在秦皇岛火车站广场碰到一个人，很像庞叔。我哼了哼，那你把他抓回来呀。范大同说，可惜不是，我想他说不准会回到龙门。我问，有人告诉你了？范大同说，这倒没有，仅仅是个人推测。我问，你什么意思？要审问我吗？范大同又开一罐，做个碰杯的架势，怎么总是气冲冲的？我意识到自己的反应确实激动了些。静默几分钟，我问，你到底想干什吗？范大同问，你不想知道他的下落吗？我没有任何犹豫，极其干脆，不想！范大同说，那桩案子历经三任队长，现在我接手了，但要破获，需要你配合调查。我重声强调，我不想知道他的下落。范大同欲拍我，我躲开。他说，我是警察，既然接了，就不会罢手。

范大同

出了戒毒所，我没有立即上车。腿有些沉，每次都这样。你他妈把两个女人都毁了。庞丁的声音带着彻骨的寒意，那是很多年前了。

当警察一直是我的梦想，却被挡在门外。终于有了一线可能，我不愿错过，哪怕挤得头破血流。我是坏人吗？我不清楚。从帝王到乞丐，谁不设计谋划自己的人生？我没想伤害谁，许多事非我所愿。当然，不能排除我的嫌疑。那些被我抓捕的嫌疑人个个都要辩解，有时我挺羡慕他们，信口开河，胡说八道。而我只能默默承受——干什么不付出代价？

我点了一支烟，望了望湛蓝的天空。一行大雁飞过，不留任何痕迹。我给岳母打了个电话，说若云挺好的，医院那边也已经联系妥当，明天一早我开车去接。老头散步淋了点雨，他没在意，夜里便发烧了。吃了药烧退了，却断断续续地咳嗽。老头似乎对医院怀有恐惧，我和岳母为劝他费了许多口舌。如果是我父亲，我早发火了。但对老头不能。以前不能，现在更不能。岳母压低声音，问那个专家的情况，我说没问题，放心。岳母不说话了，但并未挂电话，我眼前立马浮现出她嘴角下弯的弧度，于是补充了专家的相关信息。岳母嗯了一声，说听人说起过。

本来有别的事，路上接到小李的电话，我立刻拐了方向。小李一路小跑迎上来，叫声范队。看得出来，他已在台阶等候多时。翻来覆去就那几句话，嘴硬得很，小李解释，掩饰不住他的恼火。我摆摆手，让他先去休息。小李略显不安，范队？我说，后面还有任务，你把觉补够了。

嫌疑人看见我，坐姿马上有了变化，垮塌的腰立时竖直。昨日抓捕的，入室盗窃。审问非常顺利，连以前的两起也交代了。但问题就在于太顺利了，他有急于交代的迫切，似乎被"抗拒从严、坦白从宽"几个字震住了。实话说，我之前没太把他放在心上，觉得不过是个小蟊贼，他尚显青涩的脸在戴上手铐的同时几乎被恐惧扭歪，整个人都在战栗。审讯时依然战战兢兢，一度不能进行。我和颜悦色，说了些改邪归正之类的话，他方放松下来。其实，他交代的同时我就有所怀疑。他言语流利，眼神却游移不定，完全不在一个节拍。我相信自己的感觉，他不是普通窃贼。审讯交给小李，他需要锤炼。小李撬不开，只能我来。

我盯着他，一言不发。审讯时我有隐秘的难以言说的兴奋，因为在嫌疑人面前我不会矮着。我从不抱怨忙碌，闲着对我是折磨。

和我对视一会儿，他的目光缓缓移开。该说的都说了，他等了几分钟，见我没反应，补充道，没什么可说的了。闭嘴！我喝道。他甚为惊愕，眼神带着试探。我仍旧瞪着他，目光不凶，并非凶才起作用。有些嫌疑人耐不住我的瞪视，十多分钟就缴械。当然有例外，不是百发百中，那样我会改变套路。我是不是要坐牢？他想装嫩，但太嫩了。我几乎要笑了，脸肌外扩，然后慢慢收拢。他低下头，像睡着了。但我清楚他仍能感受到我的瞪视。他有点儿慌，低头不过是掩饰。许久，他偏偏头，我立刻将他的目光攫住。坐直！我喝道。

我掠过墙上的钟表，整整一小时。仅仅有些慌张，绝对是个毛油子。开始吧，我轻声道，甚至有几分温柔。你先说，还是我先说？他说，该说的我都说了，总不能让我胡说吧。我说好，那就听我说。

我就讲去年破获的重点案件，嫌疑人潜逃二十八年，终于落网。抓捕他时，他和家人正在饭店为十六岁的女儿庆祝生日。我们没有立即冲进去，一直等到他们唱完生日歌，吹灭蜡烛。带他离开的时候，他女儿扑上来，认为我们抓错了人。她哭叫着我爸爸是天底下最好的爸爸。嫌疑人提出想和女儿说句话，我们同意了。知道他说了什么吗？我问，他摇摇头，看得出来，他很好奇。我说，我们没听到，他是咬着女儿的耳朵说的，但是他和女儿都流泪了。

接着讲另一起，也是潜逃数年。因为一个女孩，一个男孩把另一个男孩捅了，一刀扎在胳膊上，另一刀刺偏了，只伤及皮肉。持刀男孩连夜登上南下的列车，他不敢在一个地方待太久，最多半年。也遇到过心仪的姑娘，姑娘也喜欢他，但他不敢和姑娘发展。逃亡九年没睡过一天踏实觉。他决定自首。被捅的男孩当年就和女孩结婚了，两人还到刑警队为逃跑的男孩说情。捅人的男孩知道这一切后，追悔莫及。他自己把自己毁掉了。

你为什么和我讲这些？嫌疑人问，我又没杀人。我说，你害怕听这些吗？嫌疑人说，我有什么害怕的？随便你。我说，如果犯困，就说，我最会治了。嫌疑人马上端正身体。我接着讲破获的案子，抢劫、杀人、偷窃、纵火、强奸。说到案子，我记忆力出奇的好，许多细节都能说出来。

小李进来一趟，把盒饭和矿泉水放下便退出去。他知道我的习惯。从中午到黄昏，从黄昏到深夜。嫌疑人问能不能吃点东西，我说，到现在我连早饭都没吃。嫌疑人说想喝点水，我指指自己的喉咙，谁才有资格喝水？嫌疑人说，你不能虐待我。我说，你懂的词挺多呢，你没吃没喝，我也没吃没喝，我和你一样待遇，这叫虐待？嫌疑人问，吃点再讲不更好？我说，我有个习惯，得把自己掏空才吃得下去。嫌疑人说头晕，坚持不住了。我说我可以帮你坚持，如果你有需要的话。需要吗？嫌疑人揣测地看着我，摇摇头。他的目光已不如白日有神。

凌晨三点，嫌疑人已是满脸的困顿和倦意。审讯正式开始。半个小时后，嫌疑人终于招供。确实不是普通窃贼，有命案在身。我喊进小李，让他做笔录。

五点半，审讯结束。

小李敬服地看着我，欲言又止。我说，我知道你想问什么，没有根据，只是感觉。小李劝我关掉手机，好好睡一觉。我说得去医院了。

毛 头

等车的人实在多，我费了点儿劲才挤上去。黄理喊，往后走，别堵在门口。然后，他看到了我，皱皱眉。我没有朝后挤，我不是来坐车的。连续找他三天了。开学前，黄理托的人回话，校长让缓一个星期，等开了学，稳定了，再往班里插。开学一星期，小可仍不能入学，回话说还要等，教育局和市政府收到了状告第二小学的信，上面正在查。两个星期后，答复今年班容量实在太大，只能明年了。小可已经到了上学年龄，明年？那不是胡说八道吗？若明年还不行，那是不是要推到后年？我让黄理再叫朋友找找校长，黄理不肯。他说如果不愿意等，就让朋友把钱退回来。我并不是担心那两万五打了水漂，小可上不成学，我没法和妻子及小可交代。妻子打听到，开学后仍有插班的，校长给出的理由不足信。小可进不去，只能说明关系不行，也可能嫌钱少。如果是钱的问题，我可以再拿么。黄理认为不是钱的问题，并劝我别再砸钱。可不砸小可就彻底没了希望，我急得起了满嘴泡。

到展览馆下去一堆人。一个女孩登上来，身后跟着一个中年男人，个头高，几乎摸到车顶。我偏了偏身，但两人没往后走，女孩几乎与我并立，她抓扶杆的手与我碰在一起，她往旁边稍移了移。抓牢了，男人对女孩说。刚才上车时，女孩稳稳的，他却做着护的架势。有些怪，但我没多想。

你连活儿也不干了？黄理问。我说，哪有心思干活？黄理说，你就是天天跟着我也没用。我说，再催催你朋友。黄理说，已经答复了，再等一年又能咋的？我说，不能等了，今年必须上！黄理苦笑，我实在是无能为力了。我说，只要能进，什么条件都行。黄理明白我讲的是什么，摇摇头，不能再往里陷了。我拼命克制，还是带出火气，我已经陷进去了！

车颠了一下。

我的肩感到厚实的力。是刚才上车那个高个男人。不要和司机讲话，他的目光像他的手一样有压迫的感觉，车上不是你一个人。虽然他高出我许多，但我并不怵他，满腔的怒火正没处发呢。你管得着吗？我有些恶狠狠的。我是乘客，当然管得着，如果你不把别人的安危放在心上，我就把你揪下去。他抓住我的胳膊，我不由龇了牙。女孩喊声爸爸，他松开手，仍死死盯着我。静默了两分钟，我向车尾走去。

只能躲开，骨子里我是怯懦的。车空了许多，我坐在最后一排，等男人和女孩下车。到白桥站，只剩下三名乘客。男人和女孩在前，我在后。男人偶尔扫扫我，他像猜透了我的心思，故意和我耗着。我暗暗骂娘。我就不信他能陪到底。我有的是时间，看谁能耗过谁？他能耗下去，莫非他女儿会陪着他耗？

两个来回，上上下下，男人与女孩竟然没下车。我简直要疯掉了。到明德北，我冲下车。我疯了不要紧，小可怎么办？我打算明天继续找黄理，不信还能碰到男人和女孩。明天是周一，难道女孩不上学，男人不上班？

睡了一觉，我改了主意。我是个笨人，但某一刻突然灵光闪现。为什么非要黄理的朋友送钱呢？我自己也可以。校长已经拿了我两万块钱，并已经许诺，对小可的名字自然有印象。何必求黄理？何必让黄理找他朋友？捷径对我、对校长都有好处。我打算先送一万，加上先前的已经三万，该差不多了。后来一想，再送两万胜算更大。妻子不同意，说四万块上大学也用不了。我好一顿劝，妻子仍不同意，还摔了碗。存折她保管着，她不同意我就拿不到钱。她下班回来，我接着做工作，她还是不肯。我火了，揪住她的头发揍了一顿。

取出钱的当天，我便守在第二小学门口。我见过校长真人，登她照片的报纸就在我枕下压着，出门那刻我塞进包里。我仍怕认错，隔一会儿就拿出来瞅瞅。有些紧张，有些激动，在我心目中，第二小学校长比市长分量重。脸被妻子抓破了，火辣辣的。

一个牵着狗的女人走过，那狗长得像狮子，浑身金毛，极长极长，脑袋上也是，几乎把眼睛盖住了。狮子狗在我裤口处嗅了嗅，我正想伸手摸摸，那女人喝叫一声。小狗好像没听见，倒是我吓了一跳，立刻缩回手。一个背着手的老年男人走走停停，一瞅就是那种有退休金拿着、闲得近乎无聊的人，遇见下棋的观一阵，碰上吵架的必伸长脖子瞅个究竟。经过我面前，他顿住。肯定是脸上的伤痕引起了他的注意。我的目光直定定的，他立刻扭开。我摸摸伤痕，问自己，这么做会不会鲁莽了些？要不要和黄理商量商量？下课铃响了，校园立刻开了锅。里面本该有小可的声音。我的心立刻被油煎了，一阵阵抽搐。试试也没什么不妥，我想，小可实在是不能再等了。

校长是最后出来的，和一位教师相跟着，到门口两人说了几句话，校长似乎在嘱咐他什么。趁这个工夫，我又拿出报纸对了对。校长朝停车场走去，我跟在她身后，有十米左右的距离。她拉开车门，我喊了声孔校长。孔校长转过身，我快跑几步，自报家门，我是毛小可的父亲。孔校长问，学生家长？我连忙点头。孔校长说，有事找班主任，几班的？我的脸突然就红了，还没上呢，黄理的朋友找过你，毛小可，想上一年级，你有印象吧。我的手已伸进包里。孔校长说我听不懂你说什么，人一闪，砰地关了车门。我呆呆地站着，眼瞅着轿车驶离。

回想整个过程，我没说不当的话，如果有不妥，就是不该当下就掏钱，那可是停车场。虽然没掏出来，但我的动作她是明白的。那时似乎有人经过，我听到了说话声。好在她没有翻脸，我有补救的机会。

我吃了几个包子，梦游似的转了半天，下午再次来到第二小学门外的停车场。看到孔校长的车，我长吁了一口气。然后我拦了一辆出租车，商量好价钱，我让司机把车开到孔校长车的对面，那儿正好有个空位。停车费我出，不待司机张口，我就说了。我给他指指孔校长的车，告诉他，一会儿跟在那辆车后面。我不干犯法的事，司机从后视镜窥窥我。我说，你看我像坏人吗？你大可放心，我们祖宗几代连个小偷都没有过。司机没再说什么。他的后脑被削了似的，比面板还平。他不是那种饶舌司机，除了必要的问题，没说过多余的话。正合我意。我无法预知结果，但我觉得运气正在转好。

孔校长终于出来了，她换了身装扮，穿了裙子。天气转凉，像她这个年纪的女人很少穿裙子了。我让司机跟上，别太近了，不跟丢就行。司机一言不发。大街上车水马龙，车厢内静得能听见心跳声。我换了几次姿势，但眼睛始终盯着前方。司机不错，始终与孔校长隔着两三辆车的距离。我还是不放心，生怕跟丢了，那样还得多花一天时间。我耗得起，小可耗不起。

堵了。我不由骂娘。虽然孔校长的车也被堵在路上，我以为司机会有所回应，但他仍沉默不语。孔校长的车过了路口，绿灯开始闪烁，我的心提到嗓子眼儿，在变成黄灯那刻，出租车冲了过去。孔校长原来住在富丽山庄，我在这个小区干过活的。我把钱塞给司机，车一停便推开车门。

贺 梅

我煮了碗面条，倒了杯红酒。碟子里半截吃剩的黄瓜，一块豆干。晚餐越来越简单，有时生个火都懒，两杯红酒，一碟小菜就打发了。刚吃两口，收到他的信息：我十点以后有空。这是他的信号，是他的召唤方式，没有多余的话，没有任何温度。这是多年修炼的结果，什么场合都滴水不漏。我把手机放到一边，虽然知道他绝不会有第二句，还是瞄了好几次。我吃完面条，喝掉两杯红酒，回复了一个微笑的表情。然后开始化妆。当然不会浓妆艳抹，我不喜欢，他也不喜欢。

我踏上宾馆台阶。坦然，平静，有时自己都怀疑是来约会的。刷门卡时，我下意识地看看表。十点一刻，刚刚好。我不是刻板的女人，但约定还是要守的。

凌晨，他还在熟睡，我悄悄起身。怕影响他睡觉，我从不开灯。但灯突然亮了。他坐起来，梦游似的看着我。我怔了怔，轻声说，还早呢。他没说话，直到我穿戴妥当，才提醒，别落下东西。我笑笑，替他把灯关了。他的提醒得体、温暖，但我有奇怪的感觉。等电梯时，我拉开手包，多了一张银行卡。一定是趁我洗澡时放进去的。没有密码，但我猜得到。传言他要调离，这么说是真的。那么，他突然开灯算是告别仪式了。这是他的方式。我并没有什么不适。我没有向他提过任何要求，这张银行卡是他的补偿费了。可我并不觉得需要补偿。电梯上来了，无声地打开。我返回，把卡从门缝塞进去。

走出宾馆的旋转门，我打开手机，没有来电提示。我松了口气。回到家，我又看座机的显示屏。时间尚早，眯一会儿绰绰有余。但总觉得被绳子拽着，煮了碗燕麦粥，煎了个鸡蛋，吃毕便往单位走。

下午三点，我把乐师带进病室。我讲了杨翠兰的故事后，乐师同意与我合作。这已是第四次演奏了，杨翠兰安静了许多。乐师落座，杨翠兰便主动把那部电话放到桌上。这次拉的是《良宵》，我不时观察着杨翠兰，她的身子微微前倾，虽不能用沉醉形容，但已经入戏。上次用了两分十秒，这次只用一分九秒。如果乐师换成她前夫……我不能预判她的反应，但我敢肯定，她不会抓狂。我已成功地帮她从记忆里捞起前夫的许多好。一旦扎根，那是会繁殖的。当然，那是个缓慢的过程，快了未必好。

院长不声不响地闪现在门口，我正要起身，院长摆摆手。这一段没出什么乱子，院长似乎不大适应，一趟趟往精神病房跑。以往不是这样，没有事故，很难见到他。送走乐师返回，院长正和杨翠兰说话。杨翠兰双臂垂顺，规规矩矩地站着。我对杨翠兰说，院长只想知道你吃得好不好，不用紧张。我推推院长，小声说，这不是你待的地方。院长边走边说，你还给我划定范围了？问我晚上有无安排，想请我吃顿饭。末了强调，我每次请客你都不到场。我说，你知道的，我不喜欢人多。院长说，今晚单独请你，赏个脸吧。说到这分上，我只好点头。

我准时赶到明德北红焖羊肉店，院长已经在座。桌上立了一瓶红酒，我的目光不由自主扫过去。院长说，拉菲，九六年的。我怔了怔。院长说，红酒，你该比我懂。我很弱智地问，你怎么知道我喝红酒？院长说，猜出来的。我知不是实话，但这个也没必要认真。院长问还要为那个女人演奏多少次，我纠正，是治疗。院长说，好吧，还要治疗多少次？我说，十次左右。院长说，请乐师是你自掏腰包吧。我说，我不能预知结果，不想加重家属负担。院长说，你可以找我啊。我甚感意外，顿了顿说，你已经减免了她的住院费用……院长说，这种带有试验性质的治疗，院里应该支持的，你何必？我不知该批评你还是表扬你。我说，那样最好，只是……院长摆摆手，就这么定了。我举起酒杯，我代病人及家属感谢院长。

聊了一会儿杨翠兰，话题不知怎么转到他的家事。一箩筐。他女儿所在的企业倒闭了，又遇上婚变，她整日待在家里，他担心她精神出问题，想让我帮帮忙。我以为要我做心理辅导，但他说明意思，我突然愣住。我想起那张房卡，以为没人知晓我的秘密。许久才道，我不过是个医生，怎么和人家说上话？院长说，你治好他的失眠，你去找他，他肯定给你这个面子。在回来的路上，我曾想，如果范大同把李丁的生父抓回，找找他，或许会判得轻些。但也只是想想，因为一切都是假设。现在我与院长面对面坐着，他的要求实实在在。院长声音低沉，听说他要调走了，这是最后的机会。我端起杯，一点点地啜尽，斟酌着，院长这么信任我，我很感动……然后，我看看窗外，说，恐怕要让你失望了。

范大同

我找到了庞有亮曾经的两个同事。接到出警电话，我正和其中一个聊天。是的，聊天，而不是询问。我已经找过他两次，这是第三次。基本上是废话，但有价值的东西往往在废话中。这和淘金一个道理。只要有耐心，不愁没收获。庞有亮曾在元旦晚会上拉过一曲《赛马》，那人说以前并不认识庞有亮，他本人平日爱哼唱，所以散场后找到庞有亮，还给了庞有亮一支烟，谁知第二天庞有亮就不认识他了。不过也正常吧，有才的人难免古怪。我让他哼唱《赛马》，他刚唱出腔，电话响了。我说，实在不好意思，有紧急任务。

案子有点儿特殊，死者系第二小学校长，社会影响大，市领导做了批示，要求尽快破案。局长也立了军令状。在案情分析会上，局长连鞠三躬，甚是动情。然后他又把我叫到办公室，说破了此案，我将由代理队长正式升任队长。其实，他不许诺，我也不会懈怠。

死者被扼颈窒息。显然双方打斗过，其指甲处提取的血迹非她本人的。但现场只有一个打碎的杯，其余并无损毁。死者包里的钥匙、身份证、银行卡、美容卡均在，另有八百元现金。连夜从外地赶回的家属确认没有丢失其他物品。盗抢钱物，基本可以排除掉。

监控显示，死者的车进入小区不久，一个男子跑进来。死者往三号楼方向行走，男子尾随其后。死者边走边打电话，显然没注意到身后有人。男子没有任何遮挡。我注意到他的挎包，不大。如果是凶器，那就是蓄意的。两人在楼道口消失，二十四分钟后，男子仓皇离开。小李问要不要把嫌疑人的照片打印出来，我说暂时不用。我觉得在哪里见过嫌疑人，但脑里总有一个地方卡着。调看小区门口的监控时，突然记起来了。我对小李说，走，去公交公司。

二十三个小时后，嫌疑人被抓获。还没到审讯室就交代了。结果令人瞠目，亦令人唏嘘。

次日一早，我在刑警队门口看见那个老头。昨日抓捕嫌疑人费了些周折，嫌疑人没抵抗，但老头死活不让带人。他显然身有重病，不说话还喘，激动起来更是剧烈地咳嗽，脸膛紫黑，似乎随时会昏厥过去。我解释半天，甚至嫌疑人也劝他，他仍颤颤巍巍守在门口质问为什么抓人。半个小时过去，老头没有松动迹象，我试图拖开他。岂料老头突然抱住我的腿，说我们一定弄错了，他娃连个蚂蚁都不敢踩的，不会做犯法的事。我说只是去问个话，稍后就放他回来。他这才有所松动，说不放他娃，他就死在公安局门口。没想到他还真来了。

老头一手扶墙，一手掐着佝偻的腰。喉咙卡着，他费力地咳，感觉脖子要抻断了。小李端过来一杯水，老头接了。他喝水的工夫，小李告诉我，老头早就来了，非要在门口等。

喝了几口水，老头呼吸通畅了些。然后被小李搀进办公室。说话不算话，老头坐定便这样质问我。我说，你家人呢？老头说，家人让你们抓了。我笑笑，我来告诉你为什么。

老头的反应出乎意料，半天才骂，傻娃子！然后冻僵似的定住。良久，脸化开，两行泪蜿蜒而下。我说你打车来的吧，让小李送你回去。老头猛又咳嗽起来，脸由青转紫。我让小李打120，声音不高，老头竟然听见了。他挥舞一下胳膊，大喘着粗气说，用不着，给我点儿水。喝过水，老头缓过一些。他问能判几年，我说我不是法官。老头问他娃有立功表现呢，我说当然没坏处。老头提出要和儿子见面，我说现在还不行。老头瞪着我，目光并不凶恶，像是揣测我。我示意小李，小李去搀他。老头甩了甩。我说，这不是你待的地方。老头说，我要是犯人，你就不赶我走了吧。我笑笑，抱歉，我很忙。老头大声说，我没说假话！我怔了怔，盯老头一会儿，说，主动说出来，就是自首。老头问如果他自首，他儿子是不是可以减刑。我说这是两回事，你自首可以对你宽大处理。老头说那我不自首了。我说随便你。小李看我，我用眼神制止他。老头不像开玩笑，我相信自己的判断。老头咳几声，我快死了，宽不宽大都一样，我只盼毛头……你请示一下上级。我说，那你等着。出屋，我在门廊站了片刻。打了个电话，是给岳母的。转回去，老头满脸期待。我说，打了。顿了顿说，上级说可以考虑。老头急切地问，能减几年？我说，这不是做生意，不可以讨价还价。老头说，你别骗我。我说，还是送你回去吧。老头说，海燕电子厂。我突然一个激灵，然后盯住他。老头说，窝在心里二十多年了。我生怕老头反悔，小心翼翼地问，你知情？老头神情里竟有一丝嘲弄，当然知情，那就是我做的。小李已经记录，我倒了杯水，让老头润润嗓子。

断断续续地，说了近两个小时。中间，我问了几个问题。躲了这么久，还是没躲过老天的报应，老头最后说。

关系重大，我立即向局里做了汇报。隔天，两台挖掘机开进海燕电子厂南侧的荒地。电子厂连同南侧的荒地被两米高的红砖圈着，这一区域已经属于某房企，不日高楼将拔地而起。白天，老头被救护车拉至现场，夜晚再送回医院。虽然安排了警察轮流监守，我还是不放心，当然不是担心他逃了。扑朔迷离，关键时刻，老头绝不能出意外。

第八天中午时分，白骨被挖出。法医摆出一个完整的人形。身份需要进一步确认，但基本明了。做DNA亲源认定，庞丁和母亲必须到场。我不知怎么和庞丁说，交给了小李。这不妥，大不妥。很快，我叫回小李。必须我去。

过程我不想说了。比对结果出来，我立刻回到病房。和这个红星锁具厂前技工聊了一会儿，我话锋一转，你说谎了。老头瞪大眼睛，都挖出来了，这还有假？我说，庞有亮死了这没假，但你还有隐瞒，没有全交代，我之前没问你，就是等你主动说出来。老头皱巴的脸轻轻抽了一下。他说，该说的，我全说了。我说，你有同伙。一丝慌乱掠过老头的脸。一阵猛咳。我说，有一点点隐瞒，那就不算自首。告诉我，同伙是谁？半晌，老头抬起头，告诉你也没用了，他死好几年了。我冷笑，既然死了，你为什么还替他藏着？独自担罪有什么好？老头说，钱大半归我了，我发过毒誓的。我审视着他，两人作案，你分了大半的钱？老头嗫嚅，他还得了别的。我问，什么？老头说，说了你未必信。我有些不耐烦，到底是什么？老头说，他娶了那个人的女人。

庞　丁

昨天下了一场雨，冷飕飕的。花谢了，花枝已被风雨摧打得满身污泥，不成形状。半山腰的枫叶仍红得耀眼，再有个把月，枫叶也该凋落了。

车停在山脚下，我一手拎锤，一手拎锹，拾级而上。不是很陡，但拐来拐去的。台阶两侧的松树一样高，据说长到一定程度就不长了。这里是北山墓地，从西太平山可以望得见。他的墓地是我选的，不在中心，但也不是角落，我觉得这个位置刚刚好。墓碑是白色的，上面两行字，黑的一行是他的，另一行没颜色的是杨翠兰的。杨翠兰说过要和他埋在一起，人过世，字才能漆黑。墓前的石板颜色灰暗，那是焚烧冥币留下的痕迹。每年我都要祭奠三次，清明、中元，还有年根的时候。这个人，我先叫叔，后叫爸，连姓氏都改了。我至今难以相信，那又怎样呢？铁证如山！所以他不能再躺在这儿了。他失去了这个资格。我脱掉夹克，抡起铁锤，狠狠一击。墓碑竟然纹丝不动。我又一锤，再一锤。终于裂开，仍然没倒。似乎有什么声音，我扭头四望。也许他就在附近，在某个树杈上蹲着。我希望他在场，让他看得明明白白清清楚楚。如果他有疼的感觉那就更好。

再次举锤，双臂却抖起来。我不知何故。终于，胳膊垂下来，还有我的脑袋。我本该咬牙切齿，本该仇恨他，可鼻子一阵一阵地酸。我稀泥一样坐在地上。脑里过电影一样，全是他和杨翠兰那些事。他做的红烧鱼很好吃，那天杨翠兰或许是太饿了，粗心大意，一根鱼刺卡到喉咙里。她吃掉两个馒头，喝了半斤醋。没什么感觉了，以为没事了。第二天她的脖子就肿了，送到医院已经说不出话。做了两次手术才把那根鱼刺取出来。他二十四小时守护，我要替他，他坚决不让。杨翠兰出院，他瘦得脱了形。自那之后，餐桌上再没出现过鱼。他对杨翠兰的好，我能说出来一箩筐。可怎么就……我知道了真相，却更加糊涂。如果不是那场车祸，他至今……他换煤气回来，杨翠兰正好走出明德北超市，两人是斜对角，杨翠兰看见他，喊出来。他本该等在那里，杨翠兰的声音似乎有魔力，他连红灯都忘了。在那个上午，杨翠兰的喊叫也毁了她自己。他是这样一个人。可他究竟是怎样的人？

本想稍歇歇，可坐下去就是半天。中午，我缓缓站起来。墓碑砸碎了，但我没有把他挖出来。让他躺着好了，虽然墓地很贵。独自躺着吧，让他。

我不能把庞有亮埋在这个墓穴。

我在东山买了块墓地，花光我仅有的积蓄。这是我唯一能为庞有亮做的。埋葬那天，范大同也来了。我和他不是一路人，来往渐少，不过，这件事我挺感激他。庞有亮不再是畏罪逃亡。

从山上下来，我走得极快，远远地把范大同甩在后面。不知为何，我有一丁点紧张。范大同喊我，我假装没听见，径直走向停车场。庞丁！范大同突然提高声音，我只得站住。多陪陪阿姨，范大同拍拍我的肩，转身离去。

临近中午，我去清真食府买了一斤焖丁，胡萝卜牛肉馅。快到明德北，又堵车了。我给贺梅打电话，让她转告杨翠兰。到精神病院已是十二点一刻。贺梅在楼梯拐角站着，吁了口气，总算来了，阿姨等急了，进去吧。

以为你不来了，杨翠兰盯着我手里的餐盒，那是什么？我说，你猜猜。杨翠兰说，我闻到香味了，肯定是饭。我竖竖大拇指，真聪明。打开餐盒，杨翠兰欢叫，焖丁！我夹到不锈钢碗里端给她。她小心翼翼咬了一口，有汤滴出来，她吮了吮，咬第二口。我问，好吃吗？杨翠兰嗯一声。顿了顿，我又问，你记得第一次吃焖丁和谁一起吗？杨翠兰指指我。我问，还有谁？杨翠兰的眼珠不动了。她是想转的，但有些吃力。我忙说，快吃吧，趁热。杨翠兰的神情浮起一个大大的问号，你……不吃？我笑笑，指着墙上的二胡，你吃，我伴奏，想听什么？

【原载《花城》2018年第3期】

深山来客

朱山坡

有一年夏天，洪水过后，镇上的人看到一个陌生的中年人背着一个耷拉着头的女人走进电影院。他们觉得很奇怪，迅速摸了一下情况。令人吃惊的是，中年人是撑船从上游的支流鹿江来的。一条简陋的乌篷船，窄小得只能挤得下两个人。蛋河很少行船了，因为湾多水急，十分危险，曾经翻过好几次船，淹死过人，尤其是洪水过后，河道更加凶险莫测。鹿江很长，很窄，满是水草，几乎不为人知，它的尽头是鹿山。对蛋镇上的人来说，鹿山既陌生又遥远，像传说中的地名。蛋镇没几个人去过鹿山，不仅仅是因为偏僻，还险峻，不通公路，是深山野岭，仿佛是世外之地。过去是瑶民住的地方，他们很少出山，现在已经人迹罕至。中年人自称从鹿山来，把蛋镇人都吓了一跳，那得经历多少艰险啊！

“我们大清晨撑船出发，晌午到达蛋镇，刚好赶得上电影。”中年人长得高高瘦瘦的，憨厚老实，脸膛比镇上的男人都白净，还显得比镇上的男人更斯文，“看完电影还得回去。船上有火把，还有猎枪。”

人们不知道中年人叫什么名字，或者他说过了，他们也记不住。他们都叫他鹿山人。背上的女人是他的妻子。

看上去鹿山人的妻子五官长得真好看，是一个美人的模样，很年轻，但身体不好，脸色苍白，嘴唇没有一点血色。主要是腿不好，走不了路，浑身没有力气似的。蛋镇上的人都替她担心，也很疑惑：费那么大的劲来到蛋镇，难道就只为看一场电影？

是的，鹿山人的妻子来蛋镇就只为看一场电影。那天，鹿山人背妻子进电影院后，随即出来了，蹲在海报墙墙脚下卷烟叶，一直在烧烟。烟很香，把电影院门卫卢大耳吸引过来了。他给卢大耳烧了一卷烟叶，呛得卢大耳一边粗俗地骂街一边大声地叫好。

“你不陪老婆看电影？”卢大耳问。

“不陪。电影跟戏一样，全是骗人把式，我不爱看。”

“你对老婆真不赖。”卢大耳说，“烟叶也很好，我怎么从没烧过这么好的烟叶。”

“这是山里的野烟，遍地都是。除了电影院，山里什么都有的。”鹿山人把口袋里剩下的烟叶都送给了卢大耳。烟把卢大耳呛得涕泪横流。

电影散场，他赶紧逆着人流进去找他的妻子。然后，背着妻子匆匆往蛋河方向走。步伐仓促，似乎又去赶下一场电影。

后来，在镇上几乎每个月都能见到一次鹿山人背着他的妻子来到电影院。每次都是，从蛋河旧码头下了船，鹿山人背着她赤脚经过碾米房，从四方井过来，沿着石板路，穿过肉行，来到电影院外，在海报前驻足一会儿，看看今天放什么电影，然后去售票口买一张电影票。电影快要开始了，鹿山人把妻子背进电影院，安置好，便出来，决不偷窥一眼银幕。电影散场了，他进去把妻子背出来，往河边走，上船，离开蛋镇，从不过多停留，更不在镇上过夜。卢大耳和鹿山人建立了相互信任的关系。卢大耳掐过时间，鹿山人从不在电影院里多待一分钟，他出来后，有时候还跟卢大耳边烧烟边攀谈一小会儿。卢大耳知道，鹿山人不看电影其实是为了省钱。他的衣服补丁很多，补丁的颜色各不相同，看上去实在有点寒碜。他还自带了干粮，烤红薯或南瓜饼。镇上的人都同情他，实际上也是担心居住在鹿山的人：在深山里，他们靠什么为生呀？靠什么养活孩子呀？

人们的好奇心和注意力主要在那女人身上。后来他们都知道了，鹿山人的妻子病得很重，危在旦夕。这让我们感到异常吃惊。但鹿山人似乎习以为常了，远没有他们揪心。趁她看电影之际，鹿山人从船上取下一些山货，竹笋呀、木耳呀、山药呀、干果呀，还有兽肉什么的，卖给镇上的人。“山里人不容易，能帮就帮吧。”大伙对这些东西并不十分热爱，但也呼朋唤友把它们都买了。鹿山人千恩万谢，然后飞跑去卫生院买些药。药不多买，鹿山人说，山里什么草药都有，什么病都能治，买点西药主要是为了应急。

鹿山人的妻子得了什么病，大伙都慢慢看得出来。严重贫血症，根治不了，而且会越来越严重，慢慢地，最后死掉。有人说，像这种病应该往北京、上海，至少得往省城的大医院送治。可是，哪怕是把鹿山卖掉，鹿山人也筹不到那么多钱啊。他就只能按山里的医道医术和药物治疗。这也没什么不对，很多城市里治不好的病，在山里却能治好。因此，大伙也没有责难他，只是觉得他可怜，他的妻子更可怜。

“她哪里也不愿意去。她只喜欢看电影。只要看上一场电影，她就觉得病好了一大半。”鹿山人说。

见过鹿山人妻子的人都相信鹿山人说的话是对的，因为他们发现，从电影院里出来后，鹿山人的妻子原来苍白的脸竟然变得有些绯红，耷拉着的头也抬了起来，尤其是那双暗淡无光的眼睛变得像野草叶尖上闪亮的露珠。甚至，她要尝试着双脚踮地走路。电影真的有神奇的疗效。然而，未必每一部电影都是一剂良药。有一次，看了香港电影《胭脂扣》，从电影院出来，她在鹿山人的背上两眼发直，披头散发，哭得像山猫一样。鹿山人一边安慰她，一边往河边飞奔。好像是，若慢一点，她便要断气了。

如果不是为了看电影，鹿山人夫妇是不会千辛万苦撑船来到蛋镇的。鹿山人自己说，他原来也不是鹿山里的人，是从他曾祖父那代才从武汉搬迁到那里的。曾祖父是武汉最有名的戏子。有一天，一个国色天香的女子来听他的戏，迷上他了，连听了一个月。跟戏里一样的是，两个人走到了一起。山盟海誓、众所周知之后，曾祖父才知道她竟是一个北京王爷的爱妾，但已经无法回头，只好带着她一路逃奔。

辗转无数地方，才最终在鹿山安定下来。只是，从此以后，隐姓埋名，不再唱戏，做普通人。鹿山人没去过大地方，来到蛋镇也不愿意过多抛头露面，低调而谦卑，办完事就离开，好像跟他的祖宗一样，还坚持隐姓埋名、小心谨慎地生活。

卢大耳知道许多鹿山人的秘密。经过卢大耳的传播，秘密便成了公开的消息。卢大耳说，鹿山人的妻子身世也很复杂。她是来自武汉的知青。来到鹿山前，她的父亲跳进长江不见了。来到鹿山后第二年，她患贫血病的母亲也死了。鹿山来了十一个知青，到最后只有她一个人留了下来。武汉没有亲人了，她不愿意回去了。更重要的原因是，她和鹿山人好上了。

从神态和动作就轻易看得出来，鹿山人和妻子十分恩爱。从河边到电影院的路上，鹿山人不断地转过头来问背上的妻子：累不累？饿不饿？晕得厉害吗？妻子每次都是做出否定的回答，还不时给鹿山人擦汗，轻轻摸他的脸……蛋镇人把鹿山人当成了楷模，不少平时经常争吵的夫妇自从见识鹿山人之后竟然变得相敬如宾。蛋镇人还把鹿山人夫妇当成了客人，每次见到他们都主动凑上去，问鹿山人：这次又带什么山货给我们？他们对山货倾注了最大的热情，一抢而光，扔下来的钱让鹿山人感到既惊喜又不安。而他们更关心的是鹿山人的妻子。电影还没有开始，她就坐在电影院墙脚下等待。他们围着她嘘寒问暖，有时给她递上一碗热粥，一杯热水，或者一根冰棍。还有人给她塞人参、鱼肝油、麦乳精甚至雪花膏，被她婉拒了。有一次，鹿山人上船离开了，走了好长一段水路，竟然又折返回来。因为妻子才发现有人在她的布袋里塞了名贵的山东阿胶，她坚决要物归原主。可是没有人承认是自己塞的，大伙都劝她收下，补补身子。但她一再拒绝，决不肯接受。鹿山人很焦急，最后把阿胶交给了老吴，请他代转交原主，她才同意回家。

“你们不必为我们担心。鹿山，除了电影院，什么都有。”她苍白的脸上一边是歉意，另一边是感激。

这天晌午，鹿山人背着妻子又来到了蛋镇电影院，却在海报墙上看到一张白纸黑字的告示：台风将至，今天不放电影。妻子难掩失望，立马瘫软在鹿山人的背上，用力扯他的耳朵，责怪他来晚了，要是昨天或前天来就不会错过电影。鹿山人不断地解释安慰。他的两只耳朵红彤彤的，都被扯裂了吧。街道上的人为应付即将到来的台风正疲于奔命，顾不上他们，只是匆匆跟他们打一声招呼就算了。

鹿山人背着妻子要走，却被妻子阻止了。

“我要看电影！”妻子像孩子撒娇似的说。

鹿山人说：“台风要来了，今天电影院不放电影，我们赶紧回家吧。”

妻子说：“可是，我们比台风先到呀。”

鹿山人说：“台风过后，我们再来。”

妻子说：“你害怕台风呀？你害怕回不了家呀？”

鹿山人沉默了。谁不害怕台风呀？台风来了，摧枯拉朽，地动山摇。还有暴雨、山洪，猛烈得惊心动魄。

妻子从鹿山人的背上挣扎下来，扶着墙挪步到电影院正门，伸手摸了摸“蛋镇电影院”的牌子，突然变得莫名的哀伤，竟掩面低声地抽泣。

鹿山人吃惊地问：“好好的你为什么哭？”

妻子说：“我心里的悲苦，像台风，像鹿江，像山洪暴发。”

鹿山人知道妻子内心的悲苦，但她还是第一次说出来。平时，她从不埋怨，也从不哀叹，心里最难受、最绝望的时候，也只是对鹿山人说：“我想看一场电影。”于是，鹿山人连夜准备，第二天一早便出发。这一次，本应该是昨天或前天出发的，但因为要收割最后的一亩庄稼推迟了。

鹿山人也黯然神伤，向妻子保证说：“台风过后我们还来看电影，一个月看两场。”

妻子说：“我不等了，等不及了……我等不到台风过后了。”

风似乎越来越紧了，天空中的云朵也变得慌乱起来。鹿山人不知道怎么说服妻子，只是俯下身子，试图让她爬到他的背上，然后回家。可是，她固执地拒绝了。鹿山人尝试性地去背她，被她推开了。鹿山人站起来，要抱她。她躲闪开了，双手抚着电影院的牌子，突然号啕大哭。那哭声就是山洪暴发，悲痛欲绝。后来镇上的人回忆说，这辈子从没有听到过如此撕心裂肺的哭声，像孟姜女哭长城，电影院都快被她哭塌了。路过的人们都停下手里的活，围过来劝慰她。

“台风马上要到了，电影院没人上班了，连学生都放假回家了。”

“只是少看一场电影嘛，又不是世界末日。只要电影院还在，就还会有电影看。”

“台风过后，你可以连看三天电影。住我家里，管吃管穿，要住多久都行。”

……

可是，谁也无法劝止她的哭。不是一个孩子在哭，而是一个内心悲苦的人在宣泄。鹿山人和大伙都束手无策。这样哭下去，对本来就病弱的她会雪上加霜。

这个时候，电影院院长老吴从电影院走出来：“这是哪个龟孙子贴的告示？”一把撕下自己亲手贴上的告示，对鹿山人的妻子说：“今天照常放映！”

鹿山人妻子的哭声戛然而止，用哀求的眼神将信将疑地盯着老吴。老吴让鹿山人背起妻子跟着他走进电影院。不一会儿，电影院里便传出片头曲的声音。

鹿山人从电影院里走出来兴奋地告诉大伙，真的放电影了！你们也进去看呀。

电影院的大门敞开着，没有售票员，守门的卢大耳也不见踪影，但大伙只是侧耳倾听，没有谁趁机混进去。他们都明白，这场电影是老吴专门给鹿山人的妻子放映的。在蛋镇电影院历史上，这是头一次免费给一个人放电影。可是，没有谁说阴阳怪气的话。

鹿山人在电影院外头蹲着，独自烧着烟叶。他们走过来，心照不宣地摸摸他的头，然后默默走开。不断有女人过来叮嘱他：“电影散场了，你带她到我家吃碗热鸡汤再走。”她们不厌其烦地给他指路，哪条街哪条巷。鹿山人一概答应，反复致谢。女人们发现，鹿山人满脸疲惫，更瘦了，明显苍老了许多，不禁叹息：“他怎么还背得动自己的女人啊！”

这次，鹿山人始终没有离开电影院一步，一直到电影结束，传来片尾曲的歌声，才进去把妻子背出来。

鹿山人的妻子脸上的绯红色更加明显，看上去比任何时候都亢奋。她在他的背上仍兴致勃勃，热泪盈眶。那是电影带来的泪水。鹿山人觉得今天的电影很好，妻子看开心了，心里感觉特别幸福。

老吴对鹿山人说，台风过后，欢迎你们再来看电影。

鹿山人对老吴千恩万谢。他的妻子眼含泪水，频频点头向老吴表达谢意。

老吴像一个老父亲，抬手轻轻地替她捋了捋被风吹乱的头发。

“你今天特别漂亮！”老吴慈爱地赞美了她。台风的先头部队已经到了，它们攻打着电影院的窗户。上次台风攻陷放映室，砸毁了一台放映机。老吴不敢掉以轻心，转身跑回电影院。

鹿山人以为妻子同意跟他回家了，可是，她说要去照相馆：“老吴说我今天特别漂亮。”

“时候不早了……”鹿山人说。

妻子说：“反正每次都要点火把回家的。”

“台风来了！”鹿山人伸出一只手去捕捉风，感受到了异样，焦急而不安地说。

妻子说：“死都不怕，我还怕台风吗？”

鹿山人只好改弦易辙，去往国营照相馆。

这是蛋镇人最后一次见到鹿山人和他的妻子。这次台风过后，多少次台风过后，再也没有看到他们的踪影。

老吴有点想念鹿山人。他断言，鹿山人永远不会再带他妻子来蛋镇看电影了。可是，当别人问“为什么”时，他只是摇头，叹息，不愿意向大伙解释。

有人猜测说，洪水过后，是不是鹿江河道阻塞，行不了船？

也有人乐观地估计说，可能鹿山也有了电影院，比蛋镇电影院更宽敞更坚固，还免费，即使台风来了也不耽误看电影。

还有人小心翼翼地说，鹿山人可能带妻子去武汉治病了，只有大医院能治好她的病。

但就是没有人愿意说出那句话：鹿山人的妻子或许已经离开了人世。

……

有一天，国营照相馆在玻璃橱窗展出了一张32英寸的大型彩色照片，装了金色的边框。照片里的女人穿着橘红色的旗袍端坐在黑色的椅子上，秀发及肩，脸色绯红，面带微笑，双目炯炯有神。

“多漂亮的女人啊！像《胭脂扣》里的如花。”

不少人乍看以为真的是演员梅艳芳饰的如花。但眼尖的人一眼便能辨认出照片上的人是鹿山人的妻子，当然，也看得出来，是化了妆的。国营照相馆的人说，鹿山人说好台风过后来取照片的，但两年多过去了，仍不见有人来取。

无论从哪个角度来说，这张照片都好得无可挑剔。后来，它一直摆在橱窗里，已经成为国营照相馆的广告。

镇上见过鹿山人妻子的女人，有时特意路过国营照相馆，就为瞧一眼她的照片。常常有人在照片前驻足良久，一言不发，仿佛是，想跟她说些什么，却又不知从何说起，直到惋惜和哀伤使她们的脸不堪重负，才默默走开。

【原载《芙蓉》2018年第5期】

宝贝女儿

杨晓升

老来得子，后福无穷。这句话在邱必铮听来，就像春天播下的种子，早早地就在他的内心深处扎下根，发出芽，滋滋地生长，日复一日地有了期盼。

邱必铮是四十岁才有后的。虽说并非儿子，而是女儿，但女儿出生给邱必铮带来的那份喜悦与快乐，丝毫不亚于儿子。邱必铮既非晚婚，也非有意晚育。结婚时他二十六岁，妻子二十四岁，照说都是欲望旺盛、干柴烈火的年龄，可无论邱必铮如何努力，夫妻俩如何如胶似漆夜夜欢愉，妻子的肚子都一直是按兵不动一马平川，丝毫没有要隆起的意思。时间久了，盼子心切的邱必铮不由得心生怨言，又一夜翻云覆雨之后，气喘吁吁的他搂着赤身裸体的妻子，摩挲着她玉一般温润光滑的肚子抱怨道：怎么搞的，我已尽了洪荒之力，你这儿为何仍无动于衷？妻子听罢，也没好气：嗤，你还怨我？我还怨你呢！

什么，你是说我不行？

那你以为你行？

别瞎说了，肯定是你不行！

嗤，你凭什么说我不行？还说不准到底是谁不行呢！

夫妻俩唇枪舌剑，各不相让。争执的结果，是一致同意到医院检查，结果却是：女的一切正常，男的精子活跃度不够，属于弱精症。医生还耐心对夫妻俩科普了一番：正常精液常规检查中A级大于

25%，AB级大于50%，精子活动率70%以上液化时间小于30分钟，才有受孕能力。根据你的数据考虑弱精症。医生解释说，引发弱精症的原因有很多，精索静脉曲张、内分泌异常、生殖道病原体感染、前列腺炎、睾丸炎、附睾炎等，都会引发。医生还建议：你这种情况属于弱精，一般补锌补硒可改善，可以吃一些小核桃、羊肾、猪肾、狗睾丸、鸡肝等，但是食物的功效有限，一般调理弱精最好吃育之缘口嚼片，其主要成分蛋白锌蛋白硒和蛋白质是精子成长所必需的，食用育之缘三个月左右有很好的补精、改善弱精的效果。

医生的一席话，让小两口面面相觑，满脸绯红。最终，当然是邱必铮先低下头来，并且自觉在妻子面前矮了一头，说话办事底气似也少了三分。好在妻子并不穷追猛打，也不得理不饶人。相反，妻子善解人意，见好就收，还主动记下医嘱，帮助邱必铮增加食疗、服药调理，小核桃、羊肾、猪肾、狗睾丸、鸡肝等换着吃，育之缘口嚼片也吃了不少。可日复一日，月复一月，年复一年，无论如何都不见效果。幸好夫妻俩感情笃深，虽然没有孩子，但夫妻生活并未停止，日日欢愉依旧，夜夜兴致不减。性事如同夫妻感情的稳定器、润滑剂，让他们夫妻相安无事，恩爱如初。如此这般，一晃就过去了十几年。

有道是有心栽花花不开，无心插柳柳成荫。直到邱必铮四十岁那年，春天到来的时候，妻子突然发现当月没来例假。过了两月有余，妻子原本光滑平坦的肚子竟也慢慢地隆起。夫妻俩大呼小叫赶忙到医院检查，结果喜出望外：妻子怀孕已经四个多月。夫妻俩大喜过望，也不顾医生在场，激动得相拥而泣，自此更加恩爱。邱必铮更是如获至宝，兴奋得像中了彩票，对妻子百般呵护，百般依顺，忙前跑后，照顾有加。每天除了上班，八小时之外他全都围着身怀六甲的妻子转，买鱼买肉，做饭炒菜，破天荒样样抢着干，唯恐怠慢了妻子，唯恐累着了妻子，唯恐妻子肚里怀着的孩子昙花一现、悄悄溜走了。不仅如此，他还买来各色水果，变着花样让妻子增加营养。又买来各种胎教音乐，让妻子每天聆听。不仅如此，每天吃完晚饭，他必陪着妻子下楼散步，调节妻子身心，为胎儿的降生积攒能量和力量……

谢天谢地！怀胎十个月之后，妻子如期分娩，生下了一个七斤三两的女儿。尽管是女儿，邱必铮依然欣喜若狂。女儿被护士推出产房的那一刻，望眼欲穿的邱必铮从楼道的坐椅上嗖地弹起来，箭一样射了过去。此刻的女儿正躺在妻子的怀里，睁着明亮的眼睛打量着眼前的世界。那眼瞳黑黑的，深不见底，既明净又美丽。那眼神亮闪闪的，既纯真又好奇。那幼稚的脸蛋粉嘟嘟、红扑扑的，嫩得让人不得不心生怜爱。眼看着自己的生命如此神奇地延续下来，邱必铮激动得语无伦次，那怦怦狂跳的心几乎要蹦出胸口。他一遍遍欢呼着我也有孩子啦、我也有孩子啦，一边冲动得伏下身想亲吻孩子，却让身边的护士伸手制止了。护士笑着嗔怪：孩子刚出生，抵抗力差，怕感染病菌哩。邱必铮这才恍然大悟，停止行动，那半弓着的身子僵在那里，冲着护士傻傻地笑，那掩不住的喜悦与幸福，像医院楼道里的灯光，如水般漫延开来。

论家境，邱必铮并不富有，他是一家机械制造厂的技术员，负责图纸设计。妻子是同厂的一名会计，每天负责算账报销采购跑银行。夫妻俩终日与数字打交道，却始终未能将自家的积蓄提升上来。平日里，夫妻俩每月的收入，即便只用于必要的日常开支，满打满算，也只能说勉强够用，或稍有宽余。即便如此，夫妻俩对女儿是有求必应，从不怠慢的。

小时候，女儿上幼儿园，幼儿园有好多好多的小伙伴，每个小伙伴都有各式各样的玩具，老师让小朋友们每天都带一件自己最得意的玩具到幼儿园来，与其他小伙伴共享。刚开始，邱必铮夫妇发现女儿每天早晨都是兴冲冲而去，傍晚却总是扫兴而归。没几天，女儿竟然不愿意上幼儿园了，两口子急得像被火烫着了。做爸的眼睛一瞪哎哟地叫出声来，说宝贝你怎么啦，幼儿园里谁欺负你啦，你赶快说，爸爸这就去找他们算账。做妈的则一把搂住女儿，嘬着牙花子连声说宝贝呀宝贝你赶快说，幼儿园里到底谁欺负了你，你说出来爸爸妈妈马上去找他们拼命。做妈的边说还边母鸡护小鸡般一下接一下地亲着宝贝女儿，不料女儿却哇地一下哭出声来，挣脱妈妈的怀抱，狠狠地喊了声谁也没有欺负我！女儿这一声歇斯底里的哭喊，让邱必铮夫妻俩吃惊不小，他俩四目相对，你看看我，我看看你，眼里满是问号。最后还是做妈的强作镇定，咧着嘴抚着女儿的小辫子，轻声细语地问：宝贝，那你说说，既然幼儿园里并没有人欺负你，你为啥不愿意上幼儿园？女儿不满地瞪了一眼妈妈，嘟着嘴抽泣着说，咱家的玩具……太差……太不好玩了，拿到……拿到幼儿园……没一个小朋友喜欢！女儿浑身像拉风箱，断断续续地吐出来这一句，又接着抽泣。夫妻俩哦了一声，这才恍然大悟。他们边哄着女儿，边商量着如何给女儿重新买玩具。哄女儿时，他们说明天一定到商店给你买最好的玩具，好说歹说总算将女儿哄睡了。夫妻俩内心却无比纠结，他俩的工资每月从来都是掐着指头算着花的，哪来多余的钱给女儿买昂贵的玩具呢？

征得妻子同意，第二天邱必铮一咬牙，下班的路上还是花了两百元，为女儿买回了一只电子狗，装上电池打开电源，一蹦一跳还怪模怪样叫出狗吠声的那种。第三天，妻子又花了三百元，为女儿买回了一架电子遥控飞机。打开电源，那飞机蜜蜂一样嗡嗡地在头顶绕圈圈。这一地下一天上的两个新玩具，总算让他们的宝贝女儿笑逐颜开。连着两天，每天回到家的女儿都快活得像早晨放飞的小鸟，笑声和欢呼声都无法消停下来。女儿带着这两个新玩具到了幼儿园，虽算不上扬眉吐气，却至少已经不落人后。而邱必铮与妻子当月的代价是彼此都停止吃肉，每天买回少量的肉都只留给宝贝女儿。此外夫妻俩还互相给对方当理发师，省下了过去上理发店的几十元钱。虽然彼此的发型看起来都有些滑稽，厂里的同事一开始也都睁着好奇的眼睛打量他们，但多见不怪，没两天一切便都回归正常……

自此之后，女儿便生活在夫妻俩刻意营造的蜜罐里了。从幼儿园一直到小学、中学、大学，为了不让女儿遭受委屈，邱必铮夫妻总是节衣缩食，将挤出的钱和满腔的爱一股脑儿倾注到宝贝女儿身上：衣服、鞋帽、各色零食、各色学习用具，凡是女儿提出要买的，夫妻俩都是听从女儿的召唤，有求必应，说一不二。

不仅如此，从幼儿园到小学，又从小学到中学，邱必铮夫妇俩每天坚持接送宝贝女儿，无论冬夏，遑论春秋，风雨无阻，雷打不动。而且夫妻俩分工合作，上学夫送，放学妻接，日日如是。即便女儿上了高中，身高都超出母亲、直追父亲了，夫妻俩仍乐此不疲，仿佛无时不担心女儿半路上会被风刮跑了，或像高大的瓷瓶一样随时会让路人碰碎。其实，长高了的宝贝女儿自己并不愿意父母送，怕同学笑话。上了高中，女儿便死活不让接送了，但夫妻俩还是放心不下，再送又担心女儿反感，索性变明送为暗送，无论上学还是放学，夫妻俩都瞒着女儿，背地里远远跟在女儿的后面……

学习上，女儿倒也争气，她没有辜负父母的辛劳和宠爱。从小学、初中直到高中，女儿在班里的成绩一直名列前茅，高中毕业还顺风顺水地考上了本省最好的一所大学。论成绩，女儿本可以到北京、上海上更好的大学的，可邱必铮夫妇不放心女儿独自去外地，报志愿时要求女儿只填写广州的大学，因为他们一家就居住在广州。广州没那么多的大学怎么办？那就志愿栏上宁可空着不填。邱必铮夫妇一唱一和，意见一致，他俩早就商量好了，绝不让女儿到外地上学。他俩就这么一个独生女，唯一的一个宝贝女儿。女儿真要只身到外地上学，人生地不熟的，遇上难事怎么办，感冒发烧了怎么办，受人欺负了受委屈了怎么办？做父母的远在数百里，甚至上千公里之外，够够不着，帮帮不上，那还不得急死啊！不行，绝对不行。他俩商量好了，早早地在女儿填写志愿之前就约法三章。好在女儿也恋家，打小就是娇生惯养的，从小衣来伸手，饭来张口，要什么有什么。在本市上大学，家就是她的大后方，她随时都可以找到爸爸妈妈，缺什么随时都可回家取，换下的脏衣服也可以随时送回家洗，多方便啊！她才不愿意麻烦、不愿意吃苦呢。她自己不愿意吃苦，家长更不愿意她受苦，双方一拍即合，女儿于是便上了本市的一所全国重点大学。

大学二年级的时候，女儿恋爱了。邱必铮是在周末的时候发现女儿恋爱秘密的。那时正值阳春三月，春光明媚，万物复苏，百鸟啁啾，处处春心萌动，处处生机勃勃，就连空气也弥漫着清新诱人的气息，仿佛这世界谁都随时会有好事降临。

那天是周五，按说女儿周五都会如期回家。但女儿来电话说晚上班里联欢，就不回家了，明天再回。邱必铮一听，心里咯噔一下，仿佛被人掏空了心窝似的。自打女儿上了大学，周五她可从来都是准时回家的呀。不过女儿既然已经说了晚上班里联欢，夫妻俩也不好说什么，毕竟女儿已经上了大学，大学里有各种活动、各种沙龙、各种讲座，女儿多参加校园里的活动有益无害，当初邱必铮夫妇在大学不就是参加活动时认识的吗！那时候，邱必铮上的是机械系，妻子上的是会计系，要不是一次学生会举办系与系之间的横向交流活动，邱必铮怎么可能认识现在的妻子？何况大学里的各种沙龙、各种讲座，都是让人开眼界、长见识的。即便只是学生联欢，也能够让学生在紧张的学习之余，放松精神，调整身心。这么一想，邱必铮夫妻俩便释然了。只是到了晚上，三口之家忽然少了宝贝女儿，感觉空落落的，这样的周末以前从没有过，冷清的感觉便不经意袭来。因为周末女儿未回，夫妻俩像丢了魂儿似的，周末那种特有的欢声笑语，那种温馨欢快的气息，便消失得无影无踪。毕竟，邱必铮夫妻俩经过了一周的紧张工作，他们也需要放松身心，而以往的周五，随着他们宝贝女儿的如期而归，家里就是他们三口之家说笑不断的海洋。而这个周五的晚上，冷清的感觉，让邱必铮夫妇俩破天荒睡不好觉，晚上睡睡醒醒，或半睡半醒，反正是迷迷糊糊，似梦非梦……

好在第二天周六，女儿就回来了，但女儿是在周六下午才回来的，进家门时一路还哼着歌，是那首正流行的《传奇》：只是因为在人群中多看了你一眼，再也没能忘掉你容颜……女儿边唱边跳，风一样刮进家门，将攒了一周装满脏衣服臭袜子的黑布袋往茶几上一蹾，哈哈爸爸妈妈，这周我真是太开心啦！当时，邱必铮正坐在沙发上埋头看报，见女儿兴高采烈，他仿佛是被人从睡梦中唤醒，急忙摘下老花眼镜问：哎呀宝贝你总算回来啦，啥事把你高兴成这个样子？当妈的也一串碎步笑呵呵从卧室迎了出来：是啊宝贝，啥好事让你这么高兴啊？女儿破天荒没像过去一样有啥说啥，而是瞧了瞧妈妈，又瞅了瞅爸爸，眯着眼睛，翘着下巴，得意扬扬地卖起了关子：哈哈这个嘛，保密。说完扮了个鬼脸，背着双肩包蹦蹦跳跳闪进自己房间了。邱必铮夫妇的目光从女儿身上不约而同地收回来，你看看我，我看看你，一时都一头雾水，他们搞不清女儿今天是怎么了。

更让人意外的是，女儿很快又从房间出来，笑盈盈地问妈妈：妈，今晚准备了啥好吃的呀，我来帮帮你。女儿边说边卷着袖子走向厨房，一副跃跃欲试的样子。女儿这种举动，也是破天荒的，这让邱必铮夫妇既意外，又高兴。邱必铮愣了一下，喜上眉梢说好呀好呀，宝贝做的饭菜，一定很好吃。说完，他朝妻子挤挤眼睛，妻子也心领神会，乐呵呵地招呼女儿：宝贝，来呀，要愿意帮助妈妈炒菜做饭，妈妈开心死啦。不过话说回来，现在学会做菜，等将来你自己有了家，就不愁了。说话间，母女俩便进了厨房，厨房很快响起锅碗瓢盆交响乐，不时还夹杂着母女俩叽叽喳喳的说笑声。

这天傍晚，母女俩合作的成果是：糖醋排骨、麻婆豆腐、红烧鲤鱼、青炒芦笋、西红柿鸡蛋汤，主食是米饭。四菜一汤，色香味俱全。看着饭桌上热腾腾的饭菜，邱必铮内心像抹了蜜一样高兴得合不拢嘴，已经多年不喝酒的他兴奋得像孩子似的翻箱倒柜，不知从哪儿搜出来一瓶干红葡萄酒和三个酒杯，边斟酒边乐呵呵地说：来来来，今晚咱一家子得好好喝一杯，为宝贝女儿的手艺干杯！妻子和女儿见状，“耶”地欢呼起来……

这天晚上，妻子上床睡觉时迫不及待，风风火火地趴在邱必铮的耳边，神秘兮兮地说：喂，我发现了一个秘密。邱必铮睁大眼睛，满脸狐疑：啥秘密？快说！妻子说：你没发现宝贝今天有些反常么？邱必铮说：咋反常了，宝贝不是好好的吗，还那么高高兴兴帮你炒菜做饭——嘘，妻子制止他，你没想想她今天为啥这么高兴？邱必铮听罢，眼珠转了又转，摇了摇头说：我想不出来。你快说，她到底为啥这么高兴？妻子不客气地戳他脑门：死脑筋！依我看呐，女儿十有八九是恋爱喽！邱必铮一听，上半身像被烟头烫着了，一下从枕头上弹了起来，亮着眼睛啪地打了一下妻子的胳膊，道：哎，你说的是真的？宝贝告诉你啦？妻子剜他一眼，嗔怪道：死脑筋，她怎么可能主动告诉我？是我自个儿猜的！邱必铮眼珠打着骨碌，越想越觉得妻子说得有道理，越想脸上越放出光泽，笑容像湖面上的涟漪从胡子拉碴的嘴角荡漾开来。末了他眼睛放着电似的喊：嗨，我说呢，宝贝自打回家就哼着歌儿，还一蹦一跳，兴奋得像过年似的，原来是……原来是有男朋友了？哈哈！嗯，你说的没错。你看她的情绪，与平时确实不一样。你再看她的脸色，白里透红，粉嘟嘟的，艳若桃花，与平时也不一样，肯定是碰上啥好事了——你猜得没错，除了恋爱，还有什么能比这事更让她兴奋？！

还真让两口子猜着了。他们的宝贝女儿确实恋爱了，男孩是宝贝女儿的同学，一个外表颇像歌星蔡国庆那样的阳光男孩。星期四，晚自习时女儿照例来到学校图书馆的自习室，刚刚落座便发现自己忘带手机了，她禁不住蹦出一句糟糕，焦急的神情让座位左边的男孩儿看到了。男孩儿侧过脸问怎么啦？邱家的宝贝女儿说我忘记带手机了。大学里的学生都知道，学校图书馆的座位是有限的，晚自习想来图书馆，就必须提前占座位，现在好不容易已占了座位，若回宿舍去取手机，这座位肯定就没了。男孩儿看出了女儿的心思，主动说甭急，你回去取手机吧，这座位我给你占着，说完还从自己的书包中掏出两本书，放到女儿跟前的座位上。女儿的脸倏地红了，内心刹那间生出一股暖流，淡淡的，却温暖如春，舒服极了。长这么大，女儿可从未尝到过被男孩儿关心的滋味，她有些受宠若惊，也有些手足无措，只好傻傻地说好吧那就太谢谢你啦！

女儿从宿舍取完手机，回到了刚才的座位，内心却鬼使神差无法平静下来。虽然她表面上也看着书，做着作业，却三心二意不断走神，时不时偷偷斜眼瞄那男孩儿，越看越有好感，越看越感觉怦然心动。有几次她的眼光偏偏让那男孩儿捉着了，那男孩儿礼貌地冲她笑笑，最后一次还主动同她攀谈。一来一去，女儿知道那男孩儿是物理系的，男孩儿也知道女儿读的是会计专业。晚自习结束时，双方还互留了手机号码，是男孩儿主动提出交换手机号码的。当晚刚回到宿舍，女儿就收到那男孩儿的短信，邀请女儿出席明天晚上即周五物理系在学校体育馆举办的羽毛球赛，男孩儿告诉她自己会上场比赛，希望她能到场为他加油。收到这则短信，女儿内心像闯进一只兔子，怦怦乱蹿，既欣喜又焦灼，毕竟是平生第一次收到这样的邀约，还是自己喜欢的男孩儿。她无法拒绝，于是给妈妈打了电话，说周五晚上学校学生搞联欢，不回去了。

周五那场羽毛球赛，让女儿进一步迷上了那男孩儿。比赛在男孩儿所在班与另一个班之间进行，是团体赛，每个班派出两位单打选手、一对双打选手，双方选手捉对厮杀，任何一方三次获胜即是最后的获胜方。比赛进行得很激烈，上场选手的厮杀声叫喊声连同观众的加油呼喊声此起彼伏，高潮迭起，体育馆内一时间波涛汹涌山呼海啸。比赛的结果，虽然男孩儿所在班以大比分二比三输了，但男孩儿比赛时龙腾虎跃杀声震天锐不可当，接连赢得两场单打比赛。邱家的宝贝女儿怎么也没想到，外表斯文的他在赛场上竟然像猛虎下山，她被男孩儿的勇猛彻底俘获了。就这样，邱家的宝贝女儿与男孩儿恋爱了。

女儿的恋爱，让邱必铮夫妇又喜又忧。喜的是女儿有男孩儿喜欢，怎么说都是好事，证明女儿确实就是宝贝，宝贝总会招人喜欢的。忧的是，喜欢女儿的那男孩儿到底长得啥模样，圆还是方？高还是矮？丑还是帅？好还是坏？……这一切让做家长的异常担心，他们迫切希望知晓。于是，仅仅隔了一周，夫妻俩就商定让女儿将男孩儿带到家里来，女儿听罢惊得瞪大眼睛，大有隐私泄露正要兴师问罪之势，问你们怎么知道我交了男朋友呀？做妈的搂着女儿，呵呵笑：哈哈，你是我身上掉下的肉，我能不知道吗？母亲的笑甜甜的，暖暖的，一下便将女儿的诧异和不悦融化了。

女儿转怒为羞，娇嗔地说：才刚认识呢，怎么好意思让人家来？

做妈的说：有啥不好意思的，关键是你是不是真的喜欢他？

做爸的说：还有，他是不是真的喜欢你？他要是真的喜欢你，你请他到家里来他还巴不得呢！

女儿听罢，眼睛一亮，说：呀，这倒是真的呢，爸爸说得在理。他家是外省的，周末也没处去，那我下个周末试试，请他来咱家……可……可他万一不来呢？女儿说这番话时，且忧且喜，一惊一乍，像笼里的小鸟一样焦躁不安。

做妈的说：不来拉倒，不来说明他心里有鬼，要么就不是真心喜欢你，正好别跟他来往！

宝贝女儿惊叫：那可不行，刚认识呢就不让跟他来往，妈妈成心想让我熬成嫁不出去的大姑娘啊？！

做爸的帮腔说：就是，你这不是棒打鸳鸯嘛？他边说边朝妻子挤眉弄眼。

做妈的扑哧一笑：瞧你们俩急的，我不就是顺口一说嘛。

宝贝女儿说：行啦行啦，我看出来了，你们不就是急着考女婿嘛，我下周带他来行了吧？说完女儿扮了个鬼脸，一蹦一跳进自己房间去了。

夫妇俩相视而笑，彼此都一脸甜蜜。

第二周的周末，宝贝女儿果然将那男孩儿带来了。男孩儿叫秦俊峰，文质彬彬，面目俊朗，长得又高又帅。第一眼就让邱必铮夫妇笑逐颜开，忙招呼入座，又张罗着沏水泡茶，嘘寒问暖。做妈的还忙着从厨房端来早已经准备好的草莓、香蕉等水果。几番寒暄，主人的一家三口终于知道男孩儿家在西安，他是独子，父亲在机关工作，母亲是中学教师。这样的家庭，与邱家可以说门当户对，甚至比邱家还要好一些，所以邱必铮夫妇不约而同双双默认了。这天中饭，邱必铮夫妇亲自下厨，丁零咣当，又一次奏起了锅碗瓢盆交响曲，忙得不亦乐乎。没多久，他们便将家里的餐桌摆了满满一桌，好生招待了这位让人喜欢的未来女婿，一时间邱家欢声笑语，喜气洋洋，像过节一样。

父母的默认，让宝贝女儿喜上加喜，内心像抹了蜜，那蜜化成了笑，那笑又像蜜一样从眉眼和嘴角上往外溢。有如此美好的开端，接下来一切顺理成章，宝贝女儿和那男孩儿来往更加密切，很快从初恋进入热恋，俩人卿卿我我，甜甜蜜蜜，如胶似漆，很快便不分你我了。周末或逢年过节，宝贝女儿免不了带男友到家里聚会。宝贝女儿甚至还提出让男友在家留宿，只是做父母的双双反对，认为未婚同居，成何体统，有辱门风。他们更担心自己的宝贝女儿，早早被男人占有了，免不了吃亏，所以坚决不同意。好在女儿向来懂事乖顺，并不坚持。每逢黑夜来临，女儿便规矩地送走男友，尽管彼此仍情意绵绵、依依不舍，却还是抗不住规矩和时间的限制。好在背地里，两位年轻男女早已经尝过禁果了，第一次是在校外的宾馆偷偷开了小时房。初尝甜头，那种刺激与奇妙，便像海洛因一样一下俘虏了这对情窦初开、荷尔蒙正旺的青春男女，两人从此一发而不可收，每周一次甚至两次。有时是在宾馆，有时是趁同学不在时潜回宿舍，有时则干脆在女孩儿家长上班而他俩恰好没课时快速潜回家里。当然，无论是在宿舍还是在女孩儿家里，他们每次都是争分夺秒，速战速决，既不缠绵悱恻，也不拖泥带水。虽然这样做少了从容和韵味，却也解决了性饥渴的矛盾。女孩儿早已身经百战，功夫和经验日臻老到，做家长的却一直蒙在鼓里，甚至以为自己的女儿还是冰清玉洁的黄花闺女呢。

幸好女儿与秦俊峰的爱一直顺风顺水，毕业时还幸运地双双在广州找到了工作，女儿在一家出版社当会计，秦俊峰在一家民营企业搞产品研发。工作有了着落，结婚便顺理成章。只是秦俊峰初出茅庐，父母远在西安，自己留在千里之外的这座南方省城，上无片瓦下无寸土，也无买房的经济基础，婚房便暂时定在了女方家里。秦俊峰成了上门女婿。

俗话说，一个女婿半个儿。对于邱家来说，家在千里之外的秦俊峰何止是半个儿，简直就是自己的儿子！儿女双全，乃天下家庭最佳搭配，邱必铮夫妇自然是求之不得。实际上，他们的宝贝女儿毕业前夕，邱必铮夫妇便早早计划好了，而且与女儿约法三章，要想与秦俊峰走进婚姻殿堂，必须将秦俊峰留在广州工作。这在女儿看来也不成问题，秦俊峰的家远在西安，她才不会跟着去西安呢，不仅不会去西安，别的城市也不可能去。当初连上大学都只选择留在省城广州，工作和婚姻是一辈子的事，她怎么可能离开广州呢！还是在热恋的时候，这事女儿便已经谈妥了，而且是在两人做爱的关键时刻，正当秦俊峰猴急猴急之时，女儿不失时机地问：答应我，将来你毕业工作留不留在广州？男人此时此刻总是最脆弱最丧失意志的，岂有拒绝之理？秦俊峰自然是母鸡啄食般不停点头，一个劲说答应答应。实际上他说的也是实话，西安与广州比，无论是气候、饮食，还是经济发达程度和城市的活力，那都不是一个档次，要真能留在广州工作他是求之不得的。所以毕业选择工作，他就一心一意要留在广州，秦俊峰的父母也同意他留在广州，大不了将来他们退休了也跟随儿子到广州来定居。秦俊峰在广州找到的这份工作，虽也是经过公开招聘层层考核的，但当初面试时邱必铮也通过关系帮过忙，邱必铮一位大学同学的朋友在这家企业当副总裁，这才使得秦俊峰在众多的竞争者中过关斩将，有惊无险，如愿以偿地获得了如今的这份工作。

千里迢迢只身到广州求学，毕业后在未来岳父的帮助下找到了理想工作，结婚后又入住妻子家免去了无房之忧和经济上的压力，这对于秦俊峰来说简直就是老鼠掉进米缸，幸福死了，对此他自然是心存感激，也极其珍惜。上班的时候，他总是勤勤恳恳，努力工作。下班回家，他不敢懈怠，总是撸起袖子，帮助岳父岳母洗菜做饭、打扫卫生、清理垃圾。反正家里的脏活累活，他总是抢在先、争着干。相反邱家的宝贝女儿、秦俊峰的妻子，每天回家却总是将上班的背包往沙发上一扔，瘫坐在沙发上使劲喊累，然后是一边找来吃的喝的，一边开着电视或看着手机，一副事不关己的样子，她的任务似乎只是等待着晚饭时间的到来，她可以心安理得坐享其成吃晚饭。邱家宝贝女儿的这种表现，并非一天两天，而是天天如是，日日如此。邱必铮夫妇却一直熟视无睹。秦俊峰自己无论如何是做不到像妻子那样的，都这么大的人了，大学都毕业并且工作了，也结婚了，还像个孩子一样啥家务事都不干，那怎么行？看样子是从小就宠坏的。有时候秦俊峰看不下去，主动招呼妻子到厨房帮忙，妻子要么撒着娇嚷累，要么干脆不耐烦拿眼瞪他：哎呀你烦不烦啊，你不愿意干你就别干，你也到这里来待着，你看我歇着你心里难受啊？她竟然理直气壮，连珠炮一样不断数落，原本没理的事反倒变有理了。妻子这个样子，像阴影一样瞬间投射到秦俊峰的内心深处，结婚前他与她总是柔情蜜意，花前月下卿卿我我，他只看到她的漂亮她的可爱，就连任性和撒娇也是可爱的。可结婚后她仍如此任性撒娇，可爱便变成可恨了。要命的是她的父母仍宠着她。在秦俊峰每每看不下去，招呼妻子前来帮忙干活时，岳父岳母不是帮腔而是反过来为他们的宝贝女儿推脱。

岳母说：算啦算啦，她打小就是这样，也从未干过活，也不会干，到厨房来反倒碍手碍脚的。

岳父说：她一个女孩子，上了一天班怪累的，让她好好歇着吧。

秦俊峰听罢，先是困惑，继而释然。岳父岳母都知道心疼女儿，他这个当丈夫的难道不心疼妻子么？面对此种局面，他已经无话可说。但他断做不到像妻子那样，下了班就几乎等着衣来伸手，饭来张口。即便是小时候，自己的父母也绝不这样宠他，从小就教导他要热爱劳动，热爱劳动就是热爱生活。只有热爱劳动，生活才能过得美好，是劳动创造幸福生活。不热爱劳动的人难说能过上幸福生活。秦俊峰的父母不仅这样教导他，还手把手教会他扫地、擦灰、洗碗、洗菜，甚至跟着学习炒菜做饭。秦俊峰记得自己是十二岁时便学会做简单的饭菜的。那时候爸爸妈妈工作很忙，时常回家很晚，懂事的秦俊峰放学回家做完作业，就时常帮助爸爸妈妈扫地、洗菜，甚至还提前打开电饭锅淘米做饭。自小的磨炼和养成的习惯，使得秦俊峰成为家里的好孩子、学校里的好学生。何况眼下他已经长大成人，还是一个倒插门的女婿，无论如何他不可能眼睁睁看着岳父岳母干活，自己坐享其成。于是每天下班回家，他不再管妻子到底帮不帮忙，干不干活，反正他自己肯定是要干活的，而且是无论工作多忙、自己多累，只要一回到家他总是闲不住，放下公文包脱下外衣，总是主动帮助擦灰、扫地、拖地，也进厨房帮着洗菜炒菜。而妻子对他的表现总是熟视无睹、见怪不怪。仿佛夫妻之间天生就该如此。

秦俊峰与邱家的宝贝女儿，就这样在日复一日、月复一月、年复一年的不平等不寻常生活中度过。表面上看很正常，一如宽阔平静的河面风平浪静、波澜不惊，水底下却暗流涌动。首先，秦俊峰对妻子的感情不像以前热络了，除了生理上的需要，他从她身上似乎再难找到热恋时的那种感觉。过去她的一颦一笑，一如花开鸟鸣，都是那样的动人悦耳，即便是生气哭闹的时候，在他看来也如春天响雷、雨打芭蕉，充满诗意。而如今她的一举一动，即便是笑语欢声，看起来也是那样的俗不可耐。

那天，秦俊峰如往常一样下班回家，先他到家的妻子正懒洋洋躺在沙发上边嗑瓜子边看电视。进了家门的秦俊峰正忙着擦桌扫地，忽然妻子叫他，让他帮她将进门放在餐桌上的手机递给她，还让他给她倒杯开水。因为他正忙着干活，手也不洁，遂嘟囔一声：你自己不会拿不会倒吗，没看我正干活呢，再说我现在手也脏。妻子不高兴了，瞪大眼睛噗地吐出一片瓜子壳：秦俊峰你什么态度啊，连给我递手机倒杯水都不肯，你还是我男人吗？她大声嚷嚷，引得岳父岳母也从厨房里探出头来，惊愕地看着女婿，似乎不认识似的。秦俊峰有些尴尬，正想申辩，妻子却抢先一步穷追猛打：我怀孕了你知不知道，就你这德性你还怎么做父亲啊！

秦俊峰像当头挨了一棒，先是震惊，继而发蒙。他的婚姻生活刚刚开始，短暂的甜蜜之后刚刚转入平淡甚至隐约的厌烦，还来不及适应呢，她怎么就怀孕了？他有些懊恼，也有些懊悔，只不过在妻子怀孕的消息面前，那一丝丝的懊恼和懊悔只像闪电，在他内心的天幕上轻轻掠过，稍纵即逝，取而代之的是一种难以抗拒的喜悦。这种喜悦瞬间传导到他脸上，释放出的是一抹难以抑制的笑：哎哟，真的吗？对不起对不起。边说边扔下扫把赶到卫生间洗手，咚咚咚一溜小跑，将妻子的手机毕恭毕敬地递到她的手中，又马不停蹄地倒了杯开水小心翼翼地送到了妻子跟前。自始至终，妻子都瞪着眼睛，满脸不悦地审视他，仿佛一位高傲的公主使唤着不称职的仆人。而刚才从厨房中探出头来的岳父岳母，也四目睽睽地盯着他，像雇主监管着雇工。末了岳母一脸严肃，说：俊峰，往后说话可得注意点，别伤着我女儿。

再说你是男子汉大丈夫，又是快当父亲的人了，凡事都得让着点，不然怎么算男子汉，也怎么当父亲？岳父虽没插话，可也满脸不悦，让秦俊峰真正感受到了什么叫不怒自威。秦俊峰此刻只感觉到脸上热辣辣的……

俗话说：人在屋檐下，不能不低头。对于眼下的婚姻和生活现状，他虽然有些不满，隐约也有些厌烦，可他暂时别无选择。毕竟他工作时间不长，经济基础薄弱，没能力解决自己的房子。再说他与妻子感情仍在，何况妻子已经怀孕。虽然住在岳父岳母家一定程度丧失了自由，却也省去了房租，下了班小两口还有现成的饭菜等着，也不是没有好处。反正生活从来就不可能十全十美，两害相权择其轻。这么一想，秦俊峰不免释然。此后的日子，他更加小心翼翼，只要一回到岳父岳母家，他就尽可能帮着干家务，尽可能侍候着有孕在身的妻子。日子就这样不咸不淡、不冷不热地过着。很快就挨到了自己孩子的降生。

真是巧合，秦俊峰和妻子新生的孩子也是个宝贝女儿。这个第二代的女儿降生的时候，他们一家别提有多高兴了。外公外婆乐颠颠的，兴奋得像家里谁买了彩票中了巨奖，他们成天围着女儿和外孙女转，百般呵护，要什么给什么，无微不至，无所不及。秦俊峰自己当然也异常兴奋，眼看着自己的孩子天使般从天而降，一个鲜活的生命莫名其妙说来就来了，而且这个生命延续着自己的血脉，他感觉好神奇。只要下班一回到家，秦俊峰比以前更加勤快了，初当父亲的他像个愣头青一样手足无措，不知道自己到底该干什么做什么，他唯恐哪点做不周到惹妻子不高兴、让岳父岳母挑毛病。所以当女儿降生之后，他索性自告奋勇，当着妻子和岳父岳母的面说你们要我做什么就随时吩咐吧，我有的是力气。他还背地里冲妻子秀了秀肌肉，他胳膊上的三角肌和胸部上的胸肌，因了平常每天坚持做俯卧撑的习惯，确实也有几分发达。健壮的身躯也着实满足了妻子对爱欲的渴望，同时也是干活的好手。有了秦俊峰的这句话，邱家人更像使唤仆人一样，随时随地下达着各种指令，除了扫地拖地，还时常被支使到商店买这买那，油盐酱醋、葱姜蒜辣、蔬菜水果、鸡蛋鱼肉，还有孩子用的尿裤尿垫、奶粉营养粉等，五花八门，无所不包。秦俊峰当然是有求必应，忙前跑后，时常是忙得气喘吁吁，却不亦乐乎。自打当上父亲，他感觉原先平淡阴郁的生活终于照进了一缕阳光，吹来了一丝清风，内心的欢乐油然而生，人生的希望近在眼前。这希望，便是眼下那粉嘟嘟、活泼泼的女儿，无论女儿哭还是笑，秦俊峰感觉内心都是欢乐的、满足的。闲暇的时候，他总是俯在女儿跟前，痴痴地看她的脸，她的眼，她的鼻，她的嘴，她一切的一切。越看越感觉到神奇，越看越感觉到一种莫名的兴奋。他想不明白，为何男女结合就能孕育、诞生一个新的生命，像变戏法一样，简直是太神奇了！每每看到秦俊峰这个傻样，妻子自然更是得意，从身为人女到身为人母，从当爹妈的宝贝女儿到自己当上宝贝女儿的母亲，她的得意和自豪又更进了一步，仿佛皇室里的公主从前线凯旋。

欢乐的日子却像初雪，无法久留。随着时光的流逝和女儿的日渐长大，以及工作的日渐繁忙，秦俊峰与邱家的摩擦时有发生，矛盾也接踵而至。

首先是随着市场竞争的日渐激烈，企业的生存压力越来越大。负责产品开发的秦俊峰再也不能像以前那样早九晚五地上班了。他时常早出晚归，晚上加班常到九十点钟，甚至有时候还到十一二点。浑身疲惫的他再也无力像以前那样，回到家便成为家里优秀的勤务员。这样的情况多了，邱家便渐渐有了怨言，先是岳父，接着是岳母，最后是自己的妻子。岳父岳母埋怨女婿只顾工作不顾家，妻子埋怨丈夫钱挣得不多，班倒是加了不少，要求他每天下班必须尽早回家。可秦俊峰是公司员工，领着公司的工资，端着人家的饭碗，他所从事的新产品开发需要与同事互相配合，同心协力反复研究、试验，还需要与客户不断沟通、洽谈合作，他身不由己，如何能满足妻子的要求？面对妻子的抱怨，他只好强打精神赔笑，涎着脸打太极，说亲爱的你说得对，我每天都巴不得早点回到家，巴不得早点见到你和咱们的宝贝女儿呢！可是我确实是工作离不开，公司老板又盯着，我……我这是没办法嘛。之后的日子，秦俊峰依然是“没办法”，依然是每天加班，依然是每天早出晚归，以至于曾经是邱家宝贝女儿的“模范”丈夫变了，变得不听话，于是妻子开始想方设法惩罚他。开始是不让他逗女儿，她知道他喜欢女儿，可每当丈夫凑近女儿时，她都故意将女儿抱到一边，冷落他。而后是对丈夫进行性惩罚，要么是在丈夫精疲力竭回到家时，变着法子挑逗他，一次又一次，整夜整夜折腾他，用自己性感的身体和风骚的表现吸干榨尽丈夫的精气神，让其次日上班的时候没精打采昏昏欲睡，工作屡屡出错。要么是长时间对丈夫实施性冷淡，数十天甚至数个月不让丈夫碰，即便是在丈夫欲火烧身再三恳求的时候，她也像个烈女那样坚定不移坚贞不屈，直到丈夫一无所获，节节败退垂头丧气时，她才会心满意足，还高兴得像个疯子一样哈哈大笑。这种笑要放在过去，在秦俊峰看来会很可爱，可现在却慢慢地变得面目可憎。可恨的是妻子却并未因此罢休，时常在他加班之后，拖着疲惫不堪的身躯回到家时，还随心所欲地挖苦他、嘲讽他。甚至于到了后来，还怀疑他是否有了外遇，质问他是否打着加班的旗号到外面拈花惹草偷会小三。还逼他交出手机，每天动手查一遍他当天打过的电话、发过的短信，尽管每天都一无所获，却并未彻底消除她内心的怀疑。妻子的这种怀疑，也很快引起岳父岳母的警惕，为了调查秦俊峰加班的真假，邱必铮还特意找到当初秦俊峰求职时帮忙的朋友，让朋友询问当初关照过秦俊峰的那位公司副总，在得到确切的回答后，邱必铮夫妇和女儿这才都收回了怀疑的心。

即便如此，邱家也并未就此罢休。既然秦俊峰现阶段埋头工作，不断加班，顾不了家，那就让他把每月挣的钱都交出来。这样，既可以找回他不顾家的补偿，还能控制他的经济命脉，断了他在外面拈花惹草、耍花花肠子的邪念。不然邱家的宝贝女儿太吃亏了，反正邱家的宝贝女儿绝不能在女婿那里吃亏，难不成你秦俊峰在邱家白吃白住，邱家还要免费为你养孩子不成？邱家人越想越觉得不公平，越想越觉得秦俊峰亏欠邱家，越想越群情激昂义愤填膺。邱家三个大人时常在茶余饭后议论，最后形成共识，从本月起邱家的宝贝女儿向秦俊峰提出，让秦俊峰将工资卡交出来，由岳母掌控。

某天晚上，当妻子向秦俊峰提出来时，秦俊峰开始只是微微一愣，多少有些意外，还有些震惊。但他只是犹豫片刻，很快便将工资卡交到她的手里。如此顺利，让原本憋足了劲准备说服丈夫甚至准备好一番唇枪舌剑的妻子倍感意外，甚至感觉多少有些失落。从小任性霸道、好战惯了的她，多么想通过一番交锋之后才得到他的工资卡啊，那样她才能真正获得征服对手后的那种快感和满足。

只是秦俊峰早已心灰意冷，对于邱家宝贝女儿和自己的这段婚姻，他已经从当初的激动、幸福、满足和感激，变成眼下的麻木、厌烦、绝望乃至悲伤。如今的邱家对于他来说与其说是家，倒不如说是客栈，他只是每天在此借宿。终日忙碌的他每天一早出门，晚上疲惫而归，匆匆洗漱，倒头便睡，第二天一早醒来又匆匆赶路。在这个家里，他感觉自己已经是行尸走肉，整个人只是按照生活设定的程序，日复一日、月复一月，机械地运转着。他感觉不到亲情，也找不到与邱家人说话的欲望。甚至周末和节假日，他在邱家的处境也很尴尬，即便是单独面对妻子和女儿，他也像个外人，再也找不到从前那种亲密无间的温馨和感觉。而曾经让他尊敬和尊重过的岳父和岳母，他更是已经无话可说，他们在他的心目中已经变得越来越陌生了。可悲可叹的是，邱家竟然没有一个人顾及秦俊峰这种情绪的变化，更无法知道秦俊峰如今内心的这种感受，他们整天沉醉于有了孩子的欢欣和一家三代的天伦之乐之中。

直到一年之后，秦俊峰突然提出搬离邱家，邱家人才如梦初醒，一个个都瞪大眼睛，显然都被惊着了。秦俊峰却平静地对岳父岳母说：我已经在外面租了一处房子，是二居室，我想和妻子和女儿单独居住。

岳父听罢，反复眨着眼睛，像听天书一样，一头雾水，满脸狐疑，他一直怀疑自己刚才是不是听错了，以至于最后将求证的目光落在旁边的老伴身上。可此刻他的老伴也正像黑夜里被手电筒强光照射的青蛙，眼睛直愣愣的，发着呆，脑子仿佛也遭遇了死机，想说什么却什么也说不出来。只有他们的宝贝女儿、秦俊峰的妻子听懂了。

此刻妻子眼睛朝丈夫一凶，哼地挤出一口恶气，叉着腰质问：什么，你要在外边租房，还要将我和女儿带走？这事我怎么从来没听说过，你同我说过、同我爸我妈商量了吗？

秦俊峰审视着妻子，平静地说：是没有说过，因为以前要租的房子并未落实。现在落实了，我这就是正式向你们说。

邱必铮这回终于听清楚了，他立即反对：家里有现成的房子不住，你却要去外面租房，你是让钱烧的吧？租房多贵呀，租房一个月得要多少钱，你哪来的钱？

秦俊峰说：这您就甭管了，我反正不会要您的钱。秦俊峰之所以有这个底气，是因为近来他开发的产品不断取得进展，酬劳和奖金慢慢多起来了。这些酬劳和奖金当然不是打进他工资卡的，是打进他的另一个银行卡，每月的数额比他固有的工资还高出好几倍。

岳母说：哟——你的工资卡不是都上交到我手里了吗，你怎么还存有闲钱，敢情是背着我们一家人私设小金库啊？自打结婚以来，我们邱家让你住让你吃让你喝，还帮你养孩子，我们哪点对不住你啦？你的良心都丢哪里去了，咹？！

秦俊峰依然是一脸平静：您说的这些，我都记得，我谢谢你们啦！但那是特殊时期，因为没有房子，我们结婚后也就没办法独立居住。可现在有条件了，我们自己也已经有家有孩子，总得有独立生活的时候，我们总不能老赖在你们家白吃白喝吧？

秦俊峰说的这番话，肉中带刺，软中带硬，让岳父岳母如骨鲠喉，好半天答不上话。末了还是岳父率先回过神来，将探询和求助的目光投向宝贝女儿：宝贝，你怎么想，你愿意离开爸妈，跟他到外面租房子住？

宝贝女儿边哄着怀里的孩子，边质问自己的丈夫：你说得多轻巧！离开我爸我妈，咱们独立生活，这孩子谁带？丑话我可说在前，离开我爸我妈，这孩子我可带不了，要带你自己带！说完，她没好气地剜丈夫一眼，哼的一声，满脸不屑。

秦俊峰说：这个你放心，我早就安排好了。我爸我妈都已经退休，这两天他们就准备离开西安，到广州来居住，孩子也可以由我爸妈带。

这话像一把刀，仿佛将岳父和岳母剜着了。

岳母张牙舞爪，颤抖的手指头直逼秦俊峰，差点儿没抵到他的鼻尖：好哇，你这个没良心的混蛋，你居心不良，你们家早就计划好将我家的宝贝女儿、宝贝外孙女夺走是吧？我们家可就这么个宝贝女儿，也只有这么个宝贝外孙女，你居然还想夺走，你……你太恶毒啦！

岳父怒目圆睁，嘴边稀疏的几撇山羊胡不住地抖动着。他先是想冲女婿嚷嚷什么，转而却朝向自己的宝贝女儿：宝贝，他……他们家竟然早有预谋，想拆散咱们一家，想将你和女儿抢走。你说说，你同意吗？你到底是要你爸你妈，还是要跟他走？

此刻邱家的宝贝女儿已经被逼到墙角。一方面，从小就依赖父母、一直娇生惯养的她，当然离不开自己的爸妈，即便现在也是，虽然她已经年近三十，已经结婚生子，可她从小已经在爸妈身边生活惯了，依赖惯了，从来就是衣来伸手，饭来张口，要什么就有什么，缺什么爸妈就已经想到她的前头，总会在她最需要的时候不失时机地满足她。何况自打有了女儿，吃喝拉撒，洗洗涮涮，这所有杂七杂八的事爸爸妈妈全都包了，甚至连月嫂保姆都不肯请，倒不是因为怕花钱，而是因为怕外人照顾不周。毫不夸张地说，这些年爸妈的苦劳和功劳一样也不少，她怎么可能离开他们呢，要真的离开了自己可怎么活？可另一方面，她也不希望秦俊峰离开她的家，秦俊峰是她的初恋，与他也曾经爱得热血沸腾、天翻地覆。虽然自打结婚生子，她对秦俊峰的感情自然而然淡了，但毕竟还是夫妻，感情仍在。何况心理和生理仍需要他。假如离开秦俊峰，需要男人时她找谁呀？虽然她自小在家任性，可在感情上还是专一的，不像如今的一些同龄姐妹那样水性杨花、朝秦暮楚，甚至阅男人无数，她做不到像她的一些同龄人那样“不在乎天长地久，只在乎曾经拥有”。虽然婚后她与秦俊峰也磕磕绊绊，甚至打打闹闹，可从未想到要离开他。她从来就没有这么想过，更没有哪怕是一丝离开他的思想准备。可眼下，面对秦俊峰和自己父母剑拔弩张、相持不下的争执，她感觉到此生从未有过的纠结，她必须做出选择，这令她陷入了痛苦。这种痛苦反映到她的脸上，是刚才的愤怒已转化为困惑与纠结，她蹙着眉，苦着脸，看看爸爸，又看看妈妈，最后将哀求的目光落在丈夫秦俊峰脸上：为什么非得这样，为什么？为什么？咱们一家不是生活得好好的吗，我爸我妈这些年来整天忙忙碌碌，不是把咱们和孩子照顾得好好的吗，为什么非得离开他们？

这是秦俊峰这么多年，破天荒第一次看到妻子的这种眼神，这眼神已经少了以往的任性、娇嗔和傲慢，代之以疑惑、征询和恳求。只可惜秦俊峰去意已决，他对眼前的这个家已经毫无感情，要不是因为孩子，他早就不想回这个家了。所以面对妻子的这种目光，他还是平静地说：我已经想好了，也已经安排好了，过两天我爸我妈也会到广州来帮助照顾孩子。

岳父抢白道：这么大的事，你事先为什么不和我们商量？你以为不商量自己就可以随意安排吗？你眼里到底还有没有我们邱家人啦？

岳母又挥起手数落：哼。你以为你能了，想怎么的就怎么的？没门，我就是不让我女儿和外孙女离开，看你到底能怎么着？！说完，她一把从女儿怀里抱过外孙女，动作迅速，仿佛生怕秦俊峰要抢夺孩子似的。

秦俊峰却依然镇定，他不再解释与争辩，他只是脸朝妻子说：走不走，你自己定吧。反正我得走。他见妻子左右为难，不置可否，便径自进卧室收拾自己的衣服，拎起箱子头也不回地离开了。

他的身后，岳父和岳母仍然不依不饶。他们在宝贝女儿面前七嘴八舌，添油加醋，一件接一件数落着秦俊峰的不是，一句接一句地发泄着对秦俊峰的不满，异口同声地抱怨着当初怎么会瞎了眼找了秦俊峰这么个白眼狼来当女婿，真是让邱家倒了十八辈子的霉啦！眼见女儿没有回应，只是呆坐在沙发上默默抹泪，做父母的更是不肯罢休。

母亲说：你哭什么哭，别那么没出息。孩子不还在咱们手里吗，又不是让他抢走了。他姓秦的有本事就别再回来看他孩子，他要是来了咱也不让他看，气死他！

父亲说：姓秦的不就是一个西北佬吗，他连家都不在咱们广州本地呢，穷小子一个，有啥了不起？他一个毛头小伙，胡子都还没长呢，还牛逼哄哄的想干什么？依我看呐，从现在起你理都别理他，看他有啥大本事能从水盆里掀出风浪来。今天他真是太嚣张了，他必须找时间回来向咱们全家人认错。他要是不肯认错，你就同他离婚，你还年轻，要长相有长相要身材有身材，家又在广州，我就不信你还找不到一个比他秦俊峰强的！

毕竟从小依赖爸妈，经爸妈这么一劝，原本正六神无主的邱家宝贝女儿内心渐渐趋于平静，也已经有了主意。她决定听爸妈的，如果秦俊峰不认错，从今以后就不让他前来探望孩子。如果这样做还不能逼他就范，那就与他离婚，从此一刀两断。长这么大，她从来就是被娇惯、被宠着的，哪能受这么大的气、这么大的委屈啊，当然不行！她已经从心里打定主意，一定要逼秦俊峰就范、认错。

只是此后相当长的一段时间，秦俊峰的表现出乎她和她父母的意料。开始时他也给妻子打了几次电话、发了几次信息，劝妻子带孩子到他租住的房子一块儿生活，每次当然都遭到拒绝。后来也几次提出要见孩子，希望周末或节假日妻子能将孩子带出来，三口之家到公园或餐厅一块儿游玩聚会，依然遭到拒绝。邱家本以为，秦俊峰三番五次遭到这样的拒绝之后，会迫不得已低三下四回到邱家看望孩子，甚至是像邱家所期待的那样向邱家道歉认错，但事实上，秦俊峰一直杳无音讯，也了无踪影。

秦俊峰的这种表现进一步激起了邱家的愤怒。他们认为秦俊峰连自己的孩子都不要，简直是狼心狗肺，根本就不配当父亲，也不配当丈夫。如此长的时间，秦俊峰竟然毫无悔意，一错再错，已经无可救药。那天晚上，邱家人经过一番群情激愤的控诉与声讨，终于做出重大决定：限秦俊峰必须在一周内上门到邱家认错、道歉，否则邱家宝贝女儿就与他离婚。

当晚，邱家的最后通牒便由邱家的宝贝女儿以短信方式发给了秦俊峰。之后，他们天天等着对方的回复，却一直未见对方回音。直到两周之后，邱家的宝贝女儿才接到秦俊峰的回复短信，内容却是简短的几个字：同意离婚，何时办理请通知我。

这短信又一次大出邱家人的意料，但说出去的话，一如泼出去的水，怎么可能收回？尤其是对于邱家人来说，更不可能向他们心目中的一个穷小子、一个外地人让步。他们别无选择，只好迎头接招，继续应战。

一周之后，邱家的宝贝女儿在邱必铮的陪同下，来到管辖他们小区的当地民政所，与秦俊峰双双在离婚协议上签了字。秦俊峰同意女儿归邱家抚养，同时同意从离婚之日起每月为女儿支付法律规定的抚养费，直至女儿十八岁。签完字，他们各自拿着离婚协议书走出民政部门，瞬间竟然形同陌路，谁也不理谁便各自走了。

自此以后，秦俊峰与邱家的关系，只是每月定期将女儿的抚养费汇入前妻的账户。他也曾多次提出要见女儿，但每次都遭到前妻拒绝。气恼之时，他也赌气想到要中断给女儿汇抚养费，但冷静下来便未付诸实施。毕竟，女儿是自己的亲生骨肉，是自己生命血脉的延续，尽管前妻不让见女儿，但那不是女儿的错。女儿是无辜的。只要是孩子的父母，抚养孩子的事天经地义、理所当然。每月定期给女儿抚养费，他已别无他图，只求心安。内心深处，他还期待着女儿将来长大懂事之后，能排除邱家干扰，前来认他这个父亲。

星移斗转，时光像流水般缓缓流逝。

虽然生活在同一座城市，但邱家的宝贝女儿与秦俊峰之间，除了因孩子抚养费发生账户之间的唯一联系，其他情况，彼此都不闻不问。邱家的宝贝女儿，也不是没想过要找秦俊峰，尤其是在生理滋生欲望触发她想男人的时候，但每当萌生念头，她便遭到自己父母的训斥，指责她没骨气、没出息。她也不是没有想到过重新找一个男人，离婚后同事和朋友先后为她牵线搭桥，但都高不成、低不就，每次都无功而返、不了了之。作为少妇，虽然她青春不再，但风韵犹存，她所接触过的那几个男人并非没有对她动过心，可一听到她带着孩子，若与她结婚也必须住到她家与父母一起生活，男人便纷纷鸣金收兵，打消了继续交往的念头。经历过了这几次碰壁，邱家女儿心中的念头也如遭水泼的火焰，渐渐被浇灭了。

曾经沧海难为水。经历过与秦俊峰的离婚之痛，如今邱家的宝贝女儿对男人已经难以点燃真正的激情，对婚姻更不抱多大的希望。好在她有乖巧可爱的女儿，也有终日忙碌，一直围着她，宠爱她，对她呵护有加的父母。她内心深处对男人的渴望和对婚姻的期待，便被时光的流水日复一日、年复一年地冲淡了。

某天早晨，她像往日一样站在镜前梳妆打扮、涂脂抹粉时，忽然间发现自己眼袋松弛，眼睛两侧的鱼尾纹多了起来，面部的肌肉也松松垮垮，缺少了以往的光泽和弹性。原本茂密黑亮的一头秀发也已经钻出了好几根银丝。她瞬间如遭到电击，眼睛鼓鼓的，嘴张老大，整个身子忽然木了。她站在镜子前愣了好半天，内心忽然浮起一阵莫名的悲伤，潮水般溢满全身。当她感觉到自己青春不再、芳华已逝时，伴随她的是挥之不散的悲伤和恐惧……

多年之后的一个周六晚上，当邱家人吃完晚饭齐刷刷坐在客厅里的沙发上，观看每周必看的《幸福不会从天降》这个本市一直占据高收视率的电视节目时，本期的受访嘉宾一出场就让邱家人不约而同地震惊——

秦俊峰在漂亮女主持人的引导下健步走到观众面前，女主持春风满面地介绍说：观众朋友们晚上好，本期我们有幸邀请到商界创业精英、华神科技有限公司董事长秦俊峰先生，今晚他将为我们讲述自己的创业故事，同时讲他是如何追求理想和幸福的，让我们以热烈的掌声欢迎秦董事长的光临！

女主持人话音刚落，电视里现场的观众便爆发出热烈的掌声。

现场之外的邱家人，除了已满十岁的秦俊峰的亲生女儿，邱必铮夫妇及其芳华已逝的宝贝女儿，一个个仿佛都着了魔，屏住呼吸等待着秦俊峰的讲述。此刻的秦俊峰，早已不是先前当邱家女婿时的那个模样了。除了那张邱家人都熟悉的面孔，他比先前略胖，也成熟了。面对观众他从容不迫，谈笑风生，风度翩翩，言谈举止尽显成熟男人的魅力。从秦俊峰的讲述中，邱家人知道秦俊峰多年前已经离开最初的那家公司，与另几位年轻人合伙创办了一家科技公司，他们潜心研发的一种计算引擎，历经多个版本后成功推出一个命名为“速算”的集算器，有效提高了复杂结构化大数据计算的开发速度和运算效率，在一次全国性软件大会上，被誉为广东乃至华南地区大数据领域的创新产品，“速算”集算器近年已经被广泛运用于工业、商业、物流和旅游等各个领域之中。秦俊峰的华神科技有限公司目前风头正劲，效益喜人，发展前景被普遍看好，目前已经成为同行业中的佼佼者。当然，秦俊峰还谈了当初创业时的种种艰辛，谈了多年来人生中经历的艰辛和生活中的种种不如意，甚至还谈到他失败的婚姻以及他离婚后对自己女儿的强烈思念，谈到动情处，电视的特写镜头是他潮湿的眼睛和伤心的表情。不过秦俊峰一声苦笑，很快便镇定下来，恢复原先的从容。他说，好在这一切的艰难和不如意，自己一咬牙都一一顶住，也一步步走过来了。

此刻女主持不失时机，笑盈盈插话：是啊，秦总这几年创业、离婚，经历了种种艰辛和不如意，但古人说“宝剑锋从磨砺出，梅花香自苦寒来”。幸福不会从天降，美好生活等不来。这些年，秦总除了事业上取得了成功，大伙儿还想知道他如今的家庭生活是什么样吗？

现场的观众异口同声一起欢呼——想！

现场之外的邱家人，除秦俊峰那十岁的女儿正在自己的屋里埋头写作业外，邱家的三个大人的心一下都提到了嗓子眼。

女主持兴奋地说：好，现在我们有请秦总的夫人和孩子出场！

话音刚落，聚光灯便将一个年轻漂亮的女子和一个活泼可爱的孩子送到了台上，母子俩笑容可掬，频频向观众挥手致意，最后在秦俊峰身边的沙发上坐了下来……

电视节目还未结束，邱家宝贝女儿的屁股却像被火烫着了，她忽然从沙发上弹了起来，走到电视机前啪的一声关掉了电视，转身冲进自己的卧室。随着卧室房门咣的一声巨响，她将自己完完全全关在了屋里，继而一头栽倒在床上，失声痛哭。

凄厉的哭声此刻穿出邱家窗户，划破夜空，惊得小区附近的居民纷纷打开窗户，无数的长脖子举起大小不一、或男或女的脑袋，纷纷朝邱家这边探望。

【原载《芒种》2018年第9期】

陈志国的今生

马晓丽

一

陈志国是在天放亮时咽气的，当时只有我一个人守在身边。

前半夜，陈志国一直在嚎叫，声音凄厉而惨烈。我不忍卒听又束手无策，只能不停地抚摸他。陈志国趁势抓住我的弱点，以他一贯的顽劣秉性，不依不饶地死缠着不让我撒手。只要我的手在他身上，他就安静下来不吭气了，但只要手一离开，他立刻就开始大声嚎号，连一秒钟都不间隔。这样活活折腾了大半夜，就在我支撑不住眼看要崩溃了的时候，电话铃响了。

电话是女儿打来的。女儿与陈志国感情最深，听说陈志国情况不好，赶紧说明早一定赶回来，让我先替她把《金刚经》放在陈志国身边，再点上沉香。我虽历来对女儿这些七七八八的想头不以为然，但在今晚的情形下，还是一一照女儿的吩咐做了。我翻找出女儿的行头，先从素缎锦袋里取出《金刚经》，摆在陈志国的枕边，又从黑檀线香筒中拈出一支沉香，插入古铜莲花香座，然后小心点燃。沉香极细，缓缓地生出缥缈的烟线，及至半尺处才散开。少顷，便有淡雅飘逸的幽香在室内弥漫开来。轻呼浅吸之间，我渐觉耳畔清净，燥气渐消，内心平和……这才发觉陈志国已不知何时停止了喊叫，在经书和沉香的环绕中安静下来了。

我大概是迷糊了一会儿，半梦半醒间忽然被一种异样的感觉紧紧地攫住了。一身冷汗地惊醒过来，我赶紧先去看陈志国。果然不好，陈志国已经开始捯气儿了。慌乱中我瞥了一眼窗外，见天边已现微明，就大声地对陈志国说，陈志国你得挺住啊！天快要亮了，天一亮姐姐就回来了，你至少得等姐姐回来见上一面吧……陈志国竟然在我的呼唤声中睁开了眼睛，虽然我知道他其实什么也看不见，虽然此刻他眼中的光已经散了，聚不起来了，但他还是努力地大睁着……我心头不由得一酸，知道他这是在等我女儿，是想跟我女儿做最后的告别。可惜无常不待，上天不肯给陈志国这个机会了。我眼睁睁地看着陈志国的呼吸变得越来越慢，越来越浅……终于，他似有不甘地长长地吐出了最后一口气。

几乎同时电话进来了，女儿的声音在暗夜里突兀地冒了出来，妈，刚刚我梦见陈志国了……心跳似乎骤停了片刻，接着我就听见了自己急促的呼吸声。女儿的嗓音有些暗哑，说，妈，我梦见陈志国躺在床上，变成了一个穿黑衣黑裤的小老头。我问陈志国，你是不是要离开我了？他不吭声。我又问他，你为什么要离开我，是因为我没有照顾好你吗？他还是不吭声。我就哭了，对他说，如果不是因为我，如果你不怨我，那你就抱抱我好吗？他躺在那里动不了，就使劲儿伸长胳膊来抱我，我赶快俯下身子让他抱，结果，突然间就醒了……妈……女儿迟疑着带出了哭腔问，陈志国……是不是……走了？

二

刚知道他的大名叫陈志国时，我和女儿忍不住哈哈大笑，没想到他这么个小小的家伙，竟然叫了这么个有抱负的名字。女儿乐不可支地说，我终于明白为什么会有大而无当和名不副实这两个词了。按说，上户口时我们有权给他更名。但我和女儿一致认为，他这个大名太棒了！巨大的反差使这个名字极具喜感，俗得格外脱俗。再说了，我们也得替陈志国着想不是？他已经习惯了这个名字，习惯别人这样叫他了，改名还得重新适应。所以上户口时我们就没给他更名，还是让他继续沿用陈志国这个很有抱负的大名。对此，陈志国虽然没机会发表意见，但我相信他在心里是赞许的。

说实话，把陈志国领进这个家门后没有多久，我就开始后悔了。因为我发现陈志国除了长得漂亮，没有第二条优点。陈志国真是漂亮，他是那种醒目亮眼、瞬间吸睛、立刻就能把人拿住的漂亮。我就是这样被他拿住的。我无论带陈志国去哪儿，他都会吸引众多的目光，像明星一样被围观、被赞美，甚至被要求拥抱、抚摸。只是陈志国很老土，自己丝毫没有明星意识，对他人的热情不仅从不买账，反而还心怀敌意，永远都是一副上不了台面的小家子相。但这还算不得什么，最令我感到难堪的是，常常在别人对他示好时，他会因自己被无端骚扰而不厌其烦，冷不防就突然翻脸大发脾气，弄得人家自讨没趣不说，我自然更是满脸尴尬下不来台。我承认，我这人有点爱虚荣的毛病。正常情况下虚荣点不算大毛病，不幸的是我的虚荣偏巧和陈志国的漂亮碰上了，两下这么一对撞，必然造成大脑短路，而大脑短路的直接后果就是智商归零。这是丈夫对我为什么会产生冲动，为什么会不计后果地抱养这个满身毛病、一肚子坏心眼儿的小家伙给出的解释。丈夫说得没错，我是活该，活该为自己的虚荣买单。

陈志国进家的第一天就跟我杠上了。之前，我满怀爱心地给陈志国买了一张小床，为了让他温暖安心，还很大度地把小床抬进我们两口子的卧室，放在大床的旁边。没想到陈志国根本不领情，人家不稀罕小床，坚决要求上大床睡觉。我抱他上小床，他浑身乱扭两腿直蹬。刚把他放到小床上，他就一骨碌跳下来迅速爬到大床上了。我说，陈志国同学，让你睡在我们的卧室就已经是对你格外开恩特别关照了，你总不能得寸进尺蹬鼻子上脸吧？陈志国不吭气，翻出两只大黑眼珠子不服气地瞪着我。我看着好笑，说，陈志国，你别跟我摆出一副闹平等争地位的架势，你以为你是谁？就凭你还想鸠占鹊巢呀？陈志国虽然听不懂，但知道我这不是什么好话，就使劲儿哼着鼻子表示不服。我见劝说无效，干脆强制性地把他往小床上抱，结果他故伎重演又一溜烟儿跑回大床，索性缩到床角不让我碰他了。

我和陈志国一时僵在那里，互相对视了好一会儿。仔细打量陈志国，我发现他的目光里有一种蛮横的固执，是那种缺乏教养的蛮横和无理性的固执，心里不由得咯噔了一下，明白我这下是碰上难弄的家伙了。不过没关系，我想，再难弄也不过就是个小家伙，只要用点心迟早能把他教化过来的。我决定先让陈志国一码，倒不是慑于他的蛮横，而是因为我看出了他蛮横背后的故作强大，看出了他蛮横下掩饰的不安。我受不了他那惊兮兮的小眼神儿，那种弱小面对强权的无助和不甘让我看着心疼。我心一软，就决定先让他在大床上睡一晚。

坏就坏在这个心一软上了，想来这世上许多的失守，往往都是从心一软开始的。我这里心一软，陈志国那里的气势自然就长了一大截。自从那晚之后，陈志国理所当然地登堂入室，干脆就此赖在大床上再也不肯回小床睡觉了。且不说我丈夫是否愿意，我自己也无法容忍陈志国长期与我们同床共眠呀。我先采取迂回办法，把他哄睡了之后，再偷偷放进小床。但是没用，无论何时我从睡梦中醒来，都会发现小床是空的。陈志国早就偷偷地爬回到大床上，心安理得地挤在我俩中间睡了。为把他弄回小床我伤透了脑筋，说服教育没用，强制措施无果，我屡次忍不住朝他发脾气，不顾形象很没素质地大喊大叫。但是，都没用，他就是不睡小床，就是要睡大床。按我丈夫的说法，陈志国是打定主意要在我俩之间插足，立志挑战他这个户主的地位了。

我让丈夫帮我一起管管陈志国，丈夫把脸埋在书里假装没听见。我绕到丈夫身后，先故作惊讶状，说，你在看纪伯伦呀？然后又格外关切地问，你看到那篇《我曾经七次鄙视自己的灵魂》了吗？第三次是什么来着，我有点记不清了。第三次……对，是在困难和容易之间，我选择了容易。对吧？我笑嘻嘻挑衅地望着丈夫。丈夫抬眼看着我，淡定地夸奖道，记性不错嘛，往下背呀，接着背第四次，第四次是什么？怎么不背了？我使劲儿白了丈夫一眼。丈夫乐了，说，好吧，那我给你背。第四次，我犯了错，却借由别人也会犯错来宽慰自己……真没劲！我赶紧扭头走了。

我心里明白丈夫为什么不肯帮我，他虽然在我和女儿的合力劝说下同意抱养陈志国了，但心里并不情愿。好吧，不帮就算了。我放话给丈夫，你看着，没有你我自己也能把陈志国搞定！只是放这话时，我怎么也没有料到，我得与陈志国进行一场长期的、曲折的、艰苦卓绝的斗争。我更没有料到的是，在这场不对等的较量中，在我大他小、我强他弱的绝对优势下，最终举手投降的居然是我。在陈志国面前，我整个就是一现代版的黔驴，先技穷，后放弃。没法不放弃，陈志国太轴了。我发现这家伙不是不撞南墙不回头的问题，而是撞到南墙也不回头，不把南墙撞个窟窿不罢休！这货，我斗不过。

三

女儿对陈志国宠得没边，什么都尽着他让着他，话里话外还常捎带出嫌我教育陈志国的方法不当态度不好的意思，纯属站着说话不嫌腰疼。结果可倒好，没过多久，陈志国就让女儿尝到了厉害。

那天女儿练毛笔字，我站在一旁跟她闲聊。陈志国跑过来非要挤到我俩中间。开始我俩谁都没太在意，边给他让地方边继续聊天。女儿正在抄心经，问我怎么才能心无挂碍？她抄经书起初本是为了练书法的，没想到竟看进去了。我说，这我可说不好，我只大概翻过几本佛学方面的书，里面所讲道理大体离不开个“空”字吧。女儿说，那你能不能告诉我，怎么能“空”？我说，无受想行识，无眼耳鼻舌身意，无色声香味触法……女儿笑着打断我说，好了好了，别背了，我就是想知道，既然天生赋予了人的感知能力，怎么能想无就无了呢？我说，我还想知道呢，我也想“不取于相，如如不动”，可惜……正说着呢，陈志国不知怎么就来了脾气，突然扑到我女儿身上大喊大叫连踢带打，还没等我反应过来，女儿的手臂上已经挂彩了。我冲上前把陈志国拉开，说，陈志国你疯了你要干什么？陈志国挣扎着还要往前上。我气急败坏地吓唬他，再敢撒野信不信我把你给扔出去！陈志国这才耷拉头了。可气的是，女儿惊魂未定还在一边替陈志国开脱，一个劲儿地劝我说，算了算了，他又不懂事。我一股余火撒向女儿，说知道他不懂事你还不赶紧躲开？女儿看了我一眼，边抚弄手臂上的血道子边回了一句，不取于相，如如不动嘛。她倒会歪用！我哭笑不得顿时没了脾气。

过后，我和女儿百思不解，陈志国为什么会无缘无故地大发脾气？陈志国当然不会告诉我们，他还不具备解释自己行为的能力。仔细回想，似乎每次我和女儿坐在一起，陈志国都要挤在我俩中间，我和女儿之间越亲热他就越不高兴，只不过这次的反应更强烈些。这么说来，陈志国是不是嫉妒我和女儿之间的关系？是不是在与我女儿争宠呢？不会吧？就凭陈志国那个小样儿，他能懂得嫉妒？他能知道争宠？我和女儿面面相觑，都觉得这个推断不怎么靠谱。丈夫悠悠地适时插了一句，你们不要低估了陈志国的智商。好吧，我和女儿说，那咱们就试探他一下。

翌日，我和女儿故意并排坐在沙发上看电视。陈志国果然又急切地跑过来，硬要挤在我俩中间。我们故意紧挨在一起不给他让地方，想让他知难而退。他偏不，干脆就坐在我俩挨在一起的腿上。坐在两个人的腿上本来就不得劲儿，我俩还故意晃动让他坐不安稳。但不管多不舒服，陈志国都“如如不动”，竭力保持这种离间我俩的姿态，以显示他绝不退却的决心。我和女儿会意地相视一笑，开始夸张地表示亲热。我刚搂住女儿的肩膀，就发现陈志国的大黑眼珠子瞪了起来，警觉地看着我的举动。随着我对女儿态度的升温，陈志国的情绪越来越激动，终于忍无可忍地大叫起来。早有准备的女儿此刻迅速跳开，这才避免了又一次流血事件。这下没什么可说的了，事实证明陈志国果然是人小鬼大。他在我和丈夫之间插足，争得了上大床睡觉的权利之后，又开始在我和女儿之间插足与我女儿争宠，一步步强化自己在这个家庭的地位。看来，我还真是低估了陈志国的智商了。

在我调高对陈志国智商评分的同时，我对他品行的评分却越来越低了。陈志国有太多令人难以容忍的臭毛病。比如，他脾气暴躁，说不定会在什么时候为什么事发飙，而且特别不知好歹，发起飙来六亲不认，逮谁冲谁去；比如，他不会讨人喜欢，主观意志极强，从不完全依附于谁，也从不肯屈就任何人任何事；再比如，他绝不接受教诲，你冲他喊，他就冲你喊，你厉害他比你还厉害，不管自己错没错都决不服软；又比如，他特别多疑，整天瞪着两个大黑眼珠子警觉身边的人和事，常误解别人的好意，你这边正为他好呢，他那边却看成了满眼的驴肝肺，以为你要把他怎么样了呢。平心而论，跟陈志国相处真不是件容易的事儿。被陈志国气急了的时候，我常常忍不住指着鼻子数落他，说我真是奇了怪了，你难道就是传说中的集缺点毛病之大成吗？怎么除了长得漂亮，在你身上就找不到第二条优点呢？尽管，我知道怎么说他都没丁点儿用，陈志国根本不在乎我对他的看法，根本不可能因为我的不满而有一点向好的改变。但手里捧着陈志国这么一块烫山芋，我扔不得又打不得，烫狠了喊几嗓子总可以吧？再说了，我这么说话虽然不太厚道，但基本还是符合实际情况的，时至今日我还是坚决地认为，“除了长得漂亮没第二条优点”，这是对陈志国最精准的评价。

四

其实，我也不是一点不理解陈志国。以他那样卑微的出身，一下子进入这样一个完全不同的环境，心里肯定会紧张。何况陈志国的心气又那么高，那么在意是不是跟别人一样平等，那么急于确立自己在这个家庭中的地位，内心当然就格外地焦虑、格外地敏感，生怕自己受到了什么伤害。所以他才会时时防范他人，处处出头为自己争，稍不如意就反应过激，认为自己受到了不公正待遇，结果自然会情绪失控，露出他缺少教养的本来面目。

但理解归理解，理解只是一种理智控制下的态度，并非理解了就能接受了，理解了就能相容了。我最不喜欢“理解万岁”这句话，太麻人倒在其次，关键是太不真实。谁能真正理解谁呀？以我的体会，“感同身受”这个词语压根儿就是编出来糊弄人的，这个世界上根本就不存在感同身受这回事儿。请问，没有感同身受，哪来真正的理解？所以，我再理解陈志国，也消受不了他。

陈志国实在是太缠人，太能祸害人了。我只要出门，陈志国就要求我带他出去，不带他就闹。每次，我都得千方百计地摆脱他的纠缠，才能出得了家门。而且每次，当我关上家门的那一刻，准会听到他在门里放声大哭。最令人难以忍受的是，他哭够了就开始活动小坏心眼儿，变着法地想辙发泄。陈志国的发泄主要是以排泄物为工具，他特别知道如何利用不同的排泄物，在不同的地方制造出雷人的效果。他会故意在客厅地毯中间的那朵花上拉一泡屎，让我一进家门心里就堵得慌；他会不嫌费劲炫技般把尿撒进沙发缝里，让我到处乱转找不到源头除不掉骚臭味；他还常把桌面上的东西划拉到地上，往上面尽情淋尿……如此种种，不一而足。真可谓恶行累累，罄竹难书。最过分的一次，我是循着臭味在浴缸里找到他的。他居然在浴缸里拉了泡屎，然后把洗浴的瓶瓶罐罐通通扔了进去，自己就势坐在里面打屁屁腻玩儿呢。当时我差点气晕了，疯了似的把臭烘烘的陈志国拎出来，像个物件一样按在喷头下使劲冲，冲得他连连呛水直打喷嚏。就这，他也不肯老实，还在喷头下大喊大叫拼命挣扎，气得我连拍了他好几巴掌。

这次我是真的后悔了，后悔自己浅薄虚荣，只看颜值不问品行，一时冲动抱养了这个陈志国。当初我先生就曾拿话激我，说，你可想好了别后悔呀。我当时很嘴硬，说我肯定不会后悔的，结果这才没过多久我就把肠子都悔青了。整个那一晚上，我都没搭理陈志国，一直都在想是不是应该趁早把陈志国送回去？令我诧异的是，陈志国竟也没像惯常那样来黏我，一晚上都离我远远的，自作孤独状。乖乖，这倒勾起我的好奇心了，难不成陈志国也会赌气？我还真不信这小家伙能有这么深的道行。我得试试他是不是真的会跟我赌气，就灵机一动抓了把瓜子，边嗑瓜子边观察他的反应。陈志国特别喜欢吃瓜子，只是他不会嗑，得仰仗我。往常只要我一嗑瓜子，他第一时间就会凑上来跟我要，我自己嗑一个，就得给他嗑两个。以我对他的了解，他绝对抵御不了瓜子的诱惑。果然，我刚嗑第一个瓜子，陈志国就发觉了，他像往常一样兴奋地抬头看着我手里的瓜子，立刻就起身往这边来了。我不免有些失望，看来我还是高估陈志国了，这小家伙怎么会跟我赌气，他不可能有那么成熟的情感表达，不可能有那么深的心机嘛。但就在这时，我惊讶地看到陈志国停住了脚步，他似乎是突然想起了我俩正在赌气，拿不准此时过来是不是合适。我看到陈志国的大黑眼珠子骨碌骨碌地转了几下，逐渐暗淡下来，随后就怏怏地退了回去，把头别到一边不再朝我这边看了。我得承认，陈志国这一连串的表现着实把我给惊到了，也把我给逗乐了。心念瞬间大变，我一把把陈志国搂进怀里，给他磕了一大把瓜子。

心念，大概是这世上最难捉摸，最难约束，最易变的劳什子了，尤其是我这么随性的一个人。抱回陈志国的时候，我以为能接受他的一切，但很快就后悔了。当我动了放弃他的念头后，陈志国只稍稍表示出一点与众不同的个性，立刻就搔到了我的痒痒筋，让我改变了主意。这回是连我丈夫都对我失去了信心，认为陈志国这么恶劣的行为我都能接受，此后肯定不会再变了。结果呢，说出来连我自己都觉得难为情，事实上没过多久我就又改了主意，真把陈志国给送走了。

起因是我们全家要去三峡旅游。起初，只是因为不方便带陈志国，就托朋友找他亲戚帮忙照看几天。结果朋友说他亲戚一见陈志国就喜欢得不得了，表达出强烈的收养陈志国的愿望。我就动心了，见那家条件很好，又有朋友这层关系，就决定干脆把陈志国转给他收养算了。我知道这事在丈夫那里自然不成问题，但女儿肯定不会答应，所以暂时没告诉女儿，只说是送去让人家帮忙照看几日。反正回来这事已既成事实，女儿闹也闹不到哪儿去了。

临行的前一天，我们全家一起隆重地把陈志国送了过去。陈志国的所有个人生活用品和玩具我们都带去了，还给陈志国买了一大堆他喜欢吃的各种零食。毕竟相处了这么久，一下子分开我心里还真不是个滋味，幸好有出行前的忙乱和对旅游的憧憬，把浓稠的别绪冲淡了许多。陈志国毕竟太小，从头至尾不明就里，直到我们离开也没出现任何过激的情绪和表达。这虽多少令我有些失落，但也让我离开得更安心，不仅减轻了内心的愧疚，还暗自生出了些许解脱后的轻松感。

五

第一次在江轮上赏月，天上悬挂的竟是一轮残月。此刻正是月亮最尴尬的日子，早几日是弯月，美；晚几日是满月，亮；都好过此时的半圆不圆半明不明。我怎么看那个月亮都像是切滑了刀的萝卜片，一边薄一边厚，薄的那面残缺着，哪里有什么古人咏叹的“江月随人处处圆”啊？正心绪烦乱间，就听见女儿对着半片残月忧心忡忡地问了句，你们说，陈志国现在干什么呢？

我和丈夫对视了一眼，大家一时都无话了。

陈志国把我们给闹着了，谁能想到陈志国会像甩不掉的影子似的，活活地跟了我们一路。从出发的那一天开始，我们动不动就会提起陈志国，一会儿担心他不适应那个新环境，一会儿又担心他一身毛病遭人家嫌弃。几乎每一天，我们都会情不自禁地讲到陈志国，想起他的各种糗事和乐事。我们好像一下子记起了陈志国的种种好，突然发现陈志国居然还是有很多的优点的。

陈志国不仅漂亮还特别聪明，几乎什么都瞒不住他。起初，我们在他面前说话无所顾忌，以为反正他也听不懂，后来才发现他其实什么都能听懂。你在这边刚说要出门，他就在那边开始闹了，执着地央求你带他走。弄得我们谁都不敢在家里说“出去”“走”“外面”这类词，需要时也只能打手势互相告知。但这也不行，陈志国会观察，他能看出谁要出去。你什么也不用说，只要一动外衣他就知道你要出门了，然后就跑过来黏住你，让你难以摆脱。出门前与陈志国斗法，成了我们每日温习的家庭游戏，虽增添了小烦恼，也带来了许多的生活乐趣。

陈志国的感觉极好。他能准确地分辨出人与人之间的关系，不仅分得清家里人的辈分远近，连家人对外人的心态也能觉察出来。有一次，丈夫的一位旧同事突然到家里来。因此人品行不端还曾坑骗过我丈夫，我心里非常不喜欢他。但人家登门拜访我没理由拒绝，只好请这人进来了。结果，从这人迈进我家门，陈志国就一反常态地开始发飙，毫无缘由地朝着人家不停地喊，使劲儿地闹，怎么劝都劝不住，越拦越往上拱。弄得那人十分尴尬，实在待不下去，没坐几分钟就匆匆告辞了。关键是人家前脚刚走，陈志国后脚立马就消停下来了，连过渡段都没有。再看陈志国，表情那叫一个安逸，就像什么事都没发生过一样。当时我和丈夫面面相觑，心想真是奇了怪了，难道这家伙还会读心术不成？

陈志国最大的优点就是肯于承认错误，并且态度特别诚恳。只要他认为真是自己的错，就会不停地向你作揖道歉，直到你松口原谅他。陈志国作揖的样子极其可爱，两条小细腿抖抖地直立着，大黑眼珠子无辜地望着你，双手抱拳不停地拜呀拜，拜得你心都化了，无论多大的气也得消了。记得有一次，陈志国使性子不小心把我的手弄破了，他当时就惭愧得不行，长时间地给我作揖道歉。事后，在整整一个多星期的时间里，我只要一指受过伤的那只手，一句话都不用说，陈志国立刻就会满脸愧疚地拼命地给我作揖，态度那叫一个诚恳。

陈志国也不是一点不会讨好人，只是不善言辞，或是过于自尊，过于想跟别人拉平，所以才影响了情感的表达。我能感受得到，陈志国在内心里其实是跟人很亲近的。他喜欢悄悄地依偎在别人身边，并且一定要贴紧身体。每当他这样依偎着我的时候，眼神儿里都会流露出一种无条件的信赖和心满意足的温情。那小眼神儿瞬间就能把人融化，让你的心变得暖暖的、软软的。

可惜陈志国不总这么乖，我长叹了一声说，不然他还是挺招人疼爱的。

丈夫瞥了我一眼故意背诵道："《我曾七次鄙视自己的灵魂》的第二次是，当我在空虚时，用爱欲来填充。"

我脸腾地一下红了，说，你怎么能这么说呢？

丈夫笑道，如果不是临时用爱欲来填充，你怎么会轻易放弃他了呢？

我有些不高兴了，说，你这人怎么这样？你又不是不知道陈志国多能作，不是不知道我在他身上下了多少功夫，为他付出了多少！

所以，丈夫得意地说，这就是纪伯伦第三次鄙视自己灵魂的原因——在困难和容易之间，我选择了容易。

这下我生气了，悻悻地指责丈夫说，如果你肯帮我一把，我能放弃陈志国吗？

第四次，我犯了错，却借由别人也会犯错来宽慰自己。丈夫边继续背诵，边乐得不行，说，你能不能别这么配合我？见我真生气了，就伸手搂住我的肩膀说，其实七次鄙视自己的灵魂不只适用于你，也适用于我，谁的灵魂都有可鄙视的地方，何况你我，何止七次。丈夫忽然问，你有没有觉得陈志国对自己的出身太敏感太介意了？

我说，是，我总有一种感觉，他摆脱自身阶层的意识好像特别强烈。

这就是了，所以他才那么敏感易怒，那么有攻击性。丈夫沉吟着说，第五次，我自由软弱，却把它认为是生命的坚韧。这句适用于陈志国。

六

旅行回来的第二天，我们赶紧去看陈志国。我给陈志国买了一大堆他喜欢吃的东西和他爱玩的玩具，想象着陈志国看见我们还不得乐疯了。但是，我们愣是没有见到陈志国。明明事先在电话里约好了的，到了那家门口却发现锁了门，家里一个人都没有。再打电话联系，那家人说孩子奶奶家里有急事，他们临时决定带着陈志国一起去了，估计得过几天才能回来。

我感觉特别不好，总觉得这里面有什么不太对头，就给劝我送走陈志国的那个朋友打电话询问。朋友大包大揽地说，没事没事你放心，我给你盯着，他们一回来我立刻就告诉你。我这才稍稍放下心来。但是，两天之后再打电话，朋友的口气就变了，全然没有了之前的爽快劲儿，说话含含糊糊躲躲闪闪，态度令人生疑。我急了，就每天打电话找这个朋友，执意要求去孩子奶奶家看陈志国。被我磨得受不了，朋友终于说出了实情，原来那家人嫌陈志国毛病太多，竟然把陈志国送人了，而且是送到了偏远的乡下！

还没等放下电话，我就哭了出来。开始还克制着不想哭出声，但恰巧丈夫此时回来了。我一见丈夫就再也憋不住了，冲着他放声大哭，鼻涕眼泪抹了他一身。我哭着说，我自私我不负责任我混蛋我鄙视自己。我说，我对不起陈志国，不该把陈志国送人。我边哭边使劲儿地跺着脚，说，不管费多大劲我也要把陈志国找回来，否则我一辈子都不得安生！丈夫被我这副模样吓坏了，他从没见过我如此失态，如此疯魔，赶紧一迭声地答应我。丈夫说，你放心，我一定会尽快找到陈志国的，无论付多大代价也得把他要回来。丈夫说，我答应你，这次把陈志国要回来，我会跟你一起照顾他，不会再让他离开我们了。

找陈志国的过程并不曲折，但很煎熬。首先得装孙子，尽管我心里对那家人气得要命，也不敢有丝毫言语上的冲撞，还得耐着性子说好话，求人家把陈志国的去处告诉我。钱是当然要给的，不然你再恳求人家也不会答应。那真是一段揪心的日子，这颗心就像是被悬挂在了半空中，人家的口风活动一点，我的心就会往下落一落；人家的口风一收紧，我的心就又提了起来，别提有多折磨人了。但我不怨人家，我活该，谁让我做出这种事情呢？这是我该受的，我得认。

拿到地址的当天，我们立刻驱车赶往乡下。至今，我还清楚地记得辗转找到那个农家小院时的情景。大门紧锁着，家里没有人，我从门缝向里面张望，在一群鸡鸭鹅狗中间，看见了独自缩在角落里的陈志国。我激动地大喊：陈志国！陈志国！陈志国先是愣了一下，然后突然像发炮弹似的弹射过来，咣当一声撞在了门上。紧接着，陈志国就开始疯狂地往门上冲撞，在门上抓挠，拼命想要出来。我们俩隔门相望，我一声一声地叫，他一次一次地冲撞。陈志国见实在撞不开门，又想从门下面的缝隙往外钻。我见那缝隙太小，就拼命想阻止他。但此时，陈志国已经什么都不顾了，他一意孤行死劲从缝隙里往外挤，一下子把自己卡在了门下面，卡得他手脚乱扑腾。我惊叫了一声，冲上去不顾一切地用手扒土。幸亏大门下面是土地，陈志国才有可能钻出来，但他太急切了，到底还是生生地把后背蹭掉了一层皮。一钻出来，陈志国就扑向我的怀里，我一把抱起陈志国，眼泪哗哗地往下流。陈志国倒没哭，他只是非常非常紧张，两只小手紧紧地抓住我，一副誓死也不会再松手的架势。才半个月不见，陈志国就变得又瘦又脏。我摸着他瘦骨嶙峋的小身子骨，心疼地一个劲儿地对他说，对不起，对不起，对不起……

那户女主人回来了，一看到我们，呱嗒一下就把脸子撂了下来。我紧紧地抱着陈志国，就像个被老师训斥的学生家长一样，听她恶声恶气地数落。数落陈志国如何没有规矩，总闹着要上大床睡觉；数落陈志国如何不知好歹，她家小妹对他那么好，他还跟小妹耍脾气伤小妹；数落陈志国居然吃火腿肠！她愤愤不平地说，我家小妹都吃不上火腿肠，凭什么给他吃？数落到这里，女主人突然动了气，恨恨地甩了一下手说，你们赶紧给领走吧，这货咱可养不起！一听这话，我就得了赦令般，抱着陈志国头也不回地撒腿就跑，一直钻进了车里。往回走的一路上，陈志国都缩在我怀里，惊恐地瞪着大眼睛，两只手紧紧地抓住我。他真是被吓坏了，生怕我会再把他丢掉，再不要他了。

七

陈志国变了。

至今，我也不知道陈志国在离开我们的那段日子里都经历过什么，但我能感觉到他一定承受了非常痛苦的磨难，否则，在这么短的时间里，他不会发生这么大的变化。

刚回家的那天，为了使他感到温暖，为了满足他的心愿，洗完澡后我特地把他抱到了大床上，让他在我们身边睡觉。我知道上大床睡觉一直是他孜孜以求的，这应该是对他最好的补偿。令我没有想到的是，我刚把陈志国放到床上，他就像被烫到了似的跳起来，一下跳到了地上。我问陈志国这是怎么了？陈志国不解释，就是死活不肯上床。我蹲下身狐疑地打量陈志国，一看到他那满眼的惊恐我就明白了，陈志国肯定是被人痛打过，而且就是因为他想上床睡觉。陈志国这是被打怕了，认屃了。如同利器在心尖划过，心突然缩成了一团，疼得我眼泪噼里啪啦地直往下掉。陈志国会认屃？我不相信陈志国会认屃，我一把把陈志国揽进怀里，嘴里不停地说：没事的没事的，咱这不是回家了吗？过几天就好了，过几天你就又会跟我要小坏心眼儿了，又会跟我要坏脾气了，又要跟我闹着上床睡觉了……但我错了，陈志国从此以后就再也没上大床睡过觉，无论我怎么安抚怎么哄劝都没用。我知道陈志国这是真的怕了，怕到骨头里了。我实在无法想象，凭陈志国那副不服软的死硬脾气，凭陈志国那副不畏强权的刚烈秉性，得使出怎样的暴力手段，才能把他吓成这个样子，修理成这副模样啊！说实话，我都不敢往深里想。

回来的第二天我就发现，陈志国走路的架势也变了。过去陈志国在家里是爷，从来都是我行我素、横冲直撞的。现在陈志国却成了个小媳妇，整天蹑手蹑脚地溜着墙根走，小心翼翼生怕碍着别人的事。陈志国已经不再相信任何人了，无论谁跟他打招呼，他都会先退一步跟你拉开距离，眼睛警觉地盯着你，摆出一副随时准备落荒而逃的架势。那副惊兮兮的小模样，令人看着无比心酸。

陈志国还有个变化，就是吃饭省心了。陈志国以前从来不好好吃饭，挑食得很，每顿饭都得哄半天，一副气死你的少爷派头。现在可倒好，给多少吃多少，餐餐盆光碗净。自从他回来以后，家里就屡次出现一种怪现象。常常不知从什么地方散发出一股不好闻的味道。仔细搜寻，就会在地毯下面或者花盆后面等犄角旮旯，翻出一些腐败了的食物。有时是一块饼，有时是一撮菜，有时是一根骨头或一片肉。不用问，自然都是陈志国干的。可我就不明白了，天天好吃好喝从不亏他的嘴，他藏这些东西干吗？经过仔细观察我发现，他竟然只藏不吃。于是我猜测，很可能陈志国是在离家的这段日子里，有一顿没一顿的饿怕了，所以学会了给自己储存食物，养成了偷藏东西的习惯。

不信你摸摸他瘦得不成样子的小身子骨，所有骨头都顶着皮尖出来了，摸着扎手、扎心。

但变化最大的还是陈志国的眼神。过去，陈志国的大黑眼珠子明亮清澈，坦荡放肆，从不回避躲闪。现在陈志国的眼珠子虽然还是那么大，还是那么黑，但目光中显然缺少了生气。我发现他的一只眼球有些浑浊，医生说应该是受过外伤。我求医生给他治疗，医生却说太晚了治也没用了，还说这只眼睛很快就会失明。医生的话音还没落，我抱起陈志国掉头就跑。我恨那个医生，恨他那张无所顾忌的嘴，我不接受他的诅咒！就在我马上就要跑出大门的时候，医生又在后面追了一句，说，陈志国那只好眼睛也会受到连带影响，以后也会发病也会失明。我疯了一般破门而出，头也不回地逃离了那里。我不要听！我不相信陈志国会失明！我不接受！但不管我接受还是不接受，事实上，后来那个医生的话都不幸言中了。先是陈志国受伤的那只眼睛逐渐失明了。一年之后，另一只眼睛果然受到了连带影响，发病之后也失明了。

双目失明的那一年，陈志国六岁。据说，按照他那个族群的计算方法，一年等于七岁。这样算起来，陈志国应该是四十二岁。

四十二岁，正是最好的年纪。

八

双目失明之后，与陈志国相处就变得容易多了。最明显的就是出门前没那么紧张了，反正他看不见，只要不说出那几个词，只要别弄出太大的动静，尽可以当着他的面堂而皇之地溜出门去。陈志国显得很无奈，他常常警觉到有人要出门，紧张地竖起耳朵，捕捉每一点能判断情况的声音，但往往是在被关门声惊吓到之后，才知道有人出去了。每当这时，陈志国都会扭头朝着发出声响的方向，瞪着两只美丽的但什么也看不见的大眼睛，落寞地久久凝望。即便他提前听出了我要出门，跑来抱拳作揖求我带他出去，也常常弄错了方向。我明明在这面，他却面向另一面，两条小细腿抖抖地直立起来，瞪着两只无神的大眼睛使劲地向上仰起脸，双手抱拳久久地作揖……我不明白，陈志国为什么还是那么向往外面的世界，向往外面那个给他带来无可挽回的伤害的世界。

劝我送走陈志国的朋友来向我道歉，在我面前大骂他的亲戚。说他其实跟这亲戚的关系并不好，这亲戚自恃社会地位高，历来瞧不起低于自己社会阶层的人，把亲戚都分成三六九等来对待。朋友悻悻地说，我早就该想到，像他这种对人都没有平等意识的人，怎么可能善待陈志国呢！我什么也没说，我说不出话了，我忽然觉得朋友的字字句句好像都是冲我来的。我抬头看向丈夫，发现丈夫的脸上竟也有了囧意。我知道丈夫一定和我一样，都想起了纪伯伦第六次鄙视自己灵魂的原因——当我鄙夷一张丑恶的嘴脸时，却不知那正是自己面具中的一副。我忽然很想哭。

我是在陈志国离世之后，才逐渐有点理解陈志国了。在我们眼里，陈志国属于另一个族群，与我们完全不同。但在陈志国看来，我们是跟他一样的，所以他希望处处都能跟我们平等。我们上床睡觉他也要上床睡觉，我们出门玩耍他也要出门玩耍。他甚至吃我们的所有食物。而其中他最喜欢吃的巧克力、曲奇、葡萄等，在他那个族群的食谱中都是被严令禁食的。陈志国努力与我们扯平，做了许多他那个族群很难做到的事。他能察言观色，能久久地直立，被欺负了会告状，饿了渴了会抗议。每次忘了给他的水碗添水，他都会把水碗踢得叮当乱响以示抗议。如果踢了半天还没有人来，就会干脆叼着水碗找人要水。有一次我正跟客人说话，见他叼着水碗过来了，就故意把脸别到一边假装不理。他居然光火了，狠狠地把水碗往地上一摔，弄出了个大响动，然后又仰起头挑衅地瞪视着我。把客人惊得一愣一愣的，说，天呀，你家陈志国简直就是个人嘛！客人说得没错，陈志国其实早就认定自己是跟我们一样的人了，甚至为此不惜放弃他那个族群的本分。有一次，我家夜里进了小偷，在客厅里划拉一圈之后溜走了。我们关门睡觉谁都没察觉，还是第二天邻居来敲门才发现的。当时可把我气坏了，我气冲冲地责问陈志国，你是干什么吃的？你耳朵那么灵肯定能听见，听见了为什么不叫？陈志国一句话不说，一脸无辜地看着我，那神情分明是，你们大家都没听见，为什么偏怨我？我顿时就瘪茄子泄气了。

让我无法理解的是，陈志国对别人的歧视那么敏感，却从不掩饰对自己同类的歧视。陈志国从来不跟自己族群的同类玩。带陈志国出去的时候，自然会常常遇到他那个族群的伙伴儿。开始我还极力怂恿他去找人家玩，但他死活就是不去，不仅不去，人家来找他玩他还躲，一副不屑与人家为伍的死样子。一位朋友见陈志国长相漂亮，想让陈志国跟他家的小宠成婚。考虑到这毕竟是陈志国一生中必走的一步，当晚，我就把他送了过去。没想到，第二天一大早，朋友的电话就过来了。朋友说，你家陈志国可真是守身如玉啊！他根本就看不上我家小宠，被小宠追得到处乱跑，看那样子就像他是女的，小宠是男的，就像是生怕被小宠强暴了似的。后来实在没处跑了，陈志国就跳到高处，开始放声大哭。朋友惊奇地问我，你家陈志国怎么还会哭？我可从来都没见过像他这样的！我无可奈何地说，那是陈志国的特长，他天生会哭，稍不如意就大哭大嚎。朋友哀告我说，你赶快把他领走吧，求你了，他活活地哭了一夜，嗓子都哭哑了。我赶紧去把陈志国领了回来，任陈志国的童男之身保持到终生。有时候我会想，也许陈志国真的认为自己此生身处的是三善道，真的认为自己与身处三恶道的族群不是同类吧？

其实，自从陈志国回来之后，我自己也有了很大的改变。过去我对人类以外的其他族群毫无感觉。一件偶然的事，让我发现了自己的变化。那是一次坐车出行，我无意间向窗外望了一眼，忽然看到路边正在杀驴，那驴已被缚住手脚按在地上了。我的目光刚刚触到这个场景，眼泪就毫无准备地流了出来，这之间没有任何的想法思量，没有任何的情绪酝酿，没经过任何必要的心理过程。当时我自己都被吓了一跳，不知道自己为什么会这样，因为在我身上出现这样的情况，简直是太不可思议了。从那以后我才发现自己变了，不知道从什么时候起，我对生命的感觉不一样了，陈志国就像是一把为我量身定做的锉刀，一点一点地锉去了我包裹着内心的外壳，锉薄了我的心包膜，让我的心变得格外的敏感，格外的柔软了。

九

陈志国是在很久之后才开始一点一点地认命的。此时，双目失明的陈志国已经上了年纪，很多事情都力所不能及了。上了年纪的陈志国，再也不像过去那样坚持直立、抱拳作揖地要求带他出去了。他也不再因为不带他出去就发泄使坏，想方设法用排泄物来恶心人了。陈志国年轻时从来不喜欢被别人抱，你把他抱在怀里，他立刻就蹬腿站起来，以保持自己的独立姿态。但现在谁都能随便抱了，无论你横着抱竖着抱趴着抱仰着抱，他保证都会乖乖的。陈志国显然没有了从前的心劲儿，他不再与人攀比，不再耍脾气闹待遇，每日只静静地趴在那里，落寞地想着心事。

最后的几年，陈志国过得很艰难。他直肠上长了个息室，大便总是堆在息室里顶住肛门出不来，每次都得丈夫给他抠出来。他的身体也越来越衰弱，到最后连站都站不稳，打个喷嚏都能把自己打个跟头。陈志国像是知道自己要走到尽头了，在最后的那段日子里，他做出了一个令我们大家十分吃惊的举动——他用尽全力一口一口地把自己尾巴上的毛全部咬光了。

陈志国长着一条极漂亮的大尾巴，平常他的尾巴通常都搭在腰上，长毛瀑布一样披下来，跑动时他的尾巴就会高昂起来，长毛像旗帜一样飘扬。这条曾为陈志国带来无数赞美的尾巴，被咬光了毛后蛆虫一样弯在身上，现出一副难看的怪模样。谁都不知道陈志国究竟是怎么想的，也许他是闲极无聊，也许他是跟自己较劲儿，也许他是想在另一个轮回之前彻底抹去自己身上的三恶道印记。

陈志国活了十七年，按照他那个族群的计算方法，应该是119岁，算是少有的高寿了。我们把陈志国埋在了后山。后山有一个美丽的名字，叫莲花山。据说，当年还是李四光发现这里的地质结构状如莲花，由此命的名。这个名字很对我们的心思，况且山下还有座寺庙。女儿说，陈志国睡在这里，可以每天听到寺庙的钟声，每天听到僧人的诵经，或许能近梵音得真经吧。

几日前，女儿又做了个奇怪的梦。梦中遇到了一人，那人笑眯眯地走上前问，你看看我是谁？女儿看着面熟，但却怎么也想不起他是谁。那人说，你不认识我了吗？你好好想想，你是认识我的，我们曾经很熟，不，不只是熟，我们的关系一直非常好。还没等想起他是谁，女儿就从梦中惊醒了。女儿满腹狐疑地跑来告诉我这个梦，但说着说着两眼发直忽然停住了。我催促女儿说下去，女儿说你等等让我想想，然后突然大叫了一声，我知道了，是陈志国！女儿说，妈，他穿着一身黑衣黑裤，是陈志国，就是陈志国！我愣愣地站在那里，忽然记起来了，明天正是陈志国三周年的忌日！

第二天，我们一起去莲花山看陈志国。女儿在陈志国的坟前跟他说了好多话。女儿问陈志国，你是不是已经托生了？你是不是这世托生成一个人了？女儿对陈志国说，我知道你今生一直都在为自己的身份焦虑，一直都希望别人能把你当成一个人，你终生都在为做人而努力。陈志国，你是来告诉我们你做到了吗？

寺庙的钟声突然响了，在寂静的山谷里激起一阵阵回声。

【原载《北京文学》2018年第6期】

金斗街八号

季　宇

行动队长

行动队长姓元，叫元鹏飞。元队长原来的名字不叫元鹏飞，叫元小三，后来他升职到警察局任局长时觉得这个名字太土气，便改成了元鹏飞。元鹏飞是个聪明人，但有时聪明过了头，反倒是聪明反被聪明误，差点害了自己。不过，元队长从来不承认这一点，他认为自己倒霉那是运气不济。

元队长是个讲究衣着和仪容的人。他的头发永远梳得纹丝不乱，而且还打了厚厚的发蜡，亮闪闪地放光。他的衣服也一尘不染，熨得笔挺，没有一点褶皱，包括衬衣在内。行动队的蔡扁头原先是个小裁缝，就因为会熨衣服，被招进了行动队，专门负责打理元队长的衣着穿戴。元队长到哪去不带别人可以，但不带蔡扁头不行。因此外边不了解的人都以为蔡扁头是个什么了不起的人物。其实他啥也不是，就是一个专管替元队熨衣服梳头的小使唤。

元队长民国十九年毕业于省政法学堂监狱科。他长着一张小白脸，细长的眼睛，雪白的牙齿，头发向后梳得油光光的，一副文雅小生的模样。毕业后初到蛤蟆岗（五湖市监狱所在地）就职时，犯人们都不把这个元警官放在眼里。可是，没过多久，便领教了他的厉害，见到他一个个就像是老鼠见到猫，没有一个不打怵的。因为他整起人来下手特别狠。要是看谁不顺眼，就想尽办法折磨你，几乎到了病态的程度。反正监狱里各种刑具有的是，但他从来不自己动手，而是让犯人自己整自己。有一次，他让几个犯人按住一个犯人，往他的肛门里灌了满满一桶的辣椒水；还有一次竟让几个犯人砸碎了另一个犯人的睾丸，差一点要了那家伙的命。他的冷酷无情令人生畏，人们背后都称他小阎王，唯恐避之不及。

民国二十三年秋，国民党中央调查局肃反专员罗幼泰来五湖视察，在严密的保安措施下，他的怀表居然被盗了。这件事让五湖上下都十分紧张。警察局长徐胖子压力最大。市府和市党部都追着屁股要他限期破案，因为罗专员的表不是普通的表，而是蒋委员长赠送给他的礼物。徐胖子派出局里所有的警员，并亲自拜访了城里几大帮会的瓢把子，要他们帮助查找。因为凡在五湖地界上的惯偷、劫贼，包括乞丐在内，无不在他们的控制之下，即便外来的“合子”（贼）也得向他们挂号、拜码头，查问起来并非难事。过去遇到失窃，只要警局出面，物品都会找回，虽不明说，但早已形成默契。可是，这一次不同了，一连几日竟毫无头绪。徐胖子急得抓耳挠腮。市长一日几次催问，有一次还气得摔了电话，说是查不出来，你这个警察局长就别干了。

就在众人一筹莫展之时，元警官找到了那块表。据说他跟踪了那个盗贼好几天，最终人赃俱获，并在其拒捕时果断开枪将其击毙。这件事让市里的一干要员都松了一口气，包括警察局长徐胖子在内。不过，徐胖子虽然松了一口气，但心里却很生气。因为元警官破案后没有报告警察局，而是越级直接报告了市党部的干事长靳培祖。靳培祖与徐胖子一向不和，他几次提出要更换警察局长，要不是市长为他说话，他的位子恐怕早已被人取代了。现在，元警官这么做不啻是又给他挖了一个坑，尽管他破了案，缓解了他的压力，他也一点不感谢他。徐胖子把元小三找了来，劈头盖脸地骂了一通，说你是不是不想干了，我现在就叫你滚蛋，你信不信。但元小三似乎并不害怕，他等徐胖子骂完后，不紧不慢地敬了一个礼，然后说了句“局座多保重”，便退了出去。

几天后，元小三成了市党部特务室的成员。又过了几年，元小三不断升迁，由特务室一个普通的股员荣升为新成立的市党部情报科科长。民国二十五年，他取代徐胖子当上了警察局局长。交接的那天，他拍着徐胖子的肩膀说：“老徐啊，千万别小看了你手下的人！”徐胖子朝他翻了翻眼珠子，一口气差点没背过去。

打这，元小三成了元局长，他的名字也改成了元鹏飞。

金斗街

金斗街是五湖最繁华的大街。大街上商铺林立，行人如织，车马如龙。金斗街的街名由金斗河而来。该河是龙河的支流，流经五湖后汇入长江。在水运时代，金斗河是五湖重要的水上通道，因此五湖又别称金斗。改革开放后，有人在市中心建起一座形似金斗的大厦，谓之金斗城，一度成为五湖的地标之一。

金斗街有一个茶馆叫佛照楼，门牌是八号。五湖的老人都知道这个茶馆，当年相当有名。你到五湖城只要一打听，没人不知道的。

佛照楼的老板姓田，叫田二，是个大胖子，酒糟鼻子，满身的赘肉。爱喝酒，也爱吃肉。尤其是爱吃猪头肉。一餐可吃两三斤，而且还尽拣那些白晃晃的肥膘吃。他的酒量也大，一只大瓷碗端起来不停地喝，谁也不知他究竟能喝多少。

田二早年在军队做过连长，习过武，有一身的功夫。他家的院子里常年摆放着石锁和刀棍剑戟之类，每天早上他都要练上一阵子。从军队回来后，田二就在这金斗街上开了这家佛照楼茶馆。开始生意并不大，后来却越做越红火。人们都说这个名字起得好——佛照楼嘛，有佛照着能不好？其实，懂行的人都明白，茶馆真正红火的原因不是名字好，而是市口好。金斗街是五湖的主要大街，而佛照楼茶馆又位于金斗街的中心地段。这样的地段别说开茶馆了，哪怕是闭上眼睛，摆个小摊子都能挣钱。当然，田二当初能盘下这个地段，并非他的能耐，而是义方法师的面子。义方法师是广元寺的老和尚。广元寺是当地有名的寺庙，始建于明代，作为寺庙的住持，义方法师的名望一直很高。民国初年，军阀混战，田二当时在五湖驻扎，曾保护过寺庙，感念于此，义方法师便出面帮田二开办了这家茶馆。由于茶馆离广元寺不远，义方法师便给茶馆取名佛照楼，意为佛光普照。

田二行伍出身，生性豪爽，说话做事都大大咧咧，但招了个女婿谨小慎微，树叶掉下来都怕砸了头。他的名字叫沈六强，长着一张圆脸，逢人三分笑。本来个头挺高，但长年哈着个腰，像个大马虾似的，反倒不显得高了。他没有任何嗜好，不抽烟，不喝酒，而且手脚勤快，更要紧的是，他的眼色来得快，眼观六路，耳听八方，嘴巴也甜，开口尽说好听的，很少得罪人。当学徒那会儿就有个外号叫“老丫头”。

老丫头是五湖乡下人，早年家里穷得叮当响，讨饭讨到城里来，后来被田二收留了。那时他才七八岁，瘦得像只小田鸡，看人连眼睛都不敢抬，那副模样要多可怜有多可怜，可谁也没想到（包括他自己在内）以后竟当上了田二的女婿。

田二的女儿叫小莲，是个独生女，脾气和他爹一样任性，想干啥就干啥，自己拿定的事谁的话也不听，包括田二在内。眼看到了嫁人的年龄，田二便四处张罗，想替她说一门体面的人家，可小莲谁也看不上，偏偏看上了从小一起长大的老丫头。田二对老丫头倒也喜欢，不喜欢也不会从小就留他在茶馆里，可是要让他当女婿，那就一百个不般配了。可女儿要死要活，执意要嫁，田二被她吵得心烦意乱，便把老丫头找了去，开门见山、直截了当地告诉他，要么你回绝小莲，让她死了这条心；要么你走人，别让我再看见你。

老丫头挨了骂，吓得战战兢兢，硬着头皮去找小莲，又被骂个狗血喷头。小莲指着他的鼻子说，你还是男人吗？你要是个男人，就和我一起去见我爹，把心里的话说出来。可老丫头吓得直哆嗦，说啥也不敢。小莲急了，一把揪住他，把他拖到田二那里。

“爹，”小莲说，“我谁也不嫁，要嫁就嫁六强。”

“你敢！”

“我说话算数。”

田二气得拍桌子，又叫又骂，但对小莲丝毫不起作用。于是，只好瞪起眼睛冲老丫头喊：“六强，你说话！你要娶她吗？”老丫头看看田二，又看看小莲，急得团团乱转，眼泪都流了下来。憋了半天，终于憋出了一句：“我，我……我听二爷的。”

“那就滚，给我马上滚。”田二用手指了指门外。

老丫头搓着手，点头哈腰，一边应承着，一边向后退去，嘴里咕咕哝哝的，声音像蚊子哼，也不知在嘀咕什么。小莲这时叫了一声：“站住！”接着又说：“你走我就死，连肚里的孩子一起死！”

轰的一声响，仿佛一声炸雷，田二蒙了，老丫头也蒙了。过了片刻，田二首先回过神来，操起茶盏就朝老丫头砸过去。只听砰的一声响，小莲倒了下去，头上鲜血直流。原来就在茶盏砸出的一刹那间，她挡在了老丫头的面前。田二一下子傻了，跑过去抱住小莲，一边大喊着请大夫，一边不迭声地唤着小祖宗，那副模样比茶盏砸在他自己头上还要痛。老丫头一看这情景，吓得早已六神无主，茫然地站了一会儿，等到大夫来了，便转身想走。

“你去哪？”田二这时抬起眼睛盯着他。

“我走，我马上走。”老丫头唯唯诺诺地赔着小心。

田二眼里冒着火：“你敢走？你走我就剁了你。”

此后没多久，老丫头便成了田二的女婿。至于小莲肚里的孩子那是压根儿没有的事。田二知道上当了，但木已成舟，生米煮成了熟饭，也无可奈何。不过，这个女婿他也没找错。虽然老丫头出身贫贱，但做生意却是把好手。尤其是头脑灵活，兢兢业业，把个茶馆盘弄得风生水起，倒省了田二许多事。这一来，人们都说还是田家的小姐有眼光，不光找了个好丈夫，还找了个好当家。

日本打进五湖后，田二悲愤难抑，整天喝了酒便骂骂咧咧。小莲怕他惹事便把他送回了乡下老家，自己也带着儿女一起回乡照料父亲。佛照楼茶馆的生意便由老丫头独自打理。虽然老丫头如今已成了沈老板，但他依然不改过去的禀性，凡事谨慎处之，多一事不如少一事。日本人来后，他更是战战兢兢，如履薄冰。然而，越怕事越来事。昨天，元队长找到他时他就知道不妙了，整整一夜没有睡安生，心里害怕极了，尽管他还不知道下边将发生什么事。不过，他知道这件事的严重性。这些年，他虽经过不少事，但从来没有一件像眼下这样棘手的，而且身边连个商量的人也没有。沈老板只有暗自祈祷，求老天保佑了。

新来的跑堂

他最大的特点是斜眼。主要是右眼向下斜，而且两只眼睛一大一小，左边大，右边小。看人的时候眼睛一眨一眨，似笑非笑，一副屌屌的样子。他的身材瘦小，胸脯平塌塌的，显得十分单薄，年龄看上去不大，最多二十来岁，穿着倒也齐整，只是头发和身上散发着一股汗酸味，像是很久没有洗过澡。他来到佛照楼，谁也不理，除了沈老板。他是傍晚时候来的，来了之后便四处转悠，楼上楼下到处探头看，就连犄角旮旯也不放过。沈老板给大家说，这是新来的跑堂，名叫石小山，诸位多关照。那个叫石小山的也不客气，坐在八仙椅上，腿一跷，掏出了一支烟叼在嘴上，沈老板赶紧上前擦了一根火柴替他点着了。众人一看都有些吃惊，说是这伙计谱也太大了。晚上又有细心的人发现这个新来的跑堂抽的居然是樱花牌香烟。这烟是日本进口的高级烟，一般伙计哪能抽得起。再者，这家伙的手细长细长，白白净净，根本不像是干活人的手。人们就更疑惑了，纷纷猜测，都说这里边有名堂，但究竟是啥名堂，谁也猜不透。他们当然不可能知道，一件危险的行动正在悄悄地逼近。

夏先生

五湖城关中学的前身是五湖小学堂，是当地士绅集资兴办的，后由政府接手，改为城关中学堂。抗日战争爆发后，学校一度陷入瘫痪，后由当地商会出面维持，才又继续办了下去，但规模比以前缩小了许多。目前中学部只设两个班，另附设小学部三个班，以适应需求。夏善潮就在中学部教授国文，人们都称他夏先生。

夏先生是个寡汉子。据说老婆孩子都在逃难时被炮弹炸死了。如今四十多岁了，还是单身一人。平时住在离学校不远的梨花巷。那是临时租来的房子。夏先生每天来学校上课，早上在巷口的小食店里吃一碗面，或买两个烧饼；中午则在学校搭伙；晚上回家便顺带买点菜自己烧，有时是一条鱼、一把白菜，有时是一块豆腐，或一包酱菜。五湖的酱菜是很有名的，品种也多。夏先生很爱吃。

夏先生的相貌很普通，个头不高不矮，身材不胖不瘦，走在人堆里并不显眼。不过，你要仔细看，会发现他脸上有几粒浅浅的白麻子，但并不十分碍眼。夏先生惯常的穿戴是长袍，深色居多；天气凉时，脖子上便围上一条围巾，显出了几分儒雅。夏先生是省立师范毕业的，课讲得好，还写得一手好字，学的是苏体，笔锋刚劲有力。过年时常常有人上门来找他写对联，或有商铺开业，也有请他写对子的。夏先生总是有求必应，对于报酬从不计较。夏先生个性内向，很少与人交往，也看不出他有什么爱好。得空的时候喜欢听瞎子老章唱一段戏文。还有，就是时常往张嫂那儿跑。

张嫂是个裁缝，有一个儿子，小名叫锁子，七八岁的样子，正是淘气的时候。张嫂的住处在双井巷，离夏先生的住处并不远，十几分钟的路程。张嫂对外说，夏先生是他的表哥，锁子则喊他舅舅。其实，他们是在逃难的路上认识的。一路上相互照顾，后来夏先生的家人被炮弹炸死了，张嫂的男人也在混乱中走失了，夏先生便带着张嫂和孩子来到五湖，并在这里落下脚来。乱世之中，同病相怜，二人渐生感情。张嫂长得不算漂亮，但三十岁不到，年轻、丰满、水灵，就像秋天的蜜桃，浑身都透着成熟的味道，而且她性格随和，心地善良。张嫂的男人是个拉车的，没多少文化，现在遇到夏先生，她是既崇拜又感激，因此处处顺着他，夏先生就很喜欢。夏先生的妻子是个乡下女人，人也挺好，就是太古板，夫妻十多年来，做爱只准一个姿势。夏先生想换一个花样，她就骂他是流氓，根本不肯。可现在，张嫂凡事由着他，夏先生想怎么来就怎么来。

时间一长，有人便看出了名堂。有时夏先生来了，人们便会在背后挤眉弄眼，指指戳戳。碰到张嫂说一声你表哥来了，话中也有了别的含意。这事很快引起了组织的注意，于是组织上派人郑重地找夏先生谈了一次话，要他尽快妥善地处理好这件事。然而，还没等夏先生处理好这件事，他就出事了。

瞎子老章

老章是卖唱的。在五湖没有人不知道瞎子老章的。他在五湖城里唱了几十年，如今已经六十多岁了，还在走街串巷地卖唱。他的嗓音很宽，很亮，一把胡琴拉得出神入化。老章有个孙女叫小芬，是个半盲人，老章出行时，小芬就牵着他的手，给他引路。其实，小芬并不是老章的亲孙女，是他打小抱养的。有一天，老章卖唱回来，听到街角的垃圾堆里有哭声。摸摸索索地寻了去，便发现了一个被遗弃的女婴，估摸着刚生下来不久。老章把她抱回家，这就是小芬。那时，老章的老伴还活着，两人一把屎一把尿把小芬拉扯大。小芬十一岁时老章的老伴过世了，老章便和小芬爷孙俩相依为命。如今，小芬已经十六岁了，在老章的调教下，也唱得一口好戏文。有时，老章拉，小芬唱；有时，老章和小芬一起唱，你一句，我一句。老章声音激越、苍凉，小芬则清脆、悦耳。

除了沿街卖唱，逢到黑红喜事，也有主家请他们去唱。如遇婚嫁，他们就唱：

大红花轿门前停，走马彩灯挂中堂。

十碗八碗桌上放，紫薇高照福满堂。

遇到丧事则唱：

孝子贤孙跪满堂，德厚流芳照一方。

开堂哭送佛声起，驾鹤飞龙上天堂。

老章家住大同巷，离金斗街不到一百码，出了巷口抬脚便到。小芬渐渐长大，女大十八变，身形也出来了，一站一动都袅袅婷婷的，脸模样儿也漂亮，虽然是个半盲，但还是很招人的。这一下，麻烦也就来了，每次出街总要惹来一些不三不四的人。瞎子老章很担心。有一次，几个青皮缠上了小芬，把老章也打了。要不是九叔恰好路过，事情就大了。九叔是码头上扛活的，膂力过人，也是个练家子，三拳两脚便把那帮闹事的青皮给撂趴了。那几个青皮心里不服，回去召人，呼啦啦来了一大帮子，但一见九叔就偃旗息鼓了。领头的认识九叔，上去一抱拳，说是狗咬吕洞宾，大水冲了龙王庙，这事就算过去了。后来，九叔又找了"报点子"（打更）的老杆子。这老杆子明里是个打更的，实则是丐帮的头儿。他给了老章一截细竹竿，上头涂了一团白漆。以后老章出街，便把竿儿往面前一竖，就没有人再敢闹事了。因为老杆子的人谁敢惹啊。

老章卖唱没有固定的点儿，有时在广元寺门前，有时在城隍庙路口，但大多是在金斗街上，因为这里人多客多，听戏的也多。这天，老章和小芬正在金斗街上唱。夏先生路过，便立在一边听：

这佳人直醉得昏迷不醒，

且坐在她身旁细看分明。

鲜花儿插满了乌云两鬓，

玉腮上起红霞酒气犹醺。

这出戏名叫《独占花魁》，夏先生很熟悉，一边听一边晃着脑袋不出声地和着。当小芬唱到"这一夜巫山云雨梦境"时，夏先生不知怎么又想到了张嫂。昨晚他与张嫂也是同衾共枕，睡到天明。想到这里，各种细节便在脑海里滚动起来。这个女人虽然纯朴，但她善解人意，懂得男人的心思。每次做爱总令人销魂，让夏先生感觉特别好。好在哪里，夏先生也说不出，只是有一种说不出的快活。尤其是她的身子，好像会发火，人一碰就发烫，随后便全部打开来，汹涌的湿润像海潮澎湃，夏先生整个人都要化了，酥了。他把自己所会的几种姿势一一来过，仍意犹未尽，最后只能直起身子死命地冲撞，来发泄体内快要爆炸的欲望。天亮时，张嫂给他打了两个荷包蛋，说你昨晚吓死人了。夏先生说是吗，接过碗，往边上一放，又把张嫂往床上拉。张嫂说要死了你，不要命啦，这个年纪千万不敢，日头长着哩。夏先生知道她是心疼他，心里一热，便松开手，一边穿衣一边张口来了两句：

这是我卖油郎三生有幸，
但不知何日里再见芳卿。

人群里忽然传来了一阵喝彩声，原来戏文已进入高潮。夏先生回过神来，正要往下听，这时有人在后边推了他一下。回头一看，是个陌生的青年人，穿着一身藏青蓝的中山装。

“请问是夏先生吗？”

“我是。”

“有人找，请跟我来。”

夏先生正有些诧异，后边又有一年轻人抓住他的胳膊，压低声音说：“别出声！”然后推着他走向街边的一辆汽车。

黄老板

黄老板是富华照相馆的老板，也是照相馆的技师，人们都称他黄老板。富华照相馆也在金斗街上，只是位置有点偏，靠近南门。门脸儿也小，朝街的一面有个玻璃橱窗，摆放着一些相片，供展示之用。屋内面积也不大，只有两间房。走进去是一个小门厅，门厅后边是照相的地方，摆着照相机和灯架子，还有一些布景，如公园、假山等等。顾客来了只要一推门便会听见郎当一声响，那是门上的铃铛发出的，提示有客来了。这时，便会有人出来接待。如果黄老板正在屋里替人照相，小顺子便会前来招呼，让客人在门厅的椅子上坐一坐，稍等一会儿，说师傅一会儿就好。小顺子是黄老板的徒弟，年纪约在十三四岁的样子。长得瘦个郎精，大眼睛、大脑袋、细胳膊、长腿。这孩子很勤快，也很灵活。除了打杂外，还管买菜、烧饭。烧饭的地方就在后院。院子里有一口井，还搭了一间披厦，用作厨房。照相馆的楼上还有一间阁楼，那是暗房。黄老板经常在里边洗照片。有人曾经上过阁楼，说是洗照片时不能开灯，因此黄老板在灯泡上蒙了红布，一开灯屋里便是一片暗红色的光。黄老板的技术很高，他能把照片上的人修得比真人好看许多，还能把一些小照片放成大照片。五湖城里原有三家照相馆，可后来因技术或成本原因先后歇业了，只剩下富华一家。因此来富华照相馆的人还算不少，包括一些日伪军也常常登门。

黄老板三十来岁，戴着眼镜，据说上过洋学堂，会说外国话，也会写洋码子。他喜欢穿西装，打领带，天冷时外边还要穿一件皮大衣，一副很洋派的样子。不过，工作的时候，他常穿一件长褂子，就像医院里的大夫一样，不过大夫穿的是白色的，他是蓝色的。黄老板为人很和善，也很安静，照相馆不忙时，他就拿一本书坐在那里看，多是一些言情和武侠的小说。黄老板的太太在省城师范学堂教书，一两个月他就要往省城跑一趟，但从没见他太太来过。有人问起来，他便说小地方她住不惯。——嘀，瞧这口气，还真把自己当根葱了。

不过，黄老板在五湖也算是一个小小的名人。他常去那些有钱的人家照相，就连市长、商会会长都请过他。因此，五湖的头面人物他认识不少。遇上婚嫁寿诞、节庆假日什么的，这些请他去照相的有钱的主儿出手也很大方，有时一次给的红包就能顶上照相馆好几个月的流水。对黄老板来说，这是一笔额外收入，也是结交上层、扩大名声的机会。

这天是周日。照相馆照例休息。黄老板便夹了一本书去了佛照楼茶馆。佛照楼茶馆的茶好，点心也好。特别是芙蓉冰糖糕，黄老板就爱这口。还有这里的五味斋元宵，做得也很地道。黄老板得闲了，便会来坐一坐，喝杯茶，吃点点心和元宵。

上午九点多钟，他进了佛照楼。沈老板老远就迎上来打招呼。都是老熟人了，免不了要寒暄一番。这时黄老板便看见沈老板身后站着一个年轻人。那个人长得怪怪的，仔细看才发现他是个斜眼儿，而且眼睛还老是不停地眨巴。沈老板似乎注意到了这一点，便说这是新来的伙计，叫小山。黄老板颔首道难怪没见过。说着，找了个靠窗的座位坐下来。那个叫小山的伙计这时也跟了上来，问他要点什么。

“老规矩。”

小山愣了一下，转身看着沈老板。沈老板说，一壶炒青，一盘芙蓉冰糖糕。于是，小山便吆喝了一声，走到一边，远远地候着。等到伙计从后堂端着盘子上来，他便接过去，送到黄老板的桌前。“黄老板，你要的东西来了。”说着替他斟上茶，又问他还要点什么。

“不用了。”黄老板说。

“那你慢用。”

“哦，你叫什么来着？”

“小山，石小山。”斜眼儿答道。

“你什么时候来的？”

“来了几天了。”小山答道。其实，他是昨晚才来的。

“哦，你去忙吧。”

小山退了下去。黄老板盯着他的背影看了一下，便打开手中的书看起来。五月的阳光从窗外照射进来，照在茶桌上，也照在黄老板的身上，显得暖洋洋的。茶馆里的客人也陆陆续续地多了起来。就在伙计们忙忙碌碌招呼客人时，那个叫小山的跑堂却在远处的角落里，表面上漫不经心，实则一动不动地盯着黄老板。

康小八

这是他的真名。他这一辈子不知用过多少假名，包括石小山在内。

康小八从小就没爹没娘，后来被郑道台收留。郑道台是江湖上有名的飞贼，惯于流窜作案。郑道台姓郑，叫什么名字已无人知晓。宣统年间，他曾受雇于人，偷了某道台的大印，因此便有了郑道台的雅号。康小八自幼跟着郑道台，也练了一身偷窃扒拿的本事。郑道台病死后，康小八便独来独往。民国二十三年，他在五湖犯了事，被关进了蛤蟆岗。这一年他才十五岁。有一天，元警官把他叫了去。康小八吓得要命，因为犯人们都知道元警官的手段。不过，那天元警官倒没为难他。他说，郑道台是你师傅？康小八点头称是。元警官说，那你有啥本事？康小八说没啥本事，就是混口饭吃。

“那你露一手我看看。”

“不敢，不敢。”

元警官有些不快了，他说，我让你露你就露。康小八说，我能抽支烟吗？元警官掏出烟来，扔给他一支，自己也往嘴上叼了一支，接着伸手往口袋里去摸打火机。摸了一下没摸到，只听啪哒一声响，康小八已经打着了火，把打火机伸到他面前。元警官一看，康小八手中拿的正是他的打火机，便骂了一句：“小狗日的，还真有两下子！”

于是，两天后便发生了罗专员怀表失窃事件。再之后，元警官便受到市党部的干事长靳培祖的重用，一路升迁，最后竟取代徐胖子当上了警察局长。

不过，徐胖子在警察局经营多年，也不是吃素的。他下台后并不甘心，便四处暗查，越查越觉得这案子发生得蹊跷，破得也蹊跷。线索最后集中到了康小八的身上。康小八在案发后很快就出狱了，而且案卷也被销毁了。这就更奇了。就在他动手要抓康小八时，康小八突然失踪了，不知去向。直到前不久，康小八才重新现身。此时他的身份已是五湖警察局行动队的成员了，而且他的年龄也已经是十九岁了，要不是那双斜眼儿，几乎没人能够认出他来了。

皋陶律师所

皋陶是中国司法的鼻祖，这家律师所以皋陶命名，其意不言自明。皋陶律师所主任是个大律师，他的人脉广泛，来头也很大。据说他的叔父是省城名流，经营着好几家工厂。就在昨天下午，元鹏飞突然带人来到了律师所，要他明天停业一天。“凭什么？”大律师有些不高兴了。“不凭什么，叫你停你就停。”元鹏飞也不和他啰唆，就下令手下把律师所的门关了起来，把停业的牌子也挂了出去。

“你是谁啊？”大律师生气了。

蔡扁头说：“你不认识我们队长啊？”

“队长算个屁，”大律师也火了，“我找靳市长！”说着拿起电话。但还没来得及拨号，电话已被元鹏飞一把按住了。“你他妈的，活得不耐烦了？”元鹏飞骂了一句。大律师说，好好好，这事没完，你等着瞧。话没落音，脸上便砰地挨了一拳。接着行动队的人便一拥而上，把大律师按在地上拳打脚踢。这一下大律师老实了，他连声求饶。元鹏飞一边整理着衣衫，一边吩咐手下把律师所的三个律师、两个打杂的，包括大律师在内统统捆起来，塞进了楼下的一间房间里。大律师吓得半死，以为是碰上什么仇家了，实际上他根本不明白发生了什么事，而他之所以被卷进这件事也完全是偶然的，谁叫他的律师所恰好是在佛照楼茶馆的对面呢。

这是元鹏飞精心策划的一次行动，也是一次志在必得的行动。他调动了所有能够调动的力量，在佛照楼茶馆严密布控，而他的指挥所就临时设在了皋陶律师所里。

元鹏飞搞掉徐胖子当上局长后，本来一帆风顺，可是徐胖子哪能咽下这口气，一直在暗中搜集证据。他先是想从康小八身上下手，但元鹏飞得知消息，赶紧把康小八送走了。虽然这件事被掩盖了下去，但徐胖子通过自己在警局的亲信还是抓到了他的把柄，一状告到市长那里。原来，元鹏飞当上警察局长后，经常以办案为名，对当地富商敲诈勒索，收缴的钱物大部分落入了私人囊中，累计下来数字惊人，而且铁证如山，无法抵赖。此时，他的后台靳干事长已经调走了。于是，元鹏飞被判刑入狱，直到日本人攻占五湖前，他才通过关系逃了出来。不久，日本人占领五湖，原来的靳干事长靳培祖当上了市长。元鹏飞觉得机会来了，便前来投靠。靳培祖知道元鹏飞的能力，也很欣赏他。当年在市党部情报处，他就多次破获共党的案子，便有意委以重任。他对元鹏飞说，先给你一个行动队长，你只要干得好，拿出成绩来，五湖警察局的局长还是你的。元鹏飞一听便连鞠三个躬，保证决不辜负市长的栽培。

这之后没多久，夏先生便撞到了元鹏飞的枪口上了。

县桥十四号

县桥也是一条街，不过当地人习惯把街字省略了，如县桥街某某号便说成县桥某某号。县桥街的规模和热闹程度要略逊于金斗街，但在五湖城内也算是一条知名的大街。在这条街上有一个院落，门牌是十四号，原先是前清一个翰林的宅院，现在则成了行动队的队部。夏先生被带进县桥十四号，噩梦便开始了。

刑讯室里摆满了各种刑具，元队长使用这些刑具可谓驾轻就熟。不过，夏先生被带进行讯室后，元队长并未对他动刑，而是替他泡上茶，让他坐在椅子上观看。受刑的犯人受尽折磨，发出凄厉的叫声，如同鬼哭狼嚎。夏先生浑身颤抖，大汗淋漓，几度闭上眼睛不忍目睹。元队长坐在一边不动声色。看看火候差不多了，他才吩咐把张嫂和锁子带了上来。锁子吓得哇哇大哭，打手们将他头朝下吊起来，下边就是熊熊燃烧的火盆，只要打手手中的绳子一松，后果不堪设想。锁子大声叫着娘。张嫂哭天喊地要扑上去，但被打手们死死地拉住，动弹不得。元队长走过去，用刀划开了张嫂的外衣，又划开了她的内衣，两个白白挺挺的奶子露了出来。元队长用刀挑起一只，看着夏先生说，我数到十，你要再不开口，我就割下这玩意儿来喂狗。此时，夏先生完全崩溃了。元队长还没数到二，他便扑通跪了下来。

夏先生全部招供了。他供称自己是中共地下党的交通员。他的上级是照相馆的黄老板。黄老板的名字叫黄凡。他们是民国二十九年认识的。当时，他去富华照相馆洗照片，听说他的老婆孩子都在逃难中被炸弹炸死了，黄凡对他很同情，后来渐渐熟了便被发展成了交通员。但他不是党员，黄凡说了还要对他进一步考验。五湖地下党的情况，他并不了解。他只与黄凡单线联系。不过，在供词中他提供了一个重要情况。即中共近期有一位重要领导人要路过五湖，省委特派员将提前来五湖安排路线。据夏善潮交代，这个情报是他从五里庙带回来的。他每个月都会去五里庙两次。那里有座土地庙，庙后有一个隐秘的活动的砖洞，上级如有情报便会放在砖洞内，由他带回交给黄凡，而黄凡有时也会让他把情报送至这个砖洞里。至于这个砖洞内的情报由谁送取他并不清楚。

“那么，省委特派员何时来五湖？”元鹏飞问道。

“明天。”

“接头地点在哪里？”

“佛照楼茶馆，”夏善潮说，“时间是上午九点至十点。”

九　叔

九叔是独臂。早年参加过北伐军，左手受伤，没能及时救治，结果肌肉坏死，只有锯掉了。九叔虽然是独臂，但依然强健有力，在码头上干活从不输人。他从小就练过形意拳，尽管如今一只手，对付三五个汉子还轻松自如。在码头上，九叔威望很高，一呼百应，就连五湖黑道上的人物都给他面子。九叔家住大同巷，住在这里的大多是一些扛活的穷苦人家。瞎子老章也住在这里。在大同巷可以说没有不认识九叔的，谁家要是摊上事都会来找九叔帮忙。九叔总有办法化解。那年瞎子老章遇到事，就是他与老杆子打了一个招呼，便把事情解决了。

在外人眼里，九叔是个讲义气的汉子，可没人知道他就是五湖地下党的负责人。五湖地下党的书记姓余，由于病重，经组织批准前往江南根据地休养，五湖地下党的工作便由九叔临时负责。在这之前，九叔是地下党保卫科的科长，负责武装斗争和锄奸工作。交通站接到省委特派员要来的消息后，黄凡第一时间便向九叔做了报告。鉴于任务重大，九叔进行了精心安排，包括落脚的地点以及遇到意外如何接应如何撤离，都考虑得很仔细。他还要求黄凡千万小心，确保省委特派员的安全万无一失。

今天一大早，他还亲自沿着撤离路线查看了一遍，这才回到家中，取出武器，准备按照事先安排的路线前往接应点。参加这次接应任务的，除了他本人之外，还有老杨和小李，都是保卫科里有经验的同志。八点多钟他们先后到了。然而，谁也没想到的是，就在即将出发时，一个年轻人突然前来敲门了。来人二十来岁，中等身材，皮肤较黑，说话时嗓子沙哑。九叔见到他，顿时一惊。

“你怎么来了？”

那人顾不上回答，连忙把九叔拉到一边，压低声音说：“老夏被抓了。”

“什么时间？”

“昨天。”

九叔心想糟了。鲍英一出现，他就预感到情况不妙。鲍英是老余安插在警察局的卧底，公开身份是警察局的枪械员。他的身份一直严格保密，以前只与老余单线联系，连九叔也不知情，直到老余走后，他的联系人才转为九叔。平时联系的方式也有严格的规定，除非遇到紧急情况，他不得暴露身份，更不得直接前往九叔的住处。但是这一次，由于事发突然，他也顾不上这些了。九叔问他现在老夏是什么情况，他也不清楚，因为这是元鹏飞亲自办的案子，只有少数亲信知道内情，而且为了防止走漏消息，连向警察局也未透露内情。“不过，行动队今天有行动，”鲍英说，“所有人都派出去了。警察局也接到靳市长的指令，全力配合行动。”

九叔知道情况严重了，但此时已经快九点了，黄凡早已出发了，至于特派员现在何处，也不清楚。现在要做的就是立即中止这次接头。然而，如何中止却是一件难事。如果老夏真的叛变了，那么黄凡必定被盯上了。如何通知黄凡脱身，这是一难。更难的则是如何通知特派员，这是一道更大的难题。因为特派员什么模样，现在何处，他们一无所知。九叔现在只能做最坏的打算。他们迅速商定了两套方案：其一，由老杨进入佛照楼茶馆，设法通知黄凡离去，如果情况不好，就强行突围，他和小李在外边接应。其二，如果黄凡顺利离开茶馆，他们便在金斗街上放枪，制造混乱，以此通知特派员情况有变。但是这样做，无论哪套方案都要冒很大的风险。“顾不了那么多了，”九叔说，“只能这么办了！”他说得没错，因为留给他们的时间已经不多了，他们也不可能从容地进行商量。九叔布置完任务后，最后用力握了一下右拳——这是他的习惯动作，表示决心已定。“你们都记住”，他说，“就是全体牺牲，也要保证特派员的安全。”

说完，几个人带好武器，向金斗街赶去。大同巷离金斗街很近，出了巷口便是。九叔他们刚上金斗街，就看见瞎子老章和小芬走了过来。老章的眼睛不济，但耳朵特灵，老远就听出了九叔的脚步声，便停下来向九叔打招呼。他打心眼里感激九叔。但九叔心里有事，也顾不上和他多说话，拔腿就走了过去。老章心里有些奇怪，便嘀咕了一声说，九叔这是咋啦？小芬说看样子是有事。两人正说着，又听见九叔的脚步声打了回转，向他们走来……

佛照楼茶馆

黄凡坐在茶桌旁，一边看书，一边品茶，显得很悠闲，但他内心却很警觉，时不时地就会拿眼睛向四周睃巡几下。茶馆里的情况倒也正常，只有新来的跑堂有点古怪。正是上客的时间，其他跑堂都在忙忙碌碌地张罗，但他好像很清闲，除了偶尔过来给自己斟一下茶外，大堂里并不见他的身影。也许是个新来的，情况还不熟悉，他心里这样想。

黄凡放下书，拣了一块芙蓉冰糖糕放进嘴里，眼睛漫不经心地朝大街看去。大街上的情况也很正常。客来车往，一如平常。但他总感到有一丝隐隐的不安。可能是这次接头太重要了。省委派特派员下来，说明即将过境的领导人非常重要，否则省委不会专门派人下来安排。五湖是交通枢纽，以前也有过境的同志，都由五湖地下党安排迎送。前不久，还有一批青年学生前往江南，就是由黄凡把他们送过境的。从省委的重视程度看，这一次的任务显然不同以往，上级要求不能出任何问题，必须百分之百地完成。

昨天，夏善潮从五里庙取出情报后，便立即向九叔进行了汇报。九叔指示他，一旦与特派员接上头，马上把他带往安全地点。“我会派人接应。”九叔说。如果遇到意外，撤退路线是通过四古巷，进入广元寺。此外，藏身地点和暗号不变。

黄凡端起茶盏喝了一口，不知怎么又想到了夏善潮。自从发展他为交通员后，他的表现一直不错，任务完成得也比较好。他还积极地要求加入组织，黄凡把他的事向上级汇报过，认为夏先生妻儿均被日本人的炸弹炸死，他对日本侵略者有深仇大恨，这是很好的基础。不过组织在考察的过程中，发现他与张嫂的关系，感到有些担心，便让黄凡出面与他谈一谈。就在前两天，黄凡与他谈了一次。夏先生表示，他很喜欢张嫂，两人也很有感情，但是张嫂的丈夫生死不明，他还不好与她结婚。黄凡于是对他说，那么你要考虑好，要么结婚，要么断掉，两者只能选一个。否则，这样不明不白，容易引起非议，也容易引起注意。对于一个地下工作者，这样极不安全。夏先生显得很矛盾，但他答应认真考虑。然而，黄凡不可能知道，就在夏先生还没做出抉择前，他已经出事了。而且，这事不早不晚，就出在他与特派员接头之前。

天煞行动

元鹏飞悄悄地张开了网，他把这次行动定名为天煞行动。从昨天开始他就着手布置，先是安排康小八进了佛照楼茶馆，专门盯着苏老板和前来与他接头的人员。今天又调集行动队的人在金斗街八号附近布下桩子。当然，这些桩子都是改了装的，有的扮成卖瓜子的，有的扮作卖香烟的，也有的扮成修鞋的，还有的扮成卖糖葫芦的，四处游走。在佛照楼后边的文昌巷也安排了人手，装成修路的，把巷口两头都堵了起来。至于大队人马则潜伏在金斗街附近，只要听见枪响便会立即出动并封锁整条大街。在行动前，他还专门向靳市长做了报告，请求警察局随时待命，以便策应。一切都布置妥帖，在元鹏飞看来，此次行动，铁壁铜墙，成功在望，别说一个大活人了，就连一只蚊子也休想飞出他的掌心。

元鹏飞一大早就来到皋陶律师所。早在前一天，他已在这里布下了指挥所。站在律师所的二楼，佛照楼茶馆和茶馆前的大街尽收眼底。他在窗帘背后严密地注视着街对面的茶馆和大街上的动静。此时，时间还没到，他把望远镜交给了身边侦缉队的费队长，自己坐下来抽了一支烟。蔡扁头早已替他泡好茶，并用梳子把他弄乱的头发重新梳理整齐。

抓到夏先生是个意外的收获。行动队接到报告，说是在双井巷一户居民家发现反日报刊，立即派人搜查，查到了两本《救亡周刊》。经查，这家户主就是张嫂。原来这两本期刊是夏先生带去的，早上起床不好拿，便塞进了被褥底下，哪知让张嫂的儿子锁子翻了出来，和院里的孩子一起撕纸叠飞机玩，结果被人发现了，报告了行动队。开始，元鹏飞并未重视，心想不过是偷看进步报刊，这样的人充其量是思想进步，具有反日情绪而已，但当手下把案卷送来时，他发现这两本期刊都是近期出的，而且是共产党根据地办的赤色报刊，立即重视起来。当然，他更没想到顺藤摸瓜，竟会发现地下党的交通站，而且还有省委特派员这条大鱼即将上钩。“真是天助我也！”元鹏飞兴奋不已。心想只要破获这个大案，那警察局长的位置便非他莫属了。

“来了。”这时，费队长轻轻叫了一声。元鹏飞起身来到窗前，费队长赶紧把望远镜递过去。他从望远镜中清楚地看到黄老板进了茶馆。元鹏飞看了一下怀表，此时正是九点钟。“是他吗？”他歪过头问了一句。夏先生伸头看了一下，点点头。

“好，”元鹏飞说，“这事办成了，你下辈子就吃穿不愁了。”

夏先生哭丧着脸说：“你们饶了我吧，千万不能说出去。”

“你放心吧，”元鹏飞说，“我们不会亏待你。”

黄老板这时已在靠窗的位子上坐下来。康小八上前招呼，一切都在按照既定计划进行。元鹏飞感到很满意。大街上的情况也很正常。时间还早，街上的行人和车辆并不多。茶馆前，那些修鞋、卖瓜子、卖香烟和卖糖葫芦的，按照事前的布置，都在扮演着各自的角色。一场好戏就要开场了。元鹏飞心里得意地想。

上午九点多一点，瞎子老章和小芬从街上走了过来。他们在茶馆门前竖起竿子唱起来。琴声一响便引来了不少行人。茶馆门前显得有些乱了。“他妈的！”元鹏飞骂了一句，心想这家伙早不来晚不来，这不是添乱吗？费队长说，我让人把他赶走吧？“别价！”元鹏飞一抬手制止了他。费队长明白他的意思，他是怕惊动了黄老板和前来接头的人。

瞎子老章唱开了，那声音远远地传过来，站在律师楼上也听得清清楚楚：

朕本是九五尊一统天下，
难道是为天子不及民家？
一妇人保不住岂非笑话，
朕情愿与妃子同死黄沙。

人群里响起阵阵叫好声。“这唱得是哪出啊？”元鹏飞随口问道。“好像是《马嵬驿》。”费队长答道。

“是那出杀贵妃的？”

“正是。”

这时，小芬唱了起来：

身伏在尘埃地泪流满面，
这是我杨玉环前世孽缘。
御林军要把妾碎尸万段，
谢万岁赐自尽恩重如山。

人群里又响了一片喝彩声。小芬唱得凄婉动人，元鹏飞也忍不住叫了一声好。就在这时，黄老板从茶桌旁站起来，向茶馆外走来。康小八连忙跟上去，他们说着什么。一路走到门口，康小八连连点头，看着黄老板向街的一边走去。

“怎么回事？”元鹏飞咕哝了一句。

“看样子是要走？”

“别让他跑了。”

“是。”费队长转身下楼。这时，按照先前的布置，已有两个便衣跟上了黄老板。不一会儿，费队长又带了一个人穿过大街跟了过去。元鹏飞举着望远镜紧张地看着。

咚咚咚，楼梯上响起了一阵脚步声。一个手下跑上来报告，刚才康小八传信，说是黄老板牙痛，去药店买药，过一会儿就回来，茶钱也没结。元鹏飞松了一口气。“去，”他对手下说，“告诉费队长，悄悄地跟着，不要惊动他。”

“是。”手下应了一声，转身而去。

哭一声杨妃子一朝命尽，
见花钿与金钗弃在埃尘。
这都是前世缘一言难尽，
这一株梨花树万古伤心。

茶馆前，老章还在唱着。戏已进入了高潮。这时，只见费队长从街那边快步走了过来。不一会儿，楼梯再次咚咚响起，费队长冲上楼来叫了一声：

“不好了，那家伙跑了！”

不用问也知道他指的是黄老板，元鹏飞脑袋炸了一下，他故作镇静地听完了费队长的报告。原来，药店就在金斗街与四古巷交口。黄老板进了药店买了药，转身出来时，忽然一辆人力车出现了。黄老板跳上车，穿过四古巷直奔广元寺而去。这一来，行动队的人措手不及，连忙追上去，到广元寺门前已不见人影。看来他们是早有准备。

“妈的！”元鹏飞知道出问题了，他拿起电话，通知警察局立即全城戒严，同时带人冲进佛照楼，下令扣留所有人，挨个进行检查。

路过茶馆门前时，瞎子老章还在唱：

捧荔枝供灵前泪如雨点，

哭一声杨妃子叫声玉环。

元鹏飞气不打一处来，喊了一声滚。手下立即上前把老章和小芬赶走了。天煞行动完全失败了。尽管军警全城戒严搜捕，尽管茶馆里的人也都一一过堂，从头到脚审了个遍，均一无所获。事后，靳市长大骂元鹏飞自作聪明，如果当初不是他贪功，起码黄老板跑不了。现在倒好，忙了半天连个屁也没捞到。元鹏飞仔细检查了自己的计划，并没有发现任何问题。他百思不解，只能唉声叹气，怪自己运气不佳。

蛤蟆岗

这里原先是五湖监狱所在地，1949年以后改为人民政府的看守所。元鹏飞就关在这里。想当年他是从这里起步的，现在他的人生也将在这里画上句号。由于罪大恶极，他被判处死刑，这早在他的预料之中。定案后前来向他宣判的是五湖公安局副局长黄凡，他就是当年富华照相馆的黄老板。宣判之后，黄凡问他还有什么话要说。元鹏飞说，我有一事，至今不明，你能告诉我吗？“什么事？”黄凡问他。他说，我就想知道你当年是怎么逃走的？黄凡说，你知道我们撤离的暗号是什么吗？

元鹏飞摇头。

“今天上演的剧目是《马嵬驿》。”黄凡说。

元鹏飞愣了片刻，轻轻叹了一口气。在被带往牢房时，他穿过院子。正是初夏时节，天上满天繁星，一片清辉映在地面上泛着白色的光，就像下过雪似的。

【原载《长江文艺》2018年第13期】

机关兵

石钟山

一

师机关坐落在城市的南郊，离市区坐公交车有二十几分钟的样子。师机关比不上军机关，更比不上军区机关。级别小，机关也小。

师机关大院里住着两个连队，一个警通连，负责警卫和通信，还有一个就是侦察连，这两个连队是师机关直属连，并不算机关兵，是基层连队。

师机关兵分几种，比如打字员、各个部门的公务员，还有卫生队的卫生员，这些战士加起来十几号人。师机关小，机关兵也不多。

马天旭是年满两年的老兵了，老兵最大的不同，是一身洗得发白的军装，军装的颜色便是当兵的资历。马天旭这个老兵，不仅体现在军装上，他是师机关司令部的打字员，为了打字方便，他会经常挽起袖口，白衬衣雪白地露在外面，头发也长一些，一甩一甩的，人就显得与众不同。司令部的军务参谋姓黄，专门管理机关兵和直属连队的军容军纪，他腋下经常夹着一本硬皮的日记本，游走在机关院内。哪个士兵头发长了，不按规定着装，他都要认真地记下来，然后通报给连队。军容军纪是机关日常的一件大事，挨通报的连队，在评比时就要被扣分，评选优秀连队时就处于劣势，被纠察到的士兵，也就影响了自己的进步，比如评比三好士兵、入党提干就打了折扣。有黄参谋在，师机关的士兵着装就一丝不苟、军纪严明的样子。

唯有马天旭是个例外，他不仅挽着袖子，还经常把手插在裤兜里。头发梢搭在眉毛上，经常潇洒地甩一下，马天旭的样子让许多士兵羡慕。

马天旭每次见到夹着硬皮本的黄参谋，只是把手从裤兜里拿出来，随便地问一句：黄参谋，诗又写好了吗？

黄参谋一笑，脸红了一下，笑眯眯地望着马天旭说：还没有，过两天吧。

马天旭甩下头发：写好你就拿过来，我加班给你打。

黄参谋拍一下马天旭的肩膀：谢谢了小马。

马天旭一笑，一副无所谓的样子。

黄参谋在老家谈了一个恋爱，未婚妻是名教师，黄参谋经常给老家的未婚妻写情诗。以前都是写好，抄在信纸上寄给未婚妻，后来有一次打文件，他顺便把写好的几首情诗也一同让小马打好了，又油印出来。自己读诗时，立马感觉不一样了，似乎那诗已经不是他写的了，不仅散发着油墨的香气，看到的效果跟发表了差不多。诗寄走后，也得到了未婚妻的好评，未婚妻是人民教师，知识分子，经常写信和他探讨诗。一来二去，他们的爱情就不一般了，热恋得山呼海啸，幸福空前。黄参谋对待打字员马天旭也就另眼相看，没了黄参谋的监督，马天旭的装束就越来越潇洒了。

马天旭暗中也在恋爱着，恋爱的对象就是警通连的话务员夏荷。夏荷是马天旭的同学，上中学时两人就眉来眼去，又一起当兵。新兵连结束之后，两人又一同被分到了师机关，一个做起了打字员，另一个当上了话务员。

部队有规定，战士不允许谈恋爱，两人的恋情就只能潜入地下。那种偷偷的，想见又不能见，只能你瞄我一眼，我回你一个笑脸的这种地下恋情新鲜而又刺激，在各自的心里异常美好。

马天旭和夏荷做过最大胆的事情就是在电话里聊天。打字室就马天旭一个人，平时门一直是关着的，在机关，打字室也是重地，一般人不允许随便进入，因为马天旭打印的都是机关文件，有保密的等级。文件保密，打字室就不一般起来。打字室还配了一部电话，颜色是红的，在机关，打字室的电话也是很重要的。

文件打得差不多了，马天旭会伸个懒腰，关节嘎嘎有声地响着，像正在拔节的庄稼，他就想起了正在值班的夏荷，他拿起电话，总机那头果然是夏荷接。夏荷就用标准的声音甜美地说：你好！夏荷当兵前是有口音的，讲话也没有此时电话里好听，来到部队后，话务员都要经过统一的培训。当了话务员的夏荷口音果然标准起来，声音还略带沙哑，很有磁性的样子。每次总机值班，都要三四个话务员同时上班，有负责接转机关内部电话的，有负责接转上级电话的，也有专门负责师首长电话的。分工不同，有的轻松，有的忙碌，无论夏荷忙碌与否总要和马天旭聊上几句：干吗呢？夏荷这么问，马天旭就在电话那端小声说：想你呢。夏荷不回应，在那端哧哧地笑。马天旭就说：周末能出去吗？夏荷说：排班表还没下来呢，到时再说。

士兵只有周日才有机会请假外出，每个连队外出是有比例的，不是想出就能出。有时为外出一次，要等好几周。出了军营，坐上二十几分钟的公共汽车，来到城里，便是他们的节日了。去公园、商店，偶尔还会下一次馆子，掐着时间归队，外出一次也是争分夺秒的。但无论如何，能外出一次，就是件幸福的事。

夏荷她们总机之间，接电话聊天也都心照不宣，她们谁都有点小情况，就是没啥情况的，偶尔也会接到男兵的电话，有事没事地和她们贫几句。年轻男女，正处于激情四溢的年龄，春心荡漾，神秘美好。

马天旭和夏荷不能久聊，怕误事，说几句电话就挂了。

二

不知何时，卫生队的莫西喜欢上了马天旭。

莫西是师卫生队的卫生员，师部院内西南角有一栋二层小红楼，楼下经常晾晒一些白色的被单床罩，也有一些医生护士穿的白大褂，楼前立了一块白底黑字的板子，上书：××部队卫生队。

莫西就是卫生队里的卫生员，和马天旭是同年兵，当兵也已经两年了，经常穿一件白大褂，里面穿着军装，红领章映得莫西一张圆脸总是红扑扑的。莫西有一双会说话的大眼睛，总是水汪汪地望着人。莫西的刘海显然被烫过了，弯曲地飘在额前，显得妩媚而又生动。按道理说，女战士是不允许烫发的，莫西这些女兵钻了部队条例的空子，只烫刘海，不烫发，管军纪的黄参谋对机关女兵也是睁只眼闭只眼，勉强算过关了。

师机关业余生活算不上丰富，但也多彩，经常有篮球比赛。球场上每天的晚饭后都热闹异常，警通连和侦察连的篮球队，每天傍晚都要比赛一场，球场边围满了男女战士，为双方进球欢呼，为一球失误而遗憾。

马天旭不喜欢篮球，喜欢弹吉他，坐在师部门前的台阶上，身边放了一本琴谱，他弹《红莓花儿开》，也弹《莫斯科郊外的晚上》，曲调清新悠扬。

马天旭每天在夕阳西下时分弹吉他，莫西都会远远站在一棵树下，似乎在欣赏夕阳，其实她的注意力都在马天旭的举手投足上。有一天，马天旭收了歌本，准备回宿舍了，莫西站在台阶下，仰着头水汪汪地冲他说：马天旭，你的吉他弹得真好听。

马天旭看见莫西，她已经脱去白大褂，穿着军装正楚楚地站立在那里。马天旭先是笑了笑，露出两颗虎牙，马天旭长了两颗虎牙，一边一颗，很对称，笑起来就有一股迷人的味道，他说：莫西呀，你也喜欢吉他？

莫西突然变得羞涩起来，她呢喃着说：可我不会。她多么希望马天旭说：不会我教你。可马天旭却说：买本吉他书，容易。

马天旭说完拎着吉他头也不回地走了。莫西心脏咚咚地跳着，她有些失望，又有些兴奋，马天旭终于和自己说话了。在女兵眼里，马天旭高傲得很，他潇洒清高与众不同，偶尔去卫生队，因头疼脑热去开药，见了她们这些女兵，似乎眼里空无一物，理都不理，视她们如空气，匆匆地来又匆匆地走了，在她们眼里留下一个潇洒的后背。不像其他一些男兵，有事没事总爱往卫生队跑，为的就是和她们这些女兵套近乎，有的没的说上一气。马天旭从不，在莫西的记忆里，马天旭去卫生队的次数屈指可数。

莫西和马天旭都在机关战士食堂吃饭，有些男兵打完饭专往女兵桌上凑，马天旭从不，端着饭躲在一角匆匆地吃，然后洗净碗，甩一下头发，离开食堂。莫西留意马天旭许久了，今天终于鼓足勇气和他说话，马天旭认真地看了她，就凭这一点，足以让莫西欢欣鼓舞好久了。

一个星期天，马天旭在卫生队楼下的一片草坪上踢球，他一个人踢，球踢过来，又踢过去，乐此不疲的样子。因为是星期天，马天旭穿着军裤，上身只穿了件背心，胸前印着鲜红的几个字：保卫祖国。那几个红字在莫西眼里鲜艳无比。

莫西洗完衣服，正在往晾衣绳上晾晒，皮球突然跑到莫西脚下，莫西看眼皮球，又看眼马天旭。马天旭见莫西没有把球踢过来的意思，便向莫西和皮球走去，马天旭正要弯腰捡起皮球时，莫西突然一脚把球踢了出去。马天旭直起身冲莫西：你……莫西突然笑了，很开心的样子。马天旭不满地又望了眼莫西，转身向皮球走去。莫西突然在他身后叫：马天旭！

马天旭立住脚，并没有回头。

莫西跑过去，一下子跑到马天旭的前面，把一页折叠起来的纸片递给马天旭。马天旭不解地问：什么？

她见他没有接的意思，拉过他的手把纸片拍在他的手心里，转身便跑进卫生队的楼里。马天旭展开那页纸，见是《红莓花儿开》的歌词：

田野小河边红莓花儿开
有一位少年真使我心爱
可是我不能对他表白

满怀的心腹话儿没法讲出来

……

马天旭抬起头时，莫西早就没影了。他拿着那页纸又看了一眼，一时不知如何是好的样子，最后还是把那页纸装在裤兜里，抱起球走了。

他回到宿舍，把那首歌词又掏出来，又看了一遍，笑一笑随手夹在曲谱本里。他站在宿舍窗前，又看见警通连门前，话务班的女兵在换班，夏荷站在队列里去总机室值班去了。

他从宿舍走出去，又上一层楼向打字室走去。今天是星期天，楼道里空空荡荡一个人也没有，路过值班室门口时，门开着，看见黄参谋坐在桌前在写着什么，不用问，又在给未婚妻写情书。

黄参谋未婚，家又不在本地，每逢节假日他就主动在机关里值班。反正也没事干，情书在哪里都能写。

马天旭打开打字室的门，看见了那部红颜色电话，他拿起电话就听见夏荷温暖的声音：你好！

三

机关收发室的收发员王小聪，是个很有意思的人，个子不高，长了一张娃娃脸，浑身上下就像上满了发条的劲量小子，没有闲下来的时候。一张脸总是笑着，似乎从来没有愁苦的事，蹦蹦跳跳的，从这儿到那儿，看到他的人都会被他所感染。

机关收发室，负责收送报纸信件和一些机要文件，邮局投递师傅把报纸信件送到收发室，再把王小聪整理好的信件带走，剩下的工作，就由王小聪来负责了。他把报纸按照各科室连队分好，信件自然也分好了，背着一个信件袋子，先从机关的一楼送起，一层层地送下去，信件袋里的报纸和信件一点点少下去。他嘴里轻声哼着歌，在办公楼里，这是办公重地，师首长和一些领导都在此办公，他尽量让自己显得稳重起来，但仍管不住自己，从这个台阶跳到另外一个台阶。直到信袋空了，他才一蹦一跳地下来，再回到收发室，装上其他信件，去连队、去卫生队送信了。

每天去卫生队送报纸信件，是他一天中最快乐的时光。信件袋挂在脖子上，像一个报童，他走在从收发室到卫生队的路上，心跳就一点点加快，远远的，他看见卫生队楼前挂满的白床单和白大褂，似乎已经嗅到了卫生队特有的味道。

卫生队一楼墙角，有一张桌子，桌子上放了一部公用电话，长此以往，王小聪总会把报纸和信件放到这张桌子上。报纸信件自然有人来拿。

卫生员们都是战士，有的刚离家不久，有的虽然离家参军已有两三年时间，但对家信的盼望程度都是一样的。有许多新兵，一到送信时间，目光透过窗子往外瞄着，只要王小聪一蹦一跳的身影一出现，马上就有人喊：年画小子来了！年画小子是她们给王小聪起的外号。有人这么一喊，手头没事的女兵，都会涌过来，凑到桌前来找自己的家信。有的人性子急，还没等王小聪把信件掏出来，已经迫不及待地到他手里来抢了。

莫西也在这群女兵中，她不急，拿眼睛去看王小聪。他自从认识莫西后，每次分卫生队信件时，要是有莫西的信，他会把信单拿出来揣在裤兜里，见到莫西会把信拿出来，带着他的体温，把热乎乎的信递给她。她会说声谢，冲王小聪抛个媚眼，转身跑开，找个角落读信去了。

这一天，王小聪又来到卫生队，照例是一群围过来的女兵，莫西依旧站在人群外，拿眼瞄着王小聪的手，王小聪把手放到衣袋里，并不把信掏出来。找到自己信件和没有信的女兵已经一哄而散了，就剩下他俩了，王小聪仍不把信掏出来，莫西失望地问：没有我的信是吧？说完转身就要走。

王小聪喊了一声：莫西……

莫西回过头，王小聪左右看了一眼，确信没人注意他们，从兜里掏出一张电影票，票是粉红色的，很温暖很醒目的样子。他把票递给莫西：周日，青年文化宫的电影票，《甜蜜的事业》。

莫西没接，把手背在身后，手足无措的样子。

王小聪拉过莫西的胳膊，匆忙地把电影票塞到莫西手里，转身就跑，越跑越快。

跑出去好远了，他听见身后莫西的声音：年画小子，你站住。

他没有站住，只回了一下头，他看见莫西手里举着电影票冲他招着手，像告别。

王小聪喜欢莫西好久了，一直没有找到机会表白，之前他想过给莫西写信，可开了几次头都不满意，索性把信纸都撕了。上周日他去了趟城里，在青年文化宫看了一场电影，就是《甜蜜的事业》。那里有男女青年谈恋爱的戏，电影插曲他也会唱两句开头：甜蜜的工作，甜蜜的工作无限好啰喂……

看完这场电影，他突发奇想要请莫西来看，当即就把下周日的电影票买了。在这周的时间里，他去卫生队送信，一直没有见到莫西，他想，一定是莫西不好意思呢。他怀揣着甜蜜的期待，哼着歌蹦跳着忙碌去了。

周日一大早，他就开始准备，把一直没舍得穿的新军装找出来，用牙缸装满了开水，在衣服的折痕处烫了烫，让衣服看起来更妥帖。又洗了头，用香皂洗了两回脸，还抹上了雪花膏，一切准备就绪。外出的假是昨天下午就请好的，批假的人是黄参谋，他的理由是上街给家里寄钱，上周请假的理由是买日用品。周末外出请假，总要找些理由，黄参谋也是从战士过来的，理解这些小战士的心情，他对这些机关兵总是无比的宽容，差不多时候都会准假。

王小聪蹦跳着走出营院，来到公共汽车站，这里已经有三三两两外出的战士在等公交车了。公交车每二十分钟发一班，不多一会儿车就来了，王小聪并没有上车。他在等莫西，希望和莫西坐同一班车进城。只要进到城里，不在机关的眼皮子底下，就会自由许多，他甚至想拉莫西的手。结果第二班车仍没等来莫西，他只好上车了。

他独自一人来到青年文化宫门前，电影是十点整的，文化宫门前的台阶上已经站了一些青年男女，有的喝着饮料，有的吃着冰棍在等待入场时间。他在人群里也没有发现莫西的影子，直到电影院已经放人了，他仍站在台阶上向远处眺望，仍不见莫西。他焦急地在台阶上跳上蹦下。

电影最后开演的铃声响了起来，仍不见莫西，王小聪开始擦汗，是急的。一直到电影都快演了一半，仍没等来莫西。他失望了，掏出那张粉红色电影票，一下又一下地撕了，在手里变成了若干碎片之后扔到垃圾桶里，他才怏怏地离开青年文化宫门前，接下来干什么都没有兴趣了，他又坐上了回营地的公交车。

下午的时候，他出现在卫生队楼下，楼下多了许多女兵的白床单、衣服之类的东西，满满地挂了一院子。

王小聪看见莫西正在和一个女兵打羽毛球，看样子她们打了已经有一会儿了，汗水已经浸湿了莫西的脸颊，有几缕刘海沾在额前。她看见了王小聪，突然惊呼一声：年画小子！说完扔了球拍转身就往楼里跑。另一个女兵不知发生了什么，盯着走近的王小聪。

王小聪冲女兵：李萍，莫西怎么了？

李萍：我还想问你呢，你把莫西怎么了？她一见你就跑。

王小聪望一眼卫生队楼上，把双手插在裤兜里，转身默默地离开了。在女兵眼里，他第一次没有蹦跳着走路，背影忧伤而又失落。

王小聪失恋了。

四

马天旭与夏荷的地下恋情一直伪装得很好，他们隔一周的周末，都双双请假去市里。到了市里他们也不为所欲为，找到最僻静的地方，比如新华书店，或者很少有人光顾的儿童乐园，总之，他们尽可能避开师机关人员的耳目。马天旭已经连续两年被评为机关优秀士兵了，他已经写了入党申请书，司令部党委已经研究过，把他列为重点考查对象，这是黄参谋偷偷告诉他的。入了党，就有可能提干。机关打字员，天天和领导打交道，为首长服务，有得天独厚的条件。马天旭是个要求进步的士兵，当兵离开家那一天，父母就这么嘱托过。

他不想因为恋爱影响自己的进步，两人聊聊天，甚至牵着对方的手走一走，一边交流一下这些天各自的情况。时间渐渐流逝，快到归队时间，两人一前一后坐上公交车回师机关，为了不引起人们的怀疑，他们甚至不坐同一趟车。剩下交往的机会，便是他给正在值班的夏荷打打电话，有时电话接通了，夏荷忙着转接电话，他就在电话里默默地听着夏荷好听的声音。电话里的夏荷又变成了另外一个样子，说着标准的普通话，亲切而又美好，她在电话里说："首长，您好，请问您要哪里？""好的！""首长，电话接通了，请讲。"……

说普通话的夏荷在马天旭心里非常迷人，她处理完转接电话的任务，便接通他的电话。因为还有其他话务员在场，他们也不会说更多的话，彼此倾听着对方的呼吸和声音，对他们来说这是一件非常让人幸福的事情了。

夏荷理解支持马天旭的进步，警通连女兵很少，就她们话务排几个人。她们的排长是男的，连长、指导员也是男的。她们话务班没有提干的机会，能入个党就是莫大的幸福了。夏荷也已经成了连队的入党积极分子，从入伍那一年开始，她就开始写入党申请书。父亲和她说，入了党回老家好找工作。父亲是老家城市里一名不大不小的处长，一直在党政机关工作，思想很正派，也很传统。母亲是名教师，也是学校的优秀教师，一家人都要求进步，夏荷自然也不例外。

下周就是夏荷年满二十岁的生日，马天旭为夏荷的生日筹备许久了，两人商量着要庆祝一下，请假去城里的饭店吃一次。不是不可以，但夏荷生日那天是周三，不当不正的日子。马天旭说：吃饭就算了，要出去只能周末，又不是正日子，没纪念意义。

夏荷就说：那该怎么办呢？要不就不过了吧？

马天旭当然不肯，他说：给你买份礼物吧，你喜欢什么？夏荷想了半天也没想好要什么，这些对话，是他们一起去城里在某条偏僻街道上轧马路时说的。马天旭后来说：你别想了，到时给你一份惊喜。

夏荷歪着头望着马天旭调皮地说：不许破费哟。

马天旭夏荷两人都是城市兵，家里条件还算不错，他们参军也没有后顾之忧，每个月的津贴费虽然只有几块钱，但也够他们各自花销了。过年过节的，他们各自家里还会给两人寄来一些，二十三十不等，但对他们来说，已经是富翁了。

转眼周三就到了，上午夏荷在总机上值班，中午吃饭时，马天旭没有碰到夏荷，接班的话务员吃过饭才会去接班。马天旭只能在晚饭时在食堂里见夏荷了。

吃晚饭时，两人心照不宣地互望了一眼，马天旭到食堂早些，排在了打饭队列的前面一点，他打完饭找了一个角落的桌子坐下。他希望夏荷看到他会坐过来，不料莫西端着饭盒过来，坐到马天旭的对面。

莫西望着马天旭：马天旭，教我弹吉他吧，吉他真好听。

马天旭的心思都在夏荷的身上，眼里根本没有莫西。

莫西娇嗔地说：马天旭，你干吗不理人？你太骄傲了。

马天旭快速地往嘴里扒拉着饭，见夏荷坐到了另一张桌前，趁那张桌还没坐满，他忙端着饭盒过去，坐到了夏荷的对面。趁人不注意，从裤兜里掏出礼物，其实他一只手一直没离开过装礼物的裤兜，那是一个包装好的小盒子，他在桌下把礼物递给夏荷，夏荷伸出手准确无误地接过了礼物。众人都在吃饭，根本没有留意两人的小动作，但却被一旁一直留意马天旭的莫西发现了。她忍不住突然大声哭了起来。

她的哭声一下子让食堂安静了下来，包括马天旭，所有的人都向莫西望过去。

莫西一脸泪痕，身体耸动着，她正用双手去擦泪。人们还没反应过来，莫西捂着脸跑出食堂。

事后许多人问莫西为什么要哭，她死活不说，一脸忧伤。

马天旭送给夏荷的礼物是一个八音盒，打开盖子，就会跳出一位俏皮的打着雨伞的小姑娘。音乐是《祝你生日快乐》。

五

倘若没有变化，这些机关兵在和平的天空下，将会阳光灿烂。他们的青春一定会幸福而又美好。

转折，是在一天早晨发生的。

马天旭接到一份急需打印的命令，师部司令部命令：接到军部通知，全师进入一级作战准备。

命令打印好，下发到部队、机关顿时一切就紧张起来。

师部门前的岗哨平时只有一名士兵站岗，有枪不配子弹，一下子，门口的卫兵增加到了四名，全部荷枪实弹，头戴钢盔，表情严峻。距离师部大门三十米处，设置了障碍，来往进出的车辆和人员，要全部检查。

所有话务员全部上岗，来往电话不断，有军部电话，有师部打给各团的。

师部后勤人员，购置了一车又一车军用物品，装在军用卡车上，用绿色的苫布盖好，几十辆卡车整齐地排列在停车场，严阵以待。随时准备一声号令出发。

师部命令：全体官兵一律不得外出。在家休假的官兵收到了速归的电报。

每晚的操场上，都在放映战争片，爆炸声和冲锋号声交杂在一起，让人心生紧张，又热血沸腾。

白天，一纸又一纸任命传到团营连各个级别。副师长、副政委被派到各个团去督察工作。机关里的许多参谋干事，又被派到连队去任职，增强基层连队的战斗力量。

黄参谋被派到警通连担任连长，以前警通连是有连长的，这是战时配置，一个连长牺牲或负伤，会有另外一个连长顶上。又突击提拔了一些副连长和副排长，为的就是战场上不能失去指挥。

队伍出发的前一天，马天旭和王小聪也接到了命令，两人同时来到警通连的通信排，战时通信是战争胜败的命脉，不仅两人下到了连队，其他机关兵也被纷纷补充到了连队。

凌晨时分，部队接到了开拔的命令，一辆又一辆卡车拉着士兵和后勤保障物资出发了，他们的目标是火车站。车队路过市区时，不见万家灯火，正是百姓熟睡的时候，路灯照耀着马路，也照耀着部队开拔的车队。每个路口都站满了执勤的警察，他们示意车辆全速通行，同时向军车敬以凝重的军礼。肃杀之气，让每个士兵毛孔倒立，这就是战争的前奏。

军列很快开出了站台，闷罐列车上的士兵，扒着每节闷罐车上仅有的车窗向这座熟悉的城市告别，有的还默默地流下了眼泪。

马天旭和夏荷虽然坐在一节车厢内，但他们的位置并不在一起，夏荷一直和话务班的女兵在一起，马天旭和男兵在一起，但他们的视线从没离开过对方。虽然闷罐车里并没有光亮，但偶有外面的过站灯光会一掠而过，瞬间的光亮让他们模糊地看到对方，夏荷看着马天旭的位置，马天旭也盯着夏荷的方向。车厢内的空气凝重而又沉闷。

不知何时，有一个声音道：谁放屁了？说话的是王小聪，他这时候仍没忘开玩笑，顿时车厢内有了片刻的轻松。

军列一站没停，直达目的地，他们饿了就啃一块压缩饼干，渴了就喝一口军用水壶里的水。

不知过了多久，列车终于停了。闷罐车厢打开了，他们列队站在月台上，几天不见光亮了，突然而至的光亮让他们有些不适应。他们眯着眼睛，看见月台旁早就准备好的一辆又一辆绿色军车。他们以车为单位，又一次出发了，车队浩荡，行驶在崎岖的山路上，直到这时，他们才意识到，自己已经身处南方。陌生的植物，裸露的红土地，大片大片的甘蔗林，空气温暖而又干燥。再往前走，路愈发的艰难，车速慢了下来，不停的颠簸让他们头晕。有几个战士晕车，车旁的战士让开位置，他们把着车厢呕吐起来。

车辆再往前走，他们已经能够看到路旁沟壑里翻滚下去的车，车上的物资散落一地，他们甚至看到了弹坑和焦土，他们甚至已经闻到了战场上的硝烟。

他们不是第一批参战队伍，第一批参战人员的战斗早就打响了。前方没路时，车队停了下来，他们下车，重新集结，很快部队接到了指示，他们全副武装跑步向丛林深处奔去。远处枪炮声阵阵传来，温热的血腥气刺激着他们的鼻孔，战争的味道就在眼前。

六

先头部队已经打开了进攻的缺口，师部设在一个山窝里，临时搭了两顶帐篷就是指挥所了。警通连一部分负责师部的警卫任务，通信排则负责架设临时电话线，保持和三个团部的沟通。

架设通信线路并不难，危险在于，虽然这里不是战争的最前沿，但四周仍有残敌在战斗，冷不丁会打来一发炮弹，或者一阵冷枪。俗话说，明枪易躲，暗箭难防。通信排把一大部分精力放在了保护架设通信线路人员的安全上。

马天旭、王小聪因不懂通信，便负责通信警戒的任务，当然还有从侦察连抽调的一个排兵力，确保指挥所的通信畅通。

马天旭、王小聪这些机关兵，平时基本上不参加训练，新兵连时打过几次靶，到了机关后也参加了两次打靶，对手里的枪仍有些陌生，甚至觉得好玩。王小聪戴着自己用树枝做的伪装帽，不时地把枪倒背在身上，长时间抱着枪随时准备射击的状态，的确很累人，平时嘻嘻哈哈惯了，此时也不闲着。

卫生队临时搭建的医院就在不远处，帐篷顶贴着的红十字清晰可见。王小聪不时地向卫生队方向张望，莫西就在帐篷里救护着前线运送下来的伤兵。

王小聪从树上揪下一片树叶，含在嘴里，先是学鸟叫，他模仿的鸟叫声足以乱真，引来远处树上几只鸟的应和。后来他干脆吹起了《甜蜜的事业》插曲的曲调，刚开始并不顺畅，磕磕绊绊的，很快曲调就悠扬起来，目光却忧伤地望着卫生队的方向，他仍耿耿于怀那次莫西的失约。

有几次他在院里碰到过莫西，莫西见到他，红了脸，低下头匆匆地走远，他装作没事人似的喊：莫西，你跑什么，钱掉了！莫西不回头，越跑越快，很快没了影。王小聪无聊地去踢路边的石子，不料石子粘在水泥里，把脚踢疼了，他咧着嘴，弯下身子，抱着受伤的脚，懊悔无比。

莫西不理他，他仍不死心，每天去卫生队送信，离很远就喊：莫西，莫西有你的信！喊得整个卫生队的人都听到了，他把信件报纸放到桌上，早就有一群女兵围了过来，就是不见莫西的影子。人群散去，早就有人把莫西的信拿走了，他才怅怅地离开卫生队，走出好远仍回头向卫生队张望着。

虽然王小聪对莫西的表白遇挫，但仍没有影响他对莫西的暗恋。这种美好的初恋，毛茸茸地爬在他的心上，美好而又忧伤。

此时身在前线的王小聪，仍时时关注着莫西，看一眼卫生队的帐篷，似乎看到了莫西那张笑脸，前所未有的甜蜜在心里滋润着，像一幅水墨画，朦胧而清晰。

他嘴里抿一片树叶，吹着歌，蹦跳地警戒在架设通信线路的阵地上。他，包括所有人都没有意识到，危险正在悄然向他们逼近。

几十人的一支敌人小分队，正在向他们靠近，他们原本的任务是偷袭师指挥所，他们几乎包围了师部，但看到戒备森严的指挥所，认定不会占到便宜，甚至有可能被消灭。

他们在迂回撤退过程中，发现了架设通信线路的队伍。指挥员临时改变主意，把偷袭师指挥所改成了偷袭通信阵地。

王小聪在移动，和这个轻声打了个招呼，又到另外一个战友前说几句。他冲马天旭努了努嘴道：天旭，怎么不说话，想什么呢?

马天旭呲句王小聪：回你的哨位，一边待着去。

王小聪嬉笑地离开马天旭向前走去，敌人错把他当成了指挥官，一支火箭筒瞄准了他，火箭筒打响的一瞬间就是他们偷袭进攻的号角。火箭筒带着一股烈焰直扑王小聪，他在蹦跳走着，火箭弹呼啸着从他身边滑过，在他身前几米远的地方爆炸，王小聪被一股烈焰吞噬了。

一场遭遇战就此打响，马天旭第一反应就是夏荷，在这之前，夏荷正在他眼前不到五十米的地方，蹲在地上和前线指挥所测试通信线路。枪声一响，他第一个反应就是直奔夏荷，夏荷已经中枪倒地，她一只手向马天旭伸过来。马天旭刚奔跑几步，便一个踉跄栽倒在地上，他的腿被击中了。他的耳边是呼啸的子弹飞过的声音，身前身后响起了激烈的枪声。偷袭的敌人在暗处，他们在明处，警戒的队伍只能朝枪响的方向开枪。双方的枪声便响成一团。

五十米的距离，对马天旭来说变得遥不可及，在草丛的缝隙中他看见夏荷那张扭曲变形的脸，一只手向前伸着，另一只手捂着胸口，胸口里流出的鲜血染红了捂在胸前的手。

马天旭喊着：夏荷，别动，我来了。一步两步，马天旭奋力向前爬着，双腿受伤，吃不上劲，他只能靠双手向前爬着。

所有的人员就地还击，已经顾不上伤员，黄参谋，此时的黄连长伏在一片树丛后，用步话机向师部求救：洞幺洞幺，我是拐三，请求支援。

一排子弹射向黄参谋，他扑倒在草丛后，步话机里只剩下电流声。

马天旭一步步在接近夏荷，他已经握住了夏荷的手，那只手颤抖着有些冰冷，他参军到现在第一次这么大胆地握着她的手，把她抱在怀里。她身体里涌出的血浸透了她的军装，她只能用气声说话了：天……旭……我……不行了。马天旭撕扯着喉咙喊叫着：不，夏荷，你睁开眼睛，我带你去卫生队！

他抱着她，在草丛里滚到身边一个凹地，他抬眼看了一眼卫生队帐篷的方向，他拖着她一步步向前爬去。夏荷的身体软了下来，昏迷过去，他拖着他的腿向前爬着。子弹击在草丛中，像水里冒出的泡一样响着。

枪声激烈地响了一阵之后，就安静下来，师部赶过来的增援队伍击溃了偷袭的敌人。

卫生队的帐篷内外一片忙乱，在伤兵中莫西一眼认出了王小聪，王小聪一张娃娃脸被烟火烧得面目全非，只露出一口调皮的白牙，他伤的是全身。

莫西惊讶地叫了一声：王小聪，王小聪！她把他抱在怀里。

王小聪艰难地睁开眼睛，模糊地看见了莫西的脸。他仍不忘笑着道：那次……电影你……没去……我等了你……好久……

莫西的眼泪下来了，她摇晃着王小聪：对不起，等回去，我们就去看电影，我答应你王小聪。

王小聪用最后一丝力气睁大眼睛，嘴角弯了一下，闭上了眼睛，手仍紧紧抓着莫西的衣角。莫西抱着王小聪大哭起来。后来，还是一个护士过来，把莫西的衣角剪断，王小聪仍死死地抓住那块衣角。

马天旭和夏荷同时被抬到了卫生队，夏荷已经牺牲了，躺在担架上。马天旭从另外一个担架上滚落下来，拉着夏荷的手，欲哭无泪，感受着夏荷的手在他的手里一点点变凉变硬。

七

许多年以后，南方一面山坡上，一队队一列列在那场战争中阵亡的战士，安息在这片山坡上。

战友祭奠团的几辆大巴车停在山脚下，他们在各方阵中寻找着自己的战友。

在王小聪烈士墓前，一位中年妇女把一个花圈放到了墓前，花圈的挽联上写着：纪念你，我的战友。永远想念你的莫西。

中年女人摘下墨镜，冲墓地深深鞠了一躬，两滴泪已挂在眼角。

一个拄双拐的中年男人，来到夏荷墓前，他放下双拐，坐在墓前，手抚着墓碑，突然叫了一声：夏荷是我女朋友……

喊完这句话，泪水纵横。他抚着墓碑目光望向天空。一片浓密的松树遮掩了天空，松针的空隙中，白云从蓝天下飘过。

墓地上，啜泣声一片，伴着松涛之声响在一处。

【原载《北京文学》2018年第7期】

枪墓

班宇

一

肖雯给我打电话时，刚过中午十二点，出版社的午休时间，她没下楼吃饭，而是往上走两层楼梯，在一条陌生的走廊里跟我通话。她先是告诉我，面前的窗户关不严，凉风直往她脖子里钻，又说，此时此刻，脚边有一盆君子兰，估计已被遗弃，肥厚的叶片上散满烟灰，她准备抱回办公室，用湿抹布擦一擦，自己养起来，最后说道，房子已经租好，立水桥南，八十五平方米，两室两厅，屋内装饰极少，南北通透，采光很好，一个月五千五，押一付三，不含水电。我还没睡醒，停顿了几秒，想起来龙去脉之后，对她说，很有行动力。肖雯说，别废话，你抓紧起床，晚上带你去看房子，王沛东也去，到时你别乱讲话。

我洗了把脸，抽了两根烟，打开电脑，看了几篇社会新闻，然后又倒在床上，想继续睡会儿，却怎么也睡不着。枕边有一本《遥远的星辰》，上次跟刘柳去书店时买的，她当时推荐说，这个人写得好，她最近非常喜欢，南美瘦人，波拉尼奥。我说，什么尿？刘柳有点生气。我说我是真没听清。刘柳说，波拉尼奥，智利作家，蹲过监狱，后来流亡海外，四十岁开始写小说，他的全部写作都是献给那一代人的情书或告别信。我说，代笔呗，那跟我基本属于同行。刘柳说，滚蛋吧你，我走了。我连忙哄她说，开玩笑呢，我买一本，回家研究一下。

我躺在床上，翻开《遥远的星辰》，开篇讲的是大学里的两姐妹，跟诗社里的英俊青年交上了朋友，所有人的名字都比较长，同一个人好像还拥有不同的名字，我读得有点累，便起身去厨房烧了壶水，期间无事可做，便立在一旁，想象着自来水的升温过程，直至壶内沸腾乱响，水汽冲出来，我赶紧拿出玻璃杯，里面放几片干燥的茶叶，又倒入热水，杯中的叶片逐渐舒展，以一种奇异的姿态。

肖雯和王沛东在地铁口等我，我刚一出来就看见他们了，两人都很高，所以比较显眼。我假装没看见，低头对着手机一通乱按，直到听见肖雯喊我的名字，才又抬起头，朝着他们挥挥手，然后走过去会合。

王沛东有一米八多，肖雯也将近一米七，我穿上鞋的话，一米六五，也比较瘦，他们俩一左一右，我夹在中间很有压力，从后面看，颇像是他们俩的孩子，这让我觉得尤为不适。迈开几步后，我便刻意跟他们保持一定距离，肖雯吃力地探着脑袋跟我说话，问我书稿的进展情况，我说，还可以，有三四万字了，能按时交。其实我一个字儿也没写呢。

王沛东本来说要吃涮羊肉，去他在几年前吃过的饭馆，据说麻酱小料是一绝，味道醇厚，回味无穷，结果快走到时才发现，那家店已经拆了，只好去旁边的家常菜馆。虽然正是晚饭时间，但里面没什么人，落座之后，王沛东举着菜谱问服务员，你家是什么菜系？服务员说，啥菜都有。王沛东又问，有什么特色？服务员说，看你想吃啥。王沛东说，我们这里有位东北朋友。我连忙说，我吃啥都行，不用特意照顾我，别太辣就行。服务员说，东北菜，有，萝卜丸子汤、炸茄盒、大拌菜。王沛东说，行，就这三个菜，另外再来一瓶白牛二。

菜端上来之后，王沛东先给自己倒一杯，然后问我，你喝点不。我说，喝不了酒，过敏。王沛东颤巍巍地举着满杯白酒，我和肖雯举着饮料，三人碰杯，王沛东说，祝你们的事业一帆风顺。我说，谢谢，借你吉言。王沛东说，你上次给出版社写的，讲民国时期的名人爱情，那本我看了。我说，我都不知道已经出版了。王沛东说，故事虽然有点老套，不过你的文笔不错。我说，都是别的书里扒下来的，我就是换几个句子，重新改写一遍，也有的是我自己瞎编的，不要当真。王沛东说，有点才华，能看出来。我说，攒的稿子，不值一提。

肖雯胃口极好，大概是中午没吃饭的缘故。白酒还剩下小半瓶时，菜便已经吃光了，王沛东眼神发直，肖雯去前台结账，我上了个厕所，回来时发现服务员正在收拾桌子，两人都不见了，我犹豫着走出去，发现他们正在路灯下等我，王沛东抽着烟，我也点了一根，肖雯带路，我们向着无光的前方走去。

两侧都是平房，生锈的铁架横摆在地上，偶尔有骑电动车的从身边经过，悄无声息，王沛东搂着肖雯走在前面，我走在他们身后，盯着肖雯的屁股，被牛仔裤紧紧包裹，来回扭动，又性感又可笑，看了一会儿，眼睛发花，许多光斑在眼前飞舞。王沛东说话声音很大，酒后的山东口音，更加难以辨认，走着走着，他忽然回头，斜着脑袋，望着我发笑，然后又瞟了一眼肖雯，说道，原来你才二十五啊。我说，对，虚岁二十六了。王沛东说，真年轻啊，我比你大一轮，在东北，你得管我叫啥。我说，叫王沛东。王沛东说，不可能。我说，那你说叫啥。王沛东想了想说，反正你说得不对。

肖雯带着我们走进小区，门口原本是景观设施，有喷泉和水池，可惜由于天气渐冷，怕被冻住，所以水都被抽掉，只剩下一道水泥壕沟，看着还比较深。四面都是高楼，且少有人住，没几户是亮着灯的，我们在里面转了两圈，又给房东打了个电话，才确认我们所租住的那幢楼。走入电梯后，灯泡一直在闪，像恐怖片里的场景，王沛东靠在角落里，问我怕不怕鬼，我说不怕，我问他怕不怕，他说怕，怕鬼也怕黑，但喝完酒，就什么都不怕了。我们上到十二楼，出了电梯左转进入二单元，肖雯掏出钥匙，拧开最里面那间的房门。

屋内装修的味道还未散尽，闻着头疼，阳台上摆着一套塑料桌椅，窗户半敞着，王沛东坐在椅子上，望向窗外，又抽起烟来。肖雯带我看房间的格局，介绍道，这是主卧，以后在这里谈工作，这是次卧，样书、资料和打印机放在这里，这是客厅，以后你们办公主要在这里，这是洗手间，干啥的不用我说了吧。我说，你也能干房产中介。肖雯白了我一眼，说，我看了很多房子，就这个比较合适，没有多余家具，周围也比较安静，适合撰稿。我说，我能住这里吗？肖雯继续说，美中不足的是，这个厕所是花玻璃拉门，没有锁，外面看着朦胧，以后有女员工的话，可能不太方便。然后又补充说，全凭自觉吧，我再找房东商量商量，争取给换个门。我说，不用换，这种就挺好，脱完裤子，外面能看见虚影儿，白花花的一片，有冲击力，刺激创作。

我坐在次卧的窗台上，肖雯坐在桌子上，跟我说，明天去办宽带，然后配电脑，你写个公司简介和招聘启事。我说，这就要开始了。肖雯说，对，写得恳切一些，体现出求贤若渴的感觉。我说，员工什么待遇。她说，正要跟你研究，我想的是，底薪一千八，按工作量绩效，当然也得考虑稿件的操作难度与做出来的质量。我说，这个比较复杂，需要摸索。肖雯说，是，你也做一个大致的方案。我说，现在咱们手里总共几个项目。肖雯说，三本书吧，你在写的这本，还有一本段子里的简明中国史，模仿余世存的笔法，另外还有一本历史人物传记，另类读史，这个社里可以签版税，卖好了兴许能赚。我说，这次写哪个历史人物。肖雯说，张居正，大明首辅。我说，不太熟悉，就知道他的一条鞭法。肖雯说，不难，你肯定有办法。我说，尽力而为。

外面传来王沛东的呼噜声，曲里拐弯，声音很大，我跟肖雯相视无言，屋内灯光幽暗，我从窗台轻轻跳下来，俯下身子，伸手去握她的脚踝，踝骨很硬，皮肤冰凉。她一边警惕地回头，一边抬腿将我踹开，力道很足，咬紧牙小声说道，你他妈要疯是咋的，几次了都。我没有说话，被她一骂，也有点泄气。她从桌子上下来，走回客厅里，我跟在她身后，王沛东仰倒在塑料椅子上，手臂下垂，姿态难看，睡得极熟。我又问一遍，我以后能住在这里吗？肖雯说，不行，这是办公室。我说，那我以后能加班吗？肖雯说，那可以。我说，那我能每天都通宵加班吗？肖雯没有说话，从壁柜里拿出一柄绿色的扫帚，递给我说，这几天一直开着窗户，进了不少灰，从里到外，好好打扫一遍。

第二天早上，我躺在床上给刘柳发信息说，我的公司马上开张了，在立水桥，环境优雅，风光秀丽，周边设施完备，随时来玩。直到下午，刘柳才回我消息，总共就三个字，恭喜你。我觉得有些失望，便在床上继续翻波拉尼奥的那本小说，又看了十几页，接到肖雯的电话，问我是不是干过编剧。我说，干过一阵子，但是……肖雯不等我把话讲完，便说道，那我帮你把这个活儿接了，价格不错，不妨一试，现在做出版利润不是很高，但影视行业不错，我们也要多条腿走路。我说，还没开业，就要转型。肖雯说，少废话。我问，到底是什么题材呢。肖雯说，也是历史剧，王阳明的故事。我说，这个真不懂，心学，深了。肖雯说，你就按照历史小说的套路写，查查资料，通过更好，通不过也没啥损失。我刚想拒绝，肖雯却已经将电话挂掉，我再拨回去，她也没接。

在此之前，我确实做过一段时间的编剧，事实上，编剧还是我的本职专业。刘柳以前就总问我，你这文凭到底是真的吗。我说，千真万确，全日制本科，教育部认可，音乐学院，戏剧影视文学专业，比较稀少，总共就两届，我是第二届，再往下就招不到人了，统招调剂的也都不来，直接回去复读。刘柳拍拍我，说道，对你们表示同情。我说，其实也还好，还有个什么经纪专业，我入学那年刚创立的，说是练习眼神儿的，毕业后能当星探，结果就只有这么一届。刘柳问，那他们都当星探了吗？我说，当个屁，都在活动策划公司上班，负责搞路演，卖洗衣粉，联系野模，充话费送豆油。

刚毕业时，我揣着这张文凭四处面试，总是碰壁，甚至有的公司负责人见我是音乐学院毕业的，让我当场唱一首歌，我还以为是什么性格测试，虽然五音不全，但想了想，还是鼓起勇气，在他的办公室里唱了一首齐秦的《大约在冬季》，比较难听，中间还忘词了，他提醒了我两次，我勉强唱完。他听后点了点头，客气地将我送出门，从此再无联系。

毕业之后，我一直没有回家，在外面租房住，大概过了三四个月，基本弹尽粮绝。也是在这个时候，政府颁布一项政策，要建设动漫产业基地，投入资金，扶持行业发展，霎时间，新公司如雨后春笋，各方面人才紧缺，于是我在动漫公司找到了第一份工作，负责给动画片写脚本。老板姓张，我叫他张总，他摆摆手，说，叫老师就行，张老师。入职之后，我问他，张老师，我们要做一部什么题材的动画片。张老师说，按照我的设想，应该是有正派和反派，他们之间有不间断的斗争。我说，明白。张老师说，要一集讲一个故事，不需要有太强的连续性，每集都要解决一个问题。我说，明白。张老师说，还要体现出团队力量，一个主角，带着几个性格各异的配角，共同克服弱点，排除万难，通力合作，对抗敌人。我说，明白。张老师说，还要插上想象的翅膀，小孩儿嘛，就喜欢幻想故事。我说，明白，张老师，我们是要拍《西游记》吧。

公司的办公地点本来说是在二十一世纪大厦，但由于里面租金较贵，张老师只租了很小一间，用来注册。事实上，公司里的大部分员工，都在姚千地区的一个农家院里工作。姚千，全名姚千户屯镇，距离沈阳市区三十公里，往返有长途，农家院是张老师亲戚家的，门口有一条年迈的狼狗，没精打采，毫无攻击性，平时都不拴链子，张老师的亲戚每天负责照顾我们的起居，非常仔细，无微不至，按照张老师的意思，这样就可以方便我们将全部身心投入创作之中，抓准时间节点，争取一天出一集。张老师每周会来开一次会，查看进度，验收工作，晚上再喝一顿大酒，坐在炕上跟大家畅想未来，像一位返乡的亲戚，功成名就，为我们带来城市里最新的变迁讯息。

我在姚千待了十几天，就有点坐不住了，趁着午饭时间，总拉着同事出去转悠，这个地方比较野，人少风大，杂草疯长，空房无数，满地烧废的玉米秆，像微小的新冢，纸钱纷纷，全部渗在泥里。旁边还有一片荒废的别墅区，始建于二十年前，碎玻璃满地，绳索电线缠绕，白天房间里摆太阳能唱佛机，循环播放《大悲咒》，晚上四处有鬼叫，无论何时，走在路上都提心吊胆。

我在南屋工作，睡在北屋，卧室紧邻精密仪表厂，已经废置多年，厂区的围墙上还扎着玻璃片，看着相当锋利。开始几天，我睡到半夜总会醒来，恍惚间听到仪表厂里有枪响，而且不止一声，还有人在喊，在奔跑，像是在打仗，场面混乱，而某一瞬间，又全部安静下来，这些声音令我十分恐惧，难以入眠。第二天中午，阳光猛烈，饭后，我走到仪表厂门口，发现大门仍旧紧闭，锈迹斑斑，没有生命活动的迹象，透过门缝往里看，也只是一片无尽的杂草，绿意汹涌，与乱石和狭长的苍穹结合在一起，回忆昨夜的声音，宛如一幅幻景。

有一次，张老师喝多了酒，跟我们说，我们这个动画做完之后，肯定会大获成功，风靡全世界，到时候，我们要转型实体产业，在这边建一座大型魔幻乐园，比肩迪士尼，以西游记为主题，九九八十一难，门口就是一座火焰山，真烧，二十四小时点火，模仿奥运会，操你妈的；然后还能让你家孩子飞，迪士尼让他飞十米，我他妈让你家孩子飞上去二十米，三十米，四十米，我操你妈的，你们说，有意思不。我们没人说话。

我在姚千待了将近两个月，写了三十集的内容，车轱辘话儿来回讲，每天脑袋里都是小动物干仗，濒临崩溃，但动画组那边，连一分钟还没做出来，举步维艰。这样一来，我的时间变得较为宽裕，正好在网上看见有人招募图书写手，稿费还可以，千字六十，但要得比较急，因为是要追一本畅销书，我发去邮件联系，按照给过来的资料，熬了一个星期，将初稿做完。对方看过后表示满意，打来电话，沟通细节修改，我才知道她名叫肖雯，在南方一个出版社的北京分社上班，之后她又发给我一部书稿，是要写袁世凯，这个人物我比较熟悉，从前看过不少资料，也有一些自己的想法和见解，顺利完成之后，她把两部书稿的款项一并打来，又问我目前从事哪一行。我说，编剧行业吧。她说，好做吗。我说，不太好做。她说，那不如来北京，我们一起成立工作室，做好稿子卖给出版社，买断也行，签版税也行，我这边都有资源。我没有立即答应，挂掉电话之后，想了两天，之后准备拖着箱子离开这里，因为没签合同，也不想惊动其他同事，所以我是半夜走的，按照预计行程，我沿着丹霍线步行，在天亮时，正好能赶到汽车站，然后坐第一趟车回到市内，从而逃离姚千，稍晚一点也没关系，车有的是。当天半夜，我悄悄出门，走出一段距离后，便听见身后又传来几声枪响，这次也像是孤零零的鞭炮声，我索性坐在地上，面朝着仪表厂的方向，风很大，天空沉寂而高阔，我仿佛置身荒原，在等待着冲天的火光，但在远处，却往往只是一闪，便又迅速消逝，只剩下如谜的黑暗。

二

我查了半天王阳明的生平资料，还是理不出头绪，他的人生经历不算曲折，故事性不强，亮点全在于思想，比较难写，正在发愁时，收到刘柳的信息，问我晚上有没有空，我回消息说，是不是要来看我的办公室，欢迎。刘柳说，没有兴趣，又说如果有空的话，可以陪她去看一场地下演出，顺便喝杯酒。我说，我对演出也没有兴趣。刘柳说，机会难得，不来别后悔。我想了想，斜挎着背包出了门。

刘柳原籍齐齐哈尔，在秦皇岛的海边长大，我跟她是在网上认识的，当时我还没毕业，假期比较有空，乱写过几个短篇小说，贴在某个网站上，讲的都是发生在北方的故事。第一篇讲的是一位出租车司机，外号老顽童，开白班，驾龄较长，经验丰富，人缘也不错，还是某电台的路况报道员。忽然某天，在毫无征兆的情况之下，连人带车一起失踪，全城热心司机都在帮忙，发起寻找老顽童的行动，每天挂着手台来回呼喊，不放过任何蛛丝马迹，行动负责人二十四小时开机，分析线索，逐步排查。失踪一周之后，车在内蒙古找到了，已被焚毁，面目全非，最后是通过发动机编号确认的。紧接着，人也找到了，在附近的一口枯井里，已经死亡多时，被荒草和积雪覆盖，头颈有多处利器袭击伤痕，案子到最后也没有破，所有人都非常失落。第二篇讲的是一对夫妻，都是变压器厂的，女的看库房，男的开叉车，双职工家庭，有个十几岁的儿子，在读初中。两口子感情很好，很少吵架，总是结伴上下班，对同事也很礼貌，乐于帮忙，生活虽清苦，但也令人羡慕。有一天，他们的儿子提前放学回家，看见父母一个躺在床上，一个瘫在沙发上，神情怪异，餐桌上摆着几支空针管，儿子吓得冷汗直流，拿起电话想联络亲戚，其父神志不清，误以为他要报警，上去将电话夺过来，双方一阵厮打，最后，夫妻二人合力，将亲生的儿子勒死，第二天还给老师打去电话请病假。近一周后，实在瞒不下去了，他们才决定去派出所自首。那天跟往常一样，两人衣着素朴、干净，赶在上班时间，与所有人一起推着自行车走出院门，浓雾从远处的烟囱里散出来，遮蔽部分天空，他们跨步上车，一前一后，骑得很慢。

这两个故事结构比较松散，没头没尾，并没有引起广泛关注，但刘柳是为数不多的在文章底下留言的人，写了很长的一段，我没有看太懂，但大意是觉得第二个故事很好，让她想起曾经的邻居。我发去邮件，跟她讲，我写的就是我曾经的邻居，他们的儿子是我同学，我住二楼，他们住三楼，那天学校并没有提前放学，是我拉他一起逃的学，在外面玩腻了，于是提前回家，他死之后，有一段时间里，我也很自责。刘柳回邮件说，那第一个故事呢，原型是谁，感觉没有结尾。我说，没有原型，幸存者很失落，他们已经很疲惫，但不得不打起精神去提防黑暗；没被抓住的凶手也很失落，他本来短暂的一生，将会因此被抻得极长，直至无限，这就是所有人的结尾。刘柳说，有点意思，我在北京，甜水园图书市场里上班，当出纳，平时爱看书和演出，喜欢摇滚，也想自己写小说，但总写不好。我说，我也写不好，有机会一起探讨。

我来北京的第二天，便来跟刘柳见面，她跟照片上几乎没有区别，长得很白，看着不太健康，头发像只碗一样扣在脑袋上，唇下有痣，眼神发钝，跟我一样，也是深度近视，披一件黑色的短夹克。我提着一口袋水果，对她说，不知道买啥，给你买了一盘香蕉，两个火龙果。刘柳说，我还以为你要去看望病号呢。我说，都是热带水果，营养丰富。

刘柳带我去吃一家羊蝎子，说是北京特色，结果全是骨头，根本啃不下来什么肉，我没吃饱，但也不好意思说，席间她喝了两瓶啤酒，一瓶凉的，一瓶常温，掺着喝，喝到后来，酒撒在衣领上，她用手擦掉，显得有些狼狈，但也可爱，我假装没看见，趁她去卫生间时，顺手把账结了。饭后，我送她回家，走到她家楼下时，我说，你家里有刀吗？她很警惕地说，你要干吗。我说，没别的意思，就是想尝尝火龙果的味道，一直没吃过。刘柳说，我吃过几次，也没啥特殊，不香不臭。我说，是吧，我还是有点好奇。刘柳又说，那你上来吧，这东西剥皮就行，不用使刀。

刘柳是跟朋友合租的房子，她住北屋，南面是一对在附近超市上班的情侣，我们蹑手蹑脚地回到她的房间里，她拉开灯管，满屋子都是书，很多都还没拆封，我随手拾起几本，说道，这么多书，没有想到。刘柳说，赚的钱都买书了基本，看书也慢，越攒越多，现在就怕房东忽然涨价，搬家实在是太麻烦。我说，借我几本看看。刘柳说，抱歉，从不外借。我说，行吧，那有机会给我推荐几本。刘柳掏出一个火龙果，对我讲解，看见没有，火龙果的脑袋上有个洞，这是它的致命弱点，你把手指伸进去，找好发力点，往外使劲，就能把一层层的皮全剥下来，剥开之后，像一朵绽放着的花，特别好看。我咽了咽口水，一把将刘柳拽过来，她飞快地挣脱掉，笑着说，你要干吗啊。我起身再次将她抱住，她忽然变得一脸严肃，推开我说，今天不行，生理期，你冷静一些。我忽然觉得也很没意思，便将她松开，她整理好衣服，打开电脑，放了一首极为沉闷的曲子，夹杂着淅淅沥沥的雨声，我们互相都没再讲话，只是坐在床边，花了很长时间，终于将那两个火龙果吃完了。

我在图书市场闲逛，等刘柳下班，顺便翻翻各个摊位上的书，还看见了我写的一本，封面上署的都是假名，我问摊位老板，这本卖得怎么样。他说，你是出版社的发行吧。我说，是。他说，刚开始卖，不知道好坏。我说，什么样的书卖得好呢。他说，啥书卖得都不好，没人愿意看书了，都在看手机。我说，也是。他说，但是地图卖得还可以，总会有人来买地图，销量不断。我说，什么样的人群呢。他说，说不清，有老有少，就爱看地图，地图册和挂纸都买，世界地图、中国地图、外国地图、各省市地图、青藏高原地图、四川盆地地图、洋流图、航海地图，有啥买啥，来者不拒。我说，买回来干啥。他说，那我说不清楚，收藏，搞研究吧或许，还有的在上面摆小人儿，用圆珠笔画行军路线，今天攻占大西洋，明天解放匹兹堡。我说，厉害，军事家。他说，也不排除有人就是爱看地图。这样的我也听说过，盯着地图发呆，眼睛都不眨，一看就是一整天，坐地环游八万里。

刘柳穿着一件十分宽大的橘色防晒服，风吹过来，她的后背上鼓起一个大包，看着像动画片里的人物。我们在图书市场对面的韩味餐馆吃饭，刘柳要了一杯米酒，我尝了一口，难以下咽，她喝完一杯，又要一杯，我很不理解。刘柳夹起一筷子炒米条，问我，波拉尼奥看完了吗？我说，没有。刘柳说，那么薄的一册，还没看完，我本来还想跟你探讨一下呢。我说，看了一部分，最近在忙新公司的事情。她说，飞行员。我说，什么。她说，小说的主角，那个连环杀手，也是飞行员，开着战斗机，在太阳底下穿梭而过，用白色的尾迹写诗，它们像云一样，挂在半空里。我说，还没读到这里，但能想象得到，在沈阳的法库县，每年都有国际飞行大会，全是飞机拉线，五颜六色的，有机会带你去看看，比较壮观。刘柳放下筷子，说，有时候我觉得跟你真是没法聊。我说，你再给我一点时间，最近我的脑容量比较紧张，每天想的不是王阳明就是张居正，装不下外国人名。

饭后，我们步行到亮马桥附近，刘柳说，这边有个汽车电影院。我说，啥意思，在汽车里也能看电影。刘柳说，差不多，我也没看过，好像是坐在自己的车里看，车内的音响调到一个频段收声，透过风挡玻璃看大屏幕，我猜是这样。我说，真不如去电影院，这又要擦玻璃，又要调收音机，刮风下雨什么的，估计还会影响效果，简直脱裤子放屁，多此一举。刘柳说，你这就不懂了吧。我在等着她接下来继续反驳，但过了一会儿，她又说，其实我觉着也是。

刘柳带我去的酒吧就在汽车电影院内，我们刚从漆黑的水潭转过去，便看见几簇零散的灯光，三四十人正在亮处逐渐聚拢，相互谈笑，有人弓着腰，用毛笔蘸足墨水，在门口的桌子上写字，姿态夸张，宣纸拉起，挂在门口的栅栏上，上面四个大字：门票五十。刘柳掏出一百元，买了两张门票，我们在酒吧里等候，我要了一罐可乐，打开折叠椅子，靠着暖气坐下来。刘柳拎着一瓶啤酒，来回走动，神态兴奋，偶尔会跟我说，这个是谁谁，玩硬件噪音的，那个是谁谁，什么独立厂牌的运营者。我说，这些人想不想找个工作呢，底薪一千八，绩效另算，创业公司，氛围单纯。刘柳先是哈哈大笑，然后又说，滚吧你。

当天晚上总共三个人演出，第一个人，登台之后，也没说话，打开笔记本，开始放歌，呜里哇啦，毫无旋律，我十分不解地看着刘柳，但她却不看我，专注于那些收废品一样的声响；第二个人，长发垂肩，拿着一把吉他上场，前后跳跃，像是在施法，音量很大，我坐在椅子上都要被掀翻，实在撑不住，于是跑出去透气，门外是一片草地，有人支起炉子烤羊肉串，我闻着很香，很想过去买几串吃，却又觉得不够严肃，于是作罢。第二个人演完之后，刘柳出来找我，问我为什么不继续看演出，我说，理解不了这种音乐，没调，呜里哇啦，太吵，都是噪音。刘柳在台阶上坐下来，掏出手机找出一篇文章，告诉我说，你看看这个，别人写的乐评，关于刚才演出的那个吉他手，你试着通过文字理解一下。我接过手机来，读道，东海之外大壑，少昊之国。少昊孺帝颛顼于此，弃其琴瑟，《山海经》，卷九，大荒东经。刘柳说，功底不错，这一段里，好几个字我都不认识。我说，以前做过一本关于《山海经》的注释，边做边查，记住不少生僻字。她说，你接着看。我继续读道，山无棱，天地合，肉身坠海，性灵游弋，悬崖景深万丈，斯人流连忘返，只待纵身一跃，便可羽化成仙，抑或陷入万劫不复之地，这一次，他把吉他当成爱人，把演奏当成了一场交媾，披荆斩棘，浊浪排空，魂飞天外，尘世里魔怪纷扰，我们黄泉路上见。刘柳说，怎么样，写得挺炫吧，作者跟你一样，好像也是沈阳的。我说，这里面他妈有一句是人话么。

演出结束时，已经差不多晚上十点，刘柳又交到一位新朋友，留着长须，脑袋上盘着发髻，一身长衫，有点像道士，他给刘柳买了一杯啤酒，之后就一直站在吧台旁边聊天，连说带比画，眉飞色舞。我看着有点来气，便从侧面走过去，拉了下刘柳的衣服，告诉她说，我有点事先走，你自己回去时，注意安全。屋内放的音乐声音很大，刘柳好像没太听清，我也没管，直接往外走，出了院门，走到水潭附近，刘柳从后面追上来，气喘吁吁，拉住我的衣服，跟我说，你没生气吧。我说，没，看你们聊得挺好，就先不打扰了。她说，还是生气了。我说，真没有。她说，我又没说不走，你等我回去上个厕所。

我点了根烟，望着刘柳折返的背影，雨丝落入水潭里，荡出一圈轻微的波浪，相互侵扰，不断变幻；我闭上眼睛，听见歌声从狭窄的远处传来，低沉的呢喃，铃鼓与提琴，有人喊起口号，几句铿锵的外语，其中又夹杂着尖锐的枪声。刘柳的脚步走远，随后又逐渐接近，我在木桥上，听着她一步一步走过来，在我身前停下，抬头望天，然后说道，什么星悄然坠落而无人见之。我说，什么星。刘柳说，不是问你，这是小说的引文，福克纳的一句话。

当天晚上，我们又走回图书市场，住在对面的客栈里，八十六块钱一宿，不贵，但条件一般，房间全是在地下，走进去像迷宫，转了好几道弯，才找到我们的房间，屋内挺干净，也算宽敞，但没有卫生间，这点不太方便，公共浴室也在屋外，走过去得好几分钟。刘柳让我先去洗，她打开电视，用遥控器来回调台，我没直接去浴室，而是又转回地上，出门去超市买了两盒烟、一盒避孕套，还有两罐啤酒，回来开门，把东西扔在床上，刘柳半躺在枕头上，看起来十分疲惫，好像就快要睡着了，电视里还在播着新闻，我把她摇醒，又脱掉她的裤子，轻轻抚摸，她没有回应，但也没有拒绝，我爬上去做了一次，时间有点短，不太成功。做的过程中，她一直眯着眼睛，咬着嘴唇，表情有些不耐烦，刚开始时，我想把电视声音调大一些，她却示意我把电视关掉，于是我们只开着床头的暗灯，周围安静，呼吸声清晰可闻。做完之后，我们躺在床上，谁也没有说话，过了大概十分钟，刘柳说，有点想撒尿，憋得慌，但是不爱出门，还得穿衣服，懒得动。我从桌子下面翻出来一个脸盆，跟她说，往这里尿吧。她伸手关掉暗灯，跨过我的身体，光脚蹲在地上，撒了泡尿，黑暗中的所有声音都极为生动，不知为什么，我竟然十分紧张，心跳很快。尿完之后，她对我说，对不起，酒劲儿上来了，太困，于是又爬到床里面，脑袋顶着枕头，睡着了。我悄悄穿上拖鞋，拿着脸盆出门，长舒一口气，走到卫生间，将尿液倒掉，又冲刷几遍，顺便洗了个澡。回到屋子后，翻来覆去睡不着，于是打开床头灯，掏出包里的那本波拉尼奥，继续看书。

三

午夜时，书已经读过大半，情节紧张，我愈发精神，毫无困意。刘柳忽然醒来，问我几点了。我说，快一点了，你接着睡吧。她说，睡不着，后背怎么一直发凉。我说，不是你的后背发凉，是这个房间潮气太重，被单精湿，泛着阴气，使点劲儿都能拧出水来。刘柳说，浑身酸痛。我说，要不然这样，你先起来一下，我把外衣和衬衫都垫在被单上面，你再躺上面，多少能好一些。刘柳说，我好像感冒了。我说，实在不行，我们换个宾馆，我兜里也还有些钱，或者送你回家也行。刘柳说，算了，将就一宿，有水么，嗓子发干。我说，忘买了，只有两罐啤酒。刘柳说，来一罐吧，润润喉咙，兴许还能再睡会儿。

我伸手打开一罐递给她，她接过来，小口喝着，我将另一罐也打开，喝下一口。刘柳盯着我说，你不是不能喝酒么。我说，是，酒精过敏。刘柳说，那怎么还喝。我说，我也渴，整个晚上，基本没咋喝水。刘柳说，那你喝完酒后什么反应？我说，也没啥，头晕，脸发红，浑身起红斑，不好受，过一会儿能消下去。刘柳问我，那你现在晕吗？我说，本来不，你这一问，有点晕了。

刘柳喝完了一罐，我喝掉半罐，她把我的酒抢过去，自己继续喝，然后说，刚才我没做什么不好的事情吧。我说，没有。她说，是吧，当时有点醉，晚上喝的米酒，后劲儿挺大，我们好像做了一次，是吧。我说，是。她说，做完我就特想撒尿，每次都是，控制不住。我说，正常，生理习惯。刘柳看见我手里一直拿着书，问我说，这本书有意思吧。我说，写得不错，氛围恐怖，也像侦探小说。她说，对，你要继续看书吗。我说，看也行，不看也行。她说，不看的话，我们就再做一次，屋里怎么这么冷。我说，好。

开始做之前，刘柳有点不好意思地说，我能在上面吗，不想躺着，后背还是凉，于是我躺在下面，她骑在我身上，掌控节奏，非常投入，我的状态也比前一次要好些，但好像还是没能让她满意。做完之后，我们分别又去冲了个澡，然后躺在一起，把电视打开。她问我，现在几点了。我说，两点半。她说，我又有点困。我说，我也是，不然闭了电视睡觉。她说，别闭，有个动静，也许睡得更好。我说，也行。她说，再说会儿话。我说，说啥呢，对了，可以谈谈这本《遥远的星辰》，我马上就看完了。她说，不聊这个，说说你的作品，北方故事怎么不写下去了。我说，后来我就毕业了，找了个工作，去郊区写动画片，就没时间继续写了，再说，本来也是写着玩的，没有规划。她说，可惜了，那两篇都挺好看。我说，也就你这样认为吧，当时写得很草率，两个晚上写完，基本没改，就贴上去了，语病错字连篇。她说，这不要紧，主要是有一种很不同的气质，包括你后来写的几个随笔，回忆一些往事，我不知道怎么形容，说不清楚像谁，反正我觉得不错，就几百个字，但每篇都会看好几遍。我说，惭愧，谬赞。她说，北方故事还有吗，再讲一个。我说，没了，就这俩。刘柳说，你别不耐烦啊。我说，就这俩刺激的，剩下的都很日常，吃烧卖，喝羊汤，渍酸菜，涮火锅，北方美食故事。刘柳说，不要这个，要出人命的那种，冰天雪地，白茫茫的一片，总得有点不一样的色彩点缀。我说，没看出来，你的内心原来是这样的。刘柳说，是吧，不信你数一数，看看《遥远的星辰》里面死了多少人。我说，我没有这样的故事了。刘柳说，那你现在编一个。我说，编不了，从小不会撒谎。刘柳说，那得了，我还是走吧，退房，没意思，回家睡觉，明天还得上班。我说，这么晚了，还折腾啥，那我讲一个，我听说的，真假不知，现在头晕，不一定能讲好。她说，好，你说，我闭着眼睛听，等我睡着，你就可以停下了。

我拿出手机，里面存着一篇故事提纲，很久之前开始写的，偶尔会翻出来，改几个字，但始终没有写完，我压低嗓子，盯着屏幕讲道：

故事主角，年龄跟我相仿，名叫孙程。其父孙少军，年轻时下过乡，是七一届知青，在青年点与其母相识。回城之后，通过祖父的安排，同在线路大修段上班，随后两人结合。次年生有一子，即孙程，早产，体重刚过四斤，后虽精心照顾，仍瘦弱多病，不比同龄者。

八十年代末，其母托人调动工作，从此远离生产一线，转至附属医院的行政部门，较为忙碌。孙少军由于性格原因，在工作中常与领导发生争执，难以调和，遂申请停薪留职。坐火车去南方，学做生意，观察数月，背回来几捆皮鞋，回到沈阳时，正值冬至，走街串巷，一双也没卖出去，心灰意冷，之后染上麻将癖好，经常彻夜不归。偶尔也会出门赚钱，穿着崭新的皮鞋去蹬倒骑驴，在火车站附近拉脚儿，或去家具城对缝，赚到钱之后，除简单贴补家用之外，大部分都浪费在赌桌上。

三年之后，其母与一年轻医生交好，并再次怀孕，便与孙少军离婚，法院将孙程的抚养权判给孙少军，他开始跟着父亲一起生活，这一年，孙程刚满七岁，默默目送母亲离开，没有叫喊，也没流泪。也是在此时，祖父双耳发聋，城区改造伊始，四面拆迁，他每日处于巨大的崩塌声响中，却置若罔闻，面容严峻，半年之后，祖父去世，葬礼冷清，悼者寥寥，火化前夜，孙少军彻夜赌博，输光现金，没钱买骨灰盒，只得从家中带去月饼铁盒，焚化过后，将其骨灰铲碎，再倒入其中，铁皮滚烫，盒盖上四字，花好月圆，孙少军捧着返程，狼狈不堪。

周围平房均已拆完，只有他们一幢矗立街边，从旁边的楼顶拉来一条长长的电线，在风雨里飘荡。父子二人相依为命，葬礼过后，孙少军痛定思痛，改邪归正，借遍故人，兑下来一家抻面店，开在卫工街的桥头，当时此地是铁西区的物流中心，跑车的司机、装卸的力工、养车的老板，都在此聚集，人声鼎沸，形似陆上码头。孙少军起早贪黑，苦心经营，一年下来，收入颇为可观，家庭经济状况有所缓和，但仍住原址，没有搬迁，旁边的高楼在一夜之间站立起身，庞大坚固，遮住全部阳光，如巨人一般，日夜俯视着这间旧屋。

经营饭店期间，孙少军与外地女服务员吴红产生感情，搬至一起生活。好景不长，夏季某日中午，两方物流人员，同在他的饭店吃饭，发生冲突，互不相让，发生激烈争斗，打完一场之后，又迅速集结人员，再战一轮，警车鸣笛，一哄而散，只留几人倒在血泊之中。其中一位伤者被砍十三刀，没抢救过来，孙少军也受到牵连，不得不将店关掉，从长计议，又回火车站拉脚儿。

拉脚儿也分帮派，东西南北，各有势力，孙少军性情愈发孤僻，不愿加入任何一方，只在周边拉些零碎的活计，三五块钱，积少成多，回家悉数交给吴红。吴红也出去打零工，她年龄不大，但幼时吃过苦，为人勤快，懂得节约，规划合理，所以日子得以维持。

一九九六年的春节，整个沈阳都极为萧条、冷清，没有一丝过年气息。早在几个月前，政府颁布禁放令，限制极为严格，周边各大鞭炮厂早已停止生产，市民没有合法摊位可以购买鞭炮，只有零星的私人爆竹厂还在运转，吴红当时在一家这样的工厂上班，每日隐蔽生产，产量小，销路堪忧。临近除夕，厂长宣布由于销售情况惨淡，产品积压过多，提前放假，工资只发一半，至于另外一半，或以鞭炮等值抵还，自寻销售出路，或等来年境况改善时，厂里再弥补回来。

吴红回家与孙少军商量半宿，决定还是要鞭炮，卖一分钱是一分钱。次日凌晨，两人头顶大雪，蹬着倒骑驴，拉回一车鞭炮，火药味道极为香浓。当天下午，吴红与孙少军分头行动，各自提着皮箱，箱里装满各种鞭炮，在市集的角落处贩卖，半天下来，吴红拖着空箱归来，鞭炮售空，神情兴奋，而孙少军只卖掉一捆闪光雷。吴红问他，卖得如何。孙少军骗她说，虽然没你多，但也不少，明天拉脚儿回来，我再继续去卖。

朗月当空，吴红与孙少军历尽疲惫，很快入眠，孙程却悄无声息地起了床，他其实一直没睡着，眼瞪天棚，内心兴奋。起床后，他披一件外套，又从抽屉里取出一盒火柴，拖着孙少军的皮箱，只身出门，绕到屋后，将箱子打开，划亮一根火柴，就着火光，开始翻捡鞭炮，他挑出一些不会发出大的声响的，逐一燃放。孙程又紧张又兴奋，先是将数支呲花插在雪堆里，间距平均，形成一排，按顺序从尾部点燃，星火绽放，大地开花，连成一片，十分壮观；再点燃几个纸蜜蜂，旋转上升，照亮空中的烟雾，又跌入黑暗里；最后放的是细长的魔术弹，他夹在栏杆上，小心点着，然后手持尾部，斜射入空，一颗颗魔术子弹，冲得极远，在空中绽放又消逝。放完这几只鞭炮，孙程将剩下的整理好，重又拖回屋中，蹑手蹑脚，上床睡觉，闭上眼睛，光的魔术仍在他眼前浮动。

火灾发生时，孙少军和吴红还都没有起床，外面烟雾极大，但不见明火。孙少军闻到烟味时，叫醒吴红，两人一起望向窗外，没发现任何异常，再穿上拖鞋转向屋后，发现未竣工的大楼里，某层烟尘滚滚，孙程此时睡得正熟。他住在里屋，隔音较好，所以消防车来时，并没有吵醒他，后面的警车赶来时，他也还是没有醒。

刘柳轻微的鼾声响起后，我仍未停止自己的讲述，尽量维持着平稳的语调，我说得口干舌燥，伸手拿来刘柳身边的啤酒罐，可惜里面已经空了，只剩几滴，我将最后几滴倒在舌头上，放平枕头，也沉沉地睡了过去。

第二天早上起来时，刘柳已经从外面买好早餐回来，几个包子，两杯豆浆，她穿着整齐，还简单化了妆，跟我说，不知道你爱吃什么馅的，随便买了两种。我说，都行，不挑。刘柳又问我，你等会儿去干吗？我说，看你安排。她说，别看我，我得去上班。我说，那我吃完也走，公司刚开，很多事情要处理。她说，祝你顺利，有件事情，咱们还是说清楚为好。我说，什么事情。她说，昨天晚上，我有点喝醉了，所以我们发生的事情，不可能变为常态，希望你理解。我说，行。她说，我觉得我们还是当成普通朋友相处，这样比较舒服，我这个人吧，对进一步的关系比较惧怕，你别怪我，这是我自己的问题。我说，不怪你。她用吸管扎开豆浆，一口气喝掉大半杯，最后说道，你吃吧，吃完可以再休息一会儿，我得先去上班了，中午十二点前退房就行，这你都知道吧。

刘柳离开之后，我想来想去，心情愈发糟糕，饭也没吃，蓬头垢面地出门退房，然后坐上地铁，回到肖雯租的办公室里，趴在桌子上睡觉。中午，肖雯打过来电话，问我王阳明的剧本写得怎么样了，那边十分着急。我说，还没写完，时间不够。肖雯说，梗概总有吧，大致内容先发给对方看看，要快。我说，梗概也没有，他的生平也不复杂，几句话就讲完了。肖雯说，你要是这个态度，咱们没办法合作了，我真的很失望，昨天你一直也没在办公室。我说，那是特殊情况，我现在就写，你别急。

挂掉电话之后，我开始整理资料，参照相关书籍，撰写内容梗概，一口气连写两集，然后将文档传给肖雯，不知不觉，已是傍晚，光线垂落，我下楼准备吃饭，忽然刘柳又打来电话，我犹豫了几秒钟，还是选择接听。刘柳说，下班了吧，今天忙完没有。我说，暂时告一段落，正准备去吃饭，要不要一起。她说，不要，我今天忽然想起来，昨天后半夜，你是不是给我讲了个故事。我说，是。她说，好像还挺有意思，但我听到一半睡着了。我说，你听到哪里。刘柳说，好像是有个小孩，半夜出门放鞭。我说，后面我还没讲呢。她说，那我就放心了，有机会把故事讲完。我说，不讲了，后面没意思。刘柳说，爱讲不讲，也没求着你。我说，也不是这意思，你要非得听，那改天我就继续讲。刘柳说，写出来也行。我说，真没时间，欠了一堆稿子。刘柳说，不说这个了，昨天的演出你觉得怎么样。我说，听不懂，又乱又吵。刘柳说，实验音乐，其实是很讲究结构性的。我说，理解不上去。她说，你不是音乐学院的吗？我说，是，但我学的也不是音乐，平时也不怎么爱听歌，听也是流行歌曲，或者电视剧插曲。她说，什么电视剧。我说，很多，小时候看《倚天屠龙记》，马景涛主演，里面的歌就都不错，滚滚的红尘翻呀翻两番，天南地北随遇而安，这剧里面，我最喜欢光明左使杨逍，武功高强，却甘愿为情所缚，看完之后，对孙兴这个演员也很有好感，后来他还演过一个喜剧，太白金星，叫什么来着，对，《春光灿烂猪八戒》，主题曲也好听，“好春光不如梦一场，梦里青草香，你把梦想带身上，蓝天白云青山绿水，还有轻风吹斜阳。”最后一集，小龙女死了，一生坎坷，总共没过几天消停日子，最后还要奉献自己，家人朋友都在哭泣，十分惋惜，却也无能为力，后来响起主题歌，唱得真他妈的好啊，“相聚短暂，人来又人往，轻风吹斜阳。”

四

我连续工作赶稿，只能睡在办公室的沙发上，周日早上，还没睡醒，肖雯便提着几个箱子闯进来，箱子里装的都是办公用品，笔记本、打印纸和各种颜色的笔，大概是从出版社顺过来的。她看着我的眼神，解释道，我们刚创业，资金有限，得省着来。我说，收到应聘简历了吗？她说，公司没注册，招聘信息不让发，不过从出版社的邮箱里挑出来几份，已经打电话让他们过来面试。我说，今天面试？她说，对。我说，不早跟我讲，怎么也得换件干净衣服。她说，记住，我们招人不容易，不管来的人怎么样，一定要先把他稳住。

肖雯在上午总共约了三个人来面试，结果只来了一个，男的，比我大八岁，讲话口齿不清，简历后面附上小学征文大赛的复印件，告诉我们，正是这篇获奖征文，让他决心要走上文学之路。我说，我这边不提供走上文学之路的途径，事实上，我们只需要能干活的，逻辑清楚，文字通顺，有基本的语文能力，会改写，把一段话的意思，用另一种表达方式讲出来，使其不涉及版权问题即可。肖雯赶走这个应聘者后，表情失落，问我，怎么我们要做的就是这个事情么，我还以为可以改变产业模式，成就一番新事业。我说，怎么可能呢，按照现在的趋势来看，这个事情做起来，只会越来越难，这个你应该比我清楚。肖雯说，现在想想，有点后怕，对形势判断有些失误，之前谈了一个系列的历史小说，王沛东写的样章，对方很满意，昨天忽然打电话说这条产品线不做了。我说，王沛东也会写书啊。肖雯说，会，他以前还攒过几本畅销书的稿子，我就是跟他约稿认识的，只不过现在不怎么干了，只想写自己的作品。我说，写出来了吗。她说，还没有。然后又说，我最早找你合作，就是因为觉得你跟他有点像，但见面发现不一样，你比他更踏实一些，他现在还写诗呢。我有点不服，说道，我也写啊。她说，真的假的，背一首我听听。其实我从来也不写诗，她让我背时，我脑子一片空白，忽然想到波拉尼奥书里的那位杀手的短诗，便稍加修改，背给她听：死亡是友谊——死亡是成长——死亡是爱情——死亡是洁净——死亡是我心——拿走我的心吧。肖雯听后愣了一会儿，回味许久，然后说，行啊你，写得不错。

我们点了一些外卖，在办公室里吃午饭，饭后，肖雯说有点困，想眯一会儿，便脱掉鞋子，回到里屋，倒在新买的简易沙发上。我在电脑前写文，状态不错，期间喝了一大杯浓茶，上了两次厕所，从门外偷看肖雯几眼，发现她还没醒，睡得很香，我虽有些心神不宁，但还是忍住冲动，没有进去骚扰，继续回来工作。下午三点多，门铃响起，我打开门，发现王沛东在外面，拖着行李箱，他问我，肖雯是不是在这里。我说，在里面睡觉呢，你快进去看看，好几个小时了，别再醒不过来。

王沛东悄声进来，把箱子放在门口，坐在阳台上的塑料椅子上抽烟，跟那天晚上的姿态很像，我过去把窗户嵌开个缝，他也递给我一根，我在对面坐下来，闻见一阵酒气，便问他，喝了多少。他说，半斤多一点儿。我说，提着箱子要去哪儿。他说，要回老家一趟，跟肖雯道个别。我说，回家有事情？他说，女儿的事情，老毛病，又住院了，回去照顾一段。我说，不知道你们还有个女儿。他说，不是肖雯的，是跟我前妻生的，小学三年级。我说，学习不错吧。他说，数学不行，勉强及格，语文那是没得说，每篇作文都要上墙，这点随我。我说，听说你在写自己的作品。他摇了摇头，说道，别提了，没写出来。我劝慰说，别灰心，慢慢找状态。这时，肖雯从里屋走出来，眼神惺忪，看见我们坐在阳台上，眉头一皱，没有说话，径自走回屋里，王沛东连忙跟上，肖雯想从里面关门，王沛东在外面推门，僵持一阵，王沛东还是进屋了，两人关门说话。屋内隔音不好，我在外面偷听，好像不太礼貌，于是我将烟灰倒在外卖袋里，又下楼扔掉垃圾，在小区里转了十几分钟，才又上楼，听见两人好像在屋里争吵，我戴上耳机，继续工作，半个小时后，他们从屋里出来，王沛东拖着箱子离开，肖雯眼睛肿着，跟他一起下楼，没多大一会儿，又回到屋里，坐在电脑前，用外接音箱看综艺节目，音量很大，十分嘈杂，我完全没法工作，心神不宁，只好挎上背包，直接出了门。

我在地铁站里给刘柳发信息，问她在干吗。刘柳回复我说，跟朋友吃饭。我说，我能去吗。她先是说不太方便，然后又说，你来吧，其实我没跟朋友吃饭，自己在家呢。我从超市买了一条鱼，又凭记忆走到她家附近，但记不清具体是哪座楼，给她打电话，说已经到楼下了，但找不到具体是哪里。刘柳说，对不起，现在又出门了。我说，没关系，今天本来是想把故事给你讲完。刘柳说，什么故事，噢，半夜出去放鞭的那个。我说，对。她说，电话里说行吗？我说，不太方便，有点长，那还是下次。刘柳说，别动，我看见你了，你手里拎的是什么。我说，一条鱼，准备蒸着吃。她说，上来吧，看见我没有，我的窗户开着呢，在这里。

鱼在超市已经收拾利索，我在两面抹好盐，准备上锅蒸熟，我问刘柳有没有葱姜，可以切一些放上面，去腥提味，她说从来不在家做饭，连盐和酱油都是隔壁那对情侣的。蒸好之后，我们回到她的房间里吃鱼，腥味很重，我有点吃不惯，刘柳也觉得难以入口，问我这是什么鱼，我说，鲈鱼，她说，我看着怎么不像，我说，这是花鲈，相对少见一些，背鳍有黑色斑点，斑点随年龄的增长而减少。她说，你怎么什么都知道。我说，我以前在超市打过工，负责水产部门，每天称鱼喂龙虾。刘柳说，经历挺丰富。我说，你呢。她说，没啥经历，在河北读书，三流大学，毕业后因为喜欢文艺，爱看演出，来北京随便找了个工作，已经快两年了。我说，准备一直在北京吗？她说，不知道，想出去旅游，但没有钱，你的故事没有讲完呢。我将手伸过去，抚摸着她的后背，说，要不然，完事再讲。刘柳甩开我的手臂，又跑去电脑前，背对着我，不再说话。我掏出手机，倚在床上，叹了口气，屋内安静得让人无法适应，我清清嗓子，刘柳也没有回头，我继续为自己讲述。

外面传来一阵响动，孙程在梦里听得并不十分真切，他翻几个身，继续睡觉，再醒过来时，孙少军已经被带走调查，连同那些没卖掉的鞭炮，一并清缴。吴红抹着眼泪烧煤炉，面对孙程的询问，无法开口，似乎觉得这场大祸是因自己而起的，她默默做好早饭，在桌上摆好两副碗筷，自己没吃，然后出门蹬上倒骑驴，独自去车站拉脚儿。

在这一天里，以及接下来的几天里，孙少军和吴红都没有回来，孙程在同学家吃了几天饭，又从炕琴里翻出几十块钱，买了数袋速冻馄饨，每天早上煮五个，中午十个，晚上八个，馄饨几乎没什么馅，姜味极重，汤料里都是味精，吃到后来，喉咙极为不适。第六天时，已经是腊月二十九，孙少军放回来了，案件基本查清，烟花爆竹引燃楼板上的油漆和装饰材料，没有人员伤亡，损失不算惨重，但加上非法经营贩卖违禁品，数项并罚，家底几近掏空。

孙少军回家之后，吴红仍未归来，又去报案找人，春节期间，相关部门放假，直到大年初七，各部门正常运转，孙少军才得到消息：吴红在火车站拉脚儿期间，正逢年关，收容遣送站来查三证，凡是不全者，一律拉走，装上轻货，去郊外自留地里干活，吴红解释不清，又有抵抗情节，被直接拉走，进行劳动改造。

家中少人，没法过年，孙少军心神不宁，孙程战战兢兢，二人将吴红接回家时，已经出了正月。父子进站领人，满屋都是信纳水的味道，进门处挂着工作人员名单，由于日光长期斜照，照片已经泛白，但看来更为苍凉、恐怖。在九十年代，收容遣送站有执法能力，抓放一套系统，抓吴红的是副站长杨树，位于名单的第二行，戴着眼镜，五官模糊，脸颊上的肉往下坠。孙少军一直等到当天下午四点，杨树才回到站里，满身酒气，语气不耐烦，本要在上面签字时，几番犹豫，孙少军上前，递烟赔笑，好话说尽，杨树抬着眼睛问，吃喝拉撒都在我这里，怎么一点表示也没有，孙少军刚缴过罚款，倾尽口袋，不过几张毛票，攥着堆到杨树面前，杨树看着孙少军，嘴角一歪，大手一横，将毛票掸在地上，起身反手又抽孙少军一个耳光，响亮无比，绿门大敞，声响回荡，然后他缓缓坐下，盯着孙少军看，孙少军捂着半边脸，不敢发作，杨树低头划拉几笔，签下名字，说了一句，滚。孙少军拿着单据，扭头走出两步，又转回身来，低头仔细收好满地毛票，孙程此刻就在门外，呆立半晌，不知所措。

三人头发蓬乱，眼眉挂霜，从东陵骑回铁西。吴红坐在板车后端，神情呆滞，已无人样，讲话反应极慢；响亮的耳光仍回荡在孙程耳畔，他似乎深陷于时间漩涡之中，那一幕在其脑海反复播放，生动而清晰；孙少军满眼血红，呼吸粗重，似发怒之虎，在冰面上奋力蹬车，经转弯处，轮子打滑，车身倾斜，三人全部滚落在地，黑雪沾身，满脸印痕。回家之后，孙少军生火烧炭，炉膛滚烫，红光映照，三人坐在桌边，吃光最后一袋馄饨，家中从此一无所有。

收容遣送期间，男女混杂，疯者无数，日夜颠倒，吴红受到数次侵害，有苦难言，随后一段时间里，精神虽恢复不错，但有些妇科疾病，难以治愈，吴红时常因此饮泣，几欲自杀，孙少军反复劝慰，出门借钱，带她去医院检查，由于费用高昂，治疗时断时续，始终未见好转。同年六月，孙程参加小升初考试，成绩中上，缴纳九千元便可去读重点中学，但这笔钱对孙少军来说，的确很难负担，亲朋已经借遍，其生母当时下海经商失败，又再度离异，只身带着女儿生活，对此也是无能为力。

隔壁情侣下班回来，脱掉鞋子，互相说着话，有来有往，像是在争吵。刘柳转过头来，跟我说，嘘，不要让他们知道你在这里。我说，好。她说，我放个音乐吧。我说，别了，不想听。卫生间传来一阵水声，我说，他们在洗澡吧。刘柳说，对，他们总在一起洗，很长时间，特别不方便，有时候还在里面弄一次，声音很大。我说，那我们出门走走。刘柳说，也好。于是我穿好衣服，轻手轻脚，跟着刘柳来到门外。我们悄悄往楼下走，我在前面，她在身后，走到二楼时，感应灯忽然灭掉，一片漆黑，我的脖颈上感受到她的呼吸，她几番跺脚，大声咳嗽，但灯仍未亮，我默默向后伸出手去，她在黑暗中抓住我的手，小心前行，在走出楼洞的一瞬间，又松开了。我们走在路灯之下，光线昏黄，路上来往的行人车辆很多，我们一起向地铁站走去，路上遇见水果店，我买了两个进口苹果，红得不像话，递给刘柳一个，她简单擦了擦，张嘴便咬一口，声音清脆，风吹过来，我们走得愈发轻快，像在水里穿梭，空气波荡，景物漂浮，这样的夜晚我已经很久没有经历过了。

一九九六年七月八日，沈阳卷烟厂发工资，早上八点三十分，司机艾晓峰、保卫干部刘国喜、女出纳员彭璐，开车去附近银行提款，共计21.5万元。回程途中，始终有辆出租车紧随其后，红色拉达，辽A牌照。早上九点，提款车开进厂门，拉达在厂外急刹车，跳下来两个人，戴着前进帽和白口罩，身披蓝大褂，掏出改造后的猎枪，大步上前，将艾晓峰和刘国喜当场打死，然后去后车厢里拎钱，抢得巨款后，临走之前，又将自制猎枪从车窗伸进去，照着脑袋又补一枪，逝者满脸铁砂，不成人样。二人随后跑出厂区，直接回到出租车上，迅速逃离现场。案发后一小时，在铁西区重工街的居民区发现歹徒丢弃的出租车，车的后备厢里发现出租车司机尸体，经勘察系被尼龙绳勒死。

孙程去学校报到那天，骑的是二手山地车，孙少军从滑翔二手车市场里收过来的，二百六十块钱，骑着很沉，但可以变速，孙程一路来回调节挡位。孙少军没跟他一起，自己坐着公交车来的，他穿着以前的工作服，站在教室外，跟其他家长一样，望向室内，报到当天不必上课，每个人要做个自我介绍，孙少军侧耳倾听，孙程的介绍非常简单，显得有点没信心，他站起身来，红着脸，支吾着说，我叫孙程，没啥爱好，希望在未来的三年里能跟大家成为朋友。

一九九六年十月十五日，早上八点四十五分，一辆取款车停在皇姑区敏江街的华山信用社门前，迎面驶来一辆天津大发面包车，辽A牌照，在两车相距五米之时，面包车上突然下来两名蒙面歹徒，戴着前进帽和白口罩，身披蓝大褂，手持猎枪，将取款车司机和押运员逼住，随后将装有27万元现金的皮包抢走，动作极快，前后过程不足两分钟。当天，警方在铁西区德工街附近楼群里发现歹徒抛弃的面包车。随后，又在于洪区的苗圃里发现面包车司机的尸体。

吴红的失踪非常偶然，没有任何征兆。孙程骑车放学回来，便看见自己家的屋子塌掉一半，烟囱已经倒在地上了。他进屋一看，吴红并不在家，而这几天，孙少军正去外地帮朋友忙，孙程联系不上，于是他只好住在剩下的半间屋子里，天气很冷，他睡不安稳，夜晚能听到砂土下坠的沙沙声响。孙少军出门回来后，见此情况，父子二人在附近租了一套房子，将屋内的摆设逐一搬入，孙程举着吴红的病历，问还要不要，孙少军叹了口气，说，先留着吧。搬完家后，孙少军掏出两千块钱，交给孙程，说省着点花，自己还要出去一段时间，你照顾好自己。

一九九七年三月九日，沈阳阀门厂经销部主任姚远帆，欲购入一台轿车，其妻子上午去机动车交易市场看好一台，并与卖车人到银行取得13万元现金，送回经销部，之后又转去另一家银行取钱，两名歹徒从银行尾随而来，先是以买阀门为名，进入销售部，查看情况，并未引起当事人注意，随后，两名歹徒又戴着摩托车帽再次来到经销部，姚远帆见势不妙，将一袋现款全部倒在地上，歹徒举枪打到了姚远帆的左肋，然后持枪胁迫卖车人，让他将钞票从地上一一拾起，作案时间较长。随后，两名歹徒骑上一辆红色摩托车逃离现场，行驶至泵业市场附近，与一辆正常行驶的厢货相撞，两名歹徒均受轻伤，提着钱袋，准备逃脱，未遂，被逮捕归案。据调查，两人本是兄弟，名为肖知仁、肖知礼，肖知仁原为线路大修段职工，后因单位精简人员而下岗，在南站拉脚儿、打零工，肖知礼原为五金商店售货员，后商店关张，他开过几年出租车，现无业。

吴红失踪之前，有一段时间在家休养身体，附近有个十三路教堂，毗邻菜市场，有一次，吴红买完菜后，随着人群进入教堂，尖顶高窗，有专门人员发饼干，吴红攥在手里，汗水浸透，也不敢吃，场地宽阔，琴声抚慰胸怀，有人站在讲台上，给大家讲道理，声音洪亮，像晚会歌手，有的道理吴红能听懂，有的听不懂，但去了一次，还想去第二次，后来变为常客，别人唱歌，她不唱，听完道理，提着菜回家，复述给孙少军父子，她说，少军，耶稣今天讲，你必忘记你的苦楚，就是想起来，也如流过去的水一样，你在世的日子，要比正午更明，虽有黑暗，仍像早晨。孙少军说，一句没听懂。吴红又说，不要含怒到日落，太阳下山了，只有你一个人还在河边，抽打水浪，徒劳无功，风总会将水面抚平。孙少军想了想，说，耶稣没认出我来，河边的不是我，我在水底。

审讯过程中，肖知仁、肖知礼对犯罪事实供认不讳，并由此引出七·八、十·一五两个案件，同时，他们也交代出另一位犯罪嫌疑人，肖知仁曾经的同事，后来的同行，下岗职工孙少军。隔天，警方将孙少军在家中抓捕。前两次案件抢劫所得，孙少军基本作为家用，另一部分存在炕琴底层，用报纸包着捆好。肖氏兄弟两次作案得手之后，逃去南方，很快挥霍一空，回来之后，来找孙少军策划下一次行动，孙少军拒绝参加，肖氏兄弟手里握有猎枪，三番五次以家人为要挟，并雇人将孙少军家的平房凿得半塌，此后，孙少军为防备起见，联系上另一条通路，出门去买枪，他并不想杀谁，只是为了能对肖氏兄弟起到一定的制衡作用，但在外被卖家蒙骗，付款之后，却没有买到枪，失望而归，这是他在提审时所讲的话，警察去家里搜，翻天覆地，脏乱一片，也确实没有找到任何可疑物品。

孙程坐着公交车去德胜火葬场，花一千块钱买了个骨灰盒，黑檀木制，四壁盘龙，典雅大气，回来准备将月饼盒里的骨灰换到新的骨灰盒里，他抬起沉甸的月饼盒，用指甲抠开月饼盒，相当吃力，打开一看，发现里面不只有灰烬、碎骨和泥土，在最下面，还埋着一把枪，新五四式，旁边还有一个小塑料袋，拉着封口，里面装着五颗子弹，他看了半天，将枪放在新骨灰盒的下方，让灰烬、碎骨和泥土洒落覆盖其上，严密盖紧，又以红布包裹几层，放在皮箱里，出门坐车，去跟他的生母一起生活。孙少军被枪毙之后，孙程想去取回骨灰，孙母始终没有同意。此时，孙母又另组家庭，生活不便，孙程放弃读书，开始四处打工，自力更生，开始在超市打工，后来换在新华书店理货，每月工资一千二百块，他在附近租一间四百块钱的单间，剩下的钱基本用来买书，堆在地上，彻夜阅读。刚上初中时许过的愿望并未实现，他没有跟任何人成为朋友，性情愈发内向，工作之余，与同事少有交集，基本只在看书，有以前的同学来逛书店，见过他几次，举手打招呼，他却避到一旁不理。次年冬天，他所租住的房间暖气漏水，十分严重，他回家推门，满地散发着白色热气，那些书在锈水上漂浮，像一艘艘搁浅的船只。

五

我退掉临时租的插间，彻底搬到办公室来住，黑白颠倒，凡是醒着的时候，都是一边抽烟一边干活。肖雯来看过我两次，第一次来检查进度，跟我说，现在不好招人，让我自己多做一些，尽快出活；第二次来的时候，我打印出来一摞稿件，准备让她带走，交稿审核，另外又做出几个新的选题，肖雯简单翻两页稿子，坐在凳子上，跟我说，能不能研究个事情。我说，啥事儿。肖雯说，王沛东回家照顾孩子，这次情况不太好，需要一笔治疗费用，我的钱都投在这里了，实在没了，最近社里还有一笔稿费，我催一下，应该很快会开过来，你看如果方便的话，能不能先借用几天。我想了想，说，倒是可以，但能不能也稍给我留一些，最近手头也不太宽裕，其余随便。肖雯听后很高兴，说，那是一定的，等我消息吧，谢谢，谢谢。

肖雯说完刚要走，我站起身来，上前一步，拉住她的手，笑着说，要不别走了，等下一起吃饭。肖雯看着我的眼睛，说道，都什么时候了，还有这心思。我说，实在是太无聊了。肖雯一脸苦相，说，求求你，别添乱了。我叹了口气，便松开她的手，独自下楼散步，肖雯在屋里，不知道在给谁打着电话，临走之前，电话接通了，她开始说一种我完全听不懂的方言，语速很快，像在吵架，我轻轻把门关上。

我已经很久没有跟刘柳联系过了，自从上一次她把我送到地铁站后。第二天，北京下了一场大雨，水淹低地，我们从此失联，我发信息她不回，打电话也没接，连续两天，我便放弃了，想起曾经在一起的数个夜晚，仿佛梦境一般，潮湿而黏腻。那天在地铁站分别时，刘柳说，我有一种感觉，孙程这个人，好像也认识，怎么好像你故事里的人，我都认识。我说，不必这么跟我套近乎吧。她说，不是，是真的，从前你写失踪的出租车司机，前几天我妈打电话，也讲了个类似的事件，不过是发生在我们老家，齐齐哈尔，司机失踪，全城寻找，最后也是枯井里发现，不过最后警方鉴定为自杀，种种迹象表明，他是自己投的井。我说，你信么。刘柳说，当然不信，怎么可能啊。我说，我信。刘柳说，别打岔，这个孙程，我总觉得也很熟悉，上次你讲完，我还梦见过一次，跟我一起困在湖底，我们想上岸，但却不知该往哪里游，湖面结冰，太阳照在上面，金光折射，里面却依旧很冷，四处都找不到出口。我说，最后一趟车要来了，你们慢慢找，我先走一步。

我独自在外面吃过饭，又回到办公室，肖雯已经离开，我坐在电脑前，想把给刘柳讲的故事写出来，却不知从何开始。只有一辆红色出租车，不停地在我脑海里闪过，拉达，手动挡，辽A牌照，从巷口拐出，开得飞快，两边灰尘都扬起来，里面坐着三个人，坐副驾驶上的人，满头大汗，将车窗摇下一半，朝着我这边看，我骑着山地车，与其并行，风将我们身上的汗水一并吹干，我看见他张了张嘴，却始终没有说出话来。

几天之后，我接到一个陌生号码，挂掉两次后，还在不断打来，我只好接听，发现居然是刘柳，她在电话里问我在哪里，我说在办公室里，立水桥附近。她解释说，这是她老家的号码，前段时间，刚回了趟老家，家里有点事情，回来之后，发现租的房子漏水，没办法住，跟房东吵了一架，随后退房，现在没地方住，能去你办公室对付两天么。我说，不太方便吧。她说，好，那我再想想办法。我犹豫一番，又说，要不你过来吧。

刘柳来找我时，我已经很长时间没出过门了，这几天里，我在尽量减少开销，在我的银行卡里已经取不出来整数时，肖雯打来一千块钱，我拨去电话，本想让她多打一些过来，毕竟前一部的书款，再加上接下来这本的预付款，总数应该有近万元，但肖雯没有接电话，晚上我又打，还是没接，于是我发了条信息给她，措辞半天，想让她尽量照顾周全，我这边也比较为难。我躺在沙发上过夜，第二天早上醒来，翻开手机，发现肖雯还是没有回信。

第一个晚上，刘柳睡在屋里的床上，我睡在沙发上，她洗漱时，神情犹豫，动作有些警惕。我说，你放心休息，我现在没有多余的想法。刘柳说，不是这意思，我没有要防备，不然我就不来找你了。我说，你洗完好好休息，我继续写稿。刘柳说，这次回家，其实是去处理我爸的丧事，烧百天。我说，节哀。刘柳摆摆手，说，我跟我爸没啥感情，很小的时候，他跟我妈就离婚了，我一直跟着我妈过，这次又去烧我爸生前的一些东西，发现许多火车票，从齐齐哈尔到沈阳的，临住院之前的一段时间，他往返许多次，我没想明白，他去沈阳做什么呢，我家在那边也没有亲戚。我说，这我怎么知道。她说，想不通，唯一我想到的，就是许多年前，也是离婚之后，他去沈阳打过两年工，在建筑工地，说是在郊区盖别墅，但那也是二十多年前的事情了。我说，别墅的名字叫什么。刘柳说，记不住了，就知道旁边有座山，有一张我爸的照片留念，站在山底下，背后的山有两峰，并排矗立，酷似两个耳朵。我说，那可能是马耳山，在沈阳南郊，我也去过。刘柳说，现在是什么样呢，以后也带我去看看。我说，开发成种植园了，可以采摘草莓，一百一位，进去了草莓随便吃，吃多少都行，能管饱。

次日中午，我还没醒，便传来一阵急促的敲门声，刘柳跑去开门，进来一对中年夫妻，我勉强打起精神，问他们是谁。他们说是房主，准备来收回房子，提醒我们要尽快搬走。我说应该还没到期吧，押一付三，这个房子刚用没几天。他们说，房子是肖雯租的，她昨天打来电话，说家里有事，急需用钱，房子暂时没办法继续租了，押金可以不退，但希望我们把付过的租金还她一部分，我们今天过来收房，她没跟你说吗？我说，没有，你等一下。我又给肖雯拨去电话，还是没接。刘柳站在一旁，看着我，我想了想，对房主说，给我一天时间，明天我就搬走。

房主走后，我跟刘柳说，要不要出去找房，我们合租一间，节约成本，但也难办，我的钱被肖雯借走一部分，所剩无几。刘柳说，她是还有一些钱，但是不多，不过要再考虑一下，目前没有住处，工作也已经辞掉，这样的情况，继续留在北京，意义也不大，不如回老家休息一阵，再从长计议。当天晚上，我取出最后的一千块钱，本想请刘柳吃一顿好的，结果她说不饿，只在楼下超市买了几袋零食和啤酒，她躺在沙发上，我在网上找房子，她跟我说，这次回来时，发现房间漏雨，满屋潮气，墙壁挂着水珠，当时想起来你讲过的孙程，由于暖气漏水，他家的书都被泡在水里。我说，对。她说，我的书虽然没那么严重，但有一些也已经变形，我打开门，看了一眼，一本都没拿出来。我说，书湿后，先将水擦干，再放在冰箱里的冷冻室里，几个小时后取出，这样就不会产生褶皱，生活小窍门。刘柳说，孙程的那些书，放在冰箱里了吗？我说，没有。刘柳说，那些后来怎么处理了。我说，晒干之后，卖给废品站，一本不留。我关上电脑，点了根烟，继续为她讲述。

孙程从书店辞职后，买来一张假文凭，文科专业，较难识别真伪，之后去各中小公司面试，撰写药品和保健酒的宣传文案，轻车熟路，无奈后来公司倒闭，他又去动漫企业面试，开始创作动漫脚本，撰写梗概，也帮忙划定分镜，工作地点本来说是在浑南，老板提出集体创作概念，包吃包住，待遇优厚，孙程没有犹豫，整理行囊，坐上客车来到沈阳南郊村落，背靠山峰，在此安营扎寨。

他们住在一户大院内，主人是老板的亲属，一对老年夫妇，退休后来到这里，养一条狼狗，在后山也有菜园，这对老年夫妇负责员工的饮食起居。第一天晚饭之前，张姓老板介绍说，这是我老舅，姓杨，从前是国家干部，也有点文化水平，大家以后叫杨老师就行。孙程也跟着大家叫杨老师，杨老师举起酒杯，站起身来，对大家说，别叫我老师，不敢当，我比你们大一个辈分，本名杨树，大家叫我杨叔就行，以后有问题尽管找我，别客气。孙程遥远而模糊的记忆，被一点一点唤醒，响亮的耳光，从前反抽过去的肉手，如今正举着酒杯，神态拘谨，目光慈祥。他看着眼前这张脸，想到，原来这么多年，自己真的活过来了，辍学之后，无论在哪里工作，浑浑噩噩，每一天过得都像同一天，他想起孙少军说过的话，生活在水底，如今他好像有了一个浮上来的机会，这一瞬间的想法，使他打个冷战。杨树喝完半杯白酒，晃晃悠悠地坐下，沉默不语，不再刻意维持笑意，脸上的肉耷下来，布满褶皱，看着很像一条年迈的狗。

孙程被苏醒的一刻所震慑，无数念头持续上涌，他开始竭力去躲避，每天辛勤工作，查看资料，撰写脚本，尽量让自己不去想过去的仇怨，但在夜深人静之时，他还是控制不住，他曾读过一本小说，其中的一段对话在他的心里无尽地重复着：

甲：您最好别杀了他，这种事会毁了我们的，您和我，再说也没必要，那个家伙不会对任何人造成伤害了。

乙：这事不会毁了我，相反，会给我带来资本。至于说他不能再伤害任何人，我能对您说什么呢，事实是我们不知道，也无从知道，您和我都不是上帝，我们只能做力所能及的事，仅此而已。

几个月后，公司经营不善，没有持续的投资进入，张姓老板决定就地解散，由于事先跟职工没签合同，他只赔付极少一部分，作为众人的酬劳。大家相当失望，孙程也是，他徒步走向长途公交车站，回到市内，在宾馆住了两晚，看了两天电视剧，在第三天重又出门，打起精神，整理背包，像要进行一次远行。

孙程返回沈阳南郊地区，那附近有一片废弃的别墅区，由于资金链断裂，已经荒废近二十年，破败不堪，罕有人迹，有的只打了桩，有的盖起二层，孙程选择其中一间，爬上二楼，连住两天，白天睡觉，晚上仔细勘察，他回到杨树的院子附近，找到一个隐蔽的入口，进入北面的废弃厂房，从前在半夜，这里总有莫名的声响，但这次他没发现任何动静，只有无数深坑与废井，随后，他返回二层的别墅里，从骨灰盒里掏出那把枪，装上子弹，来到野外，朝着黑暗放了一枪，以证明这把枪还可以使用。第三天夜里，十点左右，他揣好枪，轻装上阵，再次返回农家院，风声割裂山谷，他走到门口，顶着大风，不顾嚎叫，将那条老狗打死，然后迅速离去，他想，如果杨树看出这是枪打的，想起应是曾经的仇家，一定会落荒而逃，在余生的每一天都心惊胆战，那样他的目的就达到了。

枪声在山谷里回荡，他在月光之下爬回废弃别墅的二楼里，点起一堆火取暖，睡到半夜，他听到下面有响动，于是十分警惕，将枪揣在裤兜里，屏住呼吸。借着火光，他看见有影子持续闪动，于是提声问道，是谁。那个声音说，兄弟，没别的意思，外地的，路过，外面看见有火光，过来取取暖，我有白酒，一起喝点儿。孙程没有答话，那人一步一步迈上来，边上台阶边咳嗽，上到二层后，孙程借着火光看他，消瘦而憔悴，衣着干净，他坐下来，吸几下鼻子，双手靠拢火堆，来回搓动。孙程问他，从哪里来的？他回答说，北边。然后从背包里掏出一瓶白酒，递向孙程，说，来一口，北大仓，酒厂里出来的。孙程摆摆手，他便自顾自地喝起来，咳嗽得越来越凶。孙程问他，来这里做什么。他没有回答。孙程便不再说话，躲在角落里，半闭着眼休息。那人走到窗边，透过水泥窟窿向外望，自言自语道，别墅区总共一万一千亩，长城式围墙，曲折延伸三十二华里，现在总共有二百七十五幢残缺不全的撂荒别墅，很多别墅只打了个桩，其中铺好水泥楼梯的二层别墅，不超过十栋，这是其中之一，也是最偏的一处，兄弟，你在这里做什么，我不便多问，但你很会找地方。孙程说，你到底是谁。他说，谁也不是，二十年前，我在这里工作，负责监督施工。孙程说，回来干啥？他说，出来工作之前，我已离婚，女儿当时还不知道，她吵着要来看我，老婆带着她过来住了半个月，回去那天，工地突发情况，我没来得及去送，她们便消失在去车站的这条路上，从此再无音信，我找了很多年，什么办法都用过了，至今还没找到，别墅项目后来废掉了，但我每隔几年都会回来看看，偶尔还能梦见她们，在梦里，她们哪也没去，还困在这里，走不出去，像是在湖底，所以我要回来看看。

孙程不再说话，天亮之后，这个男人先一步离开，孙程也收拾东西走掉，整天在山谷里游荡，密林交错，他躺在树下，闭目养神。刚一入夜，他便再次回到农家院，发现里面仍旧亮着灯，并且有杨树的说话声，他觉得非常失望，预期效果并没有达到，杨树并没有落荒而逃。他正准备离开时，杨树的妻子推门走出来，端着脸盆，与孙程对视，在那一刻，孙程本来可以低头走掉，但他没有，他选择抬起头来，直视院内炽烈的白光，选择进入其中，回到记忆的某个刻度里，即便他还没有完全准备好。孙程的个子很矮，但走进去时，影子却拉得很长，他双手插在口袋里，想起昨夜的那个男人，困在湖底的母女，以及那部小说里的另外一段：

乙：你最好别插手这事了，我很快就回来。

甲：我坐在那儿看着漆黑的灌木丛，枝条随风摇摆相互缠绕交织出了一幅画。脚步声逐渐远去。我点了根烟，开始想些无关紧要的问题。比如时间，地球变暖，越来越遥远的星辰。

刘柳说，后面肯定是你编的故事，这两段出自《遥远的星辰》，我印象太深了。我说，全部是我编造的，从头到尾。刘柳说，孙程杀死杨树了吗？我说，不知道，可能杀了，也可能没杀。刘柳说，孙少军算得很好，五颗子弹，试枪一颗，打狗一颗，复仇两颗，最后留一颗，用于自杀。我说，简直异想天开，不是的，没人会给自己的儿子留一颗子弹，没人会那么做。刘柳说，最后出现的那个男人是谁呢。我说，他说他是谁，他就是谁。刘柳说，孙少军说他沉在水底，吴红岂不是比他更要艰苦。我说，吴红有人拯救，她离开之后，会艰苦，但也有希冀与喜悦，虽有黑暗，仍像早晨，但孙少军没有，自始至终都没有，孙程可能有，也可能没有，帷幕拉开，他的眼前就是那道白光，他必须走进去，才能看见光里有什么。

白天里，我们已经收拾好各自的行李，将钥匙交还给房东，肖雯的电话依旧打不通，我发信息告诉她，我走了，记得管房东要回剩下的房租。我和刘柳买了一辆长途客车的车票，傍晚时上车，去往更北的北方，午夜时分，我给刘柳讲完整个故事，她靠在我的肩膀上睡着了，夜海磅礴，贫瘠的山峰隐藏在月影里，恰如礁石，一闪而过，到下一站时，有人下去抽烟，舒展身体，刘柳皱着眉头醒来，拉着我的手，又睡着了，我也很疲倦，但始终无法安眠，我轻轻亲吻她的头发，然后抽出手来，提着背包走下车。在公路边，我看着客车缓缓开走，刘柳枕在车窗上，呼出均匀的白气，将其遮蔽，愈发不真实，接着便消失在前方的黑暗里，仿佛从来没有存在过。我打起精神，继续前行，我知道，在所有人醒来之前，还有很长的一段路，我只能独自走完。

【原载《山花》2018年第10期】

旅　行

赵宏兴

一

一早，手机的闹铃就响了，把我从沉睡的梦境中吵醒，我和大砖懒懒地起床洗漱完毕，拖着踢踢踏踏的脚步，去长途车站。

大巴车终于在清晨的浓雾中轰鸣着，驶出了长途车站的院子，马路宽阔，行人稀少，大巴车开得十分畅快，一会就驶到了城外，把一片灰蒙蒙的楼群丢在了身后。

我望着窗外想着这趟旅程，现在有些后悔了。大砖是回家退亲的，这不是旅行，是充满着火药味的事，我陪他回去是自讨没趣。

大砖就坐在我的身旁，他开始打起瞌睡来，头倚着车窗玻璃，随着车子的颠簸而东摇西晃，我知道他昨夜翻来覆去没有睡好，没有打扰他，让他歇一会儿吧。

我和大砖是同事，两年前应聘在一家小广告公司里工作，公司先是提供一间大通铺宿舍给我们住。今年以来，广告公司效益不好，老板就把那间宿舍退了，让我们自己在外面租房子住。我和大砖在公司玩得好，就搭伴在城中村租了一间房子，安了两张床住。

这些天，我们一到晚上就兴奋，躺在床上什么都聊，直聊到窗外发白，天亮了才开始呼呼大睡，我知道我们这是睡颠倒了。

聊多了，就聊到了私密的事。这个时候我才知道，大砖在家里有一个娃娃亲，父亲给他从小定了的对象。我觉得娃娃亲是上世纪的事，现在还有，感到挺稀奇的，但大砖说，这在他们那儿的山区一点也不稀奇，多着哩。

大砖说，他们家有弟兄三个，父亲因为喜欢砖雕，就把他们按排行起名大砖二砖三砖，一目了然，又省事。童年时，母亲就把大砖与哥哥家的小表妹定了娃娃亲，这在山区叫亲上加亲。大砖这个舅舅也是大砖外公在世时抱养过来的，虽然和大砖母亲没有血缘关系，但他们一起长大，亲如手足。

大砖很小就和舅家的小表妹一起玩，儿时，他们不分性别，大砖有几次去舅舅家，舅舅家床不够睡，他就和表妹挤在一张床上，两人各睡一头，在被窝里用脚蹬着玩，直到被舅妈发现，大声呵斥会把被子蹬烂的，两个人才停下来。大砖喜欢看小表妹踢毽子，红鸡毛扎的毽子在她的脚上上下翻飞，像有生命一样。

大砖最喜欢看表妹的眼睛，表妹眼睛弯弯的，睫毛长长的，眸子像两只黑纽扣，望着你时，眼睛里没有一丝杂质，明亮单纯。大砖把表妹和身边的朋友比较过：大双的眼睛像只猪眼睛，一睁好大，睫毛永远脏兮兮的；大菊的眼睛，一睁就好险，让人想到她一肚子诡计；而小萍的眼睛是一双小眼睛，往里扣，不认真看会忽视了。有一次，表妹被灰尘迷了眼睛，睁不开，让大砖帮着瞧瞧。大砖用手轻轻扒开表妹的眼睛，就看见那只黑黝黝的眸子了，大砖对视着，一股朦胧的感觉就涌上心头。表妹眨了一下眼，问："看见什么了吗？""什么也没有。"他朝眼睛里吹了一口气说："好了好了。"表妹揉揉眼睛，真的没事了，脸却突然红了，一扭身跑远了。

长大了，大砖才知道自己与小表妹是娃娃亲，以后表妹会成为自己的老婆，在一起过日子。两个人再见面反而不好意思，话说得也少了，渐渐疏远起来。

现在，大砖对这门亲事后悔起来。

大砖经常在黑夜里说起这桩娃娃亲。

"爱情应当是来自心灵，而不是来自别人的安排。爱情应当是自由的，而不是束缚的。因为两家大人都是我的亲人，我没有勇气反抗，只能忍受，一步一步往前挪动，但逃脱也不是办法。"

大砖说完，就在黑暗中长长地叹息一声，然后就是身体在床铺上翻动时的咯吱声。我看不到他的面孔，但可以感知他的痛苦和不满。

“你们还是有感情的嘛，莫不是你有心上人了？要变心。”我眼睛望着黑暗中的大砖问道。

“唉，哪有哩。”大砖说，虽然看不见，但我知道他是面对着墙。

我在暗中回想，确实没有发现大砖和哪个女孩子黏糊上了，但有一位叫小张的女孩子，圆圆的脸，白白的皮肤，一说话就笑，看起来挺甜的。她来看过大砖几次，每次来，都买点卤菜带着，给大砖改善伙食。有几次我也沾了光，吃了不少。小张的家就在郊区，据说家里条件很好。她还邀我们去她家玩过，大砖去了，我有事没去。大砖回来说，她的父母待人很热情。

我说：“小张对你有意思吧。”

大砖说：“那只是友谊，到爱情还远着哩。”

我说：“男女之间的友谊都是幌子，实质都是奔爱情而去的。”

大砖说：“人家会看上我？看不上的，我只是帮过她几次忙，人家感谢我，千万不能自作多情。”

我说：“你不要欲盖弥彰了，我知道你们两个人心里都有那层意思了。”

大砖就没了声音。

后来，大砖的嘴里就多了退亲的话题。他说这话时，往往身子倚在洁白的墙上，眼睛望着窗外，有月的夜晚，淡淡的月色照在他的面孔上，棱角分明，像一幅木版画，但从语气里，同样可以听出他内心里的不自信。我坐在对面的床上，侧着身子望着他，问：“你的父母同意吗？”

他说：“不同意。”接着是我俩长久的沉默。

退亲在乡下是一件大事，特别是女孩子，如果被男方退了亲，是很没面子的。大砖回去和父母说过，在父母的责骂声中狼狈而逃。

今年春节回去，父亲让大砖去给舅舅拜年，大砖没去，结果春节没过完，就跑回城里来了。

我说：“你表妹知道你的意思吗？”

大砖说：“肯定听到风声了。”

我说：“解铃还须系铃人。如果你真的不爱你表妹，要退亲，你就主动去找你表妹说，指望你父母去说，基本上是不可能的，只要你们两个人同意退亲了，谁也阻拦不了。”说过这些话，我有些后悔起来，俗话说，宁拆十座庙，不拆一桩婚，我这是在出坏主意吗?

大砖喃喃自语地说：“自己的事，自己解决。”

这次大砖是思考了好久，决定上刀山下火海，都要回去把亲退了，拖不得了。

我们围绕如何回去退亲，设计了许多预案，昨天又谈到深夜。大砖邀请我陪他一起回去，我先是拒绝的，说：“我陪你回去能干啥呢？说不定给你家人误解，是我在给你出坏主意哩。”

大砖说：“你啥也不要说，也不要做，你就陪着我跑路，减轻我的压力。一切责任我担着，跟你没一丝一毫的关系。”

大砖说了许多真诚的话，我也理解他的心情，就同意了。

今天早晨我陪大砖踏上回家退亲的路。

我望着窗外疾速闪过的村庄田野，甚至在田野上看到了大砖表妹怒怼我的眼睛。

车子颠簸了一下，大砖醒来，他揉了揉眼睛望着窗外，我们都沉默着，只有大巴轰隆隆奔驰的声音。

二

我们是下午到达大砖家的，大砖家是一个典型的小山村，村子里都是高高的马头墙，村外四周就是青郁连绵的群山。一进入村子，不断有熟人与大砖打着招呼，大砖笑着和他们寒暄。

大砖的父母看到大砖回来了很高兴，他们好久没见面了，不停地用方言说着问候的话。

大砖安排我和他住在阁楼的房间里，房子是大砖在家时住的，大砖去城里后，由于长时间不透风，有一股浓浓的霉味。推开木格子窗户，前面就是一条小河，河里的水清亮亮地翻滚着，哗哗地流向远方。河对岸就是几座青山，清晨的山像几座大锅炉在冒着蒸汽，云雾缠绕，飘向天空。

我们原准备第二天就去大砖表妹家谈退亲这件事，大砖看我喜欢这儿，就让我先玩玩，休息两天再去。

大砖的父亲，是一个砖雕艺人，他在楼下有一个专门的房间做砖雕。房间不大，地上放着两组“八仙过海”的砖雕，倚墙还码放着几组“百子拜寿”，老人说这些砖雕都有订单了，浙江那边人要的，做古建筑用。

我对老人所做的工作很感兴趣，我喜欢站在一边看他在砖上一刀一画地雕刻。

老人系着皮兜子，戴着老花镜，在一块长方形的大灰砖上认真地雕刻。老人手握砖刀，在砖上慢慢地运行，边雕边用嘴轻轻地吹走灰尘，桌子前已积了厚厚的一层细灰。砖头上的图案已大致清晰可见了，是一对古装的男女站在老柳树下。

大砖的父亲边雕就边给我讲解，这是一对古代的男女，衣服上的皱纹要柔软细密，他们的衣服都是大褂子。有人物的砖雕要看人物雕得怎样，没人物的砖雕要看花草雕得怎样。老人边说，边在两个人的脸庞上刻了几下，人物就有了嘴唇，脸上就有了笑容。我一看还真的不一样了，心里对老人的技艺敬佩起来。老人说，我没获过奖，但我雕的东西可以和我们当地所有大师比一比，我们这儿有的人被评为大师，但他们不会雕。我说话直，不会搞关系。我们县里和镇上的干部，经常来我这儿想不给钱拿东西，我就不愿意。我们做手艺的，就靠卖点东西吃饭，你也来拿，他也来拿，一分钱不给，我们还怎么做下去呢?

大砖父亲的身体瘦弱，短短的头发，面孔黝黑，胡子拉碴，他坐在桌子前是一位了不起的大师，但回到田地里，就是一介不起眼的农夫。

我说：“大砖要把你这手艺学会也不错啊。”

老人说：“现在的年轻人都喜欢往城里跑，哪有坐下来学手艺的?唉，大砖在城里辛苦，也没挣到钱，把心也跑野了。”

老人停了一下手中的刀，似乎对大砖的亲事意见很大。我知道，他是一个很有个性的人，又想到大砖的退亲，可能遇到的阻力真的很大。

我问他这砖上雕的是什么图，他说是梁山伯与祝英台。

老人说：“这是个古代爱情故事，两个人后来变成了蝴蝶。我喜欢雕古代戏剧里的人物，这样容易出彩。”

我真想接他的话，说说大砖退亲的事，但因为我们来之前商定好了，不让家人知道，省得闹开了不好，所以话到嘴边，又停下了。

晚上，一个年轻人来请大砖的父亲去吃饭。吃过晚饭，我到房间看随身带来的书。虽然是夏季了，但山里还是有点凉的，我早早地就睡了。

第二天，天刚蒙蒙亮，大砖就喊我起来了。我们洗漱完，大砖的母亲已把两碗蛋炒饭放在桌子上了。吃完饭，大砖就带我出门了，我有点紧张地跟在身后，跨过河上的石拱桥，就在田野弯曲的田埂上行走了。

我问大砖：“现在是去表妹家？”

大砖说：“不是。”

“去哪？”

大砖说：“我妈让我先去庙里抽个签，这是一件大事，要先问问菩萨。”

我听了，扑哧一笑，大砖还信这个。

“那如果菩萨不愿意，这次就不退亲了？”

大砖没有作声，脚步迟疑了一下。

我又说：“你给家里人说了？”

大砖说这事他不敢对父亲说，只是对母亲说了。

昨晚，大砖父亲出去吃饭了，母亲把大砖叫到里屋，问大砖这次回来有啥事。大砖就把退亲的想法嗫嚅着说了。

母亲一听就生气，责怪大砖说：“这门亲事虽然是我们定的，但小表妹哪里配不上你，你表妹吃苦能干，人也长得不丑，你这一松手，小表妹就是别人的了。”母亲停了一会儿又说，“她虽然是表妹，但你舅舅是你外公领养的，你们又不是近亲。唉，这几年，你小表妹哪年不来我们家帮忙栽秧，今年夏天把一双手的手指盖都磨秃了。如果她来我们家过日子，我们多么放心，你现在不愿了，让我们的脸往哪搁，让你表妹的脸往哪搁，我知道你的心野了！”母亲说着说着，就撩起衣角擦拭眼睛。

大砖觉得母亲说得对，但一时又无语。沉默了半晌，说：“我们和表妹做亲戚不是很好吗，非要弄成一家人有何意思……这次我是死了心了，你也不要劝我，我今后过得好不好，是我自己的事，不怪你们，你们给我当的家，要是过得不好，才要负责任哩。”

母亲知道大砖是九头牛也拉不回了，觉得如果他真的不愿意，就依了他吧，强扭的瓜不甜。但母亲还是相信天命，让大砖去求一下菩萨。

我问：“你母亲知道，你父亲很快也就知道了。”

大砖说：“我和母亲说过了，等木已成舟再告诉父亲，母亲同意了。”

我觉得这事悬着。

寺庙离大砖家很远，我们走了半天山路穿过几个村庄才到达。庙在一座山坡上，是一个山洞，也没人管理。山洞前有一棵老树，上面挂着红色的系带。洞口散落着一些红色的鞭炮纸屑。洞壁黑黝黝的，朦胧的光线里，看到里面有一座坐着的石雕菩萨像。大砖说，这个庙很灵，他们这儿方圆几十里的人家，有事都到这里来烧香。

香是放在旁边的一个小洞里的，大砖取了香，插到菩萨的面前点燃，空气中就飘满了香味。大砖跪下去磕头，大砖磕头很认真，先是双手张开面对着菩萨，然后双手放下，头埋在双手里。过了一会儿，再磕，一连磕了三个头。然后，站起身来，从旁边挂着的几条厚厚的纸条里抽了一张。

我们赶忙拿到外面瞅着上面的几行字，签上的意思是明天宜出门，诸事皆宜，可以心想事成，是上上签。大砖欢喜起来。

往回走的路上，我们的脚步轻快了许多。大砖还采了两朵野花拿在手里，野花鲜艳如火，似远在城里女孩小张的笑脸。

三

第二天，我和大砖踏上了去他表妹家的路。

一条小路沿着河边向前延伸着，河水滚滚地向前流着，经过河中的一块巨石时，便溅出一片白色的浪花，又向下流去。河岸的石缝间，长着一些野花，白色的花在太阳下，像盛开的礼花。大砖说，这条路是去舅舅家必走的路，年幼的时候他经常走。去舅舅家，又和小表妹玩得最多。有一次，他在河边放牛，远远看到小路上走来一位俊俏的女孩子，他便把牛往路边牵牵，想近一点看看，待女孩子走近一看，原来是小表妹，小表妹那次是送棉种子来给母亲的，大砖的脸当时就涨红了。

后来，大砖去舅舅家就少了，这条路也好长时间没有走过了。

我开玩笑地说：“今天豁出去了？”

大砖坚定地说：“豁出去了！”

我问：“有没有把握？”

大砖说：“有把握！菩萨都说今天的日子好哩。”

我问：“要是你舅舅打你哩。”

大砖说：“我能挺住。”

我问：“要是你表妹哭着不愿意？”

大砖说：“我能挺住。”

我问：“要你舅妈骂你个狗头喷血？”

大砖说：“我也能挺住。”

大砖看来是不达目的决不罢休了，是铁了心没有挽回的余地了。

我们又沉默下来，只剩下走路时踢踢踏踏的声音，路过一棵老柳树，大砖顺手折了一根柳枝，边走边摇晃着，遇到高的植物便抽打一下。在他的有力的抽打下，脆弱的草茎齐刷刷地倒下。

大砖说：“我对不起表妹，如果今后我有本事了，我会补偿给她。”

大砖的话，有了忏悔的意味，我问：“你能补偿啥呢？”

大砖说：“今后如果我表妹生活有困难，不管什么时候找到我，我砸锅卖铁都要帮助她。”

拐过一个弯，小路就离开河边了，朝两山之间的凹处延伸去。

中午我们到了大砖的舅舅家，大砖的舅舅家住在山坡上，村头有一棵古老的大树，树干合抱粗，树冠抬头望去，高入云端，十分有古意。村子里也是高高的马头墙，曲折的巷子。

大砖到了舅舅家，舅舅和舅妈见到我和大砖的到来，先是客气了一番，大砖的舅妈倒了茶水端过来，递给我，却没有端给大砖。大砖的舅舅是一位精干的山里人，粗大的手捋了一把卷曲的头发，长长地叹息了一声，这声息有着金属的质地，仿佛可以从地上拾起。

我们坐在门口的板凳上，因为过去大砖的舅舅舅妈已知道大砖变心了，在热情的背后，明显感到还有一层冷漠。

接下来，就要看大砖怎么开口了，我望了一眼大砖，替他担心不已。

大砖双手紧插在双腿间，不停地搓动着，眼睛东张西望着，大家都不愿先开口说这难堪的事。

“这个是你朋友？”大砖舅舅望了我一眼，问大砖。

“是我朋友，来我家玩的。”大砖说。

“大砖，在城里做工做得如何啊？能不能挣到钱？”还是大砖的舅舅先开口说了话，打破了尴尬。

“也不好做，就是糊口饭吃。”大砖答道。

又开始了沉默，过了一会儿，大砖嘴唇翕动着，脸上有汗水渗出。

大砖吞吞吐吐地说：“舅舅，我这次来……我妈知道的。”大砖慌忙中搬出了母亲作为挡箭牌，随后又觉得不妥，赶紧改口说：“我妈不让我来，但我还是避着她来了。”

“你来有么事？”大砖舅舅问。

“我表妹呢？”大砖没勇气把退亲这事直接对舅舅说，他想和表妹说。

“她挑水去了。”大砖舅妈拉着脸说。

这时，门外一个女子挑着两桶水朝这边走过来，女子穿着粉红的上衣，一边倒的黑发掩着她白净的脸庞，她苗条的身子因为负重走起路来而显得婀娜，她也看到我和大砖坐在门口的身影了。她迟疑了一下，肩上的两只水桶摇晃起来，膝盖一软，只听砰的一声，两只水桶倒向两边，她人也向前跌倒在地，水桶里的水浇了她一身。

大砖箭一样飞出屋，双手扶起她，她就是表妹。

表妹可能也知道大砖这次来的意图了，眼里含着泪水。大砖和表妹的眼睛瞬间对视了一下，这双美丽的眼睛里充满着无助和哀怨。表妹不让大砖扶，她有力地扭动了一下身子，丰满的胸部碰到了大砖的胳膊，大砖愣了一下。大砖的舅妈赶过来扶起表妹，表妹回到房间，砰地关起了门。

大砖的舅舅站在门口愕然地看着这一切，大砖扶起水桶，挑起来就走。过了一会儿，大砖挑起一担水走了回来，他稳稳地把两桶水放到地上，然后，提起水桶，把水倒进缸里。倒水的声音在这快要爆炸的空气中，显得十分响亮。

大砖站在屋中间望着舅舅，舅舅正背着手冲房里还在哭泣的表妹说：“没出息，哭么东西。离了他地球还不转了吗？”

大砖转过脸对我说：“我们回去吧。”

我纳闷退亲的事还没说啊。

大砖抬腿就往外走，我跟在身后。到了村头，大砖的舅妈追过来，要留我们吃饭。大砖不愿留下来，舅妈也就回去了。

我们在山间走着，初夏的季节，田地里的庄稼、山坡上的树木，还有不停鸣叫的鸟儿，都在这个季节里充满了生机，走到一处大岩石旁，我们坐了下来。河水在我们的面前潺潺地流淌，河中间有一蓬野柳，上面停着几只白色的小鸟，显得十分有诗意，大砖望着远处的河水，双手折着一根草茎。

我忍不住地问：“不退亲了？你改变主意了？”

“我看到我表妹倒地那一刻，我的心就软了，”过了一会儿，他又说，“你知道吗，表妹一定是看到我而倒下去的。”

我说：“是的，是看到你倒下去的，我看得很清楚。”

“看到表妹的眼睛，我的心就软了，”停了一会儿，大砖站起身，说，“我的胳膊碰到了她的胸部，那种柔软让我的城堡一下子倒塌了。”

大砖的眼睛有点红了，只见他从口袋里摸出昨天抽签的纸条，又看了一眼，用手一下一下地撕得粉碎，抛向了天空，碎纸片飘落到河水里，随着水流漂远了。他搬起路边的一块大石头，奋力地砸向河中，河水发出砰的一声，溅起高高的浪花。

回到大砖家，他的父母正坐在屋子里，也可能知道我们这次去干啥了，脸孔木然着，没有一点笑容。

我和大砖咚咚地上楼去，刚上到一半，他的父亲就对大砖大声地喊道：“大砖你给我下来！”

大砖折回身下到楼下，我就听到他们用方言激烈地争吵起来，说了一会儿，又没有了声音。

过了一会儿，大砖上到楼来，双手抱着脑袋往床上一躺，眼睛望着屋顶，一动不动，我问他们在吵什么，他说我们走了后，他父亲就知道了。这种大事，竟敢瞒着他，父亲很是生气，已和母亲吵了一架，要追过去阻拦。现在看到大砖回来了，就火冒三丈，后来听大砖说没有把亲退了，父亲才松了一口气。

后面几天，大砖家里的气氛也愉快起来。

我们要回到城里了，那天一早，大砖的父亲提了一个用纸盒包着的东西要送给我，我用手一提，沉甸甸的，问这是什么东西。

老人说："是砖雕，就是那天你来时看我雕的那块。"

我说："这不是被人家定了吗？这怎么能行？"

老人说："我再加班雕一块吧，这块送你们年轻人多好，有情人终成眷属。"老人显然很愉快，脸上露出憨厚的笑容，让我想到他在砖雕上勾出的那一笔。

回到城里，我们又开始忙碌起来。

一天，我从外面回到出租屋，正好看到大砖送小张从屋里出来。小张看到我，低了一下头，眼睛哭得红红的，大砖跟在后面要送她，她愤愤地甩开了大砖，大砖就站在那里发愣，好久才回来。从此小张便再没来了。

到了年底，大砖便与表妹结了婚。

【原载《天涯》2018年第6期】

中国小说年度精选

（下）

辛　茜　主编

新疆生产建设兵团出版社

人烟

洪　放

冬　至

农历乙未羊年，十一月十二，冬至。

早晨，淮河边上起了大雾。

大雾笼罩着北边的平原，而南边的丘陵岗地，还处在曚昽晨曦之中。淮河两岸，静得如同一只张开的大蚌。河流从蚌的中间流过，而蚌却因为这条河流，南北呈现出不同的地貌与物候。南边，是连绵的山地，庄子依着地形，错落有致。北边，平原辽阔，庄子都建在台地之上，因为缺少起伏，所以很多庄子都被掩映在树木与地平线之下。

唯一相同的，就是淮河，就是淮河水。

淮河流到豫皖交界处，渐渐地开始奔涌浩荡。河面宽广，水流湍急。河水也不再像上游那样清亮，而是变得泛黄、浑浊，并且被无数的漩涡所裹挟。

作为一个一辈子生长在淮河边上的人，庄约之自然懂得这些。其实，他就生活在这只巨大的蚌里。此刻，他朝着不远处的淮河哈了口气，气息里就有淮河的黄土味。

今年冬至，庄约之要办一件大事。

早在二十四年前，庄约之六十岁时，就在心里许下了这个愿望——他要活到农历乙未的冬至。到时候，他应该是八十四岁了。

果然，他就真的活到了八十四岁。

昨天黄昏，庄约之从床上爬了起来。事实上，他现在主要的活动都在床上。自从七十八岁那年摔了一跤后，他就很少再下床。一个八十多岁的老人，常年在床上，是再正常不过的事了。他在床上看电视，听戏文，也翻翻那些他早已看不清楚的老古书。

书页泛黄，犹如淮河的流水。有时，翻着翻着，书页就碎了，就从床上飘起来。等到他伸出枯瘦的手想去捉住时，书页早落到了床下，他也不再管。这些泛黄的老古书，命里注定是只能存到他这一代的。这些年，除了他，不曾再有人读过。

三个儿子，两个女儿，庄约之是淮河边上儿孙满堂的人。

儿孙满堂，他就有了资本。虽然五个娃当中，有三个进了城，不在身边，但逢上大节，他们都还得乖乖地回到淮河边上。庄家台子，埋过他们的胞衣罐，他们敢不回来?

台子上的人都说庄约之是个有福的人。庄子里这些年人越来越稀了，烟囱里冒出的烟越来越淡。庄约之家却还是有一儿一女守在庄子里，早有吃的，晚有喝的，碰着月亮上山，还有人陪着说话。日头好时，儿子女儿会推着他到淮河边上转转。他看得最多的还是淮河水。他能说出淮河水里哪个漩涡没了，又新添了哪个漩涡。儿子也是六十岁的人了，白胡子比他的还长。儿子说，爹，你都数了一辈子漩涡了，数清一共多少了吗?

十万九千九。他答得干脆，不容置疑。

儿子笑着说，反正没人数过，就你说的吧!

这些都是今年春上以前的事了。

去年甲午马年，庄约之一年都不太安生。春上时肺部感染，咳了三个多月。到了秋天，又生了痢疾，吃了就拉，儿子和女儿轮流守着给他换衣。入了冬，才算缓了过来，但他心里有了异样。他让儿子对着老古书算了一卦。卦象模糊，看不出征兆。可他自己心里明白，就是不说破。八十多的人了，挨在这人世间，早一天走，迟一天走，本无区别。

然而，事情还是磨针般，一下子刺进了庄约之的心。今年清明刚过，儿子突然就没了。

六十岁的大儿子是在陪庄约之说话时，头一歪走了的。庄约之喊了儿子几声，儿子眼睛泛白，看着他。他伸出手在儿子的人中上掐着，儿子摇摇头。庄约之赶紧拿起床头的电话，拨了个2。2是女儿家的电话。等女儿赶来，儿子已经没气了。

也好，在那边等了三十多年的老伴，这会儿有伴了。

办完大儿子的丧事，庄约之跟另外四个儿女说，今年冬至，你们都得回来。

儿女们说，那要是有事呢？

没得理由，回来！庄约之斜倚在床头上说，到时候给我扎张竹床。

大女儿问，竹床？要那干吗？

庄约之皱了下眉说，你们别问，扎就是了。

竹床就放在堂屋里。新鲜的竹子，还散发着清香。

庄约之从床上坐起来，朝里屋喊了两声。二儿子趿拉着鞋出来了。庄约之道，该动身了。

二儿子说，这么早？

庄约之没应。二儿子又进了屋，喊小儿子。等小儿子起来，两个女儿也到了。庄约之瞥了眼四个儿女，说，都安排好了吧？得要大半晌工夫的。

都安排好了。四个人都答。

那就动身吧！庄约之耸了耸身子，没有知觉的双腿被他拖着向床边挪。二儿子上来扶住他，女儿又替他加了件袄子。大家几乎是半抱半搀地将庄约之移到了竹床上。也就这半抱半搀，他们才知道，八十四岁的老父亲，轻得还没他的年龄重了。淮河岸边都传说，人老了，会越来越轻，最后就成了尘土。看来还真的有道理呢。

二儿子和小儿子抬着竹床，出了门，大雾就扑了上来。庄约之说，好大的雾呢！民国三十七年，那年冬至也是大雾。结果第二年夏天，淮河发了大洪水。那年的淮河水大啊！整个淮河两岸就没留一处庄台。

那是。二儿子附和着。

庄约之说，就在那年大水后，我从淮河的南边逃到了北边。

女儿说，要是在南边多好，没得水淹。北边能跑马，水就欺它。

都一样。北边水淹，南边地贫。人，总得过活呢。要过活，还管北边南边？庄约之思维清楚得很。他用手招了招大雾，说，沿坝上走！

竹床出了庄家台子，又经过种满苦菊花的小径，很快就到了淮河坝上。四处没有人声，唯有淮河水在大雾之中静静流淌。

庄约之侧着耳朵听了听，然后说，靠老鸦窝那边的漩涡不见了，大概是被黄泥给塞住了。

淮河四季流沙，被水带下来的黄泥流着流着，流困乏了，就停下来。停下来的黄泥，往往就找了个漩涡，拼着命塞进去，漩涡便没了。若干年后，黄泥越积越多，往往就成了河中的泥墩子。泥墩子再往上长，就成了淮河上那些巴掌大的岛。庄约之眼神混浊，但看老鸦窝那边的大柳树，还能看出一团漆黑的影子。他又道，五九年吧，河南边的成二先生就从那地方跳下河的。后来一直没捞着，恐怕也是塞在那漩涡里了。

小儿子问了句，成二先生不是您的师父吗？

那是，我第一次跟庄台地上的寺庙打交道，就是跟着老先生。可惜了，老先生那一手老活，还有一手好字，甚至还有一嘴巴的好笑话……

其实，这四个儿女中，没有一个记得成二先生。只有大女儿是在成二先生跳进淮河的头一年出世的。成二先生跳进淮河时，那几年淮河两岸倒是少有的丰收年景，可是人事却不顺畅。

不过，都远了。庄约之在竹床上叹了口气，命令二儿子到柳台子上去。

竹床就斜下了淮河大坝，在平原上走了约莫半里地。虽说老头子轻得不比他的年龄，但对于现在基本不肩扛背驮的两个儿子来说，抬了快一个小时，也着实是肩酸背疼了。本来，竹床扎好后，庄约之跟儿女们说要坐着竹床沿河走一遍时，小女儿还说现在都有车子，坐车子走吧，既快又舒服。老头子坚决不依。老头子说，那铁皮包着的车子，沾不到河水气。

儿子们换了次肩，好在柳台子眼瞅着就到了。柳台子从前有一大片房子，青砖黑瓦，台地也高，比一般人家的台地高出半丈。这里从前是祠堂，再后来是小学。再后来，就没了。但孩子们都记得，四个人都在那小学里读过书。小学门前那棵巨大的柳树，跟老鸦窝那棵差不多粗。庄子里的人都说，这两棵树一公一母，一个在台子上，一个在河里，相望相守。一个是地公，一个是河母呢！

竹床停了，庄约之眼神急切地睃巡着整个柳台子。如今这里是一片蒿草，三两尺高的蓼子，到了冬至也不凋落。更高些的构树，叶片厚得像件古朝的袄子。他又让儿子们抬着竹床往蒿草丛里走了一段。蒿草划着衣衫，好在冬天穿得厚实，折断的荒草散发出酸甜的气味。

庄约之说，就这儿。

大女儿问，就这儿？这里什么也没嘛！

庄约之又道，就这儿。

二儿子想了想，说，我好像记得，从这儿再往西三四丈路，应该是小学的大门。

小儿子道，是大门。春天我回来时专门来过，门墩子还在。他又问老人，您是要看那门墩子吧？

不是，走吧！庄约之闭了眼睛。

小女儿嘟哝着，这个不是，那看啥呢？看这满野的蒿草？

一阵风过，蒿草丛里竟有了蟋蟀声。大概是被惊扰了，蟋蟀叫声有些急促。庄约之又叹了口气，说，七月在野，八月在宇，九月在户，十月蟋蟀入我床下。这回，真的是入我床下了，入我床下了啊！

说着，一片雾气挂到了他稀疏的眉毛上，竟慢慢地凝成了白色。

台子，就是庄子。淮河西边，叫台子；东边，叫郢。

竹床过了淮河桥。如今，淮河上有多少桥，没人数得清。往昔，河里到处都是船，一半运货，一半载人。现在，船只运货了，人都是过桥走。桥有水泥桥，有钢筋桥，有斜拉桥，有拱桥。桥将河的两岸连了起来，却也将淮河这只大蚌本来分明的脉络，弄得有些含混了。

成大郢子就在桥边上。

劈头就是一座浅岗，满岗的杂树，满地的落叶。现在，竹床被抬在二儿子和大女儿的肩头上。小儿子肩膀疼得受不了，小女儿又得惯着，只好两个大的多担待。踩着落叶，居然一点声息也没有。落叶太厚了。

庄约之努力地瞪着眼睛，竹床转过浅岗，是一片小池塘。庄约之说，塘里没水了，塘也快没了。

确实，这片池塘四周明显地被泥淤得越发狭小。在平原上，很少有池塘，都是沟，一条一条的，引淮河水。而在这边的丘岗地带，池塘如同一只只扣在地上的小碗，盛放着平时的雨水和从河里引来的流水。这些水一方面可以灌溉，一方面用于人畜饮用。不过，这些年郢子里也都通上自来水了，这些“小碗”就跟那些被留在庄子里的小媳妇一样，慢慢地就人老珠黄了。

二儿子问，爹，是要去看老屋基吗?

不去!

哪?

往南。出了郢子，再往南。

小女儿抬头看了看天，大雾渐渐散了，只是并没有日头。今天是个阴天。她向南望了望，说，出了郢子向南，再向南，那可是到了济河那边了。

庄约之没应答。

四个儿女都不再说话。抬着竹床的，肩上疼，不想说话；没抬竹床的，弄不清楚老头子的心思，也不敢多说。一张竹床，五个人，行进在郢子里。

屋是一处一处的，门却大都上着锁。这不奇怪，淮河两岸现在都这样。有些锁一上就是三五年，生了锈，逢上落雨，锈水直往门缝里渗。有时弄得门前一大片锈斑。这些锈水还流到门前的田地里，流着淌着，田地里便慢慢生出一层薄薄的浅红色，一块一块的，如同被掩盖了的陈年伤疤。

庄约之说，停。

一座小丘，满丘的树。小儿子问，这是？

庄约之这回说话了，成二先生的墓。

小女儿有点吃惊，她顺着小丘走了一圈，只见树和杂草，并不见墓，更没碑。她回头问道，这是成二先生的墓？就是您师父的墓？不是说他老先生塞了淮河的漩涡吗？

这是衣冠墓，里面不过多放了两样东西，一是罗盘，一是墨线。本来还有一样，我给讨回来了，就是那把刀。庄约之让二儿子将竹床放下，又让两个儿子扶着自己走到小丘的正前方。他看着小丘中间的乌桕树，猛地往下一跪。小儿子道，爹，您这是？

你们也跪下，给成二先生叩个头。

四个儿女都跪下。庄约之先叩头，其余人跟着叩头。叩完后，庄约之说，你们哪是叩头？不成样子。以后，我百年了，你们不要再给我叩头了。

二儿子忙道，爹，叩头就是个心意。您老百年后，我们不仅要叩，还得多叩些。

庄约之不说话，想起身，却站不起来，大家扶着，上了竹床。他指指更南边的一大块空地，竹床便向着那空地抬了过去。

确实是一大块空地，不过也不能算空。因为都是草，都是蓼子，都是小杂树。不过，这块地正对着淮河，地势也比周边稍稍高一些。在淮河东边，这是相对宽敞的地方。庄约之的竹床绕着空地转了一圈。临离开时，他不知怎么眼睛一下子明亮了，竟然看见地头上有半块青砖。他赶紧嚷道，快，快！捡起来，捡起来！

大女儿问，啥呢？

砖，青砖！庄约之声音更大了。

大女儿眼扫了扫周围，看见一只死鸟，还有一根尺把长的枯骨头，就是不见青砖。其他三个儿女也睁大眼睛瞄着，终于，小儿子看见了。他用手指给大女儿，大女儿上前捡了青砖。砖纹粗糙，砖面上还生了些发黄的青苔。

庄约之拿了砖，看了又看，然后贴在左脸上。砖冰凉的，时光好像一下子回到了民国三十七年。那年淮河水咆哮了整整一季，等水走了，两岸都是淤泥。成二先生就是在那年冬至收了庄约之为徒，带着他在眼前的这块空地上建了一座河神庙。

这是庄约之一生建的第一座庙。

如今只剩这块青砖了。庄约之想流泪，却没泪。

成大郢子退到了身后。不远处，淮河水似乎立了起来，然后又陡然落下。落下的淮河水，静静的，一个甲子的时光，还抵不过河中的一粒沙。

竹床在淮河两岸行走。

它游动的路线，跟淮河的水流一样，东奔西突。然而，倘若将这路线串联起来，竟然成了巨蚌上的纹路，或者是一匹正蛰伏着的卦象。甚至，是无数人的行脚、歌谣，一张张模糊又模糊了的面影……

农历十一月十二，冬至。

庄约之怀里还揣着三个米粑。他没吃，只是坐在竹床上时，细细地将米粑掰碎了。碎了的米粑被他小心地撒在沿途的路上。粑魂，这是淮河两岸的老古法。他并不看重，只觉得这细碎的米粑就像他的一声声招呼，来得亲切，贴心。

日将中天。一大上午，四个儿女不知换了多少次肩，也不知走了多少路。反正来来回回地过河，就有七八趟了。

只有小儿子记着。他记着老头子让竹床停下的次数。到现在，一共是四十九次。

其中老头子下了竹床说话的唯一的一次，是在成二先生的墓前。其余的四十八次，老头子都只是坐在竹床上，而且这四十八次停下的地方，都是空地。老头子看着，听着，有时闭着眼，好像在回想。老头子让儿女们捡了一大堆小物件，有青砖，有佛像的断手，有生锈的油灯罩子，还有一只住满了蚂蚁的木鱼……现在，小女儿提着这些物件，渐渐地，就沉了。

小女儿问，还要去哪呢？真的走不动了。

庄约之哼了声。

二儿子接了话，难得爹出来，就依着爹，慢慢走吧。不过，肩膀倒是真的受不了了。眼看着也大中午了。

庄约之又哼了声。

大女儿换了次肩，回头望着庄约之，说，爹，您别老是哼，给我们个准信儿，还得走多少路呢？

这回，庄约之连哼都不哼了。

四个儿女也都不再作声。竹床发出吱呀的声音，虽然是冬至日，风也有些割人，可是油油的细汗，也开始爬上抬竹床人的额头了。二儿子一直抬在后面，更加吃力。他伸手擦了把汗。本来是大阴天，日头却出来了。日头也没那么明晃，但直直地照着，也怪晒人。

远处传来唢呐声。

唢呐声炸爆竹似的，横冲直撞，庄约之竖起耳朵。八十四岁了，但耳朵还行。不过他却真真切切地听不出来这唢呐吹的是啥调。

小儿子和小女儿听得出来。刚才吹的是《走进新时代》，正在吹的是《父亲》。吹这些歌子，就是丧事，也叫白喜事。早些年，淮河岸边唢呐声天天不断。红白喜事都用唢呐；孩子满月老人做寿，也吹唢呐；队里开会，文娱表演，更吹唢呐……唢呐就挂在嘴唇上，就怕你找不着由头。哪怕是针鼻子大的由头，也能吹得惊天动地。

当然，还有花鼓。

但现在，只有唢呐声，裂帛般直劈过来。庄约之将耳朵收了起来，他不喜欢如今这唢呐声。五年前，他七十九，做八十大寿。他对五个儿女说，以后不要请唢呐班子。请了，我生气。

那就不请呗。可是不请不热闹。家里也只有小女儿敢这样和老头子说话。

庄约之当时抿了口酒。等酒全部下到肚子里，他才开口，热闹了一辈子，该安静了！

那也是。当时还在的大儿子附和着。

一晃，这又五年了。大儿子走在庄约之的前头了。大儿子的丧事上也没用唢呐。庄约之望着棺材抬出门前场子，一个人坐在床上“哇哇”地哭了两声。他哭不出更大的声音了，这一生，见过太多的生死，现在是跟淮河一样，静静的时候了。

竹床下了淮河大坝，又是大平原，路悬着，田里麦子有尺把来高。一辆小车停在路边，一个男人正蹲在地上打电话。再往前走，就看见一层飞起的明黄檐角。

小儿子有些兴奋，往前跑了几步，又折回来，说，那庄子后面，估计是座大庙。

应该是吧！二儿子气息没早晨那样饱满了。

庄约之没睁眼。这一路上，他很少睁眼。他的心在看着，眼睛就可有可无。他当然听见了小儿子的话，心里一动，大庙？过了这个庄子，有大庙？前面的庄子应该叫孟庄。他最后一次到孟庄，是六十一岁那年。那年冬至，他将孟庄北头因会寺的正梁端端正正地架了起来。八十一天后，因会寺落成。他回到老家，从此再没出过山。

竹床绕过小车，沿悬着的道路进了庄子。庄子如同陶罐，闷声闷气。

庄约之还依稀记得这庄子二十多年前的样子。庄头一棵古怪的大树，到秋天结红色的果子，只能看，不能吃。庄子里的人说这树叫喜树。

喜树，庄约之喜欢这个名字，曾建议庄子里的人将因会寺的名字就改成喜寺。庄里人不同意。庄里人说，这因会寺建了又倒，倒了又建，是经过无数次淮河水的。名字改不得，改了，会动地气。

庄约之自然不再强求。淮河岸边都知道他是个好脾气的人，他所有的心思都花在了那大梁、四柱、雕像与门楣上了。

道路穿过庄子。一出庄子，果然是一座大庙。

竹床离这大庙还有百十来米，庄约之却喊道，停，停！

二儿子问，咋要停？庙到了。您老一生修庙，不是喜欢庙吗？

不看了，回头。庄约之声音严厉起来。

小儿子说，爹这是咋了？

小女儿将手里的物件放在地上，说，去看看呗，这一路上还真没见过一座大庙呢！

不去，回转！庄约之再次道，声音有些颤抖了。

二儿子又擦了把汗，说，那就回转吧！

庄约之却又吩咐小女儿，到那边去，给我抓把黄土带着。

小女儿说，黄土？

庄约之没回答。小女儿也没等他回答，就跑到大庙那边。足足过了十来分钟，小女儿才回来，手里捧着点黄土，说，庙是大，没人，只有三个菩萨，丑得很！

黄昏，冬至日将尽。

庄约之躺在床上，他在被子底下用十根手指比画着，渐渐地比画出一大串名字——

祈福寺、祈年寺、祈因寺、祈安庙、祈平殿、祈寿庙、祈成庙、栖水庙、栖岩寺、栖云寺、栖梦庙、栖平寺、栖通寺、栖梦殿、淮水寺、淮神庙、淮平寺、淮安寺、淮平庙、淮安庙、安澜寺、安澜庙、安水寺、静水寺、平水寺、息水寺、通水寺、会水庙、大帝庙、地母庙、雷音庵、关公庙、大神庙、海会寺、海通寺、悦神庙、三公庙、祖帝庙、淮神寺、淮母寺、淮安庙、因会寺、因缘庙、庄公庙、二郎寺、法雨寺、悦音庙、观音堂、河神观。

一共四十九座，一座也不少。

问 答

唉，日子现在是越来越慢了。按老理说，我这样一大把年纪了，应该是感觉时光飞快、夕阳下山。可是呢？真的，日子太慢哪！我每天坐在这临街的门前，好多年了，也没看出这街上的人，这街上的事，有什么太大的变化。来来往往，吵吵闹闹，生生死死，这条街同我十来岁第一次跟随祖父一道来时，没什么区别。我这样说，也是因为我太老了。我今年八十八了，人生七十古来稀，我多活了十八年。八十八年，人间的什么事情我没见过？虽然这样说，但见过的，也大部分忘了。人要是什么事都记着，那脑袋估计早就炸了。我这一生，该记的记着，不该记的坚决不记。包括我现在的那些儿子孙子们，我只记得他们中的几个。有的，我见着面，只觉得恍惚。好在他们也只是过年过节才偶尔来看看我。我不怪他们，忙嘛！我像他们这么大的时候，也忙得像个陀螺似的，没消停。不过我倒是记得我的那些学生们。我啊，教了一辈子书，学生们的名字、模样，就是我现在常常回忆的资本。我能够想起每一个学生的长处，也能记起他们的短处。我时常揣想，这些学生，就像一颗颗种子，现在都飘到哪儿去了呢？且不问了吧。我现在老了，老了的人就配坐在这门前。车声、人声、风声、雨声，四季轮回，这临淮老街，也同我这个老头子一样。它也该是暮年了，人到暮年，想起的都是从前，而这老街，到了暮年，它想起的是什么呢？儿时听我那中过前清秀才的祖父说，临淮老街向来是古战场，又是读书地。这里出过不少将军，也出过许多文人。镇上还有三座老房子，据说是前清的文庙。不过，早几年就荒废了。我上一次去看时，还是五年前。那时候我还能拄着拐杖，一步步地走到那荒废的大房子前。现在不行啦，而且也不想去看了。满屋都是蛛网，屋顶上漏着天光，院子里都是蒿草，屋檐下落满残瓦，那情景……唉，哪像我小时候见的那样啊！

不说了，不说了，我来稍稍打个盹。昨天晚上我竟然在梦里见着了老祖父。我都十来年没梦到他老人家了。他看着我，捋着白胡子，将一卷发黄的古书递给我。我伸手要去接，却没接着。我再伸手，祖父却摇着头转身走了。我在后面问，您这是？祖父也不言语，消失在一大片雾气之中。这梦是啥兆头？我早些年也曾学过些麻衣相术，还曾研读过《周公解梦》。可临到自己，便看不了相，解不了梦啦，昨晚上就是因为想着这梦，居然下半夜都没睡好。虽说人老了，并不需要太多的睡眠，可是睡得太少，加上这冬天的日头黄黄的，暖暖的，再加上这街上一成不变的晃荡的人影与车流，我觉得还是打一盹更好。打个盹，便忘了许多事。或许，再打个盹，便不再醒来了。不怕您笑话，人到了这年纪，活着其实有些烦躁，特别是像我。说起来，我从前算是个读书人。民国年间，我读过五年私塾。后来，我也在淮河里打过几年鱼，行过几年船，但解放没几年，我就瞅了个机会去读了师范，再后来回到这临淮镇上当了一辈子老师。二十年前，我坐在这门前，三五分钟便有人上来喊我一声："老师，您歇着呢！"往后便越来越少了。这三五年，每十天半月能有个人来招呼一声，就算了不得啦。当然，我也不太在乎。都八十八的人了，还在乎这？何况我就是在乎，又能怎样呢？就如同这临淮街，昔日人头攒动，而今也日渐萧条。人都走啦，到大城市，到老远的地方去了。走了，去了，也罢！我只管打我的盹。日头正暖和，你们可别轻易来打扰我。

先生，我可是真的得来打扰您了。您一定见怪了吧？您见怪就对了，就怕您不见怪。您的性格我清楚，一辈子跟淮河坝上的竹子一样，刚直得很。您还记得我？啊哟，这可真得谢谢先生了。我是您最后一届学生，我的名字嘛——对，您说得对，我就叫庄二宝，我父亲是河边的庄约之。不过，现在我的名字叫庄向贤，就是向古往今来的贤人学习的意思。二十八年前，我从您的初三班上毕业，那年您正好退休。记得您站在讲台上，含着眼泪说，你们是我最后一届学生，这是我最后一次站在讲台上上课。我到现在还记得您的泪水。那以后，您就回到了临淮老街上。接着，我上了高中，再后来，没能考取大学，跟着庄子里的人到广州打工，学建筑，做装修，这一出去就是二十年。如今，先生哪，我也是四十四岁的人了。啊，那还真巧，我的年龄正好是先生年龄的一半。我现在回来啦！去年春天就回到了市里。还是干老本行呗！开了家房地产公司，在市区也搞了几个楼盘。您问那些楼盘的名字？还是不说了吧，都是些俗世中的事情，入不得先生您的法眼。不过，我这次来，可不是为了生意。

我一来是专门拜望先生。这么些年了，一直存着个念想，就是好好地向先生汇报汇报自己的学习和工作。二来呢，当然还是有事情向先生您请教。一日为师，则终生为师。先生您可得替我拿拿主意。先生您可能不知道，这些年我虽然身在生意场上，心里却始终不得安宁。您可别拿当年在班上盯学生的目光看我，我的不得安宁，并不是因为做了什么见不得人的事，而是总难找到根基，总觉得自己像浮萍。五年前，我到终南山去住了一段时间。终南山是隐士之地，先生您肯定知道。记得您当时教我们读过"终南阴岭秀，积雪浮云端"的诗句，真是好诗，好境界。我也是生意做久了，见人心太浮躁了，便去了终南山。那山好啊，安静得很，有禅意。山上的树也好，水也好，路遇的那些人也好，都是安安静静的，仿佛是另一个世界。我在那里待了三个月，后来还是下山了。山下还有很多的事要处理，我只能下山。从那以后，我便一直想着我应该停下步子，好好地做一点有用处的事情。这不，前两天我突然梦到了这临淮老街。真的，我梦见自己还是个少年，走在老街上，样样都新鲜，样样都亲切。只是老街上的那些人，都不似现在这样，而是一个个穿着汉服，捧着诗书。那样子，使我想起了先生您。您当年在学校的梧桐树下读书时，就是那样子，身材笔直，声音豁亮。您读：

子曰："学而时习之，不亦说乎？有朋自远方来，不亦乐乎？人不知而不愠，不亦君子乎？"

您读得多好啊！我回想起来，那不就是让人心生安宁的诗书吗？我由此想到了终南山。我得在这纷杂的人世间，也建一座心灵的终南山。于是，我回到了临淮老街。看到先生您坐在这门前，我就知道我回来对了。先生您问我回来到底干什么？是啊是啊，我还没说到正题上来。说简单点吧，我就是看中了老街上那座文庙。先生，您的目光亮了，像我们上学那会儿。我知道先生也记挂着那文庙。我刚才去看了下，三进房子，太破旧了，但是格局还在。我想投资把它给重修一下，然后在这里办一家国学院，专门教授孩子们国学，到时就请先生做国学院的首任院长。先生您也别谦虚，这临淮方圆百十里，谁还有您读的书多，知的理多？您不当院长，谁还能来当？等国学院建成了，每年春秋两季，也像山东曲阜那样，搞祭孔大典，读诸子百家。请先生您来主祭！那是多么盛大的节日啊！先生，您也跟我一样期待吧？一定是的，一定是的！我就想听到先生您的肯定，当年您在班上，表扬我们一下，我们会快乐好几天。您现在这么肯定我这想法，做学生的我，也觉得心里更加踏实了。不过，这事也还得从长计议。我得回去找市里，找县里，找镇上。啊，您也要为我说说话？这太好了。我都没想起来，您儿子正是分管宣传的市领导。这样就更好了，先生，您看我似乎又回到了当年您的班上。我会全力以赴地来做这事，先生，请您放心。哎呀，这一下耽误了先生您太多的时间，咱们都说了两三个小时了，我得回市里了。有了先生的支持，我这就去办。先生，我这就先走了。您就喊我二宝吧，当然，喊我向贤更好。向贤，庄向贤！

哈哈，今天我得喝二两小酒。八十八岁的人，喝二两小酒，不多也不算少。平时，我可是不喝的。年龄大了，血压高，怕喝了酒出事，何况我这一辈子也不是好酒的人。我这一辈子就好读点书。陶渊明说，五柳先生好读书，不求甚解。我就是这样的人。小时候跟在祖父后面读古书，我最喜欢《论语》。一问一答，简单明了。读着《论语》，我常常看见一幅幅画面：孔老夫子、颜回、子路……那些人物可都是活的，活生生地说着人间的道理。可惜现在啊，读这些书的人基本没有啦！大家都忙，忙得很哪！就说我那三个儿子，大儿子在省城大学里当教授，忙着做课题；二儿子在北京开公司，忙着做生意；只有小儿子算是近一点，在市里，也在忙着当官。这临淮街上的宅子里，好在还有女儿。刚才，女儿就问我怎么想起要喝酒了？我说高兴嘛。女儿问咋就高兴了？我说下午你哥哥打电话来，说庄二宝修文庙的事定了，市里同意。县里和镇里马上就会找庄二宝，商量下一步该如何实施。你说这是不是高兴的事？要是修个别的什么地方，我也没兴趣。八十多岁的人了，见得多了。可这修的是文庙，况且修这文庙的人还是我的学生。

真看不出来啊！当年这庄二宝在我班上可算是个调皮的家伙，个子不高，眼光精灵，话不多，但肚子里打拐。他父亲庄约之，是淮河边上有名的匠人。这老头子一辈子修庙，沿淮两岸的寺庙，几乎都是他的手艺。就是这个庄二宝，要投钱重修文庙了，这可是临淮镇上的大事啊！我可压根儿没想到，我还能活着遇上这么件大事。娃啊，你说我该不该高兴？是应该高兴吧，那就喝一杯。那个庄二宝你知道？差不多，他四十四，只比你小一岁。啊，你看我这人，还是老了，有些糊涂。他现在可不叫庄二宝了，叫什么……什么……庄向贤，这名字好，比庄二宝好。他如今赚了钱，有了家业，想回到镇上来修文庙。这可真是件大功德。那三进房子的文庙，实在是坏得不成样子了，早该修了！可是，谁来修呢？以前你哥哥在县里当县长时，我也曾想叫他想办法重修下文庙，可他说财政太困难，连发工资都保不准，哪还有钱修文庙！想想也是，那么多人等着拿工资，不能让人喝西北风吧？

现在好了，庄二宝，不，庄向贤，我这个学生回来了，说不定明年这个时候，就能举办祭孔大典了。按理说，我这么大年龄了，不该为这事这么激动。娃啊，你说得对，我是激动，而且不是一般的激动。你三个哥哥在外干事，我这些年何曾找过他们？可这修文庙的事我得找你小哥。你小哥说，老头子，我知道文庙是你心里的一个结，那就修呗！我同庄向贤谈过了，办国学院好，这是大趋势。全国上下都在弘扬传统文化，把这临淮街上的文庙办成一个弘扬传统文化的国学基地，好啊，好！你小哥这么些年也就这事办得干脆！啊，酒温好了，那好，拿上来吧！花生米也好，香菜拌花生米，曾是金圣叹那老古怪临死时写在手心里的美味。我虽然八十八了，但牙还好，还能嚼得动花生米，这也是一种福气吧！来，娃啊，你也喝口酒。明年，等文庙修好了，你也穿上那端庄的汉服，跟我去祭孔。古人说，肉可以不吃，韶乐不可不听。祭孔大典时就得奏韶乐。我最后一次看祭孔大典还是民国三十七年春祭。你的曾祖父主祭，他老人家穿件蓝色长衫，站在高高的祭台上，大声宣读祭辞。那祭辞写得好啊，其中有一段写道：

大哉夫子，应时而降。宪章文武，道承三皇。杏坛设教，门开八方。三千弟子，大道阐扬。退修诗书，六艺始彰。韦编三绝，行囊居床。人文化成，道始以昌……

娃，你问我咋记得这么清楚？是啊，我一直记这么清楚。我忘记的东西太多了，可就是忘不了这！老一辈人的心里记着的，跟你们心里记着的，不一样呢！你们心里记着的，又跟如今那些孩子心里记着的不一样了。不过我总觉着，一代一代人的心，是越来越浅了。等文庙重修好了，孩子们有了读书论经的地方，或许就会“道始以昌”了。今天这酒格外香啊，我再喝一点，就喝一小杯。明天庄二宝，不，庄向贤就要到老街上来了。我得带他去看文庙，好好地给他讲讲当年你曾祖父主持的那场祭孔大典。

《淮河日报》消息：

临淮古镇文庙修复工程正式启动

临淮文庙为淮河中下游规模最大的文庙礼制建筑，因年代久远，逐渐破败。为进一步弘扬国学，让国人有心灵所寄之处，由著名企业家庄向贤联合其他两家企业投资，并聘请著名国学专家任顾问的临淮古镇文庙修复工程日前正式启动。

工程共分三期：文庙大殿修复、文庙附属建筑修复、国学雅苑建设。工程计划总投资近三亿元，建成后将成为沿淮一带最具价值、最有教育意义且寓“教、游、住、乐”于一体的国学教化综合体。

先生，今年的雪真大啊！这样大的雪，已经有好多年不曾见过了。瑞雪兆丰年，是好兆头。文庙前两进已经修得差不多了，重修方案完全是按照您的要求来做的。这临淮老街，以至方圆百里，除了您，没有谁能拿出如此详尽的方案。本来想请您过去看看，但是这大雪天，我怕路太滑，而且外面也冷，因此，我就过来了。我带了瓶老酒，今天陪先生喝一点。先生，您不介意吧？您不介意就好，我来给您斟上。唉，文庙重修到这，有些话我跟先生您汇报汇报。啊，不叫汇报，那就叫说说吧。好，说说。

先生，眼看着这重修也快半年了，市里、县里当初承诺给我的那两百万到现在也没到位。当然，不到位也没关系，本来我就不指望这笔钱。我是回来重修文庙的，不是来向政府要钱的。可是，我心里还是堵。这重修文庙，也不仅仅是先生和我两个人的事吧？文庙修好了，修的是临淮老街的文脉，修的是方圆百里的道统。我记得先生您说，等文庙修好了，要举行一次祭孔大典。这使我想起《论语》中的那段话：

暮春者，春服既成，冠者五六人，童子六七人，浴乎沂，风乎舞雩，咏而归。

先生，这是多么美好的意境啊！别看我庄向贤这么些年一直在商场上打拼，可是我的内心是希望安静的。有时，嬉笑应酬，觥筹交错之间，往往就会生出许多莫名的不安。可是，只要一回到自己的书房，读几句古书，马上就心境开阔，神清气爽。就像曾皙所说的那样：等到春天，穿着华丽的春服，有老有少，沐浴于沂水，舞蹈于雩台，歌咏而回，那是多好的情景！或许就不远了，一开春，我会加紧重修工作，争取清明前能修好三进大殿。我今天来，不仅仅是陪先生喝酒，还有就是为文庙内孔老夫子与其他贤人的塑像。我查了下，全国有几个地方专门制作塑像，主要在山东，离我们也不远。考虑到请先生亲自过去看，不切合实际，因此我让他们传了些图片过来。先生，您看看。啊，这都是些名家作品。尤其这孔老夫子的塑像，这神情，这睿智的眼睛，都很传神。先生您也很满意？好，那就太好了。

我先敬您一杯。那我就马上过去跟他们签订合同。不瞒您说，这次修复工程，除了我外，还有另外两家公司投资。说来也怪，他们是主动找过来的，或许也是出于对国学的热爱吧。您问要多长时间？应该快了吧，两个月左右能成。也就是在春节之后的正月，这些塑像就能被请到重修后的文庙大殿里。这些当然都放在第一进，第一进是正殿。第二进我想把它改造一下，变成诵读的地方。第三进破坏得最严重，有些地方要推倒重来。还有那后面的广场。广场再后面就是淮河了，河那边是大平原。我还想将来在那河上建座桥，将文庙同河那边的大平原连接起来。这规模是越搞越大了，不过我想象得出，这文庙当初或许规模比这还大。先生，您喝慢一点。其实现在主要的问题不是规模，也不是资金，而是……唉，真的不太好说。那就不说了吧。像您小儿子，现在的部长，还有那些方方面面的部门领导，比文庙里的塑像还要多，还要难说话。您想知道到底怎么了？您还是不知道的为好。不过，再怎么说，这文庙我既然动手重修了，那就会修到底，修成，修好。明年春天，我还得请您来主持祭孔大典。大典上，要请您领诵祭文，请三千名青少年来诵读《论语》，那个场面……

想着，我就像当年被您表扬一样激动了。我现在可是全身心地投入这文庙的重修之中。有人说我傻，有人说我别有企图，我都不管，只要先生您懂得我就行了。我是想为临淮老街做点事，想为这老街留下点什么。先生，古人四处讲学，总能遇见同道，可现在这个社会，怎么就越走越寂寞了呢？

这一过年，眼瞅着就在这人世间过到第八十九年了。淮河里的水，也流了千万年了吧，八十九年，或许只是那水中的一滴微小的水珠。可是，这八十九年在人世间，我看得够多的了，听得也够多的了。本来，到了六十岁退休时，我就给自己定下一条规矩：不再过问任何事情。这近三十年来，我应该是基本做到了。我日日在家，读书，写写毛笔字。早些年，我还曾沿着淮河，寻访两岸所有的寺庙。那些寺庙大部分都已有名无实了。历史上的淮河，三年两头涝。无论是平原上，还是这边丘岗上，能留下的建筑少之又少。我专门撰写了一本《淮河寺庙》，可惜至今还压在箱子底。十年前，小儿子在县里当县长，曾提出来要给我出版这本书，说找个企业赞助，出个万儿八千册的。我一听赞助，立马回绝了。我不想我这书沾上铜臭气。也曾有我的学生提出来要找出版社，我也没同意。或许等到我百年之后，这书就让他们去折腾吧。那些年，我走遍了淮河边上的每一个庄子。

我最喜欢看大平原上升起的炊烟，还有听庄头地尾的说话声，那是淮河的人烟哪！看着那烟，听着那话，我就觉得这淮河是生生不息、永远向前的。可自从腿脚不便后，我再没去过淮河岸上了。有时候我还真的很想念那炊烟，那人声呢！

二宝，啊，不，向贤，我有些唠叨了吧？人老了，都是这样。

我刚才细细地看了这文庙的前两进，还有刚刚立起来的塑像。向贤，你可别笑话我这老头子，我真的想哭呢！我想起了老祖父，想起从前这临淮老街上的那些老夫子们。要是他们都还在，看着这重修起来的文庙，该是多么快活啊！向贤哪，我这老朽也得谢谢你啊！

一定得谢！昨儿晚上，我那小儿子回来了一趟。平时，他可是忙得影子也看不着。他是天黑后回来的，一个人，悄悄地进了我的屋子。我吓了一跳，问他咋了？他说路过临淮，就回转来看看。我说，看吗呢，我不都好好的吗？你自己把事儿做好，就行了。他点点头，突然问我，您今年八十九了吧？阴历五月，做九十大寿。我又一惊，问他，咋好好地想起这呢？我揣摩着他心里头有事。他却说没有，真的没有。不过，那眼神我看得出来，有些躲闪。我的儿子我清楚，我问他是不是工作上出了差错？还是家庭闹了矛盾？或者是我那孩子……他说都不是，只是最近工作忙，人有些倦怠。我也就不好再说他什么了。你知道，我从来不干预孩子们的事，这些年，除了修文庙，我给他打过电话，其余的，一样事也没有。他在我屋里待了个把小时，说东说西，就是不说正事。他走的时候都快十点了。唉，二宝啊，你说这当官当到这个份上，也是难哪！古人说，要为生民立命。如今这……

怎么？我看你说到我那小儿子时就有些吞吐。是不是出什么事了？没有，真的没有？那就好，那就好！

第二进的这些小椅子就不要了吧？古时候都是蒲团，就都改用蒲团吧！还有后面那广场，听说你要在那里建些房子？还是不建得好。一建房子，就遮了这文庙靠近淮河的风水，还是别建吧！我知道你现在手头上资金吃紧，我这些年也有些积蓄，都在这，你就拿去吧，也算我尽一点心意。这个，你一定得听老师的话，一定得拿着。这些钱都是我自个儿攒起来的，是对得起文庙里的列位先贤的。

你咋哭了？唉，都怪老师我。别哭了，走，咱们到广场上去。前些天刚栽下的杨柳，经过一场雨，该回气儿了。咱们去看看，或许都冒出新芽了呢！

《淮河日报》消息：

据记者从临淮古镇文庙修复现场得到的消息：文庙修复工程整体顺利，主体建筑即将修复完工。计划明年开春，将举行隆重的祭孔大典。

先生，我这是第几次到您这儿来了？应该有十几次了吧？啊，是第十二次，先生您记得真清楚，是第十二次。

文庙那边，塑像立起来了，第二进的诵读堂也修好了。离春祭大典也就一个多月了，先生，我这心里却没有着落。还有许多的事要做。最重要的，我是担心人哪！我怕到时找不着人。是啊，就这临淮老街上，每天也是人来人往。何况隔了不到三十里，还有县城。再远一点，还有市里。你睁开眼睛一看，到处都是人，可是，真到了要办这春祭大典的时候，人却不见了。不说三千，恐怕连一千人也难找到。我想来想去，这事还真得再请您给您小儿子说一下，让市里面传个话，叫地方上组织一下。不然，真到了大典那天，不能就先生您和我两个人吧？

先生您答应了？真谢谢先生了。我知道这让先生为难，可是，这也不是为咱私人的事，是为这临淮老街，为这文庙。先生您问我重修文庙一共投入了多少？这个，真的不好说。我那边的公司停了，这些年手头上的钱，全部都用在这儿了，还贷了些款。不过，这不打紧。相比起来，重修文庙是大事，钱是小事。何况……啊，还是不说这些吧，先生您在哪里听说风言风语了？一定是镇里和县里那些人在折腾。这个请先生放心，我回临淮老街，就是来重修文庙的。至于那广场，我目前还没做打算。也没精力，更没财力。我修文庙，是为求得内心的一份安宁，也是替先生您完成一个心愿吧。将来，大家再说起临淮老街上的文庙，就不再是破败的三进老房子了，而是弦歌不绝、书声琅琅的国学院。先生您来当首任院长，我还想跟着先生读《论语》呢！

我想组成一个班子，专门负责春祭大典。这里面事情多啊，找人、找服装、配国乐、请领导、大典策划、媒体报道、首次诵经讲坛……哪一件事都得筹办妥当了，不然对不起先生您哪！这个请先生您放心，现在唯一的，就是还得请先生给部长打个电话，最好能请部长亲自参加祭孔大典。只要部长亲自参加，市里、县里、镇里，都不用再请了，自然会来。那样，大典的声势就出来了。声势一出来，淮河两岸就会知道，临淮老街上的千年文庙修起来了，临淮老街上那位老夫子亲自主持了祭孔大典！

先生，您答应了吧？我知道您一定会答应。我明天就带人到曲阜去考察，等我回来再向您好好汇报。另外，您上次说到部长一个人回家，那是您多心了。我打听了下，没什么事。部长大概就是有些累了，又顺道，就回来坐坐。您放心！听说他还有可能到省里去呢。在这临淮老街上，您这家族真正是个望族。出了教授，出了企业家，又出了大官……了不得啊，了不得！这都是您教导的结果啊。您说，文庙重修好了，祭孔大典上，除了您，还有谁能有资格做这主祭？只有您，先生您哪！

春天，万物生。淮河上也该弥漫着大片的水汽与雾霭了吧？

算算，离春祭大典只有半个月了。我又给我那小儿子打了个电话，他回我电话说，他一定参加大典。这就好了，我现在得养养气息，免得到时候读那祭文缺乏中气。民国三十七年，我祖父读祭文那次可是声音洪亮，整个淮河两岸都听得清清楚楚的。我比不上祖父，但也不能差到哪里去，是吧？这是我第一次主持祭孔大典并宣读祭文，可能也是最后一次了吧，我得像当年要求学生那样，不能出错。我得好好地熟读祭文，把它刻在心里，刻得越深越好。

二宝，不，向贤，你咋不说话呢？

先生，地气一天天上升，淮河的水也在一天天活泛。祭孔大典越来越近了，按理说，我应该整天地忙着准备，可是，最近不知怎么的，我这心哪，总是空荡荡的。而且越来越空荡，空得如同冬天的淮河，萧条，冰冷，甚至开始结冻了。

一切都准备好了，可是……

先生，您真想知道？您足不出户，当然不知道这临淮老街上的人怎么说话。您听见的，都是您小女儿转述给您的。她是有选择地转述，而我，却是不断地完整地听着街上人的议论。其实我不怕，我是回来重修文庙的，我把这么些年奋斗所积蓄的，全投在这儿了。他们老是问我，是傻呢，还是另有所图？我也问我自己，是傻呢，还是另有所图？先生，您说我到底是傻呢，还是另有所图？

我不傻！先生，这您清楚。当年在您的班上，怎么说我也不算个傻学生。虽然后来我没考取大学，但在社会这所大学里，我不说如鱼得水，至少也算得心应手。不错，这些年来，为了赚钱，我可能做过一些违心的事，甚至也打过法律的擦边球，可是，我是懂得守住底线的。先生，我记得当年您在课堂上为我们讲解“君子”。我即使做不了君子，但向往君子，敬重君子。因此，我重修文庙，是想在淮河边上，为世人的心竖一座君子的碑呢！

可是……先生，不说了吧！我得去看看广场上的那些柳树。它们都长出了新叶，等过两个月，柳条会千丝万缕，国学院里的读书声也该是悦耳动听了吧。

先生，如果想到我会以现在这样的方式再来找您，那么，当初我就不会回到临淮老街跟您说重修文庙的事了。也许一开始就是错！难道真的是错吗，先生？

我知道先生会说我没错。那么，错的是谁呢？

春祭大典的一切都准备好了，可是……先生，您的感觉是对的。我也没想到，就在前天晚上，您的小儿子被纪委调查了。按理说，他一个人被调查了，也不会太影响这春祭大典的事。可是，今天早晨，我就得到有关部门的通知，让我停止春祭大典，说重修临淮老街文庙，存在着利益输送。与此同时，当初主动找来参与的两家公司也退出了。他们说是被您儿子给逼着参与的，还说我其实真正看中的是文庙后面的那片广场，要在那儿搞房地产开发。不瞒先生您说，我还真有过这想法。我曾经想要将那广场开发出来，赚的钱一方面用于国学院的运转，另一方面也用来弥补我这些年企业的亏损。也正因此，我才找到了您儿子，并且也……唉，不说了，不说了。

还说什么呢，先生？

都不要说了，我也不想听。但是，春祭大典那天，我会去文庙的。

一定会去！

春阳朗照，万物蓬勃。淮河奔流，岁月轮回。

重修的文庙大殿，重塑的夫子塑像，明亮的琉璃瓦，飞起的檐角，风中不断鸣响的风铎，第二进中那些黄色的蒲团，后面广场上那些新叶如刀的柳树……

阳光多好啊！

风多好！

日子多好！

空荡的文庙前，我将会走上台子。那一袭素色汉服穿在身上，那么妥帖、斯文。面对文庙大殿，我将像祖父当年那样高声朗读：

大哉夫子，应时而降。宪章文武，道承三皇。杏坛设教，门开八方。三千弟子，大道阐扬。退修诗书，六艺始彰。韦编三绝，行囊居床。人文化成，道始以昌……

天空回应。大地回应。淮河回应。

人心，也回应了吗？

《淮河日报》消息：

文庙修复背后的利益输送

日前经省纪委立案查处的我市某领导干部违纪案件，曝出了临淮古镇文庙修复背后的利益输送。

经查，商人庄某先后向某领导行贿近百万元，并通过某领导父亲，以低于市场价近一半的价格，获得文庙修复工程及国学雅苑房地产开发项目，给国家造成经济损失近三千万元。

另据悉，文庙修复工程已全面停工。

一把火

淮河秋风。

黄昏，庄少山坐在庄头的岗子上。这是淮河上有名的三河口——淮河从河南流来，刚刚进了省界，就被涡河和齐河这两只手牢牢地抓住了，三只流水的手紧握在一起，而手指缝间漏下了一块光阴，那便是三河口。

三河口是一个台子，长不过一里，宽不到半里。台子仅仅在东边有一个出口，那是一条半丈宽的机耕路。除此之外，台子被淮河水环抱着，最近的地方，离岸也得有三五十丈。

岗子靠南，岗头上有一棵老栎树。树叶全落光了，黑凛凛的枝干，在半空中安静地伸展着。庄少山看着那些枝干，想起小时候跟父亲庄半仙坐在这岗子上的情景。那时，夜晚有星光，庄半仙指着老栎树，说那些枝干间挂着台子上故去的祖宗的魂灵。庄少山自然不信。庄半仙说，你信与不信，他们都在那。三河口千万年了，我们的祖宗来这里也上千年了。那些故去的祖宗谁都不愿意走远。你看，那枝干正在风里动，正在月光里动。你仔细地听听，祖宗们正在说话呢！

此刻，庄少山是相信祖宗们在说话的。庄半仙早已成了枝干上那些挂着的魂灵中的一个。说来也怪，这四十多年，庄少山从来没有梦见过庄半仙。不仅他没梦见过自己的祖宗，就是三河口台子上的其他人家，也都不曾梦见过。祖宗们仿佛压根儿不愿意到他们的梦里来。他们反复想这事，后来还是庄少山想明白了。祖宗们就挂在老栎树的枝干上，那就是还在这台子上。既然还在台子上，他们何必费周折跑到梦里来作怪呢?

秋风有些凉。毕竟也是快七十的人了，何况半年前，庄少山刚刚到省城医院去做了大手术。跟随了他、养活了他快七十年的胃被切除了，代替胃的是一小段肠子。这会儿，这段肠子正贴着胸骨，一动不动。它还在慢慢地消化着中午吃下去的那一点点玉米糊，而且，只有庄少山自己知道，它根本消化不了。接下来的长夜，这一小段肠子将会被玉米糊给粘死，胀疼，作呕……最后，在下半夜的天光中，他只好坐在床上，用手抵着这所谓的胃。

庄少山将看着老栎树的目光收回来，捏着手指，又重新计算了一次。

确实是十九个。整整十九个。

三河口现如今住在台子上的人口，也就一百来人。十九个，加上那些已经挂在老栎树枝干上的魂灵，唉，造孽啊！庄少山拍了拍自己的脑袋。他的头发因为化疗已全部落光。他拍着光头，想起台子西头那棵青桐。青桐的皮就是这么光滑，到了秋深，台子上的人用青桐皮制作棕绳，然后再用棕绳和木板制作简易的划盆。从前，台子上的人就用这小划盆在淮河里来回行走。可是十来年前，台子上的青桐全枯死了。一开始，台子上的人不明就里。就连身为村委会主任的庄少山，也说不出其中道道。青桐越死越多，青桐死完后，台地上便开始死人了。

都是胃疼，冒酸水，吐血，然后是切除。每个人都有了一小段用肠子做成的胃。再然后，他们便挂上了老栎树的枝干。

如果就这么挨着，庄少山能够想见，也许一年，也许两年，他也会挂在老栎树的枝干上。只是，台子上的人很少知道这老栎树不仅仅是棵老栎树，还是祖宗们的魂灵之家。大部分的房子空着。早年，从淮河岸上一看三河口，炊烟袅袅，人烟浮动。可如今，台子上的声音越来越小了。

或许有一天，台子便没了声音。

没了声音的三河口，还叫三河口吗?

当然不能叫。三河紧握，那不仅仅是三股流水，三只手掌，也是三支哨子，三只唢呐，红红火火地吹过多少年月，红红火火地送走过多少流水啊!

庄少山站起身，一小缕秋风从老栎树的根部悠过来，正好与他打了个照面。他身子一颤，嘴里说了句，别着急呢，自个儿造孽自个儿报!

三个月前，庄少山从省城医院回到了三河口。当儿子的车子进了台子口，他突然一下子明白了许多事情。就在那条如今铺着水泥通向台子里的唯一的道路上，他看见台地的北边，那一排排被阳光照着的废旧的厂房。那里，从前可是庄少山不断光顾的地方。而且，那里也曾经是三河口的荣耀和聚宝盆。

这样，他就想起了庄长生。

论起辈分，庄长生得叫庄少山“爷”。事实上，他也确实喊庄少山“爷”。庄长生重新回到三河口是十年前的事。那时，他已在三河口消失了十多年。

庄少山问一身西装、给他递烟的庄长生，这些年去哪儿了?

坐了三年牢，跟了两年班，做了五年老板。庄长生眼神精明，他望着台子北边那一片林子，说，空着多可惜！这老家的人，是守着宝不发财呢。

咋发财?庄少山正愁着这事儿。

三河口虽说是个好地方，可是没田，没地。一个庄子的人，都是靠着淮河吃饭。这些年，淮河的水货渐渐稀少，划盆子出去一天，也只有稀稀拉拉三五条鱼。慢慢地，台子上的年轻人就都出去了。周边的各个庄台，都在兴办企业。作为村委会主任，又是这三河口长辈分的庄少山，心里自然着急。可是，再急也不能乱投医。越是底子薄，越经不起折腾。

这不，庄长生笑眯眯地对庄少山道，我回来就是要办厂的。

办厂?

办个大厂。庄长生亮着手指上的大戒指，说，我这五年都在外办厂，路子熟了。这年头，只要有路子，啥事办不成？我回三河口来，就是要办个厂，带着这台子上的人致富。

我的天！庄少山感叹了一声，问，那你能办个啥厂？

这个你老就别多问了，反正合法。你老就说，同意不？要是同意，我立马就把厂子迁回来，年底就开工。保准不出三五年，台子上家家户户都成十万元户。

还真能成？庄少山半信半疑。

我骗别人行，还能骗你老？何况这三河口是咱老家，我将来死了还得埋在这岗子上呢。庄长生说得恳切。

两个月后，一大溜厂房就出现在台子北边的林地上。说起来也简单，厂房都是庄长生从外面拉回来的明瓦板子，四角立上柱子，上面架上梁子，再盖上明瓦，一栋厂房就建成了。机器也随后拉到。庄长生跟庄少山说，我这厂子只请台子上的人做工，外地人一个不请。

庄少山心想这浪子恐怕是真的回头了。且不说别的，就这厂房，就这机器家伙，少说也得好几十万。何况台子上的家家户户，正愁着没有出路。这简直就是天上掉下的馅饼，庄少山含在嘴里，直甜到了心里。

天色慢慢地暗下来，庄少山下了岗，淮河的流水声也慢慢地消失了。他走到庄子前的水泥路口，回头望了望整个台地。

他在等待着。

十八岁那年，他从城里回到三河口。

本来，他或许会成为三河口第一个大学生。可是，庄半仙掐指一算：庄少山命里缺水，就得在淮河边上守着。他自然不从。可他还是回来了。庄半仙用最高明的一招让儿子回到了三河口。

庄半仙死了。

庄少山后来也常常揣想，当年如果不回三河口，他会过着怎样的营生。可他终究没办法想透，一直到当了村委会主任，他还是没想透。

庄长生却想透了。

庄长生当着全台子人的面，将一沓沓红色的百元大钞放在桌子上，说，大家想知道这钱是谁的吗？

没人吭声。

庄长生问庄老七，七哥，你知道吗？

庄老七摇摇头。

庄长生又问庄黄毛，黄毛，你知道吗？

庄黄毛说，那么多钱，我打从娘肚子里出来就没见到过。

庄长生哈哈一笑，转头问同样站在桌子边的庄少山，你老该知道吧？

庄少山点点头。

庄长生提高了声音，主任知道，其实大家都知道，这钱，就是大家的，大家的！

一阵躁动。

庄长生将一张纸递给庄少山，说，你老念！念到名字的，就过来拿钱。

那一天，三河口的炊烟比平常都要升得高，升得直。晚上，庄少山和庄长生喝酒。庄少山问，长生，你不会是做亏本的买卖吧，一下子发那么多钱？这厂子，有这么大利润？

哈，我可是个生意人。给大家伙那么多钱，值。我说过，要不了三五年，三河口就家家户户成了十万元户。

我信！可是，我这心里……

你老尽管把心放在肚子里，这不，连镇上都给咱发了大红奖状。

庄少山喝了杯酒，说，那倒是，镇上书记还说今年全镇就你交税最多。

庄长生咧着嘴，倒了一大杯酒，脖子一仰喝了下去。他一边说话一边打着酒嗝，你老信不信，明年，我要带着全台子的人去北京。

去北京？

去北京！庄长生又喝了一大杯。

庄少山道，别喝了，不能再喝了。

庄长生突然站起来，指着庄少山，扯着嗓门，我就是要带台子上的人去北京。我要让……让……大家看看我庄长生，就是这三河口……最有……最有出息的人！

庄少山摇着头，看着酒杯。

那天晚上，庄少山也是烂醉。半夜酒醒，他出门走到岗子上，看着月光中的老栎树，禁不住哭了起来。

东边，月亮已经挂在半空中。

庄少山慢慢走着，绕到了台地的南边。早年的简易码头还在，只是已经破败。码头边第一户人家是庄少成。可是，如今铁锁把门。比他还小一属的庄少成，去年冬至就走了。

西边，是几幢二层小楼。没有灯光，楼淹没在隐约的黑暗中。

但是，庄少山还是走到了庄老七的门前，向着半掩的门内喊了声，老七！

没人应答。

他再喊，终于有了回应。叔啊，门开着呢。

庄少山推门进去，庄老七躺在客厅后壁的床上。老七的哑巴媳妇正站在床边，一勺一勺地喂饭。

好些了吗？庄少山问。

哪能好呢？要走了啊！庄老七叹道。

哑巴媳妇张着嘴，却说不出话。庄少山凑近了床边，说，别那么想。现在医学发达着呢，好好活着。我这不也是……

再发达，也奈何不了这病！庄老七又叹了声，咋的了呢？这三河口，咋就像瘟疫样的，赶上了这么个病呢？

庄少山没回答。

庄老七又问了句，老叔，你说，咋就盯上了三河口呢？

哑巴媳妇又张了张嘴，还是没声音。

庄少山伸出手，接住庄老七从被子里挪出来的瘦得只剩骨头的细手。他想起从前庄老七可是整个三河口最壮实的一个人。台子南边谷场上那石碾子，足有三百来斤。庄老七吸一口气，憋着，弯腰就抱起石碾子。接着再一声吼，石碾子就翻到了肩膀上。他还能扛着石碾子稳当当地站上一百下。

可现在……

庄少山鼻子发酸，发痒。他没法再说话，只好站起来，说，多吃点。又从口袋里掏出点钱递给哑巴媳妇，说，隔天去买只鸡炖了。唉!

出了门，庄少山擦了下眼睛。眼睛干涩，他又擦了下，还是干涩。

他张开鼻子闻了闻。早年，这将晚的空气中，满是鸡犬的气息。可他这一闻，却尽是一股子酸味。

他骂了句，狗日的庄长生，你这狗日的!

他没有再骂下去。

再骂，骂谁呢?

青桐开始发枯，楼房却一层一层地竖起来了。

台子上的人个个开着笑脸。庄少山走在庄子中，不断地问，快上梁了吧?得喝酒!

是得喝酒，喝大酒!先是烟，然后是爽朗的笑。

庄少山说，能死了!往后还有更好的光景呢。

这话其实不是庄少山说的，是庄长生说的。庄长生将庄子口的道路改成了水泥路，但是，在路口又修了座碉堡一样的建筑，说是为了庄子的安全。庄少山先是不同意，说这像小鬼子。庄长生说，管他呢!有，总比没有好。

庄少山自然不明白庄长生葫芦里卖的到底是啥药。直到那年秋天，县里的联合检查组来了，他才知道庄长生这些年在三河口干的营生，其实……

他没向台子上的老百姓说，他说不出口。

而且，他就是说了，也没人相信。

台子上的人说，咱啥都不信，就信这票子，这房子。难道还真的要咱再去信那淮河水吗？

想想也是，还能信着那淮河吗？

当然不能。

庄少山接了停产关闭通知书，庄长生却一把将它撕了。庄少山想抢，却只抢着一点碎片。庄长生说，你老别听他们糊弄，搞到钱是真理！

庄少山说，要真是他们说的那样，长生你可真不能再搞了。

哪能那样呢？他们是唬你！

唬我？这可是整个台子上几百口人命的事。

你老放心，我能那么黑心？我办这厂十几年了，不也好好的？庄长生说着，挺了挺肚子。

庄少山说，这事儿得开个会，听听大伙儿的意见。

庄长生说，好。不过你老开不开这会都一样。

咋都一样呢？

你老瞧着吧，我说一样，就都一样！

果然，开会的结果就是——都一样。

会议结束，庄少山才明白了庄长生在路口做碉堡的真正用意。庄长生每天派四个人，一个在离三河口五里的镇口，一个在离三河口二里的淮河大桥头，还有两个就扎在这碉堡里。

庄长生说，大家注意着，只要外面一有动静，厂子那边就别有动静。他们动，咱就不动。他们不动，咱再动。

这话听起来别扭，却管用。只是庄长生自从碉堡建起来后，回三河口的次数越来越少。厂子另外有人管着，车辆都是夜晚进出。庄少山打电话问他咋就不回来过问了呢？庄长生说，我得盯着上面。我不回去，是尽最大可能地消灭目标。没我这个目标了，他们也就马虎了。

庄少山苦笑。

那年的腊月，庄长生依旧在大场子上摆了桌子，放了一沓沓的大红钞票。一庄子里的人，依旧是领了钱，依旧是大声笑，大碗喝酒。

算起来，就在那次分钱的第二天早晨，庄子上的庄满成开始胃疼，出血。三天后，在医院查出了胃癌。那是三河口的第一个，却不是最后一个。

十九个了。

十九个了啊！

庄少山挨户走了遍，十八个，有两个已经说不出话了。有几个稍微缓和点的，拉着庄少山的手，问，咱这三河口咋的了呢？

庄少山黯然。

走完十八户人家，庄少山就回了台子正中的大场子上。

那盘当年庄老七吼一声就扛起来的石碾子还在场子一角，庄少山坐在石碾子上，有些冰凉。不远处，一幢木质的高大建筑正建到一半儿，苍茫的夜色里，这建筑仿佛巨大的沉重的影子，往庄少山心里压过来。

他挣扎了下。

又挣扎了下。

影子却越来越沉。

在这影子中，幻化出那次三河口最惨烈的打斗：九个人受伤，六个人被抓，其中五人被拘留。

庄少山那天正好在县里，等他听到消息赶回台子时，一切已经平息。镇里领导正等着他，一见面，劈头就是一句，老庄，你不是说这厂子早就停产了吗，咋还一直在生产呢？而且，你看，这……这……

庄少山说，我哪会想到这样。

你当然想不到！你只顾着搞钱，把一村人的命不作数。镇长拉着脸，庄少山心想，你是一镇之长，难道真的一点也不知道？他问镇长，咋就打起来了呢？

咋的？你们不是有哨兵吗？前几次，都被你们给拦了。这次，检查组是分批化装进来的，结果，被老百姓给围住，再后就打了起来。我看你庄少山的胆子是越来越大了，这事儿，怕是要惊动省里。你倒不打紧，我这镇长看来是做到头了。

那不会吧？

咋不会？等着吧！镇长气呼呼地上车走了。

庄少山见着人就问，咋就打起来了呢？回答几乎一致：他们要断咱的财路，哪能依？没办法，只有打呗！

庄少山回到家里，闷头待了三天。

三天后，县里传来消息，镇长给罢了，庄少山的村委会主任自然也没了。

庄长生却找不着了。有人说，他出国了。

夜风更冷，庄少山禁不住打了个寒战。

他起身慢慢地往家走。老伴儿到城里带孙子去了，家里空空荡荡。他将楼上楼下走了一遍，然后回到厅堂，取了爆竹和火柴。出门时他将锁和钥匙都挂在门环上，走出二十米，又回头。自家的屋子，却掩进夜色中去了。

庄少山回到台子正中的大场子上。他站在正建的木质建筑前，那是一幢建到一半的祠堂。两个月前，庄长生鬼一般地突然回到了三河口。他依旧戴着硕大的戒指，吐着烟圈，对庄少山道，你老知道吧，没事了，咱又回来了。

没事了？

这年头，有啥事咱摆不平？真的没事了。

可是台子上有事了，你知道吗？这两年，走了十来个，还有十几个正病着。你说，这是不是你造的孽？

看你老说的，这是人命的事，可不敢乱说。庄长生说，我觉着吧，是咱这三河口的风水坏了。我找人算了下，要建个祠堂，请祖宗们保佑。

建祠堂？

对，建庄氏祠堂，就在正中的那大场子上。地我都看好了，钱由我来出，你们都别操心。我保准祠堂一建好，什么事就都没有了。

我看未必……

管他呢，先建着。我已经看好日子了，农历八月初八正式动工。庄长生说着，也不管庄少山同意还是不同意，兀自走了。

祠堂开工那天，三河口在家的、在外的，上上下下几百号人都到了。庄长生一番陈词，让老庄家的老老少少们，一半以上落了泪。庄少山没吭声，那时，他的胃正烧灼。看着那些站在人群中瘦骨嶙峋的依靠一小段肠子过日子的人，他也想落泪。他一个人出了场子，到了岗头上。在老栎树下，他对着那些挂在老栎树上的祖先的魂灵叩了三个响头。他没有得到祖先们的任何暗示，自然，他心里清楚，他也没有得到祖先们的任何宽恕。

庄少山迎着风站在祠堂前。他摸出火柴，又从场子旁边的草堆上拖来一大捆稻草。他再次看了下祠堂，然后点燃了稻草。

火光几乎在瞬间升腾起来，照亮了庄少山的脸。庄少山看着火光，从柱子攀缘而上，然后又萦绕到其他柱子上。木材燃烧的声音由小到大，接着轰然大作。

庄少山炸响了爆竹。火光中，他跪了下来，满脸泪水，却异常镇定。

他看见火光飞舞，夜空明亮。

火光越升越高，在淮河的上空旋转出三个大字：三河口！

【原载《清明》2018年第4期】

一只阔嘴鸟

冉正万

只要注意一下相框，就会发现漂亮油漆遮不住材料的低劣。这是合成材料。照片上每张脸的表情都不一样，年长者比较僵硬，虽然告诫自己一定要放松，但无法做到。年轻人假装严肃，其实满不在乎。在镇政府工作的孙女像教幼儿识字一样指着照片上的人问爷爷这个那个，他们是谁，和哪个是一家。他全都能答对，从没出过错。他八十二岁了，并不糊涂，偶尔假装糊涂，以便和孙女玩这种一问一答的游戏。孙女每次都像奖励小孩一样称赞爷爷“真厉害”“真聪明”。

照片是两年前的国庆节拍的，他抱着两岁大的曾孙女坐第一排，身后是四个儿子和两个女婿。第三排是四个儿媳和两个女儿。第四排是孙辈，十个人。第五排五个孙辈七个曾孙辈，曾孙辈抱在孙辈们的怀里，第六排是身材高又年轻的曾孙辈，九个人，九张脸像九个初升的太阳。没有发福，距离又最远，九个人占据的宽度比第二排的六个人还短。

相片装框挂在墙上后，看上去像一棵枝叶繁盛的大树，以他为根，以儿孙辈为横出的枝条，以曾孙辈为花和果。同时也像一个菱形的陀螺，因为生生不息而永远不倒。

他很喜欢这张照片，一个人在家时，他像伟大的艺术家悄悄欣赏自己的杰作一样，露出会心一笑，既得意又满足的表情，同时还有小小的怀疑，担心这不是真的，担心出现变故。

除了自己，他不愿失去他们中的任何一个人。孙女的游戏他一次也没错过，但数清楚到底多少个人总是出错，他不是忘了数某个曾孙辈怀里的孩子就是忘了数自己。正确答案是四十五个人。数错后重数，乐此不疲，他有的是时间。

拍全家福是大学当教授的小儿子的主意，“一定要把全家人聚齐，拍张全家福！”说了四年才实现，有两次还是他自己一家缺席。这次终于聚齐，比发起时多了三个人，少了两个人。当时奶奶还在，曾孙辈有一个没成家，两个没生孩子。照片扩印好后，全都说好，从现在起每年拍一张。但一半人知道这是不可能的，即便聚齐，人数也一定会有变化。就像装满玉米的口袋，一旦有玉米漏出来，即便有人努力去堵塞漏洞，还是免不了有玉米漏掉。

老人想到的不是玉米，而是一堆土豆，只要从中拿走一个，其他土豆就有可能滚下来。看上去全都活蹦乱跳，但老天爷要带走谁是不用和他商量的。他一个人在家时越来越不敢看照片，就像看多了不吉利。越不想失去的东西越容易失去，这是他年轻时就感悟到的，是颠扑不破的真理，进入老年后感悟更深也更加灵验。不过，越是不敢看又越是想看，他像年少时珍惜零食一样，给自己规定每天吃多少次，每次吃多少，以便延长零食带来的快乐。但计划总是落空，刚开始还能勉强执行，只要少掉一半就会自暴自弃地给自己开脱，干脆一顿吃完算了，吃过瘾就不再想了。吃完后又立即后悔，东西没有了，食欲依旧旺盛。现在也一样，他劝自己每天看一次就行了，但等不了多久又不知不觉地站在了相框面前。他像少年一样惭愧，像中年一样耍滑。愧疚抑制不住的贪爱之心，同时又包庇地想，看又看不烂。

相框之上有一台石英钟，这是二十多年前买的，当时刚开始流行，这是全村第一台石英钟。每当报时的钟声响起来，悦耳又悠扬，听着满心欢喜。石英钟还显示日历，虽然花花绿绿的挂历也很流行，但他更喜欢时英钟上的日历，因为它是动态的，人还在睡梦中，新的一天就已经滚动显示出来了。对一个勤快人，这仿佛是一种鼓励，一种提醒。不知何时，石英钟不再报时，时针和秒针一动不动，分针从六往上走，走到十退下来，像爬坡乏力的老太太。最后终于走不动，在六和七之间摇摆，现在彻底安静下来，停在了一年前某一天三点三十一分。电池没电了，儿子和女婿都说过，下次记得带电池来换上。他自己也想过，应该抽时间去买一对。现在没人再提这事儿了，看时间的工具太多了，用不着石英钟。当他意识到石英钟停摆的时间，正好是相框挂上去的时间，他禁不住深受震动，巧合即暗示，虽然他不清楚这意味着什么。从这天开始，他就宁愿时针永远不要朝前走，仿佛时间一旦朝前，一切就有可能另当别论。

他的担心是有根据的。拍照提前两个月，老伴就会在上面。她病倒后躺了半个月才过世。按照本地风俗，下葬后第四十九天要垒坟，所有的孝子必须回来，哪怕往坟上只加一捧土都行，这既是仪式也是昭示。坟垒得越大越说明人丁兴旺，昭彰家族和睦，后人有地位有教养。照片正是垒坟结束后在老房子前面拍的。与安葬时不同，相隔近两个月，心里已不再悲伤，合家团圆是那么难得，全都禁不住面带微笑，为这难得的团聚真心赞叹。照片挂上去后，小儿子说，要是妈在上面就好了。平时听力不好，但这句他清清楚楚听见了，眼泪一下滚出来。她断气时他都没有流泪，因为他早知道死是必然的，她年纪大又浑身是病。那天晚上，他像孩子一样凝噎，他难过的不是死亡，而是突然袭来的孤单。过了五十多天，他才意识到再也听不到老伴痛苦的呻吟。

还有一个没能参与拍照的亲人是他长孙。长孙在镇政府当电工，能说会道，见到任何人都笑嘻嘻的，嘴甜，能随时随地见机说出逗人发笑的歇后语或谚语。十二岁进养老院：福气来早了点。杀猪不吹气：软打整。肚脐眼打屁：妖（腰）里妖气。一匹茅草顶一颗露水，生成一个人就有一个人的福气。要变泥鳅，就不要怕泥巴糊眼。都说他应该去当演员，保证能逗乐好多人。镇政府工资低，当电工又危险，在县水利局当局长的三女婿也就是长孙的三姑爹准备把他调到电站去当调度员，就在办手续的前一天，他爬到电杆上架线和电杆一起倒下来，后脑勺砸在石头上，流血很少，但没能救活。全家人都反对让老人去殡仪馆，骨灰盒拿回来下葬也没让他参加。长孙的死讯传来，他连连唏嘘，老天爷，你不把我这七老八十的带走，把年轻人带走干什么呀。平时，别的年轻人死了也如此感叹，但人人都看得出两者的区别，情分是大不相同的。虽有不同，情感又真实不虚。他不怕死，怕的是不讲公平正义。死是一个人的事，公平正义是所有人的事。也许正是没有参加长孙葬礼的缘故，他常常忘记他已经死去，老是感觉他出门久不归，不时在心里想，乖孙好久没来看我了。他喜欢他永不凋谢的笑容。

照片上的人因他凝聚，他观看时不想厚此薄彼，对某个人多看几眼，或者对某人视而不见。实际上他做不到平分秋色。他最心疼的是怀里的曾孙女。总觉得她像一口气，像一个脆弱的鸡蛋，不小心翼翼保护就有可能破碎。小女孩的声音一历耳根，他的身体就有反应，仿佛祖孙之间对上了宿世的暗号，终于找到了自己人。他捉住她的小手，赞美她乖巧、聪明，她会做出害羞状，低眉顺眼，仿佛承受不住老祖祖夸奖。这在他的一生中从未经历过，年轻时喜欢的女子也没有这种表情，虽然也害羞，也腼腆，但很快就会笑嘻嘻的。他觉得这不是因为血缘关系在起作用，是他们之间甚深的因缘。他们的人生注定将擦肩而过，他并不遗憾，唯有感谢上苍给他这么珍贵的礼物。

他的眼睛不好，他自己知道，别人也知道，有一天竟然看见一滴眼泪挂在大儿子的脸上，看得真切，他吃了一惊，立即想到，他在为死去的儿子悲伤，那是他唯一的儿子呀。他顿时感到应该立即和他谈谈，应该劝劝他，人死不能复生，你岁数不小了，要好好爱惜自己。他没有为此和他交谈过，这无疑是最大的疏忽。进入老年后，子女们的事他尽量少管，但作为父亲，他觉得他的宽慰也许比别的人管用。正想着，发现这不是眼泪，是上方的石英钟淌下的液体，电池稀出水了。液体很稠，还有一滴悬在半空，似已凝固。他忙找来毛巾，把相片上的水擦干净，以免电池水腐蚀照片。照片轻微受损，儿子的脸变模糊了，比平时更忧郁。作为长子，他对他管教最严，现在觉得过头了，完全没有必要。他是几个子女中最老实最听话的，弟弟妹妹都爱欺负他。现在再想来，和他的纵容与严苛不无关系，不许他申斥，甚至不允许他说他受到委屈，因为他是大哥，“大哥就应该像个大哥的样子”。大哥是什么样子呢？不苟言笑，忍辱负重，这也太不公平了。他觉得他可以对他心生怨恨，可他偏偏是子女中最孝顺的，他有容忍一切的能力和胸怀。想到这里，他又难过又惭愧，一滴浑浊的眼泪不知不觉滚了下来。老大，下辈子我们不要再做父子，我们做兄弟吧，我一定让你开开心心的。

但是，来生是否能够相见？他不敢保证。那么，我就是永远对不起你的父亲！他用叉衣服的叉子把石英钟捅下来，咣当一声摔在地上，散了一地，还腾起一股呛鼻的灰尘。原处反倒显眼，白净得发亮。上了年纪后做事，指东打西、力不从心的时候多。今天捅石英钟又准又快，感觉是另外一只手替他完成的。石英钟散开了，时间并没散开，一下明白，钟表记录的时间容易破碎，真正的时间无边无际又无始无终。就像在大海里舀了一勺水，勺子消失后，水也不会消失，它终究可以通过一种或几种途径回到大海。以身体为载体的生命和勺子里的水一样，身体消失了，生命其实可以通过另外的途径回到它原本的存在，在它的存在里生生不息。

石英钟消失后，老人感到轻松了许多。同时又期待和担心将有什么事发生。一生的经验告诉他，轻松过后一定会有预料不到的事情，有可能是好事，也有可能是坏事。

当一只绿得像翡翠的大螳螂啪嗒一声落在相框上，老人既如释重负，又忍不住露出骄矜之色。螳螂足有两寸半长，和照片上的人差不多一样大。它趴在某一个人相上，仿佛在和他拥抱。它移动迅捷，路线毫无规律。一旦停止前进，就嗒嗒嗒地搓着两只钳夹，像在为照片上所有人鼓掌，赞赏他们拍了全家福。

依照本土习俗，家里有人离世，在三年之内凡是进家的动物都是不能打的，它有可能是逝者回来探望，回来寻找。这当中又以螳螂最受重视。一是螳螂命短，所以逝者化着它的形象在转世之前回家看看是极有可能的。二是螳螂命大，一只没有头的螳螂可以活上十天，这和怨鬼长哀不绝很相像。如果是家里原有的动物比如老鼠蟑螂，反倒可以不去管，看到可照打不误。

老人自然想到这可能是老伴回来了。“过了这么久才来。”他不无抱怨地看着大螳螂。螳螂毫无反应，这一点和老伴很像。她做事情时，他说什么她就像没听见一样，手里的活不停，要做上一阵才去接他的话。螳螂鼓完掌，沙沙地走了几步，然后举起前臂，像作揖一样拜了两下，然后轻轻地搓着前掌，再次左顾右盼，触须像武生挑动涮翎，有板有眼。它作揖的样子不像老太婆，倒像祈祷的少女，明亮的复眼透着机灵和虔诚。

老人疑惑而又欣喜：“你还当女人？”只听见嚓的一声，螳螂飞走了。老人暗想，她害羞了，像年轻时一样。同时想，也许是一只普通螳螂，与老伴无关。

在镇政府工作的孙女回来看他，同来的还有她的同学，老人一眼就看出来了，这个年轻人极有可能成为自己的孙女婿。年轻人说，他们在箐箕湾看见一群竹鸡，“一点不怕人，走在马路两边，一边十几个，车头离它们一米远才钻进草丛。我开得慢，估计没听见我们的声音”。孙女正在看手机，笑着说：“我查到了，又叫泥滑滑和山菌子，还有古诗写它们呢：山鸟自呼泥滑滑，行人相对马萧萧。”年轻人说：“山菌子，那就是说它们的肉太香了。可惜没有枪。”老人说，竹鸡不怕人，你不吓它们，它们敢在你旁边打架争食。他还说，打竹鸡可以不用枪，但必须是晚上，手电射住其中一只，不会跑，像被使了定根法一样。它们晚上睡树枝上，一个挨一个，如果其中一个掉下来，另外一个会移过去。年轻人问没有枪怎么打，他教他用鱼线做活套。

暖风让人昏昏欲睡，孙女叫他上床休息，他强打精神说不用。他知道的，真要爬到床上，睡意马上消失。话题一旦与他无关，他就容易打盹。孙女很聪明，尽量让他参与到话题中来。她问他看过哪些电影，还记得不？他说记得，有个电影叫“萨拉热窝”，电影是在冬天看的，下雪天又是露天院坝，很冷，以为萨拉热窝是个暖和的地方，热窝嘛，电影的内容记不得了，印象最深的是萨拉热窝几个字。孙女立即用手机搜索，告诉他电影全名叫“瓦尔特保卫萨拉热窝”，萨拉热窝现在是波黑的首都。老人摇摇头，他没听说过波黑，能想到的是黑黑的波浪，难道和石油有关？瓜子皮洒落在布满裂纹的水泥地上，还有糖纸和香蕉皮。孙女每次回来都会买一大堆零食，明亮的嗓门要不了多久就把邻近的孩子和大人招来。老人喜欢水泥地上落满瓜子皮，这给他一种“萨拉热窝”的感觉。他对帮他煮饭洗衣的罗家嫂嫂说过，不必马上把院子清扫干净，但她理解不了，以为他担心这额外的劳动增加她的负担：“不关事的，几下就扫干净了。”他为此赌过气，不理她。

孙女和她的同学原打算和他说说话就回去，由于竹鸡的出现，又得到了逮捕的招儿，他们决定晚饭后去捉竹鸡。老人很高兴，吩咐罗家嫂嫂多炒两个菜。平时留任何人和他一起吃饭都难，表面上怕给他添麻烦，其实是不愿和一个老头子同桌吃饭。他留客的计谋偶尔得逞，比当年准许去看电影还快乐。罗家嫂嫂凉拌了鲜笋，早上挖土时顺便挖出来的刺竹笋。只用糊辣椒和酱油，别的都不放，又脆又嫩，透着竹子特有的清香。两个年轻人大赞这道菜好吃，在别处吃不到，尤其是还能减肥什么的。他不能吃这么凉的东西，年轻人这么喜欢，他比他们还要满足，暗想这个月多给罗家嫂嫂一点钱。

夜幕降临后，两个年轻人还陪他喝了会儿茶。去早了竹鸡还没睡，容易惊醒。聊了一阵，连他也觉得差不多了。没有月光，启明星很亮，这是捉竹鸡最好的夜晚。他上床躺下后，听到汽车发动的声音，像小孩得知父母走亲戚没带他一样皱了皱眉头。不过，总的来说，他很满意。想起萨拉热窝，当时五十岁不到，转眼间几十年灰飞烟灭。怎么会老得这么快？连他自己也不解。可怕的石英钟，几十年光阴被它咔嚓咔嚓吞噬了，连渣也不吐。

白天到来，似乎并不比醒着时快，他舒了口气。两个年轻人捉了七只竹鸡，怕影响老人休息，直接回街上去了。下午约了几个好友，把竹鸡宰杀后爆炒。“太香了，香到省外去了。”孙女在电话里打着哈哈说。

不知为什么，老人放下电话后闷闷不乐，心里扬起一片透明的尘埃。放在过去，所有人，包括他自己，会很简单地得出结论：有好吃的没叫上他一起吃。现在别人也许仍旧这样想，但他绝对没有这种想法。他早就咬不动任何爆炒的佳肴了，肉必须炖得一抿就化，还不能多吃，多吃一口身体就会抗议。今天他连看全家福也没兴趣，就像终于看烦了看厌了，再也不想多看一眼。很像熟过头的柿子，全身都在往下塌陷，心情和脑门都薄饧饧的。也像被一个搞怪的窃贼偷走了骨头，留下一堆皱皮落胯的肉，他只能干瞪眼，无限甜咸。

早早上床躺下，一会儿清醒，一会儿没入睡眠，两者没有界限，他也没有试探界限的意图。昨天那只螳螂噗地一下飞到额头上，他下意识挥手赶了一下，醒来发现并无螳螂，才知道这是一个梦。不过，连是否挥了一下手也不敢肯定，因为双手仍然捂在被子里面。他笑了笑，在梦里又做梦，并且同时存在，有点意思有点好玩。在梦里随波逐流，这即将结束的一生中不也一样？梦见即看见，看见即梦见。体会到这些后既轻松又不无张皇，轻松是身心的感受，张皇的是这种失重状态恐怕不是常态，终究会砰的一声堕落。他跟着一条猎狗奔跑，突然出现一棵大树，猎狗一闪身绕了过去，他改变动作已经来不及，直接朝大树撞去。心想必死无疑，大树却像母亲一样敞开怀抱，让他顺利通过。前面不再有猎狗，只见一片玉米地。玉米将熟未熟，发出闷人的香味。好像有人在打扫，像打扫院子一样。但地上全是扫不走的东西，像玩具，细看才知道是没有头的鸟，断成两截的蛇，它们没有死，像活着一样走动，鸟试图飞起来，刚飞起来又栽到地上。蛇想把断开的身子接上，但两截各自蠕动，只差那么一点点又错开了。看着让人着急，却又帮不上忙。正想离开，一只愤怒的猫头鹰向他扑来要啄他的眼睛，他用手臂护住眼睛，猫头鹰啄他的脖子、胳膊。除了猫头鹰还有麻雀，麻雀个头小，但更灵活，它们朝他全身进攻，哪怕啄不痛也要啄上两口。最糟糕的是两截断蛇已经连上，正吐着信嗞嗞朝他梭过来，扁扁的小脑袋摇摇晃晃，身体刚接上，还没掌握平衡。他想叫叫不出来，想跑脚下像生了根的树一样。蛇已经缠在脚脖子上，他感觉到肉叽叽的，它还不咬他，要从裤管里钻上来。我死定了，他想，这是一条毒蛇。他感觉它已经在他大腿上咬了一口，不重，像在试探哪里下口更好。好吧，既然这样，那就死吧，好在对死亡早有准备，没什么好害怕的。“你看你！”一声熟悉责备，看见老伴跪在山神庙前。他从来不信这些，出于对老伴的怀念也跪了下去。

“你看你！”有时是埋怨，有时是嗔怪，有时是嘲笑。老伴声调不同，内容也不同，但他完全能理解。

整整一天，这一声响亮的“你看你”都在他脑子里回荡。除了责备，似还有着急和恳求。罗家嫂嫂切蒜薹时，一截蒜薹突然从菜板上飞出来，像长了腿一样。她笑着把它找回来在水里涮了涮。老人顿悟，昨天那只螳螂确定是老伴的化身，磕头作揖不是求菩萨保佑，而是做给他看，要他跟着她学。“你看你！”再不学就晚了，来不及了。他的身体快要回到泥土了，生命不知道往哪里去。

他从没打过猎，也不喜欢。年轻时看见鸟、看见野兔都想吃，不是什么野味的问题，是因为肉食本身的吸引。当时天下无肉。其他人也一样，看见蚂蚱都想吃。说话讲笑爱用“麻雀再小也是肉”“老母猪也是一道菜”“有肉不吃喜欢啃光骨头”全都和想吃肉有关。打猎被当成好吃懒做，所以不喜欢。但他打过鸟，杀过蛇。

当时他有一把弹弓，就“枪法”而言他是最差的，别人打鸟打灯泡一打一个准，他打树打电杆全凭运气。但有一天他打死了一只鸟。是一只阔嘴鸟，阔嘴鸟站在水田边低矮的野李子树上，离他只有三米远。他捡了颗石子射过去，石子从树杈下面穿过，偏离太远。阔嘴鸟看见了，它没逃。绿胸蓝尾，黄黄的大嘴巴。阔嘴鸟最好笑的地方，是被射击后只要没死，就要回头寻找真相，是好奇心最重的鸟。这只鸟的好奇心更重，大概以为是飞虫，低头四处寻找。他笑嘻嘻地又捡了颗石子，这次正中阔嘴鸟的脑袋。他把它捡起来，鸟还没死，头上只有一点点血迹。他想，若是不死就把它养起来。但没过多大一会儿，阔嘴鸟死去了。他把它拎回家，叫母亲炒来给他吃。母亲呵斥他，叫他快点拿去埋了。他很沮丧也很委屈又不敢违抗母亲的命令，把阔嘴鸟埋在菜园。

一直以来，他为没吃掉它感到遗憾，一口到嘴边的肉没吃让他心有不甘。这份不甘和他所有的生活比起来如毛尘上的水，小得自己都不知道，甚至知道也不会承认。后来的内疚若有若无似是而非，是自古以来生存之道的最大公约数，古老得可以忽略不计，“你看你！”“你看你！”“你看你！”

阔嘴鸟站过的树杈早就不见了，水田也变了样。他拿了一支香，一沓纸。出门前有点犹豫，怕人家问他干什么。试了试打火机，如果一下打燃马上就走，如果不是，那就再考虑一下。打火机没有问题，明亮的火苗闪烁着柔弱的光芒，他的心被照亮了。

他觉得阔嘴鸟不可能原谅他，毕竟要了它的命。他希望它知道他在忏悔。

晚上竟然没有做梦。天亮后他认真准备了一下，因为路途比较远。当时刚参加工作，整天无所事事，他扛着同事的气枪，在树林里在田野中追逐。不是为了吃肉，纯粹是为了好玩。枪法依然差劲，追逐了三天，打死了一只雀鹰，从头至尾有筷子那么长，嘴像鹰，毛像麻雀。它站在电杆上，中弹后飞了二三十米才掉下来。把雀鹰提回来，同事两把扯下羽毛，撕掉脑袋和脚爪，只留下鸟的胸脯，只有小孩的手掌那么大。抹上盐挂起来，等积攒够了再炒来吃。

搭车，步行。到达目的地已经是下午了。电杆居然还在，只是多了几根，电线像枯藤一样又多又零乱。这似乎告诉他，无论世事如何变化，有些事是永远不会变的。

接下来他去了筲箕湾，向孙女同学捕杀的竹鸡忏悔。

再次站在全家福面前，感受和以前大不相同，他坚信照片上的任何一个都不会先他而去。他希望好好做个梦，梦见老伴，梦见那些没有头的鸟，希望它们在梦中继续给他启示。但它们没有走到梦里来。他想，也许是自己还不够虔诚，它们还得看他更多的忏悔。家里人得知他的行为，有的觉得可笑，有的觉得他善良，有的觉得这不过是一个无聊的老人为了打发时光。不过，他们更担心的，是别人会因此揶揄他们，说他们家的老人神经有病。他呢，拜忏的次数越多，越来越不管闲话，更不会听取家人的劝告：差不多就行了。

他觉得还差得远，还有很多故意杀死的，无意中杀死的生灵。搬进新家时，一只老鼠老在半夜里啃这啃那，连包过黄糖的报纸都啃。他用预备在枕头边的砖头、火钳、扳手砸过。但老鼠成精了似的，一点没受到伤害。当时年轻，不想从热被窝里起来。有一次它窜到床上来了。他买了个捕鼠器，放老鼠药，发誓一定要消灭它。有天半夜从朋友家归来，正要进屋，朦胧中看见门口有个东西，一脚踩上去，听见咔嚓一声。从听见声音和踩下去的感觉就知道是老鼠，真是无比畅快。他像超额完成学习任务的小学生一样，让全家人欣赏这只老鼠。现在想起它来，他没有犹豫，第一时间在菜园里插上香。小型的死东西全都往菜园里埋，不是因为尊重它们，而是觉得这样处理比较干净。

和孙女的争论一直在继续，谁也说服不了谁。也只有孙女敢和他争，她不怕他生气，她有让他消气的办法。他很少生气，孙女天一句地一句也透露着可爱和天真，让他一如既往地感到受用。她的父母嗔怪她时，他反倒会站在她这一边。

孙女说："老鼠、害虫，它们不是应该打吗？不收拾它们，它们就会损害我们，让农业减产。"她刚被提为管农业的副镇长。

"嗯，你有没有问过老鼠和害虫的妈妈，问问他们的儿女，它们会不会也和你一样，认为它们该死。"

"哈哈，问它们干什么呀，它们就应该被消灭。如果满天下都是老鼠和害虫，人怎么办？"

"不会满天下都是老鼠和害虫。"

"怎么不会，一切皆有可能。"

"不会的，这种事从来没有发生过。"

"没有发生不等于不会发生。"

"老鹰和蛇，还有我们不知道的东西，不会允许它们成为大地上唯一的主人。"

“爷爷你这是悲天悯人，也许我老了也会像你一样慈悲。但现在我做不到，我就是不喜欢它们。”

“我也不喜欢它们，从来没有喜欢过，我现在也讨厌它们的样子，可这不等于我可以要它们的命。”

他希望老伴站在树叶上看着他，告诉他，他所做的是不是她所希望的，还有哪些应该做的事没有做。不管在哪里看到螳螂，他都会想起老伴。希望她再来一句“你看你”。

黔北高原四季壮丽地更替着，秋天到冬天，天空比以往任何时候都更辽阔也更空虚。时间在乡间缓下了脚步，几十年前开垦的玉米地正在变成树林，梯田正在变成旱地。田坝里曾让人引以为豪的面积达四亩的大田里，紫荆树密不透风，栽种它们的人和儿子进城开饭馆去了。走在田野里，走在山道上，走在树丛中，他的速度很慢，慢得像蚂蚁磕头，不过他的心在飞翔，在明亮的天空下翻飞，像农民相信土地一样相信大地上的一切。他觉得他还能活很久，但彼岸的使者任何时候来召唤他都不怕，都可以放心地把自己交出去。这么想着禁不住独自发笑，就像和阎王成了亲戚，可以和他开开玩笑，你来或不来都与我无关。

往事越来越温柔。他和几个小孩在放牛时烧了堆火。他们喜欢玩火，用火头把枯叶烙出一个个圆孔是其中一种玩法。红色的火头穿叶片时，带给他青春欲望得到满足似的小小的一毫秒的喜悦。大人不允许玩火，说玩火尿床。弟弟说，你死后，阎王会叫你从这些洞钻过去，钻不过去就打屁股。他问谁告诉他的，弟弟说没人告诉他，反正他知道。他觉得弟弟在咒骂他，两人为此打了一架。弟弟比他小两岁，又机灵又壮实，他们打了个平手，两人都哭了。照片上没有弟弟，几年前患脑溢血去世了。

这天晚上终于做了个又长又累人的梦。一个人走在旷野里，天空越来越低，像一块黑布就要将大地上的一切覆盖。他感觉呼吸困难，想躲开浸透了水的棉絮似的天幕。他拔不动腿，它们生锈了，一动就看见碎片纷纷往地上掉。地上到处是照片，上面的人一个也看不清楚。再这样下去，肯定会被闷死的。他越来越感觉到窒息，越来越恐惧。天幕上出现一个金色的孔洞，不止一个，有的很清晰，有的模模糊糊。他奋力一跃，旱地拔葱，居然从其中一个孔穿了出去，呼吸一下畅快得如同站在广阔的原野上，如同新生。太好了，太高兴了。心有余悸地抬头一看，他穿过的圆孔是天上的星星。那么我到了另外一重天？四下里却又是见惯的景色。管他的，呼吸畅快就好。不知怎么就来到一所屋子里。屋子当中立着一块板子，板子上有很多圆孔。墙壁像钢板一样结实，他一点也不心慌，轻轻一跃，非常轻松地从其中一个圆孔钻了过去。想起小时候吃桃子吃下了一条虫。他担心虫子在他肠子里作怪，叫母亲给他调辣椒水，他要辣死它。母亲拿来一个粪瓢，叫他蹲在上面，不一会儿告诉他，虫子已经屙出来了。现在，他比这条虫子更灵活，能从任何一个孔钻进钻出。他感觉自己不像一条虫，更像一股风。穿过针尖一般大小的圆孔时，他并没有感觉身体变长。只要他出现在圆孔面前，圆孔就会立即和他的身体一样大，穿过去后再恢复原状。他觉得太好玩了，忍不住穿进又穿出。隐约听见母亲叫他的小名，叫他不要再玩了。他嘴上答应了，又玩了一阵才停下来。

玩够了，站在开满鲜花的园子里，看到老伴不再是螳螂，而是一只蝴蝶。她没和他说话，专心致志地寻找又大又亮的露珠，好把露珠当镜子，把自己打扮漂亮点。他知道她就要转世成人，不好好打扮不行。如何知道的不清楚，反正就是知道。听到身后沉重的撞击声，他发现那块板子已经变成一张放大的照片，圆孔不再是圆孔，是全家福上的人的面孔，是他的亲人们的面孔。他们想钻过来，但孔太小了，对他们来说小得塞不下一根指头，难怪撞击声那么大。他想帮他们，可一点也帮不上，他既无法把孔扩大，也无法把板子移开。有人焦急地哭起来，他既难过又无能为力。回头叫老伴帮忙，连喊几声才想起老伴已经死了，已经变成螳螂或蝴蝶，再也帮不了他了。这时前面出现一只阔嘴鸟，他走过去，阔嘴鸟飞了起来，他也一下飞了起来。阔嘴鸟越飞越高，他感到身边呼呼飘过的白云，他想踩上去，又知道根本不可能踩上去。天空变成虚空，没有云，甚至没有空气，阔嘴鸟还在飞，他惴惴不安地跟随。这是要飞到哪里去呀？阔嘴鸟没有回答，又粗又短又宽的嘴发出嘹亮的叫声，他看着它脚爪上的卷形鳞，感觉自己的脚上也包着卷形鳞，像厚袜子。

天亮后，他呆呆地坐在大门口，看着雨丝拉长的生命线，他想给孙女打个电话，想请她把照片再放大，大到不能再大。但他明白，即便把每个人的脸放到脸盆那么大也是穿不过去的，就像他不能代替他们去拜忏一样。他惆怅而又缓慢地转着两个大拇指，它们互相为轴，像两个老朋友，相对无言，唯有轻轻摩挲。好多年没有人叫自己的小名了，在梦里没当回事，现在特别想再听一听。这时罗家嫂嫂撑着伞从竹林后面走来，有点像母亲。他幽幽一笑，笑容还没展开就皱起眉头并抿了一下嘴，像刚刚得知真相的孩子。阔嘴鸟飞走了，自己还在地上。

【原载《长江文艺》2018年第1期】

去巴林找一棵树

肖 勤

一

在拿到血液检验报告单之前，黄栀子已经有了隐约的预感。

持续低烧，咳嗽，肺部有明显的撕裂感，全身无力。它们统统都预示着不好，很不好。

手里的报告单打满了向下的箭头符号，最要命的是白细胞偏低，血红蛋白偏低，血小板偏低。也就是说，三系偏低。

在血液科，“三系偏低”这四个字，基本上就是死神到来的脚步声，尽管轻微，但瞒不过她，她是谁？她和白血病打了二十年的仗，死神来时，哪怕只是一股细微的风，她不用抬头也知道。

毕竟只是个位于箭道街区的小医院，年轻的医生经验明显不足，他忽略了这张报告单，却一个劲晃动着她的X线胸片，带着一脸倨傲，以及不知从哪里来的自信，说，状况不好，肺部炎症很严重，得入传染科。

和肺结核病人住在一起？她心里冷笑，那不是让我死得更快？想着，她的身体有点摇晃，但她迅速控制住了这种令她厌恶和难堪的软弱，她定下神，静静看着年轻的医生，不说话。

你这个……小医生又晃了晃片子，晃出一阵哗哗的响声，不耐烦地说，只能进传染科，我没有和你开玩笑，你肺部炎症很严重。

她眼眶一热，慢慢泛出一丝温和的笑容，用原谅的目光看着眼前这张年轻又傲慢的脸，慈祥地说，毕业几年了？

啊？小医生正开入院单，听到这里抬头瞭她一眼，诧异，冷漠。

我十八年前医科大学毕业出来实习时，也和你现在一样。她轻声说。

小医生愕然地放下笔，表情有点尴尬，他开始认真地看眼前这个“人”，不，前辈，之前，他的目光根本就没有真正放在她脸上过。

她站起身，继续保持着微笑，出去了。

喂，喂，大姐，阿姨，那个……

小医生追出来，却只看到她一个背影。

她走得迅捷而流畅，挺直着腰，像一条美丽而勇敢的鱼，用机敏的弧线穿越候诊的人群，因为走得太快，她不禁又咳嗽起来，咳得声嘶力竭，这恐怖的咳嗽声让所有的人都吓得不轻，他们像神话中被法术分开的海浪一样，瞬间给她让出来一条白花花的路来。

于是，她带着38.5度的体温，卷裹着死神的呢喃，逃跑似的穿出医院冰凉的走廊。

二

她打电话给老大，语气平静，老大在那边冷笑，毫不客气地说，神经过敏，是不是天天在自己科室，看着这个病人M1，那个M2，搞得走火入魔了？

老大说的M1、M2，是指白血病分型，只有在血液科你才知道，白血病有几十种分类，分到人群中，每一种都是十万二十万或者几百万分之一的概率，比中奖还难，这么个事儿，怎么偏偏就让她遇到了？她也想不通。

自己会是哪类？慢性？急性？M几？如果是M3该多好，M3是死神给予的一场挑逗，因为死神看到了太多的绝望，担心太多的放弃会让自己玩得不尽兴，便故意在锁上所有门窗的时候，留下M3这一丝缝隙，让人看到生命神圣的白光。所以，在所有白血病类型中，只有M3可以不需要骨髓移植，只用化疗就可以救回来。甚至有的M3连化疗都不用，用中药砷剂等综合治疗就可以治愈。

没那么幸运吧？她在死神手里抢出过太多人，这一点，死神肯定是不满意的，她想死神不会把这道光送给她，她和他有仇。

喂。见她不出声，老大的声音大了些，很不满地说，聋了？这边忙得晕天黑地，你扯什么鬼？快回来帮忙，想死还早，再说，要死也死在火线上。

她想，她都要死了，这个冷血的东西，还有心思逼她上火线，如果真如他所愿，也不怕一辈子做噩梦。想到这里，她居然轻笑起来，缓慢地说，三系偏低，肺部炎症，全身乏力，低烧八天。你确定准许我回病房和病人接触？

这下老大有点紧张了，急促地说，你在哪儿？

在家里。

你他妈还在家里干什么？赶紧啊！

赶紧啥？她有些茫然，我现在真不能接触病人。

你不接触病人但是你得回来确定自己的事啊。

我不。她平静、固执地答。

你疯了？

我没疯，我现在比任何时候都清醒。她从桌上的抽纸里抽出张纸巾，不知何时，她已泪流满面。还好，电话那端的人根本听不出她在哭。

她就是这么个人，天塌下来都挺着。

好好好，那你好好在家待着，哪儿也别去。到了这时候，她终于从老大语气中听出着急了，奇怪，他居然会着急，这个人在血液科有个外号叫煤矸石，烧不化，砸不烂。

煤矸石接着说，怎么个严重法你自己清楚，但是我今天手术排满了，我让小不点来陪你，我一下手术完了就过来，咱们商量商量。

别，别让小不点过来。她惊慌起来。我暂时不想任何人知道，我还有很多事需要计划一下。

你计划个屁。老子这么一大帮子人，三甲医院，血液科，硬邦邦响当当，治好那么多人，还搞不定你一个？再说才不过是个外周血检测，又没有做骨穿，骨穿结果没出来之前，你老实待着别瞎猜，我一出手术室就过来，等我，听到了？等我啊。老大斩钉截铁地说着，电话里传出他那边一阵阵杂乱的声音。

她放下电话，今天周二，是科里最忙的时候。

血液科有个习惯，多把骨髓移植手术的时间定在周二，不知从什么时候开始，也不知是谁最早发现的，周二做手术的病人出仓率特别高，于是周二成了血液科的幸运日，也不知从何时开始，幸运日的说法居然在病人间也广泛流传开来，于是，只要自己的亲人手术时机能吻合上这一天，家属们都喜气洋洋。一来二去，周二成了全科室最忙的一天。以往这一天，她、老大，还有老三老四老五老六，都会忙成一根弹簧。

可是现在，没有她，天仿佛也没有塌下来。

三

清晨五点半的血液病房，交班之前最安静的时段，从隔离区玻璃门看进去，亮若白昼的走廊里悄无一人，洁白得像天堂。

说来也怪，通常病房在下午和半夜三四点，属于病人出状况的高峰期，依老大的解释，借用中医的理论，是因为这段时间阳气将散、戾气正重。而清晨五点是阳气上长、万物复苏的时候，家属和护士都可以放松放松。

老大刷卡打开进病区的隔离门，蹑手蹑脚地拖着她往左边第一间办公室走，这是老大的主任办公室。她本来是心碎的，却自嘲地笑起来，轻声说，鬼头鬼脑的，不晓得的人以为你拉了个女人要私奔。

我要私奔也不找你。老大说完，关上门，拿出已经准备好的一次性骨髓穿刺包，铺好浅蓝色的手术单，朝她努了努嘴。她知道他要给她做骨穿，取骨髓。她迟疑地躺倒在那片浅蓝中，有点慌乱，喉咙发紧，是的，她给病人做过数千例骨穿，但她从没想过，自己会是那个躺着被做骨穿的人。

骨穿位置在胯部，她头发蓬乱地提着裤头，茫然地仰头望着老大。

脱呀。老大已经戴上了口罩和无菌乳胶手套，声音混沌。

她定定神，轻而坚决地说，不要。

老大不耐烦了，说，什么要不要，你揪得那么紧做啥子，又不是强奸你，你不要，现在由得你不要？

她知道老大说话难听，也知道老大等着她和他呛，老大是看不惯她的样子，还没上战场呢，人㞞了。

她是㞞了，从念大学开始，整整二十三年，她从未和这片蓝色如此地接近，肌肤相亲，她混乱地摇着头，眼泪跟着一串串滚下来，她开始哽咽，我不敢做。

老大眼镜下平和的目光倏然变得锋利，像蓝色的刀刃，又来了，又是蓝色，他的声音也变了，变得愤怒——能不能不胡闹？

她继续摇头，眼泪顺着脸颊滴落在浅蓝色的手术单上，像一颗颗深蓝色的珠宝。办公室很静，静得仿佛能听到电流的声音，老大瞪着她，她看着老大，肝肠寸断，如生离死别。

老大不说话，脖子上的喉结在不断上下移动，她知道，他在强忍着。他对她有怜悯？有心疼？

这时候的人受不了这样的词汇，她抹一把脸，猛然坐起来，想要跑。

老大反应比她快，一把把她按倒在床上，气急败坏地撕脱掉手上的无菌乳胶手套，摔在地上，然后去抓她的裤头，她捂着不肯，一边挣扎一边无声地哭，老大不管，沉默地跟她纠缠，一手掀开她的手，一手利落地解开她的裤头，褪到胯间位置，这个位置闭着眼睛他们都能熟练操作一步到位，既不暴露病人隐私，又能最大范围地确保骨穿操作空间。因为位置太敏感，她终于不敢动了，僵持十多秒钟后，她全身的肌肉终于缓缓放松下来。

老大吐了口气，转身，转到一半不放心又嗖地转回来，盯着她，确定她没动，这才走到柜子边，从里面又拿了个穿刺包出来，打开，重新拿出一双新的无菌乳胶手套，边往手上套边骂，死婆子，我就知道，一个包不够你闹腾。

她不吭声，她明白他骂她是为她好，他们一起工作十多年，他知道她是怎样一个人，落势也好，受气憋屈也好，都只能吃呛药，吃不得补药。

没有办法，一个人游在无边无际的大海里，软弱没有任何拯救的作用，要自救，全凭提着的那一口气。

2%的利多卡因打进去后，要等半分钟左右才出麻醉效果，她呆看着天花板，幽然念叨，你说，这穿刺针要穿透他们的皮肤、皮下组织、脂肪、肌肉层、骨膜、骨皮质，最后到达充满骨髓的松质骨，这么一层一层地钻，一下一下地旋，直到钻到骨头里头，这一针，他们真的不痛吗？

痛是为了不痛。老大恶狠狠地说完，开始进针。

她双手揪紧床单，侧着头，强忍着恐惧带来的颤抖，在她的头顶斜上方，是老大的办公桌，桌上有个圆形的玻璃缸，里面养了一条金鱼，那条鱼有长长的丝巾般的尾巴，诡异而美丽，这一刻，鱼一动不动，像被咒语诅咒的公主。

她也被诅咒了吗？

可她不是公主。一直以来，她都是一条孤独的流浪的鱼，为什么偏偏要跟着她，一直跟着她？

四

老大把那张骨髓细胞检查报告隐秘地递给她时，她正在五楼呼吸科住院治疗，无论怎样，肺部炎症和低烧的问题必须第一时间遏制，说到底，白血病人最后大都是死于肺部感染、呼吸衰竭、心力衰竭、肠道出血一系列并发症的，这就是一场感冒都可以要白血病病人的命的原因，三系偏低说明什么？说明肠道出血时没有足够的血小板止血，肺部感染时没有足够的白细胞杀菌，身体贫血时没有足够的血红蛋白补充……她曾经给五岁的白血病儿童悠悠解释什么是白细胞——我们悠悠的身体就是那棵树，病菌是光头强，当光头强要来砍树，白细胞就是熊大熊二，他们可以打跑光头强，保护好树。

老大面色灰暗阴沉，她看他一眼，他偏过头去，像是他的错。

我，现在是一棵失去保护的树，对吗？

老大痛苦地揪了揪眉毛，他一遇到难题就这样，很可爱。

没关系，她哑声道，我习惯了，像这样子，时不时来一刀子，人生，够狠。

在大树倒下之前，你可不可以帮帮我，我需要一段充足的时间去安排所有的事情。

指什么？

多谷。

我认为我们第一时间要考虑的是你，不是多谷。

树再高，再粗，总有一天会倒下，对不对，老大？既然都要倒下，所以……

先生吃饭不吃屎，饭到肚里变成屎。老大粗鄙地呛了她一句。

变成屎来多麻烦，不如当初就吃屎。对呀，我也在想，像我这样的人，早知如此，不如当初。

你这样的人，你是怎样的人？你是我们血液科的权威，你救活若干病人，挽救若干家庭，你不自知，人知。别不把自己当回事。

哲学家说过，没有毛泽东，可能也还会有张泽东、李泽东。

哲学救不了血液病人，张泽东李泽东建立的也不一定是这样的一个中国，算了不跟你说了，明天转科室，到我们那边去。

不去。她再次温柔而坚决地拒绝，温柔得让她自己都悲伤起来，低下头，不再说话。

生性冷寒严苛的老大叹了口气，摸了摸她的额头，老大此时神情是那样的忧伤，充满慈爱，和黄栀子自己前两天看箭道社区医院的小医生时一模一样，她知道这目光是对人生的惜别。她扭过头去，注视窗外。

窗外是一棵巨大的桂花树，这株桂花已经有些年辰了，树冠高大，足足伸展到五楼来，已是阳历九月、古历八月的辰光，树上正满枝开着碎金子一般细细的花呢，香气扑进窗来，整个病房香得不可思议，世间那么美好，再往上看，天空蓝得像一汪湖水，让人莫名想流泪。

真香。她说。

老大长长地吁了口气，像极了窦性心律不齐的病人，他拿起体温计，赌气般甩了甩，塞到她腋下，手指拂过她胸罩的肩带，举止亲昵。

十多年的并肩战斗，何曾如此亲昵过，却是与爱情无关。

她的心突然就像窗外微风拂动的树枝一样晃了晃，晃出一个、两个人的影子，却都不是老大。

她和老大是知己，跟蓝颜红颜没关系的知己，他们是一起上梁山当好汉、一起唱不破楼兰誓不还、一起因为救不活漂亮的小姑娘而喝酒摔碗骂娘的那种知己。更多的时候，特别是老大私下喝醉酒后，则把自己和她形容成牛头马面——救不了人的命，却反而眼睁睁送病人上黄泉，每天拿着血液检验报告单站在病人的床前，宣告向左还是向右，向右是死，向左是生，他俩都不是左撇子，所以习惯性地，很多时候，他们的手总是指着右。

好不好？听我的。老大小声问，隔壁病床上睡着的病人翻了个身，仿佛表示，打扰我了。

她坐起身来，示意老大给她撑吊瓶杆，两人缓缓走出病房，到走廊尽头僻静的角落。

不。她盯着窗外的蓝天，依然坚决地答。

自己科室，放着这么好的条件你不治？老大憋得久了，有点毛，你屃蛋。

有一个问题比我的病更重要，她严肃地说，不管治还是不治，我都得安顿好多谷，交给谁比较好？

多谷是她的儿子，正在市一中读初中，从预感到自己是白血病开始她脑子里就只有一个念头，把钱留下来，给孩子，然后，给孩子找一个值得而且人家也愿意照看的人。

治好病，你可以照看他一辈子，看他结婚，替他带孩子。老大说。

有几个能治好的？她反问。

老大不满，很生气地说，什么叫有几个能治好的？我们前段时间进仓十个，出仓七个。有四个是你的，你说什么屁话？

出仓以后呢？她盯着他，我会遇到哪种排异？肠道？皮肤？肝脾？我不是说治不好，我是说，我一个人，带一个多谷，我没有那么多钱，多谷还要读大学，上研究生，买房子，结婚，生孩子……我不能只想着救自己的命。

老黄，你老大的侠肝义胆不是假的。老大说着，用手指戳着自己的胸，有我在，有科室在，钱你不用考虑。

拉倒吧，这些年我和你在一起的时间比你老婆还多，你那个小气老婆够提心吊胆的了，这种时间再拖你下水，算什么？难道让她再来八楼跳一次楼？

老大沉默了。

有些时候，人想做什么是一回事，做不做得了是另外一回事。

先别管那么多，我们先入院，再从长计议。

不。她再一次强调，第一，我不住院。第二，不准你告诉任何人，你敢告诉别人，我就消失。第三，多谷我自己想办法解决，不拖累你，实在不行，你再上。

但是……

没有但是。

我们科明明可以……

我知道，可是，你也知道，这么多年，我好累。黄栀子转过头，定定地看着老大，我真的累了，一个人，走了那么久，我想停下来。

栀子，你不是一个人，我代表科室主任，代表我们团队，慎重地请求你再考虑考虑。老大的表情很痛苦，好像他才是得病的那个。

我不考虑。

你信不信我现在就一把掐死你，黄栀子，你这样子真的很讨人厌，都这种时候了，你能不能别端着，能不能别搞得这么悲剧这么高尚？你放松点，当一回真正的女人，把问题交给别人来解决行不行？这世界上有很多可以依靠的人，可以依靠的爷们儿。老大见柔情无用，顿时狂躁起来，举着吊瓶的杆子来回摇晃，看来他是真的厌恶眼前这个只有一米六五，却总把自己当成救苦救难的耶稣一样的女人。因为她让他显得很无能，比世界最无能的软体动物还要无能。

有很多吗？她淡然一笑，望一眼吊瓶，已经空了，她伸出手，把另外一瓶的开关打开，液体滴答滴答滴下来，光影穿过，折射出一道细小炫目的光芒。

真的有很多吗？她幽幽问，为什么我活了四十一年，却从未看到？

我……老大正要开口，被她打断——而且，你忘记了一个致命的问题，我是熊猫血，你让我到哪里去找那么多的血？到哪里去找那么多血小板？就算我们熊猫血有互助组织，血可以供，但是，配型呢？正常人都很难找到配型，何况我们这种人。

犹如晴天一道雷，老大顿时面色煞白，一米八的大高个，杵在窗边，失魂落魄地看着眼前的她，像是看到了鬼。

是的，他忘记了，她是RH阴性B型。

从我二十一岁开始，关于血液的魔咒就一直在我头顶上笼罩着，我和它斗了二十年，我累了，知天命吧。她平静地说，我已经很感恩了，至少，多谷的血不是。

老大沉默，背对着她看着窗外，一动不动。他的背影有着草原汉子独有的轮廓和力量，黄栀子想抚摸一下，她的生命里没有这样的背，但她没有动，尽管这种时候这样的举动并不代表什么，但她清楚，这一抚摸，她就成了凌霄，生出依附别人的脆弱，这不可取，她必须是木棉。

浅风过处，一阵桂花香游涉而来，老大受不了，粗鲁地关上窗户，把香隔在外面。生命如此残忍，在绝望处还送一缕花香，催人肝肠寸断。

她仅用手指戳了一下老大的背，问，急性的吧？

老大的后脑勺动了动。

几？

M2。老大喉咙里沉闷地挤出两个字符，没有转身。

五

黄栀子开始回想自己的一生。

所谓一生，前面的都雾一般淡了，尖锐又深刻的记忆从一九九五年开始。

一九九五年，江城县，江城中学。

众多即将参加高考的高三学生中，黄栀子的表现很淡定，尽管是农村孩子，她却有一种异于常人的特质，沉稳笃定。关于高考，她只管用心剖透每堂课每道题，总之是只顾打桩，不问高楼——高考结果会怎样，她从不去想。

动员会上，校长点名表扬了黄栀子，说，这才是真正的智慧，从哲学意义上讲，是诸如孔子或孟子等追求真理与道义的圣人才会有的精神境界——不因为哪一个王拒绝了他的义而放弃对真理的不懈追求，乱世之中茫茫行走，唯行走和努力本身，是最大的意义。今后你们的人生，也当如此。

那段文绉绉的话被学生们嘲笑了很久，一个连马海毛毛衣都穿不起的乡下女同学，天天嚼咸菜干，还能扯上孔子孟子，也只有之乎者也的校长才有这本事。

黄栀子不笑，她把这句话紧紧捂在胸口。

其实黄栀子比任何人都惧怕高考，乡下的天旱水涝、风吹草动，都有可能结束她的求学生涯，只有考上大学，她才有勇气在比人家外婆还苍老的母亲面前伸出手讨要一叠被汗水浸透的零钱。她的不想背后是不敢想，是校长让她明白，人世间，与其提心吊胆，不如沉着应战。

校长是神，帮她开启勇敢去向光明的大门。

六月末的一天，神一样的校长出现在教室门口，眼光游离，他说，黄栀子同学，你出来一下。

校长跑到某一个班叫某一个同学，这在学校绝无仅有，于是，她在同学们惊诧又羡慕的目光下走出教室。

办公室里，校长怜惜地看着她，像看一只不安又激动的小猫，最后，他用温和得不能再温和的语调告诉她，她的母亲去世了，区公所的电话刚刚打到校长办公室。

下午四点半有一班客车，你抓紧收拾一下，学校安排团委的杨书记陪你一起回家，车费的事情你不用管，学校来解决，孩子，记住，妈妈下葬后一定要回学校来上课，离高考只有十多天了，你必须考上大学，自古华山一条路，你没有退路，只有这条路有可能闯出新人生。

她整个人都傻了，她还以为校长找她，是要告诉她好消息，比如保送生名额，或者是入团志愿。可是，这个不久前才给了她一束光的校长，怎么能这么残忍地把她推到深渊和地狱？树上的蝉叫声、校长的叮嘱声、校园外面的车喇叭声，统统消失掉，她听不见任何声响，也看不清眼前的一切。

不知道自己是怎么从校长办公室出来的，也不知道自己是怎么坐上班车，怎么一路颠簸地回到村里的，路上，校团委年轻的杨书记紧紧抓住她的手，不停地和她说话，她困惑地看着杨书记的嘴巴，还有她代表着毅力与勇气的甩动的发辫，她感觉自己回到了小时候掉进水库时的状态，不断往下沉、不断往下沉……最后，杨书记一声断喝把她救回来，黄栀子，你记住，只要你的意志不垮，天就不会塌下来。

杨书记这话很管用，在她后来的几十年人生中都很管用。

天旱，村口光秃秃的，太阳白晃晃，四野都是刺目的光，一群娃娃兴奋跑来，身后腾起一层层黄沙，他们不知道什么是死，只急着第一时间把消息告诉她，七嘴八舌，姐，栀子姐，栀子姐姐，你妈死了，今天早上一倒头栽在玉米地里就死了。

大人们追上来，挥手就是一巴掌，打得娃娃们魂都找不着西东。然后他们拉着同样失了魂的黄栀子往家里走，她家院子的槐树下站了很多人，看到黄栀子时他们集体沉默下来——人们用隆重的悲伤提醒她，现在她是孤儿了。

她不想看到他们的沉默，那是一种悲悯和施舍，表面上像温顺的棉布，布下面却全部是尖细的针。

黄栀子捏紧拳头，以异常坚硬的倔强完成了母亲的葬礼。

简单的仪式之后，姨妈也走了，走前把办完葬礼余下的三百多块礼金用盐巴口袋装着卷好，小心翼翼地交给黄栀子。

黄栀子把它紧紧捏在手里，几乎捏出水来，这三百多块钱是她从此全部的家当，她今后的一辈子，就只有这三百多块钱，她无法想象，今后漫长的一生，她能依靠的，只有三百多块。

一瞬间，她甚至没有机会再跑回母亲坟前歇斯底里痛哭一场，大脑就迅速被"怎么活下去"这个令人惶恐的问题牢牢占据了。站在山岗上，风哗啦啦吹来，带着暑时的燥热，黄沙满天，打在身上，扑进眼里。她惶然望着山下的小路，姨妈已经变得像蚂蚁一样小了，她呢？可不可以变成一只蚂蚁？这样，她就可以吃土、吃草、吃这世上最卑微的东西，不需要钱来养活，不需要读书。

风把蚂蚁一样的姨妈的声音传过来——女，你妈留的那片林子，全是樟树，是打家具的好材料，还有那四亩地、一栋房、一头牛，咱一点点卖了吧，考大学。

是的，必须考大学。校长说，第一，他会每个月拿出四十块钱来供她念大学。第二，她进了大学，可以靠当家教来赚每年的学费，只要考上大学，大城市里多的是可以赚钱的机会。第三，他可以亲自去她的大学，找校领导，让她在食堂做零工，洗碗什么的，吃饭不花钱，还有工资。

一颗露水养一棵草，你放心，这世上有草就有露水在。

她茫然地看着校长，母亲的棺木放进墓穴时发出的闷响声还在她脑海中盘桓，校长说得再好听，孤儿就是孤儿，大海里有再多的浮木，她也不敢奢望它们能载着她到达彼岸，她照样随时有可能淹死在海里，如果是那样，还不如现在就死在海里，免得提心吊胆。

走在校园里，她用心关注每一棵隐蔽的树和每一个角落，桃树太脆，一吊就断，槐树太细，也不行，蓄水池旁那棵女贞子树合适，可是晚上总有偷偷谈恋爱的学生在那里，老师宿舍背后的石岩高倒是高，可是下面是牛毛毡做顶的厕所，她不想死在那么臭的地方……

班长白河下课递卷子给她时，低声说了句，下晚自习，学校后山，天渠见。有个重要的东西要交给你。白河说完，不好意思地笑笑，佯装轻松地吹着口哨，扬长而去，他有修长的腿，还有一头茂密的黑发，走过教室，像风吹过河滩的杨柳。

整个下午，老师上课讲的东西，她一句也没听进去，脑子里两个栀子在打架，一个说去吧去吧，白河笑得神神秘秘的，他肯定是喜欢你了。一个说，你穷得连裙子都没有一条，人家凭什么喜欢你呢？第一个又说，万一人家真的喜欢你呢？

是啊，万一呢，她的心怦怦跳起来，母亲去世到现在，她第一次感觉自己的心活了回来，虽然只是一点点，虽然她还是想着要寻死，虽然她在决定去的时候对自己说，去看看学校后山也好，万一那里正好是个结束一切的好地方呢。

黄栀子默默坐在教室里，面色煞白，内心却波涛汹涌。她才十八岁，她从没有恋爱过，在离开这个人世间之前，会不会有一份爱和祝福陪她走向天堂？

六月夜的月光，像洁白的玉石照耀着山岗，她惊讶地发现，夜色也能如此美丽。

白河坐在月华之下，穿着干净的白衬衣，捧着一把口琴，琴声婉转流畅，像他们值得期许的青春——白河吹奏的是当年最流行的苏联歌曲《莫斯科郊外的晚上》。

深夜，大山静悄悄，整个世界只剩下一对年轻的人儿。夜色多美好，迷人的晚上。

可惜我没资格享受这么迷人的晚上，我是个孤儿。她背对着白河，凄然地说。

你不是孤儿，如果你愿意，我可以做你的亲人。白河放下口琴，无比认真地说。我知道你这段时间在找什么。

我没找。她一惊，矢口否定。

少年笑起来，不跟她分辩，只说，栀子，让我做你的亲人好不好？

黄栀子缓缓转过身来，她不敢相信自己听到的话，虽然整个下午她都在奢望能听到类似的表白，可她那么卑微，那么穷，过了今天没有明天，人家班里的女孩子都穿着漂亮的的确良裙子，头发上戴着绸花，她穿的却是姨妈的一件旧衬衣，中年妇女穿的旧衬衣，她的长发又硬又直，像钢丝，因为她没有蜂花洗发水，她只有肥皂。

这样的女孩子，可以跟一个拥有一把口琴的男孩子做亲人吗？他坐在月光下的样子，像王子。

我……不好看。黄栀子不安地揪紧衣角，一时间，从母亲去世那天就一直戴着的盔甲卸落满地，她哭起来。

你好看，你学习的样子，你考全年级第一的样子，都好看。白河说，你现在是灰姑娘，但总有一天你会变成公主。

总有一天你会变成公主。黄栀子愕然抬起头，瞪大眼看着白河，脑子里一遍遍反复响着这句话，渐渐地，幸福像月光一样笼罩她全身，她突然有了力气，原来，茫茫大海，还有一块浮木在这里，它叫爱情。

可她还是不敢回答什么，月色这么好，像假的，眼前的人儿说的话，或许是梦里听到的，明天的太阳一升起，这个人，这月光，这些话，怕是都会烟消云散。于是，她换了个话题，问，你说有个重要的东西要给我，是什么？

就是我啊，还有这把琴。白河一笑，月光就晃了一下，璀璨夺目。

她呆了，傻傻接过口琴，薄钢上还留着白河唇间的余温，那是生命的温度。

好半天，黄栀子缓过神来，低头抚摸着它，轻声说，要是有一天，我死了，我会把它跟我埋在一起。

也算是表白了。

白河听懂了，又笑起来，白河有一口整齐洁白的牙，映着月色，月光便又晃了一下。

山岗上，他们小心翼翼挨坐着，一起抬头看月亮，心怦怦直跳，像两只惊慌而美丽的小鸟。

好好考试。许久，他用力地握了握她的手说，还有半个月，我们一起考大学。好不好，亲人？

好。她的回答乖巧柔软，这声音把她自己吓了一跳，黄栀子，从小和男孩子一起抢柴火和干牛粪的黄栀子，竟然有这样温柔似水的嗓音？

少年的白河，手心干燥温暖，像阳春四月的阳光，照在家乡的小溪上，小溪晶莹透亮，在阳光下闪着成千上万的光芒，脱了鞋踩进水里，那温度像母亲的子宫。

少女的她并不知道子宫是什么样子，也不知道胎儿在羊水里到底是什么感觉，但她就有那么一种独特的感受滑过心底，与生命有关，与爱有关。

栀子，你准备考什么？

考医。她说，脑海里全是母亲倒在玉米地里的镜头，若亲眼所见。

我考老师，以后，我们的孩子，就有一个当老师的爸爸和做医生的妈妈，真好。白河故作轻松地抛出爱情的誓言，说完竟然一甩手，慌里慌张逃跑了。

黄栀子一个人坐在山岗上，看着月色下那一点白越跑越远，她咯咯咯笑起来，笑声惊动一群沉睡的鸟儿，它们也扑打着翅膀四处惊逃。

那一年夏夜，山岗上的月光是黄栀子最美丽的衣裳。

黄栀子在A医科大学读到第三年时，母亲留下的树全部变成别人的嫁妆。姨妈写信来说，女，我还给你留了一棵树，等你结婚时，你要打个啥，姨给你打。

她看着信，眼前全是重影。她有点疑惑，结婚，她该和谁结婚呢？

白河刚来信，说，在学校刚交了个朋友，是个女生，家里有点关系，可以帮他实现在大学留校任教的梦想。

白河一直不想大学毕业后回到他们当初的小县城去工作，这黄栀子知道，他从一进校园就在寻找留校的机会，他入学生会、当志愿者、参加演讲比赛，忙得每个学期都只有一两次坐火车来看她的时间。

栀子也忙，医科大学的课程很重，远胜过高中，就这样，她还要每周上三次家教课，假期也要打工。她和白河的爱情，基本上只是一封封信而已。

亲人，你说，我该怎么办？

白河没有称她亲爱的，改叫亲人。

栀子明白这一句亲人的意思。放下信，栀子走出寝室，一个人到操场上跑步，黄昏，操场的草坪上坐满了谈恋爱的人们，一对对美丽的裙子和洁白的衬衣，像当年月光下的他和她。

栀子不看他们，开始奔跑，一圈，一圈，又一圈。

校园广播里传出刚流行起来的一首新歌——

我早已为你种下，九百九十九朵玫瑰，

从分手的那一天，九百九十九朵玫瑰，

花到凋谢人已憔悴，千盟万誓已随花事湮灭……

黄栀子晕倒在操场上。

四天后，白河出现在她的校园里。

站在开满石榴花的树下，她静静地看着他，仿佛从不认识，只是暗中用右手盖住扎过针的左手背。

他不安地看着她，一口洁白的牙狠狠咬着下唇，因为太用力，以至于唇色苍白。

原谅我好吗？栀子。

好。她低垂着头，回答依然乖巧柔软。只是这一次，再没有阳春四月，只有薄冰覆盖的流水，冷暖自知。

六

系里组织体检，班上都很兴奋，有不少同学还不知道自己是什么血型，听说要验血，都莫名地期待。那时候的血型检验，要等一两天才出结果。她站在快活的人群中间，表情淡然，什么血型跟她有什么关系？自从吹口琴的少年走后，她又是孤儿了。

第二天上午，系主任出现在教室门口，身后跟了两个神情严肃的陌生人，班主任指了指她，同学们的目光便齐齐转到她脸上。

她吓坏了，高考前校长到班里找她那一幕倏然闪回，她预感到了什么不好的东西，但无法知晓那是什么，只知道眼前有一个黑色的洞，等着她掉下去。

她决定不动，她不动，那个黑洞就吞不了她。

班主任走过来扯了扯她的衣袖，主任说，要你去一趟他办公室。

我不去。她坐着，双手死抠着课桌，眼睛盯着正前方，闪都不闪一下。

有事呢。班主任说，怎么了？

不去就是不去。她嘴唇颤抖，面色苍白。

系主任走进来，说，黄同学，体检中心有个情况要和你沟通一下。

黑洞像云朵一样朝她飘过来。

原来，她不动也没有办法，它会动。

只要你不垮，天就不会塌下来。那句话又响在她耳朵旁，她咽了咽口水，缓缓站起身，和班主任一起走出教室。

从教室到系主任办公室，是一百四十九步。

两个陌生人亲切地微笑着，坐在她对面的沙发上，系主任坐在自己的办公桌前，班主任则和她一样，疑惑且带点紧张地坐在进门的板凳上。

是这样，你们班的血型检验报告出来了，黄栀子同学，你的血型有点特殊，你以前知道自己是什么血型吗？

她松了口气，血型特殊，原来不是癌症，她转头看一眼班主任，摇摇头。

你是熊猫血。高个子陌生人说。

你是RH阴性血。另一个女的补充说。

她不可思议地看着两个人，下意识地低头看了一下自己的手腕，薄而白的皮肤下面，隐约可见略带绿黑色的血管，与所有的同学没有什么不同。

怎么偏偏自己会是熊猫血？

因为血型特殊，我们今天特意到学校来一趟，跟你沟通。

沟通什么？她自己就是学医的，她明白这个血型代表着什么，稀缺血型，出危险时，难找到供血者。

不仅仅如此，还有更具体的事情要跟你谈谈，这个比较深入，也算是科普，你现在掌握的知识未必细到这个程度。那个，主任，您能否回避一下？女人侧身看了一眼系主任，表情神秘。

班主任一听，跟着起身要走，女人示意她留下来，你是女同志，又是班主任，没关系。

这时，楼道里传来下课铃声，接着是一片嘈杂的上下楼梯声和欢快的打闹声，这些声音充满了青春的肆意和晴朗，无所羁绊。

而同样的一栋楼里，她却正沦陷在一道魔咒之中——你是个女孩子，我们有必要告诉你，你生命中的第一个孩子对你来说至关重要。

她的脸顿时就红了。

那是什么年代啊，大家的意识还封闭着呢，对一个女孩子说怀孕，太唐突。

班主任轻拍了拍她的肩膀，安慰她，学医的，学医的。

她抿抿嘴，红着脸点点头。

怀孕对你来说是一件非常重要的事情，你的第一个孩子很关键，在怀宝宝和生宝宝的时候，如果宝宝是阳性，宝宝的血流在你的身体里，你的身体会产生抗体。于是，你再怀第二个孩子就会非常危险——因为抗体的原因，宝宝在你身体里很可能会死掉，就算生下来，也很有可能是黄金宝宝，同样有生命危险。从目前的医疗条件和技术来看，我们提醒你一定要珍惜你的第一个宝宝。

她听得有点糊涂。

也就是说，你最好不要打掉你的第一个孩子。因为一旦打掉，你很有可能一生都没法再有自己的孩子。女人温柔地说。当然，第一个宝宝也需要特别注意。

嗯，我懂了，那么，黄金宝宝又是什么意思?

哦，这是我们平时给这一类病宝宝起的名字，其实就是溶血性黄疸，很危险，你懂的。

她全明白了。

意思是，她在刚刚成为一个新的孤儿时，命运又送来一个警告，那就是，她特殊的血型会让她有可能终身不能拥有属于自己的骨血，她在这个世上，有可能永远是孤身一人。

虽然是夏天，但她全身冷冷冷一片，此刻，她思维混乱，但听觉灵敏，甚至能听到四百多公里以外的老家，光秃秃的山上，大风吹过一棵孤独的樟树，它的某一根枝条正在风中断裂，嚓嚓作响。

楼道里有人在声嘶力竭地学着罗大佑沙哑的唱歌声——轰隆隆的雷雨声在我的窗前，怎么也难忘记你离去的转变，孤单单的身影后寂寥的心情，永远无怨的是我的双眼。

无怨吗?

她咬咬牙，轻声问了一个问题，那么，我的孩子，会不会也是熊猫血?

不一定。除非孩子的父亲也是熊猫血，这样的概率很低，大多数孩子都是正常血型。女人微笑着，向她点点头，仿佛是鼓励她，生吧，你现在就可以生孩子。

多么荒谬的人生。她冷笑一声，转身走出了系主任的办公室。走廊里有风，她挺了挺腰板，她倒想看看，多大的风，能刮倒一棵树。

七

多谷是她和葛蓝的儿子。但葛蓝不是她的丈夫。

这场恋爱是她在山城医科大学读血液科研究生最后一年开始的，为了维持学业和生活，她做着四份家教，葛蓝是她学生的亲戚，经常在那里进出的葛蓝开始喜欢这个干净利落、眉眼间却带着一丝淡淡忧郁的女研究生，她上课时神采飞扬，一合上书就变得神思游离，让人感觉她经常不在状态，这种不在状态的模样使她充满了神秘感。

但凡年轻的男孩子，总是喜欢有神秘感的女孩，就像探险，能不断发现新世界。

葛蓝每天出现在她必经的巷子里，不断试探她，逗她说话，跟她玩笑。葛蓝是个年轻的体育老师，一个充满阳光的人，他的阳光感染了她，她开始变得也爱说笑和打闹。

他带她出去打篮球、打乒乓球、打羽毛球、游泳，她在运动中感觉自己又活了过来，冻僵的手，冻僵的脚，还有冻僵的血液。

看着葛蓝每一个调皮的表情，看着他在篮球场上驰骋如电、神采飞扬的模样，黄栀子终于走出了冰冻的世界。

很快就到了谈婚论嫁的时候。

她的婚嫁，当然只能靠她自己来谈。

坐在葛家客厅，她不安地搓抚着沙发巾，小心翼翼地把自己解剖了一遍，最后说，她的嫁妆，只有一棵樟树。

葛蓝妈妈坐过来，一把把她搂在怀里，眼泪汪汪，我们家有的是钱，我们不要嫁妆，我们只要你。

多少年没有哭过，这突来的善良打倒了黄栀子，她开始崩溃，从中午哭到下午，直到连抽泣的力气都没有了。

孩子，没有关系，以后我就是你妈，葛蓝，还有我们家所有人都是你的亲人，要不你就住到家里来吧，别住宿舍了。葛蓝妈妈搓着黄栀子的背，像哄一个婴儿，嗯嗯，乖，不哭。

葛蓝第二天就真逼着她住了过来——我老爸老妈整天忙他们的酒楼生意，你来，我们两个孤儿凑一堆。

黄栀子听不得孤儿两个字，因为听不得，所以无法拒绝这样的邀请。

入夜，黄栀子睡在这个叫家的屋子里时，对命运充满了感激，从此她有家了，从此她再也不是一个人了，她不用担心每一天醒来，都要思考这一天怎么才能养活自己，下一天又该怎么做。

葛蓝半夜偷偷潜入她的房间，调皮地眨着眼，她紧紧拥抱着葛蓝健康强壮的胸膛，说，你是上帝派来的吗?

葛蓝嘻嘻笑，开心得像个孩子。

她跟着笑起来，在葛蓝怀里朝黑夜骄傲地眨了眨眼睛。

她那是挑衅，你来呀，你来打败我呀。

常规的婚前体检时，黄栀子这才想起自己那天后来光顾着哭去了，忘了告诉葛蓝一家，她是熊猫血。

葛蓝听完，瞪大眼，兴奋得一把抱起她，熊猫血，我的天，太神奇了，我老婆居然是熊猫血。

黄栀子看着乐开花的葛蓝，也跟着笑起来，现在她越来越爱笑了，偏偏葛蓝又是个万事不忧的性格，她跟着他，不开心都不行。因为在葛蓝的世界里，天永远是蓝色的，这样过一生，真好。

两个恋爱的年轻人把世界看得太美好了，他们忘记了有一种东西，叫危险。

这是一个母亲永远不想让孩子面临的东西。

葛蓝的母亲也不例外。

起先，之所以同意婚事，是因为她为自家一个专科毕业的儿子能找到一个医科大学研究生的女朋友无比得意，人前人后，说起来都是个体面事。至于黄栀子大葛蓝三岁的问题，对她来说更不是事，女大三，抱金砖，她就比葛蓝的爸爸大三岁。当知道黄栀子家里没有任何牵绊时，她更满意了，她是做生意的，这是大好事，自己家挣的钱，永远不担心儿媳妇用到娘家去。

但是，现在要让她接受一个熊猫血的儿媳妇，她立即不干了。

这可不是开玩笑的事情，你这个血型出什么事很麻烦的，比如生孩子大出血，比如出点其他的天灾人祸之类，总之，我不能让我们葛蓝活得提心吊胆，再说，他那么喜欢你，你要出点事，那时候你让我们葛蓝怎么活?

葛蓝傻眼了，跟家里闹，闹得越凶，葛蓝妈妈越不同意——你看看他的样子，你忍心看着他为了你一辈子这么闹腾？你爱他，就该离开他。

她爱，所以她悄然搬出了葛家。

她记得，那天，微明的晨曦是湖水一样的蓝色，她爱的葛蓝还在沉睡中——尽管每天都和母亲抗争，但在宠爱中长大的葛蓝依然还有着大男孩一样的天性，他一边摔东西说要和家里断绝关系，一边向母亲伸手要钱买运动装备。在深谙人世沧桑的黄栀子看来，葛蓝对她的爱是真的，但他对家庭的抗争最终不过是任性而已，孩子气的他担不起他们的未来，到最后，等待她的，一定是葛蓝的妥协。

看透了这一点，趁彼此都还爱着，悄悄离开，总比撕破脸好。

她离开时没有带走任何东西，只带走了一样，那就是葛蓝的骨血。

葛蓝不知道。

没有谁知道。

八

生活没有更好，也没有更糟，离开葛家不久，品学兼优的黄栀子顺利分配到了医科大学附属医院的血液科。那是一个忙碌而崭新的开始，对黄栀子来说，最大的改变，是她有工资了，每一天，每一个月，每一年，总之，她有钱了。

钱是她的底气，她一边上班，一边平静地孕育着肚子里的孩子。

葛蓝的妈妈是个一不做二不休的人，自己的孩子她最清楚什么德性，在黄栀子最忙碌的那些日子，她决然把自家的生意迁到了昆明，而且能量强大地将葛蓝的工作也调到了昆明。

大男孩葛蓝走前来到附院，想见栀子，没见着，那几天，栀子在另外一家医院里待产，生下了多谷。

多谷是她必须生下的孩子，当年来到系里的那个女人说得没错，她拥有一个健康孩子的机会不多，她做母亲的机会同样不多。

未婚生子，这样的事太丢人。大家都想不通黄栀子是怎么了——都是学医的，要避孕很简单，要做人流更简单。你黄栀子这么一个艰苦朴素又用功苦读的农村女孩子，怎么会做出这种事，这太令人震惊了。

院里找她谈话，但黄栀子拒绝回答任何问题。年轻的一张脸上写满了决然和沉默。这态度激怒了院领导，黄栀子的试用期还没到，他随时可以开掉这个给附院带来“耻辱”的女孩子。

黄栀子挺得笔直，坐在那里，两行泪无声地掉下来。

这决然和沉默的泪水让院领导有点犹豫和不安了，刀子高高举起后，最后还是十分谨慎地落了下来。

一个人就是一本医学书，每个人体、每一种病都是对医生的一场考验。院领导看出这个出身贫寒、靠打工和家教完成学业的姑娘有病，只不过病在心，她不给你看，你再费劲也枉然。既然有病，那就这么着吧。

非议中走过来的黄栀子，除了板着张脸做出一副拒人于千里之外的样子，别无他计，在血液科一路走过来，黄栀子一向保持严谨沉默，她用时间和专业水平将大家对一个未婚生子女人的猜疑和不屑变成了尊敬和神秘。渐渐地，她成了附院的一个传说，偶尔一些不着边际的版本传到她耳朵里，她一笑置之。

附院里的医生和护士们谈到她，一般都是用：那个奇怪的女人。

呵呵，奇怪的女人，总比被命运诅咒的女人好。

作为专业权威，黄栀子与老大业务水平不相上下，唯一的区别是，她是冷的，老大是热的，老大对待生命的态度和她一直有着截然不同的区别。

这是老大能当主任而她当不到的原因，也是他们经常吵架的原因。

最严重的一次争吵，老大冲她砸了杯子，这汉子一向就不是电视剧里那种智慧无比温言细语的主儿。一时间，会议室里茶水四溅，众人惊诧，唯她这个奇怪的女人风雨不动，稳坐泰山，老妖怪一样，眼睛都不眨一下。

冷血动物。老大骂，你看你给大家带来了多少麻烦。

那次争吵的原因来自一个六十多岁的急转M5病人，入院骨穿结果白细胞零点几，血小板只有一个，几乎没什么希望了。亲人要求无论如何试一试，救一救，讨论时，老大主张上一次化疗，冲一冲。黄栀子不同意，说都这样了，回家吧，让一个床位出来，救一个该救的人。

谁是该救的？谁是不该救的？你告诉我。老大阴沉着脸，你以为你是上帝？谁该救谁不该救，由你决定？

她呛上了，谁该救谁不该救，你心里比谁都清楚。

老大火了，我再次警告你黄大夫，我们不光是医病、医人，还要医心，病人和家属都强烈要求再尽一次人力，我们就应该尊重他们的请求，尽量冲一冲，而且我们有很多冲过以后成功的例子，所以，你没有资格轻易对一个生命做出判决。冲过了，大家都心安；不冲，死去的人心不甘，活着的人心不安，明白吗？

归根结底不就是钱吗？黄栀子按压着手中的笔，冷冷地说，他们家有的是钱，烧呗，当然，我们科也不会嫌钱多是不是？

钱这东西，黄栀子这一辈子都跟它耗上了，提到它，黄栀子除了恨，还是恨。

老大愣住了，他没想到跟他一起并肩战斗的黄栀子竟然说出这种话来。老大从小生长在草原，骑马摔跤打狼，也是有血性的男人，当下就一杯子砸了过去。

黄栀子，不是这个病人该不该上化疗的问题，问题在于你的态度，你不尊重生命，你必须反省。

黄栀子抱着手臂不说话，一脸作死相。

科室的人面面相觑，都沉默了。

事后，科里按老大的方案启动了治疗，结果病人在第二轮化疗时没有挺过来，走了，家属人财两空后，与医生反目成仇，也不知道是谁把黄栀子那番话给传了出去，这一来，家属更是炸锅，立即大闹血液科。

吸血鬼，你们都是吸血鬼，明明知道人都救不活了，还榨干我们家所有的钱。

事情闹了半个多月，出动了院办、公安、维稳众多力量才摆平，老大整个眼眶子都给折腾垮了。

那段时间，整个科室没有一个人主动跟黄栀子说话。

黄栀子知道自己犯了众怒。

其实在血液科，因为家家都是砸锅卖铁来治病的，科室没少贴补，大到主任，小到护士，都经常掏腰包给吃不起饭的病人家属买盒饭、租板房。科室有不少幼儿患者，护士长还和省团委搞了个青年志愿者协会，每周来志愿服务，变魔术、唱儿歌，尽管都戴着口罩，但那美好的笑声在青年和幼儿之间传递，胜过人间最动听的音乐。再有就是那些捐赠者，默默来，默默去，病人从仓里出来时，身体里生长着新的希望，给予的人却早已悄然离去。总之这个科室是在和死神抢人，而这抢夺的过程不仅有家属和医生参与，还有那么多陌生人在共同参与，他们是一个团结的科室，是在与死神搏斗的过程中种下生命花朵的科室，老大还让护士长在护士站里贴了四个字——“勇者不惧”。

这么一个战斗得昏天暗地的科室，却被黄栀子说得如此不堪，实在是过了。

但黄栀子有黄栀子的想法，她认为生命这个东西，一旦到了无谓挣扎的时候，就应该理智面对，与其把钱花在一个毫无希望的生命身上，不如让生者活得更好。

就像血，明明流淌在健康人的身体里，好好的，偏偏要输给那些明知已经没有希望的病人，看着一袋袋稀缺的血浆或血小板送过来，一滴滴输进病人身体，第二天第三天第四天血检结果，零还是零，什么也没变，黄栀子心里特难受。

老大说她不尊重生命，其实，她才是最尊重生命的那个人，老大长了个汉子身材生了副娘娘腔心肠，他懂个屁。

九

清晨，黄栀子被放在枕边的口琴磕痛醒来。

这把口琴，自白河交给她后，一直不曾丢弃，不管吹口琴的人是否还在，但那夜月光下奏响的口琴声，永远保存在黄栀子记忆里。她固执地觉得，世间所有乐器，都没有口琴声更动听。

这一刻，黄栀子怔怔地盯着它。

关于多谷，她需要托付给一个值得信赖的人。多年来，她早已把自己长成了一棵树，自己遮风挡雨，保护自己和多谷，她从没有要去依靠别人，以至于现在要寻找可依靠的人时，翻遍手机，竟然寻不出几个可以打电话的人来。

白河是她第一个想到的人，当年吹口琴的少年早就从大学教师转行，摇身一变，成了副区长、区长、副市长，一直在心中鄙视白河世俗的黄栀子，此刻不得不世俗地想：有一个副市长保护多谷，不管多谷今后成不成才，至少会有一个体面的工作。

选择白河的另一个原因，是因为这些年白河没少给黄栀子发信息，特别是自他从政后，好像经常坐飞机。于是，不管黄栀子回不回复，他每次出差上飞机都会给黄栀子发信息说，登机。每次下飞机，也会发，平安。黄栀子觉得好笑，一个八竿子打不着的人，上飞机下飞机都给自己发信息，是在炫耀吗？除了出差，只要有职务变动，白河也会第一时间发信息过来，每年高考一放榜，他还会发来当年他们那个县城的中学考试情况，六百分以上多少人，五百分以上多少人。然后加上一句，栀子，当年我要是多考三十分就好了，我们就可以在同一个地方上大学。

有一次，黄栀子忍不住恶心他，就回了一句，然后呢？不还会遇到一个女同学？

那边打蔫了，回，是我对不住你。

所以呢？黄栀子边翻看着病人的血检报告，边回。

我还是你的亲人，栀子，永远是。

好。黄栀子微笑，恶毒地回过去，哪天你来我们医院看病，我给你享受医生亲属待遇。

哈哈哈。那边回过来。黄栀子看着那三个字，仿佛看到白河那一口洁白的牙齿，在记忆的月光下闪闪发亮。

突然就原谅了他。

青春早就不在了，还说那些做什么，不管怎样，没有白河，她估计早死了。

之后数年，她的状况，以及多谷，白河也渐渐知晓了些，两人短信依然，没有暧昧，只有温暖。每次他出差坐飞机发信息，她出手术室或会诊后拿出手机，都会回一个字，知。有时候出手术室她太累，老大就会拿过她手机，眼神邪恶地替她回，知。

她懒得跟老大解释，孤独的人生，天上地下，有个牵挂，总是好的。

抚摸着口琴，黄栀子发了个信息过去，亲人。

白河几乎是秒回，怎么了？出什么事了？

黄栀子惊讶于他的反应，他怎么就知道不对劲了呢。

见个面吧。她柔软地呼唤，你来。

好，时间？

尽快。

一会儿，白河的电话打了过来，是黄栀子记忆中熟悉的声音，有力而热情，不知为什么，黄栀子的眼泪又掉了下来，她突然发现，要和一个最想见的人说自己要死了，是一件几乎做不到的事情，因为念头刚起，心就会碎掉，碎成无数片，痛不欲生。

白河不知道她的状况，只管在那头飞快地说，我让秘书查了一下行程，只有后天半天的时间，我中午飞你那儿，然后下午跟你见面，吃个晚饭，晚上我再飞回来。有事见面谈，如何？

啊？黄栀子被他的语速搅得几乎回不过神，吸了吸鼻子，茫然地答，怎么都行。

关键是后天你有没有时间？亲人，女侠，你现在是血液科权威。

我……有的是时间。黄栀子咳嗽了一下，强忍着胸中涌起的痛楚，说，最近……我休假了。

那就好，吃饭的地方我来安排，我们选一个你来方便，我走也方便的地方，这样，我们可以一起多坐一会儿。白河简洁地说完，挂了。

我们可以一起多坐一会儿。这话多么暧昧和热烈啊，快二十年了，不曾见面的两个人，天南地北，能一起多坐一会儿，对于身居重位的他和即将离世的她，都太奢侈了。

两天后，黄栀子来到白河给的地址。

这是离区政府不远的一处小巷，带小院的两层小楼，院子里种满了多肉植物，上得二楼，里面是个静雅的茶室，茶旗是靛蓝色的蜡染布，配着一套天青色的钧窑茶具，花插上简洁地插了一支观音草。看来，当年吹口琴的少年，艺术的细胞依然在。

她缓坐下来，自己给自己泡了杯老寿眉。

手机响，白河的信息——落地，稍等。

心怦怦跳，黄栀子有点紧张，走到洗手间，看了一眼镜中的自己，有点憔悴，没有血色，还有点……老。她迟疑地拿出路上刚买的一支口红，笨拙地抹在唇上，这是她人生第一次抹口红。

士为知己者死，女为悦己者容。

她沦落到了这步田地吗？要靠姿色交付一个承诺？想到这里，黄栀子觉得凄凉，拿起纸巾把刚抹的口红又擦掉，红着眼走出洗手间，坐了几秒，终究还是焦躁不安，又进去，重抹上。

好吧，她对自己说，无论怎样，就算是为了多谷。

时间一分一秒过去，黄栀子静坐着，听到自己的心脏在狂跳，越跳越慌张，她突然有了初恋的感觉，那一夜，那轮月亮，那清朗悠扬的口琴声，那泛着白光的穿白衬衫的人……

白河出现在门口时，黄栀子有点疑惑。

这是当年吹口琴的那个白河吗？尽管还是长的腿、茂密的黑发，但神情间已经完全找不到当年的影子，他的白衬衣依然干净顺滑，但不再是青春的味道，他的裤子笔挺，黑色的皮鞋擦得一丝不苟，肚子微微发福，金边眼镜框使他显得很笃定威严。

整个人，不再是吹口琴的浪漫少年。

她几乎不认识他了。

那么，这个陌生的亲人，十多年未见的亲人，她该怎么和他打招呼呢？黄栀子困顿地看着他，胸中起起落落全是汹涌的波涛，他们曾经是最亲的人，携手走过她最艰难的岁月，他是她最坚实的浮木，带她游过大海，以前是，现在也是，她站起身来，想第一时间跟他说句什么，比如想念、伤心、感激、愤怒……还有死亡。

可是所有正在酝酿着的情感都被白河的一个小举动瞬间打碎。

白河从门口大步流星走过来，老远伸出手，黄医生，幸会幸会。

黄栀子傻傻地看着他，眼睁睁看着白河的手有力地握住自己，摇了摇，又摇了摇。

她还记得当年白河战战兢兢地握着自己的手的感觉，那是爱，是靠近，是初恋，是我想牵着你。

可眼前这个握手多么客套，纯粹是领导和客人相见的握手。黄栀子感到自己被一种绝望和羞辱包围，正想抽手掉头离去，白河的食指却隐隐约约在她手心里轻微动了一下，黄栀子看一眼白河，白河眼角朝身后扫了扫，黄栀子这才发现，白河身后跟进来一个中规中矩的年轻人，手提着包，站在门口。

可是，这算什么，他们明明是亲人。

小苏，过来，见见黄教授，她可是医科大学附院的权威啊，下一步我们与附院的合作，恐怕还要劳神黄教授不少。

小苏便走了过来，很恭敬地叫了声黄教授。

没等黄栀子回过神来，白河挥挥手对年轻人说，你去点餐，然后自己在楼下吃点东西，我和黄教授边吃边具体谈一谈事情，七点五十分准时叫我，我们出发。

小苏便知趣地闪身走了，顺带关上了门。

门一关，气氛顿时就有点暧昧了，白河长吐一口气，坐下来，轻声叫，栀子。

一声栀子，光阴瞬间流淌回来，她顿时就委屈了，泪水噙满眼眶，侧过脸去，不让白河看她的眼。

栀子，十多年了，你终于肯见我，我以为你一辈子都不见我了。白河的声音里，带着对旧日的缅怀，口琴声恍若就在耳畔。

黄栀子放心地暗喘了口气。

还抹口红，明明就不会，都出来了。白河温柔说着，竟然从桌上的纸巾盒里抽出一张纸巾，替黄栀子擦拭起来，那神情和动作，仿佛分手的十几年时光从来就没有发生和存在过。黄栀子愕然呆坐，某一秒，白河的手指透过纸巾碰触到了她的嘴唇，她一惊，整个身体都紧张了起来。

我没别的意思。白河笑，栀子，我们是亲人，我是你唯一的亲人，我答应过你。告诉我，遇到什么事?

你怎么……知道，有事?黄栀子镇静下来，费解地问。

没事你不会找我，你那么倔。白河了然于胸，说，不光是有事，而且是有大事。

黄栀子点点头，低下头，想一想，再想一想，最后抬起来，盯着白河，一字一顿地说，白河，我快要死了。

白河一时没听明白。

我快要死了，之前，我想把多谷托付给你。黄栀子怕自己垮掉，开始转变语速，她飞快地说着，不容白河插嘴，不带任何情感——我有一套房子，没有贷款。五年前买了一个门面，在医院侧门后海花园小区，不大，只有十八平方米，出租给人家卖早餐包子，我还有二十万存款。我想全部交给你，请你帮我把多谷带大。以后，你就是多谷的舅舅。

等等等等。白河严肃起来，身体往前倾，双手伸出来，用力捧住她的脸，哄她，慢点儿，我听不明白，你慢点儿说。

她从没有被男人这样把脸颊捧在手心里过，像捧着一个珍宝。白河手心的温度一点点融进她的皮肤、身体，以及心。

她开始流泪，胸口一阵阵发紧，刺痛，她不停地摇头，大哭。

我要死了，白河，我要带着你的口琴死了，求你替我照看好多谷。你说过，你是我的亲人。

白河难以置信地看着眼前哽咽得几乎说不出话来的女人，好半天，他终于意识到了什么，一时间面若死灰。

你是医生。白河急切地说，你不会死的。

医生……也有医生治不好的病。黄栀子感到心脏明显负荷过重，她竭力控制自己，伸长脖子，大口大口地呼吸，像一个濒临死亡的人。

栀子！白河的眼眶红了，什么意思，一二十年不见我，一见我你就说你病了，你是在惩罚我吗？到底什么病？你告诉我。

白血病。黄栀子依然呼吸困难，她又长长地吸了口气，说，治不好。

你自己就是血液科权威，什么叫治不好？白河硬邦邦地说，我不信。

黄栀子看着白河，泪眼模糊，那年，和你分手后，一个月，学校体检，他们告诉我，我的血型是RH阴性血。我不好找配型的，找不到的。

白河整个人都卡住了，呆滞了好半天，你从没告诉我过。

那个时候，告诉跟不告诉，有什么区别？黄栀子说。

白河沉默了，牢牢盯着黄栀子，生离死别一样，眼眶红得厉害。

好半天，白河搓了把脸，把眼泪收进掌心，缓慢地说，我都快五十了，你才来告诉我。你让我回去的时间都没有。

我不要你回去，也不求你回去，白河，我只想把多谷托付给你。我没有谁可以托付。

不。白河失去控制了，不停地摇头，愤怒地说，绝对不行，除非你去治病，缺钱，我有，要我管多谷，我不！

我求你了。

不！白河紧咬住下唇，像当初离开黄栀子时一样，艰难酝酿并做出决策，先治病。

你不答应，明天我就消失。黄栀子说，我可以明天就死掉，也可以后天。或者你答应我，那我就再多存在一段时间，三个月，或者半年。你知道，我和你，我们都是一样敢下决心的人。

白河愣了。

坚强的黄栀子，没有什么做不到的，包括死。这一点，他清楚，就像她当年瞒着所有人，坚强地生下多谷，且一个人艰难地过到现在。

白河颓然地垂下脑袋，正要答应，手机却不合时宜地响起来，白河怔怔地望一眼手机，默默挂掉。手机接着又响，一声接一声，白河不耐烦地接通，恼怒地问，谁？

不知那边的人说了句什么，黄栀子明显地感到白河表情的变化，他望一眼黄栀子，用手捂住了话筒，好像生怕黄栀子的抽泣声传过去。最后，白河轻声说，好的，我今晚就回去。我知道，我会处理好的。

挂掉电话，白河歉意地说，那个……谁，事太多。

黄栀子笑笑，说，她？

啊？嗯，嗯。白河的表情有点复杂，欲言又止的样子，然后烦乱地搓太阳穴。

你跟她说，来见我？

没有，没有。白河迅速答，我没跟她说，是……那个，小苏，可能是小苏。

她要你早点回去？

是，白河眼神游离，敷衍答着，是，是。

黄栀子举起杯子里的茶，徐徐倒在茶海里。

白河不吭声，气氛渐渐凝固下来。

黄栀子不傻，刚刚这个电话，意味着什么。但她依然想试一试，为了多谷，她从提包里拿出一个信封，推到白河面前，遗书、卡、房产证，所有的东西都在里面，我并不想破坏你现在的家庭，只是除了你，我的确不知道这个世界上我该去找谁，我没有朋友。

白河惧怕地往后缩了缩，面有难色，栀子，我觉得，咱们还是先治病吧。死不死的，别说了，不吉利。

我说过，我不想治，我不想把钱花在治病上，我要留给多谷。

多谷需要的不是钱，是你，母亲。

不。我知道钱对一个孩子有多重要，你知道吗白河，当年我妈死的时候，我所有的念头不是我妈死了，而是我妈死了，我怎么办？因为没钱，因为穷，我姨妈卖光了我们家的房子、木料、树，大学的时候，我要打三份工才能凑齐交学费的钱，为了打工找钱养活自己，我甚至没办法去你学校看你。你不知道，这世界上，要是没有钱，你该怎么活。

当年你完全没有必要过得那么苦，栀子，我早就想说你，大学学费和生活费陈校长都替你交了，你整天除了钱还是钱，连我过来陪你你都三心二意，在我耳朵边说来说去都是钱。

不，我没有要陈校长的钱，我自己赚钱，大学毕业的时候，陈校长给我的所有钱我都还给了他。黄栀子自豪地、悲壮地答。

白河瞠目结舌地看着眼前这个女人，这个自己承诺要当她一辈子亲人的女人，这些年她到底是怎么走过来的呢？独自一人，独自承受悲欢。

他有一种冲动，想要上前拥抱她，但他不敢，他知道，一方面，黄栀子现在最不需要的就是拥抱，拥抱是火，会把她所有的冰都融化掉，而她现在所有的坚强，其实都是水结成的冰，一旦化成水，黄栀子就再也站不起来了。另一方面，有些承诺和有些事，他不能做。

敲门声响起，小苏进来了，提醒他，白市长，厨房马上上菜，吃饭一个钟头够不够？我们离七点五十分还有一个小时，还有，明天一早有个会，书记临时召集的，说你必须参加。

好。白河头也不回，挥了挥手，一脸公事公办的表情。

小苏的穿插和上菜的节奏打乱了白河和黄栀子的节奏，两个人像木偶一样坐在桌子的两端，黄栀子干看着满桌子的菜，难以下咽。

白河则有一筷子没一筷子地吃着，吃两口，放下筷子——

栀子，我，实在是……有点麻烦。

什么？黄栀子面无表情地问。

关于多谷，要是他大一点，或者说已经上了大学，以后要找工作、谈恋爱把关、帮着买房子什么的，都不是问题。只是，现在多谷才十四，我又是副市长，组织管理又比较严，你的财产要让我保管，这属于重大事项，按规定必须报告，本来我们两个，也没什么事，可现在的人，心多，总会往别的方面去想，我怕说不清楚。多谷呢，我要是带到家里管，家里那个恐怕也不好说话……我们的事，她一直是知道的。怎么说呢，我不是怕她和我闹，我是怕多谷受气。再者，眼下，我也有个事，关于考察的事……总之，我们当领导干部的，百十双眼睛盯着，很多事，真的不好办。

黄栀子听白河说完，心沉到了底，她看着眼前这个愁眉苦脸却又衣着鲜亮的男人，他走到今天，是曾经放弃爱情的结果，既然已经输掉了爱情，绝没有在十多年后为了旧时情分把今天的地位和家庭再赔进去的道理。看他的穿着打扮，他是如此爱惜自己的羽毛，她黄栀子怎么傻到想要把多谷托付给他呢？曾经靠不住，往后自然也是靠不住的。

黄栀子微微笑了，细而尖锐地说，对不起，我以为，天上地下，你都来信息，是因为你是我的亲人。

天上地下，都发信息，是因为远，安全。白河孤注一掷地把碗推到一边，自嘲地说，又用牙咬住下唇，艰难地坦白——我想赎罪，一直想，我也想你，正好你隔我远，又不肯搭理我，大家都挺安全的，所以……

黄栀子听不下去，人家只是调情，她居然还来自取其辱，黄栀子，你是眼瞎了。她霍地站起来往外走。

栀子栀子栀子，我的意思是咱们还是治病吧，治病是上策。白河慌了，腾地站起身来拦住她。

白市长，后会无期。黄栀子冷冷推开白河的手，从包里掏出一件东西，狠狠砸到桌上。

白河认出来了，那是他当年送给黄栀子的口琴。

但愿从此后，你我永不忘，莫斯科郊外的晚上……

白河鼻子一酸，紧赶两步，一把从背后抱住黄栀子，治病吧栀子，我求你，咱们去医院，听话。

黄栀子挣脱他的怀抱，仔仔细细看一遍白河，讥笑道，白市长，请自重，随便抱女人，也是重大事项，要报告的。

十

接下来怎么办？你找不到人托付的，我跟你说过，全世界，只有靠自己才靠得住，当然，还有我。老大小声说着，人半蹲在地，他在给她打针，这活儿自从当大夫后很少做了，他小心翼翼。

她斜坐在沙发上，笑说，你这样子，要是手里不是针筒而是花，我还以为你是要向我求婚呢。

天下女人都死绝了，也轮不到你。老大语气不屑，手却拿着酒精棉签，轻柔地擦拭着她的臀部，还嬉笑，看不出这屁股还挺白。

滚。她责骂，然后收起笑容，提起裤子，俯下身盯着老大，我决定找多谷的爸爸。

你要不要那么贱？老大冷哼，当年人家爹妈为了躲你这个洪水猛兽，店关了，房卖了，把葛蓝的工作也调走了，举家逃窜回老家云南，你还要怎样？再说了，葛蓝那只长不大的小卷毛狗，这些年也没见雄赳赳气昂昂跑回来过，这样一只长不大的泰迪，你把孩子托付给他？你还是算了吧。但凡姓葛的对你有点情分，也不至于十四年了一个联系都没有，你呢，给人养了十四年儿子，现在还要上演一出苦情戏给人家看，你这是丢尽我们当医生的脸。

不管怎样，他是多谷的爸爸，他有权知道，他有个儿子。黄栀子说。

当年也不见你说，人家有权知道他有个儿子。

此一时，彼一时。黄栀子说，我要死了。

老大心头一阵寒，叹口气，软下来，说，电话呢？天南地北，怎么联系？

我还有他亲戚的电话，就是当年我给补英语那个孩子，孩子一直跟我有联系。

试试。老大站起身，又摸了摸她的额头，嘀咕，好，不发烧了，可你这人怎么尽做些发烧的事，说完去给她打果汁。

黄栀子真就拿起手机打了过去，边听，边叫老大，快，帮我记一下，139，啊，36……

老大赶紧掏出手机记下来，又弄了一杯果汁、一杯热水，放到茶几上。

水果记得洗后要用开水烫了再打汁，药在这里，三点钟吃一次，晚上七点再吃一次，我值完夜班再来看你。还有，明天周五放假，接多谷，我去。

黄栀子摸了他的大腿一把，真心说，谢谢你。

谢谢我你也不能吃我豆腐。老大扭了扭，退到茶几另一边，很吃亏的表情。

你说，上辈子我们会不会是夫妻？黄栀子开玩笑，她向来严谨自律，很少开玩笑，尤其是男女玩笑，但这段时间她老跟老大开玩笑，老大越躲她越来劲。

老大知道，她其实是紧张的，而且恐惧。

这世上没有人不害怕死亡。

是啊上辈子我们是夫妻，这辈子是搭档，再下辈子，又是夫妻，所以我老婆整天提心吊胆，生怕你把我拐了。老大把手机里刚记下的葛蓝电话转存到黄栀子手机上，这才绕回来，远远伸出手拍拍她的脑袋，听话，风大，不要出去，体温状况再稳两天就好了。我走了。

风再大也要出去。

还好，昆明的天气不错，黄栀子走出机场，小心翼翼地摘下口罩，飞机上，邻座一直在咳嗽，搞得黄栀子很紧张，她目前的白细胞只有二点几，任何的风吹草动，都有可能让她倒下。

葛蓝短信里给的那个地址并不难找，沿着公园路一直向前就是，已是傍晚，两旁的小广场上到处是跳坝坝舞的老人，据说在西南三省，没有一个广场不被跳坝坝舞的老人们攻占，活到老，皮到老，还真有意思，听他们开的这个音响，是要冲到天上去的架势。

气压和湿度的原因吧，路过音乐声震天响的广场，黄栀子胸口有点发闷，停下来休息了好一会儿，才继续往前走。

葛家的休闲山庄前果然有一株巨大的三角梅，瀑布一样挂着，开满紫色的花。小四合院面积不大，也开满了花，绣球花、紫薇花、太阳花、阿拉伯婆婆纳、酸浆草花、玻璃海棠……让人感觉全世界的花都开到了这里来。黄栀子不禁想，葛家的儿媳妇，会是个怎样明丽如花的女人，总归比她这个只会做手术的无趣女人强。

想着，她找了秋千旁的铁艺座椅坐下来，开始打葛蓝的电话，却没想到接电话的是一个女声。

我找葛蓝。她迟疑了一下，说。

我知道你找葛蓝。对方直爽地说，啥子事，我是他媳妇。

黄栀子有点意外，之前她一直和葛蓝是短信联系，难道，这两天和她联系的人，都是葛蓝的爱人？

你到了是吧？那头说，我看到院子里坐了个美女，你往上看。

黄栀子抬起头，看见二楼木窗户旁站了个身形瘦小的女人，三十多岁的样子，长相很机灵，有着西南地区女人特有的玲珑感，但神色明显很憔悴。

一会儿工夫，女人端着一杯水，来到院子里，腰上系着围裙。

黄栀子尴尬地笑，说，老板娘也亲自下厨？

啥子老板娘。女人歪嘴苦笑，回头指着院子说，两楼一底，外带这个院子，都不是葛家的了。

什么意思？

你先说，你找葛蓝做什么？女人狡猾地眨眨眼，有点调皮，也有点戒备。黄栀子突然觉得这女人有点像当年的自己，那时候，她跟着葛蓝，他们一起打球、游泳，她刚开始学会放松时，也是这样，带点调皮，带点戒备。

我……是他的一个老朋友，我们曾经是球友。

你短信说找他有事，有事你说吧，还非得赶到昆明来。女人嗓门有点大，像是不太高兴。

这事儿，我得亲自给葛蓝说。黄栀子为难地答，四处张望，葛蓝呢？

你怕是见不着葛蓝。女人把水递给黄栀子，拍拍手麻利地说，他进去了。

进哪儿去了？黄栀子不明就里，边喝着水边问，她着实渴了，水温温的，十月的天气，这温度正好。

能进哪儿，戒毒所呗，女人喊了一声，昂头看着小楼，还有开满绣球花的院子，愤愤说，吸粉，这个死鬼，恁大个家业都吸完了，人都吸垮架了，恁好的院子，没得了。

正喝水的黄栀子一下子给呛着了，咳了好半天，咳嗽让她的胸口一阵刺痛，她捂着怦怦直跳的心，直瞪瞪看着女人，声音都变了，吸粉？怎么可能？葛蓝，那么阳光的一个人，那么健康。

是啊，恁阳光，恁健康，就是天天忧到一个以前要的女的，忧到忧到的就跑去吸粉，吸他妈的鬼，我跟到他是一天好日子都没得过到。女人骂着，用眼角瞄黄栀子，你莫不就是那个女的？

黄栀子吓坏了，赶紧摇头。

哦，我还猜是你呢，不过看起也不像，他说，那个女的是个医生，你看起来不像医生，倒像个病人。女人说话俏皮风趣，不像是男人吸粉、家业盘光的样子。

黄栀子半信半疑地望着她，说，葛蓝都……那个了，你怎么还能这样子说话呢？

要不我怎么说话？女人摊开手，道，就算天塌下来，人还站着，就不是个事。我怕个屁，他们盘得去家业，盘不走手艺，三十年后，又是一条好汉。我是打不死的小强。

黄栀子敬佩地看着眼前这个小巧玲珑却又说话粗糙有趣的女人，她以为自己已经很可怜很坚强了，却不知道，人世间每个人都各自有着各自的伤，葛蓝的妻子明明眼前已经山穷水尽，人家偏偏还能站在这里说俏皮话，比起整天板着脸的自己，强多了。

黄栀子站起身来，缓缓往外走。

女人冲她背影喊，你还没说，找葛蓝啥子事呢。

我……黄栀子回过头，笑笑，本来是……借钱，这辰光，算了。

女人撇撇嘴，表示无计可施，大声道，要钱没有，要命我有一条，对不起了大姐，你慢走。

慢走，还是漫走呢？她在昆明街道，找不到方向，昆明的风是温柔的，街道上、院子里、窗户旁到处开满了鲜花，热烈而澎湃，她行走在这片花的海洋里，却无法活成花的模样，让人爱，让人怜，自始至终，她都是一棵孤独的树，无处可依。

可笑的是，她努力地吃药、打针，努力地恢复身体，然后坐着飞机到昆明来找一棵树，找来找去，还是只有自己。

她返回机场，在候机室里给老大打了一个长长的电话。

她如水般轻柔地倾诉——老家，母亲的山林，姨妈给她留了一棵树，樟树，出嫁的时候打成家具，是好嫁妆。

她本来是当作遗言在叙述的。

老大却说，冲那棵树，你也得给我好好活下来。

树，是啊，树。她莞尔一笑，说，大学的时候，我读三毛，里面有一篇写树的散文，我背给你听——

如果有来生，要做一棵树，站成永恒。

没有悲欢的姿势，一半在尘土里安详，一半在风里飞扬；

一半洒落荫凉，一半沐浴阳光。

非常沉默、非常骄傲。

从不依靠、从不寻找。

老大，有时候，我觉得我就是老家山林里那棵樟树，唯一的一棵树，我就是全家的血脉、是父母的延续、是未来的依靠。

所以，你很棒，你是全世界最棒的一个。老大称赞她。

可是我现在累了，想休息。老大，我只是想找个人替我照顾多谷，为什么我找不到？

因为多谷的树是你呀。就像你，你只有一棵樟树，多谷也只有一个你。

可是我要死了。

关键是你现在怎么死？姓白的靠不住，姓葛的没得靠，靠我我老婆又要跳楼，多谷的事安顿不出去，你怎么死？现在，我问你，要不要接受我的建议？冲一冲？我一直尊重你的选择，替你保密，但我也随时为你提供后援支持。你和别人不同，别人只有一个主治医生，你拥有整个团队。

我是熊猫血啊。她轻吐一口气，像吐出一口血。

这是问题吗？我可以给你找无数的熊猫侠。

嘁，吹牛，还熊猫侠。她啧一声，眼泪顺腮边滑落。候机厅里人来人往，整个世界人来人往，她却无处依靠，什么熊猫侠，她身边连个人影子都没有。

乖，我们冲一下好不好？老大继续哄着她，温和得像母亲，不要轻易放弃生命，不管对病人，还是自己。配型的事，不急，再难，总会有的。

可是我怕我等不到，生命是脆弱的。她答。

生命无所谓脆弱，关键是意志，你说到树，我想推荐你去看一棵树，你去看了它之后，再告诉我，你要不要入院。

在哪里？

在巴林。

巴黎？

不，是巴林。老大的声音在那头像湖水一样温柔地漫过来——在中东，有一个很小的国家，叫巴林，它小得就跟你一样，在人海茫茫，不，国海茫茫中，没有多少人会注意到它，在巴林，有一棵树，独自长在沙漠里，也跟你一样，一个人，它的四周没有一口井，没有一滴水，可它却在那片沙漠里存活了四百多年。

心突然就动了一下，那是棵什么样的树，独自长在沙漠里，跟她一样？它苦吗？它的叶子会不会像她现在的面容一样，憔悴又干涸。

栀子，我觉得，就算你要死，也该去看看那棵树，也许它是你在人世间、在世界的另一边的另一个你。老大的声音像每一次深夜送她回家时，在车里哼唱的呼麦一样，从遥远的地方传来，低沉、徐缓、充满魔力，直透人的内心。

那棵树，叫什么？她问。

我不知道，你去，然后回来告诉我。老大答。

好。她挂掉电话。

说不清什么原因，她心里有一丝力量在生长，她想去巴林，想去看一看，那棵沙漠里的树，那个，也许是另外一个她。

十一

我就说，黄栀子这种人，只要你不给她退路，她就绝对死不下去。老大在微信里狠狠说完，整个人松了口气。

这段时间，他真是累坏了。科室里的事、病人的事、栀子的事。

正进安检的白河听到这则语音，也松了口气，这个男人还真是对栀子上心，看来，他的判断是正确的，幸好那天和栀子见面时他及时打来电话，不然，白河真有可能就答应了栀子——他欠她一辈子呢，不能照顾她，至少替她照顾她的孩子，他会把多谷当成他和她的孩子来养的。

是这个科室老大打电话来阻止了白河当时的想法。

以栀子的性格，决定死是一瞬间，决定治也是一瞬间，她果断，很少反复，要让她决定治疗，你必须拒绝帮助她。你听着，你只管断她后路，其他的我负责，你跟她说完就立马走人，记住了？

白河当时握着手机，看着对面的栀子，只有含糊着回答，我知道，我会处理好的。

那一夜登上回程的飞机时，白河感到自己很颓废，很痛苦，很酸涩，总之若干情绪堆积，搞得他快要窒息。他拿着手机，习惯性地要给栀子报登机的信息，却发现自己已经没有资格再发了。可是不发吧，他的心缺了一角，十多年，都习惯了，她是亲人，最可怜最孤独的亲人，他欠她的，而且她病了，就要死了……想到这里白河全身的力气都在消失融化。发吧，对栀子和他都是一种羞辱，一个多小时前，是他自己亲口对栀子说的，发信息的原因，不过是为了玩味一份对自己而言没有危险的暧昧。

暧他妈的昧。

这是怎样的一次相见？十多年前，他负了栀子，十多年后，栀子求到他面前，他又再一次负了人家。

他忘不了刚才黄栀子把口琴砸在桌子上的眼神，冰凉、绝望，却又像暗夜里燃烧的怒火。

他差点就要冲口说出真话——其实他给她发的每一个信息，并不是他妈的什么暧昧、什么安全，他只是想让栀子知道，万一再有一个难熬过的坎，有他在。他知道她这么多年过得并不好，单身女人，带一个未婚生的儿子，怎么可能好。

但他不敢，因为那个该死的科室老大在电话里说——我们搭档十多年，我是她老大，我比你更懂她，你给她一条退路，她就会全心全意只想一件事，死。你不给她退路，她就会为了多谷争取一次活下去的机会。

白河那一刻心中充满醋意，他更懂她？他想问他，你们一起在月光下坐在山岗上吹拂过夏夜的风吗？你们一起手牵手相约过高考胜利吗？

但他问不出口，生死大事，容不得他小情小调小酸小醋小心思。

他只有按栀子的老大说的去做，哪怕这样，让他在黄栀子面前变成一堆臭狗屎。

也许是感受到了白河心底的不甘，栀子的老大在那边轻轻叹口气，说，听我的吧，你们家的栀子，需要用猛药才能冲活过来。

你们家的栀子，多动听，是的，栀子是他的亲人，是他们家的栀子，白河的心底流过一阵暖流。

他要栀子活着。

流量控制的原因，飞机一直没有动，白河呆坐了好半天，想了想，终于还是拿出了手机，慢而坚决地输入两个字，给栀子发了过去。

登机。

很快，手机震动了一下。

是栀子回过来的信息，只有一个字。

滚。

白河笑起来，他们家的栀子，亲爱的栀子，发出这个字时得多么愤怒啊。他可以想象出她咬牙切齿的样子、生龙活虎的样子、脸涨得通红的样子，那些通通是一个人有力气有决心在这世上好好继续活下去的样子。

真好。

白河想，再等个十几二十年，等他要死了，要走在她的前面了，他就可以告诉她了，他不曾想要任何暧昧，他要的，给的，期待的，只是亲人的爱。想到这一节，白河真希望自己马上就可以死去，那他就可以早一点把这些告诉她，然后镜头感十足地要求栀子和那个鬼老大“还自己清白”。

还自己清白，呵呵，想到还有一个被污得比自己更惨的葛蓝，白河忍不住笑出声来，眼前的视线却模糊了。

飞机开始缓慢滑行、加速，最后轰然离地，直向云天。

天气很好，白云朵朵如花，蓝天如洗。

白河副市长静静看着窗外一望无垠的云海，默默对着某一朵云说，栀子，你要好好的，我们都要好好的。

污葛蓝的人当然也是老大。

对葛蓝，老大下的手比对白河狠，他不想这个人在黄栀子最后的时光里冒出来做上帝。这时候不搞搞葛蓝，都对不起他当老大这个名号。

果然，当他告诉姓葛的他在人世间还有一个儿子时，姓葛的第一反应就是要飞回来、扑回来。哼，回来？也不想想，黄栀子顶着流言蜚语十四年怎么过的，凭什么白白把儿子送给他葛蓝。

而且，老大最烦的就是这姓葛的玩意儿在电话那端顿时就哭开了，哪里像人家当副市长的白河，听着电话毫不慌乱、稳稳当当、滴水不漏。

他立即威胁他，要来认儿子可以，一并给黄栀子收尸。

葛蓝马上就㞞了，怯怯道，孩子……叫什么名字？

多谷。

多谷，对了，是多谷，葛蓝想起来了，他曾经和栀子相约过，以后结婚生孩子，女儿叫多米，儿子叫多谷。

她当初为什么不告诉我呢？葛蓝伤心地说，她太狠心了。

她狠心？明明你就是只长不大的泰迪，一个男人，能丢下未婚妻，和全家人逃到昆明去，还说她狠心？我也是佩服，凭你这本事，你就活到老，也还是衔着奶嘴的货色。

葛蓝没心思听他恶心自己，只想着要见栀子。

老大根本不理他，说，见栀子？她现在满世界找你，就等着把多谷交给他亲爹后，自己安心去寻死路。你是见她还是逼她死？

可我真想见栀子，她病了，她一个人，那么遭罪，我想看看她，安慰她。

老大听着，觉得这条泰迪还有点良心，他本来是想让葛蓝把手机给家人，然后搞出个葛蓝已经死了的假象出来，但是老大觉得这个桥段不太可行，万一栀子一轴起来，要去哭坟呢？不管怎样她和他总是生了个儿子出来的。且眼下人家表现还是不错，咒人家死好像也不地道。

于是说，见可以，但你得让她不安心，不敢把儿子交给你。

葛蓝愣了，啥意思？

装呗。老大强忍住心头要作恶生乱的得意，说，你装成个头上生疮脚下流脓的烂人，吃喝嫖赌，杀人放火，随便什么都行。越不是玩意儿越好，凭黄栀子的个性，绝对不把儿子交给这种人。

葛蓝不干，好好的，儿子没见着，老子倒成了臭不可闻的烂人。

你不是烂人你还是好人啊？好人丢下未婚妻儿子十四年？你大爷。老大破口大骂。

好好好，我是烂人。葛蓝投降，只要能救栀子，你保证，这样做能救栀子。

我保证。老大斩钉截铁地答着，其实心里也够虚，不过想着自己替栀子摆了两个负心汉一道，还是很满意。

你们不入地狱，谁入地狱。

眼下，一切剧情都在老大掌握中进行，黄栀子也明显表现出了一点斗志，老大觉得云开雾散，用梁山好汉的话来说，是十分“受活”，便吹着口哨进了病区，很快，便有病人家属兴奋地朝他围了上来。

在他们眼里，老大心情好，说明又有人给捞回来了，不管这人是谁家的，有人活过来就是好事，在血液科，每一个挽救过来的生命都是对其他生命的加持。

这种加持，叫希望。

总有一天，黄栀子会明白，她的活着，也是对其他生命的加持。

十二

半个月隐秘的异地治疗休整后，黄栀子决定出发了。

老大取笑她，要不要写封遗书，或者告诉多谷点什么。

她白了他一眼，她目前的状态并不糟，打人和恨人的力气是有的。不知道老大在哪里给她搞到那么多血小板，白细胞也通过打升白针升了起来，就目前而言，她的病情的最大风险是出血和感染，有了这两个保障，长途飞行对她来说不是大问题。

真正的问题是回来之后到底怎么办。

回来再说回来的事吧。老大站在机场安检口，拍拍她肩膀，轻描淡写地说，顶多是个死，你劝病人回家的时候，不也是这么说的吗？

她语塞。

知道自己很坏很坏了？他扬了扬眉头。

我……她有点愧疚，想说什么，却组合不出来。

没时间听你唠唠。天亮之前，我还要赶回去查房。你不在，我苦啊，得一个顶俩。记住，回来告诉我，那是棵什么树。老大说完，打着哈欠一摇一晃地往回走，那样子十足是累坏了。

去巴林没有直达的飞机，在迪拜机场转机时，靠窗而坐的黄栀子看到了机场外沿无边的沙，而跑道仿佛是在沙漠中抢出来的一道银色溪流，貌似随时会被沙吞噬，却神奇安全地延伸到前方，她想起了人体的血管和血脉，和那些与死神抢夺空间与时间的病人与战友们。

黄栀子突然无比想念在科室里奋战的那些日日夜夜，这些年，她其实一直在和沙漠抢跑道，每一次病人和家属的配合和努力，都让她心存感激。

但总是有人不断打破这份珍贵的努力。

多谷三岁生日前后，她经手了一个病人，入院时血小板已经低到只有一个，基本相当于没了水龙头，只要出血，根本就止不住，小护士紧张得一再叮嘱绝对卧床、绝对绝对卧床。病人倒好，一个不留神，和家属溜到医院门口的餐馆里去吃火锅，说是住院前好好吃一顿，慰劳慰劳，结果这一顿火锅还没吃完就肠道出血，拉上来抢救，家属吓得人都瘫了，跪在地上不停地哀求，医生，救救他，救救他，求你们了，只要能救活他，我们全家砸锅卖铁都愿意。

她和全科室的人全力以赴整整四天四夜，全血和血小板一袋一袋地冲，总算把人救了回来。第五天，刚消停，傍晚，人又不见了，整科室楼层天上地下地找，下面打电话说有人跳楼了，看病服，应该是血液科的人。

病人是从晾衣台跳下去的，他也真能跳，三米高的铁丝网，也不知道哪来的力气和本事翻上去的。有那本事和勇气，好好治病啊，跳什么楼呢，再说了，要跳回家去跳啊，在医院跳什么跳。整个科室的人都在围着他转，忙了四天四夜，为了要袋血小板，天天和输血科搞得跟打架抢人一样，他倒好，说死就死了。

治不起。家属面对科室的痛心，木然地说，人都在医院跳楼了，抢救的费用，收不收，你们看着办吧。

愤怒的黄栀子卡顿住了，她意识到自己又要背锅了，这是她的病人，在医院跳了楼，家属不闹事就很好了，要人家付住院费，想都不要想。

至于费用算在谁头上，也不用想。黄栀子无悬念中奖。

那一次之后，黄栀子对于病人基本就采取了听之任之的态度，治不治，你们定。上不上呼吸机，你们定。用不用抗生素，你们定。

医生，我们完全不懂，你帮我们定好不好？或者你告诉我们，有希望吗？有希望我们砸锅卖铁都治。

砸锅卖铁？黄栀子再也不相信这话了，她要是一路相信下去，砸锅卖铁的人是她。

黄栀子对病人的态度从此转变，很多时候，对于要不要“冲一冲”，她的态度很冷静和决绝。不是害怕背锅，而是，她觉得，有时候，延长一段毫无意义的生命，本身就是一件毫无意义的事情。

她的态度在血液科影响了一部分医生和护士，也就是说，一部分站在她这一边，一部分人站在老大那一边。

老大和她产生的所有分歧症结都在这里，除了这个，他们是最亲密的战友。

老大曾经多次警告过她，不要自以为是，她的那句“延长一段毫无意义的生命，本身就是一件毫无意义的事情”完全是一个伪命题。因为，一段生命是否有意义，不该由医生和旁人来做出判断。

你的态度是一个风向标，它会像慢性的毒药，改变家属、改变我们医生护士对生命的敬重和对病人的挽救，最可怕的是，它会改变我们攻坚克难的信心和决心。

黄栀子冷冷地看着老大，说，老大，言重了，区区小女子，没有那么大的能耐。

机舱外，起风了，黄栀子看到一层沙轻轻扬起，落在跑道上。

心咯噔一下，漏跳一拍，顿时有了点恍若隔世的清醒，她突然意识到，自己的态度，正是这风里覆盖跑道的沙。

好像，真错了……

转机间隙，她给老大打了个电话，说到银色的溪流、血管、跑道和沙，还有生命。老大呵呵笑，说，终于醒悟了，不容易啊灭绝师太。那个，反正都要死了，潇洒点，打开流量上微信，给你看个东西。

她狐疑地打开流量和微信，看到无数新的信息，其中一个是她之前并不曾见过的群，叫熊猫侠，一共有一百多条未读信息。

她意识到了什么，点开它，爬楼梯快速浏览。

让她感到意外又隐约猜中的是，这是一个RH阴性血的微信群，群里所有人都在@她。

@栀子，我们都可以为你献血，不用急，我们帮你找合适的骨髓，为你捐血小板。

@栀子，你活着的意义，是能够用你的经验和医术救更多的人——包括我们每一个熊猫血的人。

@栀子，你成功了，我们所有熊猫血的人就再不会心生恐惧。

……

最后，她看到了一个头像，和老大的一模一样，是大草原。

大草原也@她了，说，宝贝，十月十八日，全科室等你回家。

她的回程时间是十月十八日。

黄栀子哭了，她一直以为她是独自一个人，一个与全世界都无关的人，却不知道在这个叫熊猫侠的群体里，她不光成了他们的重心，还是他们的宝贝。

栀子，看到了吗？你真的不应该放弃。老大的微信私发了过来，第一，科室需要一个成功的病例，至今我们没有RH阴性血的干细胞移植病例。第二，病人们也需要有一个优秀的大夫帮他们打仗。第三，RH阴性血型本来人就不多，死一个，就少一个，你有责任让自己活着。第四，关于钱和多谷，你的逻辑依旧是错的，你想想，如果时光倒回去几十年，你是愿意有一个妈，还是有一百万块钱？你个缺心眼婆娘。

看到这里，黄栀子哧地笑起来，真是又哭又笑，小狗撒尿。

她伸出手指，点了一个表情包回去，是拳击冠军邹市明儿子卷着一头长发不停点头的图片，小孩是那么可爱，像极了多谷小时候的样子，天底下所有的孩子都一样美好，因为他们有一个共同的名字，叫天使。

关闭了流量，黄栀子站在巨大的落地窗前，心情复杂地注视眼前这个阳光明媚的世界。

另一个空间里，老大也站在玻璃窗前，只不过他眼前已是晚霞满天。

十月十八日，栀子会不会回到科室来？从曾经权威的大夫，变成一个可怜巴巴等待救治的病人，这对栀子来说，不光需要信心和勇气，更需要抵抗住恐惧，巴林那一棵树，会不会给栀子力量？他觉得会，又担心不会。

这一刻，他知道，栀子的决定其实也是对他的加持，面对这么多年的生离死别，他心里也有心魔，无休止地打仗，是人都会累的，在崩溃的边缘，战友的支持远胜于人世间最强大的炮火。

手机响，是“泰迪”打来的。

栀子回来后，治疗费我出。

好。他冷冷答，我知道你家钱多。

然后，葛蓝战战兢兢，他现在实在是有点怕惹着这个老大——我可不可以见栀子？她会原谅我吗？

老大没回答，挂了，他无法回答葛蓝，尽管他尽全力布了这盘棋，但他也看不透最后的棋局，就像他尽全力救每一个病人，但最后的结局是什么，他无法作答。

岁月是一条长长的河流，他只是努力清理淤堵的那个人，栀子也是，他们没有神赐的魔杖，他们唯有爱和信心，伴随着呼吸，生生不息。

把手机丢到沙发上，老大再一次深感疲惫，对面病房的玻璃窗把晚霞反射到他办公室的墙壁上，静默无声，没有栀子的争吵陪伴，没有栀子的并肩战斗，他真的很寂寞很累，他想念栀子，他的战友和朋友，只有他们自已知道，在生死边缘的爱和陪伴，恰恰与爱情无关，却远远比爱情深刻。

十三

两小时的转机后，黄栀子登上去往巴林的航班，一小时零二十分钟，巴林到了。

走出机舱，黄栀子也看到了金色的夕阳，它洒向大地，像炫目的佛光。

算一算，她出发是清晨七点，九小时的飞行和两个多小时的转机，应该是黄昏，但她此刻站在灿烂的阳光下，她从时光手里抢过来四五个小时的时差，这让她有点小小的兴奋。

谁说延长一段生命毫无意义？

有点疲倦的黄栀子决定休整半天。

坐在清真寺门口，黄栀子心静如止水——已经到了巴林，她不急，她要用最精力充沛的状态，明天，明天再去看那棵树。

第二天早晨，导游带着黄栀子出发了。

你的手，真柔润。导游扶着她下车时，用古怪的中文发音准确地赞美她，像你们中国的宝贝，玉。

栀子看看自己的手，是的，它的确是宝贝，这双手救活过无数生命，在那些人的眼中，它的确是世间最珍贵的宝贝。

风沙有点大，迷了眼，稍等风停后，远远地，黄栀子看到那棵树，在尽目一片黄白色的沙漠里，在稀稀拉拉的草簇中，唯有它高高耸起，傲立在沙丘上，葱郁的绿色在清晨的白光与沙漠枯燥的色泽中显得无比惊艳，它的手臂伸得那么长，一部分主枝向上生长，像挥舞的手，又像一把撑起的巨伞，另一簇枝条则弯曲着绵延向低处，像一位和善的长者，正蹲身伸出手来，对她说，来吧孩子，站到我的手心里，我带你去看世界。

黄栀子远远看着它，心中涌起莫名的震撼和敬畏。她蹲下来，把手伸进沙里，向下，再向下。

干燥无比的沙里没有一丝丝水分，她拔出的手臂明显带着身体水分被抽走的痕迹，一片干裂的白色。

她想不出来，在这偌大一片沙漠和死亡的干涸中，这棵树，靠什么活。

导游看着她说，不用试了，这里根本就没有一滴水，我们走吧，再走近些。

不了。黄栀子站起身，摇摇头，呢喃，就这么远远望着就好……这棵树，它叫什么名字？

它是牧豆树。但是，全世界的人都叫它生命之树。到巴林，每个人都会来看这棵神奇的树，它很坚强很坚强，大家都爱它。导游说完，伸开双臂，拥抱世界一样。

生命之树，呵呵，她摇头，无可奈何地笑了，原来她又被老大下了套，老大并不是不知道这棵树，他只是要她来完成一次洗礼，关于生命，以及坚强。

好吧，算你厉害。黄栀子在心里说，虽然我不确定回国后会做出怎样的决定，但我现在可以确定的是，关于争吵，你是对的。

拿出手机，黄栀子很认真地拍下了这棵巨大的牧豆树，她要告诉老大，这棵树像她和他，她是不管不顾撑着伞那一部分，而老大是俯身向下弯曲着的那一部分。这棵树让她懂得，生命不仅仅是宁折不弯的刚强，还有俯身敬畏的柔韧。

【原载《十月》2018年第6期】

扎手的麦芒

苗秀侠

一、保　卫

村里人都叫保卫哑巴，保卫心里不平。

保卫并不是生下来就哑，那会子他都两岁了，差不多就要开口说话，突然半夜起了高烧，他娘抱着他去找神婆子。神婆子拎着钉被子用的大针，手心脚心乱扎了一通，烧倒是退了，保卫却不会说话了，只会呜呜哇哇地叫。叫的啥意思，只有他娘一个人明白。他爹不喜欢，他也就不跟他爹搭腔，呜哇叫只是向着娘。村里人就叫他小哑巴。保卫长大了，就去掉那个“小”字，单叫哑巴。

保卫心想，那是你们不懂。我的话只有三个人懂，我娘，再就是顺当和美芝。

顺当和美芝是村里唯一正正经经喊保卫名字的人。每回他们一喊保卫，保卫就回过头来笑，他听得清清楚楚的，他不聋，也不哑，顺当和美芝总是能从呜哇和比画中知道他说啥。他娘大前年死了，保卫就把平时跟他娘说的话，都挪到顺当、美芝两口子跟前说了。

这一回，保卫呜哇呜哇跑过来拽顺当，是要他们赶紧去北地，有人在他家的麦地里动手动脚。

北地在小南山的南面，长着旺旺的青小麦。满地的青小麦，倚在小南山的怀里，就像乖孩子倚在娘怀里。

保卫指着他们家的麦地："瞧见没有，两个扛家伙的人，正盘你家的麦棵子呢。"

顺当和美芝一看，可不是咋的，两个大男人正在麦垄子里走来走去，手里拿的家伙长腿短胳膊的，长腿插在麦垄子上，两个大男人弓着腰，对着长腿上架着的物件，左瞄一眼，右瞅一眼。莫不又是来寻宝的？

顺当和美芝，都不是大嗓门的人，哪怕遇到火烧眉毛的事，也不会大声咋呼。不会咋呼，又想知道这两人在干啥，就急急朝麦地当中走。保卫也寸步不离地跟着。

快接近那俩人时，顺当说："别盘倒了俺家的麦棵。"仿佛怕吓着了人家，尽量把嗓门调得小小的，眼睛一眨一眨，还带着点歉意。

"俺家的麦子正扬花呢。"美芝紧跟了一句，脸上堆出一层怯怯的笑。

尽管声音小，两个男人还是听到了。其中的一个，回头瞅一眼，不作声，继续弯腰朝前瞄着。他俩看的是北边的小南山，小南山只有四五十米高了，以前山要胖些，被人刀劈斧剁般炸石头一二十年，山便瘦下来了。山上的石头，有一大半跑到周边村民的墙根上了，跑到大工厂的院子里当景观石了。这俩人要干啥？还炸山吗？上级有命令，不准再开挖石头了，谁开挖，谁坐牢。

"你们到底想干啥？找宝就去山上找，这里没有宝，小南山才是宝，每块石头都是宝！有种你就去炸山，盘人家麦棵子算咋回事？"保卫是个大嗓门，要么不说，一说话，就洪钟般嗡嗡响，震人。

果然，这大嗓门把那俩人震住了。他们一起回了头，不但回了头，还发了声，笑出两口白牙齿。

"哇，这哪是哑巴在说话，这是开山炮啊。你要是能说话，还不把山给震倒了？"其中一个胖些的男人，好奇地看着保卫，又转脸看着顺当，"这个哑巴真厉害，比你俩加一起声音都大。"

顺当使劲吞咽了一下口水，小声说："他……他不叫哑巴，他叫保卫……"

“噢，他叫保卫呀。”瘦些的男人嘴角挂了一丝嘲讽，接腔道，“他呜里哇啦说半天，谁听懂了？可有一个字是清楚的？你倒是说说，他都说了些啥？”

保卫听得清清的，气得扭头望着小南山，胸脯子一鼓一鼓。

保卫说的啥，顺当和美芝两口子当然知道，不过他们没有说给找宝的人听。对，他们心里已经把这俩人当作是来找宝的人了。小南山一度被人传说有宝石，有段时间，来的陌生人不少，白天大摇大摆地炸石头、挖石头；后来上面不叫炸山了，就晚上偷偷摸摸过来挖，也没见找到多少宝，倒把一座好山挖毁相了。现在山跟前竖了牌子，坚决不准再挖山了。“谁要挖山，牢底坐穿。”这是写在牌子上的字，用红漆写的，斗一样大，盛气凌人。是村主任的手书，上级看到过，也没说不让竖这块牌子。

两口子朝山跟前瞅了瞅。那个竖着的大牌子是看不到的，离得太远了。

两个寻宝的人，呼哧呼哧蹚着麦垄子朝前走，保卫忍不住又咋呼起来：“不是盘麦稞子是干啥？还不承认？麦稞子都盘倒好几片了……”

“保卫，别说他们。”美芝小声朝保卫说一句，又看着两个外地人，“你们是干啥来？可渴？要不，去俺家喝茶？”声音柔柔的，眼睛又睃向麦稞子。已经扬花的麦稞，像懵懵懂懂的孩子长身个儿一样地朝上蹿着，不知道疼不知道痒的，但美芝感觉到麦稞子被碰疼了。她不敢提醒外地人别碰疼了麦稞，她只是软软地笑看着外地人，客气地说着话，希望她的客气让外地人腿下留情，脚下留情。

两个外地人终于直起了腰，说：“我们是来给你们送宝的。谢谢啦，我们自己带水啦。”又东瞅西看了一会儿，就扛着家伙走出了麦子地，走到路边。那里停着一辆面包车，他们把东西放到面包车里，轰的一声，车开走了。

两口子忙不迭地把那俩人盘倒的麦稞扶直身子，心疼得一个劲儿地吸溜嘴。

“听到没，顺当？他们说来送宝。”美芝看着顺当，想听听他咋说。结果顺当还没接话，保卫又说开了："别听他们瞎说，哪还有宝送给咱们？这些年都是来拿走咱们的宝，哪有送宝过来的。"

"保卫啊，可惜他们听不懂你的话。"美芝的眉眼笑成一堆，"要是听懂了，还不得跟你吵啊。你说话像机关枪一样，叭叭叭一个劲扫射。"

保卫得意地笑了。

"怪不得老天爷不让你说话。你要是会说话，还不得当村长啊。咱村村长的口才好，可也不抵你会说。"顺当夸保卫，保卫更得意了。

三个人站地头分析了一会儿来盘麦棵子的人，扛着家伙头子，开着面包车，像是有来头的样儿，到底来大南村干啥呢？

二、顺当和美芝

大南村除了哑巴保卫，没有出去打工的就是顺当和美芝了。保卫不愿意装成残废去城里讨饭，但干庄稼活很有一套，他爹就由着他留在村里，自己跟着小儿子保安进城当保安了。顺当和美芝却是不能离开村子外出的。

顺当身上有个病，叫羊角风。从小到大，不知惹得他爹娘哭了多少眼泪水。顺当小时候，说犯病就犯病，走着走着，突然朝地上一倒，口吐白沫，全身抽搐，眼皮上翻，人事不省。他娘每天都要跟在他身后走，怕他在水边犯了病，掉河里淹死了。念书念到四年级，就没法再到学校去了，因为犯病的次数太多，把同学和老师吓得不轻。顺当自己也不愿意再上学，他心里懂事了，每次犯病醒过来看到一圈围观的人，他恨不得找个地缝钻进去。成年后，顺当犯病的次数少了。但因为身上背着这个病，他跟平常人就不大一样。在人前话少，也不凑堆跟人说话。

九零年前后兴起了打工潮，一时间，村子里成年的男人，都纷纷外出了，干什么的都有，贩兔毛的、当瓦工的、卖尼龙绳子的、去工厂当工人的、搞家庭装潢的。到后来，村里的姑娘媳妇，也纷纷外出打工了。镇上的邮递员，每次来村子里送信，都会带着一沓子汇款单，这家那家的，村里的楼房也多了起来。

顺当却不能外出，也寻不着媳妇，没人会嫁给一个羊角风病人。他这个长子成了让家里头疼的人。好在弟弟比他强，进了城，挣了钱，回家盖起了三间大瓦房，还娶上了媳妇。

顺当直到三十三岁上才说了媳妇，就是美芝。美芝一点儿也不美，小南山一带像美芝这样普通的乡村女子，一抓一大把。美芝比顺当小两三岁，是邻村的老姑娘。老姑娘嫁给老小伙，也算门当户对。

美芝家不要彩礼，就要男方一张保证书：保证不给闺女气受，保证不打她骂她，保证生气拌嘴时不把闺女朝娘家送。媒人拿着保证书直吸溜嘴，敢情这最后一条才是正理呢：怕再送回去。顺当拍着胸脯子说，送回去？结了婚就是咱家人了，他想得美！后来两口子生了儿子叫保证，就是从这里来的。

结婚时不热闹，女方家没啥陪送，顺当家雇了一顶轿子，就把人抬回来了。放了一盘炮，摆了几桌酒，就算拜堂成亲了。

村里那些留守户，稀奇这两口子的新婚之夜有啥不一样，就蹲在窗户下听房，这一听，还真听出点儿不一样来。两口子不吹灭蜡烛，就盘腿坐在灯影里说了一夜的话。

说的都是他们各自的病。

美芝的病，在当地叫作“疯子”。她这病，是十四五岁打水掉井里后才得的。小时候美芝也是个活泼伶俐的丫头，从井里捞上来，人就傻了。傻了半年，慢慢清醒过来，好像跟以前没啥两样，但不知啥时候人就疯了，突然胡言乱语，走来走去，见到人就用手一指，嘴里说些谁也听不懂的话。说到兴奋处，还跑到田野里去，手舞足蹈，又唱又喊，扒下身上的衣裳，随走随扔。人都说是掉井里时冲撞了长虫精，被缠上了。

“你犯病时是咋样的？”美芝问顺当。

“脑子一下就空了，就不听使唤了，醒过来就是躺地上给人围着瞧稀罕。”

“我也是，脑子一下就空了，就不听使唤了。”美芝讲，“我现在有点知道自己犯病前是会心慌的，心慌是因为自己被哪件事急住了，气住了。我后来就不急不气，犯病就少了。”

“我也是。我一急一气就头晕就想倒地，不急不气了，晕劲就过去了。”

“我觉得有场气要来气我了，有场急要来急我了，就跟自己念咒语：不气不急不急不气……就过去了，人就不疯了。嘻嘻。”说到这儿，美芝还笑了一下。

“我也是，我也跟自己念咒语。顺当不气顺当不急顺当啥都不争……就不会口吐白沫朝地上倒了。”

两个并不熟悉的人，在新婚之夜，像老朋友老知己那样，说了一夜的病。说到最后，两人把各自的咒语合在一起，变成了适合两人的新咒语：“遇到啥事都不往心里去，只要不往心里去，咱的心就不受惊扰，心不受惊扰，咱就不会犯病……”直说到天亮，两人才把蜡烛吹灭。

听房的人，心里一番大感慨，一时不知怎么来总结这两个奇人的新婚感言。后来村里念过书上过大学的人评价说，那是境界。顺当和美芝，心里有了境界。

结婚时，顺当和美芝住的是砖腿老瓦房。爹娘相继去世后，他们原打算把老房子翻盖成新瓦房，又想着还是等儿子保证长大了娶媳妇时再盖楼房吧，就一直在老房子里住下来了。

两个病人成亲后，犯病的次数少之又少，少到村里的年轻人就没见过他们犯病。两人总是一起下地，一起赶集，跟人说话温温糯糯，是大南村公认的老好人。要不是和弟弟顺风家为着门前几棵泡桐树的事有了纷争，两口子一个倒在院子里吐白沫，一个扔了衣服又唱又跳，人们都忘记了这是两个有病的人。

三、泡桐树

顺当有个弟弟叫顺风，两人好些年不来往，因为六棵泡桐树。

泡桐树是顺当爹生前种在老宅门口的，长了十几年，枝繁叶茂，棵棵是好梁。顺当、美芝两口子住着老宅，也顺便把六棵泡桐树赡受了下来。两个病人因为知道自己的毛病，本来就只是那么活着，但门前年年开花抽枝长个的泡桐树，给他们心里装进去一个念想。两人心里思忖着，等儿子保证长大了，这些树就给保证盖房娶媳妇，打家具。那时候保证还小，才过三岁。两人晚饭后门口站站，看一眼泡桐，看一眼儿子，脸上就忍不住有了笑纹儿。

谁想到一天下午，弟媳妇带着娘家弟弟，一口气把门前的六棵树全杀掉了。六棵开着粉红喇叭花的泡桐树，当着顺当、美芝的面，呼通呼通倒在地上，花儿摔得稀碎。美芝忍不住上前跟弟媳妇理论了几句。顺当是大伯哥，不好插嘴，就递烟给弟媳妇的弟弟抽。弟媳妇叉着腰，说出了一段大道理："这可是老人留下的，两家弟兄，怎么说也得一家一半。但房子你们赡受了，这树，按理就得归我们家。"

她理直气壮，她娘家弟弟手持电锯，推开顺当递来的烟，吱吱吱地锯起树杈子来。那吱吱声钻进了美芝心里，一阵又一阵，赶都赶不走，美芝脑子就不听使唤了，念咒语也没用了。美芝觉得自己就像光脚站在加热的鏊子上，又热又燥，烫得受不了，就疯了，甩了外衣，又唱又跳，直朝弟媳妇身上扑。顺当见美芝这样，头一蒙，人像面口袋似的，也朝地上呼通一倒。

这年头唾沫星子淹不死人，弟媳妇最终没把那几棵泡桐树还回来。在城里当瓦匠的弟弟顺风，也没朝家赶。顺当美芝两口子反过来检讨自己的不是，发誓今后一定守好自己的心，只要心不被惊扰，就不会犯病。

这一招还真灵，一直到保证长大，十八岁去广东电子厂打工，到如今，两口子没再跟顺风一家打交道，也再没犯过病。

四、高速路

吃过早饭，顺当和美芝心里有些慌，生怕麦子地又进了生人。喂好猪饮好羊，两口子不由自主又去了北地看麦子，看看可有人再盘他们的麦稞子。还好，地里没人，只有齐刷刷的麦稞子，一起朝着太阳笑。阳光暖暖地照着，小南山静静地立着，不被人炸石头挖石头，受伤的小南山正在自愈，山坡上的树已经绿油油一片，遮盖住了山体上的伤痕。

这片依山的坡地，总共有百余亩大，大南村有二十来户人家的责任田在这里，每家四五亩不等。就数顺当、美芝家的地多，占到八亩。他们全家三口人的地都在这里了。其实当初按人头分，他们家只有六亩地，这里两亩，别的地块四亩。知道顺当和美芝好说话，就有人拿这坡地换那四亩，一亩换一亩半。换过后，他们家全部的责任田都在这里了。两口子想想，也不算吃亏，坡地虽然不肥，土里还有小石头，杂草也多，但适合种杂粮和小麦，况且一下子多出两亩地，比啥都好。两口子就喜欢拾掇这片地，一抬眼就是小南山，看着心里喜欢；一低头，满手满怀都是花生玉米绿豆豇豆。收罢麦子种黄豆，一个秋天他们手里就没停止过忙活，一忙活，就啥烦恼都没有了。地里的杂草，薅得无影无踪，小石头也给捡得一粒不剩，都扔到小南山脚下去了。每次扔石头，美芝嘴里还念叨着：石头石头，地里不留，回到小南山，晒你的日头。

最让顺当美芝欢乐的，是地里麦子成熟时小麦炸芒的情景。这里一声响，那里一声响，整片麦子地，闹腾得欢实着呢，都是小麦炸芒的欢笑声。他们喜欢把手捋在麦芒上，让麦芒痒痒地扎手心。麦芒越扎手，证明麦穗越大，麦粒越饱满，麦子越丰收。对于只会种地的他们而言，粮食丰产，就是最大的福乐。

太阳暖得有点醉人。两口子在麦地边坐下，先疼爱地把麦子地从地南头看到地北头，再从地北头看到地南头。齐刷刷的麦穗子，好像小姑娘刚刚修剪出来的刘海，摇头晃脑的，一派天真。小南山的山跟前，有一片野石榴树，石榴正开着红艳艳的花朵，像给小南山搽上的胭脂。两口子说了一大会子话，说太阳照得勤，麦收可能会提前，阴历四月底差不多就能开镰了，还说秋天时又可以去摘野石榴了。村里人都外出打工了，野石榴没人摘，熟透了就掉地上烂掉了，怪可惜的，顺当美芝两口子有空了就去摘，村里的老头老妈腿脚利索的，也去摘过。摘得最多的是保卫，保卫没事就去野石榴林子里转，背回成蛇皮袋的野石榴，自己吃不完，就拣个大的石榴，东家西家送一些。保卫送石榴很特别，站你家门前，抓着石榴就朝你狠狠地砸过去，吓人一大跳，其实他不是真砸，就是做做样子，看把人吓着了，他咧嘴得意地一笑，然后把石榴轻轻朝人家大门旁一放。

坐在麦地边，顺当美芝两口子，刚刚说到保卫送石榴呢，村里的大喇叭轰地响了起来，把他们吓一大跳。尽管是在北地，离村子有段距离，可是大喇叭绑在大树梢上，太响，仍然震得他们耳朵眼发痒。

是村长在开广播会。村长的嗓门被大喇叭放大了，正可着嗓子吼着："大家听好了，好事来了，喜事来了！咱村也要通高速路了！今后出门，一迈腿就能上高速，想朝哪走朝哪走，北京、上海和广州，大城市正朝咱招手。今晚七点，今晚七点，村里召开村民大会！每家来一个当家的，一家都不能缺，一户都不能少！风雨无阻，不得有误！"

"修高速公路？跟咱村有啥关系？跟咱又有啥关系？"顺当看着美芝说。

美芝瞅了顺当一大会子，才说话："是不是每家要派义务工啊？咱保证又不在家。"

"都啥年代了，早就没有义务工了。"顺当毕竟是爷们，头脑要清朗些，"现在是谁去干活，就给谁发钱。好工种，还有人抢着去干呢。"

"那……叫咱开啥会？"

顺当正要回答，先前见到的那两个扛家伙量地的人，又开着面包车跑过来了。这回他们盘的是别人家的麦地。两人走过他们身边时，美芝大着胆子问了一句："你们到底是干啥的？"

那俩人好像也认出了他们，其中一个胖些的说："我们是路桥公司的。你不是听见了吗？村里的大喇叭刚刚播过，有条高速公路要打这里过呗。"一边说，一边用手指一指他们家的地，不停脚地朝前走了。

两口子猛然把眼睛瞪大了。这么说，修高速路，确实跟他们家有关系了。这条路，就要轧着他们家的麦子地，轧着小南山这一片的麦子地，像黑大怪一样，把这一片的地，全部轧死轧没有了。

顺当和美芝，再朝麦子地看时，就有些心疼有些慌了。两双眼睛乱晃，想把点头晃脑的麦穗子看清楚些，都做不到了。两个人慌慌地走进麦子地里，手在麦穗子上乱抓了一气，刚刚长出的麦芒，还柔软着，像温顺的小孩嘴巴，在他们手心里啄了又啄，啄得他们的心熨帖了不少。

五、动员会

晚上的村民代表大会，叫动员会，在村委会的会议室召开。每家都去了当家人，但当家人却不能完全当家，老头老妈一大堆，对土地只有看守权、耕种权，却没有签字画押权。电灯泡很亮，亮得有些扎人眼。村长的嗓门也很亮，讲了许多大道理，村民都低着头，听了一会子，听到土地赔偿的问题时，才来了精神，七嘴八舌说开了话。

肯定会顾全大局，肯定会支持国家大建设，肯定也要有个合理的赔偿，到底赔偿多少，不是村民说了算，也不是村长说了算，是国家政策说了算。大家听得大眼瞪小眼，互相瞪了一会儿，就有人掏手机给在城里打工的真正的当家人打电话，城里打工的当家人，也是顾全大局的，说一切都按政府规定的去做，反正土地又不是都被高速路征用了，村东村西还有几亩，还有得地种。也有不放心不识字的老爹老娘处理不好，答应马上请假回来签合同，毕竟，土地赔偿不是一件小事情。

顺当和美芝，看着黑压压的一屋子人，听着嗡嗡嗡的说话声，头脑晕晕的。他们不用给在广东打工的保证打电话，保证年纪还轻，还不是当家人。当家人就是他们俩。顺当和美芝，眼光在空中碰了几个来回，互相都读懂了各自眼神的意思，就是，一切按照国家规定的去做。和别家不同的是，他们家的耕地，这次全部被征用了，一寸土地都没有了。谁让他们家的地，都在小南山的坡地上呢？

没想到有人开始羡慕他们，说整个大南村，就数他们家讨巧了，一下子要赔偿那么多钱，两个不出远门的人，上哪里花掉这些钱呢？

听着大家七嘴八舌地议论，顺当和美芝，脸上看不出一丝惊喜，反而有些讪讪的。散会后，两人摸黑朝家走时，美芝终于叹出一口长气：“咱家没地了，咱俩咋办？”

“除了赶过苗老集，咱县里都没咋去过，以后干啥呢？”顺当说。

“咱也没有手艺。”美芝叹息道。

“咱两个废料，就会种点地。”顺当说。

“种地的人不种地，还是人吗?”美芝说。

回到家里，两人猛喝了一缸子水，给心压压惊。抹抹嘴，顺当给儿子保证打电话。儿子虽然只有二十岁，在外面跑这几年，也长见识了，说话像个大人了。保证说，没有土地种了，家里就买个生豆芽的机器，去集上卖豆芽，也能挣钱养活自己呀。说得两口子心里好受了不少。可是，放下手机，顺当和美芝，还是心里怪怪的。两人你看看我，我看看你，胸口扑腾个不停。美芝觉得不对劲，连忙说：“咱别瞎想，啥都不往心里去，咱心里不能有事。先睡吧，明天咱去北地看麦子，看一天少一天啊。”

六、蝎　子

大南村的喇叭天天响着村长的洪门大嗓，村委会的墙上也贴着布告，向村民传送的只有一个消息：5月18日，高速公路将举行开工典礼。凡是土地被高速公路征用的农户，都被叫到村部开过一次又一次的会。在外打工的当家人，也陆续回来了不少，大家认真地听着，盘算着失去几亩地，能赔偿多少钱。甚至有人当场就把钱的用场说了出来。顺当和美芝，一次会也没有落下过。每回开会，镇里的领导和高速公路指挥部的人都要过来，把村部的会议室坐得满满当当的，轮流向村民传达国家重点工程建设的重要性，要大家以国家大局为重。虽然土地被征用了，但国家给予了赔偿，村民可以拿着这些钱去做其他的事。要大家一定不要有情绪。顺当和美芝，不知道啥叫有情绪，他们只知道从此没有土地种了。而他们两人，除了种地，还真没有其他的手艺。虽然儿子保证说可以买机器生豆芽卖，但以他们两人的性格，又哪里能当好买卖人呢？两人在听会时，眼珠子碰撞着眼珠子，碰出来的都是恐慌。

按上面的规定，每亩地给予赔偿金一万二，乍一听还真不少，顺当和美芝家，一共八亩地，他们能拿到十来万块钱的赔偿了，可是这些钱花完了怎么办？村子里一些土地没有被征用的人家，还啧着嘴巴羡慕他们，说他们可以抱着钱做好梦享清福，再不用下地干活了，哪里凉快朝哪里待。顺当和美芝，觉得村里人其实在说风凉话哩。两人也才五十出头的年纪，再不济，也还有二三十年的活头吧。这些钱，能用到他们死吗？按上级说的，叫他们拿着这些钱做点生意，他们两个有毛病的人，哪里能做成生意呢？还不如守着这笔钱，攒下来，将来给儿子盖楼房，娶媳妇。而守着这些不吃不喝不喊不叫的钱，他们心里慌啊。

今天的会，开到中午。土地被征用的人家，都一一在合同上画押签字了，就等着赔偿款到位了。村长说，明天，修高速路的机器要进场了，叫大家有个思想准备。顺当和美芝，被会议开得有些累，头晕晕的，他们不知道要有个啥样的思想准备，心里惦念的，就是北地的麦子。

走出会场，蝎子跟在身后，紧撵几步超过他们，回头看了他们一眼。两口子连忙把头扭一边去了。蝎子不好惹，从小到大都是赖货，三十多了也不娶媳妇，听说在外面给人当打手，江湖上认识了一帮人。蝎子也是刚从外面回村的，他是当家人，得回来做主。蝎子家被征的地虽然不到两亩，可是他表现得比谁都激动，开会时，不时跟镇里领导和修高速路的人理论。

吃过中饭，顺当和美芝，又去小南山边的那片坡地上看麦子。麦子早已落花，麦芒长长了，有些扎手了。两口子被开会开得话少了许多。该说的话，两人背后都说完了，现在只有看着渐渐黄芒的麦子地，心里才有些安稳。小南山跟前的那片野石榴树，没心没肺地开得这一片红那一片红，把小南山都染红了。两口子也不说摘石榴的事了，摘石榴的事还很远，眼下最要紧的是地被征用了，地里的麦子，是最后一季麦子了。从今往后，他们再也没有地可种了，也不能收麦子打麦子扬场了，不能整个秋季都手脚不停地在地里拔草摘豆了。

走进麦子地里，顺着麦垄走着，两人伸出手掌心，在麦穗上抚过来抚过去，让麦芒在手掌心划拉着，划拉得心里熨帖了不少。美芝嘴里不由得唱出了声："麦子麦子快点熟，新麦子新面过端午。"这是小时候唱的儿歌，大家盼着麦子熟了，端午节能吃上新麦面包的糖包。这一片的人都会唱，美芝不留神唱出声来了。

两口子从地南头走到地北头，又从地北头走到地南头，手心给那些排成排的麦芒扎来扎去，慢慢地，心惊的感觉就平复下去了。美芝还在麦垄里找到几棵老鸹嘴草，顺手薅掉了。

天傍黑，美芝和顺当，带着满满两手掌被麦芒刺扎后的舒爽，回到家里。吃罢晚饭，美芝给猪淘好食往猪圈里端，顺当去关院子门，刚到大门边，正要伸手呢，蝎子贴着门框先跨了进来。

"顺当，屋里说话。"进了院门的蝎子，好似进了自个的家，大踏步往堂屋里走。顺当跟在后头，他不知蝎子要干什么。

"坐。"蝎子先在条几边的椅子上坐下，又指着另一把椅子让顺当坐。见美芝在院里忙活，蝎子说："嫂子也进来。"

顺当和美芝，正襟危坐，一齐看着蝎子。顺当只抽自己卷的烟，家里也没预备着盒装的香烟，他摸索着找出烟簸箩，要给蝎子卷烟抽，蝎子从兜里掏根烟自个点上说："别瞎忙了。你俩可知道，施工队已经进场了，咱们的地马上就要被铲平了。"

顺当说："到5月18了吗？"

对于阳历的这个日子，他们是不太清楚的。顺当和美芝，只过阴历的日子。今天是阴历的四月十二。

"傻，哪能等到那天？得先把地铲平了，让机子开进来，等到了5月18日，就鞭炮齐鸣，举行开工大典了。"蝎子狠狠地吐了一口烟雾。

"是把麦子地铲平吗？那，麦子咋办？"顺当一下子紧张起来。

"要啥鸟麦子呀。"蝎子说，"现在最重要的是争取提高土地赔偿金。麦子能值几个钱？"

“可是，麦子还没炸芒，还没熟呢。”美芝心里怵蝎子，小声说了句。

蝎子一拍大腿，看着顺当：“哎我说，你怎么这么没脑子，你不知道咱们永远没有土地了吗？”

“这是国家的事，不都开会跟咱说了吗？该赔的钱，也白纸黑字写明了。”顺当的声音小起来。

“可是你们知道在城里一亩地值多少钱吗？说出来吓死你。到咱这儿，就这点钱了？”蝎子眼睛瞪得马铃铛大，“你不想多要点钱给你儿子保证盖楼房娶媳妇吗，顺当！”

“哪是说多要就能要到的，都是国家规定好了的。”美芝嘴里说着这话，眼前晃动的是一整地齐刷刷的麦穗子，心里疼的是这些还没炸芒的麦子就要被铲除了。

“现在上头有了新文件，叫农民的事没小事。这样跟你们说吧，凡是土地被征用的人家，明天都要到地里去，路桥公司的机子要开进来平地，我们就睡到机子前头拦机子，要他们再多赔钱。只要这样一闹，上面才能追加赔偿款。听明白了吗?”

顺当和美芝，心里咣当一声，就不出声地一齐看着蝎子。

“这样看着我能看出钱来呀？”蝎子眼皮不眨地瞪着他们，“这可不是你一家的事，这是全村的事，是高速路沿线全体老百姓的事！全体失地的老百姓，都要齐心协力，增加征地赔偿款！你家失地最多，是最有代表性的。你两口子，明天早早吃饭，搁下碗，就拿着铁锨叉子啥的，到路边去拦机子。你们不去可是犯了众怒，到时日子不好过可别怪我没同你俩说啊。这事是我牵头，不过不是为了我自个，是为了父老乡亲。话我说过了，你们想透了。我蝎子做事你们该清楚吧？话我不重二遍。走了。”

蝎子扔掉烟头，起身就走，如一股风。美芝和顺当都忘了站起身送他了，直到蝎子咚地撞击了一下大门框，顺当才惶恐地站起身。美芝扯一下顺当的胳膊：“咋办？”

蝎子的脾性这一片没有不知道的。他到少林寺学过武，仗着拳脚厉害，又加上弟兄多，横得很，二十岁的时候，东村打到西村，没人敢惹。手下有着不少“徒弟”，看谁不顺眼只要努努嘴，那些徒子徒孙们就知道怎么做了，不是药死你的猪牛，就是烧你的麦秸垛和塑料大棚，或者趁你走路不注意撂你黑砖，总之，没人敢得罪蝎子。现在农村油水不多了，大家都外出打工挣钱去了，蝎子也外出了，不是在工地上当苦力，是去夜总会当打手，过年回村时，仍然横着走。不用说，这回修高速路，蝎子有用武之地了。

“只有听蝎子的。”顺当说，“蝎子谁能得罪得起？”

“可是政府给咱开过会，不许闹的。这一闹，真出了啥事，他蝎子还管咱？”美芝说。

“只有等明天了，见机行事吧。”顺当说着去关大门。刚把门扣扣上，“咣”的一声锣响，吓得他心里一哆嗦。锣声渐渐挨到他家大门口了，随着锣声还有人在喊：“各位父老乡亲都听好喽，明天被征用土地的人家，都要到工地上去拦机子。没被征用土地的人家，也要过去帮个人场，哪个不去，你猪死了牛死了房子着火了可别怪没人帮着救啊！老少爷们儿听清了，明天一早吃了饭都去，北到小南山，南到南大塘，哪个不去，你小孩上学被拐卖了电瓶车被偷了可别怪没提醒你啊……”声音从村东传到村西，又从村西传到村东，在村子里来回织绕着。这是蝎子的大徒弟毛孩在叫。不用说，是蝎子的高招，不但地被征用的要去，没有征地的也得去。

顺当惶惶地回屋说：“坏了，蝎子来真的了。”

美芝说：“那我们去拦机子吧。”

顺当说：“不去怕是不行了。”

这时，歇了半小时的毛孩又在村里叫响了，还是那面破锣，还是那几句话。整座村子除了毛孩的喊话和锣声，都静悄悄的。美芝和顺当坐得腿都木了，也不敢睡，心里惶恐得难受。顺当说：“要不，把咱保证叫回家吧。”

美芝哆嗦着嘴唇说：“叫保证回来干啥？保证要回来的话，咱一家三口都得去拦机子。毛孩这样吆喝，哪个敢不去？”

七、宏 生

一直坐到晚上九点半，顺当和美芝觉着有些凉意，正准备睡下，大门突然响起来。门敲得很轻，有节奏，先两下，后三下，再一下。顺当欲起身开门，美芝拦住说："别，咱再听听。"大门接着响了五六次后，后窗那儿有了脚步声。"顺当哥，把大门开一下，我是宏生。"

是村长宏生。

宏生四十多岁，高中毕业生，这一届刚选上村长，工作很积极，对他们两个也尊重。他随着顺当进到院里，转身闩上大门，轻声说："哥，咱到屋里说事。"

顺当把灯拉亮，宏生忙说："拉灭吧，咱黑里也能说话。"

顺当和美芝摸黑坐在床沿上。

"蝎子明天要干什么我是知道的，他这个人不好缠，但国有国法，不用怕他，他这是乱挑唆乱煽动，你们明天可不能跟着去闹啊。大伙儿一闹，我的工作就难做了，对上面怎么交代？蝎子这是有预谋的，他以为这样闹闹就能提高土地赔偿金了？他不知道这都是国家规定好了的，由他改呀？"

顺当和美芝同时"嗯"了一声。

"上面怎么会不为咱老百姓的切身利益着想呀，所以明天省里来人，要和咱们来个面对面，就像中央电视台那个《面对面》的节目一样，咱有什么困难和要求，都可当面说出来。就在镇政府的大会堂里。咱村要去十几位代表参加，你家的地全被征用了，你就作为代表去吧。高速公路沿线的村子都去代表，有百十号人呢。"

虽然黑暗中互相看不见，但顺当知道，宏生的话是冲着他说的。

"是省长过来吗？"顺当小心地问。

"省长来不来不知道，但厅长市长县长肯定来，都是来给咱老百姓解决问题的。你作为村民代表，可以把困难和要求当面说出来，不过要顾全大局。蝎子的事，你就不要问了，他就喜欢吓唬人，其实谁也不是被他吓大的。"宏生说得语重心长。

坐了好大会儿，宏生还问了钱赔偿到位后有什么打算，想不想养鱼。高速公路取土后会留下许多水塘，正好能养鱼。还许诺说，到时有困难可以找他解决。

宏生走时十点多了。顺当送到大门口，正准备开门，宏生拦住了他，耳朵贴在门边听了好大一会儿，才拔了门闩，闪身出去，一溜烟跑走了。

美芝和顺当再无睡意，两人小声说着眼前发生的事。

“主任也怕蝎子，黑更半夜才敢来找我们。”美芝说，“还叫我们不用管，蝎子真对我们使狠招，村长也不敢做主的。”

“他自己也怕得要死，生怕蝎子在大门口等着撂他黑砖。”顺当想起宏生出门的样子。

两口子好半天没有声音，最后同声长叹：“明天的事，咋办？”

“厅长要来接见你，还有市长，还有县长，平常你见都见不着的大人物，你不去哪行？这也是个光荣的事啊。”美芝说，“你到镇里去面对面吧。”

顺当在黑暗中摆着手说：“不行不行，蝎子知道了还得了？他还不把咱家的房瓦揭了？还不把咱的猪羊都给药死了？”

“主任的话也不能不听啊。他已选你做代表了，你不去面对面咋行？你不去他不照样给咱小鞋穿？那日子也不好过的。他不是许诺要给咱水塘让咱养鱼吗？”

“他那是指个兔子让咱撵哩。再说，新塘养鱼难活哩。”

“就算他不指兔子给咱撵，咱也不能得罪村长，咱又不是蝎子，天不怕地不怕。”

“那咋办？蝎子见不到我去路上拦机子，还不扒我的皮？他一恼，说不定到广东把咱儿保证给害了。我听人说过，他和黑社会有联系，广东的黑社会也不少。”

“这可咋办呢？”

顺当和美芝，坐在床沿上，翻来覆去说了一夜的话，一边说话，还一边支棱着耳朵听外面的动静，生怕蝎子躲在墙根前偷听。

两人的身子也是一会儿冷一会儿热地出着虚汗，两方面的担心，就像玉米粒装进爆米花机的加热缸里，怎么翻腾都得被火烤着，就差那最后“嘣”的一声炸开花时的爆响了。直到鸡叫，两人还无睡意，头也开始蒙蒙地疼起来。

“咱先前讲好的，遇到啥事也不往心里去，只要不往心里去，咱的心就不受惊扰。你可记得了?”觉得头蒙得不行了，美芝哑着声说。

“咋不记得？天天都背诵几遍呢。”顺当也哑着声说，“咱啥都不往心里去，只要不往心里去，咱的心就不受惊扰。”

美芝把头发拢了拢：“今天这口诀咋有点不灵呢？我心里面光扑腾。”

“我也是。”顺当说。

八、麦 芒

顺当和美芝，呆呆地睁眼到天亮，听到猪在拱猪圈门，鸡飞到墙头上，美芝先翻身下床，要去做点吃的。就算人不饿，畜生还得吃啊。见美芝要去开堂屋门，顺当也支起身子，哑哑地喊：“美芝，你看这样行不？我去镇里面对面，你去公路边拦机子，咱两头走，他们也不好找咱的碴儿了。”

“好啊好啊！”美芝振奋起来，看看天光，“我馏点儿馍，咱吃好喝好，才有劲上路。”

说是这样说，馍馏好了，稀饭盛好了，顺当还坐在院子里发呆。美芝看着饭菜，也不想动筷。门外头传来闹哄哄的声音，两人不由得一阵阵发抖。

美芝慢腾腾站起身，抓过门后面的木叉：“蝎子不是还叫拿上农具吗？我拿个木叉好了。咱该走了，不然，被哪个堵在家里，你咋出去面对面？”

“要是蝎子发现我朝镇里走，把我拽回来咋办？”顺当的牙齿打起颤来。

美芝还算清醒，忙给顺当支招：“你先绕道去咱家的麦子地那里，蝎子以为你是去拦机子呢。等他不注意，你再抄小路，再拐到大路上，再朝镇里去面对面。”

看来也只能这样了。两口子战战兢兢地同时出门。顺当生怕蝎子看见自己，脚步如飞往村口走，可是越想快，越走得磕磕绊绊，哪儿都有蝎子的吆喝，蝎子好像马上就从后面追过来，要拽住他，要给他一板砖。

他激灵一下，回过头，却已经出了村子，亮堂堂的小南山，一大片黄扑扑的麦子地，半山坡红艳艳的野石榴花，一起朝他笑起来。

一排七八辆工程车，顺着大路浩浩荡荡开了过来，又从顺当身边开过去。工程车的大轮子，轰得顺当不由哆嗦成一片。

迎着工程车，村子里忽然走出一支队伍，晃动着横七竖八的农具，白晃晃的木叉，举在乱哄哄的人头顶，一起朝工程车围过去。

不知这队伍里有没有美芝，哪一只木叉是美芝举的，顺当想看得清楚一些，不由把朝镇里走的步子拉了回来，拉得离工程车越来越近了。

一阵尖锐的歌声，决堤洪水般轰炸过来，几乎把顺当掀倒。他看到美芝在大路上边跳边唱，一把脱掉身上的褂子，朝半空里一甩，正好甩到工程车支棱着的后视镜上。

“美芝——”顺当大声喊着，双脚却怎么也动弹不了，整个人像面口袋似的往地上一摔，口吐白沫，浑身抽搐起来。

“死人啦，死人啦！”喧嚣声回荡在小南山旁。工程车纹丝不动，人群如潮水，川流不息。有人拨打了120，还有人拨打了110。光着膀子欢唱不止的美芝，跳到了顺当的身边，她像没看到躺倒的顺当，继续朝前跳着，嘴里呼呼有声，诵出天书样的唱词。没人阻拦美芝，仿佛一出戏演到了高潮，激励着群情，振奋着群心。

一个人大声吼叫着，穿过洪水般的人群，飞跑到美芝身边，脱下褂子包在美芝身上。美芝待要挣扎，却听到一阵呜里哇啦的叫喊，她突然安静了下来。

“麦芒黄啦，麦芒扎手啦！”保卫可着嗓门喊叫着，听得美芝迷迷糊糊忘记跳舞唱歌。

谁都不知保卫喊叫什么，只见他蹲下身子，对着昏迷的顺当，喊着同样的声音。

顺当没有反应。

保卫飞一样朝小南山跟前跑，跑到顺当和美芝家的麦地里，掐回一大抱黄扑扑的麦穗，再飞一样跑回来。保卫抓过顺当的手，把麦芒蓬勃的麦穗，狠狠地摁在顺当的手掌心。美芝看见黄麦穗，不由扑通一下，坐倒在顺当身边。保卫一把扯了美芝的手和顺当的手紧紧摁在一起，那蓬扎手的麦芒，被顺当和美芝的两只手紧紧捂着，把他们的手掌心，扎得生疼生疼。

“麦芒可扎手？”保卫大声问顺当和美芝。

“麦芒扎手。”醒转过来的顺当，嘴角挂着涎水，挤出一团虚弱的笑。

“麦芒扎手。麦子熟了。”美芝把披在自己身上的保卫的衣服，严严实实扣上。顺当和美芝，一个躺着，一个坐着，两人的手掌心里，紧握着那蓬扎手的麦芒。

他们的头顶，是碧蓝的五月天。一只叫天子，衔着鲜亮的白云彩，直向云霄冲去。

【原载《安徽文学》2018年第10期】

我的姑姑纳兰花

马金莲

一

父亲声音沉缓，好像他此刻蹲伏在深水里，声音在水底经历了极为艰难的跋涉，才穿透而上，带着湿淋淋的阴冷。

听得出来，他在很费力地克制自己。

你姑姑完了。他说。

我从办公椅上站起，左手捏着手机，右手端起速溶咖啡。慢慢地吸，噙了一大口，等绵柔丝滑的液体把整个口腔完全充满了，撑出一丝胀乎乎的痛意，才缓缓下咽。味觉细胞大面积苏醒，一股苦涩开始满口腔弥漫。

我噙着苦涩走到窗前站定。久坐之后起身活动几步，同时极目远眺，让长时间盯着电脑的双目在远视中得到短暂调节，这是市政大楼上流行的护眼技巧。

向远处看，对面的商业大厦在做外墙清洁，保洁员像蜘蛛侠一样把自己挂在半空中，在晃晃悠悠中保持着一种平衡，并在那艰难的瞬间平衡中捕捉着适合自己的劳作方式。

没有任何缘由，我忽然想到了小时候的寒冬。

清晨起来，玻璃上有一层美丽泛白的霜花，我喜欢光着脚丫子趴在窗前玩霜花，指甲在玻璃上刮，刮出一串又一串艰涩清冷的声响。

自杀的，割手腕子的刀片就泡在枕头跟前的血里。

可能，父亲在等我说话，表达忽然接到噩耗的惊讶、愤慨，或者悲痛。

但是我没有吭声。

他忍不住了。他就主动说起来。

父亲在电话里的嗓音很像那种刮玻璃的声音。

我哪个姑姑?

我听见自己的声音在问。

我很冷静。

同时再次抬头看窗外。

西部少雨多风，春季连续几场沙尘暴，所有的建筑物都变得灰头土脸，这家大厦的外墙是淡蓝色玻璃，尘土落上去就很难自己脱落，整整一个晚春和之后的长夏，到眼前的晚秋，我每天只要站在窗前就会面对那些蒙尘的淡蓝色玻璃。尘土灰苍苍的，春天的时候有些淡淡的土黄，在夏天的盛阳暴晒下，总是反射出大片大片的苍白，几场暴雨疾驰而过，尘土被冲刷得一道道，一溜溜，像遭受一次次蹂躏的女子面上滑落的泪水，泪水干了，泪痕还残留着，就这样，玻璃幕墙的精神面貌一天不如一天，让人感觉整座大厦都陈旧了，连大厦里进进出出的那些人群也都有了沧桑的味道。

不知是大厦要搞多少周年的庆典活动，还是换了老总，他们终于记起来给大楼做外墙清洁了。随着蜘蛛侠们不停地擦拭，灰乎乎的玻璃幕墙一片片泛出大片的清亮来。自从注意到他们在做保洁，我就忍不住过一会儿看一下，似乎不远远地看一眼，我这心里就不踏实。

此刻看着那些系着绳子的蜘蛛侠像跳荡在五线谱上的小音符一样上下左右活动，我的心在忐忑中一点点获得了平静，我静静地望着他们，那些远看像一个个黑点的人，我不知道该怜悯他们，还是敬佩?可以想象每一个人的身后都有一个家庭，都有自己的亲人，都有需要他挣钱去养活的嘴巴。

今天进度不错，十六楼靠右的那片玻璃全部清洁出来了，站在我这方位看，就像一个脏脸的淘气孩子被人用湿毛巾在右边脸蛋上狠狠擦了一把，露出了雪白娇嫩的肌肤。而那忽然露出来的清新，让人觉得有点难以适应。

我有五个姑姑。我不知道父亲指的是哪一个。

兰花子。父亲说。

我深情地看着对面。

目光被一根绳子牵引，随着绳子的下降一点点拉紧，绷直，停在半空中。我有些费力地想这栋楼最初的模样。准确点说，不是它刚盖起来出现在固城人眼里的模样，那个时候我还在一座南方城市念书，我需要想起的，是我第一次来到这座城市，站在这座固城人眼里的地标性建筑脚下时仰望它的第一印象。

脑子里有种混沌黏稠的东西在涌动，想不起来。

自从这个春天开始，我的记性明显不如从前。难道是更年期提前了？提前了五六年？我咨询过学医的同学，她的答复是，她被我逗笑了，在电话里笑得哗啦啦响，要是这一刻在眼前，我肯定能看到她一副花枝乱颤的情景。离得远，我在老家固城，她在南京，自然看不到。正是这遥远的距离，让我愿意毫无隐瞒地第一时间向她发出询问，把自己的身体现状和担忧都端出来捧给她。而她，也愿意在据说是昏天黑地的忙碌中抽出时间听我的一大堆絮叨，还耐着性子解释好半天。

距离真是奇妙的东西，它能让一些可能性不大的事和物变成可能。比如我和南京同学的友谊，正是因为太远，我们可以抛开好多顾虑，进行坦诚交流，我甚至用半撒娇半忧虑的语气告诉她，我三个月没来好事了，自己买验孕试纸测过，没怀孕，那是不是妇科上出毛病了？接下来我们详细地探讨了女人四十岁以后的生理变化和需要注意的事项。她的态度是乐观的，鼓励我不要胡思乱想，保持乐观向上的心态，该享受享受，该做的美容美体等，都赶紧做起来，不要省钱，要懂得享受，更要懂得疼爱自己。

女人，一定要自己疼惜自己，不要指望男人能疼你。她说。

我知道了，我的姑姑纳兰花，她用一个刀片割破了自己手腕上的血管，自杀了，她的血流出来，浸透了那个割破脉管的刀片。那是什么样的刀片？姑父张大为刮胡须的，还是姑姑自己专为自杀而买的？死后还枕着枕头，说明姑姑最后走得比较从容。这符合她的性格，就算是死后，她也不愿让人看到一丝一毫的凌乱和潦草。临走她肯定清洗了家里所有的被褥，清洗了一大一小两根拖把，把地板擦得干干净净，能照出人影来，她还把家里所有的卫生死角都做了清理，包括洗衣机转筒里纳藏的污垢、洗面盆下面的管子、马桶里里外外、洗澡的莲蓬头、各屋开灯的开关贴、吸油烟机的油槽、煤气灶头的网状罩子、冰箱和电视上的蕾丝花边苫巾、沙发护垫……

我一样一样想象着姑姑家里那些日常用品，似乎我就站在它们面前，能看到它们一件一件地轮流在我眼前闪现，它们有的是很早就进入那个家庭的，有的是后来置办的，有些是我熟悉的，有些是我从来都没有见过的。

姑姑逛街的时候喜欢买小东西，家常日子里用得上的小家具小物件，不值大钱，但买回来能为生活增添不同的氛围和情趣。

有一年小卖部里到处都是叠风铃的各色彩纸，姑姑便买回来叠风铃，很快她家各屋子分别挂上了颜色形状不一的风铃，还给不少亲戚家送了。

后来兴起十字绣，她放学回家做完家务就埋头绣十字绣，她家客厅里那帧巨幅作品《国色天香》就是她的手笔，整整地绣了一年零四个月才完成。主卧室里的《八骏图》也很不错。

后来十字绣没那么火热了，县城又开始盛行用珠串编制手工艺品，她家茶几和餐桌上很快出现了手编的纸巾盒，博古架最下端那个格子里摆出一个纯白花瓶，瓶口插了七枝玫瑰，造型雅致、优美，很有艺术品位，猛一看谁都以为是瓷器，走近细看，才会发现从瓶体到玫瑰的枝干到每一片花瓣，甚至连衬托花朵的绿色叶片也都是圆圆的彩珠编缀串联而成的。

几乎所有的小摆件、小物品，只要被姑姑看到，能买得起的她会买回来，买不起的，或者说自己能做出来的，她就变着法儿地做出来。

这样的热爱，从她女儿时代住过的乡村学校的小宿舍，到嫁进县城居住的单元楼，一直持续着。随着搬家，有些最初的禁不起时间浸染的小物件被淘汰了，有些跟随她进入新家，她同时又不断地新添着精致的摆件，让人感觉只要是她居住的地方，不管大小，不管在哪儿，都是一个温馨而很有别样味道的精致环境，让人觉得身在其中真是一种不错的享受。

姑姑总是让全家环境，包括那些不同材质和造型的小物件，保持着足够的洁净和亮度。这个我最清楚了。就算她现在结束了自己的生命，但是我知道，她的家里肯定依旧保持着惯有的整齐和洁净。

这符合姑姑的性格。

父亲说她用刀片割腕，刀片在枕头边的血里，我已经能想象她死后的第一场景了。她把家里收拾得干干净净，穿戴得整整齐齐，平躺在床上，然后用左手捏刀，缓缓割开了右手的脉管，最后枕着自己的枕头一点点聆听血液滑出脉管滴答在枕边的声音。就在这忧伤的声音里，她安静地看着自己的生命之丝一点一点抽尽。

对面的蜘蛛侠在不停地活动，腰间的保险绳随着动作时而绷紧时而松弛。他们像跳舞一样左右前后晃荡着。挂在后背上长长的绳子像他们身体里吐出的丝绳，牵绊捆绑着他们。

其实姑姑这辈子多么像一个拖缀着蛛网的蜘蛛，她苦苦地挣扎，无时不在努力，想摆脱绳子的捆绑，她没成功，她就这样走了，不，不，她其实成功了，如果这样的死，能算得上一种解脱，一种解放，一种自由，那么，我相信我的姑姑纳兰花她终于成功了，她获得了珍贵的自由。

其实这样的结果，父亲一开口我就猜到了。五个姑姑中，最有自杀可能的，只有她。只能是她。

泪水终于滑落，这种受泪腺控制的液体，它在我的身体里蓄积得太久了，一旦决堤，就再也不愿受到控制，它们肆意地奔涌。

纳副局长——有人在身后喊，轻轻敲门。

是办公室人员。

放桌子上吧。

她是例行送文件，有我分管的工作需要批阅签字。

二

第二天是星期六，休息的日子。父亲说姑姑的葬礼定在后天。我有点犹豫，明天就赶过去呢，还是后天再去？犹豫中，一种模糊的情绪左右着我，我知道自己在找借口，不想明天去。我不想过早见到姑姑。只想拖到最后一刻，和娘家人一起去做最后的送别。

整个下午我的心里都在撕扯一件事，究竟什么时候去姑姑家。就在这反复掂量的过程里，我渐渐地认清了一个事实，我其实不想早去，但是又觉得有点对不住姑姑，所以我一边犹豫，一边在心里寻找足够的理由来为自己开脱。不是我不想提前去陪陪你，你在这世上停留的最后时刻，我实在应该去陪陪的，可是我为什么不想去呢，我说不清楚，我看不懂自己的心，我只想找个地方躲起来。

我甚至幻想，临下班忽然接到通知，有什么会议在周末召开，单位需要我去参加。于是我就理直气壮地、不能推脱地去参加了，工作要紧，这理由端出去我娘家人都能接受，我自己也能原谅自己。

我盯着电话看，始终没有响。

办公室外响起各单位下班的脚步声。我听着一串一串的脚步，在白瓷地砖上擦过，我感觉这声音就是逼着我而来的。有一个人，忽然就推开门，探进来一张怒气冲冲的脸，盯着我说，你为啥不去送我？这是你这辈子最后一回见我了，从今往后在这世上，你再不可能见到我了。

我听着同事们的脚步完全消失在楼梯口，整座市政大楼空下来了。

我看着窗口，在那里，光亮像一片薄纱，一寸一寸地往下褪，同时，就像有一双手，托浮着黑暗，让黑暗一点点往上面弥漫。

此刻的我肯定像一尾不小心搁浅的鱼，身边的水分一点一点枯竭，我眼睁睁看着自己一寸一寸陷入绝望，空气也变得狰狞，在丝丝地反吸着我的水分。我全身每一个细胞都在挣扎。收缩，挤压，疼痛，窒息。再喝不到水，我就会呼吸衰竭，全身枯萎，成为一尾死鱼。

要是有个人能说说话就好了，面对面说更好，在电话里也好，哪怕是不用声波交流，而是QQ、微信或者微博、邮箱等，隔着千里万里，只用文字和表情，也聊胜于无。

我拨打南京同学的电话，通了，但她没接，挂断了。说明她此刻实在忙。

还有谁能让我现在可以去打扰？

手指划着手机屏幕，把通讯录篦一遍，好像每个人都适合，又好像每个人都不适合。这个点儿，那些身处天南海北的，我的朋友们，肯定都踩着时间的关节，下班，回家，做饭，赴约，挣钱，幽会，杀人，抢劫，接孩子，做好事，拯救别人，破坏环境，看望老人……他们匆匆忙忙挤在各种交通工具之上，为不同的生计奔忙。此刻，他们谁适合被我揪出来，不咸不淡地说家常？

我放下手机，没有适合的人可以去打扰。

亲人呢？不是还有亲人吗？我在脑子里把那些和我有着血缘关系的面孔一张张放映，过滤，筛选。哥哥们，不行，他们继承了我父亲乃至我祖父的脾气，连表情、说话的口气、神态都是一样的，就像用一个模子一代一代地刻板套印出来的。他们的观点也和祖父、父亲惊人的一致。所以我和他们肯定说不到一起去。我都可以预料，现在他们一个个又惊又气，他们甚至可能会很愤怒地说，放着好好的日子不过，为啥自杀哩？不是瞎折腾吗？

之外的亲人呢，好像更没有合适的。要是奶奶和母亲活着，说不定可以说一说，或者我趴在她们怀里哭上一场。但她们不在了，早就去了另一个世界。

那么我和谁说说话呢？

其实我什么都不多说，只说一句话，我告诉他（她），我姑姑纳兰花去世了，自杀的，刀片泡在血里。

找不到这样的人。

我拎着包回家。

夜里我躺在沙发上看电视。我喜欢不开灯，就坐在黑暗里，一边望着电视发呆，一边想心事。有时候就这样睡了过去。

儿子吃了一碗泡面就早早把自己反锁在自己房间里，说要看书做作业，其实玩电脑游戏呢，我心知肚明，但我觉得此刻实在没有力气去干涉。

我什么都不想干，只想就这样好好地睡着。电视里在演一部家庭伦理片，很熟悉的套路，一对清纯漂亮的青年男女在热恋，卿卿我我恩恩怨怨哭哭笑笑，琐碎而冗长，尤其两个人抱在一起啃嘴的时候，背景音乐夸张而煽情，灌满了耳道。

我不看画面，只是聆听，我希望能从这样的热闹里感受到一点温暖。哪怕是一点点。这就是我迷恋肥皂剧的主要原因，一大家子人围在一起过日子，柴米油盐，汤汤水水，虽然琐碎，但有一种日常的温暖。

音乐在耳道里奔跑，越来越大，像一股风在吹，仿佛要穿透鼓膜，蹿进鼓室，直到抵达大脑，冲毁听觉神经系统。

头很疼，太阳穴两侧鼓胀，似乎里面有大量气流在回旋，冲撞，想要突破，轰然而出。

这是多年以来形成的毛病，跟情绪有关，大夫建议好好调养，不能劳累，尽量别有大的情绪波动，保持心情愉快顺畅。

在市医院看头疼的时候，我遇上了姑姑纳兰花。我们都看神经外科。我们姑侄俩把一天时间花在了市医院。在排队等待拍片的时间里，我们说了很多话。

现在回想起来，那是我们姑侄俩这辈子说话最多的一次，也是最后一次。后来的这两年半当中，我们竟然再没有见过面。所以，我们把一辈子的话都说尽，说透彻，说深刻，现在想起来，只有那一次了。

我的病根子我清楚，是月子里遭下的罪，再加上后来闹离婚，病情加重了。她的病，其实她不说，我也是清楚的。

但是她说了，她说是憋出来的。

十天半个月，要么三五个月，忍忍都成，给你一年两年，三年五年，你试试！

她当时盯着我的眼睛说。

那一刻，我忽然有种冷不防一脚踩进一个大泥坑的感觉，心惊，恐惧，但是还有一点忽然就突破了某种障碍的豁然和喜悦。

我知道她说的是性，她自己的性生活。

长到这么大，我已经从最初的小姑娘长成一个成熟女性，我也早就有了自己的婚姻和性生活，甚至连怀孕生育都经历了，但是在姑姑面前，我忽然无比羞赧，有种身为处子，骤然撞见一副性事画面的尴尬和无措。

我傻傻地听着，呆呆地坐着，这才感觉到医院的铁椅子这样冷，一种凌厉的冰凉在往骨髓深处渗。

我也是个女人呐。

她叹息一样地吐出这几个字。

然后我们就陷入了沉默。

我忽然有点遗憾，要是在家里，在夜晚，我们像小时候一样，睡在一面炕上，盖着被子，有黑暗盖脸，有一种神秘的诱惑在空气里弥漫，说不定我们的交谈就会更顺畅，更能放得开。在这人来人往语声嘈杂的环境里，不是敞开心扉说心底私密的场合。

但是姑姑似乎中了某种邪，她身不由已地想说，她自己都控制不住一样，她不管这场合适不适合，她把头靠在我肩头，她径直说起了这些年的婚姻和性史。

我不敢动，姑姑比我矮小单薄，她是小巧玲珑型的女人，记得当年我和高中闺蜜偷看过她私藏的一本性杂志以后，我曾经望着姑姑的身影产生过一个幻想，她这样小巧精致的女人，如果由一个又高又大的男人抱起来双手举着，一步一步走向宽大松软的席梦思床，然后在柔和迷离的灯光下，一件件剥下身上的衣衫，包括乳罩和蕾丝花边内裤，然后露出一段雪白柔润的胴体。那是怎样的惊艳……我被自己的幻想蛊惑，一遍遍想，事后又陷入深深的自责，好奇和羞愧，像双刃剑一样扎着我的心。

姑姑是那种容易让人产生幻想的女人。当年我不明白，婚后我才恍然醒悟，当年的幻想不是我心理有问题，而是姑姑的体形，确实具备诱惑人产生想象的魔力。连我一个女人都这样，那些男人看姑姑的目光往往含着火，那就不难理解了。而姑父一遍遍吃醋，一遍遍打姑姑，想尽办法管束姑姑，似乎也是可以理解的了。

我一直想问一个问题，姑姑这辈子究竟有过几个男人，说明白点，就是跟几个男人有过性关系。

话题在嗓子眼儿里打转转，泛上来又咽下去，咽下去又冒上来。我像吞咽口水一样吞咽着好奇。我心里很清楚，眼前的机会很珍贵，转瞬即逝，如果不趁着姑姑自己被一种奇怪的情绪支配，从而有些失控的此刻追问，错过去之后，很可能再也找不到这样的机会。

可是我问不出口啊。她是我的姑姑、长辈。我们之间差着辈分呢。除了这一层，还有另一层，就是年龄差距。我们不是同龄人，如果是同龄，很可能要好办一点。可我们之间差着一轮的岁数呢。我是她拉着手从学步开始人生之路的，都说长姐如母，我没有姐姐，母亲去世后，在我的内心里，姑姑所在的那个位置就是母亲。我难道能对着自己的母亲问出两辈人之间忌讳的话题？

传言中她是个随便的女人，和好多男人关系不清不楚。当然，这话都是从姑父嘴里说出来的。姑父一边质问，一边殴打，逼她说出在外头勾搭的野男人究竟是谁。或者，有时候他明确指出这个人是谁，连姓名都说得出来，那么这种状态下，他需要姑姑做的事情就是点头承认，她确实和这个张三、那个李四或者另外一个王麻子，有暧昧关系。

那时我还小，每当这一幕上演的时候，我躲在一边远远地看着，我不敢吭声，更不敢上前去劝解，我连大声呼吸的勇气都没有，只能装作自己是哑巴，又聋又哑，对身边正在发生的事情一概不知，我埋头学习，做完家庭作业，又开始一遍遍抄课文。事情隔三岔五地重复，我的学习成绩一路直线往上攀升。

你说不说？是哪个驴日的嫖客？姑父质问。

或者是另外一种审问套词。

你们的教导主任张有光，你们啥时节勾搭上？啥时节开始幽会？在哪里干那猪狗不如的事了？一共干了几回？是你先看上他的，还是他主动勾引你？说不说？

伴随着质问，还有皮带抽在身体上的啪啪声。

我一直都难以明白，为什么人的身体在牛皮裤带的抽打下，会发出那么响亮的声音，响亮得接近夸张，有种让人惊心动魄的惊恐。

有一次，他甚至问了一个让我一头雾水的问题，他问，李三郎和我，谁厉害？我们，谁大？

只有他一个人在问，在打，在悲叹，在愤怒，在喘息，在悲痛欲绝，在义愤填膺，在歇斯底里，在要死要活。

他像一个酷爱本职工作的警察，在审讯他的犯人，在动刑，在逼问口供。

他自导自演，像个孤胆英雄，在捍卫男子汉权威的大任面前孤独而勇往直前。

姑姑不吭声。刚开始那两年有时候还试图辩解，后来就慢慢不开口了，反正她知道咋解释都是错，解释得越多麻烦越多，她干脆懒得解释了。

我和姑姑姑父分开睡。我的房间里是一张干板床，为了隔潮，也为了绵软一点，姑姑给我买了一片海绵铺。夜里我在被窝里偷偷拿拳头捣海绵，海绵像姑姑的身体，绵软，无声，所有的拳打脚踢落上去，都像落在了棉花上，没有反弹，没有哭声，没有辩解，没有反抗。只有一种深沉的悲哀的力量，像水一样漫开，吸纳了所有的屈辱和毒打。

姑姑就是一块海绵。

姑姑的沉默让姑父更加疯狂，似乎这沉默是一种无声但是莫大的羞辱，像武林高手的无影拳，无声无息，但是一拳又一拳反击在姑父脸上。

姑父更加显得孤独，也更加愤怒，不回答，没反应，只能说明一个问题，他追问的都是事实，她无言以对，在铁证面前没法反驳，她确实是个到处勾搭男人的坏女人。

你就是个贱货。

姑父喘息着，丢下皮带，最后下了结论。

这结论我早听了无数遍。

我也知道，随着这句话出口，姑父的审问结束，他发泄够了，他累了，他也觉得没意思了。

日子回归到正常渠道。

“贱货”纳兰花走进卫生间去了。

她会待上几个钟头。

除非姑父内急到没法忍受，拿拳头擂门，她才会出来，不然我真怀疑她会一直待到第二天。

姑姑在卫生间做什么？

我不知道。

哭？听不到哭声，连压抑的抽泣都没有；洗？听不到水声。

那就是坐着发呆了。

我也试着发过呆，连五分钟都坚持不住，我宁可面对着书本一遍遍重复抄写枯燥的课文，也要比什么都不干枯坐发呆好。

姑父每次打姑姑的时候，我都恨不能把自己化作一只小小的虫子，钻进书本里，夹在书页间，哪怕是被夹死变成一只标本，我也愿意。

还有一种情况，姑父不打姑姑，但是姑姑在哭。

这样的情景我看到的不多，前后一共两回。但是留在大脑里的记忆，像刀子刻上去一样难以忘掉。少年的我以为，那肯定是比皮带抽打身体更严重的悲痛，不然挨打时不掉一滴眼泪的姑姑，为何会哭成那样？

我们坐在医院功能科楼道里等待做检查的那天，时光似乎专门给我们姑侄俩安排了一个空当，让我们有机会坐在一起，敞开心扉，说了这辈子最多的话。

我前后在姑姑身边生活很多年，小时候黏在她身后把她当妈，小学五年级开始和她住一个宿舍，到初中跟着她住进她家里，一直住到高中毕业。刨除小时候那几年，从住进姑父家开始算起，从初中到高中，前后六年时间，我们是在一起的。但是这六年里她跟我说过的话，从来没有像这一天一样多。

但是我们始终绕过了一个话题，那就是千禧年之夜寄出的那封信，以及后面忽然中断的供给和联系。

三

其实最初的时候，一切都好好的。至少从表面看，我姑姑纳兰花和姑父张大为的结合算得上一桩美满的姻缘，说郎才女貌这个词好像有点滥俗，但用在这里最恰当不过，我记得姑姑的婚礼上，当场就有无数人禁不住出口赞叹。

身材玲珑面容洁白的姑姑，画着新娘妆，笑吟吟站在高大阳光的新郎身畔。依姑姑的矮个头，如果换了任何一个姿色稍微逊色点的女子，这一对男女就会有不搭配的遗憾，但姑姑弥补了这样的不足。站在新郎张大为身边的新娘子，显得落落大方，又小鸟依人，小巧的五官上闪着发自内心的甜笑，看得出她很幸福，幸福洋溢出来，像气泡一样弥散在整个婚礼礼堂，把在场的人都感染了。

这哪是一个乡下深山里长大的女孩呀，简直和大城市的姑娘没什么区别。

当时我小学五年级刚毕业，再过一个月就要去县城念初中。我坐在送亲的娘家人当中，我们一面嗑着瓜子，吃着宴席，一面用惊喜赞叹的目光打量这个以前从来没有见识过的豪华婚礼。等我们这支送亲队伍返回老家后，这场在县城邮电宾馆举办的时髦婚礼，就迅速传遍我们那个小山村。

我觉得自己都变得不一样了。在妇女们眼里，我好像也跟着沾了这场婚礼的光，我身上散发着某种耀眼的光泽。尤其大姑娘和小媳妇，最喜欢围着我，一遍遍询问婚礼的细节。我目睹了那个过程，所以我一点都不怕，倒是乐意为她们描述眼睛看到的那些场景。娶亲的小卧车，闪着黑明黑明的光，车前用绸子扎成大朵花形做装饰，车镜上挂着一串吹起来的彩色气球。

哎哎，小卧车坐上啥感觉？晕不晕？我听说那种车我们没坐惯的人坐上会晕的。

一个女子问。

我白她一眼。

我觉得这问题有点不上档次，太初级阶段了。

但我还是耐着心回答她。

不晕，咋能晕呢？小卧车又不是拖拉机！平稳得就是手里端一缸子水，不要盖盖儿，水都不洒！

其实我脸在偷偷发烧，我说谎了。

当时张家的娶亲队伍雇了一排溜儿车，数一数，哇，四辆，清一色黑卧车。一字长蛇阵从乡集市穿过，从拐进通往我们村的村道开始，就不停打摆子，筛糠。一路颠簸进村，然后一路筛糠出村。

九十年代初期的村道，完全是黄泥土路，一下雨就起泥，起泥后凸凹不平，一段一段像搓板，还时不时冒出来一个大坑。为了让娶亲顺利进行，我家提前派几个年轻人去维修了一下，太大的坑挖土垫一垫，太高的嘴嘴适当铲一铲，太窄的地方稍微往里头挖一下。修完路回来好几个人手上起了泡。没听到他们抱怨，爷爷笑呵呵的，说这是我们庄头一桩用小卧车娶亲的事，是给大家长面子的好事，所以大家辛苦点应该的……修路人里有我大姑父、堂巴巴、本家哥哥。爷爷将他们都安排进送亲队伍里，让大家平生头一回坐上了小卧车。

我当时就和姑姑坐一辆车。新娘子坐副驾座，我被大舅母抱在怀里。我们一起在搓板路上颠簸。司机留着我们村里绝对没有的长头发，模样像个流氓，说话也流里流气的，他扭麻花一样扭着方向盘，一会儿说这鬼地方，兔子不拉屎！一会儿说我的车呀，心疼死人了。一会儿望着姑姑笑，说晚上得好好给兄弟点个烟，今儿为你，兄弟这车回去得做一次大保养。一会儿又扭头看我们，说你们这些妇女咋这么重，我的车都要压垮了。

我的大舅母、二奶奶、二姑姑、四嫂子，我们都是没见过世面的乡村妇女，头一回坐上小卧车，我们心里又喜悦，又忐忑，又愧疚，觉得真可能是自己太重，压得人家的车走不动路。

从我们村到乡街道的沙子路，费了整整一个半钟头，等车轮忽然变得顺畅平稳下来，长发司机吐一口气，掏出一根烟吸上，吐出一串烟圈，说我的个乖乖，我大为哥从这深山沟里娶出你，真是花了血本呀——

我们也都揉着自己的肠子，长长地舒一口气，这一路真是把人的肠子都差点颠断了。

二奶奶捂着嘴差点吐了，四嫂子扶着头直喊晕。

我跟大家说了谎，我说坐小卧车一点都不晕，一点都不颠。我其实一开始没想过要说谎，谎话是嘴一张就自己冒出来的。既然已经冒出来了，我觉得再反过去纠正的话，就有点那个了，我干脆将错就错，反正大家的注意点也不在这里。

我给她们描述婚礼上的见闻。姑姑出门的时候其实没化妆，按习俗由送亲的三姑姑给她简单把头发绾起来苫上了红盖头，外面穿一身红色衣裤，这就是乡村当时最流行的新娘装了。但是车到县城，就分了路，拉我们的车直奔一个叫采薇新娘的地方，后面的车全部去了邮电宾馆。

采薇新娘的两个女人马上为姑姑上头，一头黑发梳顺，然后一股一股盘起来，最后像一盘成型的牛屎一样高高坐在头上，别了一圈的假花。脸上擦了白粉，画了黑眉，抹了淡红的脸颊和深红的嘴皮。最后脱掉了我们家准备的新娘行装，换上一件又长又白的大裙子。

为这个白裙子我们娘家人和两个女人起了争执。

二奶奶提出大喜的日子穿不得白色。

其中一个体形富态圆润的女人说这是顾客早就看好定下的，就是这一款。

相持不下，时间一点点流逝。

最后姑父赶来了，迎门就问说好的一个半钟头，现在两个钟头咋还没拾掇完？

胖女人一脸不高兴，横一眼我们，说老封建，不同意穿白裙子。

呵呵呵。姑父笑了，给她赔笑，又给我大舅母、二奶奶、三姑姑、四嫂子赔笑，说老一套，那些讲究都是老一套，在你们乡里还说得开，到我们城里不行啊，叫人笑话哩！大娘、嫂子、姐姐你们不知道，那么多亲戚朋友等着看新娘子呢，这要领出去一个乡里棒，我们一家人脸没地方戳啊——

兰花姑姑自己做了主，抢过裙子就换。

后来我知道了这裙子叫婚纱裙。

换上婚纱裙的兰花姑姑让在场的我们都看呆了。我们多年来一直见惯的是一个姑姑，出现在眼前的是另外一个姑姑。高跟鞋一下子让她高了一截子，把人撑起来了，纯白的纱裙衬托出一张白中透粉的脸，眉毛、鼻子、眼睛、嘴唇等五官，立体而精妙，好像最优秀的雕刻师花费心血一刀一刀刻出来的。

连那个胖女人也绷不住发出了赞叹，真漂亮，小张你真有眼光。

我姑父张大为嘿嘿一笑，说那是，我媳妇嘛。

既然是这样的美，我二奶奶、三姑姑等人也就不坚持了，我们一行人出门上车，开往婚礼现场。

车上三姑姑悄悄跟二奶奶嘀咕，说大喜的日子，穿一身白，叫人心里不踏实。

是人家县城人的讲究么——二奶奶轻拍三姑姑的胳膊。

我总觉得不好。

三姑姑不甘心。

好不好人家主家说了算，既然人家说这么穿，还有我们娘家人啥说的哩！

四嫂子忽然冒出来说。

本来悄悄说的话，被她这一嘀咕，就捅破了一层纸。

大家都不言语了。

我们乡村有个讲究，婚嫁上不穿白，白事才穿白戴孝，红事自然穿得越鲜艳越喜庆。这大婚的日子穿一袭惨白的长裙，还真是没见过。我知道这几位送亲的亲人中，真正疼兰花姑姑的，是二姑姑，她们是亲姊妹。她们姊妹离娘早，兰花姑姑念书那会儿，都是二姑姑一直给她烙馍馍做干粮、缝衣裳、做鞋子。

三姑姑担心穿白对妹妹以后的婚姻不好。

看着穿婚纱的姑姑像一朵盛开的白色花儿，我忽然觉得三姑姑的担忧真是村妇的无知心理在作祟，啥讲究嘛，都啥时代了，还计较这些。

当我给村里的妇女们转述婚礼的盛况时，我做了色彩的调换，把白裙子换成了一袭红裙。

其实细想，一个穿一身猩红长裙的小个头女人，头发上再别一圈儿大红的假花，胸口别着红色的胸花，脸蛋和嘴唇也是红的，这样的装扮真的好看吗？

不会好看，而且会叫县城人笑掉大牙，只有山里出来的土包子才会这么打扮吧。

但是我篡改后的讲述，没有人质疑，大家听得津津有味，有人还啧啧地赞叹，流露出朴素而真诚的艳羡。

念过书的女人就是命好啊，看看人家兰花子，那才是把叶子扬了么——最后半句完全是我们的方言，意思就是将人生炫耀到了极致——我查过字典，好歹查不出这“叶子”二字咋写，“扬”这个汉字的采用可能也不准确，因为用方言发出来是一声。

把我们孽障着活了个啥啊——她们继续，由赞叹转为感慨，我们就是一群睁眼瞎子，双手连个八字都不会写，出了门连个厕所都认不得——我静静听着，心里既喜悦得意，又怜悯同情。前者是为姑姑达到了一个全村的姑娘都难以达到的人生高度，后者是同情眼前这些姐妹们。她们确实看着让人心里怜惜，几乎没进过学校，好多人不会写自己的官名，年纪大点的媳妇，甚至没有正式的官名。户口本上那个象征身份的名字，也可能只是小名前面加了个父亲的姓氏而已。

姑姑盛大的婚礼和伴随着婚礼而产生的幸福，有多盛大，有多璀璨，有多值得回味咀嚼，其实我当时都还没有意识到。我只是觉得高兴，高兴得走路都哼着歌儿。我觉得姑姑的幸福辐射了我，照亮了我，在我们家所有人当中，我是受到恩惠最多的人，我也是最幸福的人。

姐妹们丝毫也不掩饰对我的羡慕。姑姑已经嫁出去了，姑姑的幸福她们只能听说，没有福气亲眼看到。她们啧啧一番以后，就把思绪拉回眼前。有人看着我，说赛赛你也是有福气的女子，你学习好，还有一个端国家饭碗的姑姑，你肯定也能把书念成，也端上铁饭碗。那时节你肯定也能像你姑姑一样，嫁到县城里过好日子，都说鸡窝里飞出个金凤凰，我们庄里已经飞出去一个，后头就看你的了。

这话听得我面红心跳，心里热热的，觉得自己好像真的拥有了一个可以期待的美好前程，金光闪闪的就在不远处等着我呢。可是，我又觉得担忧，小学的时候姑姑供养过我，也带我和她一起吃住过，我沾了她的光。那都是姑姑还没嫁人之前。现在她已经是别人家一口人了，还能像过去一样爱护我吗？说实话我拿不准。就算姑姑疼我，姑父张大为呢，姑父家别的人呢，他们又不是我的亲人，凭什么会支持姑姑继续拉扯我？

不管怎么说，我姑姑兰花子一度成为我们村庄，甚至附近好多个村庄，姐妹们羡慕的对象，也成为年轻的母亲们教育自己女儿的活典范。

你看看人家兰花子，把书念成了，考上学，有了工作，我的男人是县城的，现在月月拿着工资，不愁吃不愁穿，风吹不着日晒不着，人家命大得很。

乡亲们谁都没有亲眼看到过我兰花姑姑具体过的日子，怎么个不愁吃不愁穿，又怎么个风吹不着日晒不着，他们其实是无从想象的，在他们有限的想象里，一个人一旦月月能领上固定的工资，那就是月月都有个麦子黄，注定能吃得饱穿得暖，不用一年四季在野外顶着风吹日晒下苦，那就是女人活着的最好境遇了。

在村里时，我跟大伙儿一样，我也认为姑姑这一去，从此像童话里的公主，过上了好得没法再好的日子。

而看到真实的情况，是在我住进姑姑家开始读初中以后。

四

王润玉是忽然闯入我们生活的，确切点说，是闯入了姑姑和姑父的婚姻生活。

一天放学后我跟平时一样，匆匆回家，掏钥匙开锁进门，一只脚踏进门我站住了。没有听到菜刀切菜、擀面杖擀面的声音，也没有闻到扑鼻的炒菜香，我听到有人在吵架。

一个男声和一个女声，像两股绳子一样紧紧搅在一起，拧得很紧，你不让我，我不饶你，你松我紧，我进你退，纠缠在一起。

我赶紧后退，退出门，身后响起邻居归来的脚步声，我赶紧又进门，有意把门磕出一声重响。

惊动了屋里人。

吵架声立时没了。

但是像潮水一样马上又反弹回来，姑姑从屋里冲出来，直奔厨房，嘴里说我要做饭，娃等着吃饭哩。

姑父在身后紧追不舍，也进了厨房，我听到他嘴里在喊三个字，王润玉。

厨房里响起锅碗瓢盆的磕碰声，姑姑高声冲我喊：赛赛你先回屋看书去，饭熟了姑叫你。

我唉一声赶紧溜进自己的屋子。把门关上，坐下看书。

争吵没有停止，伴随着炒菜做饭声，隔着一道门钻进耳朵里来，不太清晰，但“王润玉”三个字在不断重复。还有一句话出现的频率也很高。

姑父说你说清楚，你今儿不说清楚谁都没有好日子过。

你说清楚！

你必须说清楚！

……

我隐隐地担忧，是不是在因为我而争吵？

自从住进姑父家里，说实话我处处小心，总觉得心里别扭，没有在自己家里自在，也没有当初跟姑姑住小学宿舍时那么放松。我完全是紧绷的，总觉得在别人家里，跟一个陌生的大男人在一起生活，是一件让人紧张的事，尽管这个人是我姑父，中间还有我姑姑在周旋转圜，我还是觉得挺别扭。

让我来这里住宿，父亲也有点犹豫，他的意见是住学校去，住学校省心，住姑姑家给人添麻烦。

说完他吩咐我妈给我准备住校的被褥。

把那个新缝的绸被儿，还有那个新棉花褥子给卷包起来。

我妈瞪了我一眼，没吭声出去了。

我在那一眼里低下头，不敢看父亲，也不敢看又返回来站在门口的她，我知道她舍不得新被褥，她心里也不赞同我们家送一个女子娃去县城念书，花钱不说，娃娃在学校里过的是衣来伸手饭来张口的日子，地里的庄稼活儿一样都帮不上，锅灶上的茶饭活儿也帮不上，要这样的女儿还不如没有。

这是我从庄里的妇女们嘴里听来的话，我妈在外头就是这样说的，她盼着我不要考上县城的中学，偏偏我考上了，她盼着我父亲能做主把我拉回来，偏偏我父亲决定供我继续念书。

其实我父亲的决定很大程度上是因为他的妹子纳兰花，他知道妹子会坚持要我念书的。

要开学了，姑姑从县城回来了，一方面是出嫁后回门，一方面是接我去报到念书。

女子娃么，些许认几个字，不是睁眼瞎子，就成了，还念啥哩，费钱得很，念到最后，能不能念出个结果还不好说哩。她没你那吃苦的精神，又没你聪明。父亲说。

我坐在门口悄悄听着，我知道自己的命运要走向何方，正在决断当中。

就是么，赛赛都十四了，庄里和她同岁的女子早都上锅做饭了，针线活儿也做得样样行，赛赛万一书念不成，再把一辈子的事儿给耽搁了，这骂名我可担不起。

我妈插嘴，她显得十二分委屈，给人感觉她很为我的前途担忧。

我在心里偷偷冷笑，说得比唱得好听，后妈的心肠比蛇蝎都毒，我算是信了，要是我亲妈活着，她会这样吗？

赛赛跟着我你们有啥不放心的？

姑姑笑吟吟盯住我妈，把我妈给盯得心虚了，她也赶紧笑，说放心，放心着哩，娃跟的是亲姑姑，我们有啥不放心的。

等姑姑把亲门党家挨个儿走了一圈儿，下午返程时，身后多出来一个我，我们啥都没带，不要说铺盖、干粮，我连书包都没带，我赤手空拳离开了家。

父亲曾悄悄给我安顿过，叫我去了少说闲话，少惹是非，好好学习，不念书的日子也帮姑姑干点活儿，洗锅啊、洗衣裳啊、扫地啊，总之要灵活点儿，要学会看眼色。

姑姑是咱家人，亲的，你不懂事她能看过去，要是惹你姑父不高兴那就不好了，毕竟我们是在给人家添麻烦哩，你记下了吗？

最后，父亲强调。

我点头，我都记住了。

这道理我懂。

妈没得早，父亲就是妈，有些心就得他来操。

我牢牢记着父亲的话。

我总是担心有一天，姑父会嫌弃起我来，所以我时时处处把自己的存在感降低到最低限度。比如我一般都在学校上厕所，从不在姑姑家里大便；走路说话我都很轻很轻，不吵别人；吃饭只要姑父在，我一般不夹肉菜，面前碟子里是啥我就吃啥，我吃一碗就不吃了，我说饱了，我的心思是要给姑父一种感觉，这娃饭量小，不会把他家吃穷。

抚着心口窝说句良心话，姑父对我还是不错的，自从我来了，他没有跟我说过一句重话，也没有骂过我，让我给他倒水泡茶的时候，最前面还要加个“请”字，我的书包和文具就是他给买的。

可是他们吵起来了，还这样凶，我回来后，姑姑似乎怕我听到，数次要息事宁人，但是姑父不饶，姑父没有收敛的迹象，这说明什么？是不是姑父不想要我了，嫌弃我这个拖油瓶了？

想想也是，我又不是姑姑生的，凭什么要一路拖着我，管吃管喝管住管穿衣，还有学费呢，也给我管了。

就算姑父家很富，但也没有道理拖着一个侄女儿到自己家里来啊。不是一天两天的事，是三年，初中三年后还有高中呢，又是三年。

我站在姑父的角度给姑父开脱，我觉得姑父就算是嫌弃我，我也不能怨他，错的是我，是我们家，不是他。

那我该咋办？

离开，去学校住？

还是直接回家？告诉父亲，这书不念了，回家务农，在后妈的指导下熬几年，稍微大点找个人嫁了了事！

我的心一点点乱了，乱乱地飞着，好像是一只吹起来的气球，扑腾着要飞。我拼命地按着，不叫它飞起来。

我趴在桌子上背诵课文，把老师要求背诵的背会，不要求背诵的也都背会。

一种感觉一点点明晰起来，这两口子的情况，不是今儿忽然冒出来的，而是有前兆，大概三四天前吧，好像家里的气氛就有那么一点不对劲，可惜我神经不够敏感，竟然丝毫都没有察觉，现在回想，确实早就露出迹象来了，只是我迟钝罢了。

姑姑似乎在躲着姑父，姑父在撵着不放，有一次他们躲进卫生间，门哗一声从里头阖上。我当时午休起来要去学校了，本来要小便，一看这情况，我轻轻一笑，决定把尿夹到学校去解决。我心里傻乎乎地以为姑姑、姑父新婚燕尔，彼此看着亲，才那样黏糊着，一分一秒都舍不得分开。

别看我年纪不大，但是该懂的人事已经多少懂了一点。乡村里那些婶子、大嫂们凑在一起就爱半遮半掩说这些掺杂着性事的笑话，有时候也不避讳我们这些小孩子。时间长了，我也半真半假受到了一些启蒙，至少我知道，新婚的夫妻之间无比甜蜜，如胶似漆。随时随地躲起来搞一点小动作，是正常的。

姑姑、姑父这样，只能说明他们关系好，是真爱。

我希望他们和和美美的，姑父能像他婚前说过的那样，把姑姑捧在手心里，当宝一样疼，一辈子都不叫受委屈。这是那天在邮电宾馆的婚礼上，姑父当着所有人大声说出来的，他说是他爱姑姑的誓言。

我想自己之所以这么迟钝地后知后觉，也有一部分原因是我记住了姑父许下的誓言。

可是这个中午，我终于发现了不对劲。

他们不是恩爱到情不自禁地忽然黏糊，他们在吵架，不依不饶地互相较劲。

尽管姑姑极力地遮掩，但好歹我还是能分辨出来的。

这顿饭我们都没怎么吃，我吃了半碗就坚持说自己饱了。要是在平时，姑父会笑着劝我再吃，还说娃娃家正长身体，多吃饭才能长出高个头。今儿姑父什么都没说，他用筷子慢慢地搛菜，把青菜拨开，夹起一片肉塞进嘴巴，老牛回草一样很慢地嚼着。目光有些涣散，不看我们俩，而是盯着碟子看。好像眼前的普通瓷碟是名贵的青花瓷，让他痴迷。

平时姑姑会夺过我的碗，愣是再添一碗。眼前的姑姑好像没看到我只吃了一点点，她草草往嘴里扒拉着自己的饭，一面把碟子往姑父面前推，带着些殷勤，说你吃，这是你爱吃的菜。

姑父好像没听到，只管嚼着自己的，我真怀疑他把那块肉嚼成了一片破抹布。

你吃嘛——姑姑又把碟子往他面前推，脸上还带出笑意，笑盈盈看着他。

我感觉姑姑在有意巴结姑父。

这感觉让我觉得不舒服，姑姑为什么要巴结这个男人，好像她欠了他多少钱一样。

等晚上回来，我在门口徘徊，觉得没勇气推开这扇家门。我担心中午的那种不好的感觉还在。

开门一看，姑姑在，在忙着做饭，姑父不在。我心里暗舒一口气。

晚饭很丰盛，羊肉臊子面，姑姑亲手擀的面，羊肉配上洋芋丁炒的臊子，绵软而不油腻，姑姑还备了三个凉菜，凉拌牛肉片、蒜泥拌菠菜、白糖西红柿。

饭菜摆上桌，我们开始等姑父。

学校有晚自习，姑姑家离学校近，我一般吃过饭就去学校背书，然后上晚自习。

姑姑总是叫我先吃，说吃了好去学校学习。

今晚姑姑坐着没动，臊子盛在一个圆肚子的大瓷盆里，香气从盆盖的圆孔里往外挤，一缕缕往鼻子眼里钻，唤醒了我饥渴的肠肚，午饭没吃饱，这会儿肠子扭在一起打架，咕噜咕噜响。

我偷偷看姑姑。她不看我，盯着盘子里的面出神。

面是手擀的，盐水面，提前调好，醒上半个钟头，擀开，柔韧又光滑，宽汤锅里下出来，捞在大白瓷碟里，细致又匀称，闪烁着麦子面特有的淡黄色光泽。

这样的面，把臊子拌进去，再就着精致凉菜，一口气吃一大碗，那个美，没法说。

面要趁热吃，尤其长面，趁着热乎劲儿，面条是醒的，精精神神滑滑爽爽，挑起来颤悠悠，咬一口一窝丝，爽利，筋道，让人吃一口想两口。

我悄悄咽口水。

热气在眼前丝丝缕缕地盘旋，像一个等待爱情的姑娘，一点一点把自己的青春耗尽，终于没有了任何气息，冷却下去。

我们没有等到姑父回来，姑姑站起来去打电话，没人接。都下班回家了。姑姑给我说。我点头，确实是这样，这个点了，谁还守在办公室里，姑父的单位又不是非得在这会儿加班的单位。

姑姑一遍遍看表，她手腕上新婚时买的梅花表据说是快七点半了，再有半小时我们学校就会打自习铃。

你吃吧。姑姑终于发话。肯定是去他妈家了，不用等了。

姑姑不吃，进屋去了。

我一个人吃饭，面早坨了，粘在一起，一挑就断了，臊子也凉了，一股腥味。

我没动凉菜，匆匆吃了几口面条就背上书包离开了。

接下来的日子倒是风平浪静，姑姑按时做饭，姑父按时回家，饭桌上我们三个人像过去一样一起吃饭，姑姑对姑父很热情，一个劲儿往他碗里添饭，姑父不吭声，大口大口吃。

后来回想起来，我发现，这段时间，为了维护婚姻的幸福，姑姑还是做过努力的，比如她赔给张大为的笑脸和伺候他吃喝时表现出的殷勤。但张大为似乎不领情，他一步步紧逼，变本加厉地把事态推向恶劣的方向。

有一天夜里，我本来已经睡了，睡梦里被隔壁的响动惊醒。

我坐起来注意听，隔壁在打架。一个在骂，一个在哭，一个在打，一个在躲。啪啪啪，劈头盖脸打下去的声响，在深夜分外惊心。

我像幽灵一样推开姑姑的房门出现在门口。

挨打的是姑姑，打人的是姑父，他们都整整齐齐穿着睡衣，看样子压根就没有睡。

一看我来了，姑姑不哭了，喊，你吓着她了，你丢人不丢人？

姑父手里捋着皮裤带，不打了，但是看那意思还不准备罢休，说，有啥丢人的，绿帽子都扣在头上了，我还丢人？你都不嫌丢人，我还丢啥人？

姑姑坐在地上，身子靠着床根，她想站起来，又站不起来，就那么蜷缩成一团，抖个不停。我不知道这颤抖是因为疼痛、恐惧，还是羞耻和气愤？我感觉随着她的身子，整个床，整间屋子都在颤抖。

我吓傻了，一个劲儿哭。

没人理我，姑父甩了甩裤带，吐一口唾沫，喘着混浊的粗气。

姑父问，说，你究竟和王润玉那狗日的啥关系？

你是不是心里还想着那个嫖客？

你是不是还和那不要脸的保持着联系？

你是不是还想着要和他有啥勾当？

姑姑吐一口唾沫，仰起脸，说，我再说一遍，我和王润玉的关系，是过去，早都结束了，我现在和他没关系。我能嫁给你，说明我心里已经不想他了。我没有给他写信。我们之间从来没有啥见不得人的勾当。

姑姑又吐一口唾沫，灯光昏暗，我怀疑她嘴里出血了，不然不会这么连连吐唾沫。

她目光坚定，看着张大为，说，张大为我告诉你，这样的问题我已经解释无数遍了，我不想再解释了，我们能过就过，不能过就离婚，你不能这样欺负人。

我就欺负你咋了？！

随着一声喊，姑父飞人一样呼啸着跃过床，一把扯住姑姑头发，又打了起来。这回用的是巴掌、拳头、脚。

巴掌飞，拳头捶，脚踢。

姑父身材高大魁梧，又爱好运动，他像个专业格斗手一样，在我们面前施展着自己非凡的实力。

姑父打几下，不打了，从窗台上拿起一张纸，冷笑，念道：亲爱的兰花，得知你结婚了，我很伤心，真是太伤心了，我整整一周时间爬不起来，茶饭不思，在死亡边缘挣扎。我想就这样死了算了，反正我最爱的女人已经嫁给了别人，我这样一死倒是干净。

丢开纸页，又开始打。

打几下，接着念。

可是你知道吗，我不想死，我得活着，有一天我要当面来问你，你真的舍得丢开我们的誓言，嫁给一个不爱的男人？你怎么忍心？你要我怎么活……

姑父是个壮汉，现在捏着嗓子，挤出一副公鸭嗓子，夸张地念着，好像一个称职的演员在投入地扮演一个太监的戏份。

那是一封信。

确切说，是一封情人间的情书。

情书分数次念完了。

姑父把它折叠，折成一个小方块，装进上衣兜里。

又开始打人。

我忽然很恨自己，恨自己不是一个男人，没有像张大为一样高大结实，没有本事冲上去和这个叫张大为的男人格斗。我只木桩一样站着。男人打女人，其实对于我来说不稀罕，在老家见过。我们村的男人就有打女人的毛病，尤其有个男人，每次打女人都先一把打掉女人的帽子，把长辫子扯住绕在手腕上，然后绊住了慢慢打。

也有我们村嫁出去的女儿，动不动被婆家欺负，哭着跑回来的，有时候我们能看到她们身上的伤痕。

在乡村，妇女挨自家男人的打，好像是分内的事。

可这样的事情发生在姑姑身上，是我怎么都想不到的。

姑姑和村里那些妇女们不一样啊，她是念过书的女子，她是我们村头一个考上学，有了一份正式工作的女子，她是头一个嫁到县城的女子。她是大家眼里羡慕的对象，是我们村的传奇。女人们最喜欢在劳动之余，慨叹自己命苦的同时，提起走出山外的农村姑娘兰花子。

每当听到这样的话，我都很自豪。

可是眼前的姑姑切切实实在挨打，跟乡村的文盲妇女们没一点区别，她没有力气跟五大三粗的男人对打，她只能嘴上哭，骂，躲，她哭着辩解和躲避的样子，和我们村里那些村妇们惊人的相似。

张大为打够了，回头看我，他居然能用温和的面孔面对我，说你去睡吧，大人的事，和你没关系。

我在这目光注视下默默离开。

在被窝里我耳边响彻着嗡嗡的风声，脑子要炸开一样，睡不着，我就一遍遍回想，王润玉，他们的对话中反复蹦出这个名字，是个人名，是个男人，他是谁？姑父喊他狗日的、嫖客、不要脸，说姑姑和这个王润玉有勾当……根据前面掌握的碎片信息，可以推测出，这个王润玉以前和姑姑好，现在在外头上学，他得知姑姑结婚了，他就写来了一封信，信里说姑姑的变心让他痛不欲生，他会回来找姑姑的，他不相信他们的爱情会这样轻易结束。

其实事情就是这样，来龙去脉很明白，但是姑父好像不愿意明白，不能接受这个事实，他要姑姑说个明白。

偏偏姑姑说不明白。

现在我明白了，这些日子以来的所有不愉快，都和一个叫王润玉的男人有关，姑父不高兴，不是在嫌弃我，而是在跟王润玉较劲。

我不叫王润玉，那么这个导火索就不是我。

五

暴风雨过后，出现了难得的清朗和宁静。

第二天我被闹铃叫醒。我不敢睁眼看眼前的世界，盼望昨夜的事情只是我做的一个噩梦，一觉睡醒，一切如旧，姑姑家里还是老样子。

可我知道这是自欺欺人，昨夜隔壁卧室里那一幕已经刻在我脑子里，就是拿刀子也刮不掉，又怎么会是假的呢？

我背上书包，把床铺整理整齐，我心里在暗暗下着决心，这一出去，就再也不回这里来了，这个家我没法待了，姑姑自己都活成了那样，我还赖着不走，我有脸在这儿吗？

门被推开了，姑姑探头进来，冲我摆手，快来吃早餐，要迟到了。

姑姑她按时起来，给我做好了早餐。

我小心翼翼地吃着，偷偷观察，没见姑父，姑姑自己也没吃，她的脸有点浮肿，好像胖了一圈儿。

她给我剥鸡蛋，夹菜，取热饼子，她和平时一样，好像昨夜什么都没发生。

姑父回他妈家去了，我和姑姑两个人过了三天清净日子。

我数次都想问姑姑，王润玉咋回事，姑父凭啥那么打你，要不你真的离婚吧，你念了这些年书，是村里唯一有工作的姑娘，我们拼命念书不就为了改变自己的命运吗，凭啥你还要和庄里那些小媳妇一样挨打？

我没勇气问。姑姑她压根就没给我发问的机会，她匆匆伺候我吃完，就打发我出门走人，一个劲儿说迟了要迟了，去了好好学习。

下午我放学进门，看到了戏剧性的一幕。

姑姑坐在沙发上，姑父跪在地上。

姑父跪得很诚实，腰板直挺，双膝并拢，一副是打是骂都不还手的姿态。

姑姑本来低头坐着，一看我进来，她站了起来，拉一把姑父，嚷，张大为你起来，叫娃看着啥意思？有你这么闹腾的吗？

姑父推开姑姑的手，不起来，坚持跪着，说，媳妇儿，你不原谅，我就不起来，你不打消离婚的念头，我就跪死在你面前。

他一把抓住了姑姑的手，按在自己脸上，来，你打，你打我，把我打你的都打回来！你打，你打呀——

他扯得姑姑身子打转，姑姑的小手在姑父的大脸上按出啪啪的声响。

姑姑挣扎着要抽身，姑父力气大，控制着姑姑，姑姑只能打，好像那张大脸就是个饼子，需要不断地拍打才能变熟。

媳妇儿，手打疼了对吗，好好好，不用手打，咱找家伙打——他捞起茶几上的鸡毛掸子，往姑姑手里塞，来来来，用这个抽，抽这个王八浑蛋，看他还敢不敢欺负我媳妇儿？

姑姑像个傀儡娃娃，被他操控着，随着他的动作忙活。

姑父对自己真下得了手，鸡毛掸子抽过，他脸上落下一道道红印。

姑姑终于拗不过他，扑哧笑了。

看，笑了，笑了，笑了就说明好了，我媳妇儿原谅我了。

姑父像个孩子一样笑着，翻起来一把把姑姑抱进怀里。

我知道大戏落幕，就一低头进了自己房间。

这样的和好维持了一周时间，一周以后一次饭桌上，张大为从兜里摸出一张纸，展开了，念，亲爱的兰花，我断定你这样匆匆结婚，肯定不是因为爱上了那个男人，而是你没有办法才走的一条路对不对？是娘家人逼你了对吗？我知道，农村人观念落后，女孩子稍微大点就早婚，可你是念过书的呀，你可以例外……

听着听着，姑姑的脸色变了。

我低头吃饭，有种一连吃了好几只苍蝇的感觉。

姑父把信纸拍在桌子上，脸上那嬉皮笑脸的样子不见了，泛着黑，说，纳兰花，你到底能不能给我说句交心的话，你和王润玉到底到了啥程度？我这几天反复琢磨，咋总觉得不对劲，你们是不是早就那啥了？

张大为你恶心人！姑姑吼。

一声吼激起了姑父的火气，或者说，姑父早就等待着这样的引子来点燃隐忍的大火，他咣一拳捶飞了眼前的饭碗，吼，你不说清楚，我就是要恶心你，不然我睡不着觉。

他们大吵起来。

我丢下碗，拎起书包夺门而逃。

晚上回家我看到姑姑走路腿有点瘸，洗菜的时候撸起的胳膊上有青紫。

接下来清静了四天，周末的中午，姑父一进门就跪在姑姑面前。

把上回那负荆请罪的一幕又重演了一遍。

这一回他似乎演技更娴熟了，情感也更投入了，他呜呜地哭着，哭着发誓，说以后要再对媳妇不好，就去死，死了埋在北山上的乱人坟里。这时我才知道，县城原来有一座很早就流传下来的乱人坟。

接下来的日子，姑父迷恋上了王润玉。

君子温润如玉。不知道王润玉其人长得究竟像不像一块玉，但是这名字确实禁得起琢磨，姑父像嚼甘蔗一样一节一节嚼着王润玉。

这种闹腾前后持续了大半年之久。

纵观整个事态发展过程，我后来有一种感觉，某种程度上来说，姑父之所以变成这样一个人，姑姑、姑父的关系一天天往更深更恶劣的方向滑行，很大程度上，和王润玉有关。

王润玉是酵母，是引子。

就算张大为本身不是什么好鸟儿，心里本来就埋藏着恶劣的一面，但如果这辈子姑姑没有和王润玉发生初恋，王润玉不要在姑姑婚后还写信来，信不要写得那么缠绵悱恻，那么，他们夫妻的关系很有可能要好得多，至少能像大多数平凡夫妻一样平平淡淡地过到头吧。

可事实上，有些事，很难像我们内心奢望的那样圆满。

一个既定的事实很多年都难以改变，我姑姑纳兰花和一个叫王润玉的男人有过很长一段时间的恋爱，最后有情人没能成为眷属，娶姑姑回家的是张大为，但是这个抱得美人归的男人，在得到一个女人的人身之后，又开始纠缠于她的心究竟在何方，其实这是人类情感史上的千古难题，姑父的较真让大家都没有好日子过，把他自己，还有姑姑，一步一步逼向恶劣的悬崖。

王润玉他自己知道吗，他的再次出现深刻地影响着一个家庭的和谐，甚至威胁到了这个家庭的未来。

王润玉他肯定不知道，他正在被一对男女反复地提起，反复地肯定，否定，否定，又肯定。就在这反反复复的过程里，姑父对姑姑一会儿使用暴力，打，骂，侮辱，质疑，逼迫……苦苦相逼，直到两个人都精疲力竭他才罢休，时隔两到三天，他又跪在姑姑面前认错，买回大堆的鲜花、首饰、新衣裳，还掏出现金，只为换姑姑露出一个笑脸，并且亲口说出她原谅他了。

他们像孩子一样玩着过家家。

就在我自己都麻木并且适应了这样的闹剧的时候，有个周末，姑姑说我们去北山上吧，看看乱人坟。

我心里嘀咕，乱人坟有啥好看的。

乱人坟其实就是一个土岗子，乱草杂生，中间凸起一个个土包，那里头都是死人尸骨。土包低矮塌陷的，是早年安葬的，高而新的，是新近才埋的。

我们坐在山头上远远地看。

我们默默地不说话，只有山风在脸上硬硬地拍打。

风掀起姑姑的凉帽，我看到她额畔的伤痕一会儿露出来，一会儿又盖住了。

姑，我终于鼓足了勇气说，我不想念书了。

姑姑似乎被吓了一跳。

我赶紧解释。

我觉得我脑子笨，不是念书的料，再说我父母年岁也大了，在地里下苦看着可怜得很，我想回去帮他们种地。

姑姑正眼看我，问，你回去给他们下苦，伺候你大和你后妈，等过两年稍微大点找个男人嫁了，是不是？然后就接着给婆家下苦，伺候公公、婆婆和男人，然后再养几个娃娃，擦屎擦尿地拉扯，把自己一辈子都熬进去，对不对？

我无言，我看到她眼底的红血丝布满了眼睛。

姑姑的眼神忽然凌厉起来，向着风吐一口唾沫，说，不行，不能你说拉倒就拉倒，有我在世上活一天，你就没有辍学回去的道理！你趁早死了这条心，给我好好学！

我低下头，眼泪瞬间弥漫上来，盈满了眼眶。

我使劲地点头，接着又摇头，我喊了一声姑。就再也说不出话来。我也不知道自己要说什么。辍学回家的念头，好像既真实，又虚假，其实我不想回家，更不想辍学，回到家是什么境遇我比谁都清楚，假期短短四十多天我都觉得度日如年，在我妈的手底下日子不好过，真要不念书回家，我的命运肯定就跟姑姑说的那样，一点都不夸张。

姑姑拍了拍我的肩。

下山回家的路上姑姑搂着我的肩膀，我们一起走。土路上时不时扬起一股黄土尘烟，但是我们都没有理睬，就在尘烟里走着。我上了初中开始蹿个子，姑姑是小个子，我几乎和姑姑一般高了。我们挨得这样近，我都能闻到姑姑身上的味道了。

跟姑说实话，是不是不想在我们家住了？她忽然问。

我点头，老老实实回答，就是。

接着，我又说，他要是再打你，我们就报警。这样下去我真的很担心你。

姑姑松开我，看着我的眼睛，说这正是我担心的，我们不和睦，会影响你。你放心，我今儿下决心了，回去就离。他那一哭二闹三上吊的把戏不灵了，每次都那样，把人作践完了，转过来又赔礼道歉，回头又来作践，我原谅一回两回三回四回是给我们两个人机会，但是他越来越过分了。

我灰暗的心情顿时就明朗起来，我说，姑，离吧，像他那么打人，有一天会把你……

后面的话我没敢说。

嗯，离，姑真的想好了。

她又揽住我肩膀，用劲搂着，说好好用功啊，我知道你心里苦，可你想想姑那几年有多苦，你就知道你现在面对的，都不叫苦。

我默默点头，无言以对。

是啊，姑姑能从我们那深山沟里走出来，她的经历足以写满满一折子的苦情戏。

据说，当年的山村小学校里只有她一个女娃娃在念书，上学放学路上没少遭受男孩子的欺负。

据说，她是全乡第一个考上县回中的回族女孩，为了求爷爷供她念初中，她天天抱着爷爷的胳膊哭，后来乡学区的人来做动员，爷爷才下了决心。

据说，初中三年，她住在集体宿舍的门口铺位，冬天脚上手上都是冻疮，为了节省花费，初中三年时间从来没有吃过一顿早餐。

据说，她师范是以全县最高分被录取的，学校给减免了三年学费。

这也是姑姑死活不让我去住校去吃集体大锅饭的根本原因。

姑姑发育不良，个子没长高，胸脯只有很小的两个包，月经从来都没有按时来过，她说都是那时节喝凉水挨饿落下的病根。所以，我第一次初潮，姑姑拉着我的手陪我买回卫生纸，然后关起门亲手教我怎么折叠和使用。

姑姑叹息着说，女娃娃，就应该得到最好的照顾。

我明白，姑姑怕我像她一样遭罪。在她的呵护下，我顺利地跨越着成长历程中的所有苦难。

姑姑的心情也好起来，她说我们今儿改善改善，想吃啥姑请你。

我看到街边一家小吃店的大锅里翻腾着油汪汪的烩粉条，我想吃那个。

烩粉条端上来，香味扑鼻，我先美美喝一口滚烫的油汤，太香了姑——

姑姑望着油碗忽然捂住了嘴，身子一扭，哇的一声吐了。

她怀孕了。

六

我高考分数出来的第二天，姑姑带我去山上看尼姑。

天气很热，坐在房子里都冒汗，我在做清理，把自己这六年念过的书、用过的文具、睡过的被褥、穿过的衣裳和鞋袜，能清洗的清洗，该扔掉的扔掉，能带回去的准备带回老家去。

我在姑姑家借宿六年，终于熬出头，到离开的时节了。

姑姑喊我放下手头的活儿，跟她出去一趟。

我看到她穿了一身运动服，娇小的身子裹在宽大的运动服里，头发窝成一个马尾，塞在遮阳帽里。

望着这副劲装，我有点蒙，姑姑咋忽然有兴致了？

我换上鞋，戴上帽子，我们步行横穿县城的文化街。

踩在一座城市的交通大动脉上，我有种做梦的感觉，不敢问姑姑这是要去哪里，姑姑变得越来越不爱说话了，由开始的不和姑父说话，到后来连我也不愿意多理睬了。我像温水里的青蛙，不知不觉中早就适应了姑姑的变化。

一次父亲来给我送户口本，略略坐了一会儿就要回，我送他到车站，临上车他忽然回头看我，说，你姑咋跟变了个人一样？一句话都没了！

我咂摸着这句话慢慢走回姑父家。姑姑在叠风铃，自从小城里流行起风铃她就迷上了，买回一盘一盘的彩纸一串一串的小铃铛，叠一个巨大的挂在客厅里，叠一个中型的挂在主卧室，叠一个小的挂给我，女儿在奶奶家住，就叠一个小小的送给女儿挂在奶奶家。只要有女同事求她，她都答应人家，回来就闷头坐下叠，叠完了装进塑料袋送给人家，似乎叠风铃是一个很享受的过程。

我偷偷打量，我高中猛然发育，个子早就超过了姑姑，体形也早就超过了姑姑。坐在姑姑身边，总是有种恍惚感，时光好快，六年就这么过去了，我咬着牙赖在姑姑家住了六年，父亲数次流露出想叫我回家的意思，我妈更绝，有一回叫姑姑把我弟弟也带到城里念书，说城里的小学要比乡里好几倍。姑姑没吭声。我妈背过姑姑给我脸色看，说姑姑偏心，要带也该带男娃的，难道女娃能比男娃吃劲。又说我一个女子家，长得牛高马大的，住在人家里方便吗？

我反过去问她，有啥不方便的，一个是我姑姑，一个是我姑父，都是和你一个辈分的长辈，还有一个小表妹也是女儿，你觉得这里头有啥不方便的？

我妈气得直翻白眼，说，哼，早知道是个白眼狼，当年就不要供养她念书。看看，这又要带出一个小白眼狼！

又说，人现在是有钱汉了么，看不起我这乡里的穷嫂子。

我在心里冷笑，当年供养我姑姑念书的时节，她还不是我后妈呢，那个真正供养姑姑念书的嫂子是我病故的亲妈。

再说，我妈她哪里知道别人的难处呢，姑姑带我一个已经很艰难了，哪有再拖一个的道理？

看着她那愤愤不平的神色，我好几次都想把姑姑的处境说出来，告诉她，每个人都有自己的难处，有些事不是你表面看到的那样，也不是你想象的那样。

我又忍住了。因为我知道，说出的后果远远大过不说，误解就误解吧。

再说姑姑这些年的婚姻状况她是瞒着我们家人的，我从来都没有听到她在哪个娘家人跟前提过哪怕是半句。是因为奶奶不在人世，知道自己其实是没人真心疼的孩子，所以不愿意说，还是太要面子，为了在娘家面前维持一个幸福的表象？

她自己不说，我也不敢说。再说，我能跟谁说呢，父亲是大男人，不合适，我妈嘛，不是亲妈，隔着一层，每次我回去，瞧着她恨不能一眼皮把我夹死的嘴脸，我哪敢再多嘴说这些？

思来想去，其实只有四个姑姑是适合的。奇怪的是，姑姑每次见到她的姐妹，她都显得很幸福，给两个姐姐买一样的衣裳，给两个妹妹买一样的衣裳，给钱的话，每次大家都一样多，你一百她也一百，你一套抹脸油，她也一套同样的。有一回给姊妹四个每人一个叠好的风铃。

得到馈赠的四个农民姑姑都很高兴，穿上衣裳，或者把钱塞进衣兜深处，拿热热的目光看这个叫兰花子的姊妹，等衣裳穿出去，会赢来妇女们的艳羡，钱她们拿回去填补进了各自的穷日子里。后来我慢慢想过，似乎，这些年，兰花姑姑给她们的馈赠真是不算少，每次回娘家都要去看看大家，可她们好像从来都没有跟兰花姑姑说过一声谢谢，也从来没有人关心过兰花姑姑过得咋样。

倒是有一回爷爷发出了一声感叹，爷爷看着桌子上摆出的一堆茶叶、白糖和枸杞，还有一包衣裳、鞋袜，爷爷捋着胡子说，人都说养女子白着哩，供养女子念书白糟蹋钱哩，都是胡说哩，看看我兰花子，哪个儿子有这一个女儿孝顺哩！

姑姑陪爷爷说话，陪姊妹们说话，说的都是学校里的事情，要么就是今年的庄稼收成，或者干脆是一些和我们大家没关系的家长里短。反正从来没有人提到姑姑的家庭，姑姑自己也不提。

我觉得那就是一片沉默的雷区，别人是不知道，姑姑是自己有意避开。

我心里一直盼着姑姑离婚，如果把情况跟家里人说了，大家得知姑姑这些年过得这样不顺，说不定有人会赞同姑姑离婚的，背后有人撑腰，说不定姑姑就会又一次动离婚的念头。

姑姑有多少次动过离婚的念头，我不知道，估计姑姑自己也是糊涂的。

当年姑姑孕检是我陪着去的，结果出来后，她抱着肚子滑在椅子上，看着妇产科诊室进出的大肚子女人，她说赛赛，你说，姑该咋办？

这把我也难住了，怀孕生孩子，那不就意味着姑姑要和姑父有娃娃了，有了娃还能离婚吗？根据我在我们庄里看到的经验，绝对是不会离了，因为人都说娃娃是拴女人心的绳子，女人一旦生了娃，就再不会跳腾了。所以我们村的王斜眼媳妇进门就闹离婚，结果王斜眼他妈就偷偷给儿子教，叫赶紧让媳妇怀上，后来怀上了，那媳妇还真的不跳腾了，从此踏踏实实做王斜眼的媳妇。

我说姑，要不我们问问旁人吧，问我大姑，二姑、四姑、五姑也行。

我四姑姑、五姑姑年龄比兰花姑姑小，但因为没念书，结婚都比兰花姑姑早，她们都已经是几个娃的妈了。

姑姑摇头。

她坐在椅子上一直想，想到医院下班关门。

姑姑站起来，说，走，我回去跟他商量。

商量的结果是姑父高兴得腮帮子都咧到耳朵背后去了。

姑父把姑姑抱住，像抓着布娃娃一样举了起来，姑姑急得大喊，姑父不管，笑哈哈说，好，好，好，我媳妇儿怀上了，好，千古大喜事，我张大为从今儿起要对媳妇更好，好过一千倍，不，一万倍，媳妇儿你坐着，晚饭我来做。

姑父的厨艺还可以，小揪面端出来，不让姑姑自己吃，他居然端个碗要给媳妇喂。

姑姑推开了。

姑姑郑重其事地按着姑父，说，张大为，我把话说到前面，娃都有了，以后你要再犯你那糊涂毛病，我照样离婚，这娃可以随时打掉，就算生下来了，也还是能离婚的。

姑父说，行，媳妇儿咋说我咋遵守，以后媳妇儿就是家里的老大。

他掏出那张磨损得掉渣的信纸，当着我们的面撕了，撕成碎片，然后丢进了垃圾桶。

看，往事都随风散了。

姑父摊开手，不忘幽默地追加一句，过去的就让它过去吧。

姑姑这一妥协，就真的留了下来，这一留，就是六年，如今女儿都快五岁了。

到了南山根下我才知道是要爬山。我心里犯嘀咕，爬山应该一大早出发啊，这会儿艳阳高照了，这么热哪还有力气爬山？阳光一晒，漫山洼的草木也都蔫巴巴的，实在没什么可欣赏的。

在填志愿上面我跟姑姑有分歧，我想去北京，不管哪所学校，只要是首都就行。她要我填南方，南方水土养人，三四年保证养出个细皮嫩肉的大美人，南方男人也好，尤其世代书香门第出来的，学识高，涵养好，知道疼女人。

她的意思是不是要我在那边把自己养成一个美人的同时，也顺便找个南方男友？

可她不说了，她就是这样，总是给你说着什么，忽然就不说了，好像意兴阑珊，瞬间就失去了所有的兴致，而且这种情况越来越明显。

最后我说姑我听你的。

我不想得罪她，因为我心里清楚，不管哪所大学录取，大学几年我都需要姑姑继续给我支持学费。凭我的农民家庭，父母除了时不时威胁我要将我拉回家之外，还能为我提供些什么呢，父亲就是砸了自己那把老骨头架子也卖不够我的大学学费。

现在我自己也转变想法，想去南方了，据说南方风景如画，那我趁着年轻正好去看看。

相比之下，眼前的小城实在是寒碜得可怜，植被覆盖稀薄，街道两边的槐树，长势和我们这里的女人一样，都是一副严重缺乏水分的干枯嘴脸。

县城的山我更是没兴趣当作风景来游览。

但是我没敢吱声。

别看山不起眼，却洋气，有名有姓，叫大峨眉。

听听这名字，你就知道我们县的人有多自大又有多可爱了，把家门口的一座黄土小山敢毫不惭愧地冠以这样一个吓死人的大名，似乎名山峨眉在我们的大峨眉面前也要大大地折眉弯腰，大输气概。

大峨眉其实就是个小山包包，据说有开发商曾打算把它圈起来，移走黄土，夷为平地，变成一个坐在中心地段的楼盘，也有开发商想将它圈起来当作一个楼盘的配套景观。不过都是坊间传说，暂时还没有变成事实。

政府倒是投了些钱，把上山的路铺成了石板路，石板拾级而上，一路蜿蜒，穿过山杏山桃树，一直延伸到山顶去了。

我们沿着石级往上爬。

你来这些年，还没领你爬过一次大峨眉。姑姑忽然回头，看我，说。她居然还一脸的笑。

我仰着头看她，心头恍惚，感觉很不真实。姑姑她居然会笑，笑得这么灿烂。

这些年我几乎都记不得她是不是会笑，什么时候笑过。我简直已经将她的笑模样给忘记了。

爬爬山，透透气，挺好。顺便看一个人。她说。语声清脆，笑容温暖。

我确定她在笑，笑得真实，热烈。好像有一朵花儿在脸上开放，瞬间就驱走了这些年笼罩在脸上的愁苦。

那一瞬间我有种错觉，感觉姑姑还是那个姑娘时代的姑姑。

她见我一脸不解，又笑了，说，是个尼姑。

于是我就知道了，今天我们要去看尼姑。

为什么要去看尼姑？哪个尼姑？

我还是不敢问。六年的共同生活，姑父骂过的那些话，姑姑挨过的那些打，没有人知道，其实像毒素一样滞留在我心里，越积越多，我被毒素反噬，折磨，日夜不安。我变成像姑姑一样沉默寡言的人。老师和同学说我是少年老成，只有我自己清楚，我在承载着一种别人看不见的痛苦。我只有一头扑在学习上，才能暂时忘却这种痛苦。也只有这样，我才能觉得稍微对得起姑姑对我的收留之恩。

从山脚到山顶，我们缓缓攀登着青石台板。

这一路姑姑在说话，好像在跟我说，又好像在自言自语跟她自己说，我不知道该回应她还是怎么办，她那天有点反常，这反常吓着我了。我默默跟着，她回头看我的时候，我就笑一笑，她不看的时候，我默默数着脚下的台阶。数够一百就将左手指头压下一根。

山道两侧密密麻麻布满了坟头。有些坟头立有石碑，上头写着坟里埋的是“先严”还是“先慈”，“曾祖”或者“祖父”，下面是立碑人名姓和时间。石碑都灰沉沉的，上面的铭文也灰沉沉的。显示出日子在世上流逝的痕迹。

我想起那几个传言。那些开发商真是敢想，敢把这样一座埋满死人的山头给挪走，或者包起来当作后花园。真要这么做了，房子卖得出去吗，有人敢住吗？

姑姑为什么这么高兴？跟换了个人一样。好像一朵本来趋近枯萎的花儿，忽然被人美美洒了一捧清水，得到滋润后，禁不住就焕发出全新的光彩来。

难道是因为我考得不错？还是因为我终于要离开他们家了，从此她不用因我而多一份操劳了？

我心里千回百转，起落不定。

说实话，这六年我确实给姑姑没少添麻烦，加起来一共十二个学期，四十八个月，每天早晨的早餐，中午的午饭，还有晚饭，检查作业，不定期参加家长会，动不动买学习资料。这些琐碎的事情，是需要一点一滴地做，需要一天天一月月一年年去做。

这六年，姑姑她过得不顺心，其中是不是也有因我而产生的那一部分拖累呢？

我悄悄叹息。

等石板台阶出头，我撑着腰喘气，抬头看，距离山顶还有一小段土路，姑姑却不上去，指着右边一条弯曲的小路。

我们沿小路走，眼前是桃树、杏树和本地常见的猫儿刺。除此之外，实在没什么奇异的植物，一方水土养一方物种，这里水土硬、旱，只有这些最常见的普通花草才活得下来。

小路渐渐荒凉起来，最后变成只能容纳一双脚浅浅行走的羊肠小道。

荒草匝地，野花在草丛里摇曳，绿草中间有一线白路，显示出这条路目前没有荒废，是有人偶尔行走的。

小路尽头，几棵树，树木丛里，露出一个小院子。

像一户平凡人家。

土墙矮矮的，墙头有几处塌陷，一个小木门斜斜靠进门里。

可能经历了太久远的年代，小木门完全泛白了，是被阳光漂过的那种白。

我有点犹豫，去这里？

姑姑带头进门，她显得很自如，好像是来走亲戚了。

进门后我发现这里是一处宗教场所，而非隐藏在山腰的普通民居。

院子里是一个大花园，青砖垒成的花墙，时间长了，墙体有所松动，松松垮垮的。园子里挤满了花儿，花儿种类倒是多，但看得出不是精心栽种的，是花儿在随意地长，这里几株，那里两棵，高的低的，随意错杂，花的间隙还冒出一簇一簇的青菜，白菜、菠菜、瓠子。花倒是开得正好，红的黄的白的，把一片陈旧的花园打扮出了一抹娇艳。

小院子很干净，院子空光光的，靠里的墙上是两孔窑洞。

窑门开着，里面供着塑像，塑像前是香火，一股香味随风迎了过来。

是个小庙？

我有点犹豫，为什么要来这里？

我们是回民，一般很少来这种场所。

姑姑不给我解释，她直接往左手边那孔窑洞走，掀起一面被风化成破布条的门帘，炕边上坐着一个女人，一身灰布衣衫，头是光的，我明白了，是尼姑，小院原来是尼姑庵。

窑洞里的简陋让我傻眼，除了一面土炕啥都没有，炕上只有一张席，被子卷成一团放在炕角。

窑里一个土台子上有很小的锅灶，锅、碗、勺都土苍苍的，好像这里很古老很古老，是一百年前的人生活过的遗址。

我好奇地打量，姑姑却似乎很熟悉这里，进门就坐下了。

两个女人对视，一个是正值妙龄的红尘少妇，一位是缁衣布衫、面容枯槁的化外老尼。

我把脚搁在门外，保留着一个随时逃离的姿势，我总觉得这里不敢随便进去，具有某种神秘感。

你随便去转转吧，我们说说话。

姑姑给我摆手。

我到隔壁去看佛像。

窑洞里摆满了高高低低、花花绿绿的泥塑人儿，乍一看都一个姿势、一种面孔，细细端详，姿势各异，面容不同。

说实话，这都代表着什么，我看不懂。

外面是炎夏，窑洞里倒是清凉森冷，我不敢久留，退出来在院子里看花。

花看累了，坐在一个小木墩上仰头看天。

尼姑庵小，黄泥墙围起来的小院子上空的天空，也就小小的一个椭圆。

这里的天空似乎比山下城里看到的高，也蓝，泛着一种悠远的眩晕感。

我掐一朵花儿，慢慢地碾出汁液来，然后把汁液涂抹在手背上。时光在这里大概是静止的，你看那黄土崖顶的草，衰草压着新草，新草长出来又盖过了枯草，窑洞顶上的泥巴都显出一种苍老来，似乎泥土都是有生命的，也在经历着人间的变迁。尼姑一个人住这里吗？白天后面是黑夜，漫长的日子里，她难道不害怕，难道不寂寞？山下就是滚滚红尘，为什么不到红尘中去呢，为什么独自一个人住在这远离人烟的地方呢？

我竟然想出了一点伤感在心里。

一个女人，能做出出家的抉择，肯定是命运里出现了平常女子没有经历的变故，或者说波折。

姑姑和尼姑认识？

怎么认识的？

姑姑来这里什么意思？难道姑姑要出家？

我被自己的念头吓着了，这咋行，我还从没有听说过有回民女人出家当尼姑的。那姑姑究竟要干什么？

阳光晒得我直犯迷糊，脑子里迷迷糊糊地想了一会儿，摇摇头，觉得不大可能，姑姑从来没有流露出要出家的念头，难道只是想暂时搬来这里住，来和这老尼姑做伴儿？

这主意好。

姑姑住这里躲个清净，叫张大为一边晾着去，他不是不止一次骂过，自己有老婆，就跟没老婆一样，还他妈不如个和尚吗？那么姑姑现在躲在尼姑庵叫他试试，看他还那么欺负人不。

想是这么想，我断定姑姑不会走这一条路，我们毕竟是凡俗的人，哪怕只是搬来暂住几天，也还是需要勇气的。

我在担心，我走了，姑姑的日子会怎么样，比过去好过一点，还是更不如从前？

我离开后，张大为打她的时候，尤其拉着她要强行睡一个被窝的时候，会不会更无所顾忌？

姑姑她对自己的未来有打算吗？难道真要一直跟张大为耗下去？这么耗着，对谁都没有好处啊。

庵里的时光是一寸一寸沿着黄土墙消失的，等最后一缕夕阳残光被墙头的矮草吸净，我到窑门口徘徊，天要黑了，难道姑姑真准备夜宿姑子庵?

姑姑出来了，回头给尼姑点点头，我们起身下山。

我注意到身后尼姑没有跟出来相送，暮色里，她还坐在炕沿边。

我心里疑惑，要是姑姑跟她相熟，为什么都不出来送送呢，难道出家人真是和我们凡人不一样?

暮色浓重，山上没有灯，只有头顶的星星在眨眼。

我们沿着小路慢慢走，姑姑的手抓着我的手，我感觉姑姑的手很热，一股活跃的力量传递过来，等转过山腰，到青石板路上，路边的路灯齐刷刷亮着，有夜游山景的人出现了，男男女女，三个五个，我感觉我们这是一下子从一个世界回到了另一个世界。

再回头远望小庵，已经完全沉没在黑暗里看不见了。

她为啥要做尼姑呢，一年四季守在山上，就不心慌吗?我问。

看着青灯古佛，也许就不慌了。姑姑回答我。

答完她自己却又叹了一口气，大概觉得这理由连她自己都说不服。

又说，心死了，所以在哪儿都一样，哪儿都不如这山里清净。

姑姑的口气有点淡，我感觉她不想在这问题上多纠缠。

一个人的心真的会死吗?需要多大的打击才能让心死?死了又是什么感觉?我想问，又不敢问，默默在心里疑惑。

小城本来气候寒凉，炎夏的山里连蚊子都没有，我们在一个斜逸出来的石板上坐下，看山下的小城。

这就是我们一头扎进来，生活了整六年的县城。

夜晚的小城灯火辉煌，那些五彩的灯影下，是影影绰绰、层层叠叠的人影车影，似乎还有喧闹的市声遥遥地传来。

我们像两座离得很近，但是又相隔很远的山，各怀心事默默地看那万家灯火。

如果现在姑离婚了，再找一个男人，你会不会觉得姑是一个坏女人?姑姑忽然问我。

这有点意外，但也让我惊喜，我坐在尼姑庵发呆的整个下午，都在为姑姑以后的道路忧虑，我以为她已经妥协，再也不会提离婚这茬儿了。看到她这几年在生活里隐忍麻木的样子，我以为这个女人已经被生活给毁掉了。

我想了想，犹豫着说，那，孩子咋办，我姑父那性子，肯定不会让你领娃走。

那就不领。姑姑说。

有夜风，她斜过来搂住我的肩，我比她胖，被她搂着，我觉得既温暖又别扭，但我没躲，默默靠着。

这几年你不正是为娃娃才忍下来了吗？好不容易她上幼儿园了，你真舍得她？

姑姑叹了一口气。

舍不得。她说，是我身上下来的一疙瘩肉。但是我想开了，娃跟着谁都是活，她现在不是在奶奶家里过得很好吗？

姑姑的手在眼前泛泛地画了一圈儿，指着山下，说，你看，那万家灯火，表面上看去都是一样的明亮温暖，但是你想过没有，往深处走，有多少人家是完美完整的？有多少人活在暗影里？有多少人在忍受着命运的重压？

我默默注视那些灯火。

我们是从一个深山沟里走出来的两代女性，我们走出了与乡村姐妹完全不一样的命运，我们用村里人几乎听不懂的言语感慨着一种叫命运的东西，村里的人都以为姑姑是世上最幸福的女人，他们也已经知道我会考上大学，注定也是和姑姑一样幸福的女人。

我们像两颗星星，相继照亮了后来者的路，村里年轻的父母已经改变了旧有的观念，纷纷把女娃娃送进学校念书，他们总是跟孩子们说，好好学，看人家兰花子，看人家赛赛。

我说，姑，你想好了就离吧，我支持你。

姑姑松开我，看着我，说，你知道吗，他回来了，他说，他离婚，我也离婚，然后我们到一起。

王润玉？

我想问。

这三个字像三枚打磨光滑的玉石，我在嘴里含着，但就是没有勇气吐出口。

这几年我一直游离在事局之外，姑父嘴里不断变换的那些情敌，王润玉、李润玉还是张润玉，我都不知道，在姑姑眼里我是只知道埋头学习的好学生，从来都不会在他们的家务事情上分神。我把王润玉顺着嗓子滑进了肚子。

这六年，我目睹了姑姑和姑父的婚姻在泥泞中一步一步前行的艰难。

整个过程里，姑姑是亲历者，我是旁观者，奇怪的是，自从那次看乱人坟时她跟我流露过想离婚的心思，以后这几年，都再没有提起过。是被我、被孩子拖累，还是心累了，不想离了？还是她觉得我始终是个没长大的孩子，跟一个孩子说这些没什么用，反倒会影响我学习？

其实这个家庭的摩擦从来都没有停歇过。

王润玉随着那封情书被姑父撕碎了，姑父说到做到，也就不再提这个人了。奇怪的是姑父不久就换了一个人。

那是姑姑挺着大肚子的时候，有一回她下班不是步行回来的，而是一个男人骑车将她送到楼下，正好被姑父碰上。回来他们就发生了冷战，冷战三天后，姑父又动手了。还是皮带，不打肚子，只打屁股和腿，姑父逼着姑姑说实话，那个嫖客是谁，啥时节勾搭上的。

一周后姑父哭着认错的时候，我才从他自己的嘴里知道了事情的起因、经过和结果。

结果是姑姑没有说原谅姑父的话，她只摸着大肚子，说了一句话，她说，你把王润玉忘了，可你又给我找了个李润玉来，明儿是不是还弄个张润玉来恶心人？

不幸还真被言中了。姑姑生下女儿三个月，抱着孩子去打防疫针，和一个同样抱着孩子打针的男人聊了会儿育儿琐事，姑父当夜打了她一顿，姑父不相信姑姑和那个驴日的是刚认识的。姑父说你的话鬼才信呢，他看你那眼神，色得恨不能把你咽进肚子，你对他那笑脸，比对我还亲热，你敢说刚认识？你们肯定早就勾搭上了！说，啥时节的事？

这六年当中，姑父给姑姑生造了多少个情夫，臆想了多少次私通，我没记住，相信就算姑父他本人，也不一定记得清。事态发展到了什么程度呢，姑父像防贼一样防着姑姑，总是怀疑姑姑随时都有出轨的可能。所以他严防死守，处处设防，不惜动用语言暴力和肢体暴力。

在他一遍遍的追问和强调下，有时候我也会有一种错觉，觉得姑姑这个女人不是安分守己的好女人，她就是个随随便便谁都可以勾搭的贱货，她和无数的男人有着说不清楚的关系。她就应该被丈夫这样管束和教训。

可是看看姑姑的反应和一贯对她的了解，我又觉得这不可能，就是姑父在胡闹，在造谣，在臆想，在欺负人。

两种奇怪的感觉，常在我心里交织，扭曲，撕扯，像冷水一样泡着我的心，像熔岩一样灼烧着五脏。

而这一切，姑姑都冷静地忍受了。就在我以为她真的打算这么一辈子都忍下去的时候，她跟我再次敞开了心扉。

姑姑忽然笑了，笑声清亮，好像记起了十分愉快的事情。

当年，我们经常一起爬这山，那时山还不叫大峨眉，尼姑子还年轻，我们扒着门缝偷偷看她念经——我和她从那时认识了！

夜风在脸上凉森森扫过，我觉得像梦幻，又很真实，我喃喃地说了一个字，姑——

我想问的是，你真的想好了吗，那个王润玉真的会给你幸福吗？

我再一次没有问出来。

我默默回味姑姑的话。

当年一起爬山的是谁？当然是少女姑姑，作陪的人，应该是少年王润玉。两个互生情愫的青年，携手共游南山，看什么都新鲜，尤其少女，有恋人相伴，更像鸟儿一样快乐单纯，两个人站在佛门之外，偷偷窥探那道门槛之内焚香念佛的出家女尼，他们好奇，又惋惜，好好的为什么要出家呢。

姑姑今天忽然再来爬山，是蓦然明白了当年没有明白的地方？还是为了纪念心里的某一个情结？或者，什么都不为，只为和尼姑相伴枯坐一段时光。

我们默默下山，把大峨眉和隐在山深处的尼姑庵都抛在身后，我们汇入繁华人间。

爬过大峨眉以后是暑假，暑假结束我顺利南下去上大学了。

七

2000年是千禧年，据说是人类历史上可以载入史册的大事。

学校举办了一场盛大的欢庆晚会。

全校师生都沉浸在迎接这一时刻的巨大欢欣里。

我躲在灯火阑珊处给姑姑写信，可能是被节日的气氛感染了，我心潮澎湃，文思泉涌。一口气写了五大页。

我问姑姑离婚的事进展如何了，我敢断定姑父是不会轻易同意离婚的，我说不管如何困难，我都支持姑姑离，这些年姑姑对得起他了，姑姑还很年轻，才三十出头的人，正是大好年华，就算离了从头再来，一切还都来得及，所以哪怕女儿不能跟着姑姑，姑姑也可以再生，与对自己好的男人生。我说虽然我没有见过王润玉，但是从姑父截获的那封信里，我听得出来，他是真心爱着姑姑的，这样的男人，错过一次已经很遗憾，以后姑姑千万不要再错过……

我写啊写，笔下顺溜得刹都刹不住，我好像要把这些年在姑姑家积攒的心事都倾倒出来，包括姑姑对我的爱和付出，我无以为报只能拼命学习；姑父对姑姑的暴力在我少年心灵上留下了阴影，我至今会做噩梦，梦到姑父在打姑姑；我说，姑姑，我反复想过，这样的男人，就是一个心理有缺陷的人，他以对你的爱为借口，以软硬兼施的手段，一边对你监视和毒打，一边哭着求得你的原谅，实现对你的全面控制，他哪里是爱你，简直就是虐待狂，是重度变态。

信连夜投进了学校的信箱，寄出去了。

我坐在千禧之夜的灯光下心情难以平静，我找对象，下意识地规避着几条，不能像张大为一样高大魁梧，不能太爱我，要待人和善，情绪稳定，不容易吃醋。以这样的标准衡量下来，我决定放弃一个最近追我的男生。

下了这样的决心，其实我自己也有点不舍。他各方面都很优秀，迫使我放弃的原因，是他在情书里的那句话，他爱我，会一辈子都爱。

我固执地觉得，一个太爱我的男人，不能找，谁知道以后会不会演变成张大为的固执和疯狂，我宁可找个不爱我，或者只是我爱他的男人，这样才能避免或者绕过姑姑遭遇的不幸。

一学期结束，就在我准备放假后回老家的时候，我接到了县城打来的电话。

是姑姑？她收到我的信了，她为什么不也写一封信来呢，我觉得只有在信里，借助文字，我才能实现和姑姑之间没有辈分和年龄限制的畅通交流。

电话里的声音是张大为，张大为喊了一声我的大名。我有点摸不着头脑，他这是咋了，自从认识他以来，他都喊我赛赛，忽然改了大名，给人感觉怪不对劲儿。

更不对劲的在后面，他没有嘘寒问暖，直奔主题，他说你在我家里住了六年，我对你咋样你比谁都清楚，你现在觉着自己翅膀硬了，能飞起来了，你就过河拆桥？我告诉你，你这桥拆得有点早了，以后再不要来向我们要学费了，我们也不会给了，我也没你这个狗屁妻侄女子。

他挂了电话。

我躲在宿舍哭了一场。

我知道，姑姑的婚又没有离，更糟糕的是，我写给姑姑的信，落到了姑父的手里。

现在我的经济来源断了，我成了断线的风筝，以后天空高远，我却没有飞翔的后劲。

我不甘心，往姑姑家打电话，奇怪的是打过去，接电话的是另外一个陌生的女人，凶巴巴喊我打错了。我知道，是姑姑家电话换号了。

我又往姑姑的学校打，央求人家给我找一下纳兰花接电话，接电话的人告诉我，纳兰花请假了，请的是长假。都好几周没见来学校了。

很快就到放寒假的时节了，同学们拎着行李纷纷回家，箱子里不是给家人买的各色礼物，就是把穿脏的衣服带回去洗，人人都是一副衣食无忧又归心似箭的样子，我目送他们一个个离开。当宿管阿姨出面说我再不走她就要封锁楼道门时，我离开学校，搬进了一个女工宿舍，我找到了一份短期工，我要为自己挣生活费和学费。

寒假不回家，家里人肯定惦记，我给父亲写了封信，信中没提姑姑那儿的变故，我尽量委婉地告诉他，我长大了，拖累了姑姑这些年，现在该是我自己挣钱供养自己念书的时候了。我还委婉地流露出这样的意思，我的弟弟妹妹也都不要再打姑姑的主意了，她自己也活得不容易。

其实我内心里一直都在等，一个电话，或者一封信。姑姑给我的。姑姑和我的联系，不会就这样断了的，不是张大为说断就能断的。奇怪的是，这样的等待一直持续到我大学毕业，都没有等来结果。

大学四年，其中三年，我是靠自己挣钱熬出来的。假期到社会上打工，上学期间找一切机会勤工俭学，拼命学习，靠好成绩赢得学校的一等奖学金。

我不止一次在干活的时候想起姑姑来。尤其在宿舍楼上扫着从一楼到五楼的所有步行台阶时，我灰头土脸地扫着，而我的同学们打扮得花枝招展去约会，她们从我身边经过，香水味儿在空气里弥散，这时候我就分外想一件事，姑姑她会不会忽然出现在身后，喊一声我的名字，冲上来把我揽进怀里，姑姑夺下我手里的笤帚，说，姑舍不得你干这个。

大三寒假我回了趟老家，路过县城，去找姑姑。我想好了，不管他们的生活变成了什么样子，离婚了，还是没有离，是好，还是坏，哪怕被姑父赶出门来，我都要见姑姑一面。

我一路走，一路给自己鼓劲打气，可从汽车上下来，走到车站门口，我胆怯了，腿软得迈不开步。我给自己开解，上学的花费我自己挣了一些，回去父亲再给点，学校还有奖学金，足够了。我来这里的目的只是想见见姑姑，可如果真的见了，姑父肯定会揪住信的事不放，又是一顿口舌，说不定我一走还会打姑姑，那么我还不如不见，见了只是给姑姑添麻烦，与其这样，我还是默默地远离为好，让姑姑过她的日子去吧。

我甚至有一点怨恨，恨张大为，也恨姑姑。张大为截了姑姑的信，打电话来辱骂我，这事姑姑她知道吗？凭张大为的性格，肯定会当着姑姑的面把那封信读了一遍又一遍，说不定那电话就是他当着姑姑的面打给我的。如果真是这样，姑姑为何不阻拦呢，是不敢，还是不想？

难道真是不想？或者说，是有意为之。

我怎么能有这样的念头？

我被这忽然冒上来的阴暗念头折磨得喘不过气来。但是这念头很清晰，在心里一点一点摊开，清清楚楚，让我看得明明白白。如果姑姑真不知道，她还会照旧给我汇钱的，为什么那个电话后，每学期的学费和生活费，再没有汇来过。只能说明那封信、那个电话，截断的不仅仅是我和那个家庭的关系，还有后面的所有的花费。

如果姑姑真的不知道这一切，她会写信给我，会打电话给我，总之她怎么会允许我们之间中断联系，而且是这么久？

除非她已经不在世上，或者去了山里做尼姑，把一切凡俗之事，包括我，都彻底抛开了。

这又怎么可能呢！

不管怎么说，这里头肯定有姑姑的态度，也许她跟张大为一样，被我那封不知轻重的长信激怒，那个电话是他们达成的共识，对我的补给和供养从此停止，从此各走各路，水火无关。

为什么？

姑姑究竟经历了什么？

我不甘心，找到公共电话给姑姑学校打，我问纳兰花老师现在好吗，上班吗？接电话的好像还是上次那人，说学校百十号老师，纳兰花的事我不知道，我只负责门卫工作。

电话挂断，我死了联系姑姑的心。

2003年我大学毕业，没在南方找工作，父亲不断地催我回去。在他的意识里，希望我和姑姑一样，在县城找个工作就已经很好了。

我回来考进了一家市级单位，在媒人的介绍下认识了丈夫，然后结婚生子。

出嫁前我一直在犹豫，想去找姑姑，当面跟她说说我的事，再请她和姑父参加我们的婚宴。思想斗争很严重，不断地想起从小到大她对我的照顾，也不断地想起姑父对她动粗的那些场景，再想起姑父在电话里的那段话，还有这几年中断的一切联系，我觉得心里乱成一团麻，解不开，理不顺。这些年我以一种近乎残忍的顽强精神逼着自己奋斗，吞下了多少苦，咽下了多少委屈，只有自己知道。我知道，我已经成功成为村里人眼中的楷模、他们激励孩子的榜样，尤其是那些在黄土地里种田或者跑出去打工的妇女们，她们当着我的面也不掩饰对我的眼热，说从小就看着我像兰花子，是个能成才的料儿，果不其然，这就成了，把自己的命给改了。

她们反复地提到我的兰花姑姑。

一周后我下了决心，坐班车直奔县城。

等进了城，走在县城的街道上，我感觉自己在一点一点松懈，整个人也变得轻飘飘的。我知道他们搬家了，昨夜父亲说起过。搬到哪里了，我没问。父亲在灯下盘算明天的喜事，身为国家干部的女儿出嫁，嫁的也是国家干部，在村里是大喜事，多少眼睛羡慕着父亲呐。我的彩礼也远高出一般农村姑娘。父亲操办了一场大宴席。所有的亲戚都请了，大多数已经赶来了，剩下的明天到。他在安排谁送亲。头一个合适的人选就是县城里的姑姑、姑父两口子。送亲是大事，把有身份的人推到前头自然是给大家长面子的事。可父亲吸溜着茶水，作难了，这两口子到现在都没有回音，到底来不来呢。

啥原因不来哩？是太忙了，还是身体不舒服，还是工作走不开？

那也该来个电话啊！父亲沉吟着自言自语。

啥工作忙呀？不是早放寒假了吗？我妈插嘴。

那倒是。早放寒假了。

我看不是忙，是不想来，这两口子，越来越眼里没人了，我们穷，来往不起也是情理当中的事！

说啥哩你？父亲瞪母亲，兰花哪是那种人！

我妈冷笑，照我看，这两口子就是不想来，不想和咱这穷亲戚多拉扯，你想想，这几年他们是不是越来越不和咱来往了？前几年你还年年上赶着去看人家，庄稼下来了送个荞面啊小米啊家养的土鸡啊，这几年你都不去了，热脸贴人家冷屁股，就是受罪哩。

父亲哑口无言，叹一口气，说，话不要说那么难听嘛，咱没少拖累人家，这个情啥时节都不能忘。

我妈更响地冷笑，谁欠的情谁还去，跟我们有啥关系！

我知道她这是在影射我，姑姑带我念书，一路带出了穷山沟，接下来还有我的几个弟弟，我妈也盼着能得到跟我一样的待遇，但都落空了，所以从根上讲，我妈就对这个小姑子有意见。

我说你们不要争了，我明儿去家里请他们。

现在身在县城，我发现自己找不到要去的地方。

其实打个电话问父亲就可以知道，可我在一个电话铺门口转了转，没打电话，信步往城北走去。来到回民中学门口，发现当年的铁大门和两个水泥门墩子早就不见了，替代的是宽敞透亮的铁艺大门，墙也低矮了，能看到里头的环境，最后面那栋教学楼还在，其余的建筑都不见了，已经被新楼替代。

学校对面，往一个巷道深处走，绕过水利局家属院，后面是姑姑家。

我们当年住过的地方。

水泥砖混三层小楼还在，只是外表画上了好多圆圈，圈里画着一个拆字。看样子里头住户不多了，大多数窗户的玻璃是烂的，破烂的地方吊着蜘蛛网，网上落满尘埃。

我沿着熟悉的路径走，进单元门，上楼，水泥楼道，黑暗，脏烂，墙面和门上层层叠叠都是广告贴纸。

在姑父家门口，我站住，伸手在衣兜里摸钥匙，同时屏住一口气，深呼吸，把耳朵贴在铁门上，聆听里头的声响，心在怦怦跳，我在祈祷，今天他们不要吵，不要打，不要哭，不要闹，哪怕这和平只延续几个小时，让我吃完饭，休息一会儿，等我去学校了，你们接着干仗也行。

门里静悄悄的。

我在水泥台阶上坐下，我知道时间已经过去，一切都成为过去，那些往事，早就只是往事了。那个鸟儿一样时刻处于惊恐状态的孩子，已经长大，再也不用担心日子过了今天，明天不知道会是什么样儿。只是姑姑，她还好吗？日子还是那种过法吗，还是稍微有了起色？

她没有再生孩子，女儿已经上中学了，新换的房子临街，宽大得像宫殿，这是父亲说的，父亲用一个农民的视角衡量他看到的好景象。

一听这话，我就确定姑姑她没有离婚，没能嫁给王润玉。为什么没能实现呢，我想起那个一起看尼姑的下午，不是说已经下了决心吗？

这些自然是不能问父亲的，不能跟村里的任何一个人提，这是姑姑的秘密，大家看到的只是表象，表象下面的内幕，只有身在其中的主人公知道。

那他们的性生活怎么样？

我长大了，终于明白了曾经看到的一幕。

那是初三时候，某夜被奇怪的声响惊醒，不是打，一般姑父打的时候姑姑不哭。最初还哭，后来干脆就不哭了，拿愤怒的目光看着，打死都不哭。姑父骂过，说姑姑就是典型的老牛肉。那晚姑姑在哭。哭声奇怪，穿透墙壁。

我潜行，绕过门，到阳台上，然后迂回到窗口，屋里灯亮着，薄纱窗帘的下方有细碎的洞孔，我趴在洞孔前往里望。

看到了赤裸的姑父和半赤裸的姑姑。

姑姑没有像挨打时候一样，软弱无力，蜷缩成一团恨不能钻进床底下。眼前的姑姑充满了攻击性，她像个母狮子一样面目狰狞，头发披下来散了一脸，右手紧紧拧着裤衩，想要护着下面，左手在和张大为搏斗。

张大为也没有像白天那样发挥武力优势，他有些狼狈地进攻着，试图扯下姑姑身上仅剩的一件内衣。

媳妇儿媳妇儿，好媳妇儿，你就可怜可怜我吧，你看我都快憋出病了，再不解决解决真的就死人了。姑父说。

不，不，我不。姑姑嘴里反复说着，只有这一两个字。伴随着一串否定语气，她呜呜地哭。

你不疼我，难道也不疼疼你自己？你难道不也憋着？憋着多难受哇！

张大为继续哀求。

有风在脑后掠过，凉飕飕的，我吓软了，溜倒下去，倒下去的那一刻，目光扫见张大为终于撤掉了覆盖着姑姑的那片小裤头。

原来是阳台窗户的一道缝没关严实，夜风就乘机溜了进来。

两具白花花的身子，像风帆一样缠裹在一起。

姑姑的哭声断了，又续上，续上，又断了，似乎她坐在一艘大风浪上的小船里，小船颠簸，她身不由己地起伏。

他们像合奏一首曲子一样，起起落落地演绎着。

我用膝盖爬回自己的房间。

我第一次觉得姑姑和姑父一样恶心，浑身充满了让人恶心的气味，包括姑父歌唱一样的声音，姑姑哭丧一样的哭音。

我下了决心，初三一毕业就离开这个家。

最后却还是没有离开，原因似乎好几方面，最重要的一条是，学校高中部有个女生肚子大了，偷偷在小诊所堕胎弄成了大出血，这事儿传得风风雨雨满城皆知，教师们尤其憎恶这样的早恋风气，姑姑死活不放我去住校，她怕我由此耽误学习甚至走上堕落道路。

那个夜晚让我改变了对很多事情的看法。

或者说，极大地促进了我对两性关系，尤其是婚姻和夫妻的重新认识，以后当张大为再吃醋、找碴儿辱骂和殴打姑姑的时候，我选择了沉默和避而远之。我没有那么恨张大为，没有那么同情姑姑了。我觉得他们就是一丘之貉，都不是好东西。他们一样肮脏，一样卑鄙。

我望着脏兮兮的楼道，想起这里关闭过我忧郁苦闷的青春时代，也消耗过姑姑娇艳如花灿烂盛开的最好年华，我深深舒一口气，都过去了，不是吗？

我下楼离开，直奔车站，回到家告诉父亲，姑姑、姑父确实有事，我家的宴席他们无法参加。

八

寒凉侵身，我被冻醒了。

揉开眼看，电视还在演，冗长的肥皂剧一集完了下一集会自动接上，没有尽头。电视屏幕下有时间，凌晨三点。儿子房门下透出光亮，这孩子，只要你不催，他能将游戏打到通宵。

我敲门，好一会儿儿子的声音传出来，啥事妈？

只要能出声音就好，说明你小子还活着。

我离开，一个人睡在床上，迷迷糊糊中想到了姑姑。此刻，按照本地的丧葬习惯，她躺在地上，身上盖着薄薄的一张毯子或者布单，张家本族的几位男人守着，一夜不眠。

接着我否定了这一想法，她不是自然而然去世的，而是自杀，用自残的方式结束自己的生命，张家惊动警方了吗，如果报了案，姑姑会不会被解剖，此刻停放在哪里，是不是血肉模糊？如果没报案，又停放在哪里？张家能像对待一个常人一样给她顺顺当当地安排丧事吗？

我们娘家竟然到此刻都还没有去人。

其实最应该去的是我父亲，爷爷去世后父亲就是家里的主事者，后面的子侄辈都还小，话说回来，都已经是隔辈的关系了，谁又会真的为这事儿去奔波？而作为姐妹的四个姑姑，都是嫁出去的人了，姑父们是更远的关系，自然更不会为此痛惜到惊慌失措。

父亲是个乡村老农民，这辈子去过最远的地方，也就是县城里的姑姑家。

他能有什么见识？就算他想干点什么，估计也是心有余而力不足。

作为娘家人，我们能做的，就是临时组起一个送葬代表队，像二十多年前一样，从村里赶到县城，匆匆忙忙送姑姑上路，然后赶在天黑前匆匆忙忙回到各自的家。

姑姑为什么会自杀？这些年她究竟过着怎样的生活？她离开的时候有没有留下什么重要的话？

我觉得这是娘家人有必要赶在送葬前知晓的。

可是，具体谁去做这些呢？

没有人去做。

难道我能出面？

我心里哆嗦，我知道自己没有勇气，更没有底气，当年他们断了我的学费，我独自挣钱苦苦支撑的事，至今瞒着家里人。在所有人看来，我是那个一路傍着贵人姑姑，顺顺当当走上幸运之路的女子。

难道今天我能以反目的方式去报答当初给过养育之恩的姑父一家？

还有更多的，只属于我和姑姑、姑父三个人的内幕，不为人知的往事，难道真要在我和姑父的对撕中暴露出来，重见天光？

是姑姑希望的吗？

是我自己希望的吗？

我感觉自己浮在一片水面上，水并不清澈，脏兮兮的，我忍着内心的憎厌，不敢低头看，但是我知道，我的根扎在身下的水里，水深处是更为肮脏浑浊的泥浆，我的根系就分散在泥浆深处，扎根，站立，汲取养分，然后往上输送，淤泥里的腐殖质化作滋养我的最好养分，我长得茁壮、洁净、美好。

大片的荷叶托在水面上，过滤着水质的浑浊和腥臭。

根系、枝干和叶片，共同努力的结果是，撑起盛开在高处的一朵洁白如玉的莲花。

出淤泥而不染，濯清涟而不妖。

我和姑姑坐在花瓣里。

我们像两束清风一样轻盈、飘逸，我们的身子紧紧靠在一起，姑姑说你不知道，日子过着过着，人就变得实际了，那些不切实际的念头，都会一点一点化了，散了，没有了。

说完姑姑站了起来，我身后空了，等我回过头站起身，姑姑果然已经化成了一股风，轻飘飘地飞，飞着飞着散了，一缕淡烟，飞向高空。

姑——姑——你等等我啊——

我在哭喊中惊醒了。

我红肿着眼睛站在娘家人的送葬队伍里，我们是合格的送葬队伍，每个人都默默的，脸上带着适度的沉痛和不舍，我们看着张家人有条不紊地操持着葬礼，我妈代表我们大家象征性地哭了几声，最后我们探望了长睡不醒的姑姑。

姑姑身上果然盖着一片新布单。

布单揭开以后，大家排着队看脸，我觉得我没有勇气去面对姑姑的脸，我抓起她的手看，果然，姑割断的是右手腕。

姑姑和我一样，我俩都是左撇子。

九

关于我姑姑纳兰花和王润玉的爱情故事，后来我在一篇本地报纸的报道当中找到了蛛丝马迹，想来也算是勉强窥到了一点真相吧。

省城一名正厅级干部落马审判后，我们参加全市党员干部廉政教育学习，其中一个环节是放映一个内部的录像，其中拍摄的都是近几年我们省相继落马的领导干部，基本上都是副厅级以上干部，而最后这个副处级干部之所以被作为特例列入，是为了说明一个问题，我们的贪污腐败正在基层化，连小干部也开始无视党纪国法违法乱纪。

解说员洪亮的男低音在视频里沉稳有力地播放，忽然三个字钻进了我的耳朵。

王润玉。

一瞬间，我像被某种毒刺刺中了中枢神经，顿时石化，抬头看，果然是这三个字，王润玉。

随着正厅干部落马的，也有一名副处级干部，叫王润玉。

王润玉，1969年生，西县人。

王润玉在采访中哭着述说自己的犯罪经历，说自己出身农民家庭，从小受罪受怕了，到了中层领导岗位上有人送钱就没管住自己，从此开始积少成多，终于酿成了今天的苦果……

我对犯罪经历没兴趣，只是反复念着三个字，王润玉，王润玉，六九年人，西县人，正好是我们县的，和姑姑是同龄人。

晚饭时丈夫回来看孩子，我告诉他，想去见这个叫王润玉的人。

眼前这位已经成为我前夫的男人差点把一百八十斤的身体从沙发上出溜下来，说，啥，你是做人不成熟哩还是政治上幼稚？他进去了你想见他？你是媒体记者要挖料，还是律师要打官司？他现在的处境你不知道？给你说问题严重着哩，估计不是死缓就是无期。现在人人都唯恐避之不及，你倒是好，想上赶着去？

看他着急上火的样子，好像我要站出来告诉纪检部门我是王润玉的情妇，我和他是一丘之貉，我也想坐监狱。

这一刻我忽然有点感动，这个男人，虽然我们离了，但他关键时刻还能下意识地想要保护我。不枉夫妻一场啊。

我说其实我们没关系，我甚至都不认识他，只是受一个朋友委托，想去看看他。

那也不妥，要去你朋友自己去。我估计你这朋友也是个滑头角色。

不行就算了，这是我自己的打算好不好，人朋友没有开口。

这就对了嘛。

我前夫摸着过早谢顶的头顶，懒洋洋躺倒，你走到今天的位置不容易，副处级女领导干部，你算算咱市能有几个，所以要谨慎，一步一步走稳，走好，才能走得更远。

看着这位被二十年官场生活打磨得猴子一样机灵、狐狸一样狡猾的同志，我说不出半句讥讽之言，其实我又何尝不是呢？

其实早在说出那个想法的那一刻，我就已经知道自己的想法太幼稚了。

多年浸淫在行政关系网中，这些利害关系我又怎么会不明白呢？

这时候发生了一件命案纠纷，市政对面做保洁的商业楼出事了，一名保洁员的保险绳扣忽然松开，人从九层高空落地，自然是当场毙命。家属要求赔偿，保洁公司、商厦玩开了踢皮球的扯皮游戏。于是家属把尸体直接抬到市政门口闹起了上访。

信访、公安等多部门联合出动处理事故。

等风波彻底平息下去，季节已经悄然又换了一茬儿。

这天我像平时一样，端着一杯速溶咖啡站在窗前看对面的大楼，放松，远眺，让眼睛得到休息。

办公室送来几份报纸，喝完咖啡我随手翻阅，被报上一条黑体字题目逗得哑然失笑，“落马官员追悔莫及，深度忏悔痛哭流涕，称对不起党、国家和人民”。一眼就能看得出，报纸为了博取更多眼球，但又要坚持正确的思想方向，所以才有了这么一个滥俗而空大的题目。

报纸合上，丢开，目光却似乎被三个字黏住，穿透报纸，我慌乱翻开再看。报道里的主人公是王润玉。

说是警醒世人的忏悔录，其实是一篇个人从政回忆录更适合，从大学毕业走上工作岗位开始谈起，一路谈到了今天锒铛入狱。

文字冗长，沉闷，汤汤水水，按今天人们的普遍浮躁心理，相信大多数人是没有耐心看完的。

我看完了。

回过头再看，目光在其中一大段文字上滞留，定格。

文字是口述出来的，经由记者之手面世，所以王润玉原来的口吻是不是这样已经难以确定。

我从中提炼出一条信息，这名叫王润玉的某单位副职领导，出事后最后悔的事，除了对不起党和人民，感情上还对不起两个女人。一个是他的发妻，含辛茹苦给他拉扯孩子的女人，他走以后家庭和孩子都要由她一个人照料。另一个，没有出现名字，连化名都没出现，按王润玉交代的口吻，是他的初恋。

王润玉说："我们从初中开始，相爱三年，毕业后她上师范，我上大学，我们一直保持通信联系，我们约定毕业后结婚。可是我食言了，毕业后我没有娶她，我去外地上研究生，一上就是三年，她苦等无望，嫁给了别人。后来我得知她婚后过得很不幸福，其实我又何尝幸福了？我们再次约定，双双和现在的家庭离婚，然后不顾世俗的压力，我们无论如何都要走到一起。"

我慢慢回想着旧事，一些淡忘的细节蓦然就苏醒一般在脑子里翻涌。我记起来了，姑姑上师范的时候，父亲就跟她说过，有合适的给自己瞅一个。姑姑只是笑。毕业后开始教书，乡政府、乡中小学追姑姑的干部和教师不少，姑姑总是不答应。为此父亲没少操心，可姑姑好像铁了心听不进去。

可是有一天，姑姑忽然开窍了，有人一牵线，她就点头了，其实点头之前她连张大为长啥样都没见过。从定亲到结婚，短短的两个月时间，用现在的话讲，典型的闪婚。姑姑好像为了躲避什么，更像是跟谁赌着一口气一样，她迅速地把自己嫁了出去。

现在我终于明白了，姑姑是在跟王润玉赌气。这个不顾姑姑劝阻，跑出去上研的男人，他辜负了姑姑，那是头一次。

"我最后悔的是，我第一次辜负了她，我不应该第二次又辜负她。"王润玉说，"千禧年，我们重逢并且约定之后，我回到家，回到单位，我看着结发妻子和孩子，想到自己仕途上顺风顺水，我就犹豫了，我怕离婚闹得风风雨雨，对我的前程有不良影响，于是我删除了她的电话号码，换了手机号，我们从此又失去了联系。"

"现在我定下心回想，我想说，我这辈子最大的遗憾，就是对不起她。如果她能看到这篇文字，我希望她能接受我迟到的歉意。"

报道配了一幅照片。

囚衣镣铐的王润玉，面容清硕，目光清澈，虽然是黑白照，但看得出，是个美男子，现在是，那么，曾经更是。

我们固城毕竟是小地方，报道稿件把关相对宽松一点，所以，一名落马官员的忏悔文字里，这些颇具花边味道的情感纠葛，才没有被毙掉，顺利刊登了出来。

我拿起报纸撕，沿着王润玉的脸部开始，我把他一点一点撕成了碎片。

我看见千禧年的时光，像好多好多的碎片，正在我眼前哗啦啦倾泻而下。

我说姑姑，我知道真相了。当年的真相，就算你从来都不愿说出来，我也终于知道了。

姑姑她已经听不见了。

【原载《民族文学》2018年第8期】

去圣地亚哥讲故事

武 歆

一

老宋、老何、老窦坐在戴高乐机场候机厅，等待前往圣地亚哥的航班。

正是午夜，候机厅冷冷清清，只有免税店和咖啡厅的灯光稍微明亮些，其他地方则显得有些昏暗。老宋、老何、老窦都是研究小说创作的理论家，他们要去圣地亚哥，要到著名的智利大学访问，按照会议议程还要发表关于小说创作的演讲。

老宋年龄最长，老何其次，老窦最小。

三人都在大学教书，先前相互知晓，但都是第一次见面。起初三人在国内集合时还比较矜持，互相推崇、尊敬，说着“久仰久仰”的客气话，显得有些虚伪。从国内飞到巴黎转机，航班上座位不挨着，少说话倒也无妨，可是接下来要在戴高乐机场等待五个小时，这么漫长的等待，要是还不互相说话，三人心里都明白，那会显得非常没有礼貌。

老窦站起来，在落地玻璃幕墙前站了会儿，看外面停机坪上零星的几架飞机。他来回走了走，转身去了卫生间，回来后态度陡变，谦虚、主动地跟老宋、老何打招呼。

“我没去过智利。”老窦说，“你们去过吗？”

老何说没去过。老宋也说没去过，但又补充说去过墨西哥、阿根廷。老窦看看老宋、老何，希望他们把话题延伸下去，可是两人又不说话了。

年龄最小的老窦随后又去买矿泉水，回来后见老宋、老何还在各自摆弄手机和充电器，一边递去矿泉水，一边再次主动挑起话题，问他们到了圣地亚哥准备讲些什么。老宋笑着没说话，老何却反问老窦讲什么。

老窦说："我准备讲故事。"

老宋、老何用目光一起追问：讲故事是什么意思。老窦说："我们知晓南美作家，对他们作品、写作手法了如指掌、如数家珍，可是他们不了解我们，他们知晓我们几个作家、几部作品？我只能讲我的故事。"老何道："有道理。"老宋摆弄着手里翠绿色的烟嘴，问："你的故事是什么？"老窦说："南蛮子憋宝。"老何说："讲完故事，下一步呢？"老宋接上话："先讲吧，讲完故事再告诉我们你讲故事的意义。"

老窦来自太原，娶了一个天津老婆，过日子久了也受到传染，只要走下三尺讲台，完全不像副教授，说起话来像说相声。老窦特别强调，他讲的"南蛮子憋宝"不是他经历的故事，是他已经过世十年的岳父讲的故事。

十年前，八十岁的岳父重病住院，老窦跟老婆一同照料。有天晚上，岳父忽然精神见好，嚷着要吃饭，说他饿得慌，吃下半碗小米粥后竟然坐了起来，谈笑风生。老窦和老婆高兴且惊讶，因没有交流话题，就让老人家讲故事。老人家毫不推让，说："你们知道'南蛮子憋宝'吗？"太原人老窦当然摇头。老人家说："那时候天津卫到处都是宝物，可是地面上人笨，不知道宝物在哪儿，南蛮子聪明，在老城里走一圈，再做一个道场，立刻就能知道宝物所在。"老人家忽然不讲了，指着病房外面说："把外面那辆车推走，堵着门呢。"老窦离开病床，赶紧去门口，真是推不开门，再使劲，听见"咣当"声。老婆也要出来。老窦说："你别动，看着爸。"老窦侧身挤出去，果然看见一辆带轱辘的担架车挡在病房外面，像是大门的门闩。当时已很晚，走廊里静悄悄的，所有病房的门都关着。老窦想把担架车推到走廊尽头。可是担架车轱辘有问题，推不动，用力再推，总是找不准前进的方向，左右摇摆。老窦老婆见丈夫那么久还不回来，就出来找，见老窦满脸大汗，双手握着担架车前端把手，正在费力较劲儿。老婆帮助一起推，一边推一边说担架车有毛病。终于推到走廊东边，靠墙放好，两人才回病房。老人家刚才还坐着，现在已经躺下了，正在呼呼喘气。老婆忙问她爸哪儿不舒服，老人家终于呼出一大口气，说刚才不好受，喘不上气来，现在好多了。过了一会儿，老人家继续讲，说那年一个身材瘦弱、腰背弯曲的老者来到算盘城，蹲在鼓楼下晒太阳。周边人没把老者当回事，晒太阳的继续晒，做小买卖的继续做，阳光之下相安无事。老人家似乎考问老窦，“为什么叫‘算盘城’，你知道吗？”老窦心中猜测出来，但还是摇头表示不知道。老人家得意地解释，因为天津老城呈长方形，像一把巨大的算盘，所以百姓称呼老城为“算盘城”。老城中央有一座可以俯瞰全城风貌的鼓楼，鼓楼上面有一大鼓，城里有重要之事，譬如火灾、匪祸、新年等重大事情，就上楼敲鼓，提醒全城百姓疏散。话说那个南蛮子在鼓楼下面蹲了三天，放言鼓楼下面有稀世宝物，只要有高人出钱，他就能在不毁坏鼓楼的情况下，把楼体下面的稀世宝物取出。老人家正兴奋地讲着久远的故事，病房外面又有响声。老窦凭感觉认为还是担架车撞门的声音，便站起来推门，果然外面又堵住了。老窦继续使劲儿，挤出一条缝隙，吸口气侧着身子出去，那辆担架车又堵在门外。老窦左右看了看，走廊依旧很静，护士站也没人。老窦下意识看看腕上手表，已经凌晨两点钟了。就在这时，病房里突然传出老婆尖利的哭声，老窦心中一惊，知道岳父出事了，连忙转身进屋。

“后来呢？”老何问。

老宋道：“你不会告诉我们，你的故事讲完了？”

老窦道：“说讲完，也算讲完了。说没讲完，也算没讲完。”

老何说：“绕口令哩。”

老窦说："岳父咽气后，值班大夫、护士都跑来了，他们立刻进行抢救，没意义，岳父已经死了。"

老何不说话，老宋也没说话，静静看着老窦。在夜深人静的戴高乐机场讲述这样的故事，感觉怪怪的。

这时，从远处走过来两个黑人。男的高大威猛，女的横宽，尤其腰部、臀部，更是显得肥大无比。他们路过老窦身边时，可能是为了表达友好，男的突然做了一个川剧变脸的动作，动作做得非常滑稽。老窦没有防备，吓了一跳。黑人男女似乎觉得不妥，摇头摆手，嘴巴不住地说着话，讲的是西班牙语，可能是在表达歉意的意思。老窦摆摆手，让他们赶紧走。黑人男女走了，留下浓烈的香水味儿。

老窦喝了口矿泉水，拧好瓶盖，继续说："我们用病房门口那辆担架车，把岳父从走廊西端推进电梯间，然后下到一楼，再推到后院的太平间。"

老何说："故事完了？"老宋道："肯定没完。"

"确实没完。"老窦说，"后来我们才知道，两次莫名其妙滑到病房门口的那个担架车，就是专门送死人的车。平常它停在走廊西端，谁也不会碰它。走廊西端的电梯，是运送垃圾和货物的电梯，也是运送死人的电梯。东边电梯是走病人和家属的。医生、护士还有专门电梯。那天不知为什么，运送亡人的担架车两次滑到岳父病房的门口，我敢肯定，绝对没人推它，是它自己滑过来的。最奇怪的是，上面没人时，推它特别费劲，后来岳父尸体放在上面，却推得特别顺利，轱辘异常灵活。"

老窦满脸神秘地说："我老婆后来讲，那是阎王派担架车来接人的，担架车旁边肯定有人，只是我们看不见。岳父那天晚上突然神采奕奕，后来想想，就是民间讲的回光返照。"

老何问："老窦，后来'南蛮子憋宝'呢？到底憋出来了没有？"

"岳父没讲完，人就走了。我也不知道。"老窦说，"我想让智利作家帮我续尾。"

"你这个想法倒是有意思。"老宋道，"看一看产生魔幻现实主义的拉美大陆，怎么衔接中国故事。”

老何笑了，老宋也笑了。

“我今天讲这个故事就是为了打发时间。”老窦轻松起来，“我不会在智利大学讲这个故事，怎么会呢？我要讲我研究小说创作的理论。”

老何、老宋相视一笑，笑而不语。

二

法国航班条件不错，机组人员素质高，与乘客迎面碰上，都会礼貌微笑。乘客素质也高，机舱基本满员，但是非常安静，好像无人一般。乘客中白人不多，黑人也不多，南美混血多。智利曾被西班牙殖民数百年，再加上大量德国移民，混血很多。尤其是女人，脸小、屁股小，个子高，浑身上下没有一点儿赘肉，个个长得都像莎拉波娃。

老何、老宋座位挨着，老窦座位与他俩隔着过道。从巴黎飞到圣地亚哥，将近十六个小时，漫长的时间，除了吃饭、喝水、睡觉之外，还可以小声说会儿话。当然，只能老何和老宋说，老窦隔着过道。

老何侧偏头，说：“老窦说他要讲故事，我想了想，倒也无妨呀。”老宋说：“老窦刚才说了，他刚才的故事不会在智利人面前讲。”老何笑道：“信心不足。”老宋说：“他不讲，你讲？”老何道：“我还真想讲。”老宋鼓励说：“莫大师获得诺奖，获奖感言也是讲故事，他能在斯德哥尔摩讲，你为什么不能在圣地亚哥讲？”老何说：“我怎么能跟人家莫大师相比？不过刚才我突发奇想，老窦说的故事，其实是一篇极好的小说，结尾我都替他想好了，让那两个戴高乐机场的黑人男女替老窦岳父讲出‘南蛮子憋宝’到底是怎么憋出来的。”老宋眨了眨眼，瘦削的脸颊有些泛红，似乎有些激动：“这就是巴尔加斯·略萨的‘话题衔接法’，这本身就是一篇理论演讲呀。”

可能是受到老宋的鼓励，老何也想把自己的故事讲给老宋。老宋说："这还有啥客气的，不就是说话吗？你就快说吧。"

老何讲的故事，与他的一次湘西经历有关。

老何小声说："十年前我陪哥哥去湘西，不是游玩，是吊唁。嫂子的母亲也就是我哥哥的岳母去世了。哥哥与嫂子情感好，可是岳母对待哥哥不好，当初哥哥和嫂子结婚时，岳母极力反对，甚至以绝食反对。为什么反对？不是我哥哥人品不好，说我哥哥年岁大。哥哥与嫂子的婚姻是他的第二次婚姻，我哥比我嫂子大了十三岁。可是嫂子脾气犟，就是要嫁给我哥，跟她妈讲，你绝食我也绝食。最后还是嫂子她妈软了，同意他们结婚，但是老人撂下一句硬话，从今以后不见那个姓何的，就是死了也不见。嫂子她妈去世后，本来我哥不想去，可是嫂子泪眼涟涟地说，你怎么也得送我妈最后一程吧？也算是最后的孝顺。我哥同意了，其实只让我嫂子一个人去，他也不放心。湘西人送葬有好多规矩，我不多说那些繁复的规矩了，只说烧纸这个环节。事情就出在烧纸这个环节上。"

老何正讲到节骨眼上，空姐开始送饮料和晚餐。

老宋长长地呼出一大口气，对老何说："真有意思，我们去南美，一路上说的事怎么都与死亡有关？"

老何伸展一下胳膊，兴奋地说："南美大陆生活的特点就是生死共存，几十年以前，在南美大陆的贫穷乡下，屋子外面停放尸体很多天，连小孩子都不怕，在棺木旁边玩耍，甚至还要爬到棺木上面。他们的小说也是这样表现的，像墨西哥胡安·鲁尔福的小说《佩德罗·巴拉莫》，活人与死人对话很正常，在那个叫科马拉的小村子……对不对？"

"确实如此。"老宋道，"很多年前我看略萨的小说《绿房子》，里面的情节也是，我现在大致还能背诵一点，'就在星期六当天，几个邻居把尸体抬了回来，送到洗衣妇家中。加依纳塞腊区许多男男女女聚集在胡安娜·保拉家的后院参加守灵。胡安娜整整哭了一夜，不断地亲吻着死者的手脚和眼睛……'可能我有背错的地方，但应该是这样的。"

老宋就是这样，不能被别人压下去。老何说了鲁尔福，他就要说略萨，不仅说略萨，还要背诵略萨小说的情节。老何好像没有不高兴，似乎还沉浸在他哥哥的往事中。老何越发感慨起来，又想说什么，可是有着灰色眼珠、高挑身材的空姐已经把食物手推车推到了老何身边。

法航班机上食物一般，酒水倒是丰富，有啤酒、威士忌，还有各种干红、干白。老何要了两瓶干红，老宋也不示弱，要了两瓶干白。说是“瓶”，不是大瓶，是小瓶，只有成人巴掌高。瓶子虽小，烈度却高，两小瓶干红下肚，老何竟然感觉几分蒙眬，老宋也是一样，两小瓶干白下去，眼睛都有些睁不开了。

舷窗外黑得不可思议。机舱里面灯光也暗淡下来。好多乘客进入梦乡。南美人睡觉有意思，不仅戴上耳塞、眼罩，还要用薄毛毯把身子完全包裹起来，有的人甚至从头到脚包裹起来，暗淡灯光下，像是一具具僵尸。

老何、老宋睡了一会儿，醒了。坐在过道边的老何隔着过道扭头看，却不见老窦。

老窦坐在过道另一边靠近舷窗的位置，正好被两个身材高大的男子阻挡。老何探身再看，此刻靠近舷窗座位上坐着的，真的不是老窦，而是一位年轻的黑人妇女。老何身子左右旋转，四下看了看，还是没见到老窦。

老何对老宋说：“老窦不见了。”老宋说：“去卫生间了。”老何说：“座位上不是他，是别人。”老宋向前探了探身子，说：“还真不是老窦……哦，一定是跟别人换座位了。”

老何有些焦灼，坐立不安。老宋说：“飞机是封闭的，他难道还能插翅飞翔？”老何说：“这么半天了，我好像一直没看见他。他能去哪儿？”老宋说：“肯定在飞机上。”

老何想要去找，老宋拦住他，低声说：“机舱里黑黑的，别找了，你还没讲完你哥哥的故事呢。”老何想了想也就坐下来接着讲故事。

老何小声说：“湘西烧纸很有讲究，要把每个人的名字写在纸上，混杂在一起，堆成一座小山，然后点燃。烧纸的时候，后辈的人要围成一圈跪在地上，一边哭泣，一边用木棍拨，好让火烧得猛烈些。烧纸就在屋前空地上进行，棺木则停在不远处。漆黑的夜晚，周围都是黑黝黝的山，躲在树丛、山坳中那些不知名的小兽，发出的凄厉叫声，加上人的哭声，在深夜的乡野相互绞缠在一起，变成一种怪异的声音。烧纸的火焰经由猛烈、舒缓，最后逐渐暗淡下来，这时候还要用木棍继续拨，什么叫死灰复燃？这时就会如此，然后才会真正烧尽。但程序还没有完结，还要检查有没有没被烧尽的烧纸。奇怪的事出现了，写有我哥哥名字的烧纸竟然完好无损，就像没有经过火焰的炙烤，连烧煳的痕迹都没有！”

老何停住了，激动得呼呼喘着气。老宋小声说：“我明白了，你嫂子的母亲至死都不能原谅女儿的婚姻。”老何说：“我哥哥转天摔了一跤，腿摔折了，他瘸着腿费了好大的功夫才从湘西回到家。”

机舱里开始有人走动，机舱外面的天空有了些许的白。老何、老宋这才发现他们说着说着竟不知不觉睡着了。老何双臂加紧，向后面用力，长久坐着，浑身难受。老宋倒还可以，虽然年龄最大，还能坚持。老何似乎想起什么，扭头寻找老窦，不用费力就发现老窦坐在那儿正安静地打盹。老何用胳膊碰了碰老宋，嘴巴向旁边翘了翘，示意老宋向旁边看。老宋看了看，小声说：“怎么了？”

这时候，老窦醒了，站起来去卫生间。老何拉住他，问他昨晚上怎么没在自己座位上，去了哪里。老窦弯腰凑近老何耳边，小声说：“什么……去了哪里？我一直在那儿坐着。”老窦说完直起身，脸上满是莫名其妙的表情，慵懒地走了。

老何奇怪道：“老窦昨晚好长时间没在座位上。”老宋笑：“你可真是的，没在就没在吧，较什么真儿？”老何还是不解：“明明老窦昨晚没在自己座位上。”老宋依旧笑：“这又有什么？”

看着老何满脸惊奇的样子，老宋只是笑。最后，老宋劝他，下了飞机再好好拷问老窦。

三

胖墩墩的小刘说，智利人以及所有南美人，他们的最大特点是永远都不着急。事情很少安排在上午，大多在下午或晚上。假如朋友邀请你晚上八点钟去他家吃饭，你最好不要准时赴约，否则你会非常尴尬，你一定要往后推迟一小时前往，那样时间正好。

“为什么要这样呢？”老窦刨根问底，说，“那就干脆邀请人家晚上九点钟嘛，为什么要多出一小时的空当？”

小刘笑了笑，说他也不知如何解释。

小刘是陪同老宋、老何、老窦在圣地亚哥期间的西班牙语翻译。他来智利已经三年了，早先是在墨西哥上学。

小刘带路，领着他们在圣地亚哥市中心逛逛。

所谓市中心，也称作“武器广场”。这里是圣地亚哥最为繁华之地。肤色各异的人们或是匆匆走过，或是站在路边，凝神眺望四周带有鲜明西班牙风格的建筑。

老窦兴致很高，指着前面一座山问小刘：“那个很高的地方有什么？”小刘说那座不高的山被当地人称作“情人山”，山上还有一座公园，称作“总督府公园”。

老宋说：“下午开会，上午有的是时间，我们上山如何？”

老何、老窦一致同意，于是小刘带着他们上山。

踩着细碎的砖石地，很快就上了山。山上非常安静。半山腰的空地上，可以看见当年带轮子的古炮、印第安人的木雕，到处可见长势茂盛的芦荟。再往高处看，能够看到高高巨石上的印第安人雕塑，雕塑那么小，好像是挥舞铁镐的姿态，不仔细看绝对看不出来。继续往上走，还能看到砖红色的城门和红砖已经发白的城堡。拐过一个弯儿，还有西班牙人修建的小教堂以及西班牙战胜者的塑像，当然还有西班牙风格的总督府。

站在山顶向下俯瞰，一座很有气势的灰色建筑赫然矗立，老何马上猜测那座恢宏的建筑是市政府所在地。小刘告诉他们，那里就是他们下午访问、交流的地方——智利大学。

几个人站在山上，看着智利大学。

老何想起老窦飞机上失踪的事，再次问起来。老窦说：“我说了好几遍，我还能去哪儿？老何你真是奇怪。”老宋说：“老何你总是这样发问，搞得我都觉得老窦是一个魔幻人物。”小刘插话说：“三位老师应该在圣地亚哥写篇小说，肯定跟国内感觉不一样。”老何发誓一般说：“我说什么你们都不相信，没有办法，昨晚老窦真的没在座位上。”老窦不再解释，满脸玩笑表情，随后转身看着不远处山上一个极小的雕塑——挥舞着镐头的印第安人。老窦心里实在纳闷，智利人真是有意思，搞一个那么小的雕塑在山上，有什么意义？

老宋若有所思地望着山下，望着智利大学青灰色的矩形建筑，一动不动地站着，像是不远的印第安人木雕。

老何、老窦没有想到，老宋一个奇特的想法此刻已经形成了。

四

我第一次来到圣地亚哥，第一次来到肃穆的智利大学。此时此刻我要是说我刚刚获得阿斯图里亚斯王子文学奖，大家肯定不会相信；我要是说，我不是一个人来的，我是与两位中国同行一起来的，他们就坐在我的旁边，大家也不会相信，因为我的身边没有其他人；我要是说与我同来的两位中国同行一路上给我讲了两个无法解释的故事，大家也不会相信，因为只有我一个人。

可是，大家却愿意相信科塔萨尔的《花园余影》，相信这样不可思议的情节：一个有钱人坐在自己豪华的家中，正在读一本小说，小说讲述的是两个情侣计划谋杀他人的事情……最后那对情侣走出书本，去谋杀那个坐在自己豪华家中的读书人。

……

为什么你们相信科塔萨尔的《花园余影》，却不相信我刚才讲的故事：医院担架车的自动滑行，还有“南蛮子憋宝”？道理很简单，因为科塔萨尔在小说中还有“小说里的小说”中，营造了两个完全相同的实境，看过小说的人都会清楚，就是那个最明显的标志——“装饰着绿色天鹅绒的高背椅”。这把完全相同的“高背椅”出现在两个故事中……于是读者相信了。

而我，此刻却没能做到，所以你们不会相信我的故事。我要是准备写类似小说的话，接下来需要做的，就是静下心来，努力构建一个“相同实境”的两个故事或是三个故事。

“老师，这就是您在圣地亚哥的演讲？”学生小刘问。

老宋手里攥着粉笔，点点头。

小刘说：“您要是这样讲课，我肯定天天来。”

老宋道：“那就是说，我过去讲得不好？”

“没有，您始终讲得好，这一次更好。”小刘调皮笑道，“最开心的是，您把我也放到故事里去了，还是放到那么远的圣地亚哥。我在您的故事里做了一次遥远的南美旅行。”

老宋指着墙上能够上下移动的黑板，说：“下一课，我想带你去遥远的利马，那是一座百年没有下雨的城市。那里还会有更加神奇的故事。”

小刘兴奋起来：“一百年没有下雨的城市，肯定能够编织许多意想不到的故事。”

“是的。”老宋说，“我们还可以去那座有着蛛网般街道的更加神奇的墨西哥城。”

教室里静了片刻。

老宋接着说：“说不定此时此刻，我是你小刘虚构的一个人物。”

胖墩墩的小刘惊讶地看着眼前的导师。

【原载《西部》2018年第5期】

悬泉

王新军

刘小群在电话里兴奋地说，霏儿，我们的新床到了，一张无边无际的大床啊，我已经安装好了，你完全可以在上面信马由缰，稳定性和软硬度都很好，你要不要现在过来体验一下。握着手机的俞霏霏心里扑腾一下，半截舌头差点吐出来，脸颊上的神经簌簌一阵狂跳。她勾下头压低声音说，你就不能正经一点啊？我在上班，这会儿是上班时间，你不知道啊？刘小群在那边嬉皮笑脸地接着说，知道你在上班，什么事情不得忙中偷闲地干，我这不正在汗流浃背嘛。俞霏霏又瞟了眼坐在对面、瞬间把头压向桌面的罗科长，小声对刘小群说，知道你这些天辛苦了，下班请你去地中海吃冰激淋，大桶的。刘小群说，不吃冰激淋，你请我到吾麦尔吃烤肉、喝啤酒。俞霏霏小声应了个诺，急匆匆地将电话挂了。

感觉已经进入恋爱状态的时候，俞霏霏其实已经马上就要结婚了。这让她紧张又慌乱，渐渐临近的婚期让她有点无所适从。她甚至渴望这个进程能够停下来，让她再好好想一会儿，找个地方安静地独自待一阵子，想想关于婚姻的这摊子乱七八糟的事。仿佛她是一只刚刚停歇在树上的小鸟，还没有完全站稳脚跟，还没有来得及看一看四周的风景，一场大风却不期而至，让她猛然产生了无枝可依的困惑与慌乱。刘小群像一只勤勉的小狗，两个月前就将目光和心事完全放在了他们即将入住的婚房。仿佛刘小群有了一个像模像样的巢，她俞霏霏就应该没有任何理由地住进去一样。

装修是从炎热的六月开始的。房子在一个刚刚建成的小区，楼层的位置与价格基本相称。四层。金三银四，这个层高对于90年代出生的人的脚力来说，应该是没有任何问题的。而且俞霏霏觉得，她这样轻捷的脚力，至少还可以保持二十年。二十年之后，已过不惑之年的他们，就可以考虑换个更加舒适的地方开始养老了！四十多岁，的确是一个开始养老的年龄，这是俞霏霏的感觉。二十年对于人生是一个多么漫长的过程，到了那时候，她不知道自己将要老成什么样子。当她慢条斯理地说出这些想法的时候，刘小群的一只手正握着她饱满的乳房说，重要的是当下，我们先过好当下，二十年后的事，让二十年后的我们去考虑吧。她挡开他的手，用一根手指敲着他的脑门，俏皮地说，你就知道过好你的当下，你有点理想好不好，有点追求好不好？人无远虑，必有近忧，什么叫未雨绸缪，你懂不懂？刘小群有些尴尬地睁大眼瞅着她，一边握住她的手，一边装作若无其事地说，你一虑就虑到了二十年之后，这也虑得太远了吧，你还是选择近忧吧，关心关心当下吧。话没有完全说完，刘小群的双手已经带鱼一样绕到她平滑的后背，只轻轻一撩，她粉色的针织T恤就被撸掉了。她沁出一层细汗的麦色肌肤，像一块上了色的面点摆在他眼前。俞霏霏并没有惊诧，她似乎完全预料到了刘小群这个小把戏。事实上，她也觉得自己的远虑远得有点不着调了，心里这样想，嘴上却不饶人。她一扭腰，摆出个生气的架势来。她知道自己这完全是在无理取闹，事实上她就是想这样做作一下，没有什么说得出口的缘由。刘小群没像往常两人一起时那样，见她一做生气状，立马小心地黏过来，一迭声地在她耳边说出一串对不起这厢有礼了之类腻味的废话，而是像打了鸡血奔上场的相扑运动员，将她拦腰抱起，轻而易举地撂到了那张他们熟悉的床上。身体的诱惑总是会在这种时候突如其来，瞬间推翻一对热血青年所有的远大理想和雄伟志向，淹没任何思想和精神。

如果说俞霏霏选择刘小群是头一次恋爱，这可真是有点不对路子。本科四年的校园生活里，她至少和三个男孩子不十分密切地来往过。吃吃饭呀，逛逛街呀，只要外出她都喜欢有个人陪在身边。最好是女孩子，男孩子也行，当然这个男孩子必须是自己熟悉的，这方面俞霏霏有自己的标准。你想啊，偌大的省城，二三百万人口，她一个小县城出去的毛丫头，人地两生，好奇是肯定的。俞霏霏性格虽然并不内向，但在一个陌生的地方，她一个女孩子胆子再大，各种各样的小担心总是会有的吧。

第一次和俞霏霏一同出校门的，是同班一个小个子男生。那是开学不久的一个周末，他们是在校门口东面穿越斑马线的时候遇见的。现在已经弄不清楚，是谁先向谁打了个手势或者搭讪了一句，反正他们就一起去了对面街上的一排小店，一起要了牛肉酸辣粉。后来俞霏霏才发现，这样的小店在学校周围多得很，和她初中高中时的学校周边环境差不多，店面普遍不大，主要卖一些小吃小喝、礼品挂饰之类的小玩意儿，不一定物美，但一定要价廉。总之，只要是学生们需要的，学校周围就有得卖。俞霏霏和这个小男生有一搭没一搭地处了多半个学期，就各自慢慢地淡了。没有什么特别的原因，仿佛就是一种没有开始的结束，内心那么一懵，嗡嗡两声也就过去了，什么动静也没有。这样波澜不兴的交往，根本到不了恋爱的程度。

俞霏霏其实是那种不会轻易表白的女孩子，外表看上去是开朗的，甚至是外向的，其实骨子里却十分孤傲，也有几分言不由衷的清高。一开始，大学生活的闲散让俞霏霏完全不能适应，这和高中阶段老师苦教、学生苦学的苦逼拼法，彻底不一样。她高中时好不容易聚合起来的心劲，进入大学校园一个月之后就散了。她完全没有向上的心力了，因为她不知道向上的方向到底在哪儿。她没有想到自己梦寐以求的大学生活，会在这样一派散淡中开始，并将日复一日地继续下去。确切地说，俞霏霏当时是有点害怕的，她忽然找不到人生的目标了。人生的路那么多，她却被突然而至的重度雾霾笼罩其中。曾经无数次设想过的人生之路，一条也找不到了。她来到了人生的又一个十字路口，不，分明是来到了一个纵横交错的立交桥上。她站在那里焦急四顾，却是一脸懵懂，不知道脚步应该迈向何方。这种阴霾中的彷徨，在她心里持续了好长时间。最终在第一个学期就要结束的时候，这阴霾被父亲俞平安的一个电话驱散了。俞平安在电话里以一种非父亲的口吻语重心长地说，对于一个人来说，学习永远是自己的事，与学校无关，与他人无关。当别人，也就是外部世界给不了你目标的时候，唯一的办法就是自己去找。去哪里找呢？你目前最理想的地方，当然就是图书馆了，并古怪地转述了博尔赫斯说过的一句话：如果这世上真的有天堂，那一定是图书馆的模样。俞平安把话说得不紧不慢，作为俞霏霏眼中的父亲，他是一个不强硬但又不对原则妥协的人。一开始，俞霏霏觉得父亲的话听上去有点离奇，弄不明白几乎等于什么也没有说。在她的眼里，父亲老实本分，干了二十多年的机关会计和出纳，除了爱读书，偷偷写点永远也发表不了的小玩意儿，也没有见他一辈子有什么大的追求。但正是这种兢兢业业的本分，让他拥有了小县城里的不错口碑，他业余时间有做不完的事。前些年考取了会计师资格证后，业余时间的自接业务就更忙了。他常在她们母女面前说，我这一辈子可能永远适应不了当官，也当不了官，但我完全可以心无旁骛地去做自己乐意做的事。

当俞霏霏在一个下午的选修课之后，走进学校图书馆的时候，发现偌大的阅览大厅里，几乎找不到一个空着的座位了。她沿着阅览大厅的步道小心翼翼地走着，不时地停下来，认真地阅读各种挂在墙上的管理规定，然后又根据标识，一个区块一个区块地进行搜索。她突然觉得自己成了一只钻进麦仓的耗子，图书馆的每一排书架、每一张桌子，甚至每一把椅子，都让她充满了好奇。它们呈几何形的排列方式，也让她在严谨中感到一种隐约的神秘。初中的时候，学校也有图书室，而且每个班级还有一个小小的图书角，但很多的时候，那些躲在角落里的书都是被遗忘了的。到了高中，图书室变大了，图书也更加丰富了，但紧张得透不过气的学习任务，几乎占去了所有时间，图书室根本无暇涉足。高中三年，她甚至不清楚图书室在校园里的什么位置。但在大学第一学期就要结束的时候，俞霏霏终于找到了打发大把时间的方式，图书馆让她刚刚开始纷乱浮躁的心绪，重新安静了下来。

另一个男孩子，就是在这种充满书页香气的静谧氛围中相遇的。像好多电视剧里俗套的镜头：他抱着一堆书来到她对面，指着她对面枣红色的木质阅读桌，轻声说，我可以坐在这里吗？她微微一笑说，当然可以。他坐下去的时候，她发现他的鼻尖上沁出了一层细细的汗珠。第二天下午，差不多还是那个时间，他又安静地坐在了她的对面。这一次，他从他那个样式笨拙的书包里取出两瓶饮料，迟疑了一下，把其中的一瓶推到她面前说，请你喝果汁。俞霏霏抬起头，让面部表情从遥远的非洲部落风俗中，回到洒满阳光的阅览大厅，然后打开放在自己腿上的编织包，取出一听露露放在桌子上说，谢谢，我喜欢这个。看着那男孩脸上泛起的尴尬，俞霏霏垂下头抿嘴笑了。其实，她完全可以不拿出露露来。他推过来的果粒橙的口味，她其实也很喜欢。

大学四年轻松得出乎俞霏霏的预料。她泡图书馆最厉害的是第二个学年，除了吃饭、上课、睡觉，之外的时间几乎都是在那座四层的方形建筑里度过的。后来，她竟然就对那个地方渐渐轻慢了，毫无疑问的原因是她迷上了网络。网络让她变得忙碌又一无所获。当她宅在五层的女生宿舍，几乎足不出户的时候，与那个高她一级有点木讷的图书馆暖男，自然也就少有往来了。另一个虚拟的世界，把俞霏霏的时间塞得满满当当，把她的内心糟蹋得空空落落。应该说，到了大三，是要轰轰烈烈地谈一场恋爱的时候了。但她情感波动的速度，在现实世界中却那样迟缓。父母也没有向她宣示上学期间不许恋爱之类的硬性家规，学校倒是有相关的条例，但一直被青春似火的大学生们从大一开始就置若罔闻。这样形同虚设的规定，就像一条隐形的绳子横在那里，没有事情的时候，这根绳子是完全看不见的，只有你伸手去抓到它了，它才对你起作用。然而就是这样的宽松环境，如此适宜的恋爱季节，俞霏霏似乎还沉迷在混沌之中，以至于让她开始怀疑自己身体发育是否存在某种先天的缺陷。

在网络上混久了，当然也会有一些事情发生。网络男孩的出现，是俞霏霏始料未及的。他的出现很突然，有一个很酷的头像眨眼一样频频闪动，要求加好友，也许是无意间搜到了她，香草人儿，她加了。总之，她没怎么犹豫就加了。之后，这个停止抖动的头像，就迫不及待地向她扫射一般发来了信息，还推送了好几个空间链接，她根本来不及回复。他就像一个古板又固执的推销员，不管你听还是不听，他完全按自己的套路自说自话、天上地下，给人的感觉对方好像无所不知、无所不晓。他的狂聊让俞霏霏应接不暇，她想踢了他，但发现他竟然是本校与她同级的一个校园诗人，空间里几乎天天都能看到他创作的新诗。他还兼有国画特长，竹子画得瘦而密，山崖画得像砖块砌的一样棱角分明；书法竟然也不错，字写得很黑，还有评论说他的字似柳非柳、像颜非颜，有二王笔意什么的。俞霏霏是看不出这些道道的，只觉得字黑而大，毕竟能用毛笔写字的人，已经少之又少了。在他诗书画三艺齐全的空间里，他把自己打理成了一个完全的才子，几张表情丰富的美白自拍，表情阴郁而拘谨，却俨然以怀才不遇的天才自居。难怪他会一上来就高谈阔论，原来人家以为自己的大名，地球人应该全知道。俞霏霏只言片语的回复，让他大失所望。他没有想到在这个超过万人的校园里，竟然有一个角落还没有被他横溢的才华所覆盖。这个自以为是的家伙，留着一头瘦弱的长发，约俞霏霏和另外两个哥们，一起吃过两次水晶小火锅。但他似乎不怎么吃东西，只就着啤酒疯狂地散布自己浅显易懂的学识，以及稚嫩生硬的思想。其中的一次喝高了，也许并没有高，他竟然死缠着俞霏霏，要带她去旅馆开房。他的这个想法，被俞霏霏断然拒绝了。俞霏霏觉得这个人可恶又可笑，还有几分可怜。像他这样力必多分泌超量的男孩，完全可以不去顾及社会影响，去洗头房发泄一通了事，而不是跟她俞霏霏这样的女孩正常地处朋友。

几近无聊的大学生活结束之后，俞霏霏经历了一个度日如年的漫长秋天。老妈田倩倩撺掇一向无事不请假的好职员俞平安同志，请了年休假，一家三口一起外出半个月，去黄海边走了一圈。这是一次全家人最为开心的旅行。俞霏霏再没有听到他们为花钱的事情吵嘴，好像他们已经真的无所谓了。在大海边，看着海浪轻轻抚摸着沙滩，光脚走在沙滩上的田倩倩，不由然地在女儿耳边说，霏霏呀，我琢磨着，生活的真谛其实就是叫自己快乐，这种快乐，来自不苛责自己，来自珍惜眼前的幸福，来自自我的心理满足。俞平安在一旁听见了，打趣地说，哦哟，长进不小呀，一个小学后勤管理员，终于活成生活哲学家啦。面对自家男人的揶揄，历来刀子嘴的田倩倩，竟然没有反唇相讥，而是趾高气扬地又说出了一堆芝麻绿豆的大道理。俞霏霏知道，那些只不过是微信朋友圈里转来转去的大路货，听起来句句是硬道理，实际没有一点用，都是些千锤百炼之后的正确的废话，放之四海而皆准，却永远矫正不了你曲里拐弯的糟糕人生。

旅行结束休整了几天，俞霏霏参加的公务员考试也有了结果。到了年底，一番面试体检之后，俞霏霏开始上班了。在那栋县城数一数二的气派大楼里，俞霏霏体验了自己的年轻与幼稚，同时也发现了自己身高腿长的难以掩藏的美。如果说俞霏霏在省城和大学校园里是可以被忽略的，那在这个小县城里，她数年之后的再次出现，是能够成为一个话题的。

回到县城是父母的心愿，也是俞霏霏自己的想法，她不希望在一个完全陌生的地方开始自己全新的生活，她内心是有点儿恋家恋父母的。她表面乖巧而内心坚定，不想完全依赖父母，但也不愿意远离他们。总体来说，这个家对她而言是温暖的，是能一再满足她各种愿望的。父母的知书达理，使她的生活一直运行在一种看似正确的秩序中，虽然没有土豪的奢华，但也没有寒门的辛酸。

机关工作的烦琐和人际关系的微妙，把俞霏霏所有的神经都调动起来了。她用自己一贯的沉着和别人不可想象的冷静，宽绰地打理着手头的一切。两年之后，她的工作难能可贵地受到了上下一致好评。如果不出意外，她的人生就将这样按部就班地一直走下去，直到退休。厘清了这些之后，俞霏霏发现这不过是一个再普通不过的愿景，说庸俗也未尝不可。

刚刚入夏的一个傍晚，一家人正在吃晚饭的时候，田倩倩一边往女儿碗里搛菜，一边说，霏霏，个人问题是不是应该考虑一下了？说着，她的目光不约而同地和俞平安的目光拧到一起，钉在了俞霏霏脸上。毫无疑问，这是在捕捉她的第一反应。这种情形很明显地告诉她：他们已经商量过了。当时俞霏霏就放下筷子，嗔怪地嘟起了宫廷剧中公主的嘴巴。俞平安却没有像以往那样选择退让，他一边吃饭一边说，我看刘小群这个小伙子还是不错的，你们相处也有一段时间了，感觉怎么样，你自己心里应该有数。

俞霏霏这才意识到，父母早就把她和刘小群的来往当成处朋友谈对象了。事实上是不是呢？俞霏霏自己心里竟然一时吃不准了。如果说不是恋爱，那刘小群半年多来的嘘寒问暖、拥前抱后又算什么呢？直到那时候，俞霏霏才知道刘小群的父母已经托人来问过话了，她隐隐感觉到了一种将被抛弃的凶险。在这个小城里，这种问话的形式，不关乎婚姻的自由，但又是必需的。那顿晚饭，在慌乱中匆匆吃过之后，俞霏霏打电话把刘小群叫到一间僻静的小酒吧里，狠磕了一顿。

刘小群当时显得很冤枉，后来俞霏霏自己竟然失声哭了起来。她从来没有那样歇斯底里地哭过，那阵势可把刘小群给吓坏了，一个劲地向她道歉赔不是。但只有俞霏霏自己知道，真的是她自己想要哭一哭，与任何人无关。

一通长哭之后，俞霏霏仿佛真的长大了。二十多年来围绕在她身边的一切，丝丝缕缕，让她感觉牵绊，又感到不舍。作为父母唯一的孩子，他们对她的关爱是无声的，也是无处不在的，更是被她一次次忽略了的。俞霏霏这样反复而又零碎地拷问着自己，她猛然觉得自己其实从来都不曾缺少爱，而是缺少了感受爱和发现爱的能力。那天夜里，俞霏霏依偎在刘小群怀里，什么也不说，她突然意识到缺乏去爱的能力正是自己的隐疾，也几乎成了他们这些独生子女的沉疴通病。

双方家长你来我往地聚了几次之后，俞霏霏和刘小群的婚事就算正式定下来了。仿佛一夜之间，全城人都知道他们两个就要结婚了。一些人开始羡慕，羡慕刘小群一个地税局的小职员，竟然娶上了县府机关的一枝花。一些人惋惜，惋惜县府机关的一枝花，竟然插在了地税局小职员这坨相当不起眼的牛粪上。

俞霏霏和刘小群的来往，从那个傍晚之后，就变得更加密切了。双方的家里，他们也开始经常成双成对地光顾。这样炎热的季节里，俞霏霏认真地体验着恋爱的浓烈滋味，这滋味浸润着她的内心，也浸润着她的身体。爱在经历了几次三番的浅尝辄止之后，就这样又一次扑面而来，开始燃烧两个年轻的身体。

刘小群是俞霏霏上班第一个年头的夏天认识的，那时候县上搞职工运动会，在女子排球四进二的赛场上，县府机关队和地税队磕上了。那时候，俞霏霏是机关队的二传，刘小群是地税队的教练。俞霏霏行云流水般的接传球，让机关队的进攻顺风顺水，在毫无悬念地拿下第一局之后，第二局眼看又占了上风。刘小群坐不住了，一连叫了几个暂停，指挥队员要从对方7号身上寻找突破口，方法是把球直接喂给她。这种战术，俞霏霏在对面听得一清二楚，她就是那个7号。刘小群的战术居然真的起了作用，球每次以各种姿势向她飞来，她成功接住了，接下来其他队员的接传却失误连连。机关队就此止步，地税队摇摇晃晃前行，最终拿了个季军。场上有输赢，场下无恩怨，夜市广场上啤酒一喝，微信一加，他们居然成朋友了。

刘小群有一双大长腿，据说大学时候打过一阵子篮球，工作以后自然成了机关里的运动健将。可惜的是，基层税务单位，普遍中老年人居多，球类运动的机会很少。好在县城有几处还算像样的运动场，刘小群和俞霏霏的约会，就是从一起打球开始的。而打球对于俞霏霏来说，几乎是赶鸭子上架，在运动方面她感觉不到任何天赋。唯有在算不得激烈的排球场上，她能感觉到自己因目光聚焦而被灼得发烫的身体的存在。

婚床是他们两个人一起选定的，前后推敲了大约一个星期。它满足了刘小群所希望的高度，也满足了俞霏霏所需要的辽阔。她已经厌倦了刘小群私人空间里那张单人木板床的狭小，以及它随时发出的代表着衰老，却能有效抑制亢奋的咯吱声。刘小群是家里的独子，娶媳妇成家的基本条件，父母是能够满足的。房子买了已经有三年，仿佛这套房子三年前，就在等待着俞霏霏。这一点让她内心有点沮丧，她觉得自己的人生几乎没有什么与自己的努力有关。

那晚，在吾麦尔干掉了三把烤肉、十二瓶啤酒之后，刘小群像狗一样趴在桌子上不起来了。俞霏霏自己吃了半个烤饼，陪着刘小群有一搭没一搭地喝了一些啤酒。她应该有三瓶啤酒的量，但那时候她已经独自喝掉四瓶了。望着刘小群的死狗样，她突然觉得有一种被谁玩弄了的感觉。

她下意识地喊了一声：刘——小——群。

她的声音有点歇斯底里的味道。烤吧里的客人都惊了一乍，以为有人喝醉了，纷纷扭过头朝他们这个格子间张望。但刘小群没有动，依旧趴在洒有斑驳油渍的瘦长桌子上。这时候他要是喊一声他常常挂在嘴边的霏儿就好了，但他没有喊，依旧肆无忌惮地对神情古怪的俞霏霏不理不睬。

空酒瓶在刘小群头上碎裂的声音响起来的时候，烤吧里的客人几乎全都站了起来。穿着白色工作服、戴着高筒厨师帽的老板，最先赶了过来，他先是抽起身子哦了一声，接着才有点结巴似的说，这，你们，干吗呀？这是……很显然，他并不急于得到一个回答。因为血水已经布满了刘小群无奈的面颊，他傻傻地看着手足无措的俞霏霏，眼神里居然充满了迷离的神色。

俞霏霏盯住刘小群的脸说，你骂我呀。

刘小群咧开嘴，给她笑了一下。

俞霏霏说，你打我呀，还手呀。

刘小群嘴巴咧得更大了一些，同时嘿嘿出两声。挂下来的一条血流，进了他的嘴角。

俞霏霏霍地站起来，双手搖着面前的桌子说，刘小群，你骂我，你打我，我现在命令你。

刘小群又嘿嘿两声，刚刚站起来的身子，忽然向一边歪了过去。俞霏霏喊了一声刘小群，接着又向烤吧里惊恐的人群喊道，快叫救护车。

事情并没有向俞霏霏预想的方向发展。刘小群的脑袋被剃光了，裹上了纱布，套上了网套。那个被啤酒瓶砸开的伤口，总共缝了七针。在整个小城都开始疯传刘小群被女朋友酒瓶击头，而砸出脑震荡的时候，面对父母狐疑的眼神，刘小群却一再坚持是自己喝高了，不小心磕伤的，跟女朋友俞霏霏没有任何关系。有关系也只是一个施救，一个被施救。因为桌子磕伤脑袋的事只是一个瞬间，在当时昏暗的灯光下，除了他自己，根本没有人清楚发生了什么事。

刘小群的解释，并没有使父母信服。他们一再地追问在他磕伤脑袋的时候，一起吃烤肉的俞霏霏在做什么？刘小群解释说那时候她已经被他灌高了，她对当时发生的一切，一无所知。一无所知了，她还怎么施救？他们说。她可以呼唤呀，叫人呀！刘小群说。

婚事的进度，必然地因为刘小群的意外受伤放慢了。俞霏霏的把戏，也被母亲田倩倩看穿了。她在一个傍晚，十分严肃地对她说，你咋能这样呢？你已经不小了，你是对这个人不满意，还是有别的什么原因？事情都到这种地步了，你是想让这件事到此为止吗？你要知道，从世俗层面来讲，你们已经是夫妻了，再怎么闹都是毫无意义的。这种毫无意义就是，你所做的，可能什么也改变不了。

一切只能归结于酒精麻醉引发的瞬间意识混乱。几天来，坐在办公桌前的俞霏霏一直是懵懂的，时常目光呆滞地盯着键盘或者电脑屏幕，看上去那么专注，然而神情是僵硬的，目光散乱迷离，找不到焦点。坐在她对面的罗科长，当然会敏锐地感觉到俞霏霏的变化。作为一个三十岁出头的过来人，他大度地建议俞霏霏休几天年假。他说，没什么大不了的，不要不相信爱情，但也不要对爱情抱太多幻想，一切才刚刚开始，但一切都会慢慢过去，因为这就是我们的生活。生活就是生下来了，就只有慢慢地活着。一个人要正常地活着，就不可能没有婚姻，这是几乎每个人都要为自己戴上的枷锁。罗科长的话听上去，逻辑有点混乱，但意思基本明了。在俞霏霏的心目中，他的确算得上一个掌握着生活哲理的人。

休假后，俞霏霏先是自己在家睡了一天，然后陪刘小群去医院拆了线，又买了一顶黑色的男生太阳帽扣在了他的光头上。不仅如此，她还以一种庄严的方式，去超市买了两大包零食，从巧克力到馋死猫豆干，再到兰花豆、鱿鱼丝……几乎应有尽有。刘小群嫌太多了，却怎么拦都拦不住，俞霏霏硬是把它们拎到了已经差不多打理好的婚房里。

按照刘小群父母的计划，国庆节之前，刘小群和俞霏霏就将在这里开始他们的婚姻生活了。她将不是父亲俞平安和母亲田倩倩的了，也将不是她自己的了，她俞霏霏的角色，转换成了刘小群的媳妇。她是他的了，她将属于他。这是一件多么不可思议的事情啊，却无可奈何地正在一步一步地发生着，就像一根线，原来的她是看不见的，随着婚事的临近，它也离她越来越近，它所编织的那个网，也在她心里有了愈加清晰的触感，然而她却什么也看不见。她觉察到自己被困其中，却又什么也看不清。她躺在那张宽阔的大床上，身旁是健硕又谦卑的刘小群。恋爱带来的幸福，从一开始就已经烟消云散，仿佛从来没有在她内心聚起来过一样。婚姻的浓雾笼罩在她的四周，让她觉得孤独无助，又没有地方叫屈喊冤。这种感受拥堵在她胸口，吞不下，吐不出。

一个没有提前计划的小假期，对于两个已经住到婚房里的小青年来说，自然是短暂的，自然是经不起消磨的。假后上班头几天，俞霏霏感觉整个人像掉了几十斤肉，身子轻极了，那一丝隐约的乏困也被淹没。两个星期之后，她突然觉得身上什么地方不对劲儿了，她像身处荒野辨不清方向一样，始终想不到那个点上去。

这天夜里，俞霏霏做了一个梦，梦见自己一个人穿过炎热的戈壁，来到了一片山林之中。山坡上古树参天，绿草无垠，口干舌燥的她却找不到一滴水。她沿着林间蜿蜒的小路一直向山上走去，一路上听不到鸟鸣，也没有风声，四周只有寂静在不断地扩散。她就那么走着，听着自己的脚划过草叶的声音。在路的尽头，一面山崖横在了面前，就在她感到惊诧不已的时候，却看到被阳光照耀的峭壁上方，悬挂着一泓清水。光线射在那一掬小小的水面上，丝丝涟漪在悠然晃动。她来到石壁下，正感到一筹莫展的时候，一颗巨大的水滴穿过金色的阳光，不偏不倚地落在了她的小腹上……

一阵透心的冰凉，让俞霏霏从梦中惊醒了。她猛地坐起身来，发现汗水已经把睡衣的前胸后背全都湿透了。

坐在床上愣了片刻，俞霏霏突然意识到了什么似的，摇了摇熟睡中的刘小群，然后轻声说，我们抓紧时间，办我们的婚礼吧。那声音听上去像是在对刘小群说，又像在自言自语。

【原载《朔方》2018年第1期】

一壁青苔

格　尼

一

又一个秋天来临，仍没有米小智的消息，谁也不知她去哪儿了。有人笑称她不会是找牛武娃谈恋爱去了吧？我们报社的人坐在办公室提起她，免不了一番聒噪，到最后定会鸦雀无声，这种时候，人人都要恍惚那么一会儿。

怎么说呢，米小智这个人，确实古怪，用川话讲叫轴棒。

人家养猫养狗，米小智养玻璃杯，确实是养，要爱抚、要陪伴、要呵护，养得锃亮。她家在一楼，进院先下几梯台阶，沿着长满青苔的高墙一路走，最里边那个单元，两室一厅的房子，进门便是满眼清辉，各种各样的玻璃杯，摆了一壁。她每次把玩或擦拭，还对周围环境进行全面观察，是否有人，是否有风，是否会有电话来，受了惊扰容易发生跌杯事件。拿起杯子也是极尽谨慎，怕手心出汗打滑，还特意备了手套。这倒也罢，为防止意外发生，她还进行杯子滑落后的补救演练，做猴子捞月动作。久而久之，右臂比左臂似乎长了一些，右手也比左手更灵活。我去她家，见她亮着大脑门站在杯架前，真闪眼睛啊。

这算不得什么，她真正的古怪，让人无所适从。

这个时代，只要跟上脚步，人人有平台，好比秋天的场院，玉米水稻麦子，想晒什么晒什么，还似集市上的摊点，想卖什么卖什么。米小智看不惯人家台面上晒的东西。看不惯不看，要么屏蔽，要么删除，还偏要看。她原本忙得要命，手上噼里啪啦打字，趁词穷的空当，就把手机拿手里了。这点跟我们一样，只要闲着，一定要抓住什么，现在抓住的都是手机，有点像小时候吃奶，抱着奶瓶，很是勤奋。时常，她看着看着，身子猛往椅背上一靠，嘴里发出一声短促的“嘁”，手机便摔到那摞报刊上了，还用了点儿劲。她嫌弃“奶水”不是滋味，吃得冒火。大多时候，她摔手机都为哪个又在朋友圈秀恩爱了，哪个又发了心灵鸡汤。

她不信。她怀疑一切晒爱情的人。

“全是骗子，骗子！”

我们这地方位于川东北区域，城市不大，也不算小，各方面比不了省会，更比不了京城。我们报社更小，隶属广电系统，办当地人看的电视报。近几年，信息横行，去报纸上翻电视节目的人已绝迹，报社要维系下去，走了娱乐煽情路线，讲当地的吃喝玩乐，更重要的是讲当地人的故事，改名《夜都市》。我们总编有头脑，除了时事新闻，还弄了诸多板块。比如，一线牵、三人行、七日谈、忘情水、夜都市，等等，四十多个版面，加上广告和彩页，花花绿绿，厚厚一大本。米小智负责“七日谈”和“夜都市”。“七日谈”是回答七个问题，当然是情感问题，而且是本地人的情感问题；“夜都市”则是整版的爱情婚姻故事，也是本地人的故事。每周一期的报纸，哪有那么多本地素材，我们总编明确表示，所有的栏目都可以适当去网上找，把地点改成当地即可。总编这样放松，有个重要原因，为了发行量，我们每个人都在扮演多重角色，写稿编稿外加跑广告搞推销，时间有限。

米小智偏不。

我们总编姓蓝，叫蓝默，四十多岁，身材玲珑，尤其是小腿，不粗不细，匀称紧致，脚上常穿双浅金色四季皮鞋；皮肤也好，长得又端正，是整个广电大楼的名花。蓝默会用嗓子，发出的声音与鞋子走路的声音类似，不高不低、不轻不重，却有着威力。加上走路时跟人打招呼，说一口标准的普通话（我们川北，讲标准的普通话有难度），这两种声音，一上一下，让广电大楼显出一种特质——白领的聚集地。我们跟蓝默表面开玩笑打成一片，却有分寸，内心怵，不仅因她是上司，更重要的是社里有好几个合同工，她掌管我们的命运。米小智就是蓝默弄进来的。米小智的姐夫是电视台副台长，给蓝默打过招呼。米小智当时不知道，嫌姐夫多管闲事，倒像她没本事似的。这也是她坚决不去电视台应聘的原因。姐夫给她说，即便有本事，不打招呼也进不去，如今有本事的人比水库里养殖的鱼还多，何况你个二本生。所以，一开始，我们都把米小智的坚持当成显本事。后来，才发现完全不是那么回事。

米小智整天忙，采访、记录、撰稿，吃饭时间也在电脑前噼里啪啦打字，广告推销那块一点业绩也没有，完全没时间去跑。我们每月除了保底工资，广告才是大块头，做好了甚至比保底还多。有米小智姐夫那层关系，蓝默有些过意不去。

社里跟米小智关系好的，除了我，便是蓝默。我呢，跟谁关系都好，不惹人，人也惹不到我，因为我不生气，哈哈大笑两声，再难维系的关系也僵不到哪儿去。除此之外，我跟米小智一样离了婚，当然我没正式离，算分居，嘴上自称离异。那么，蓝默这个人，一是不乱发朋友圈，至多转几个链接，大多关于工作；二是米小智认为在周围熟识的人当中，唯一不装的便是蓝默，凭直觉判断，声称准确率百分百；还有，米小智喜欢蓝默一上一下那两种声音，类似于用指甲敲击质地优良的高脚杯，有着这样的音质，人当然纯粹透明。

那天蓝默携带两种好听的声音来到米小智座位旁，找她谈话。

“小智，你没必要这样辛苦的，少约采访，把时间腾出来……”

蓝默话没说完，被米小智给打断，用的是钉钉子的语气。

“骗人我不会。”

“就算你不骗，也没人相信。现在全国这类报刊，雷同率高，大家心照不宣，换汤不换药，我们这儿的人跑北京、上海、深圳去看报纸的概率很低，同样……”蓝姐用那好听的声音不紧不慢地讲，谁都能感受到那份内心深处的真诚。可是米小智又生硬地打断了。

“没人相信，我就要骗人吗？”

米小智说出这话，任谁也想不通，当时办公室许多人都在，你看我，我看你。

蓝默从不让自己处于尴尬境地，任何情况下，她都有这种本领。她没有继续话题，也没有就此噎住，而是伸出修长柔软的双手，放在米小智长期伏案而弓起的肩上，轻轻拍了一下。

“你这孩子！”

米小智三十五岁，比蓝默小十岁，蓝默关心我们时喜欢说这样一句话，让人倍感亲切。

米小智显然也感受到这点，但并不妥协。

“我骗不了人，否则晚上睡不着。”

“你这孩子，真让人操心。”

这是工作上的事，更令人咋舌的是米小智的婚姻。

米小智离过两次婚，只身出来，分文不取。

第一任丈夫叫许乾，做文具生意，条件不算太好，但有房有车，大她七八岁，是那种很会照顾人的男人。她当时愿意结婚，正因为许乾体贴入微。两人一起出门，她的包向来被许乾抢过去背。那时他们还没买车，从外面回来，哪怕装一点香菜的小塑料袋，许乾也不让她提，所以许乾总把自己披挂得跟货郎一样，口口声声说提重物是男人的活计。许乾不是装，这点她看得明白。怎么会不明白，有直觉。

婚后，许乾没变，反而更加体贴。她对许乾也愈发好，两人真可谓如胶似漆。那时的米小智也全然不是这般坚硬，娇柔软糯，雾一般的轻，完完全全依附着许乾。这是米小智自己说的。

他们离婚，只因一碗饭。

许乾小时候在农村长大，吃过很多苦，甚至挨饿，对食物有着别于常人的占有欲，吃饭时总显得急迫，好像动作慢了，会让别人抢了去。许乾习惯了，即使碗里的粥凉着，由于急迫，唇齿间也发出连续不断的吸溜声。总之，许乾无论吃什么，都会发出声音，米小智为此说过许乾多次，许乾一直改，改不了，脑子听话嘴不听话。时间长了，米小智听惯了，也没做过多要求。

有次国庆黄金周他们去九寨沟旅游，景点人太多，找不到宾馆，连饭馆也全部爆满，从早晨到深夜，两人都不喜欢吃干巴巴的零食，饿得前胸贴后背，等终于找到吃饭的地方，又遇那家仅剩一碗米饭。夜很深了，那白白的米饭冒着热气，许乾已经开始吞口水。

许乾说："小智，你吃。"许乾这样说的时候，用力捧着那只洁白的小碗，手上蜿蜒着青筋。

米小智说："你吃。"

按许乾平时的体贴，米小智以为许乾一定会再将那碗饭让过来，反复让，甚至硬端到面前。这样想的时候米小智瞬间做出决定，无论如何也要让许乾吃掉这碗饭。米小智没想到，许乾没有再让，稍做犹豫，便说："那我吃了，你多吃菜。"

许乾在米小智面前，用那特有的吸溜声，将米饭吃得连一个米粒也没剩。甚至，生怕中途会出什么差错，连碗都没放下过。能有什么差错，最多米小智忽然想吃那碗饭。

当时米小智并没过多在意，一切都还正常。有天他们到电影院看《一九四二》，见到那些逃荒大军，以及被饥饿考验的男人女人们，也不知触了哪根神经，米小智想起许乾那碗饭，以及那连绵不断的吸溜声。越想心里越不是滋味，竟哭起来。之后，一发不可收拾，时不时要莫名其妙哭一次，许乾越哄，她哭得越厉害。

米小智那段时间闹情绪，大都发生在吃饭时，有次竟摔了碗。事后说生理期脾气不好。发展到后来，米小智没法跟许乾过夫妻生活了。米小智干涸了，为一碗饭，直到提出离婚。

第二任丈夫叫段知春，不仅经济条件好，太宝贝米小智了，却和许乾的宝贝方式完全不同。段知春做古董、收藏生意，除了去门市，除去米小智上班，两人都在一起，出出进进手牵手，米小智的手从来都包在段知春手里，连个指头尖尖也没露。

可是，段知春对米小智宝贝过头了。

最初，米小智再不舒服，还能配合着和段知春形影不离。刚结婚嘛，黏糊点正常。段知春在网上找到张图片，上面是一只宽阔的大手，中间蜷睡个安详的小美人。他把这图片当成手机屏保，对米小智开玩笑说："让你逃不出我的掌心。"

周末除外，他们的日子经常这样度过：两人一起上班，米小智先到报社，坐下后发个信息，上厕所时发个信息，稿子编完再发个信息。要下班时，发个信息，到门口时，发个信息。

有时，米小智采访，有饭局或者特别忙，段知春的信息会不停地发。

"在干什么？"

"还没完吗？"

"有那么忙吗？"

"连厕所也不上吗？"

"发个信息的时间都没有吗？"

"？？？？"

"怎么回事？"

这样的事情发生了，米小智回家后必然会遇到段知春一张阴着的脸。米小智要把每个细节讲清楚，吃饭有哪些人，干什么的，为什么没听到，没听到也该记得拿起手机看看，为什么不回复，回复短信也就两秒钟……

后来，段知春开始监管米小智的手机。

米小智回家后，段知春首先把手机要过去，挨着问那些电话是谁打的，打电话干什么，有没有人请吃饭，有没有人暧昧。

他们结婚之前，米小智到报社上班不久，个性还没这样古怪，确实有许多人追求。婚后米小智当玩笑给段知春讲过，从此便又多了一项汇报工作。

"吴今天跟你说话没？"

“说了一句。”

“说什么？”

“问我要不要柑橘。”

“哼，就是你给他好脸子了。这种人根本不能理，不要搭腔。”

“人家好心问你，能不说话吗？”

“那肯定。”

“那我还怎么在单位混？”

“混不了，我能养你。”

“周呢？发短信没？”

“你都检查完了，没发。”

“万一你删了呢？”

“不是说好的吗？我俩谁也不能对谁撒谎。”

这种时候，段知春会用豹子一样犀利的眼睛审视米小智，米小智不能有任何躲闪，否则便是撒谎，便要用一整夜时间解释。倘若没躲闪，段知春会说：“我们说好的，谁也不能撒谎，谁要是撒谎……”段知春不说后面那些话，却一样有毒。

“你想想，如果我有其他想法，你是管不了的。”

“那确实。所以，不能撒谎。有啥就说。”

“我没撒谎，我的心在你这儿，我在你手心里。”

段知春仍然改不了。

有天米小智做了个梦，梦见舒舒坦坦躺在段知春的手心里睡觉，他的手心肉厚，柔软而有弹性。木星丘、土星丘、太阳丘、金星丘，她可以随便选择哪个丘做枕头。她正舒舒服服睡着，忽然喘不过气来，才发现是那五根指头正聚拢，一点点挤压，越来越厉害，她要被憋死了。

醒来后，米小智出一身冷汗。正是那个早晨，米小智想到离婚。段知春的大手已然成了五指山，即便她有孙悟空的能耐，也要被压在山下。段知春绑架了她的生活，她在这种爱里，不仅失去自尊，也失去自己。是的，他叫她宝贝，她也真正成了他的一件宝贝，私藏品。

他在占有她，她完全可以同他那些古董一起陈列在货架上，死去。这是米小智的观点。

那么，米小智两次离婚的原因很清楚，一碗米饭和一个梦，被我们用来嚼舌头。

后来米小智又相处几个，都不长久，无不被她看出“猫腻”。她总是归结说：“他们根本在爱自己，没有爱情，最多算恋情。婚姻呢，就是两人搭伙过日子，一边凑合，一边装。”

二

米小智审视每个人，审视每段婚姻，弄得大家无所适从。

最初，我们的吴工跟米小智争过一次。我们社里喜欢这样称呼，男人姓什么叫什么工，女人则不在之列，相应地便有吴工、李工、曹工、周工，到最后吴工成了蜈蚣，周工成了周公。

吴工追求过米小智，当时米小智不知吴工身在婚姻，后来知道了，即使没相谈，也少不了对他发一番愤怒。想玩谁啊？少来这套！吴工呢，算是有些喜欢米小智，受了奚落，心里很是冤屈。那天米小智又在座位上总结男人，吴工听不下去了。他们的座位面对面。

“那你呢，你不爱自己？”

“我当然爱自己，我连自己都不爱，谁还爱我？”

“这就对了，你凭啥子不能多爱一些？”

米小智有一会儿没说话，我们以为她被问住了，哪知她只是要处理完一段文字，才发起进攻。她的进攻又是那么有理有据。

有次我们中午加班，吴工的妻子曾提着保温桶到社里送饭，人看起来比吴工显老，一副慈祥的模样。话也多，唠唠叨叨一大堆。我们总结出三点：一是再喜欢吃鱼也必须小心鱼刺，二是家里的灯泡换好了，三是车开慢点。我们都觉得吴工的妻子真叫体贴，米小智当时什么也没说，只是直愣愣地露出眼白发了会儿呆，然后把眼皮往下一耷。米小智的眼皮不是单眼皮也不是双眼皮，而是三眼皮，耷下来之后，清晰呈现三条纹，百叶窗似的。当时，我们还以为米小智心里酸呢，万万没想到她把人看穿，这时才发起威力。

“你们男人真叫不要脸，要女人小鸟依人，温柔贤惠，还不让女人爱自己多一点，我们可以多爱一些，像你老婆那样，把你当儿子来养？”米小智说了这些还不够，继续进攻至核心，“她关心你那么多，你关心她一句了吗？一句也行啊，难道你没长眼睛，看不见她为给你送你至爱的红烧鱼，淋了大雨，衣服和头发都湿了吗？她确实爱你多一些哟！”

要说前面的话，吴工有一箩筐用来反驳；可后面的话确是事实，那么，相应地前面的话便成立。我们只看见妻子的好，竟忽略丈夫的言行，全把脖子伸长了看，吴工当即败下阵来，只梗着脖子说米小智女权。

米小智倒不是女权，因为我们周工的妻子也遭过袭击。

周工有个强悍的妻子，很少做饭，很少带孩子，很少做家务，我们曾见她在大街上叉腰跟人骂架。每到换季，周工必然穿上箱底压得皱巴巴的衣裳。我们猜测，周工忍让的原因，可能念及两人青梅竹马，双方父母又是世交。有次周工不知怎么得罪了妻子，妻子竟骂上门来，声音虽然不大，但大家都听得清楚，絮絮叨叨，没完没了，大致是周工没备早饭。周工在座位上嗯嗯应着，朝我们讪笑，看起来完全不在意，趁着妻子歇气的空当，还悄悄告诉我们，等她骂够，出了气，自然会好。谁知米小智要多管闲事呢。米小智把手机往那堆报纸上一摔，说：“这样的老婆，应该关进动物园，还在一起凑合什么，难道想当饲养员？”

这倒好了，周工的妻子骂架是有本领的，冲着米小智来了，米小智当然不是吃素的，表面看周工的妻子阵势大，占上风，实际谁都看出米小智的武器更具杀伤力，便是她那耷着的眼皮和钉钉子的语气，还有那层出不穷的歪理邪说。只几个回合，周工的妻子只能算作泼妇逞强，末了，指着周工大骂，说他跟米小智肯定有一腿，回家算账，惹得我们周工那段时间日子更不好过。米小智呢，对周工不仅不道歉，反而耷下那百叶窗似的眼皮，那意思谁都清楚，这样的婚姻你还凑合啊？

除了吴工和周工，遭到袭击的还有我们社里的阿娟，当然还有我。

阿娟新婚，新郎在外地工作，两人都没法放弃自己的工作到对方所在城市，我们难免犯嘀咕，这样怎么能行？不过，宴席上，新娘新郎来敬酒，我们还是把满满的祝福送给他们。唯有米小智不吭声。不吭声倒也罢，她先露出眼白直愣愣地盯着一对新人，然后就把三眼皮往下一耷，抿口酒了事。

当时我坐她旁边，用胳膊肘捅她。她不是不会意，是太会意，不等新郎新娘离开，便对我说："你要我说什么？"

"祝福的话啊。"我附在她耳边悄悄说。

"我不想说假话。"

"什么真不真假不假的？"我急了。

她端正身体面对我，幸好新娘新郎已经离开，否则听到她那番话，不知有多晦气。

"他们根本长久不了嘛，我说那么多废话干什么？在爱情面前，别说距离，生命又算得了什么？他们哪个做得到？"

"哎哎，小智姑娘。"我压低声音，"难不成让他们现在就离婚？"

"我看可以。"

"照你这样说，天下所有夫妻都该离婚？"

米小智顿了顿，似乎觉得这不可能。

"反正我不会凑合。"这时她看我一眼，耷下三眼皮，"别以为我不知道，你根本没离婚，一半策略，一半难过，自己搬出来散心而已，你时刻期盼爱人归来，知道欲擒故纵，并且有十分的把握，要不了多久，你的爱人会改邪归正回来找你，然后携手白头。"

"我……"

"你要说孩子是吧？我真搞不懂，为什么这些人一为自己时，就往孩子身上推。”

“你太狠了。”我说。

“是你们懦弱。懦弱也就罢了，还假装很爱的样子，天天装也不嫌累。”说到这里米小智来了个急刹，抬眼扫视一周，眼皮再耷下来。

“无耻。”她轻轻说。好像那两个字轻如鸿毛，不屑于用力。

不等我们做出什么反应，米小智提起挎包，昂起头走了，高高的马尾辫甩来甩去，剩我们在那儿干瞪眼。

这便让人难受，仿佛我们的人生观受到威压，人格受到挑战。那么，古怪的倒是我们了。大家虽然气愤，但没谁出头说点什么，好像理亏似的，还有点怵她，只背后议论，左一个轴棒又一个轴棒，过干瘾。有时，她无须说话，只要那百叶窗似的眼皮耷下来，便表明了态度，对方反倒弄个大红脸，做了什么无耻的事似的，又躲又打岔，心慌意乱起来。说实话，我们害怕她那百叶窗似的眼皮，她在“窗”里窥视外面的世界，真真切切。她像一个光明正大的偷窥者。

我们议论，米小智变成这样，可能跟工作有关。我们每个人都做过米小智做的版面，个个叫苦连天。拿倾诉热线来说，打来电话的没哪个不是有情感问题的。

告诉我爱情是什么?

告诉我为什么她可以刚在这张床上欢愉又跳到另一张床上疯狂?

告诉我怎样才能挽回他（她）的心?

他不爱我，但我爱他，我还要跟他在一起吗?

……

诸如此类。

我不知米小智变成这样是否跟工作有一定关系，用米小智母亲常挂在嘴边的话说，智女子长着反骨，从小看大，世上只一个怪种，让她给生出来了。

米小智父亲在世时，和母亲吵闹，经常就动了手。母亲哭过骂过之后照样过日子，照样对父亲好，好得有些巴结了。那时八岁的米小智看不惯，说，我长大了找的男人，走路踩到我脚趾，我都要跟他离婚。米小智的姐姐米小慧说，要是人家不小心呢？米小智眼睛一瞪，我说的就是不小心，哪个喊他不小心的，他喜欢我就不会不小心。

米小智离婚后跟母亲同住梧桐大院，一样惹得同院的人难受。有天中午我去她家吃饭，我一人经常吃食堂，她时不时叫我去她家混一顿，吃了饭，陪她赏杯子、擦杯子。站在杯架前刚好可以看到北窗外的一壁青苔，我更喜欢那些绿，杯子有什么好看，她对我进行了一番教育："透明、清澈、洁净、优美、高雅，是那些毛躁躁的青苔没法比的。"这哪有可比性，一个器皿，一个植物，但在她的世界里，可以比。

从屋里出来，院里几位老太太正围在一起聊天，见到我们，忽然住了嘴。这些老太太都是米小智母亲的好伙伴，经常一起散步，她们聚在那儿正等米小智的母亲出来。她们一定在摆谈米小智，大概觉得不太好，叫何姨的老太太便冲我打招呼，问我是不是给米小智送玻璃杯来了。我说不是。何姨说："别人养猫养狗，我们智女子养杯子，她对杯子好得很，啥时候都不会磕着碰着。对人呢，那才狠，一张嘴像刀子，一点都不客气，你要小心哟。"

我朝老太太们笑，米小智耷着眼皮不说话。我们沿着长满青苔的高墙慢慢走，我挨着墙，米小智挨着我，来自青苔的寒凉之气侵蚀着我的脸颊和裸露的胳膊腿，米小智说了太多青苔的不是，我不由得浑身难受，仿佛真有万般毛茸茸的细菌往身上扑，便加快脚步。米小智还是慢慢地走，到达门外的梧桐树下，抽出一只插在牛仔短裤里的手，用指尖猛戳一下树干，回过头去。

"何姨，你该让你家幺女子做玻璃，不要做人吧。玻璃干净，人就难说哦。"

我们转身离去，背后传来何姨的嚷叫，接着是米小智母亲的大声训斥。不过，我们上了的士，米小智用一扇门斩断了那些声音。

我想，何姨家的幺女子要么撞到了米小智的枪口上，要么米小智用那双耷下的眼皮惹了她。不管哪种，难受的一定是何姨家的幺女子。

在报社，我们当然不会被米小智白白欺负，时常联合进攻，不谈爱情不谈婚姻，单说你米小智到底要找什么样的男人才满意，给个标准，再难找，我们也帮忙打着灯笼试试。米小智说："很简单嘛，死心塌地。"

我们琢磨，之前那两个都不算死心塌地，还哪儿去找呢。

我们说，小智啊，你得明白物极必反的道理，越简单的东西越不简单，你要找的人全世界都没有。

米小智不干了，手机往桌上一摔："谁说没有，牛武娃就是。"

据米小智说，十二三岁时曾到乡下远房姑婆家住过一段时间，姑婆带她去邻村串门，见过牛武娃。而且，牛武娃还是她心中的一个秘密。既然是秘密，怎么好问。我们问牛武娃怎么个好法，她"嘁"的一声。

"说了你们也不信。"

这倒好了，遇上看谁不顺眼，便把牛武娃提出来，要是牛武娃在，看人家牛武娃，牛武娃绝不这样……

三

米小智这样的人，横冲直撞，总要惊动什么，这一动，有些严重。她完全没想到，会失去母亲。

关于微信朋友圈，米小智最看不惯姐姐米小慧。米小慧喜欢晒生活，穿衣吃饭，喜怒哀乐，拍自己、拍孩子、拍狗，天天晒。最喜欢晒自己老公，怎样体贴怜爱，他们感情的笃定。米小智见不得姐姐也这样，尤其愤怒，往往手机摔得更狠。话说回来，具有强烈怀疑精神的米小智，怎能放过姐姐的婚姻，已不是审视那样简单，而是透视。比如姐姐有次做饭伤了手，拍好几张血淋淋的照片发到朋友圈，米小智气得跳，看看，分明在讨爱，跟要饭的没区别！

姐夫叫刘力帆，长得魁梧，宽额厚耳，是那种有官相的人。姐姐是小学教师，对学生严厉，出了校园不一样，变得贤淑温柔，说话从不大声，像怕吓着谁；人也长得温婉，浑身上下，哪儿哪儿看着都令人舒坦。我曾说过米小智，发质好，别一天吊个光秃秃的马尾，学学姐姐烫个披肩卷发，温柔一大截。米小智则认为弄个头发也遮遮掩掩，看不惯。他们家还有青青和子衿。青青是读小学的女儿，子衿是泰迪犬。青青有的，子衿一概都有，衣服啊、零食啊、玩具什么的。米小智还看不惯姐姐把狗待成孩子，认为姐姐完全为愉悦自己，不从生命本身出发，那路上的流浪狗姐姐避之不及，从不施舍。姐姐家住在高档小区，开辆路虎越野，一家三口，哦不，他们经常称子衿为幺儿，应该是一家四口出出进进，夫妻恩爱，儿女活泼，自是惹眼。他们常去梧桐大院，母亲做些女婿喜欢吃的饭菜，梧桐大院的人免不了拿姊妹俩做对比，嘴里发出啧啧声，看嘛，哪像一个妈生的。

在米小智看来，姐姐和姐夫之间连好都谈不上。比如，两人同时下班回家，姐夫一定占据最大的那个沙发，绝不涉足厨房。再比如，姐夫喜欢吃辣，姐姐对辣过敏，饭桌上的主菜必定辣，姐夫吃得理所当然，姐姐整日挂一脸红疙瘩。还有，姐夫经常出差加班，母亲叫他们一家过来吃饭，有时左等右等不回，电话打过去，说在加班；过一会儿又打，已经在某个饭局上，声称应酬一下回；再过一会儿打，人却在外地了。类似这样的事，米小智较真，认为姐夫根本在公开撒谎，没把人放眼里。姐姐和母亲一个鼻孔出气，替姐夫帮腔，哪个当官的不忙？米小智气的便是这个，她们分明心里清楚，姐夫根本没加什么班，绝对有猫腻，却都装着不知道，在公开的骗局里活着，过一种假生活，还把这种生活过成真。母女三人免不了一番唇枪舌剑，原本米小智那么犀利，对付两人不成问题。但母亲和姐姐完全不随她的思维，她们只是不停地让她找个人结婚，别太挑剔，现在要孩子，已是大龄产妇，得抓紧，抓紧。

国庆节那天，是姐姐和姐夫的结婚纪念日，姐夫又出差了。米小智不信。米小智还发现姐姐其实也不信，因为姐姐带青青和子衿来，一直窝在沙发里给姐夫打电话，一会儿一个。没什么事，无非是问在做什么，吃饭没有，到哪里了。有次姐夫没接电话，姐姐在那儿自言自语："肯定在忙，人机分离。"米小智也坐在沙发上，什么也没说，但姐姐无缘无故就朝她发火了，说她一天给人脸子看。我猜测，姐姐所讲的脸子，便是米小智耷下了她那百叶窗似的眼皮，这比任何语言都毒。

到了晚上，姐姐在朋友圈发了一则微信，我在梧桐大院加过米小慧的微信，是这样写的：

亲爱的帆哥哥，我知道你仍在忙碌，为我，为我们幸福的结晶，为我们的家。

今天，是我们结婚十周年纪念日，你不在我身边。起床时我正失落，收到你的短信："慧，我永远爱你，一个十年，两个十年，三个十年……"

我哭了。

想起我们初见，你像一个羞怯的男孩，把一张纸条偷偷塞在我手里，告诉我，我是你心中最美的女孩。我哭了。

结婚那天，我们的新房烛光摇曳，你把花瓣铺满床。我哭了。

今夜，你告诉我会从千里之外飞回来，让我替你为我们买一束百合，我买了。百合在开放，一如等你的我。

亲爱的帆哥哥，此刻你打电话告诉我今晚赶不回来了。我哭了。我一点不怪你，我知道你比我还心急。我是心疼你才哭。

两情若是长久时，又岂在朝朝暮暮？

亲爱的帆哥哥，下辈子我还做你的新娘！

米小智看到微信给姐姐打电话。

"缺什么晒什么，这就是花床单嘛，花好看，都是假的。还帆哥哥、帆哥哥、帆哥哥……嘁，米小慧啊米小慧，你在朋友圈晒恩爱，是怕你的帆哥哥在心里受潮发霉，还是怕他长翅膀飞了？要不就是怕你的帆哥哥虚情假意，才这样煽情让别人帮你堆积肯定？你装出很爱的样子，来炫耀你的假财富，算是当今社会造假一代的带头人了。就像果子不甜，硬往里注射甜蜜素，难道你就不自知？”

米小智以为姐姐会像往常那样对她一顿教诲，没想到姐姐嗯嗯应着，等她爆发过后，用一种绵柔又不可动摇的语气对她说：“小智，我和你姐夫真的很好。”

米小智嘁了一声。

国庆长假倒数第二天，姐夫去了外地，姐姐打电话来，建议一起到许多年没去的乡下，看看远房姑婆。自从离开，转眼二十多年了，该去看看。母亲痛快答应了。米小智不答应。米小智说姐姐去乡下无非想拍些照片，塞进微信里，做些假情假意的事，这些亲属没走动，算是失联了的，她是为亲情吗？根本不是，她为了晒，为满足自己。母亲动员半天无果，后来是姐姐无意中说动了她。

姐姐在电话里笑吟吟地说：“不想去看看牛武娃吗？”

姐姐说玩笑话，米小智没当玩笑，同意了。

家里的车姐夫开走了，米小智借了我的车。接姐姐的路上接到姐夫电话。

姐夫打电话没什么重要事，问她们出门没有，让她小心驾驶，住习惯多住两天，如果他今天能回来，可能也去乡下跟她们会面。

这原本正常，米小智却皱起鼻子嗅到了腥味。也不知触动了哪根神经，忽然觉得姐夫根本没去外地办事，他打电话来是想试探她们出门了没有。从之后发生的事来看，米小智的猜测完全正确。

米小智扯谎说她们已到姐姐家楼下。然后，途中忽然在一家酒店门口停下了。这家酒店有个特点，棋牌娱乐餐饮住宿为一体，进门先是茶坊，住宿登记则再往里，经过一个偏院才到总台，有很强的隐蔽性。这条路又是通往姐姐家的必经之路。据米小智说，直觉告诉她，姐夫跟某个女人就在那家酒店。

果然，几分钟光景，摆弄手机的米小智一抬头，见两个熟悉的身影正从酒店出来去往停车场，停车场在酒店一侧，要经过路边大约七八米。

原本，米小智验证了自己的直觉，用不着惊讶，但她怎能不惊讶，可以说大惊失色，没人能从她那会透视的眼皮底下溜走的，为什么偏偏溜走了呢？她傻眼了，一时有些不知所措。待两人走到拐角，马上要进入地下停车场通道时，米小智才有所醒悟，用手机拍了照片。由于仓促，只拍到两人腰部以下的地方——那双行走着的纤细的小腿和米白的皮鞋，以及姐夫深灰的西裤和垂下的一只手，手里抓着车钥匙。

这个女人竟是蓝默，蓝姐，蓝主编！

但为什么不能是她，应该一定是她，米小智最初便这般怀疑。可是，后来，他们真的没有破绽啊。

母亲也看见了蓝默。母亲常把蓝默挂在嘴边，说那是个能干的好人，给她幺女子解决了工作。母亲见过蓝默，还不止一次，姐夫经常邀请蓝默一家同去旅游，母亲也同行。

车停在酒店门口时，母亲还大声唠叨抱怨米小智不结婚，当看见姐夫和蓝默一起出来，愣了神，待明白米小智拍了照片相当于取证，她忽然轻柔地说："你拍的什么？"

米小智来不及分析蓝默，见不得母亲这样事实分明摆在眼前却还在装，这是赤裸裸的欺骗。

"妈，我拍了啥，你不晓得？"

"不晓得。"母亲腼腆地笑笑。

"那我翻给你看。"米小智说着把手机伸向母亲。

"不，不，我不要看那东西，看了要晕车，我只能看我的老年手机。"母亲用双手挡住脸。

直到后来，米小智才真正明白，母亲轻柔的背后，那深深的恐惧，那挡着脸的双手，那蜷缩的身体，多么具有杀伤力，让米小智一直心痛，难以抵抗。对于母亲来说，当时那张照片是一把明晃晃的刀，正架在脖子上。她怕她揭穿。

米小智准备在证据面前，义正词严地揭发，出一口淤积已久的怨气，看你们还如何争辩，如何装蒜。

母亲忽然声称头晕，不想去乡下了。

"头晕，刚还好好的。"米小智没好气地说。

母亲没有回答。米小智发现母亲面色确实不好，呼吸急促，额头冒汗。母亲有哮喘病，倒是没发作过，但不能轻视，想送母亲去医院，母亲坚决不去，声称受了凉，只需回家喝碗姜汤，休息一下。

回家后，姐姐带青青和子衿也赶来了，一窝蜂似的涌进门，还不待落座，母亲直撵她们回去。那时米小智在厨房熬姜汤，母亲撵走姐姐，没让两姊妹碰面。

米小智还没想到要把照片发给姐姐，她的心思一边在母亲这儿，一边在蓝默那儿。母亲呢，并不知晓照片能够在两秒钟内传到想传的地方，只认为照片在手机里，手机不在了，照片也就不在了。

母亲很谨慎，不敢明要，怕激怒米小智，只想方设法偷她手机。母亲吩咐米小智准备午饭，她要吃丸子汤，不让去菜市场买，偏要剁的，冰箱里有五花肉。

米小智在厨房剁肉，剁到一半，去上厕所，发现母亲正从她房间出来，由于走得急，腿撞在玻璃杯架上。米小智当时只顾心疼杯子，一一检查，忘记了问母亲不好好躺着，那么急着到她房间干什么。手机并不在房间，放在厨房了。后来米小智躺在沙发上休息时，母亲仍费心思想偷，见米小智并没睡着，只好作罢。

下午，姐夫回来了。姐夫要请大家一起过个节。母亲称完全好了，就吃火锅吧。母亲的建议讨好了两个人，一个是姐夫，一个是米小智，都爱火锅。无论如何，这时候都不能惹米小智生气。她手里握着“定时炸弹”，有些事情是不能当面戳破的。

位置在距离梧桐大院不远的火锅店，大家刚落座，母亲便把青青叫出去，回来时青青手里攥着冰激凌。青青吃完冰激凌，央求要小姨的手机玩游戏，这是受了母亲怂恿。服务员上菜期间，母亲不停扯纸巾擦桌子，每个人的面前挨着擦，唠叨服务员懒惰，到处油腻腻的。姐夫一直在外面打电话，姐姐则拍照发微信。

大家吃了一会儿，米小智才想起手机，问青青要，青青茫然地摇摇头，说早没玩了，放在桌上的。都帮忙找，桌子凳子背包找遍了也没找到。然后姐姐用手机拨过去，听见音乐声从桌子底下传出，找来找去，竟在垃圾桶里，上面盖着厚厚的一层纸巾，是母亲擦过桌子的那些。

母亲后来给何姨说，她想的是把手机放垃圾桶里，饭后自己最后离开，再捡起来。谁知道忘记关机了。

“我吃好了，这里太闹，何姨在等我，我要去散步了。”母亲说。

“才吃几口，妈，再吃点。”姐夫说。

“吃好了。”

“你们两个，嘴巴省省，大过节的……慧女子，再怎么也是当姐的，能少说就少说，少说两句不得失一根汗毛，你妹个性怪，心肠是好的……智女子，你再心肠好，做事也要有分寸，姐姐就是姐姐，要敬；长兄为大，没得长兄，姐夫为大，更需要敬。”

说起来，这算遗言了。母亲说完这番话，急匆匆走了，她是要跟何姨商量该怎么办，何姨是她最好的伙伴，两人家长里短无话不谈。

米小智没说一句话，只耷拉着她的眼皮，涮她的火锅，这是她真正面对事实时产生的下意识反应。此时，姐夫说什么她都听着虚假。要不是刚刚母亲那番话，她一旦看不惯，冲动起来，说不准要当面揭穿了。她确实没打算这样做，实际上她的重心一直放在蓝默那儿，对于怎样处置那张照片，只要没有外界刺激，一时间反而显得无关紧要。

何姨无法解决照片问题，更添焦急，半小时光景，母亲便哮喘发作，倒在梧桐树下，结束了六十五岁的生命。

米小智当时并不清楚是那照片惹的祸，第二天在殡仪馆，梧桐大院的老太太们来，何姨失了好伙伴，太过悲痛，把米小智叫到一边，捶胸拍腿，斥责她拍那狗日的照片干什么。米小智回想那天的事，才恍悟，顿时哑然。用她自己的话说：痛到没法呼吸，骨头缝里冒凉风。

四

我先到的殡仪馆，并不是米小智打的电话，是我早上醒来看见米小慧的朋友圈，发了许多梧桐树下就地抢救的照片，配的文字是：我没有妈了。

我才匆匆赶来。

我们广电大楼电视台的副台长正在忙活，脸上挂着女婿在殡仪馆这种场合特有的表情，怎么看怎么得体，怎么看怎么是个英俊而持重的顶梁柱。米小慧则显茫然，红着一双眼睛四处拍照，拍人、拍树、拍天空、拍影子，又拍花圈。远远见我来，朝我招招手，又指指米小智，示意我去安慰一下。

米小智独自窝在灵堂门口的蒲团上，背后铺排着花圈。她身穿黑色毛边T恤，破洞牛仔阔腿裤，逢这场合，那破碎便真显破碎。她的头发仍旧一丝不苟，面色苍白，眼睛肿得厉害，正呆呆盯着某处，那神情倒不是悲伤，仿佛努力思索着什么。我走近她，打算拥抱表示安慰，她仰起头看看我，又低下去，神情全然没变。

“小智，节哀。”我俯身拍拍她。

“你说她怎么那么能装？”她像在问我，又像在自言自语。

“我怎么没看出来，应该看出来的。”她自顾自说。

“谁装？”我当时并不知照片之事。

“嘁。我应该看出来的。”

她掏出手机，翻出那张照片给我看。

“认识吧，想得到吗？”她凝神望着什么地方，“这个害死了我妈。”

“啊？谁？”

“你看你，”她仍旧朝远处望着，“还装。”

“我知道这是……但怎么害死……”

“你说她怎么那么能装？”

我确实吃惊不小。蓝默和刘力帆本是同系统的，除去局长召集开会等工作上的事，平时上下班电梯里遇见也是常有的。像蓝默这样的美丽女人，但凡有交往的男性，无不被揣摩。人人都说眼睛可以泄露秘密，蓝默的眼睛里没有秘密，对谁都可直视，自然、随和、率真，所有的揣摩自动瓦解，连米小智这样浑身长满触角的人，也没嗅到一丝斜风。

“这是去工作吧？”我说。

“呸。我再也不会被骗。”

这时，我们社里的人来了，蓝默走在前面，刚进大门，距离有些远，米小智便僵住了。刘力帆朝蓝默招手，米小慧也向他们行注目礼。

“怎么那么会装？”米小智忽然从我手里抢过手机，指头在屏幕上急速点击，将那张照片分别发给了三个人：蓝默、刘力帆、米小慧。

“我看看他们到底怎么装的，到底有多高明。”米小智说。

最先看见的是随时摆弄手机的米小慧。她的身体先是朝后一挺，接着朝我们的方向迅速看一眼，然后匆忙地打开挎包拉链，把手机放进去。她那么离不开手机的人，这时候要离开了。她把自己丈夫的秘密藏了起来。

然后是刘力帆，大概觉得蓝默距离还远，有时间先看看手机。他把手机放在胸前，有五秒钟时间，一动不动，然后丢进裤包，点上一支烟，整套动作潇洒自如。

快到跟前时，蓝默才看。蓝默一边看着，一边跟周围的人打招呼。

“我先看看小智。”蓝默朝我们走过来。

蓝默携带着两种好听的声音走过来了，穿着黑色薄丝袜的小腿在光影里晃动。

“你们怎么坐在地上？”蓝默俯身伸开双臂，“哎哟，你这孩子。坚强啊，你这孩子。”蓝默轻轻拍拍米小智的后背，直起身。

我握住米小智的胳膊，准备扶她起来，她却甩手挣脱我，只仰起头，直直盯着蓝默看。那是我们第一次见米小智的眼睛可以睁到那样大，大到有些可怕，像要把人吞进去。

蓝默扭转身，掏出纸巾擦眼泪。我们真真切切看到，蓝默在流泪，流得还有点多。

“燕儿，”蓝默叫我，“好好照顾小智。你们大家劝劝她吧。”蓝默对同事们说。

同事们都用丧葬场合频繁出现的那句话对米小智进行安慰，节哀，节哀，之后去往写礼台。我想起自己还没写礼，便跟随同事一起。

蓝默走向刘力帆。

刘力帆灭掉烟，伸出宽大的手掌，握握那双纤细的小手。

“这几天辛苦你了，注意休息。”蓝默说。

“好，谢谢，谢谢。蓝总，你对小智太照顾了，真不知怎么感谢你。”

“刘台，看你说的，我们许多年的交情，互相关照，再说小智很出色。”蓝默耸耸鼻子，看着刘力帆，“小智脾气犟，劳烦当姐夫的多担待，台长架子放一放。”

“瞧瞧，你们到底是一家人啊。”

“刘台，是不是忙糊涂了？”蓝默抬手朝大家划了一圈，“这差不多都是自家人，哪个不在广电大楼？对了，小慧呢？”

米小慧在收拾桌子，这儿抓一把，那儿抓一把，眼睛胡乱瞟着，魂不守舍的样子。

“小慧。”蓝默快步走过去，像抱米小智那样抱着米小慧。

米小慧的胳膊在空中停滞片刻，也拥住蓝默。

“节哀，节哀。”

米小慧点点头，离开蓝默的怀抱，到一边去抹眼泪。

蓝默走向焚香炉，刘力帆也跟着走过去。我回头看看米小智，她还窝在那儿，看不清她的表情，但转身的工夫，只听一声断喝，她已蹿到蓝默跟前。

“骗子！”

整个院子顿时鸦雀无声。没人见过米小智这阵势，怒目圆睁，一手叉腰，一手指着蓝默的鼻尖。

“你是天下最大的骗子！”米小智声嘶力竭地吼。

最先反应过来的是米小慧，冲过去挡在蓝默面前，确切地说，是挡在蓝默和刘力帆面前。

“燕儿，燕儿！”米小慧叫我。

我跑过去，压住米小智那只扬起的胳膊，但那只胳膊像装了弹簧，压下去又弹起来，指尖笔直地朝前指着。

“小智一夜没睡，麻烦你带她回去休息好吗？她太累了。”

米小智猛上前一步，指点着米小慧和蓝默。

“你们这些骗子，回头看看，那就是你们的男人，缩头乌龟。”

在我看来，刘力帆已愤怒至极，凸起的肚腹急剧起伏，额头冒出青筋，但凡为官，总要显出气度，但那急剧变化的面孔表明，他已忍无可忍。

不得不说，这种关键时刻，能解决问题的只有蓝默。蓝默轻轻放下手里的一炷香，拍拍米小慧的肩膀，米小慧哭着跑到一边去了。蓝默上前一步，用那双温和的大眼睛，迎接米小智愤怒的双眼，由于太过动情，太过真诚，以至于发出润泽的荧光。

“小智，心里有苦给蓝姐说，别委屈自己，好吗？大家都为你好，请你相信我们。”

那是我唯一一次看到米小智的慌乱，那大睁的眼睛慢慢松弛下来，瞳仁闪躲着，忽然抓住我的手，她的手冰冷，我打了个寒战。

“你说我是不是得了精神病？为什么我谁都没法相信？这是真的吗？这是……”

米小智面色愈发苍白，晕了过去。

五

米小智再也没来上班。

我们社里混了三年以上的合同工有我、阿娟、米小智，这三人里有两人要进入编制，有刘力帆那层关系，米小智是最稳定的人选。现在米小智没来，她负责的两个版面一个分给我，一个分给阿娟。显然，假如没有米小智，我们俩无须竞争。但我感到失落，也不知为什么。增加了工作量，没时间去探望，电话又打不通，两周以后，米小智才给我打过来，告诉我，是蓝默辞退了她。还说，蓝默只用了一句话：以后不要来上班了。

“你相信吗？如果不相信也没关系，我不相信别人，怎么会要求别人相信我。我只想说，我没有精神病，我很清醒。”米小智在电话里说。

我确实有点迷糊，关于米小智没来上班，蓝默对我们可不是只说了一句话。

参加完葬礼，第二天蓝默召开会议，把米小智的事做了详细说明。

蓝默是这样说的：“大家跟小智接触这几年，都知道小智有点特别，我以前没太当回事，现在不得不引起重视。我先给大家讲一下事情经过。小智怀疑我和刘台有染，所以跟踪我们，那天我们去茶坊谈事，她拍了张我们并排走路的照片，以此证明她姐姐的婚姻是不幸福的。加上她母亲去世，她姐姐和刘台建议让她休息一段时间。”

“她谁都怀疑，啥样的人都挑得出毛病，完全不正常嘛！”吴工说。

“她就是见不得哪个过得好，蓝姐，她不来我们自在些。”阿娟说。

“那就是个轴棒。”

“好了，好了，小智离过两次婚，多少也受些刺激，大家不要见怪了。燕儿，以后就辛苦你这个和事佬，多去看看她，带我们向她问好。”蓝默说。

我点点头。

发生那样的事，无论事实如何，蓝默都有理由这样做。

这些情况，我没有告诉米小智，我只给她说，大家都等着她回来，她发出“嘁”的一声，挂了电话。

母亲没了，工作没了，接下来，仅几天时间，米小智的生活发生了质的变化，用她的话说，惊动了多米诺骨牌。

葬礼之后，姐姐一句话没跟米小智说，没去梧桐大院，微信朋友圈也没更新。在米小智给我打电话的第二天，姐姐来了。

那天下了大雾，气温骤降，深秋和初冬只在一夜之间。

米小智窝在家里，哪儿哪儿都是母亲的影子，影子只能是影子，变不成真人，假如能起死回生，那她天天挨骂也愿意。但是母亲真的走了，再也回不来，用米小智自己的话说，好比抽走了身上的一缕魂，人在和不在，完全两样。房间空得发冷，意识到事实，米小智便抽泣一阵。现在，有血缘关系的只剩下姐姐，所以，当姐姐进门，恍惚间，竟看成母亲，有种想要拥抱的冲动。

米小智猛地从沙发上起来，去给姐姐拿棉拖鞋，刚到门口，脸上挨了火辣辣的一耳光。米小智从未见过姐姐发这么大的火，那原本温雅的脸庞因扭曲而变得怪异，像是揉皱了的面团，那柔软谦和的声音也变得低沉粗粝，仿佛汹涌的泥石流。

“你这个怪物，破坏分子，还让不让人活！要毁了我，毁了青青吗？你还是一家人吗？你就是个疯子！你对自己男人挑三拣四，还挑别人的三拣别人的四，你有什么资格干涉我的婚姻？告诉你，我早就晓得，用你来狗拿耗子多管闲事，拍什么照片，手痒往墙上蹭啊！我看你就是羡慕嫉妒恨，我离婚你才满意是不是？好，我就离给你看，我们从此断绝姐妹关系，我说到做到！”

挨耳光不算什么，挨骂也不算什么，最后两句话，米小智打了个激灵。其实，从姐姐进门，米小智便发现有什么地方不对劲儿，想来想去，是姐姐那双眼睛，虽然愤怒如火，却有股幽冷之气，浓雾一般把她们隔绝开来。但米小智仍然认为，姐姐在说气话，一定是气话。米小智想要说点什么来缓和一下，却不知该说什么，难道说违心的话，随便你们怎样装来装去，我不在乎吗？说不出来。却忽然想到刚刚姐姐那些话里还有一句至关重要，一下子扎了她的心，当时只顾盯着姐姐眼睛看，来不及想，这一下，想起来了。

“你说什么，早就晓得，你晓得，你竟然晓得他们？”

米小智对我讲到这儿时，那动作神态以及钉钉子般的语气，是亘古不变的米小智。难怪姐姐瞥了她个冷眼，转身开门冲出去，再狠狠关上，发出一声巨响，整栋楼都在震颤。

米小智当时站在门口，脑子里全是蓝默一家和姐姐一家在一起的场面，姐姐怎样，姐夫怎样，蓝默怎样，母亲又怎样。

“你能想象吗，生活在情感伪装的黑洞里，有多么可怕？”米小智问我。

“小智，你想偏了，大家都是善良的人，应该理解，何必……”

“这跟善良有什么关系，就像你说的青苔和玻璃不能比。”

“好，好，没关系，我说不过你。”

不知为什么，跟米小智的对话中，我时常有一肚子措辞，但总被她拽入莫名其妙的境地，弄得思维混乱，只得任她摆布。

第二天，米小智在卫生间，听见有人开门进屋，以为姐姐来了，还气着，关门的声音仍那样响。但毕竟又来了，说明断绝关系之类的话都是气话，不作数的，心里多了几分安慰。

却不是姐姐，是姐夫，坐在沙发上抽着烟，用下巴指指旁边，示意米小智坐。米小智觉得有股强大的浑浊之气弥漫开来，便站在那壁杯子面前，下意识地做个屏障。

“原来以为你有个性，人能干，没想到是脑子里灌了水，扰得鸡犬不宁。我来收房子，这套房子是我继承的父母的遗产，给你们住了七八年，现在老人家过世，我准备把房子卖了。你不是盼我们离婚吗？卖了的话，你姐还能多分点。老人家原来那套房子卖得早，面积小，不值钱，这些年下来，也剩不了多少，那点遗产你继承了吧，也算我对你仁至义尽。”

米小智见到姐夫，浑身难受，兀自生着闷气。这个男人，自从姐姐带进家门，便令人难受，连空气都变得浑浊，他那双眼睛，从不安生，像是要享尽天下可以享受之事。他看上姐姐，一是为姐姐的美貌，二是撑面子，外人说起刘台那老婆才漂亮，又知书达理，听起来多悦耳。他把姐姐塑造成红旗插在家里，外面还要找彩旗。还有他的做派，在单位当官，家里也当官，在母亲面前都要摆些架子，嘴上讲得多好听啊，老人家，老人家，老人家有哮喘，不能闻烟味，还专门要给他准备个烟灰缸，放在最舒服的那张沙发跟前。这些年，老人家专门做他爱吃的饭菜，他没为老人家戒过一支烟。对姐姐更不必说，家里一套，外面一套，家里当老爷，外面装风度。

“刘台，你真是忙糊涂了，过错方还想分财产？”

姐夫盯着米小智看了一会儿，把烟头摁进烟缸。

“就那四条腿的照片？你太让人失望，既然顽固到底，那么我们少说废话，公事公办，给你两天时间，从这房子里搬出去，两天后我来换锁。”姐夫夹着他的皮包走到门口，恶狠狠地剜了那些杯子一眼。米小智是这样说的，恶狠狠。

在此之前，米小智从未考虑过生存问题，这几年上班，没跑广告和销售，那点工资只能维持生活，有时开销大了，还要从母亲那里拿，姐姐常变相给她零花钱。母亲的银行卡密码没人知道，要想取钱出来，需要的手续也不是一天两天能解决的，即便解决了，那卡上最多剩下万把块钱，勉强能租间房子，这以后的生活来源一时间竟成了紧迫问题。

米小智没想好怎么办，但绝不在这房子多待一天，正掂量呢，听到院里一声狗叫，有点像子衿，又有点不像。子衿在家受宠，上沙发、上床，要抱要亲要喂饭，跟人没什么两样。到梧桐大院没这待遇，狗嘛，要有狗性，你以为待它好，实际抹杀了它的天性。子衿一来，米小智只要伸出食指，子衿便乖乖坐在门口，哪儿也不去，给吃的才吃，不给吃的不吃，绝不吭一声，很有骨气的样子。米小智还训练了它看家的本领，若是有人从楼道经过，子衿不叫，要进屋的，还没敲门，子衿已意会，则轻吠一声。所以每次来，总是在门口先轻吠一声，而院里的狗叫是很躁动、急促的。

米小智准备开门看看，门已被擂得山响，一打开，子衿蹿进来，嗷嗷叫着，四处乱跳。跟随子衿一起蹦进来的，还有愤怒的青青，直把米小智撞得向后一个趔趄。今天真是怪了，一家四口轮番轰炸。

“都怪你，害我爸妈吵架，他们昨天在家吵，现在又在车里吵。”青青一手叉腰，一手指着米小智的鼻子，气喘吁吁，米小智觉得那架势跟自己有几分像。

“青青……”米小智伸出双臂，要去揽青青，青青向旁边一闪。

“我恨你，你不是我小姨，何婆婆她们说了，你是个败家子、丧门星，搞坏了自己家，又来搞坏我家，你是天底下最大的坏蛋，你欺负我妈妈，我要报仇！”青青喊叫着，扑向那壁杯子，“让你一天天对杯子好，对人坏！”

米小智养杯子多年，心有灵犀似的，杯子有难要向她发求救信号，青青扑过去时，米小智的第六感早已接收到信号，凭着那长一截的右臂，一把抓住青青，拽过来，反身挡在柜子前。

米小智抓住青青挣扎的胳膊，青青尖叫，子衿也嗷嗷叫，青青用脚踢，用牙咬，子衿也跳着脚来回窜。米小智把青青两只细手腕塞进她一只手里，腾出另一只手，指着子衿，子衿非但不听，竟扑到她腿上咬。情急之下，米小智用力朝前一搡，青青便跌倒在地，再一抬脚，子衿则被踢翻个儿了，青青大声号哭，子衿哎哎叫唤，闻声赶来的姐姐和姐夫，还有何姨和几个老太太也涌进门。

姐夫抱起青青，姐姐抱起子衿，他们只瞪着米小智，什么也不说。

“智女子，你怎么那么不知好歹哟，搞了大人，还打娃儿，外人都看不下去了，你的姐姐和姐夫都舍不得骂你，人家才是涵养好，你呢，硬是撞到鬼了哟。”

“哎哟，我们梧桐大院有你在，要走霉运，成天看脸子，受弯酸，心里不舒坦，走路都要绊跤子，我们也真是忍不得了。”

“我也是没见过你这么油盐不进的人，天下难找，要不是看你妈的面子，早就把你撵走了。”

米小智的耳朵满了，眼睛花了，只想找个地方躲躲，一偏头，见到窗外毛茸茸的一壁青苔，忽然觉得里面那些细菌正从各个缝隙往屋子里钻，往身上黏，往杯子上扑，米小智胡乱舞动双臂，想赶走那些细菌。这一舞，把大家全赶跑了。他们说，米小智为了那些玻璃块块，要打人了，惹不起，躲得起。他们还说，米小智疯了。

米小智也觉得自己疯了，她真想疯，假如疯了，姐姐便不会抛下她，这世上起码还有个亲人。所以，那些疯癫的举动，她确实有些故意。

但是，姐姐离开时，在桌上甩了一张银行卡，说了密码，让米小智不要装疯卖傻，到别的地方好好过日子去吧。别的地方。

当晚，米小智到了我家。没拿那张银行卡。

不知她怎么把那些东西弄上五楼的：一个特大号拉杆箱，两个中型挎包，双肩包和电脑包。

“借宿几晚。”她的声音听起来发抖。

我们把包裹往屋里弄，她不让我碰拉杆箱，一人弓起身子慢慢往里拖，立在靠沙发的墙角，房间顿时显得局促。她站在灯光下，我才发现她的头发、白外套、牛仔裤以及鞋带里夹杂着星星点点的绿。

“出什么事了？”

“我把青苔铲了。”她脱下外套，蹬掉鞋子，埋头抖着头发，不断有碎屑往下掉。

“梧桐大院的？”我想了想说。

“嗯。”

“你铲了干吗？”

“恶心。看着恶心，闻着也恶心。”

“你没事吧，到底怎么了？”

“别用那种眼神看我，以为我真疯了？嘁，怎么可能。我就是没家了。”

我问米小智铲那些青苔是不是真的因为恶心？米小智说一部分是，另一部分是癫狂。她想用这种方式引得梧桐大院的人给姐姐打电话，她真的不想失去姐姐。深夜弄出那么大动静，确实有人给姐姐打电话了，但姐姐没来。同时，也有人报警。听见警车来了，她拖着那些包裹，跑了。

讲到这儿，米小智哭了，坐在沙发上，没有声音，只有眼泪碎珠子似的往下掉。她在我这儿共待了一天两夜，第三天我下班回来，她已不在，只留下一张字条，写着：谢谢。

六

米小智到我这儿的那晚，一直没睡着，是啊，连串的变故，火山喷发似的，想睡也难。两点左右敲我卧室门，我也没睡踏实，干脆起床冲了两杯咖啡，打开烤火器，两人偎在沙发里，火红的暖光罩着我们，米小智开始讲这些事。讲完以后，我们有一段长时间的沉默，都看着烤火器。

“是不是你也怕我？”米小智脸上还挂着泪珠，忽然转头盯着我看。

说实话，我确实在想这个问题。假如没有米小智，我明年进入编制将会一帆风顺；假如米小智在，我很可能竞争不过阿娟，阿娟年龄小，跑业务能力远远超过我。但这只是一方面。另一方面，我那个该死的男人，正在家里搞装修，要擦掉以前的一切，把我接回去，重新来过。像我这样上了四十岁的女人，已没有心劲儿折腾，也折腾不起，不敢轻易闯进别人的生活，也怕别人闯进我的生活，到头来还是走上同样的老路，面对同样的问题。那么不如这样过算了。我等他来接，是想要那么一点点假意的尊严，借坡下驴。但是米小智在，我下了这个坡，会尊严尽失，那是我内心深处的恼怒，表层的三分之二是不介意的，而那三分之一，真像青苔啊，毛茸茸的，不扎人，但让人难受。

“看你想哪儿去了。”我说。

米小智从我闪烁的目光中捕捉到了答案，渐渐低下头，揉搓毛披肩的流苏。我看到她眼里掠过一抹恐慌，还有一丝迷茫，以及一些疲累，仿佛熊熊燃烧的大火，烧到一定程度，终于有了熄灭的趋势，反而使我心安。

“而且，你还不相信我。”她说。

我一愣，没料到她会想到这一层。我确实有点犯迷糊，她给我打电话说蓝默辞退了她之后，我回忆了许多蓝默开会那天讲话时的神态、举止，希望找到一点蛛丝马迹。没有，真的没有。我无法怀疑蓝默讲的话是假的。但同时，我更无法怀疑米小智，她不讲假话，除非她真的精神有问题了。

“我不跟你争，天快亮了，睡会儿去。”我打着哈欠，伸了个懒腰。

“我在沙发上打个盹，你去睡。”她有气无力地说。

米小智确实累了，我上卫生间出来，她已睡着，眉心微蹙，脑门被烤火器映得通红。

早上八点多，我被闹钟惊醒，起来一看，沙发上不见人，卧室里也没有，米小智不在。打电话过去，没人接。中午我在食堂吃午餐，等晚上下班回来，还不见人，直到天黑透了才回来。

“去哪儿了，吃饭了吗？”

米小智没有回答这个问题，而是说了莫名其妙的话。

“嘁，他们早有防范，竟然用假身份证登记。”她一屁股坐在沙发上，那耷着眼皮的神态，那钉钉子般的语气，让我阵阵心跳，往日的米小智又复活了，我想，她真不该睡那一觉。

“什么？谁登记？”

“我去宾馆查了，没有他们的名字。”

“你究竟在说什么？”

“你应该知道，那张四条腿的照片证明不了什么。”

我才渐渐明白，米小智这是去找证据去了。

“小智，你要干什么，为了证明他是过错方，让他净身出户？”

“我不为这个。”

“那你……”

“我要让你们看到真相，她是天底下最大的骗子！”

“天。”我在心里喊。

“你想想，姐姐要离婚了，就算她不认我，还是跟我站在一条线上，到底是装不下去了。”

米小智骤然发亮的眸子，让我产生了怀疑，会不会是她真的精神出了问题。

“宾馆的登记不会随便让人查的，你是……”

“你在怀疑我？我没疯，好好的。我给了值班那人两千块钱……那人太贪，看我出手大方，我提出再调一下监控录像，又朝我要钱，一开口，要一万。我说我所有财产就剩下一千块钱了，从不骗人，真的不骗，他根本不相信，还强调说不骗人的都是骗子。所以，我想……我想在你这儿借一万块钱。”

我忽然觉得米小智正在挖深坑，无论精神有没有问题，埋葬的会是自己，我如果帮忙，结局一定是陪葬。凭刘力帆和蓝默的地位和力量，米小智有天大的本事，哪怕真的拿到监控录像，也斗不过他们，最多是传来传去的花边新闻而已。这年头，花边新闻满天飞，今天在舌尖上，明天进坟墓里，来来去去，有什么新鲜，何况这是多么荒唐的理由啊！

“不是不借给你，这种事，我有我的立场，你想想，无冤无仇，我暗中借钱给你去调查我的领导，表面上蓝姐这蓝姐那的，这样的人，也是你不齿的。”

米小智想了想，朝我竖起一根大拇指。

“你说得对，我差点犯糊涂。”

我以为米小智又要说出什么尖酸的话来，将我心里那点小九九挑出来，没想到她如此顺从，心底便悄悄出一口长气，再也不敢引出什么话题。米小智端端坐在沙发上，想着什么。一刻钟光景，她站了起来。

“我再出去一趟。”

我还没来得及说什么，她已出门了。

这一去，时间有点长，我也不想再打电话自讨麻烦，到深夜熬不住先睡了，心里还是惴惴的，担心她出什么事。直到早晨闹钟响起，我一惊，爬起来便去看，卧室没人。我更担心了，不管怎么样，不出事最重要，正想打电话，却听见“嗤”的一声笑。我吓了一跳，只见她端坐在沙发上，一脸安然地看着我。我哪想到她会在沙发上啊，经过客厅时根本没在意。

“天，要死，想吓死我。”

“我刚回来一会儿。”

“去哪儿了？”

“找监控录像。我先去梧桐大院拿了姐姐那张卡，到自动取款机取了钱。然后到酒店找他，他让我在外面等，外面多冷啊，我在那茶坊要了杯咖啡，等到半夜，他还说不行，人没走完。茶坊下班，我只好到酒店门口，一直等到凌晨三点，其他人都走了，他才给我弄，又是个笨蛋，操作不好，查啊查，好不容易才查到，搞得一头汗，还不会拷贝，我要自己弄，他说啥也不准，说能让我进监控室都得冒险，监控室也有监控，有人查，只能说我是他女朋友。”

“你……查到了？”

“那当然。我让他今天必须想办法拷贝，一手交钱一手交货。”

不得不说，跟米小智相处多了，思维会受到同化，敏感多疑，瞬间，我想了很多。比如，米小智根本没做这荒唐事，只是一种计策，想通了，为了堂而皇之地使用那张银行卡，要不然昨晚她怎么没跟我争辩，一定是专门等我说这话。还把过程说得这样详尽，应该早编排好了。再比如，或许事实真的存在，米小智找证据是为让姐姐有更多财产，那么，只要姐姐离了婚，米小智一定会跟姐姐缓和关系，相应地，米小智解决了容身之地这等大事。至于能否如愿，那是另一码事了。无论怎样，只要跟我无关，万事大吉。

我坐在米小智旁边，不知该说什么，只好抓起手机，胡乱刷着微信朋友圈，尽量不去触碰她的目光。

“没想到，那居然是他们的窝点，真没想到哇，世上会有如此超级的伪装者。”

“好了，别说这个了，我不想听，你懂的。”我捂上耳朵。

“好吧。”她想了想说，“今天是姐姐的生日，假如我告诉她这个消息，真不知她会高兴还是悲伤。”

“看你，又来了。”

“好，不说。”

我到厨房去煮汤圆，站在门边等水开，边刷微信朋友圈，边跟她说话。她也在看手机。

“有什么打算？工作上。”

“再说吧，先租房子。”

“不嫌弃跟我一起住。”

她没有说话。

“这房子窄了点，不过两人住没问题。再有，外面搞建筑，吵了些，问题也不大。”

她没有说话。

“你一夜没睡，吃了汤圆好好补补觉。”

她还是没有说话。

这时，我在朋友圈看到一个熟悉的头像，是米小慧，很久没出现了。我想看看她发了什么，水开了，便先去煮汤圆。

“你姐姐……”我回头，见她正站着看手机，头努力朝前探，身体前倾，胳膊肘夸张地撑开，关节肌肉过于绷紧，像只斗架的公鸡。

“干吗呢？”

她仍然没说话。

汤圆煮好了，加上醪糟，连锅端到餐桌上，我又去拿了勺子和碗，她还保持那个姿势不动。我探头去看她的手机，见屏幕上正是米小慧发的朋友圈。

我想，一定又是哪儿出了问题。还来不及问，只听一声巨响，她把手机摔了，碎片四溅，不知她使了多大力气。

我原本急着上班，即使不急，我也要赶紧离开为好，再也不想招惹关于她的事。

“小智，遇事别急，慢慢来，我要迟到了，回来再商量，别冲动。”我边说，边匆匆洗把脸，顾不得吃汤圆，逃也似的离开了。

我走时，她已坐在沙发上，垂着头，垂着肩，腰背弓着，眼皮耷着，真像战败的公鸡，浑身松垮垮的。等我晚上下班回家，她已走了，再无音讯。她和那些包裹腾出了好大的空间，很久我才适应。

我是在上班途中的公交车上，看的米小慧发的朋友圈。

米小慧不发则已，一发，刷屏了。按发送的时间顺序，是这样的。

第一条：这段时间，悼念母亲，没心思上微信，冷落了朋友，抱歉。

第二条：青青和子衿越来越不像话，一起欺负我，我磨破嘴皮，也不管用，帆哥哥一句话搞定，这是男人的威力。

第三条：今天过生日，帆哥哥给发的红包，有红包的感觉真好，很开心。（配了几张红包页面的屏幕截图）

第四条：帆哥哥出门的时候，回头看了我一眼，真是的，让人怪不好意思。

那天晚上，我还是有些担心，便给米小慧发微信，告诉她米小智摔了手机，不知去哪儿了。第二天上午，米小慧回复：知道了。谢谢。

我想，我也不要再掺和这事儿了。

七

不得不说，米小智人走了，却把眼睛和脑门留下了。无论我们谈论什么话题，总能感受到米小智的目光和那亮闪闪的脑门，仿佛那座位是个审判台，给人一种无形的压力。当然，我们免不了对米小智那百叶窗似的眼皮和那钉钉子似的语气，进行一番模拟和嘲笑，然后开玩笑似的朝那空空的座位努努嘴："注意哦，不要骗人哦！"

有时候，我们还变得跟米小智一样犀利。比如，那段时间冒出一个链接，题目是不要打扰别人的幸福。其中举了几个例子，一个是女同学去与外地男友小聚，男友给买的硬座票，她的同学忍不住说：我要是她男朋友，一定给她买卧铺。还有个例子是，摆地摊的中年女人，男人来送饭，两人原本吃得开心，偏偏被路过的中年妇女打扰，大呼小叫，说菜里没油水，真可怜。中年女人便真的感觉自己可怜，怨怼起丈夫来。大致如此。阿娟把这个链接发在我们社的群里，进行了批判。阿娟说："打扰别人的幸福确实不应该，但是，真的幸福会被打扰的吗？就像真的爱情，谁能打扰？"我们都说阿娟小小年纪觉悟高了，可以透过现象看本质。但是，阿娟，你那样子怎么看起来像米小智。

除此之外，更重要的是，我们社里，以及整幢广电大楼的人，无不遭受米小智强大的辐射，游戏似的，掀起了一股离婚潮。

首先是我。春节前，我回到装修一新的家，这是一直等待的结果，相互不计前嫌，从头再来。有两个月的时间，我还算过得不错。渐渐地，我受不了了。我敏感、多疑、尖锐，还患了洁癖，总能看见犄角旮旯里令人难受的东西，他的和我的，都有。我也理解了米小智为什么讨厌青苔，在青苔里，处处有毛茸茸的存在，阻挡着你，看不见爱情。那么，看不见的，会不会是没有？我再也发不出笑声，变得暴躁古怪，明知自己正走向人人认为的深渊，却停不下脚步。同时，他也受不了我，说我变了，像个巫婆。我也不喜欢这样的自己。然后，我跟他正式离了婚，那时我已进入编制，能养活自己了。中邪似的，一离婚，我脾气好了，性格开朗，对他也宽容，回去看孩子时，竟是和睦的一家人。真让人头疼。

接着是同样进入编制的阿娟。阿娟的婚姻还不到一年。是阿娟自己提出的，阿娟很愤怒。

“都怪那个轴棒，老巫婆，在人家婚礼上下咒语。”

“错了。”我说，“难道米小智下咒语让你死，你也去死吗？”

阿娟半晌没说话，过许久，冒出一句：“我恨她。”

说实话，我也恨。在一起过不下去，离了又很难受的日子不好过，我真想用根针，把脑子里的米小智挑出来，烧成灰。

然后，我们周工也离了。不知周工是不是越来越觉得自己像动物饲养员，这违背他的理想。周工说的是，要上五十的人，没多少日子了，耳根子想清静。

没想到，蓝默居然也离了婚，全楼哗然。之前蓝默从未有过关于婚姻的任何负面情绪。蓝默为此只淡然一笑，不多说什么。这时我们难免往刘力帆身上怀疑，看来这两人真的有问题。但是，蓝默离婚后，从此不怎么搭理刘力帆了，人也不爱说话，时常将眼皮耷下来走路，鞋子也换了，橡胶底的黑皮鞋，走路像猫一样。于是，我们广电大楼常常变得鸦雀无声，一咳嗽，回音传出很远，倒把自己吓一跳。有人说，蓝默可能真跟刘力帆有点什么，那双鞋便是刘力帆买的，人不要了，鞋子也不要了，蓝默一下子离了两个男人。

再有，电台、电视台、摄影摄像后勤部，过得好的不好的，竟都有人离婚。这下热闹了，比新闻更新鲜，全市人民争相传送，说什么的都有，传来传去，最后定义为“离婚门”事件。我们在广电大楼工作的每个人，进进出出时，都有这样的遭遇：接受路边人投来探测的目光，意思是这人离了没有。我们遇到本大楼的熟人，会打趣说：“离了吗？还没离呀？”

为此，广电系统的领头悄悄找了风水先生。据说，原因是大楼前门和后门相通，两头漏风，中间又大又空，定是劳燕分飞，犯大忌。秋天的时候，前门便立了块一人多高的石碑，又宽又厚，遮挡了一大片天空。时常，会看见有人在那碑前指指点点，还有的站在那儿发呆。

而后，听说这碑真的起了作用，再没有人离婚。比如，电视台的副台长刘力帆，人家两口子过得和和美美。

米小智走后，社里的倾诉热线基本处于繁忙状态，我们故意设置的，只在闲余时间打开，我和阿娟没精力听那些人絮叨。网络对纸媒的冲击，我们社也受影响，发行量一天低于一天。蓝默时常独自在办公室发呆，隔着墙我们也能听到，她用指甲一下下敲击桌面，咔、咔、咔，像是大脑转动的声音，她真有些急了。

蓝默不开心，我们也不开心，大家不怎么说话，交流时也压着嗓子，气氛很压抑。

有天我推荐大家看个有些另类的情感网站，办得特别红火，版主叫“锥子姐姐”，人人去讨骂，挨锥子，仿佛越锥越过瘾，仔细琢磨，确实骂得有些道理，忍俊不禁的同时，让人心服口服。因为我们受过情感热线的折磨，看到过瘾处，禁不住要喊出来，便把蓝默喊来了。

“蓝姐，你看，这网站火得很，要是报纸能这样就好了。”我说。

我把位置腾给蓝默，恰好“锥子姐姐”刚刚解答了一个问题。

提问者：老公最近经常躲在厕所里打电话，不是说和领导谈工作，就是说和同事谈事情，可有一次，我分明听到电话里传来发嗲的声音，他的领导和同事都是男的。我们都爱面子，我想揭穿，又怕闹离婚，都下不来台。我只想过平静的日子，真希望没有听到那个女人的声音，眼不见心不烦。可是我已经听到了，真的很心烦。

锥子姐姐：似乎之前你是做了思想准备的，只要他不放“明火”，你就不会启动“灭火器”，可以容忍他和别人暗中燃烧。如此一来，我岂敢随便煽风。那么我不说他，只说你，没脑子，无耻。什么叫面子，自己有则有，贴上去的，那叫面膜，把面膜当面子，不是没脑子是什么？既然你经常注意他在厕所接电话，说明你眼里揉不得沙子，你还自欺欺人，欺骗自己，欺骗别人，一个大骗子，还有脸心烦，不是无耻是什么？我要是你，一定要弄个明白，不要装，不要装，不要做骗子，不要做骗子！假如他再拿领导来搪塞，你就直接告诉他：请转告你们领导，别用娘娘腔说话！

蓝默继续浏览几页，忽然拍拍桌子，吓我们一跳。

“你们没觉得锥子姐姐的语气很像一个人吗？”

不说则已，一说，全明白了。还有谁这样犀利，还有谁左一个大骗子，右一个大骗子，还有谁把欺骗称作无耻，这锥子姐姐分明是米小智的翻版。

“啊，米小智。”

大家免不了一番聒噪，米小智怎么不识抬举，好好的工作给她留着，居然跑到那种地方混。不过，也有可能，她不好意思回来。

我没说什么。究竟是蓝默不让回来，还是米小智不好意思回来，我已失去分辨能力。

蓝默抱着胳膊在过道来回走几趟，回了她的办公室。没一会儿，又来了，显得有些兴奋，迈着大步，径直走到我跟前。

“燕儿，你刚刚说什么来着？”

“没说什么啊？”

“不对，你说了，你说报纸能这样红火就好了，你说得很对，我们可以借鉴，假如《七日谈》办成这样，相当于请了个名医，让锥子姐姐给全市人民用锥子疗法看‘病’。”蓝默亲昵地拍拍我的肩，转向大家，“你们说得也对，小智应该不好意思回来，那么我亲自请她，专门负责这个栏目。”

发行量回升，人人心中所愿，对大家都有好处，虽然米小智是个古怪的人，也变得不那么重要。况且，社里半数以上都离了婚，怎么说也算同道中人。

我们拍手叫好。

蓝默用什么方式邀请，我们不得而知，半个月后的一天上午，米小智来了。

那是周一，天有些冷，十点半左右，我们坐在烤火器旁，等待蓝默开每周例会。阿娟最后落座，屁股刚挨板凳，像被什么扎了，“嚯”地站起来，我们沿着阿娟惊诧的视线望向门口，便看到一个光亮的大脑门。米小智仍然穿着往年的阔腿牛仔裤，连帽棉服，扎着一丝不苟的马尾辫，人瘦了一大圈，那百叶窗似的眼皮变得松弛干瘪，看起来毫无生气。

“小智。”我冲过去拥抱她，她身体僵硬地朝后咧了咧，牵牵嘴角，露出一丝转瞬即逝的微笑，算是对我的回应。

“该死的，跑哪儿去了，急死人了。”

“你知道的，还……”她做了停顿，但没再往下说。我想，不是“还问”便是“还装”，那么算给我留了面子。大家有所会意，便哑了口，只是看着她，不知说什么。

“是，我们都知道了，你来了就好。”我把她拉到烤火器旁，她朝大家欠欠身子。

蓝默快步走进来，鞋子虽然没有声音，但讲出的话又变得像从前那般叮咛悦耳，我们已很久没听到这样的声音了。

“你这孩子，以为你不来了呢，燕儿说得对，来了就好。”蓝默正对着她落座，眨着一双温和的大眼睛。

她很不自在，伸直脊背，提起一口气，看看蓝默，眼神飘忽着，那口气便慢慢委顿下去。

“欢迎欢迎！”我的话引来一片掌声。

“欢迎回来。”阿娟送上她那青春的笑容。

“这里一个两个都跟你一样离了婚，你再不能对我们挑三拣四了吧？”周工说。

“我给小智大概说了你们的情况。”蓝默说。

“莫得关系，尽管对我开炮，我脸皮子厚。”吴工拧一把自己皱巴巴的脸皮，惹得大家一阵笑。

“没想到……”她视线扫过蓝默、阿娟、周工和我，眼里发出钦佩的光。

“我们都很想你。”我说。

“我也想念大家。”

那个中午，谁也没回家，蓝默请大家吃火锅，庆祝米小智重返《夜都市》。这一年里，米小智在长安巷租了间房子，做网站上的“锥子姐姐”赚些零花钱。长安巷全是老房子，简陋潮湿，不如民房，房租倒便宜。我悄悄问米小智，有姐姐那张银行卡，干吗那么委屈自己？米小智说那张卡不是她的，别人的，又放回去了。她本没打算来，房子太潮，外面到处是青苔，恰好也到期了，老板让一次性交全年房租，她没那么多钱。她还悄悄给我说，她曾偷偷去过姐姐家楼下，姐姐有次看见她了，但姐姐太害怕了，像母亲一样害怕。她便再没去打扰。

我们已发现米小智的寒酸，没想到竟是这般落魄，弄得人喉咙哽咽，眼里发潮。

“来吧，大家共同干一杯，欢迎小智归队，迎接美好新生活。”蓝默提议。

除了我对酒精过敏喝的饮料外，其他人都喝啤酒，米小智酒量不好，也敞开喝。几轮过后，个个有了些许酒意。

“我说小智啊。”周工语重心长地说，“经一事长一智，年轻人要点个性正常，耍过了就要落教，莫看哥子我离了婚，还是那句老话，你想找的那种人，全世界都没得，趁年轻，好好找个人，该结婚结婚，该生娃生娃，莫把自己耽搁了，到时候后悔。”

我们都觉得周工说得在理，想必米小智吃了些苦头，也该好好思量人生。

“我说过，牛武娃……”

“打住，打住。”吴工的两只大手擎在空中，打断了米小智，“你又来了，牛武娃、牛武娃，牛武娃是哪路神仙，你又不给我们讲。”

“对。”阿娟喝了酒，显得理直气壮，“我们强烈要求小智给我们讲一下她保守多年的秘密。”

“小智，给大家讲讲。”蓝默说。

“讲就讲。”米小智脖子一梗。

“鼓掌，鼓掌。”

“他是我的初恋。”米小智羞涩一笑，引得我们哄然喝彩。

“其实我就见过他一面。姑婆在别人家聊天，我跑到外面玩，肚子有点疼，我捂着肚子走，他站在田埂上看我，那双眼睛，怎么说呢，像阳光，又不那么刺眼，像月光，又不那么寒凉，哎呀，就像蔡琴唱的那首歌，像一阵细雨洒落我心底……”我们大家都跟着唱起来，“那感觉如此神秘，我不禁抬起头看着你，而你并不露痕迹，虽然不言不语，叫人难忘记，那是你的眼神，明亮又美丽……”唱完，我们哈哈大笑。

“继续，继续，他看着你，然后，说然后。”我们催促。

“然后，我说你看什么看，他就笑了，说你真好看。怎么说呢，他的笑……”

这时，不知是不是酒意，米小智的脸颊腾起一抹红晕，轻轻笑了。老天，这些年，她根本没笑过。那嘴角、眉梢、腮帮，还有那百叶窗似的眼皮，包括锃亮的脑门，涂抹了阳光一般，瞬间有了华彩，暖洋洋的，让人浑身舒坦。

“就像你这样好看。”一直躲在旁边认真喝酒的曹工说出了我们共同的心声。

米小智看看曹工，继续说话。

“他让我心跳，他的笑很宽很暖，好像哪里有伤，只要他看一眼就能愈合呢，当时肚子也不疼了。我能感觉到，无论我怎样横行霸道，他都可以死心塌地为我，他绝对愿意付出全部的自己，全部，你们懂吗？我当时就想，长大要找这样有安全感的男人结婚，要不是我才十二岁，他已经结婚，我一定嫁给他了。”

有那么一阵大家谁也没说话，曹工打破了沉默。

“只是因为在人群中多看了你一眼……”曹工唱起来。

“这就是牛武娃的好，凭一眼？”

“我还听他们村里人讲他，简直是好得不得了的人，人人夸他对老婆好，比如他……”

“耳听为虚，眼见为实，你只看了一眼，完全没有说服力。”我说。

“你看，我早说过，你们不信，你们非要问。我信，听来的我也信，他就是那样的人。”

“这样，这样。”吴工站起来，又擎起那双大手，“牛武娃住哪个村？”

“舞凤村。”

“近嘛，高速不到两个小时，我觉得我们可以去看看这个牛武娃，他那么好的人，绝对过得好，我们看看他过得怎样，也可以让小智看看初恋情人，情窦初开哟。”吴工笑眯眯地看着米小智。

“好，这个建议好。”

“好啊，好啊！”

我们都看着蓝默。

“非常赞成，为了不耽误明天的工作，今天下午就可以去。”蓝默说。

八

一干人等，只有我没喝酒，吴工和周工正喝到兴头上，社里的工作安排给阿娟和曹工，蓝默下午要开会，最终由我开车，陪米小智去。

舞凤村我去过，原来那里盛产莲藕，处处是荷塘，夏季有些来赏荷的人。前几年修高速公路占了一些房子和地，荷塘少了，剩下的房屋统一规划，政府补贴翻修，一律盖了二层洋楼，作为重点示范村，看着亮眼，人却不多，大都空着。

出了城，接近村庄时，坐在副驾的米小智眼睛开始发亮，一会儿说有群鹅，一会儿说有只鸟，又一会儿说好多鱼在跳。她还带着点酒意。

米小智完全找不到当年的田埂，以及姑婆带她串门的那家人。当然找不到，经过打造，房子完全聚集成一排，看着都一样。我把车停在路边，我们下了车，想找个人问问，沿着公路，一眼望穿也没见到人影。我们朝前走着，公路上只有鞋子的声音。

走到最后一间房子，一条大狗蹿出来，昂起头嗷嗷叫。狗把二楼阳台的一位胖女人叫出来了，胖女人织着毛衣。同时，一楼出来了个笑呵呵的男人，这男人皮肤细腻红润有弹性，头发却花白，难以分辨年龄，不像胖女人，一看便知四十多岁。胖女人真够胖，整个圆滚滚的。

我悄悄对米小智说，这男人的皮肤真好，像婴儿那般细嫩，真够奇怪的。

“你们要喝水？”男人笑呵呵地问。

男人笑眯眯的模样，让我忽然觉得有些面熟，似乎在哪儿见过。

“哪个喊你乱搭话！”胖女人朝楼下喊。

“要得，不搭话。”男人仰头，没看到女人，便朝前走了几步，再仰起头，朝女人笑。

“别个过路，不要你操心。”

“我们找……”

“谁我都认识，我带你们去。”男人说着搬出一张条凳，“坐下喝口水吧。”便去忙着倒水。

“给你说了，别个过路，不得喝你的水，听到没有？”胖女人转向我们，“他这个人就这样，看到哪个都自来熟，你们莫要见怪。”

“没有，我们……”我拽拽米小智的胳膊，“你认识不？”

米小智没有说话，专心致志看着男人跑来跑去。

“听到没，不要吓到别个……快把那件红色披风给我拿来，太冷了。”胖女人说着转身进屋了。

“来喽，来喽。”

只听一阵咚咚的脚步声，胖女人在说着什么，男人的脑袋在二楼阳台探了探，又一阵咚咚的脚步声，男人又出来了。

这时，隔壁的门开了，出来一位奶孩子的女人。

“你又勤快得很，快帮我把凳子搬出来。”女人向下压着孩子的帽檐。

“要得，要得。”男人一路小跑，到奶孩子的女人屋里搬出把椅子，又进去拿了坐垫，铺平整了，再晃晃椅子，稳当了，才扶着女人慢慢坐下。

“哎哟，挨到牛伯伯住硬是安逸，对人恁么好。”奶孩子的女人抬头打量着我们，“你们是要……”

“我们找牛武娃，请问他住在哪家？”我说。

“你们找牛武娃？”奶孩子的女人笑起来。

“嗯。”我推推米小智，米小智仍然盯着男人看，男人又钻进屋里，在翻找着什么。

“哎哟，牛武娃，你昨天做了啥子好梦，有恁么漂亮两个妹娃子开起轿车来寻你，你硬是好人缘，对哪个都恁么好。”

“嗯，我在这儿。”男人从屋里拿出一条棉披风，给孩子搭上，笑嘻嘻地看着我们。

男人的样子像是在等待吩咐，似乎只要我们需要，他就会马上满足我们。任何人看见，也会觉得他有些不那么正常。

米小智这时说话了。

“你们村只有一个牛武娃吗？”

“是哟，要是再有一个啊，我们做女人的，做梦都要笑醒，对人只有恁么好了，你看他婆娘……”奶孩子的女人朝那二楼努努下巴，“被他养得一肥二胖，衣来伸手，饭来张口。”奶孩子的女人腾出一只手拢在嘴边，眼睛飞笑着，压低声音，“莫看她胖，还会吃她男人的醋，不准他对别人好。”

刹那间，我有些明白了，随之，头嗡的一声。再看男人那脸上的笑，活脱米小智今天的笑容，那双像阳光像月光的眼睛，难怪我看着面熟。米小智啊，米小智，你这不是在耍我们吗？这样的男人当然会死心塌地对你好，他对谁都好。我再看米小智，微微蹙着眉心，一副无辜的神情，好像在说，怎么会这样？真让人气不打一处来。但是，米小智瞬间变了脸。

“你乱说，他怎么会是牛武娃？”米小智指着男人，发出钉钉子般的声音。

“吔，你这个妹娃，凶啥子凶？”

难道米小智真的不知道，牛武娃是个……

“对不起，她喝了点酒。”我拉住米小智前倾的身体，问奶孩子的女人，“这个人真的是牛武娃吗？”

“我是牛武娃。”男人笑呵呵地朝我们哈着腰。

奶孩子的女人没理我，斜眼看着米小智，起身站在牛武娃面前，二楼的胖女人也闻声下楼来，两个女人并排形成屏障，阻隔了我们和牛武娃，那架势像生怕牛武娃被我们抢走。

“他不是牛武娃，你给我变个牛武娃出来。”假如米小智钉钉子的语气算厉害，这胖女人则用的是重锤，有力量，有重量，有速度。

“对不起，我们认错人了。”我拉起米小智往车子那边走，米小智磕磕绊绊跟着我，待我发动车子，掉转车头，离开的刹那，米小智摇下车窗，探出头去。

“骗人，骗人，你们这些大骗子！”

我开得很快，米小智声嘶力竭的吼声滚落一地，我的头嗡嗡叫着，这真像一场诡异的梦。

米小智的身子从窗外收回，整个瘫软下来，双手捂着脸，不一会儿，眼泪便从指缝流出来，没有一点声音。

一路上，米小智不再说话，我不知该说些什么，只加大油门开车，到广电大楼时，天刚刚擦黑。下了车，米小智直奔保安室，上午来时，行李寄存在那儿。

我正给蓝默打电话，米小智已背上背包，挎着挎包，拖着拉杆箱出来了，动作有些猛，箱子里发出丁丁零零的声音，我恍然明白，原来里面装着那些玻璃器皿。天说黑便黑，米小智朝我挥挥手，转头进入人群，走在一条通往远方的盲道上，昏黄的街灯使得盲道更加昏黄，那些密密麻麻的凸起，颠簸着硕大的拉杆箱，我仿佛听见玻璃相互碰撞，发出刺耳的尖叫。有一阵，她不见了，再出现时，那昂着头的背影，马尾辫甩来甩去，好像一只要去参加战斗的公鸡。

【原载《北京文学》2018年第12期】

苏紫的味道

至　简

一

世界这么安静，似乎我灵敏的听觉和嗅觉都失灵了，我听不到一点儿声音。那个上楼梯的我熟悉的脚步声，好几天都听不到了。我的男主人的脚步沉稳而有力，而女主人的脚步谁都能听出来，她的脚步不轻不重，不紧不慢，落在每一级台阶上的节奏像春天的雨滴，随性又很有秩序。当然，她的身上还有那纯棉质地的衣服和她的体味混合着散发出的一种柔润的味道，像是我把花盆里杜鹃花瓣嚼碎的味道。等着他或她到门口时，我就蹿到门口等候，他们进门的时候我会跳着叫着撒会儿娇，等他或她在我头上抚摸一下才让他们进门。

已经四天了，我一直没有等到他们，白天晚上他们都没有来，我意识到可能他俩遇到什么麻烦了，我晚上不停地叫。有邻居过来敲门，我在里面叫，他在外面敲，吵得整栋楼的人都不能入睡。那天，我竟然产生了幻觉，听到男主人回来了，我跑到门口，结果不是，我情绪变得焦躁不安，开始狂吠起来。到了第三天，我已经叫不动了，我没吃没喝，开始哀嚎，到后来，连哀嚎也没有力气了，趴在地上一动不动，想我可能会死吧。

我终于听到开门声了，但是我已经没有一点力气爬起来了。这是第四天的晚上。我奄奄一息，歪着头趴在地上，开门的是一位陌生的眼镜男人，他看到我趴在地上，说：“哦，你死了吗？”看到我还喘着气，半睁着眼，他说：“哦，小迪，你还没有死，真是坚强啊。是苏紫让我来看你的，我是她的朋友。”他给我倒了水，抱我起来，然后给我撒了蛋糕和面包屑。我喝了点水，吃了一点东西终于有了点力气。我看到他坐在沙发上点了一支烟，他给我说，小迪，你知道吗？他出车祸了，再也不会见到他了！我知道的，我在那里安静地听着，也许我的眼眶里还有泪水，我知道他们肯定出事了。眼镜男坐了一会儿唉声叹气地走了。好在他留了水和食物，我不至于饿死，我在这里等我的女主人苏紫。他们还有一个月就结婚了啊！

一周后苏紫回来了，她脸色苍白发青，看也没有看我，憔悴得已经没有了样子。她对我爱理不理，反复自言自语地说，如果不是他去公司给我送午餐，也不会发生这样的事，我怎么能原谅自己呢？有几次，她就那么呆呆地站在阳台上很久，把窗户开得很大看着外面，那一刻我真害怕她从窗口跳下去。

苏紫整天待在房间里，把窗帘拉得严严实实，不吃不喝地躺了几天。我真害怕她会饿死，我趴在床边她的拖鞋边陪她，她的电话响了她也不接，后来干脆关了电话。有人来敲门，她也不开。她时时对我说：“小迪，我在这座城市生活完全是为了他，他走了，我待在这儿还有什么意义呢？”悲伤和抑郁充满房子的每一个角落，包括我，我也总是耷拉个脑袋。我已经很久没有逗过她了，我知道，她没有心情搭理我。我们都是饥一顿饱一顿的，时常拉着窗帘睡觉。她似乎不愿醒来，醒来后又睡着，大概只有睡着才能忘记真实的世界带给她的痛苦。终于有一天，她下楼去给我买了点吃的，回来后又躺在床上。后来眼镜男他们来，一直敲门，站在门外不走，苏紫这才开了门。他们留下一个女孩陪了苏紫几天。有天，苏紫对她说：“失去他，我从今以后的生活已经毫无意义了。”那位朋友说：“那你就活着好好地想念和回忆他吧！”苏紫说：“此后只剩下想念和回忆了。”从那天起，她拉开了窗帘。

一个月后，苏紫打算离开这座城市了。离开前，她跟她的两个朋友商量，你们能不能收养小迪？我无法带走它，但是我也不能让它去流浪。其中一个很坚决地拒绝了："对不起，苏紫，我真的不喜欢狗，我怕养不好它。"另一个说："苏紫，你先找找别的地方吧，如果实在没人愿意，你再送来，我先试试看。"

苏紫想到城市西面的一座寺庙，她坐着朋友的车拉着我去了那儿，她说："小迪，我只能把你放在这儿啦，这儿会有好多好心人给你吃的，我自己出去也都不知道如何安身，只能把你留在这儿了。对不起，请原谅啊！"说完，她冰凉的泪水滴在了我的鼻子上，我的鼻子抽搐了几下，像是整个的天空都在下雨。然后，她坐着车走了，我站在那儿，风将我脊背上的毛吹起了几撮，我冲着远去的车窗低低地叫了几声。

我成了这座寺庙边上一大群流浪狗中的一员。寺庙里面是不让他们进去的，如果进到门口，就会有一个老居士拿着笤帚撵。每天中午和晚上，有人端个大盆子出来，有面条、馍馍，都是素食，就这，每天到了吃饭时都有一大群我的同类从四面八方赶来吃这口斋饭。个子矮小的我根本挤不到跟前就没有了。我就在寺庙跟前趴着，要么耷拉个脑袋走着。寺庙里的居士看到我，总会单独扔给我一点吃的。很快，我的白色的毛就结了团，我知道自己肮脏不堪了。我疯狂地想念苏紫，想念那间房子。我想起每天傍晚我迎接他们，他们开门的那一刻是我一天中最快乐的时候，那两个身影是那么的般配，我想起每天我躺在苏紫的卧室，苏紫躺在她男朋友的怀里，眼睛亮亮的，台灯柔和的光照在苏紫美丽的脸上，她是微笑着的。我的男主人和我一样闻到了苏紫身上那种杜鹃花瓣的清香，房间溢满了温暖的爱的味道。

我知道苏紫是不会回到这伤心的城市来了，可是我想去寻找那种味道。那天，我无法克制自己想去找苏紫的念头，终于决定离开寺庙的这块空地，我想去外面走一走，也许这个世界上还有和苏紫一样味道的女人。

我的流浪生涯真正地开始了。

二

我穿行在树林边，在阳光底下，我想找过去的房子，可是城市里的一条条街道和楼院都太像了。以前娇贵的我从来不是这么走路的，我要穿漂亮的鞋子，脖子上挂着精致的链子，苏紫总是会从网上买回来很时尚的衣服给我穿。那时，长发飘飘的苏紫牵着我，会迎来很多艳羡的目光，有些是给苏紫的，有些是给我的。现在我只是让人鄙夷的一只肮脏的流浪狗。偶尔绊着人的脚时，人家会狠狠踢我一脚。最害怕的是那些飞驰而过的车，我怕遭遇苏紫男友的命运，不过现在我已经有了躲避四轮的经验。我会在车流的空隙里飞快地过马路，我也渐渐发现，沿着公路走，总是没有食物，而且很危险。好几次，我饿得奄奄一息。但总会碰到好心人，也许是苏紫在远方保佑我。有天，我在路边边挪边低着头嗅，不是找苏紫的味道，我是在找食物，哪怕一点儿也好。我又渴又饿，这时，一个骑摩托车戴棒球帽的男人，他停下摩托车在路边抽烟，他和捎在摩托车后座上的小女孩看到了我，他们去商店里买了两根火腿肠。我已经很久没有吃过专门为我准备的食物了，我来不及嚼就吞下去了，他们又找来一个瓶盖，给我倒了矿泉水。他和小女孩在路边等我吃完，还和我说话。他们犹豫着该不该收养我，最终，棒球帽说，它吃了垃圾，可能会有病菌。其实，我心里也是不想和他们走的，我要去找苏紫身上那种杜鹃花瓣的味道。我站在那条路上，看着他们走远，走那么远了，小姑娘还和我挥手再见，我仰着脸一直看着，直到看不见他们。白杨树哗哗响着，我在那条路上看着远方发呆。

我走啊走，走到了和过去一样颜色形状的楼房前，一幢挨一幢的。那天很幸运，在一幢楼房的拐角处，我看到一个塑料袋敞开着，里面有几根骨头。噢！那可是美餐哦，那顿美餐后，我发现每天那个地方都会有一个塑料袋，里面有肉，也有米饭，还有好多只猫也来吃。每天到肚子饿的时候，我就会想起那个地方，两腿不听使唤地就跑到了那幢楼跟前。渐渐地我发现那是住在一楼的老太太特意留的食物，有时候我要是找不到食物就去那里混一顿，我和那些猫猫就餐的时候，她透过玻璃窗看着我们这群猫猫狗狗挤挤挨挨抢着吃的样子，脸上微笑着，好像我们都是她的孩子一般。时间一长，那个老太太就认识我了。有时候我就欢蹦着过去到窗户底下使劲儿地摇尾巴，她有时候打开窗户，叫我旺旺，因为我会“汪汪汪”地叫，这是她给的名儿，她不知道我叫小迪。

一天，我在路上看到一个白棉布裙摆到脚腕、长发飘逸的女人，那背影像极了苏紫。我快步跑过去追上，谁知道，那个女的被我惊吓到了，“哇”的尖叫了一声，就骂我：“死狗！脏死了，快滚开，讨厌！”然后她竟然抬起脚准备用那高跟鞋踹我，我赶紧跑开了。心里想，穿长裙的苏紫绝对不是这样子的，她不会粗野地抬脚，苏紫从来都是不紧不慢的样子，她更不会尖声大叫。她每次听到或看到什么的时候总是说：“哦，是这样的吗？”我真的好想念苏紫啊！

苏紫离开我的时候夏天刚刚开始，现在树叶一片一片地飘下来，有的落在我的身上头上，路上每天都铺满厚厚的叶子，天气渐渐开始冷了。为了自己晚上能够过得安稳点，我找到了一个好的藏身之处，在一家便利店门口，每天都有一些纸箱子，我可以钻进纸箱子里睡一觉。便利店的夫妻也没有追赶我，每天早上很早他们开店门的时候我就走了。他们很晚关门，那时候我就又回到了那里。但是他们从不给我吃的，倒是有很多次，有好心人看到我在那里，就会进到店里买给我一元一只的火腿肠。常常碰到我的有一个高挑的小伙子和一个总爱穿淡蓝色百褶裙、留着齐肩直发的女孩。他们都在这家便利店买速食面买水，可是他们从没有相遇过，要么是男的来一会儿女的就过来了，要么是女的来一会儿男的才来，总是前后差一步。我竟然想他们如果是一对恋人该多好！善良而又漂亮的一对年轻人，可他们总是擦肩而过。终有一天，那个女孩儿买完东西看到我在那儿转悠，她又转身进去买火腿肠，然后出了店剥了包装的皮给我吃。不知为何，她没有很快离开，她站在那儿看我吃。这时候，那个俊美的青年也过来了，噢，那天，他也穿了淡蓝色的衬衫，看上去是那么的挺拔。我是多么希望他们相遇啊！他没有进商店，而是走到我身边，他问女孩："你也常常给它买火腿肠？"女孩儿说："是的！它好可怜。"我看见男孩子看她的时候眸子亮亮的，像夜空里的星星。男孩又问："你喜欢宠物吗？"女孩说："喜欢，很喜欢小狗，只是，我妈妈不同意养，说是太难伺候了。"男孩说："我养过一只，被车撞死了，我很难过，于是就决定再也不养了。""噢。那是很伤心的。"他们终于认识了，我真的想围着他们欢蹦，但是我很知趣地走开了。后来一段时间，我看见他们一块儿来买过东西，再后来，我看见他们手牵手走着，他们真的是般配啊。

可是有很长时间，我没有看到那个放食物的老太太了，在窗户里也没有看见她的脸，但是时常还是有人把食物放在那个楼房拐角处，有天，我看见了一个中年女人，是老太太的女儿吧？可能是老太太嘱咐的，可是为何窗户上再也看不见她的笑脸了呢？她是生病了吗？在那个冬天的第一场雪飘落的时候，我又冷又饿，数天没有找到吃的，去了那幢楼，我看见一楼的墙跟前摆了很多花圈，那窗户上吊着一个纸灯笼，纸灯笼下面白色的纸飘带被风吹得卷起来，飘得很远，我知道，那个好心的老太太去世了。我绕了几圈，在那幢楼跟前低头嗅了嗅。我知道我该走了，该离开那个地方了。我走得很慢很慢，世界到处都是白花花的一片。我想起苏紫那白色的被风吹着卷起裙角的长裙，那时候我的个头很小，总被她的裙角遮住了身体，眼睛里就是这满世界的白色，丝绸般柔软而光滑的白色。

三

我还没有告诉你我长得什么样呢！我全身短短的毛，白色夹杂土黄色。我的两只耳朵和鼻梁是黄色的，两只耳朵耷拉着。那时候苏紫是在一家商店门口看到有女孩把我拿在纸箱里卖，当时还有另外几只。那天天很冷，下起了小雨，苏紫就对男朋友说："我们买一只吧！那个女孩就可以回家了。"男朋友说："你喜欢就买一只吧。"

他是一个细腻温柔的男人，准是什么事情都依着苏紫的。苏紫和男友最终挑中了我，理由是我在这群小家伙里面看着最精神、最健壮。苏紫说这样的体格比较好成活。那时候我出生才四十天吧。买回我后他俩很高兴，那几天，他俩围着我忙活，去宠物市场给我买了房子，买了怎么调教我的书籍和光盘，还有我的食物，最初还有喂奶的奶瓶子。苏紫随口说："就叫小迪吧。"后来苏紫查资料，觉得我长得像拉布拉多犬，但又不完全像，也不知道我能长多大，苏紫带我出去的时候有人说我是拉布拉多和中华田园犬的杂交品种。那时候苏紫说："小迪不是名犬，可是小迪独一无二。我看着它是最漂亮的，它就是最漂亮的！"

不知苏紫后悔没有，她一定很想念我，她一定不会再养狗了。我不恨她，我知道她没办法将我带走，她实在太伤心了，留我在身边，她更是时时都会伤心的。我只想她还像以前那样美丽。她该有多孤单啊。

我在野外的风和阳光下，渐渐地四肢长结实了，我来到这个世界上才一年，假如狗狗的寿命有15年，一个人的寿命是60岁，那么我现在就是四岁的幼儿。但是我觉得自己已经长大了，苏紫那时候就给男友说，我是一只野性难驯的小狗，应该在天地间自由成长。这也许是苏紫最终决定放弃我的另一个原因。

在这时候我碰到了真正的名犬，一只萨摩耶，住在别墅里的萨摩耶。有一天，我不小心闯进了别墅区，我躲躲闪闪游荡在那里，我看到别墅区的绿地上有只小萨，他也看着我。可是我能看出他很不高兴，眼睛里满是惊恐甚至是哀求，难道他也没有食物吃吗？我想认识和帮助他，我对别墅里的同类产生了好奇，我想象住在别墅里的女人是什么样的。我从铁栅栏的缝隙里挤了进去，我躲在树丛里，暂时没有人发现我。小萨的房子在别墅后面的空地上，我看到他的盆里时常剩下美味，肉骨头。那可真是美味啊！趁他不在的时候我就去偷吃他的食物，小萨回来后就闻到了我的味道，"汪汪汪"地向四周叫几声。那时候我早已经又从铁栅栏里挤出来了，几天过去后小萨已经熟悉了我的味道。它默许了我的偷吃，也不再“汪汪汪”地叫了。有一天，我看见小萨被主人用链子拉着拽到了车上，那是一辆炫目的红色的保时捷跑车，苏紫的男朋友以前教我认过车的标识。咦！去兜风，还不乐意哦，那辆保时捷跑车像一支离弦的箭一般低吼着冲出了别墅，我惊呆了在一边看着，从电视屏幕以外我从没有看见过开这么快的车，一个围着围裙的保姆出来边摇头边说：“唉！总要飙什么车，早晚会出事的。”噢，那小萨坐在车上飞驰，一定是命悬一线啊！终于小萨回来了，我看见他又被拽下来，每天小萨都被他的主人，一个梳着马鞍子头发的年轻人拉出去一块儿飙车，有天我跟在后面，看到小萨惊恐地坐在座位上，那辆车很快没了影子，我看到小萨回来准是抬个腿一会儿撒一点尿，一会儿又抬起腿撒一点，肯定是惊吓过度。还有一天，我准备去偷吃小萨食物的时候，我听见别墅里丁零当啷的一阵乱响，是他的主人发脾气摔东西，小萨蜷缩在自己的房子里，我看到马鞍子跑出来竟然把小萨的饭盆子一脚踢出去很远。也还有几次，马鞍子家里开什么派对，来了很多人，奇形怪状的男女。马鞍子不知道是不是兴奋过度，把小萨高高举过头顶突然又摔在地上，后来他们玩遥控车，竟然有人出主意，把小萨拴在遥控车上让他跟着跑，那几个男女换着遥控，那几个怪异男女捧着肚子狂笑不停，等到他们觉得无趣停下来时，小萨累得气喘吁吁，趴在地上歪着头口吐白沫，那一刻，我真的好同情小萨。我真想劝他和我一起去流浪。

看见小萨受折磨，我觉得自己也跟着心提到了嗓子眼，我觉得我特别想狠狠地咬那个马鞍子，大概这就叫作恨吧，以前我真的没有恨过任何人，从不知道恨人的感觉，难道这就是长大的结果？我不喜欢这样的感觉。我不想再偷吃小萨的食物了，我准备离开那幢别墅，那天早上，清风朗朗，我在别墅外的栅栏边一直看着小萨，我没有再从那个缝隙里往里钻，他也在里面看着我，他是那么无奈，然后我便走了，小萨也知道他再也看不到我了。

还有好几次，我又在这片别墅区晃悠的时候，我闻到了同类的气息，隐约听到了哼哼唧唧的声音，可是我怎么都找不到她的身影。这时，我看到一个戴着墨镜，捂着口罩，穿着过膝皮靴的女人，拎着个很大的包，我闻见同类的气味就是从那个包里发出来的。好奇怪噢，她为什么待在包里呢？可是我不能跑到跟前。我远远跟着那个时髦女人，看见她进了一幢别墅，待她开门进去后，我看见整幢屋子拉着窗帘，遮挡得严严实实。屋子里面没有阳光，多么难受噢。后来，我时不时转悠到这里时，才看到，在她家周围经常有人转悠，还提着个相机，她出来也总是鬼鬼祟祟看有没有人跟踪，她自己任何时候都戴着帽子、眼镜、口罩，原来她是个大明星，总是被人偷拍，在哪里都会有狗仔队拍她，有时候即使拉着窗帘也会被拍到。她的一切都会成为新闻，包括她的男朋友，她提什么包、穿什么衣服、喜欢喝什么茶、用什么牌子的手纸，当然也包括她的狗狗，她的狗狗也是穿着衣服戴着帽子口罩的，据说好像是一只纯种的西施，但是从没有人见过，她怕别人拍到了她家狗狗的真面目后，她的狗狗被绑架，被绑匪勒索钱财。我在这转悠的时候从没有见过她家的狗狗，只是觉得那只西施好可怜，一天到晚都在没有阳光的地方生活。

我越发想念自己的童年了，虽然很短暂，那时候苏紫出去会带着我在绿草地上散步，草叶上的露珠晶莹透亮，我在草丛里活蹦乱跳，还有时候，我在房子里的沙发上懒懒地晒着太阳，我会舒适地在阳光底下睡着，那时候我是四脚朝天躺着的，我的睡姿还被苏紫拍下来了呢。苏紫在送我走的时候嘴里念叨着，人一辈子的福分是有定数的，以前，享的福多了，长大后就会受苦，难道狗狗也是这样吗？曾经，他俩给我的爱太多了，为何不慢慢给我，就不会这样匆忙离我而去了。我的幸福童年真的好短暂哦。

四

在这一天没到来之前，我真的不知道我周围会有什么危险。那天，天蒙蒙亮，我感觉到空气和以往的不一样，我发现远处我的同类的叫声一阵比一阵紧，然后就听不到了，后来就是可怕的寂静，我知道远处的他们肯定遭遇了危险，空气仿佛凝固了一般。后来我感觉那种危险离我越来越近，我决定当即出逃。我的逃跑是没有目标的，等跑出一段后，我看到有人围在一面围墙前正在贴标语，站在墙对面的人念着："全面彻底清理整治流浪狗！"围观的人越来越多，他们七嘴八舌地说："昨天晚上就开始了，抓住打针然后填埋。据说已经有几百只狗被打死了。""为什么呀，这不是太残忍了吗？""前天，城南那边有个废弃的场子，有个老头被一只狗咬了，结果得了狂犬病死了，所以有人提议，把全市的流浪狗全部消灭掉。"哦，我听到这些时在想："我是有狗户口的，也是打过疫苗的，可是没有苏紫就说不清这些，只有跑了。"

我开始发疯地跑。我从来不敢跑到大路上，而是蹿在树丛里或者水沟里跑的。我就这么拼命地跑了几天，饿了趁着没人的时候藏在路边的垃圾堆里捡着吃。后来我跑到了铁道边，我就沿着铁路跑。终于有一天我又看见了各色的屋顶，我知道我已经离开了那座危险的城市。到了一个新的地方，我转悠了几天才发现这儿比那座城市小多了，一点儿也不繁华。我奇怪地发现这座小镇上并没有几只流浪狗，我马上开始警觉，他们一定遇到什么敌人了。我还是在树沟里待着，也不敢跑远了。

待到天快黑时，我躲躲闪闪溜出来，很快，我的预感被应验了。我闻到这个镇子上蔓延着一股血腥味，我顺着这个血腥的味道小心翼翼地走着，来到这个镇子的北面，在一个开阔的场子里看到了一辆车，车上的铁丝笼里面装满了我的同类，个个蔫头耷脑。一个头发油腻的矮个子男人嘴里叼着支烟，对旁边有啤酒肚的男人说："这一车狗宰了，够你卖几个月的，这可是最低成本啊！要不是碰上这打狗运动可捡不了这便宜。可惜好几百只被他们活埋了。后来因为动物保护组织的示威，他们才让我连夜拉来，这里狗肉餐馆多，各家老板抢着要呢。"原来他们是从我逃亡的那座城市被抓住后又被贩运来的。看着铁丝笼里那些同类们绝望的眼神，我悲伤极了，我很想拯救我的同类，但是我毫无办法。矮个子和啤酒肚在谈价格，我特别想冲过去把他们咬成碎片，但是我知道这会儿我要是冲出去就是自投罗网，他们肯定会抓住我把我也关起来。我溜出那个大场子，这条街灯火辉煌，有冒着酒气的人摇摇晃晃地从街上的饭馆里出来，打着嗝说：“不错，这里的狗肉味道不错，下次还来。”我才知道，那个开阔的大场子，就是专门宰杀我的同类的地方，那儿的房间里摆着他们血淋淋的被扒了皮的尸体。我得赶紧离开这个恐怖的镇子，要不他们发现了我就会把我送到屠宰场。我低着头溜出来了，小镇漆黑的夜空下，我耷拉着脑袋钻进了树丛逃跑，可腿脚打战怎么都跑不快，我卧倒，特别想吐。这时，我又想起苏紫，苏紫平时几乎不吃肉的，她说她从小就坚决不吃狗肉，因为狗是有灵性的，后来她连别的肉也不吃了。她吃水果吃米吃蔬菜。苏紫有着很好看的身材和白皙的皮肤，苏紫还给她的男友说，不吃肉会有很好的体味，一个吃肉的人，在野外如果动物鸟类闻到了就会躲得远远的。难怪，我这么久了一直想念她的味道。想到这些，我好像又来了点精神，我开始快步奔跑。也就是这时候我才知道，有些人是很残忍的，他们和苏紫不一样，我随时都会遇上危险，我需要加倍小心。我的仇恨心似乎加剧了，见到谁都想咬，我难道是疯了？以前看见苏紫我就想吻，想舔她的脚踝，从没有这么强烈的咬人的欲望，而且我想咬死他们！

五

离开了那个血腥的小镇子，我就一直往前走，到处都是绿的田野。我沿着道路走，两旁有高大的树木，树叶被风吹着摇头晃脑哗啦啦地响，树沟边有水流过，只是都是臭烘烘的黑色的水，大概是城市排过来的。这里基本上没有什么食物，有时到了有村庄集镇的地方，有香味飘过来的地方是饭馆，我就等在那里，偶尔会吃到剩菜剩饭。后来我找到几家饭馆，一直在那附近转悠，暂时停下了流浪的脚步。

有一家“美味香”的饭馆生意蛮好，时常有过路的大货车停在门口，司机们在这里吃饭休息。我时常在这附近转悠，那个老板娘就在离餐馆门口有一些距离的地方放了一个纸盒，把剩饭剩菜倒进塑料袋放在纸盒里让我吃。但我知道她不喜欢我离饭馆门太近，怕客人嫌我脏，我就远远地吃完。她看见我还算听话，就每日把剩饭剩菜放在老地方给我吃。有一次，她放食物的时候，一个客人对她说："这狗可能以前是受过教育的，还蛮听话，看着可怜，反正剩饭剩菜倒了也挺可惜的。"我每天过着不愁吃喝的日子，不用躲躲藏藏，比城里安全多了，饭馆门前是很宽敞的水泥人行道，连接一条开阔的柏油路，过了路就是一望无际的农田。我吃饱了有时候越过马路去树丛间转悠，也可以到田埂上奔跑，我的毛和那些田野中的禾苗一样，被风吹着朝一个方向舒展着，有时候我也在田埂边带着露珠的青草上打个滚儿，那时候，我的脏脏的皮毛竟然会变得干净很多。我也懒洋洋地躺在饭馆前的水泥地上晒太阳，半闭个眼睛，过来过去的人都知道我是一只流浪狗，他们已经熟悉我了，但是也没人关注我。他们也不知道我的名字，我好想有人能够叫我的名字，很久很久都没有人叫我的名字了，只有我知道自己叫小迪。

我趴在那儿晒太阳的时候，闻到身边过来过去的人有很多种味道，可是没有一种像苏紫的，每到这时候我就想起苏紫，我也不想和他们接近，偶尔我站起来跑到马路边，看偶尔飞驰而过的车。也许，那车里会有苏紫的身影和味道吧，我就呆呆地站在那儿看上一阵子，然后又趴下。

有天，我在纸箱边吃着剩饭剩菜的时候，过来一只肮脏的贵宾，她原本漂亮的白色卷毛肮脏不堪，她的卷毛下是瘦弱不堪的身体。她几乎是拖着腿走过来的，脑袋半耷拉着，有只眼睛大概是被车撞的吧，眼皮耷拉着比另一只小。她很饿，但是没敢立即过来，站在旁边看着我吃，我也抬起头来看着她。然后她又走近了几步，看我没有反应，她走到了纸箱子跟前，低着头四处嗅嗅还是没有吃。我继续没有反应，她终于低头狼吞虎咽起来。她像是受了很多的虐待，总是低着头，怯怯的样子。贵宾吃过这顿饭后就也在这水泥地边趴着，只是她不敢一下子靠近我。后来，她总是跟在我的屁股后面。有个伴儿总是好的，我也就不孤单了。过了些日子，贵宾的精神状态好多了，她不再拖着步子了，头也不总是耷拉着了。

后来，我和贵宾去田野里撒欢的时候，碰到了在污水沟边找食物的京巴，同样是肮脏不堪的样子，她的毛都结成一团一团的了。后来她就自然而然地跟在我和贵宾身后。一天午后吃过饭晒着太阳的时候，这一天似乎和往日没有什么不同，我们向着公路边无所事事地张望，突然看见一个美丽的身影朝我们这个方向跑来，她越走越近，脖子上还戴着一个很漂亮的项圈，那个美丽的项圈和她金色的毛在阳光底下闪闪发光，看到我们几个，她就停下来了。我们都在那里呆呆地看着她，她是一只博美，穿着一件衣服，但是衣服已经很脏了。她真的是这么久我见过的最美丽的狗狗了，这个场景就永远地留在我的脑海里了。美美精力充沛，活泼好动，谁都看得出来她是纯种的，而且是被主人宠爱着的，肯定是她太调皮了，自己走失了。美美也跟着我们了，现在我有三个伙伴了。当美美走在我身边的时候，我感觉好极了，觉得浑身都有了力气。我时时关注美美的每一个动作，她总是活蹦乱跳，有时候还喜欢叼着自己的尾巴转圈儿。有时候在田埂上，她竟然高兴地忘记了，只用前腿划着走路，我们都被她的快乐感染了。最关键的一点是她不吃加了很多佐料的食物，这让我想起我的主人苏紫。她也很吸引路边的人，有很多看见她的人说，哟！这只狗狗很漂亮，怎么也成了流浪狗？有时候她会得到路边人给的一点其他食物，这是我自流浪以来最快乐的时光，但是我也暗暗担心着，我觉得美美终究不是我们一个群里的，她迟早会离开的。我每天都高兴而又担心着，她很有可能会被人收养的。但是我又想，如果她被人收养也很好，不用吃剩饭剩菜了，她应该过好日子。美味香的老板娘还是每天给我们在纸箱里放食物，这里的剩饭剩菜能够养活我们这四只狗。旁边的人也都时常说："你真是大善人啊！"那个老板娘美滋滋地享受着这样的赞美。不过她是这样回答说："以前就一只嘛，短毛的那只看着可怜，又有剩下的饭，谁知道招来了这么多只，再多就喂不了啦。"她也喜欢博美，有时候有剩下的什么好吃的，她会把博美叫到身边单独给她吃，如果我们跟着跑过去了，就会被她凶巴巴地赶回来。美味香老板娘和她的年龄不太相符的是，有着一副细而尖的嗓子，她那嗓子一旦扯开了，别说人，就是我们狗都特别受不了。我知道，她心里不是真心喜欢狗的。

终有一天，我们平静而美好的短暂生活被打乱了，这个小镇上的好几处电线杆上和路边的墙上都贴了一张寻狗启事，有人围观念道：“美美，品种博美，于某年某月某日从圣地亚广场走失，主人思念成疾，连日来，寻便S城和周边地区。如有拾到者，当重金酬谢。电话……”狗狗的照片很多人认出像博美，原来她真的叫美美啊！那个名字只是我心里叫的。美味香的老板娘第一个按那寻狗启事上的号码拨通了电话，并把博美拴在了她家的院子里。那主人当天下午就开着一辆宝马车赶来了，那是一个红头发的时髦女郎，她见到博美就说：“美美，哎呀，你怎么跑到这儿来了？太可怜了哦。”她戴着手套的手摸了摸博美，说：“妈妈为你都生了病了。”然后从包里拿出纸巾拭眼泪。美味香老板娘凑到她跟前满脸堆笑地说：“美美是我捡到的，我看到这么可爱的一只小狗在路边快饿死了，就把它带到店里，天天喂给她食物呢。她可是真聪明真有教养啊！”博美的“妈妈”，那女郎抬眼看了看饭馆，嗲声嗲气地说：“哦，那真是太谢谢你了，我们家美美长这么大还没有来过这些地方呢，回去我得带她去宠物医院好好看看。”这个红色卷发的女人从包里拿出一沓“毛爷爷”给老板娘说：“谢谢你，这是我寻狗启事上说的酬谢。”然后她从车的后备厢里拿出个单子，裹在美美身上说：“你太脏了，宝贝儿，跟妈妈回家吧。”

美味香门口围了一群人，竟然还有红头发叫来的记者，举着个摄像机采访美味香老板娘。她在摄像机跟前说：“其实，我就做了一点儿好事，也没啥，别人心爱的东西丢失了，我捡到了还给人家是应该的。每个人都要对这社会做无私的奉献。美味香主营米饭川菜，热情欢迎四方宾客……”看到她说的跑了题，记者停止了拍摄。红头发抱着美美要回家了，美美在主人怀里显得很乖巧，倒是也没怎么兴奋，静悄悄的，就在要上车的那一刹那，她突然“噌”地一下跳了下来，跑到了我们几个这里，主人惊呼了一声，跑来又抱住了它：“美美，快走啊！它们多脏，要传染病的！”然后就又把她裹在毯子里抱上车了，美美上车后趴在车后排的玻璃窗户上一直看着我们。她渐渐远去了，直到那辆香槟色的宝马消失，我趴在博美上车的那块地方，想着她向我跑来的那个阳光灿烂的下午，我觉得自己浑身无力，一天没有吃东西。京巴凑过来陪着我卧在那儿，我也不愿理，就那样过了好几天，我都没有精神，也不愿多吃东西，呆呆地望着远方。我是爱博美的，就像我爱苏紫一样。红头发来的那天，我远远地就闻到了她身上那股刺鼻的香水味儿。苏紫不是这样的，她的棉质衣服永远包裹着她身体的那股杜鹃花的味道。有博美的这些天，我几乎忘记要去找苏紫那杜鹃花瓣的味道了。我发呆的时候就想，博美真的很幸福吗?我还幻想，博美也许会再次跑出来找我们呢，我经常向着博美来的那个方向的公路上张望，可是，她终究再没有来。我和贵宾、京巴继续着过去的生活，美味香的老板娘也继续把剩饭倒给我们吃。也许她还做着梦，能有红头发一样的主人来再给她一沓钞票，把我们中的一个接走。

那又是一个晴朗的中午，我们刚跑到纸盒子那里去吃饭，看到远处大摇大摆地来了一只又像哈士奇又像别的什么品种的同类。他走到附近，用鼻子嗅了嗅，然后径直走到纸箱子旁边，用后半截身子把我和贵宾往旁边挤，然后就开始低头猛吃了。我们都愣在那里，等反应过来再跑过去的时候，他竟然冲着我们狂吠。他个头大，我们就只好让着这个不速之客，结果他把我们的午饭全给干掉了。干掉之后他就懒洋洋地趴在这儿晒太阳，全然不理会我们。我和贵宾、京巴只好出去找吃的，也不知道他啥时候离开的，结果第二天，我们正准备吃饭的时候，他竟然又跑来了，还是把我们的午饭抢光了。这样，我、贵宾和京巴只能到周围的村落和商店去找吃的。谁知道他竟然大摇大摆地跟在我们身后。那天，贵宾在一家商店门口的垃圾袋里找到了几个骨头，她刚叼着吃的时候，大哈突然冲过来，一下子夺了过去。我实在看不下去了，就跑过去冲他叫，结果他就和我互相咬起来，当然最终是我吃亏，我的右耳朵被咬掉了一块，血流不止，这也是我第一次和同类战斗，我战败了。从那天起，每天纸盒子里的饭他要先吃，我们找来什么东西都要先给他一份，我们好像成了一个等级分明的狗社会，他成了我们的首领，我心里非常讨厌他。有时候我把自己找来的食物藏在几个不同的地方慢慢吃，可是我不喜欢这种偷偷摸摸的生活。慢慢地，我发现贵宾和京巴好像都接纳了他，而且京巴好像还蛮依赖他的。京巴知道我不喜欢她，我的心里只有博美。看着大哈和京巴越来越亲密的样子，我觉得我应该离开这里了。我知道贵宾也不会和我走的，他们都是在这里的小镇上有口饭吃就已经很不错了，他们没有见过苏紫那样的主人，不知道杜鹃花瓣的味道和客厅里的午后阳光。我想我要走了。

在一个清风徐徐的早晨，天刚亮我就跑了。我跟他们都没有道别就匆匆地上路了，我知道我再也不会回到这里了。

六

我跑着，不知道有多长时间，穿过了洒满阳光的树林和一片片田野，在漫天星空下，我也是不停地奔跑，直到跑不动了，我就卧在田埂上柔软的草垛边睡觉，这些天我基本是饿着肚子的。好在只要到了一些村庄，总能在人多的集市或什么地方找到食物。渐渐地，我走着的地方有很多条密集的铁轨，在铁轨的两端我看到楼房越来越密集，我知道我又来到了城市。苏紫会来这里么?

我穿过铁轨到达了城市的边缘，后来到了城市的一处车站，像很多的车站附近的流浪汉一样，我也成了他们中的一员。那天，我沿街在垃圾桶边找了一点吃的。就在我准备穿越街道的时候，我感觉眼前一阵风伴随着一个巨大的黑影一闪而过，然后我就什么也不知道了。等我醒来的时候，我发现周围充满了刺鼻的味道，有穿白大褂的人，一个戴着黑框眼镜的短发胖女人站在我跟前。我自己的左前腿被包扎住了。戴眼镜的胖阿姨絮絮叨叨，我才知道，那天，我突然穿越马路时，她开着车撞到了我，幸亏她一脚刹车，才使我幸免于难。胖阿姨下车看了看，我在车的保险杠前躺着，她抱起我开着车到了宠物医院。胖阿姨是我在这世上碰到的又一个好心人，在流浪的路上，我看到很多狗横死在路中央，他们血肉模糊的尸体，使我每次过马路都心惊肉跳，有一次我亲眼看见有个面包车看到路上的狗狗竟然撵着压，压死后还又把车轱辘倒了一下，看压得准不准，有几次我还看到司机根本不停车，压到狗狗后，直接就开走了。我知道是苏紫或是佛在保佑我，要么她干吗把我送到寺庙门口呢。

胖阿姨把我带回家放在一个大的纸箱内，她的木质地板的家里好干净哦好舒适，我很痛很累，终于睡着了。醒来我看到我眼前的一个塑料饭盒里面放了火腿肠和蛋糕，我美餐了一顿。她还用刷子把我没有包扎的地方刷干净了。

可是到了晚上，一个背着黑色公文包的眼镜男回家后，胖阿姨把放我的那间房门给关上了，我听见他们在争吵。后来他们几乎天天在争吵，背包男是胖阿姨的老公，他特别讨厌狗，他不在时胖阿姨给我念叨说她老公小时候在上学的路上，被一条很凶恶的黑狗咬伤了大腿，他从此就特别地怕狗、讨厌狗，胖阿姨打算收养我，他坚决不答应，如果有我在，他就搬出去住，后来，胖阿姨说把我的伤养好就送我走，他算是答应了，但是他总是催促，而且每天都回家很晚，他说家里有股狗味儿，胖阿姨好几次都哭红了眼睛。我想背包男肯定是因为我而找借口，他根本就不喜欢胖阿姨，比起苏紫的男朋友差远了，在这间天天吵架的房子里，悲伤愤怒溢满了房间，我也不愿待。我打算伤一养好，只要能走动，就离开她家。过了些天，我眼睛上的绷带先去了，好在我的眼睛还能看见，只是受了些皮外伤。又过了些天，我能站着走路了，只是腿还是有些痛，不能跑。

七

那个背包男已经好几天没有回家了，我看见胖阿姨哭红了眼睛。她天天对我说话，可是我想即使我走了，胖阿姨的老公也许还是不回家。我真想陪陪这个善良的女人，但是也许他的老公还会回来，她应该选择她的老公。

有天，她拉着我，车子走啊走，我不知道她要把我送到哪里去。我感觉都走了好几个小时了，已经离开了城市。我又看见了铁轨，好像又到了城市的边缘，我都有些头晕眼花，到了一个大铁门跟前终于停下了，她把我带进去。我看见这里有矮小的砖墙，一间一间的，每一间都是铁丝网的门，里面有好多只我的同类，都是不同品种的。还有猫。我终于知道，这里是宠物救助站。胖阿姨把我交给一个大嘴巴男人，又给了一沓钞票，拜托他照顾好我，然后对我说："小五，我走了，我还会来看你的，等我处理好家里的事情！"说着眼圈竟然有些红，我不知道是为我还是为了她。因为她撞到我的那天是星期五，那天她打老公电话一直没打通，所以有些神思恍惚，就撞了我，她就叫我"小五"。其实，我一点也不喜欢这个名字，我又没办法告诉她我叫小迪。我想她老公肯定有小三而且有小五。胖阿姨开着车走了。

胖阿姨给我找了这么一个安身立命之处，本来我应该高兴才是，可是我和她都没有想到在这里的我和同类将要面临的日子。据说原来这里是一个养猪场，废弃了，就成了我们的圈舍。我和同类们都失去了自由。我被分配到了小隔间，隔着铁丝网。这里的房间也没有人打扫，我有点受不了这屎尿混合的气味。

哦，我们每天吃的食物，有时候有些馒头屑，还有些烂菜叶，真的把我们当猪了，我们可是宠物啊！大嘴巴还经常拿一个大扫帚冲进圈舍里打我们，经常张口骂我们："这群畜生，快死了好！"有天，我们看到三号圈舍的一只雪纳瑞就因为冲他叫了几下，他狂撵着雪纳瑞打，拿脚踹，直到他自己气喘吁吁打不动为止。我们都很恨他，可是又都很怕他，我们每天都被关在这里饿得一点力气也没有。期间胖阿姨来看过一次，还提了一袋子吃的，走到我的圈舍跟前，她捂着鼻子。她看上去消瘦了一些，精神也不怎么好，我闻到了袋子里的香味，馋涎欲滴，可是大嘴巴说不能乱喂食物，怕传染疾病，他们要统一管理。胖阿姨只好跟我说了几句话就走了，她说："小五，你怎么瘦多了？以后有机会我再来给你送吃的。”我真想说，胖阿姨，求求你送我走，哪怕流浪都行！我可怜巴巴地看着她离开，胖阿姨走后我始终没有见那袋吃的，可恶的大嘴巴！

终于有一天，我们吃到了好吃的食物。食槽里面放着火腿、面包，甚至还有骨头。来了一大群人，有好些穿西装打领带的人，还有拿着摄像机和照相机的。就连大嘴巴都穿了件皱皱巴巴的西装，打了一条红色的领带。大嘴巴给我们食槽里放食物的时候念叨：“今天都不许乱叫，市里的余总来给你们这帮畜生捐钱了，她可是市里的女首富。也不知那么大个老总，怎么会想起你们这帮畜生？谁叫就打死谁！”一边说一边举起手里的扫帚。不一会儿，一群人围着一个穿着华丽的女人进了场子，她穿了一双鞋跟只有人的指甲盖那么小的高跟鞋，鞋跟好像支撑不住肥胖的身体。她时不时用戴着蕾丝花边手套的手捂捂鼻子。场子里面放置了音箱，捐赠仪式上，阔太太讲完话，把一个大大的红纸袋交到了场子里领导的手里。领导是一个把头发烫染成枯草样的黄脸女人，她就是我们这个宠物救助站的站长。还噼里啪啦放了一阵鞭炮，我们都吓得缩成了一团。

阔太太走后，我们的伙食又改成了烂菜叶和发霉的馒头屑，甚至有时候连馒头屑都没有。一号和三号的两只狗狗先后死了，把他们拖出去时，我们都看见了。时常有其他圈舍的狗狗莫名其妙地消失，我很恐惧，想从这里逃出去，可是，那个铁丝拦住的门总是锁着，没有办法，但是我想寻找机会。

就在我们饿得奄奄一息的时候，大嘴巴倒是越来越红光满面，毛草头发的黄脸女人也比以前丰满了。终有一天，大嘴巴他们竟然开始打扫我们的狗舍了，这可是稀罕事儿，就连我们的狗舍门口都摆了两盆绿色植物。那一两天，我们的食槽里又有了面包和骨头。那天大嘴巴又来说：“你们这帮畜生！民政局的领导今天来检查，这是市里唯一一家宠物救助站，要推广我们的经验。你们这帮畜生，要不是我，你们早就饿死了。我可是你们的救命恩人啊，电视报纸上都会报道我的先进事迹，我是名人了。知道不？你们这帮畜生！”边说边用扫帚打我们。那一两天，他天天西装革履，念叨的都是这些话，不知道确切的时间，场子里外都打了红色的条幅，写着“热烈欢迎市领导来检查指导工作”。有一天早上十点多，来了一群人，其中有个穿深灰色拉链衫的男人走在最前面，后面的人给他打着伞拎着包，他看了一圈，边看边笑着点头说：“不但给流浪狗的难题找到了解决的途径，而且给流浪狗找到了一个出路和归宿，还可以吸引民间资金注入；再者，为全市的慈善事业带了好头。”他们大概绕场一周，总共不到十分钟时间就离开了。

那天我发现由于打扫我们的圈舍，我们的门有条缝，铁丝只是松松地挂着，没有锁紧。我准备趁晚上逃跑，但是不能让大嘴巴发现，如果被他发现，我会被打死的。那个晚上，终于等到整个救助站的灯都灭了，我悄悄地用嘴巴咬门上闩门的铁丝，那个铁丝已经被我用牙咬了很多次，今天，那个铁丝竟然轻轻一咬就掉了，我溜了出来。我们圈舍的其他几只狗狗都跟在我后面溜出来了，救助站的大门也开着道缝，大概大嘴巴喝醉忘了锁门。我们很顺利地溜了出来，作鸟兽散状奔跑在夜色中。我也不知道第二天大嘴巴看到会怎么样，我真是同情其他圈舍的狗狗，奔跑在夜晚风中的感觉真好，那里真是个肮脏恐怖的地方，我觉得自己终于又自由了，也又捡回了一条命。

我又开始在城市的垃圾桶、居民院落里寻找吃的。我的左腿还是跑不快，但是已经不痛了，有时候遇到好心人，会给我买一只火腿肠，也会有人放点吃的在楼院里的拐角处。转眼，又是一年的秋天了，在一个太阳很火的午后，我在这个城市的广场上奔跑，看到一个大屏幕跟前围着一群人，我跑过去看到屏幕上的两个人我认识，大嘴巴和枯草头发的黄脸婆，他俩戴着手铐。旁边的人说：“哎呀太缺德了，从流浪猫狗嘴里抢食吃，大家捐助的钱都被他俩贪污了，几百只猫狗饿死的饿死、病死的病死，还有的被偷偷卖了，最后只剩下十几只狗。”还有人说：“是啊！我家孩子都给那家救助站捐过零花钱的。”又有人说：“听说是被一个公务员举报的，是个女的，她把自己的狗送去那里了，还时常送钱送吃的，结果她的狗不见了。”我猜，举报的人是那个胖阿姨——开车撞着我又救过我的那个胖阿姨。

我走了，我知道在哪里我的心都不会安稳。记忆中苏紫那杜鹃花般的味道，在哪里我都会想起来，想起来的时候我就想跑。不管我再闻不闻得到那种味道，我注定只能流浪。我曾经叫小迪。

【原载《飞天》2018年第6期】

透明的翅膀

刘烨玮

宝明雕像一般地坐在自家露天的羊圈外。

太阳眼看着就要跌入地平线的另一端了，炫目的阳光把一切都染成了金色，他看着他的羊慢慢地变成了金羊，灰暗的眸子里噙满了泪水。那只他喝过奶的、长着一对犄角、一对肉铃铛的老山羊正深情地望着他，黑溜溜的眼睛，像是浸过水的琉璃一般，晶莹剔透，里面全是宝明的影子。他学着它叫的声音叫了起来，咩，咩……

这是他们之间独有的暗号。它径直走到他的跟前，用头上那对很漂亮的、弧度刚刚好的犄角，蹭了蹭他的裤管。宝明看着它，没有动。它往后退了大概三十公分（1公分=1厘米）的距离，盯着他看了一会儿，像是读懂了他眼里的忧伤一样，又用它的前蹄子踢了踢他的脚，试图安抚他，然后紧挨着他卧了下来，将头伏在他的脚上。宝明的眼泪瞬间像断了线的珠子一样淌个不停，他紧紧地抱住了它的头，整个身子都伏在了它的身上。他轻轻地拍打着它的屁股，像是与亲密的爱人互诉衷肠一样，满满的都是不舍和辛酸。

他不敢看它的眼睛，仿佛它的眼睛能将他看穿似的。他甚至觉得对不起它，对不起这只陪伴了他四年的山羊。他的母亲都没有给予他这么多的温暖与宽慰，很多时候，他都认为，那个仅仅给了他生命的母亲，还不如眼前这只羊。至少羊还懂得哺育幼儿，懂得感恩与回报，而那个生了他的人，竟在家里最需要她的时候，抛下了她的幼儿和溺死的丈夫，去过她想要的日子了。宝明的双手不自觉地攥成了两个结实的拳头，手背上青筋暴起，一条条饱胀的血管线条分明。他恨，恨无情的母亲，恨早死的父亲，恨老天爷的残忍，更恨自己的无能为力。在他心里，他已经是一个顶天立地的男人了，虽然他只有十八岁。

眼前不断闪现出记忆里仅有的一点关于母亲的记忆。他已经看不清她的脸，但永远也忘不了她走的那天。她抱着他哭，塞给了他一大把他想吃，却总也吃不到的水果糖，好像说了很多话，但他一句也没记住，只模糊记得临出门前，她说不要恨妈妈，然后就留给了他一个决绝的背影。他抱着他的羊，泪水早已将头下面的羊毛浸湿了，挨在脸上黏糊糊的、凉飕飕的。我怎么可能不恨她？他捋了捋羊的胡子，如果她不走，爸爸也不会走得那么早，我也不会成了无父无母的野孩子，怎么可能不恨她！他咬了咬牙，如果她不走，我还可以去上学，奶奶也不至于成了现在这个样子，还让我不恨她，我怎么能不恨她？山羊像是听懂了他的话一样，用头蹭了蹭他的腿。对不起，他紧紧地抱着它的身子，天色渐渐暗了下来，金色的羊又恢复了它本来的颜色，宝明知道，这是他能跟它在一起的最后一个晚上了。这是真正属于他的羊，是他从一只小羊羔看着长大的羊，四年过去了，他几乎没有一天与它分开过。看着此刻安安静静地伏在他脚边的羊，他动摇过，自责过，也想过明天羊贩子来的时候少要点钱，留下它，可是他知道他不能，他不能拿奶奶的生命开玩笑，他家的那几只小羊，加起来可能还不如这一只羊值钱。也许，你到了别人家，他们会比我对你更好也说不定；又或许，他们会觉得你品种好，留下你，至少那样你不会成为他们的盘中餐……

眼泪顺着宝明的眼角流下来，落在羊的身上。这几天，他的眼泪似乎格外多。夜幕低垂，早已看不见太阳的踪影了，不知不觉中升起的月亮很圆很亮，深蓝色的天幕中，没有一丝云雾可以遮挡月亮的美，满天的星星眨着眼睛，它们静静地注视着这一个人和一只羊，默默地感受着他们之间的温暖，谁都不愿移开眼睛。

宝明握着奶奶的手，枯瘦的手指没有一点点肉质的饱满感，突出的骨节，像极了那些长废了的杨树枝上，一节一节生出的毒瘤。他仔细地活动着奶奶的手指，这双见证了他成长的手，早已经不像小时候那样强劲有力了。看着躺在床上没有一丝生气的奶奶，他撇了撇嘴巴，深深地叹了一口气。房子已经修得差不多了，等你醒来，我们就可以住进去了，不用再睡这间会漏风的屋子了。说完，他转头看了一眼院子东南角那间新屋，然后又转头盯着奶奶看了半天，她平静的脸上仍旧没有什么反应。羊宝也没了，不知道它究竟是变成了别人餐桌上的美食还是谁家留下下小羊了，嘿嘿，它刚来的时候还是个羊娃子，差点儿就饿死了，不知道它以后下的小羊会不会像它小时候一样可爱。他瞅了瞅躺在炕上的奶奶，还是老样子，又深深地叹了一口气，掰着那十个葱皮一样的手指头，那样粗糙的手指，完全不像是一个十八岁少年该有的手。

昨天，那个小姐姐又来看你了。他捋着皲裂的手指，恍然大悟一样地说。我看着她长得还挺耐看的，我以后也要娶个跟她一样好看的媳妇子，嘿嘿。他自顾自地笑着，这些话他只会跟奶奶说，黝黑的脸颊上竟然晕出两团不对称的红色，露出了两排洁白的牙齿。她长得可真是好看呢，心地也善良，不像以前那些来来回回走过场的人，从来没有一个是真心对我们好的。说着，他转头又看了一眼奶奶，乌黑的眼睛里露出会心的喜悦，她和我们的羊宝一样善良，他拉了拉奶奶的手说道。对了，她和村上的陈三叔一起来的，还给我们抓来了几只半大不小的羊，说是鼓励我们发展生产。那些羊，白生生的，个个看着都很活泼，像极了我们羊宝小的时候。

笑容不知不觉中爬上了他的脸，以前，只有和奶奶、羊宝在一起的时候，他的脸上才会露出这样纯真的笑容。现在，能让他这样笑的，又多了一个人。

在宝明的心里，这个大不了她几岁的小姐姐是个神圣的存在，他不知道该怎样形容他现在的心情，也不知道打从什么时候起，她就在他的心里种下了深深的痕迹，但是他知道，每当看到她的时候，他就会有那种很久不曾感受过的家的温暖。有时候，他看着她的背影，竟像极了早年间抛下她的母亲，脑海里慢慢地浮现出了几个月前那个清晨的情景。

春天真的是一个很容易躁动的季节，不光让万物脱离一冬的苦闷奋力生长，更让一些藏在心灵深处的懵懂的情绪悄悄绽放，开出绚丽的花朵。

他记得那天很冷，春寒料峭的季节，她穿着白色的羽绒服，戴着一顶红色的圣诞老人一样的帽子，手上戴着一双枣红色的毛呢手套，脚上穿着一双黑色的平底短靴。第一眼看到这个打扮，他心里便生出了说不出的厌恶感，他觉得这样一个年轻貌美的姑娘，打扮得如此干净利落，甚至在他看来是花枝招展的，与脏兮兮的他截然不同。他收回了自己带着审视的目光，双手紧紧地攥着一片有些发白的黑色棉衣衣角，暗自伤神。这几年，每一年来他家开展工作的，都是些五大三粗的汉子，偶尔有女的，也都是岁数跟他妈妈差不多的阿姨辈儿的，从来没有这样年轻貌美的姑娘来过。他偷偷地用眼角瞥了她一眼，一个劲儿地摇着头，在心里已经彻底将她否定了。他还记得前年，一个身材魁梧的男人来他家开展工作，整整一年的时间，他从来没在他家喝过一口水，坐过一下他家的椅子或者炕沿儿，每次他递给他一杯茶水的时候，他总是一副十分嫌弃的样子，即使这些杯子他反复洗了很多遍，已经洗得很干净了。一年即将接近尾声的时候，只见他拿出很多样式不一的表格，上面密密麻麻地写满了字，大体都是如何认真工作、帮助他们发家致富的内容，每一张都填得很仔细，表格的最下面无一例外都会有他签字按手印的地方。填完表，男人迈着潇洒的步子走了，也许是庆祝自己终于不用再做这样的工作了，又或许他是拿着厚厚的一摞表格回单位领取津贴奖励了，谁知道呢？去年，一下子来了三个人，有大市的，有县上的，据说还有乡上的，一个男的两个女的，陪他们一道来的，还有村上的陈三叔。除了陈三叔，宝明并不认识其他的市县乡三级的领导干部，自然没有太多的交流。又是一年到头不见几次面，就直接到了年末填表的时候，宝明往往一头雾水，甚至分不清谁是谁。

他们都不行，你又能做什么？跟个花蝴蝶一样，哼！宝明又在心里狠狠地将她鄙视了一把。

陈三看着木呆呆的宝明，又看了看同他一道来的年轻干部，似乎明白了宝明目光中的疑问和不屑一顾，他轻轻地叹息了一声，拍了拍他的肩膀，语重心长地说道："宝明啊，这是今年来你家开展工作的县上的干部，你一定要积极配合她的工作呀！"许是陈三也见惯了以往走走过场开展工作的方式，倒觉得见怪不怪了，言罢，便准备带她离开。只见一直不说话的她笑着走到他的跟前，伸出了她的右手，取下手套："你好宝明，我是今年来你家开展工作的顾金玲，以后少不了要常来打扰，麻烦你们了哦。"他看着她伸过来的手，十根手指白白嫩嫩的，看上去小巧玲珑，顿时就手足无措，不知道该怎么办了。以前来的那些人，从来没有一个主动跟他握手的，他硬生生地憋着一口气，紧接着脸就红到了脖子根。

许是察觉到了他的不自在，她笑着说握个手吧，我比你大一点，以后你得叫我姐姐呢。

他抬起头，迎上她真诚的笑脸，赶忙将双手放在胸前的衣服上蹭了蹭，战战兢兢地握住了她的手。在两个人手掌碰触到的刹那，他感觉身体里有一股电流蹿出，从手掌传播到了全身的每一个细胞。十八岁了，除了小时候妈妈抱过他，他拉过妈妈和奶奶的手以外，他从来没有碰触过其他女人的手。那握上去软绵绵的手，像一团棉花一样柔软，细细的手指粗细均匀，跟奶奶干瘪的手完全不一样，他的心突然就慌乱得不可收拾。看着这样的她，他打心底里生出一些难以言表的情绪。再看她的脸，精致的五官，戴一副黑边窄框眼镜，脸上泛出的淡淡的红色，犹如春天盛开的百合一样，清新脱俗；十根葱白的手指，修长细嫩，让他不禁联想着她的衣服下，他看不见的皮肤，还有那双他看不透的小巧的脚丫子。他不得不承认，他的厌烦，其实源于内心深处那遥不可及的自卑感。同时，他也不得不承认，比起远离，他更喜欢和这样干净利落、长相姣好的人接触。他总说，他是属于那种外表荒芜、内心炽热的人。

那天，还真是不赖的一天呢，宝明拉着奶奶的手，心思早已飘远了。

他强压下自己心中的苦涩，皲裂的嘴巴里说不出半个字。听着她的自我介绍，看着她冻得通红的脸颊，他一时间竟不知道该干什么。他撇了撇嘴，小声嘀咕了起来，笨，真笨。拉着奶奶的手不知不觉中加大了力道。每每想起那个清晨，他就乐呵呵地说自己笨。

奶，她好像比我大不了几岁。

奶，她跟我们说话的时候很亲切，还拍我的背哩。

奶，她问了我们家的事，问起我爸我妈了，我该怎么回答哟。

奶，她长得有点儿像我妈。

奶，你说我妈现在在哪里，她还记得我不?

……

一连串的问题，源源不断地从他的嘴里蹦出来，虽然久久得不到回应，但他自己乐此不疲，除了眼前这个躺在土炕上的老人，他不知道还可以跟谁嘀咕这些事情。从小到大，他已经习惯了村里那些叔叔伯伯婶婶们半遮半掩的话，也已经习惯了没爹没娘的日子。八岁起，直到现在，那些儿时的伙伴们，他陪伴着他们走过了人生最美妙的年纪，然后他们去了更高更远的地方，去追寻更加美好的梦想，而他，已经用自己并不宽厚的肩膀扛起了这个家，整整三年。他在工地搬过砖，帮奶奶种过家里的几亩荒地，很长一段时间，他在镇上一家餐馆当学徒，那段日子，奶奶隔三岔五地还能吃顿好的。这样的日子，就他们祖孙二人，倒也过得惬意。

“借我一双翅膀”是他在餐馆干活时学着别人给自己起的网名。偶尔能用老板家的电脑上上网，让他觉得这样的生活很知足。大概老板也觉得他不容易，从来不会像阻止其他人一样地阻止他。他不像那些不懂事的孩子们一样沉迷于网络，他上网要么看看招工网页，要么逛逛新闻网页，寻找着那些看似有用的信息，然后在脑子里默默地记下来，隔三岔五的，他也会通过聊天软件看看近期信息。遇到极有趣的，回家还会跟奶奶讲一讲。正如他的网名一样，他渴望拥有一双翅膀，一双能带着他走出困境、走向美好生活的翅膀。

奶，那段时间，其实我也认识了一个好心人，只是我都不知道他到底是男是女，是老是少，你说是不是很可惜。他低头看了奶奶一眼，希望能从奶奶那张早已被岁月磨皱的脸上看到一丝丝答案，但他始终没能如愿。我不怪你，奶，真的不怪你，可是，你这样不理我，今后的路我一个人该怎么办哟，奶，我怕，真的很怕，怕你们都走了，最后就剩下我一个，孤零零地在这世上。说着说着，竟有两行眼泪顺着他的眼角流下，在他的脸上留下了两道清晰的泪痕。他抹了一把眼泪，使劲儿捏了一下鼻子，硬生生的疼，多少次夜里惊醒，能让他镇定下来的，除了鼻子上传来的痛感外，还有大腿根上那青一块紫一块的印迹。

嗨，他猛地拍了一把自己的大腿，奶，你肯定能好起来，你说我不长大你就不走，他们都说我还是个毛头小子，还没长大，你肯定不会丢下我吧！

他目不转睛地看着躺在炕上的老人，希望她能动一下，哪怕一下也好，至少这样能给自己一个肯定的回答，让他不那么孤独。已经一天了，奶奶一直都是这个样子，他怕，真的很怕，可是，现在的他，除了等待，别无他法。就连他最舍不得的羊宝，他也换成钱给奶奶看病了，他总觉得自己又一次走进了绝境，走进了那个素未谋面的好心人跟他讲过的绝境里。他举足无措，只能在脑海里一遍又一遍地，回忆那些他们说过的话。

说起那个好心人，也许他跟县上来的这个小姐姐一样吧，你说呢，奶。他给我讲了很多人生道理，告诉我以后的路还很长，还鼓励我要好好生活，学好本领，告诉我外面的世界有多大、有多繁华，教会我怎样在绝境中重生。对，就是像现在这样，我绝不能被困难打倒，更不能自暴自弃，我还有奶奶要照顾，我必须坚强！

宝明拉着奶奶的手，跟这个唯一的亲人诉说着所有的苦乐与忧愁，不论她能否听得到，他都在絮絮叨叨、不厌其烦地、一遍又一遍地说。后来，回忆起奶奶昏睡不起的这几个日夜，他笑着说他也不知道自己怎么有那么多的话，跟奶奶说了几天几夜都说不完。他说，那几天，也许是他这一辈子说话说得最多的日子了。

回忆总是那么绵软，看似禁不起一点波澜，实则坚强得犹如一团蒲草，柔韧有余，不折不断。它带着宝明走过了人生最困惑的日子，又带着他走向了人生最辉煌的未来。那些看不见的日子里，他和他的奶奶、他的山羊一起，步履蹒跚，经历着一次又一次的分离，一次又一次的彷徨，最后，他终于不再是曾经的毛头小子了，他的脊梁，已经足够让他支撑起这个羸弱的家。

很久以后，回忆起初见宝明的印象时，顾金玲忍不住笑出了声。她说她从来没有见过那么容易害羞的大小伙子，十八岁的年纪，他的肩膀可以扛起一个家，他的脸，却经不起任何关乎风月的挑逗。她清楚地记得那时宝明眼里对她的不耐烦，也清楚地记得下一秒，他脸上不由自主泛起的红晕。每每谈起宝明，她总是露出欣慰的笑容，她说他是一个不会让困难击垮的人。她甚至觉得，之所以后来他们能如朋友般相处，不碍于年龄的鸿沟，不碍于性别的差异，最主要的一个原因就是他真诚。他不会把自身的困难当成理所应当被帮助的理由，稚嫩的肩膀上扛起的不仅仅是一个只有祖孙二人的家，更是对未来的憧憬和希望。那段日子，作为县上蹲点干部的她，不仅把宝明当成了一个家庭困难、急需帮助的刚刚成年的孩子，更把他当作了干好新工作的突破口。只是，令她万万没有想到的是，她工作之余无心的举动，竟成了宝明牢牢记在心里，一直想要努力改变现状的理由和力量的源泉。

两天后的一个黄昏，宝明正在忙前忙后地打扫着新房子的卫生。这套盖在他家院子东南角上、一套二的新房子，正是他一直记挂着的小姐姐，通过乡上向县里申请补助资金盖起来的，自己只出了很少的一部分钱。他说他希望奶奶醒过来的时候，可以看到干干净净的新房子，虽然墙面上都还裸露着水泥最原本的灰土色，虽然不像别人家的大房子那样窗明几净，但是，至少这是属于他们祖孙二人的新房子。

最主要的是，这套房子里，有他来自心底最真挚的寄托和惦念。他相信，不久的将来，他会通过自己的努力，让这套一套二的毛坯房变成一院子精修房。他一边哼着奶奶常给他唱的儿歌，一边认真地打扫着房子里的每个角落，愉悦的心情好像一只挣脱了牢笼的鸟儿重回自然一般，不受任何约束，自由自在。另一边，他还在心底悄悄地盘算着，这盘新盘的大炕上，应该铺上家里那几条旧褥子里的哪条才合适。

宝……

他听见了一声微弱的呼唤声，微弱得近乎没有，他掏了掏自己的耳朵，停下手中的活，侧着头听了一会儿，没有声音。咳，许是幻觉吧，他抿起嘴笑了一下，奶奶许是要醒了吧，好兆头呀！继续打扫起了卫生。

宝……

宝……宝……

他停下了手中的活，抬起右手，再一次将小指塞进耳朵，又使劲儿掏了一下，然后偏着头，仔细地听着。

宝……

他赶忙扔下了手中已经秃了顶的高粱笤帚，奔向奶奶躺着的屋子，看着已经坐起身子的奶奶，他忍不住大哭起来。那一刻，他觉得他是这个世界上最幸福的人。

顾金玲进到屋里的时候，他正在喂奶奶吃他准备了很久的小米粥。医生告诉他，奶奶醒来后一定要先喝两顿小米粥，再吃其他的食物。看着他小心翼翼的样子，她很欣慰。

看到她，他又情不自禁地红了脸。顾金玲很长时间都不明白，为何这个比自己小几年的大小伙子，见到自己后总是会情不自禁地脸红。后来，当她从他嘴里得到答案时，也着实对自己的魅力叹服了一番。当然，仅仅是因为他总会在见到她的第一时间就脸红。

宝明看着她径直走进屋子，并且毫不嫌弃地坐在炕沿儿上，心里着实吃了一惊。他没有想到奶奶刚醒，她就来了。更没想到，看上去这样干净文静的她，竟然毫不嫌弃地就坐在了自家的旧土炕边儿上。

他的心里，默默地又为她加了五分。他已经记不清这是她第几次独自一个人来，他甚至觉得因为她来了，奶奶才会醒来。这样思来想去，他觉得还是后一种的可能性更大，不经意间，又加深了对她的好感。这样的女子，如果是我的姐姐、我的妹妹、我妈，或者我媳妇儿该多好！顿时一个激灵，他愣了一下神，突然就觉得自己很龌龊，不该对这个阳光一样明媚的女子存着这样不堪的心思。他不敢抬头看她，生怕自己埋藏在心底的那点很不纯洁的心思被她看穿，只得故作镇定地低着头跟她打招呼。

那天，她的笑容很灿烂，也很温暖。她坐在他旁边的时候，他甚至可以闻到她身上独有的女人味儿，再也压抑不住自己躁动的心，脸顿时红到了耳根。只见她拉着奶奶的手，絮絮叨叨地说了好一会儿话。具体说了什么，他一句也没有听清楚。他竭力克制着本不属于自己的悸动，就那样，一直到她走出他的视线。

宝明收到顾金玲要离开的消息，是这个季节的最后一个月的月末。

天气一如既往燥热，知了无趣地叫了几声之后，便心安理得地在看不见的角落里安营扎寨了。他看着手里这一扎用捆条捆住的技能书和文学书，心里泛起了莫名的感动。他记得她说起过，他还很年轻，以后的路还很长，如果可以，她希望他能在照顾好奶奶的同时，学一点实用的技术，看一点文学书籍，这样不仅能让他学一门手艺养家糊口，更能开阔视野，感受外面的大千世界。他记得她说过，希望他能走得更远，离开这个小山村，去外面的大城市生活。

他的心里闷闷的，总觉得还有些什么需要跟她说的。可是，该从哪里说起？

他小心翼翼地拆开了捆条，一本一本地翻看起她送给他的书。忽然，一根彩色的羽毛从书里掉了出来，一同掉出来的，还有一张纸条，上面写着一句话：借你一双翅膀，希望你可以看到更加广阔的天空，希望你可以拥有更加美好的未来！

他盯着这张泛黄的纸条，脑海里浮现起已经很久没有用过的网名：借我一双翅膀！

炽热的阳光刺穿了这张泛黄的纸条，刺穿了这根色彩斑斓的羽毛，同时，也刺穿了他的心。他只知道，他的生命里，曾经出现过一个如妻如母的女子，让他从迷途中找到了摆脱困窘的路，让他在失望中寻到了新的希望，更让他在黑暗中看到了光明，却不知道正是这个女子，让他内心萌发了与年龄不符的悸动，也正是这个女子，让他一次又一次地沦陷在现实与理想的交织中不能自拔。

他看着她离去的方向，心中充满了感激与欣喜。阳光下，一双透明的翅膀，带着金色的光晕，直直地向着他飞来，那些过去的、未来的美好，都在这午后的阳光中消散殆尽。

他记住了自己十八岁前的她，也记住了自己十八岁时的她，唯独记不住的，是自己十八岁以后，消失在岁月里的她！

【原载《绿洲》2018年第3期】

偷孩子的童年算偷吗?

古 宇

“这是我爸。”唐小金指着他从百度上搜出的一条信息对尚晓荣说，“现在正在监狱呢，他是上市公司老总，原来判的是无期，后来又改了，我十八岁他就能出狱了。”

唐小金口气轻松，尚晓荣以为他在开玩笑。

“没。我没开玩笑。”

尚晓荣看看百度上的照片说：“你和你爸挺像的。”

“他被抓起来之前给了我和我妈一张黑卡，我们想刷多少钱都行。”

“怨不得你那么土豪。”

唐小金入学后迅速成为全校闻名的土豪。相传为买一块蛋糕，唐小金先从左裤兜掏一把百元大钞，一边数着一边说：“花哪张好呢？”然后把钱揣回去，又从右兜里掏出一沓五十的数着：“花哪张好呢？”最后，从上衣兜里掏出一沓十块的，抽出一张，说：“还是花这张吧。”

唐小金的另一桩轶事是花百元大钞雇高年级的学生做他的保镖，课间一直跟在他身后。高年级的那几个男生那阵子见到唐小金就说：“嘿，给张一百的。”大多数时候，唐小金都会给他们，直给到大男孩们都不好意思了。

尚晓荣和唐小金一样，交了不菲的赞助费进了这个神一样的中学上初中。听闻许多唐小金的土豪轶事以后，尚晓荣对钱有了概念，于是他问尚峥嵘："爸，咱们家是穷人吧？"

尚晓荣记得他爸的回答：精神富有也是富有吧，老爸带你读书、看纪录片、旅行，你也算精神上的富二代了哈。有一种穷叫穷得只剩下钱，像你们学校的那些土豪。

其实尚晓荣并不讨厌土豪唐小金，觉得他除了有钱没什么别的毛病。

"你爸是啥情况？"唐小金问尚晓荣。

"我妈跟我爸离婚了。我妈告诉我爸时，我就在门外面，我爸一点也不比我早知道他被甩了。"

"天啊，心都碎成渣儿了，嘿嘿，不得不承认，听到这个我心情好多了。嘿嘿嘿，告诉你，我妈说女的要想离婚百分之二百能离成。"

"嗯，我爸特干脆，净身出户，把我也留给我妈了。"

"你爸用心险恶啊！"

"不过我妈说是她主动要的我，我奶奶特开明，说这事当妈的说了算，他们谁都没想到我妈第二年就生了我弟。她怀孕那会儿，我觉得特丢人，走路都离她远远的。"

"你妈可真有本事。"

"屁！"尚晓荣被自己脱口而出的话吓了一跳，这完全有损于一个阳光男孩儿的形象，他妈白如飞精心塑造了这个形象，过去她跟朋友说的最多的话就是"我儿子特阳光"。尚晓荣每次听到都会下意识地配合着露出洒满阳光的微笑。现如今尚晓荣变成了白如飞嘴里的"我大儿子"，他还习惯性地保持着一个阳光男孩的形象。不过，今天一个屁字之后，尚晓荣感觉到久违的痛快，简直是在快意裸奔。

这时候，谭智健朝他们走过来，带着一圈臭气，谭智健跟他奶奶过，他两个月不洗一次澡也没人管。

"闻着味儿就知道是您来了，以你为轴心，方圆五米的空气都是臭的。"唐小金招呼着谭智健。

"大地因你而颤抖，不知道的，以为是大象来了。"可能是刚才快意裸奔的刺激，尚晓荣也跟谭智健开起玩笑来。

谭智健的表情没有任何波动，他坐到他俩身边。

“老谭，这回考试你居然杀入前50名了，下学期你就该调到实验班去了吧？”尚晓荣问谭智健。谭智健的奶奶原来是这所学校的老师，他是作为子弟入校的，和尚晓荣、唐小金一样在普通班，学到期末考试居然比实验班的“小白鼠”们考试排名还靠前。

“也许吧。”

“估计你得走，听说每学期学校都按成绩调班，你终于可以去熏他们小白鼠了。不，你终于要变成小白鼠了，估计你在那儿不洗澡没人注意，他们那帮人也都把洗澡时间用来学习了，而且嗅觉是他们最缺乏训练的感官。”唐小金一向尽其所能挤对谭智健，谭智健也不恼，他沉默寡言，凡人不理，就跟唐小金和尚晓荣还行，他们周五下午选修课都选的是阅读，一个学期下来对彼此比较熟悉了。谭智健选这门课是因为可以插空做奥数题，尚晓荣是因为喜欢阅读，唐小金是因为阅读课允许带电脑查资料，并且顺带挤对谭智健。

唐小金是个社交型的人物，他和谁都合得来，他说他只讨厌一种人，就是那种特能装的人，除了装蒜，其他的缺点在他看来都不是缺点，他都能容忍。当初班里没人理谭智健时，唐小金是第一个主动和他说话的人。唐小金当时问谭智健怎么从来没见过他妈他爸。尚晓荣记得谭智健说，他妈挂职交流外派去西藏了，他爸被公司派到俄罗斯长驻了。

尚晓荣跟谭智健曾经住一个小区，尚晓荣听大人悄悄议论过谭智健他妈在他上小学一年级时死了，是在单位跳楼自杀的，据说是因为他爸外派到俄罗斯工作时，和当地一个女的好了，他妈受了刺激，加上工作上出了什么差错就跳楼了。尚晓荣也是后来上了这个神中学才把这个听来的故事和故事的主人对上号的，他跟谁也没提这事儿，但每次一听到唐小金跟谭智健提到妈妈爸爸的字眼，尚晓荣就紧张。

“说到哪儿了？对了，那你爸还见你吗？”唐小金转向尚晓荣问。

“周末我去我爸家。”

“不错嘛。”唐小金忽然想起谭智健似的，跟他解释道：“老尚他爸被他妈甩了。”

谭智健听了眼睛亮了一下，似笑非笑的样子。

唐小金拍了谭智健一下说：“特解恨吧？我听了就心情特好，不过他小子还是幸运，每周都能见到他爸。”

“幸运什么，你们多好，自由。”

“自由到不知道边儿在哪儿，我这小心脏也受不了。嘿嘿嘿。说正经的，假期你们都干吗？”唐小金问他们。

“补习，我奶奶找了她以前俩学生给我预习物理和化学，不过数学还得在外面上补习班。”

“你怎么那么上进啊？你还真爱学习啊，学这么好了还学？我妈就老说你瞅瞅人家谭智健，也没大人管，学习那么好。”

谭智健笑了一下说：“就是因为没大人管，我再不管我自个儿，我可怎么办啊。”

“好好学习吧，下学期把他们那些小白鼠都超了。”

“我奶说我要是得全年级第一，我妈就回来了。”

“你奶把你妈当成小红花发给你吗？也太那个了吧？”

尚晓荣赶忙拉了一下唐小金，问：“老唐，你假期去哪儿？”

“我妈给我报了美国的夏令营。我不想去，不过在家也没劲，也就是我妈打麻将我打游戏。你呢？跟你妈过，还是跟你爸过？”

“我妈说她想带我出去玩，我烦她婆婆妈妈的，我就说要去就去非洲，估计她不敢，去也得叫上我爸。”

“非洲！别让狮子把你吃了！”唐小金拿手机敲了敲尚晓荣的头，“多录一些狮子狩猎的场面，开学以后给我们看，咱们吃饭的时候看，保准开胃，是不是老谭？”唐小金说着使劲拍了一下谭智健的肩膀，“老尚，到了非洲得每天给我发微信啊，我等不到开学就想看那些开胃大片。”

谭智健憨笑着，说：“非洲，太好啦，我奶说我爸也在非洲工作过。”

他们三人因为非洲变得兴致勃勃，没人知道这次聊天是尚晓荣和唐小金最后一次同谭智健在一起，谭智健从26层飞身而下的时候，他们一个在非洲，一个在美洲。

尚晓荣没想到白如飞真的会带他去非洲，而且就他们两人去。

从亚的斯亚贝巴飞往坦桑尼亚的飞机上就只剩下他们母子两个亚洲人，刚刚从北京飞来时几乎一整飞机的农民工蒸发了一般，他们从亚的斯亚贝巴这个非洲最大的中转站，去往非洲各地那些中国援建项目工地，而旅行的人都去了更有名气的肯尼亚。尚晓荣在关机前给唐小金发微信说，从北京来时还以为是坐在农民工返乡的火车上，现在又正裹在一群极其安静的白人中去黑人的领地，反差太大。

到了阿鲁沙乞力马扎罗机场，尚晓荣环顾四周，感觉这里就像一个长途汽车站，白如飞也有这种感觉，她说这种简陋让她想起小时候中国的样子。尚晓荣看着人们排队留指纹，心里掠过一丝恐惧，那种进入完全陌生之地的恐惧，轮到他的时候海关工作人员说他不用留。为什么不留他的呢？如果他妈把他留在非洲，带一个其他孩子离开岂不是很好操作吗？尚晓荣不知道自己哪来的这么疯狂的念头，他问白如飞："他们为什么要留下你们的指纹？""因为在这里买卖象牙和犀牛角是非法的，所以要留下每个人的生物信息。一旦出了问题确保每个人为自己的行为负责。你还未成年，不负有法律责任，所以不用留指纹。"尚晓荣从小就觉得白如飞是巫师，她老能知道他的心思。记得他那时还问过白如飞这个问题，白如飞说她是凭经验猜的，尚晓荣觉得她猜得太准，所以一直不敢骗她。

尚晓荣在托运行李领取处没有发现他的行李，这让他非常沮丧，他想着行李里的书《哈利·波特》，还有《暴风雨》，为了再看一遍这部戏剧，尚晓荣带上了整部《莎士比亚全集（三）》，这些熟悉的书可以给他穿上一套看不见的铠甲，帮助他抵御进入陌生领地的恐惧，然而现在它们不知道在哪儿。来之前所有关于非洲非常危险的传说开始在他心里发酵，他看白如飞拉着她的红箱子镇定自若，竟不由得很生气，白如飞也不理他，径直来到机场行李问询处。

这里已经排了十来个人，有人丢了所有的行李，但这些白人看上去好像多次经历这种事情似的不急不恼。黑人工作人员也不紧不慢，尚晓荣在这样强大的气场中安静下来。终于轮到他们，工作人员耐心地指导白如飞填表登记，告诉他们行李不是留在了亚的斯亚贝巴没上飞机，就是没下飞机继续飞到了桑给巴尔了，这种事情很常见，最晚后天它们就会回到乞力马扎罗。这个黑人皮肤细腻有光泽，眼睛安静得像鹿一样，他让他们不要着急，他们需要忍耐两天，没有换洗的衣服，但东非高原并不热，早晚甚至会冷。白如飞说没关系到酒店再买，她说这话的时候，并不知道酒店里除了马萨伊人披的各种布，就没有其他可以裹体的东西了。当他们终于离开乞力马扎罗机场时，尚晓荣瞥见十几件行李散落在空荡荡的大厅没人领取，它们的主人和自己一样运气不佳，但他知道没有人会为这些琐事气恼争吵。脚踏在非洲大陆，尚晓荣感到他的心似乎逐渐被一种安定的气场罩住了，让他不由得顺从于此。尚晓荣明显感到这次旅行和以往的任何一次都不同。

尚晓荣没有办法跟唐小金说清这种沉下来的安静的感觉，估计唐小金也不会感兴趣，于是他跟唐小金说起他们的导游斯坦因。斯坦因个子矮而且罗圈腿，穿着老旧褪色的T恤衫和同色的裤子。他前额很短，眼眶和下颚突出，尚晓荣觉得他比一般非洲人更像人类的祖先，跟着这种形象的导游真是有损于虚荣心，因为他发现其他白人雇的导游大多是瘦高英俊的索马里人，他们穿着米色短袖制服，车子也更干净，在尚晓荣眼里那才是电影里殖民地的黑人兄弟该有的样子。路过乞力马扎罗山的时候，斯坦因告诉尚晓荣他曾经是登山向导，乞力马扎罗在斯瓦希里语中是“光明之山”的意思，它是世界上最高的火山，他希望尚晓荣年满十八岁了来爬这座赤道雪山。像很多非洲人一样，斯坦因会说多种语言，他们部族的语言、非洲民间通用语言斯瓦希里语、官方语言英语。尚晓荣慢慢又发现斯坦因很有音乐天赋，开车的时候斯坦因会唱自己编的歌，听到夸奖又会很腼腆地安静下来。尚晓荣逐渐喜欢上了斯坦因，忘掉了那些制服笔挺的索马里人。在进入保护区前，尚晓荣告诉唐小金自己要失联多日，因为保护区内没有网络，他要真正进入与世隔绝的自然之地了。

唐小金连发过来几个惊叹的表情，他要尚晓荣不必这么啰唆描述斯坦因的形象，又不是写作文，发张照片过来就全了然了，而且什么叫“更像人类的祖先”？唐小金发过几个坏笑后，问尚晓荣：“你是想说斯坦因长得像猴子吗？”

尚晓荣说第一印象的冲击过后，斯坦因在他心里已经变成了讨人喜欢的朋友，尤其是进入保护区之后他们就指望斯坦因了。

唐小金告诉尚晓荣，他马上要坐飞机去美国参加夏令营，他自己去，他妈不跟着，当然有志愿者负责接送飞机。唐小金觉得自己也是要进行一场“与世隔绝”的旅行，甚至比尚晓荣的非洲之行更令人胆怯，尚晓荣身边毕竟还有他妈白如飞。

尚晓荣赶忙发过去几个表示佩服无比的表情，并且说如果不是唐小金提示，尚晓荣几乎忘了白如飞的存在。也许是因为既往经验完全帮不上忙，或者可能是试图恢复与尚晓荣的亲密关系，白如飞在这次旅行中表现得非常低调放松。

唐小金说起他听来一些关于老谭的消息，谭智健他爸回来了，有人看见他爸送他上数学补习班，他爸还当众扇了他一个嘴巴，据说是因为谭智健在测试考中有一道题不会，没有被分到天才班。这些传闻在尚晓荣听来缺乏真实感，也许唐小金也没有把这些传闻当真，唐小金甚至调侃说，被扇的瞬间老谭的自尊一定掉了一地捡不起来，真是丢人。唐小金随即话锋一转，告诉尚晓荣说他自虐心大发，居然恨不得他爸能从监狱闪现也给他一个大嘴巴，变态吧？唐小金问尚晓荣。尚晓荣回复说真够变态的。

唐小金说也许是还在受本命年影响的缘故，他最近频频“变态”，然后是几个偷笑的表情结束了和尚晓荣的聊天。

没人想到唐小金会“变态”到偷拿夏令营其他同学的苹果X手机，唐小金他妈初闻这一消息的反应是不可能，唐小金哪里用得着偷拿别人的东西呢？夏令营会说汉语的华裔辅导老师迈克先生认为，这是一件心理层面的事件，这个判断让唐小金他妈更是无所适从。

唐小金为他的偷拿行为付出的代价是被停止夏令营的活动，准确地说是唐小金未遂的偷拿行为。唐小金从别人的储物柜拿走苹果X的时候被迈克先生看到了，迈克走到唐小金的身边说：“这手机可真酷。”他从唐小金手里拿过手机：“让我看看你这里面有什么游戏。”迈克等着唐小金告诉他开机密码，唐小金不知道，手机的主人正好路过，认出了自己的手机。唐小金被停止参加集体活动两天，经唐小金妈妈电子邮件授权同意，准备接受迈克老师的心理辅导。

刚开始的时候唐小金不知道心理辅导会是什么“酷刑”，非常紧张，但他很快发现迈克会用一半的时间和他玩，他们在辅导教室用NERF枪枪战、对着墙上的靶子打飞镖。有一次唐小金来咨询室时还遭到迈克的伏击，迈克躲在门后用非发胀海绵子弹打了唐小金的后脑勺，那次迈克请他喝了一瓶带气儿的苏打水。迈克称之为“严肃的游戏时刻——人类亲密关系史上最严肃的正事儿”，在这些“正事儿”之后他们开始聊天。

唐小金很喜欢游戏之后的聊天时光，在此之前他几乎没有跟成年男性平等地对坐过，没有任何一个成年男人肯花时间听他说话。而此时，迈克却如此认真地坐在他对面，迈克会提出一个问题，然后就不再多言，耐心地倾听。有时会重复一下唐小金的叙述，以确认正确理解了他的意思。迈克让唐小金描述他的学校生活、他的朋友、他高兴的事情和不高兴的事情。唐小金从未经历过这样的畅谈，由此他第一次认真审视自己的生活。

唐小金盘点自己的朋友时首先想到了尚晓荣。他告诉迈克他的朋友尚晓荣此时正在东非大草原狩猎，当然是用照相机，他在等待尚晓荣从保护区出来之后发照片过来，唐小金说他非常羡慕尚晓荣。

“除了他能去非洲还羡慕他什么？”迈克老师问。

“尚晓荣拿本书就能看半天，特镇定，不像我，整天没着没落的。还有，他能和他爸聊天，他爸跟他像哥们儿一样。”唐小金想了想又说，“他爸妈离婚了，这让我心里好受了好多，要不然我会恨他的。”

“恨？”

“再加上父母双全他也太完美了，我受不了。”

“你拿了皮特的手机是因为恨他吗？”

唐小金愣了一下，说：“嗯，有点儿，他爸妈送他来那天和他拥抱，亲他的脸。他什么都有，还有最新出来的苹果X，我真受不了。”

“想象一下就像电脑游戏，那里面有各种各样的家庭模式，现在你可以从电脑上重新下载一个家庭，你想下载一个什么样的家庭？”

“我想要什么样的都可以？”

“对，任何你想要的家庭。”

“我想下载一个安静的、简单的家庭，爸爸妈妈在身边，每天晚饭在一起吃。”

唐小金说着说着就哭了，他从没有跟旁人提起过他那个混乱的家。他妈妈是他爸的第二个老婆，他还有个姐姐，是他爸的大老婆生的。他爸为跟他妈结婚和大老婆离婚，生了他这个儿子。后来他爸又爱上女秘书，又和他妈离婚跟女秘书结婚，生了个女儿。三个老婆为他爸在谁家多吃了一顿饭老打架，打到他爸急了，买了一个大豪宅，把三个老婆接到一起，三家一起吃饭，谁家也不多谁家也不少，没想到这样打得更厉害，又各自分开。一直到他爸被抓，大家才消停下来。这种有钱人的烦恼没人同情。唐小金的姐姐是她妈眼里的乖乖女，却背着她妈逛夜店、开房。他的妹妹每天啃手指头，指甲都被啃光了，她妈给抹上黄连都不管用。唐小金他妈每天打麻将，给了他花不完的钱和没人管的自由，唐小金自由到好像独自在大海里游泳，在一望无际的荒原上走路，完全不知道边界在哪儿，终日惶恐不安，还要装作没事人儿似的。当他拿了别人的手机，被迈克老师拦截，唐小金一下子撞到边界，被迈克带到辅导教室，唐小金忽然感到自己似乎安全了。

迈克默默地陪伴着唐小金，不打扰他哭。

尚晓荣体会到唐小金所说的“自由到不知道边儿在哪儿”的感觉是在保护区，旱季的东非荒原无边无际，尚晓荣跟斯坦因学着用马赛语称呼它为“塞伦盖蒂”，在这个完全看不到边际的荒原上，人好像真的有无限的自由，但又心有所畏，哪怕是站在“丰田陆地巡洋舰”上，全副武装，尚晓荣依然觉得自己渺小到不能再渺小，他的小心脏真受不了这种宽广无边，还好有妈妈和斯坦因在身边。

原野中那些颠簸的、尘土飞扬的土路，提示了人类的存在。在衰草枯黄中尚晓荣完全看不到其他生命的迹象，斯坦因飞快地开车，却能一眼扫到二十米外的动静，停下来用望远镜看去十有八九是个独处的野生动物趴在草丛中。斯坦因有一双老猎人的慧眼，让尚晓荣佩服至极。

到草原深处，成群的动物出现了，狮子家族刚刚完成了一场狩猎，正在享用它们的早餐，狮王啃着水牛头，牛角随着它的咀嚼上下翻动，给了尚晓荣一种狮子长出了獠牙的幻觉，尚晓荣连续按下快门，收下这些镜头。他能听到狮子嚼碎骨头的咯吱声，真是开胃，唐小金的话瞬间跳入尚晓荣的脑海，尚晓荣连忙转换到录像状态，给唐小金和谭智健他们录下这开胃大片。

狮子们于非洲人是自然而然的，他们不需要特别提起来，但尚晓荣如果不拍下这些似乎就无法证明他来了，那些照片成为他与非洲有了某种联结的证明。尚晓荣听着风吹过干草的唰唰声、狮子咀嚼骨头的咯吱声以及自己的呼吸声，天荒地老就是这样吧？

尚晓荣的思绪被斯坦因慌张的声音打断，尚晓荣收回相机坐下来，他仔细听才明白斯坦因的话，他说：

“我要死了。我把这个吃了。我会死吗？我以为是盐，我撒在月饼上吃了。”斯坦因举着空了的干燥剂小袋子给尚晓荣看。

尚晓荣看斯坦因的表情觉得他真是害怕了，尚晓荣笑不出来，赶快拿过干燥剂的袋子看说明，然后一字一句地念给斯坦因听：“如果误食，请大量喝水，即可排出体外。你赶快喝水。”斯坦因接连喝完了一瓶矿泉水才安定下来。

中午在宿营地吃饭的时候，斯坦因把胡椒盐倒到手心伸给白如飞看，他的表情像个小孩子一样，他说：“我就吃了这么多，我会死吗？”尚晓荣提醒白如飞：“他就吃了这么多干燥剂，问你他会死吗？”看着斯坦因在白如飞的安慰下慢慢又安静下来，尚晓荣悄悄用汉语跟白如飞说：“没想到非洲人这么怕死。”

后来尚晓荣把这一切讲给唐小金听的时候，老唐不以为然，他说：“人都怕死。”那时他们对谭智健的死还一无所知，“死”对于他们还只是那么遥不可及的一个名词，是可以用来说笑的、好玩的新鲜事儿。在非洲，这样的新鲜事儿简直让尚晓荣应接不暇。

尚晓荣告诉老唐除了怕死，非洲人还特别喜欢甜食，旅行社准备的午餐顿顿有小蛋糕等甜食，甜到齁得慌。尚晓荣完全吃不下，斯坦因非常珍惜食物，一路上他把尚晓荣他们没吃的甜食都收好，说回头拿去给马萨伊人孩子们。他们的陆地巡洋舰出了“塞伦盖蒂”，回到马萨伊人保留地“恩戈罗恩戈”火山保护区，这里还允许马萨伊人居住，但禁止狩猎，他们以放牧为生。斯坦因开车拐到了一个马萨伊人村落，他把车直接开到环形分布的简陋棚屋后面的教室边上，所谓教室就是一个树枝搭的棚子。斯坦因嘱咐尚晓荣他们不要下车不要照相，就端着盛满食物的纸盒下车走向马萨伊人的棚屋。不一会儿，听到消息的孩子们陆续跑来，看看坐在车上的旅行者就跑进教室，片刻满是孩子的教室仿佛变成了叽喳雀跃的鸟笼子。这时，尚晓荣看到一位瘦高美丽的马萨伊年轻女人，随着斯坦因缓步向教室这边走过来，她和孩子们一样也光着脚，身上裹着马萨伊人传统的红披风，上面有明黄色的条纹。尚晓荣觉得她非常高贵，那种与生俱来的高贵，让尚晓荣想起在“塞伦盖蒂”的长颈鹿，她安静地听斯坦因说话，简单地回答两句，转身进了教室。尚晓荣隔着树枝的缝隙看到她在给孩子们分发食物，过了一小会儿，教室里瞬间安静下来，尚晓荣轻声跟白如飞说：“吃上了。”

世界又变得格外安静，在非洲大陆尚晓荣体会最深的就是这种安静，白如飞告诉尚晓荣这种安静让她想起小时候的光阴，很沉静安详。斯坦因从教室退了出来，神情满足。斯坦因说他每次路过这里都会把客人们剩下的没动过的食物拿给孩子们，一定要直接送到教室看着孩子们吃到，因为在非洲食物太宝贵了，尤其对游牧的马萨伊人更是，他们总是处于半饥饿状态。这些食物即使是拿到斯坦因他们村庄分给孩子们吃也是大受欢迎的。

尚晓荣对妈妈说：“马萨伊人真瘦，相比之下，咱们太胖了。”白如飞说：“就你胖，别算上我。”尚晓荣乐了，他记起他们去丛林部落时的情形，斯坦因说这个部落的人靠狩猎为生，他们吃他们猎到的任何东西，没有猎物就饿着。尚晓荣冲口问出：“他们吃人吗？”问完他自己都乐了，尚晓荣知道自己不可能被吃掉，但在这群精瘦的丛林部落人中间，他就是觉得自己看似猎物。

临来非洲之前，白如飞带他一起看了很多有关非洲的片子，《上帝也疯狂》就是讲这个丛林部落的事儿。白如飞说那个电影是近四十年前拍的，尚晓荣来到这里看到的还是一模一样的情景，时间在这里凝固住了，真是令人惊奇。

尚晓荣他们跟着三个少年丛林部落人去打猎，他们在荆棘丛中奔跑寻找，很快，尚晓荣看见最小的那个少年用弓箭从树上射下一只小鸟，一上午下来他们共打到两只漂亮的鸟和一只松鼠，然后他们就地钻木取火准备烧着吃。年纪最小的少年把鸟的尾羽拔下来给尚晓荣插在帽子上，他又把动物的内脏扔给两条黑色小猎狗。三只猎物在火堆上迅速烤黑了，显得更加细小，这些食物太袖珍了，尚晓荣没想到他还能分到一只鸟腿，他吃了一口，特别香，尚晓荣把另一口悄悄给了小母狗，这小狗和他亲近让他抚摸，尚晓荣对这只瘦小但矫健的小猎狗充满怜爱，不能想象它怎么靠这么一点食物就能活下来。尚晓荣看到他妈妈白如飞捏着小猎人递给她的鸟头吃下去，她连骨头都吃了，尚晓荣冲她做了个鬼脸，不出声地问她："好吃吗？"他从白如飞的唇语读出一个"香"字，那一刻尚晓荣觉得他和白如飞之间的距离又近了些。

三个少年吃完他们的早午餐，捡个酸角果壳爬到猴面包树上取树窝里的雨水喝。尚晓荣忍不住尝了一口，那水根本无法下咽，他立刻吐了出来，三个少年表情有点失望，尚晓荣抱歉地耸耸肩。大家按原路回他们的宿营地，天近中午，同样的路不知怎的却特别漫长，尚晓荣早已气喘吁吁休息了好几回，这样的生活他可受不了。

好不容易回到宿营地，斯坦因要他们离开之前购买一些丛林部落人制作的弓箭或饰物，或者给他们留下一些钱买生活必需品。尚晓荣看着部落的人们为谁该多得一些钱争执，像电影里的部落人为那个可乐瓶子争执的状态一模一样。尚晓荣后来讲给老唐听的时候说："这才是真正的穿越。"

尚晓荣当时给了孩子们一人一只能量棒，他们拿来就咬，斯坦因见了帮他们剥开包装袋子，那些孩子看着包装袋困惑的表情给尚晓荣留下很深的印象。在他们简朴的丛林生活中包装袋是多么多余的东西，他们生活中没有不能融于大地的东西，包括他们自己。听斯坦因说，丛林部落的人死后不埋葬，尸体供动物享用，偿还他们猎杀动物的债。

尚晓荣想起“非洲是人类的童年”这句话，不知道是谁说的，真是形象。

要不是去了斯坦因表兄住的镇子，尚晓荣印象里留下的非洲大陆就是这幅“人类童年”的原始样子。离开“恩戈罗恩戈”在去盐湖的路上，斯坦因说他有一个表兄住在不远的一个镇，他们已经很久没有见面了，斯坦因问白如飞能否从那儿路过看一下他表兄，斯坦因特别提到借此机会他们可以看看普通非洲人的生活，吃上一顿非洲人的晚餐。尚晓荣特高兴白如飞被说服了，他们离开主路，逐渐进入人口稠密的乡镇，尚晓荣看到越来越多塑料袋，白色、黑色的薄塑料袋挂在树上、灌木枝上，丢在土堆上，密集的程度让尚晓荣震惊，尚晓荣偷眼看了一下斯坦因，他完全沉浸在回乡的兴奋中。斯坦因把车开到一个集镇，道路两边都是小商店，说他表兄开了一家商店，出售从中国进口的小商品，白如飞果断地拒绝了斯坦因让他们逛商店的建议。斯坦因和他表兄找到他们喜欢的小餐馆，狭窄的餐馆挤满了食客，大部分客人桌上都是烤鸡和啤酒，人们说着尚晓荣他们完全听不懂的语言，拿黑白分明的大眼睛静静地目不转睛地看着他们。尚晓荣突然有些恐惧，后悔来这儿，他碰了一下白如飞的手，他感觉到妈妈反手握紧了他，白如飞转向斯坦因说：“你记得吗？我约好了回酒店编那种非洲小辫子，如果在这儿吃饭时间上可能来不及了。”尚晓荣看到斯坦因脸上露出失望的表情，但他温和地说：“回去路上还需要两个多小时，咱们还是走吧，我下次再来找我表兄吃饭。”尚晓荣虽然有些内疚，但知道能离开这里，心马上安定下来。

真是奇怪，在保护区那种安全感慢慢离开尚晓荣了，是这个真实的非洲镇子让他回到了现实社会吗？没有离开非洲，尚晓荣已经开始怀念在保护区的日子了。睡在帐篷旅馆，感觉就像是睡在草丛中，半夜有猫科动物从帐篷顶上跑过。背枪巡夜的索马里人护送每位客人回帐篷，嘱咐大家晚上不要出来溜达，因为前两天这里来过大象。在那里尚晓荣似乎消融在大自然中，成为它的一部分，他觉得自己和其他所有的人和动物是一体的，那种感觉真是奇妙。斯坦因表兄镇子上遍地的塑料袋隔开了这些，使得保护区的经历像梦一样。尚晓荣不说话，随着车的颠簸，他感到自己的身体和灵魂，被一把小刻刀从大自然中剥离出来，他又变回了自己。

尚晓荣记起来非洲之前妈妈的朋友南非人安迪的话，他说："在非洲大城市的街上听到手机响，我都不敢去接，一定要等到了安全的地方回拨过去，因为会有人趁你接电话时把你的手机抢走，他们太穷了，经常吃不上饭，所以你们在非洲要小心。在保护区反倒不用太担心，但在城镇要小心，在非洲什么事情都可能发生，很多情况是瞬间变化的。"尚晓荣猜妈妈在刚才那个小餐馆里一定是想起了安迪的话。

尚晓荣觉得妈妈并不为最后一刻的反悔感到内疚，而斯坦因也迅速退回到敬业值守的状态。尚晓荣忽然意识到，对于非洲，他终究是外人，一个游客，而且转瞬间，离开的时刻就在眼前了。

临别时，斯坦因说："你们是我接待的客人中喂我喂得最好的，没有任何其他人每天给我这么多食物。"尚晓荣告诉唐小金这句话时，为这个"喂"字笑了半天，唐小金也笑，并且说斯坦因简直把自己当成宠物了。

尚晓荣告诉唐小金这全托安迪的福，南非人安迪临行前就嘱咐他们可以多带点小吃零食，这比小费更能收获人心。因为在没边儿的保护区每天要连续开车近十小时，司机很容易饿，而非洲人特别节省、特别能忍，所以不断给司机补充能量，对于保证行车安全就显得很重要。

值得庆幸的是这些吃的是装在白如飞的行李箱中，斯坦因得以一路上被"喂"得很好。如果装在尚晓荣的箱子里就毁了，他的箱子被找回后一直待在乞力马扎罗机场，等着和他一起离开。箱子里的衣服、被单、毛巾、电子蚊香等，没有它们，尚晓荣也活过来了，显然它们并不是生活必需品。

但书不在此列，在非洲书给予他比在中国更强烈的感受，尚晓荣没法跟唐小金说清楚那种终于又有书在手的感觉，尚晓荣觉得唐小金更喜欢冥想，没有对书的依赖。

如尚晓荣所料，唐小金对动物更感兴趣，他说："别说斯坦因了，快告诉我关于动物的事儿吧，非洲那些最著名的家伙你见到了几个？拍到开胃大片了吗？"

尚晓荣告诉唐小金，斯坦因为了让尚晓荣看到旅行手册上写的非洲五大野生动物可谓费尽心机，尤其最难找到的非洲猎豹cheetah，cheetah是斯坦因的最爱，从进入保护区第一天他就开始寻找猎豹的踪迹，为了看到它的真容，斯坦因带着他们在它的藏身之处守候了几个小时，以致尚晓荣都失去耐心说不看也罢。但后来真的和cheetah四目相对之时，彼此惊诧，感觉和在照片录像中看到的真是不一样，尚晓荣由衷地感激斯坦因给他这样的机会。斯坦因当时也高兴得像个孩子，此前他在尚晓荣眼里一直特别安静腼腆。

尚晓荣与斯坦因告别时，主动拥抱了斯坦因，他们的眼里都涌出泪花。尚晓荣想要是唐小金知道了一定得笑话他，他很可能会说：嘿，男人的自尊都掉地上了，赶快捡起来吧。

尚晓荣还不知道唐小金在迈克老师面前无声痛哭的事儿，但他已经能够感觉到唐小金的变化。在听了尚晓荣的保护区见闻之后，唐小金说："我很羡慕你啊。站到十八岁再回头看现在，那时的你会对现在的你说什么呢？"

"这么有哲理的话，不像你说的啊！"尚晓荣跟唐小金开玩笑。

"是夏令营的迈克老师布置的作业：十八岁的我写一封信给现在的我。"

"这么严肃的事情，是发生什么了吗？"

尚晓荣如此敏感于自己的变化，让唐小金心里有些感动，觉得尚晓荣是个懂他的真朋友。但唐小金拿不准是否要告诉尚晓荣实情。

唐小金在迈克老师面前哭泣之后感觉非常疲乏，那天他睡得很香很沉，他从来没有睡得这么踏实过，他梦见迈克老师对他说："你可以学习成为你所希望的那样的父亲，给你的孩子你所希望的家。”唐小金醒了之后记不得迈克是真的说过这话，还是只在他的梦里这么说了。唐小金盼着见到迈克老师，盼着和他聊天。

最后一次辅导课迈克老师让唐小金想象自己十八岁会是什么样子，那个时候他可能在干什么？唐小金脑子里一片茫然。迈克进而又让他想象十八岁时会和谁在一起？唐小金说十八岁他爸就出来了，可以和他在一起了。迈克问唐小金，对于他们不在一起的几年他会跟他爸说点什么呢？他怎么向他爸讲述他这几年的经历？唐小金说，照这样下去他觉得他很可能一事无成，没什么跟他爸爸说的。迈克听了沉默了一下，然后对唐小金说：“让咱们换一种说法，你希望你自己十八岁的时候是什么样子？”迈克告诉唐小金不必马上回答，可以用很多时间想一下这个问题。迈克进一步向唐小金提出问题：“如果要成为你希望的那个十八岁的男孩儿，那么你觉得现在你需要做点什么呢？”“如果让十八岁的你给现在的你写一封信，你想写点儿什么呢？”

唐小金长这么大从来没有这样想过问题，没有思考过自己的人生，他爸曾经对他寄予厚望，送他学英语，希望他以后留学。他妈希望他子承父业，以前他都觉得所有这些都与他无关，他活得浑浑噩噩而不自知。迈克老师的一系列问题仿佛打开了一盏灯，唐小金看到了他过去完全视而不见的“自己”。

唐小金脑子里老是转着这个问题：“站到十八岁再回头看现在，那时的你会对现在的你说什么呢？”迈克老师像个魔术师一样把唐小金带到未来，站在一个远离现在的地方，唐小金仿佛第一次看见了一个完全的自己。

对于这个问题的思考改变了唐小金，他变得和以前不一样了，他学会了用一种新视角看待现在的事情和人物。仿佛有一粒种子植于泥土中，从土地表面还看不出一丝变化，但强烈的变化正在发生着，唐小金觉得他的世界变了。

当尚晓荣问他是不是发生了什么事情的时候，唐小金告诉尚晓荣：

“特丢人的事儿，不过现在可能正在变成一件好事儿，回北京跟你细说哈。”

尚晓荣听了也没多在意，他正忙着面对自己的丢人事儿。

到达桑给巴尔岛第二天，尚晓荣和妈妈从岛北端出海去看海豚，尚晓荣以前从来没有看过这么干净的海，他想或许是因为白沙滩的缘故吧，这细白的沙滩衬得印度洋色泽如碧，童话般的色彩让他对眼前的海有一种亲近感。

尚晓荣穿着救生衣，坐在快艇的条凳上，水手启动快艇，很快就看不清海岸了。有人发现了海豚，所有的快艇都向那片海域聚集，有好多年轻人没有穿救生衣就跳入海中，像鱼一样游在海豚身边。

尚晓荣他们的船也停了下来，水手说：“你们准备好了下水吗？还有相机。”尚晓荣的脚蹼早就穿好了，他戴上面镜、咬着呼吸管，在水手的帮助下从船边出溜进海里。尚晓荣听到水手和白如飞的对话：“你不陪他下去吗？”“我不会游泳。”“他行吗？”“没问题，他游泳很好。”

海游在尚晓荣是第一次，进到海水里尚晓荣才忽然发现海水是黑的，他心里就一慌。可能是因为穿着救生衣，尚晓荣觉得浮力超大，身体完全不受自己控制，划了几下水，动作就走形了。面镜太大，海水涌进来，咸水迷了眼睛，呼吸管没咬紧，咸水进到嘴里，真咸，全乱了套了。尚晓荣急忙向船边游回来，他把住船舷，才稍稍放心了些，太可怕了，他差点儿被印度洋吞了。

尚晓荣抬头看见妈妈还在一边录像一边笑，他的恐惧一下子转换成愤怒：“还笑！”白如飞蹲下来伸手拉他，但脸上还笑着，她完全没有觉察儿子的处境。

黑人水手对尚晓荣说：“把脚伸上来。”水手看到脚蹼了，接连把两只都脱了下来，丢到船舱地上，他弄疼了尚晓荣的脚，却全无察觉，水手只在意脚蹼是不是会丢，尚晓荣在被拉上来时听到水手说：“这个丢了是要赔的。”

尚晓荣像死鱼一样被拖上船，他坐到船舱地板上大哭大叫起来。白如飞的笑僵在脸上，她终于知道这并不好玩了，她试图安慰他。尚晓荣哭叫得更凶，白如飞想搂着他帮他安静下来，被尚晓荣一把甩开：“我都快死了，你还笑，还笑！”

“对不起，对不起，我没想到你真的遇到危险了，对不起，对不起。”

白如飞的解释和道歉在尚晓荣听来都是噪声，他继续喊道：“你还笑！还录像！拿来删掉！”

“好的，好的，删掉，你先安静下来。”

尚晓荣完全疯狂了，他夺过白如飞的手机，删掉了那段录像，他继续把前面在快艇上的照片都删了。尚晓荣的愤怒完全没有平息，他一边喊着“你还笑!你还笑!我恨你！”一边甩开白如飞落在他后背上的手。

尚晓荣感觉到和他一起坐在船舱底部的妈妈沉默下来，他第一次看到她完全无所适从的样子，她整个人像是变成了照片一样。

这时黑人水手碰了碰他的胳膊说：“嘿，孩子，放松，你已经安全了。”

尚晓荣听到“安全”这两个字又发作起来，他冲着白如飞继续喊道：“你不管我，你还笑！”白如飞被定住了一样一言不发。

黑人水手大声说：“男孩，你安静下来，其他船的人都在看我们，他们以为发生了什么！”

“我不管！”虽然这么说，尚晓荣从刚才疯狂的愤怒中缓和下来，和妈妈一样沉默了。

沉默下来，尚晓荣听到黑人水手在说话，他眼睛的余光看到水手耳边贴着一个黑色的小手机：“这男孩儿一直在冲他妈妈叫喊，根本停不下来，我感觉到危险，请求返航。”

尚晓荣着急地对他妈说：“他要回去。”

“对，这是在大海里，他必须保证客人的安全，他感觉情况失控，肯定要想办法的。”

黑人水手说：“我的老板让我返回岸上。”

尚晓荣对着白如飞说：“我想看海豚。”

“你得道歉，然后再看情况是不是可以挽回。”

尚晓荣勉强道歉了，但水手说：“来不及了，我们追不上他们了，海豚游得很快，他们已经进深海了。”

尚晓荣看到所有其他快艇都已经开往深海，离他们越来越远了。他们的快艇还漂在原地。水手重新发动快艇，尚晓荣四下看去全是黑色的海水，海岸和其他快艇都不在视野之内。尚晓荣问他们往哪儿去，没有人说话。

他们的船孤独地行驶在大海，周围除了海水还是海水，水天一线。过了一会儿，隐约看到海岸了，尚晓荣又说：“他把船开回去了。”

他听到妈妈说：“对，这是你选择的结果。”

黑人水手在离海岸还有一段距离的地方停了下来，海水有了白色海沙的衬托又变成了蔚蓝色，而船前方到海岸之间的海水是绿色的，轻柔的水草在海水下面漂着。

尚晓荣听到水手问妈妈：“他要不要下水玩一会儿？这块是最安全的，再往前有水草就危险了。”

妈妈看着尚晓荣，轻声问：“你下去玩会儿吗？”

尚晓荣点点头，他顺着船边滑下去，他以为脚可以轻易碰到海底，清澈的海水让海底的白沙滩看上去那么近，尚晓荣踩空了，他迅速浮上海面，他觉得非常疲倦，他爬上了船说：“回去吧。”

回到岸上，尚晓荣和妈妈在白沙滩上走，他们谁也不说话。一只透明的小螃蟹从尚晓荣脚边飞速逃向大海，尚晓荣看见了多少提起了点儿精神。他跟妈妈靠得更近了些，看着一望无际的大海尚晓荣轻声说：“还是应该到深海看海豚。”

“是啊，挺遗憾的。”

“要是能去就好了。”

尚晓荣和妈妈停下来看着远方的海，过了很久尚晓荣听到妈妈轻声地说：“我知道你希望自己刚才没有发那么大脾气，这会儿咱们也能在印度洋看海豚了。”尚晓荣默默听着：“妈妈理解你发脾气，过去这两年你经历了一些不愉快的事儿，我们大人没有及时帮助你，你有很多困惑，甚至恐惧。所以今天总算爆发了。”

尚晓荣觉得妈妈说得很对，她原来是知道的，海在他眼前模糊了，他拉住了妈妈伸过来的手，他们十指相扣。过了好久，尚晓荣听到白如飞继续轻轻地说：“妈妈很高兴你能在现在这个时候，把以前那些坏情绪发泄出来，因为有爸爸妈妈在身边你是安全的，妈妈可以帮到你。”

他们两人的手握得更紧些，尚晓荣犹豫着问：“妈，我说我恨你的话，你会当真吗？”

“后悔了？”

“嗯。”尚晓荣点点头。

“以后自己会后悔的话，最好就别说哈。”白如飞说得很轻，像是自语。

“你们不也说过后悔的话吗。”

“是啊，咱们都需要学习和成长。”

“挺难的。”

“是，不容易。我希望你能相信爸爸妈妈，在长大成人离开我们之前把坏情绪都处理好，以后能轻装前进，好吗？”

“好。”

“你现在感觉好点了？”

“好多了。”

尚晓荣觉得终于可以跟妈妈谈谈他的感受了，当他知道白如飞要离婚的消息时觉得很晕，那种眩晕的感觉一直持续到看着爸妈干净利落地办完离婚手续，各自离开原来的家。怕的感觉一直被压抑着。

尚晓荣一直是他妈白如飞眼里的阳光男孩儿，她朋友圈里的骄傲谈资，而爸爸尚峥嵘那么谦虚的一个人，也经常对朋友说他对儿子很满意。尚峥嵘跟他朋友说，他养儿子的目标是把他培养成一名普通人，他认为现在很多教育存在误区，什么赢在起跑线，太扭曲，能有平常心，把孩子培养成平常人就非常好了，尚晓荣符合他养儿子的要求。尚晓荣就这么一直努力要让父母满意，保持着一个普通的阳光男孩形象，做所有人眼里的好儿子。他真的累了。

没有人，包括尚晓荣自己，理会他内心深处的翻江倒海。既然尚晓荣已经第一时间知道了父母离婚这个事实，白如飞和尚峥嵘就都自动省略了和儿子摊牌这一步了。而他们后来的各自重组家庭，仿佛也约定俗成似的，没有人和尚晓荣谈论，没有人问过尚晓荣的感受，所有人自动选择了回避。

在与唐小金的交往中，尚晓荣感到一丝放松。比如当唐小金调侃白如飞真有本事时，尚晓荣可以用一声“呸”回答，这个“呸”字可以算是对父母离婚、同母异父兄弟的出生等一系列事件的遥远回应，但到底还是意难平。

直到这次在印度洋歇斯底里大发作之后，尚晓荣心里的负面情绪才算发泄了出来，以一种很丢人的形式。尚晓荣真不敢想象，那些外国人看到他这个中国胖男孩跟他妈妈发飙会作何感想。

尚晓荣很感谢妈妈白如飞容忍他的发作，或许她是被吓住了？不管怎么样，尚晓荣觉得自己的丢人事儿正在转化成一件好事。尤其是妈妈说，希望他能在离家之前发泄掉以前压抑住的不良情绪，他感觉到和妈妈的心重新亲近起来了。

尚晓荣和唐小金正在从各自的丢人事件中恢复过来，在北京再次见面时，他们明显地感觉到彼此的变化，他们的童年正在迅速地离他们远去。

他们还没有来得及为此感慨或庆贺，就被谭智健的死讯吓昏了。

在唐小金和尚晓荣的概念里，谭智健一直停留在放假前的那个时间点上没有移动，他在暑假数学班上被他爸扇了一个嘴巴，这个情节固定在一个传说中，显得不很真实。谭智健没有微信，他甚至没有手机，他自己本人出现在人群时也默默无言，所以当开学之后班主任老师宣布他转学去了别的地方时，并没有引起更多的注意。

但尚晓荣和唐小金知道，谭智健已经不在世界上任何一所学校上学了。

尚晓荣回到北京就听到小区的人们在议论10号楼又有人跳楼的事情。上次是个大学一年级男生，从6层跳下去被防雨棚截住受了轻伤。这回小保安说：“这孩子住在6层，人家跑到26层跳下去。就差一层就到顶了。”

作为事件的第一目击者，小保安享受了人们的瞩目，在小保安的讲述中整个事件显现了大概的轮廓。小保安说，那孩子的父亲那个后悔啊，没见过一个大男人那么哭的。当爹的后悔不该长年不在家，后悔不该好不容易回家就盯着孩子的学习没完没了。总觉得平时没管过孩子，这回来了还不得管管？管就管了，不该打孩子那一巴掌，不习惯孩子不服管教啊，容不得孩子挑战自己的权威，最不该的是对孩子数落养他的不易。在孩子说长大了挣钱还的时候还说：“你这命都是我给的，你还不起！”瞧，这不，人家孩子把命摔在地上还你了。傻了吧？后悔了吧？可后悔有什么用呢？唉。

尚晓荣把听闻拼凑起来告诉唐小金，他实在无法独自承受这个事件，他同时一股脑儿告诉唐小金，谭智健的妈妈在他一年级时就是跳楼自杀的。

两人沉默着，在沉默中眼见着他们的童年伙伴离他们远去，他们无能为力。他们俩可能是这世上唯一可以算是谭智健朋友的人了，虽然他们俩谁也说不上了解谭智健。唐小金沉默好久后说，我真特别后悔，当初应该送谭智健一个苹果手机，这家伙想不开的时候，如果方便“微信”他们任何一个人，也不至于去死。尚晓荣说，我后悔那天不该说谭智健像大象，所过之处地动山摇。唐小金拍拍尚晓荣的肩膀说：“别介意哥们儿，我说老谭的损话比你多多了，这家伙不会生气的，咱们想想他的好玩事儿吧。”

谭智健的死还是在同学们的窃窃私语中传开了，很多同学后悔当初没有留下谭同学的哪怕一张照片，经过一个暑假大家竟记不得谭智健的模样了。后来不知道谁弄到了谭智健的一张证件照，孩子们就私下传着看。

唐小金提议要纪念一下谭智健，因为阅读课邱老师是尚晓荣妈妈白如飞前同事兼好友的妹妹，所以唐小金怂恿尚晓荣找邱老师商量。

周五阅读课尚晓荣早早就去了教室，他跟邱老师说：“我们知道谭智健死了，没转学。”

邱老师看了他好久轻声说：“我知道。学校也是不愿意进一步伤害你们，才说他转学的。”

尚晓荣说：“我们想纪念一下谭智健。”

“在阅读课上？”

“嗯。”

时间漫长难熬，尚晓荣不敢抬头看邱老师，他终于听到邱老师轻声说：

“好吧，说好了咱们不哭，每个人回忆一个他的故事作为对他的纪念，好吗？”

尚晓荣的眼泪哗地流下来了，他依然低头说了“谢谢邱老师”就跑开了。等尚晓荣从洗手间回到教室时发现同学们都到齐了，邱老师等他坐好后说：“这个学期谭智健同学离开我们了，作为我们亲爱的同学，我们都想念他。”

所有的人低头默哀不语，几分钟后，邱老师又说：“今天咱们每个人讲一个关于他的小故事来纪念他。他是我最沉默的一个学生，除了学习好老师几乎不了解他，我想通过你们的故事了解这个孩子，愿他安息。”

唐小金说：“他不爱洗澡，以他为中心方圆5米都是毒气层，没人能接近。我们都说那是最新生化武器。”

尚晓荣笑了，他说：“谭智健是数学天才，他最喜欢琢磨数字，他说他最喜欢6这个完满数，6的因数是1、2、3，这三个因数加起来正好又得6，他最爱这个老6。”

唐小金更大声地说：“哦，对了，老谭他还最爱26这个数，那天他像发现新大陆一样说，嘿！你们发现了没有，26夹在25和27之间。我当时就说这不是废话吗？26不在25和27之间还能在哪儿啊？但老谭说，傻瓜，你没看出来吗？25是5的平方，27是3的立方，26夹在一个平方数和一个立方数之间！多怪，在我看来普通的数，老谭总能看出门道来，老尚说得没错，他是个数学天才！”

“我记得他上次推荐大家阅读的书目是《费马大定理》。”有个女生怯怯地说。

谭智健的面貌在同学们的讲述中慢慢清晰起来，孩子们压抑的眉头渐渐舒展开了。

尚晓荣看到邱老师微笑着看着孩子们，经历谭智健这件事，尚晓荣觉得他们这些孩子已经不能再被称为孩子了，谭智健的死为他们的童年时光画上了一个彻底的句号，他们独自走上了青少年时代，童年被远远甩在身后。

下课后，唐小金拍着尚晓荣的后背说："老尚干得不错！"

两个朋友相对无语很久，唐小金忽然问尚晓荣，如果十八岁的你给现在的你写一封信，你会写些什么呢？

【原载《北京文学》2018年第1期】

人有多少种死法

阿　宁

一

在他前边有三个病人，最前面是个老太太，冲群主任唠叨说儿媳妇气着了她，嗓子里窝着个大疙瘩，上不去下不来，好像是来找群主任评理的。群主任说：不跟他们小辈儿一般见识。群主任是好大夫，好大夫像幼儿园老师。

群主任叫群玉。若非群玉山头见，会向瑶台月下逢。群主任的妈妈在县一小当语文老师时，他妈管后勤，两个人常一起下班，退休后就不来往了。这一大半儿是因为他。听说县里孩子晚上不睡觉，大人说：再不睡韩大耙子来扒房了！韩大耙子就是他！他拆过群主任家的房，从那以后群主任见了他就装不认识。

群主任不认识他行，他不行，县城就这么一个像回事的医院，群主任是内科主任，谁都绕不开。他当了几十年老板，习惯了遭人恨。他可以到大城市看病。问题是，他希望县里人都知道他来做CT了。

走到诊桌前，他把一张CT片递给群主任。

群主任说：这不是我们医院做的。

他说：市第一医院做的。

群主任说：让他们看去。说着把片子递回来。

他不接，说：他们让我叫家属。

群主任看着片子，说：我也得叫家属。

他说：有什么事跟我说吧！

群主任抬起头：跟你说行吗？

他说：这有什么不行的，你跟家属说，家属也得跟我说。

群主任说：你这个片子不太好，这么着吧，你拿着片子到省里，或者北京的大医院再做一个核磁。让他们拿意见！

他说：你定不了？

群主任说：我不敢给你定，咱们不如大医院的水平高。

过一会儿他又绕回来，诊室里没了病人，群主任正准备下班。看见他进来不理，继续脱白大褂。他说：我再聊两句。

群主任说：聊也没用，这就是片子说话。片子没照清，我跟你也说不清。

他说：小玉。他叫了群主任的小名，说：小玉，我是不是没几天了。群主任看了他一眼，问：你是？

他说：你不会连我也认不出来吧？我是浩子。他大名叫韩浩。

群主任坐下：你瘦成这样，我愣没认出来。

他说：我在外面等你，一会儿咱俩找地方喝两杯。

群主任说：你还敢喝酒？

他说：我不喝，你喝。

实际上他也喝了，找的地方叫品茗缘，是个茶楼。二楼有间房，里面有一张不大的餐桌。群主任来回看：这儿也能吃饭？

他说：我有股份，个别朋友在这儿吃。

群主任坐下：个别朋友就是领导吧？听说县里领导不敢公开吃喝，改在私人会所了！

上的都是淮扬菜。他说：家常菜，没啥好东西。

群主任把身体坐舒服，说：原来韩老板天天吃这种家常菜，怪不得。

怪不得什么群主任没说，他替群主任说了：怪不得得这种病，是不是？

群主任不接茬儿，看墙上的字画。有一幅上写：

尽日寻春不见春，
芒鞋踏遍岭头云。
归来笑拈梅花嗅，
春在枝头已十分。

挺有意境。这么好的东西，可惜挂在这种地方。

一个挺有姿色的小姑娘给他们倒酒，穿的是唐装，倒完酒他说：你不用来了，有事叫你。小姑娘临走把门关严实。在这儿吃饭的，都不愿让别人看见。

他说：你知道吧？这叫开悟诗。群主任看着他，问：你指什么？佛，还是病？

他说：一回事。说着他拿起酒杯，在群主任杯沿上撞了一下，干了。群主任只好也跟着干，说：你什么都明白。

他说：我不明白。我请你来就是想问问，人有多少种死法？

群主任说：医院里没别的，都是病死的，在手术台上下不来，哪怕是事故，也算是病死的吧？

他说：别光说医院，外边呢？

群主任说：那就多了，让人打死，投毒害死，摸电门电死，河里淹死，高处掉下来摔死，包括跳楼。吃药吃死，拿刀抹脖子抹死，拆迁让铲车铲死，拖拉机轧死，因为拆迁气死。群主任故意提到几次拆迁事件，一边愤愤地说一边吃菜，不抬头看他。

他打断了：说点儿有意思的死法。他不想听拆迁的事。

群主任说：你得让我想想。突然抬头看着他：你问这干什么？

他说：得癌症的人熬到最后，太惨了！我得给自己找个好点儿的死法。

群主任口气软了，说：你何苦，还不一定是不是呢！再说，现在癌症治好的不少。

他说：你傻呀？还指望在一个房地产老板身上发生奇迹？

这回把群主任问傻了，对他的抵触淡了下去。

他说：我想找个好死法！

二

回到公司，他把那张CT片放在办公室最显眼的地方。本想藏起来，又一想人们未必理解那么深。他在办公室独自待了会儿，起身回家。

路上他改了主意，把车驶进西京宾馆。龙经理正值班，笑吟吟地把他领到后面。套间是龙经理的，不算办公室，也不叫宿舍，宾馆里人统称“后边”。当初盖宾馆时他灵机一动，在后院盖了一排平房，那时公司还没有龙经理，龙经理是后来的。

他坐下就拿起遥控器。龙经理拨了个电话便把手机关了，手机扔到茶几上，自己到卫生间洗澡。他看着电视，隐约听见水声。他喜欢龙经理这一点，懂事。

从卫生间出来，龙经理头发已经吹干了，身上飘过来似有似无的香味儿。她问：你还洗吗？他说：洗。洗完出来，龙经理已经在被窝里。看见他挪了挪身子，把旁边的位置让出来。

他上了床。龙经理说：你挺累的，今天算了吧！

他拍了拍她脸：那我干啥来了。

龙经理说：讨厌。

他表现很差。龙经理安慰他：压力这么大，你这就不错了。

龙经理不用嘱咐，早把避孕药吃了，有一次不小心怀了孕，他想该怎么办？娶她，还是给她找个地方把孩子带大？没等他想明白，龙经理已经把孩子做掉了。弄得他反而说：你怎么不跟我商量就做了？龙经理说：万一传出去，不是给你添乱？他一时无话。

她才二十四岁，比他女儿大一岁！他真死了，她怎么办？没有一份决绝做不成事。他除了安排自己，还得安排每一个跟自己有关的人，她的千般好处都在心里，得给她个妥善之处。

龙经理给他讲笑话：东阳街有个刘老面，天天在街边晒太阳。前些日子一个老头让汽车轧死，赔了八十多万。刘老面就琢磨上这事了，无奈他太面，每次都慢那么一步，汽车要么刹住，要么绕了过去。你说这人有意思不？

他想，人有各种死法，用心总能做得到。他问：你知道都有什么死法？

龙经理说：你问这干啥？

他说：聊天呗，长长见识！

龙经理说：我知道的，有掉到茅坑里淹死的，有在地窖里闷死的，我们老家都用地窖存土豆，有人下地窖拿土豆，下去就没气了。我们县酱菜厂，一个工人雨天不小心掉进酱缸里，挣扎了半天没出来，死了。还有一个上到房顶调天线，想看看天线正不正，一边后退一边看，掉到下面摔死了。剩下喝酒喝死的，吃饭噎死的都有。

他说：没诗意。

龙经理说：有个挺有诗意的，我们那儿有个卖煎饼的老头儿，喜欢上了洗头小姐，洗头小姐不愿接他，故意把价提得老高。他卖三个月煎饼洗一次头。有一次攒了五个月煎饼钱，想来一个狠的，结果死在洗头房里。有人说他舒服死了。

他皱着眉。

龙经理趴在他身上抚摸他的胡须：不高兴了？我可不是讽刺你。

他说：我要是死在这儿，算不算给你找麻烦？

龙经理伸手捂他嘴：不许胡说，你才不会死呢，你得千年万年地活着。

他说：那不成乌龟了。

两人便笑。

笑过他坐起来，穿上衣服，说：我该走了！

他看出来龙经理脸上有些凄然，不过她还是说：我也正要去前台呢。

他说：你也早点歇着！拼来拼去，最后一想不值得。

她说：你是老板，也这么说？

他说：我是他们的老板，跟你不是。

龙经理一不小心便落了泪，趁他转身擦了。这是她听到的最温情的话，她知道老板的胰腺长了东西，胰腺癌没救。短的只有三个月！他说。

他不是说这种话的人。没见他认输过，从来都是安排一切，主宰一切。他很冷，不光外表，从里到外都冷，当初把她招进公司时他只远远看了一眼，跟下面做了个手势就走了。她多聪明，看出是在说她。副总草草结束了招聘，给她发了复试通知。

复试时老板问：公司如果需要你做出牺牲，你肯吗？

她问：什么牺牲？

老板说：比如，牺牲身体。

她说：我不知道。

老板说：什么叫不知道。

她说：我不怕牺牲，身体再重要也不如命重要，我准备牺牲生命，只是，我要看公司值不值得牺牲。

老板说：你被录取了！

她松了口气。这是一次刀口舔血的应试，有的同学不得不去酒吧，总比她们强。她做了一个含糊的承诺，肯不肯兑现还难说。后来她一直战战兢兢，没有哪个女孩子真有勇气，无非是为了活舒服，活给别人看。

老板让她在前台，她一直等着他提牺牲的事，他好像忘了。也许，那不过是为了试试她的勇气，老板喜欢聪明又有胆量的人。如果是女人，就更喜欢了。

有一天，老板在宾馆留宿。那时还不是现在这个宾馆，是另外一家。宾馆里所有员工都紧张，怕出错，怕有顾客找他们麻烦。保洁工把大堂的地拖了三遍，每个卫生间都点了香，递擦手纸的侍应生一律打着领结，直到老板住进三层套间，他们才松了口气。

员工们管那个套间叫总统套，没人住，就是给老板准备的。老板一住那里，必定有什么事发生。大堂经理通知，让她到总统套间去。

她想起应聘时的话，胆战心惊地摁了门铃，老板开了门，她跟着他走进里间。老板问她：在这儿干得怎么样？

她说：还好。她两手搭在小腹上，站得笔直。公司是这么培训的。

老板又问：公司怎么样？

她说：我不知道，我看见的不过是一个宾馆。

老板摁了下按钮，墙壁上的丝绒帷幕徐徐打开，里面是一张巨大的地图。中国地图。老板又摁了一下电钮，上面闪着红星的地方便是他在全国的十几家分部，另外一些黄色区域是他正在谋划的产业。老板跟她说着未来的计划，滔滔不绝。

老板不苟言笑，回答别人的请示，从来不超过三个字。行。可以。不行。先放放。现在她明白，老板可以滔滔不绝。他不是在介绍，是在倾诉，原来这个冷冰冰的人也需要别人倾听，她不知不觉松弛下来。

夜深了，老板没怎么样她，挥手让她离开了。

回到大堂，感觉出别人对她有些异样。似乎多了些尊重，或者是畏惧，她有些好笑，她跟人说对老板的尊敬、崇拜。她看出来别人在敷衍她。

老板在套间住了三天，她倾听了三天，第三天把她留在了套间里。事后，老板给了她一笔钱，她觉得受了污辱，一个认真倾听的人不需要拿钱，她不要，老板不容置疑。当时她很想问问老板：这就是为公司做出牺牲吗？不敢。她知道，那比拒绝还可怕。

老板把钱放在桌上走了。

当你发现，这一切不过是生存之道时，心就变了，冷静、沉稳了。她能屡屡猜中老板的心思，老板觉得她善解人意，她在吃避孕药，发现怀孕，主动把胎打了。老板没说一句温情的话。这种刀口舔血的职业她一直想辞，现在还不是时候。

他得了绝症，才五十一岁，有一套雄心勃勃的计划和经营了几十年的人脉。从北京到市里都有他的朋友。高官每年都有来宾馆住的。她成了龙经理，公司别人不知道的，她知道。他跟她打听有多少种死法，这让人受不了。

他跟她不能没有感情吧？她有。每次同床共枕后他起身离开，身边留下的巨大空隙让她难以入眠。她想起第一次，他离开得那么坚决，她起身回到大堂。一个年老些的员工对她说：你休息去吧！

她说：老板要是找我呢？

那个员工说：他不来了，这个岁数哪有那么大精力？

她脸红了。

那个员工说：不是你一个，慢慢你就知道了。

她忽然悟出来，这是一个过来人在帮助她。她回到宿舍，想了很久，她不能这么失败，不然命运就太惨了。

那时她想过死，也想过人有多少种死法？刚才他一问，她立刻答上来。其实她回答的还不足她想过的三分之一。人的死法很多，给自己找个合适的死法不容易。

三

县里很快传开了，韩大耙子得了绝症。

他严令身边的人，不许往外透露他的身体状况，每天着装整齐，精神抖擞，一心想把消息捂住，不过，另外一些做法又适得其反。

他通知公司高管十点到会议室开会，同时又约了三个技术骨干到他办公室。三十多个高管坐在会议桌前，他迟迟不到。没人敢离开，一律耐心地等，听到走廊里有脚步声都挺直身体，脚步声又走远了。过了好久，有人问：老板不会是忘了吧？

不会！老板什么时候忘过？

大家眼睛看着龙经理，问：是不是问一下老板？

这样的事，显然只有龙经理能做。

龙经理不动。

她知道，老板没忘。老板做任何事都有原因，当时不理解，事后总有能理解的时候。事后还理解不了，是你智商太低。

龙经理不肯催，别人也不敢催，两个小时白白过去了，嘴上不说心里也是抱怨的。该吃午饭了有人问怎么办，龙经理不言声。大家垂头丧气，猜测老板的意图，是考验下属，还是惩罚部下？龙经理给老板发了短信，内容是：兔子问乌龟几点了？乌龟说：你看看太阳。兔子不敢看。乌龟伸长脖子说：你不敢看太阳，总能看见太阳的影子吧？

老板回复：全体兔子到饭厅集合。

在饭厅，有人问老板：是不是忘了开会的事。老板说没忘。问下午还开吗？老板说：不开了，我就是想让你们在会议室里静静思考。

思考什么？

老板转身走了。

事后几个中层打听出来，老板一上午都在跟技术人员研究3D打印的事。不过，研究的不是用3D打印盖楼，是用3D打印拆迁。三个技术人员没想过这种事，面面相觑，他们听着老板侃侃而谈，觉得老板不是成了神，就是疯了。

下午，老板让龙经理约县领导吃饭，龙经理问都约谁。老板说：五大班子一二把手都请。龙经理提醒他：现在领导们都不愿接受宴请。他说：你告诉他们，省纪委领导来。

龙经理按他的意思打了电话。县委书记和县长的电话是老板亲自打的，领导们一律答应出席，他们都相信老板能请来省纪委的，他有这个能力。

领导们到了，老板没到。老板晚到也正常，但不该比书记和县长晚。龙经理天天在应酬场上，今天也有些失措，汗都下来了。企业固然是名企，也不能拿父母官涮着玩儿。龙经理躲到卫生间打电话，老板手机关了，打司机的电话，司机不接。没老板允许，司机断然不敢不接龙经理的电话。龙经理意识到，这个乱子怕是要自己扛了。

好在书记大度，问：韩老板人间蒸发了？

龙经理说：联系不上，大概有什么意外吧？

书记说：咱们吃。这么好的饭菜不吃可惜了。龙经理，把最好的酒拿出来，吃完饭大家每人留五十块饭钱，算我们没有违反八项规定。

政协一个副主席，刚刚从副县长退下来，正好发泄。问：省纪委领导呢？龙经理，这是你亲口对我说的。

龙经理红着脸说：我不那么说，您也不肯来呀？

你跟韩老板说，我们不是木偶，他企业做得再大，我一退，跟他没任何关系。

县长为企业解脱：韩老板不是那种人，肯定有特殊情况。

龙经理使出浑身解数想让领导们开心，她的风趣淡化了尴尬，最终领导们还是淡而无味地散了。事后传出消息，韩老板那天在市里跟一个退下来的领导吃饭。县领导觉得他变了，变得越发恶劣。

有些聪明人觉得不对头，韩老板知道强龙不能压地头蛇的道理，蛮人做不到现在这个地位。有人说，他的失约跟省里一位高官被审查有关，还有人说，市里那位退下来的领导也不干净。这位领导曾经把好些项目交给韩老板，如果不是有人上告，一块三千多亩的地皮就批给他了。

韩老板不可能听不到，他也不解释。最终从他司机嘴里透露出的消息是，那天跟他一起吃饭的是市第一医院的肿瘤专家。消息在群主任那里得到了印证，他说：CT片子我看了，找谁都没用，别说市里的专家，纽约的专家也一样。

总有例外吧？

例外就是误诊。

你看过片子？

当然，没看我怎么敢说。

公司的中层释然了，本来还对老板存了不满，现在都掬起满满的同情。老板的一个个反常被他们回忆起来，说：再硬的汉子也经不起啊！

他们暗自计算老板的财产，想这份家业谁能承担。听人说，上海一个老板把财产留给了老婆，老婆改嫁给了他的司机。司机说：我一直以为是给老板打工，想不到老板是给我打工。微信里流传甚广的一个段子，现在成了茶余饭后的谈资。

老板给公司员工开大会，说：有人说我身体出了问题，我郑重告诉你们，韩某人身体好得很，壮得像牛，没一点儿毛病。老板甚至开了个玩笑，说：龙经理可以证明。会场上的人都笑了。老板没笑，问：你们笑什么？

大家笑得更厉害了。

最后老板也笑了，说：你们想歪了。大家笑得前仰后合，算是对老板的附和。

越否认，消息传得越快。因为有更多的事例证明消息是真的。有人看见老板独自在办公室里哭，有人说老板的太太把他接回家里。老板以前很少回家，每礼拜回家一次，只在家里吃饭，看电视。大部分时间他住在公司，或者在龙经理那里。有人说，他在泰国和柬埔寨都有女人，没人见过，但在省城和京城有女人是千真万确的。他一死，公司该有热闹了。

还有人说龙经理回了家。有好事的人故意到西京宾馆转，大堂说：龙经理请假了。看来跟韩老板有关的人都在想后路。他们替龙经理可惜，不该打掉那个孩子，不然也三岁了。三岁的孩子在老板心里多重！一个女人就是千般恩爱到这时候也不作数，何况还不是千般恩爱，韩老板处处为家，怎么可能千般恩爱得过来。

消息几天后传到市里，又传到省里。省里市里认识韩老板的人在传，企业家多得是，一般百姓不会议论到他。在县里就不一样，让多少人可惜，又让多少人欢欣鼓舞！他们想起韩大耙子拆他们房的情景，说：苍天有眼啊！

四

龙经理去了市里。

她没县里人想得那么复杂，请假是因为老娘叫她。在她们村，孩子一般只上小学，上初中要翻过一座山，还要收在他们眼里高昂的学费。

老娘送她上了初中、高中，后来她考上省师大，也是因为老娘。老娘出嫁前当过保姆。那家的女主人是大学老师，男主人是市委的，大学老师鼓励老娘自学高中课程，考大学，老娘学不进去。有了孩子后，老娘一心让孩子上大学。

老娘从来不去公司看她，每次都到姨家。姨就是那个大学老师。老娘带过的孩子如今是市第一医院放射科大夫。大夫也有了孩子。老娘常说的一句话是：和你爸小时候一样。

龙经理接了老娘的电话匆匆赶来。她没和老娘说过跟老板的事，隐隐约约觉得姨知道。她的事在公司是公开的秘密，有关老板的闲话市里、省里都在流传，她就怕老娘听到。

每次见了面，老娘都要问她好些公司的事，后来就不问了，她猜老娘也许听到了，老娘虽是农村女人，心透亮着呢。

这一次不同，老娘问了她好些。她告诉老娘的自然是好消息。

公司去年的税收，达到了二点五亿，老板在海南和昆明赔了钱，其他地方都挣了。老板问过她，愿意不愿意到威海分公司当副总，她没同意。她想，让我下去就当正的，副的我不干。

老娘忽然问：你们老板身体咋样？

有这一问，她知道坏了。老板的病还在保密，这事老娘都能听到，她的事难免不听到。老娘在市里消息来源只有一个，就是姨。姨如今不是一般教授，是经济学院副院长，商界人认识不少。

她说：姨跟你说的吧？

老娘说：这么大的老板，可惜了。你咋办？

她说：我凭本事吃饭。

老娘说：唱戏得有戏台。没人给你搭台，你唱得再好也不成。

她说：唱得好就不愁戏台。

老娘拿着择好的韭菜去了厨房。她爱吃饺子，老娘每次来都给她做一顿韭菜馅饺子。不过，今天的饺子她吃不出味儿，以老娘的聪明，不该在吃饭前问她这些。

她跟了过去。

老娘说：你也老大不小了，该有个归宿了。

归宿就是嫁人？

你以为呢？

龙经理撒娇说：娘，你老跟我说这些，还让不让我吃饭了？

老娘说：女人本事再大，也离不了嫁人。祖祖辈辈都是这么过来的，早先有给人当小老婆的，有留洋的，有出家的，一辈子总不是滋味。你自个儿不是滋味，别人看着也不是滋味。

她听着老娘的敲打，想哭。

老娘又说：你姨本事大不大，没了你姨父日子也不叫圆满。

她说：我又没说不嫁，不知道该嫁谁。

老娘说：一个人心能高，眼不能高。当初从你姨这里回去，我心多高！眼往低处看，就看见了你爹，如今的日子是好日子。心不高活着没劲儿，眼高，日子就乱了。

正说着外面门响，姨回来了，龙经理迎上去：姨，下班了。

姨说：丫头，你娘想你了。龙经理笑，看见姨后面跟着一个人，是大夫。每次老娘来姨都把儿子叫回来。老娘看着他说：我要再有个儿子多好，也这么大了。

大夫说：闺女一样。

老娘说：闺女让人操心呀！

老娘拌好了馅儿，大夫擀皮儿，他们一边包饺子一边说闲话。姨说现在年轻教师都不愿讲课，嫌讲课费少，学生的课只好我们这些老教师上。大夫说：讲课还要讲课费，我们看病没有看病费，手术也没有手术费，动不动还遇上医闹！

姨说：医闹也是你们造成的，一闹就给钱，自然有人闹。

龙经理听着心里不舒服，便说：大夫也好，老师也罢，还是人们眼中的好工作呢！

姨说：以前是好工作，现在不是了。我教过的差生都成了老板，好的是工薪阶层，真是万般皆下品，唯有经商高。

龙经理说：经商也有经商的难，天天拉关系。挣的是钱，糟蹋的是身体。

刚说完就后悔了，好像她在反驳姨似的。糟蹋身体之类的话，也难免不会让人想到歪处。大夫却说：我天天看病，觉得最让人摸不着的就是商人，真猜不出他们的路数，什么牌也出。

龙经理觉得刚才说多了，把话咽了回去。姨却说：龙经理可是经商的。

老娘说：她算什么经商，是给老板打工。

大夫说：我说的就是他们老板，那人真怪。

姨说：怪不怪你怎么知道。

大夫说：前些日子，主任交给我一个任务，找一个胰腺癌病人的片子，换成另一个人的名字。我费了好大劲儿，才找到一个合适的病人。

姨变颜变色地说：你胡说什么？

大夫说：家里也没外人，怕什么，我开始以为换的是什么人，主任告诉我，那是启荣的老板。启荣不就是你们公司吗？

龙经理说：也不一定是我们公司吧？

大夫说：那还能有错？你们老板叫韩浩，CT片上有名字，只不过是汉语拼音，我发愁怎么改，后来找到一个叫韩和的，跟韩老板拼音差不多，便给那人多洗了一张。

姨面色僵硬，说：主任安排的事，你不该乱说。

大夫说：姨又不会往外说。以前见过把病人改成没病的，现在却要把没病改成有病。胰腺癌是不治之症，他想干什么？

老娘说：你们医院有合适的，给你妹子介绍一个。

姨说：就是，你也操点儿正经心。

龙经理说：我怎么能高攀上那么好的单位。心里暗想，还是老娘聪明，不声不响就把话题转了。

大夫说：龙经理能看上我们医院的人？

龙经理说：老娘愁我嫁不出去呢！

姨说：不用愁，婚姻是缘分，该成自然就成了。

龙经理说：我去下饺子。

她真怕再说下去，却看见姨在瞪着大夫。

五

回去的路上龙经理想，姨怕是要数落大夫。当大夫的到底单纯，公司的事她心里压了多少，跟老娘也不敢讲。有些事要烂在肚子里。哪怕她以后不在公司干了，那些事也讲不得。

不该问的，她也不问。

她想不明白老板为什么？老板的身体状况风言风语，不知道有多少人看笑话，难道是老板故意安排的？回想老板的一次次反常，哪里像是假的！有一次老板在办公室哭，她都看见了，还跟她说迷了眼。在办公室里怎么会迷眼。老板让他的女儿女婿从美国回来，分别在公司当了副总和财务总监。公司里的人说他在安排后事，假的又有什么必要？

老板的确是个不按常理出牌的人，这一次却太出格。

她没回宾馆，直接去了公司。她要跟老板销假。总部的人见了她都热脸相迎，她看见了老板的女儿、女婿，也看见了老板的儿子、侄子。他们从各地回来，各有各的理由，真实的理由谁也不说。跟老板打过招呼她就走了。

晚上她又悄悄返回公司。原本她就有老板办公室的钥匙，很少去，每次去事先都跟老板说。这一次她进了办公室，坐在沙发上发呆。她一点一点地观察，搜寻屋里的异常之处。她看见了那个纸袋，印着市第一医院的标记，起身从里面拿出CT片，对着灯光看，看不明白什么。她在角上看见了名字，汉语拼音，拼出来的真是韩和。这个细节老板没注意到，大夫也不见得傻，也许是故意留下一个印迹。

老板为什么要给别人错觉，得了绝症的老板对公司有什么意义？她不能理解。她不是经商的料，心智远远比不上老板。不过她从小有不服输的劲头，想搞清楚这一切。她忘了以前给自己定的纪律，不该问的不问，不该知道的不能知道。她担心自己的心智，能不能经得起考验。

正要离开，老板走进来。她还没来得及把CT片放回去，一时僵在那里。老板的目光射向她，问：你刚来？

她说：进来一会儿了。我不放心！

老板说：不放心什么？

她说：外面传疯了，都在议论你的身体。

老板说：我会上说过，身体好得很。

她说：那就好。

老板说：你放心，就是我身体有什么，也会把你安排好。

她用手捂住他的嘴，说：不许你说这种话。眼睛有些酸楚，急忙扭开脸。分别时她吻了他，本来想吻唇，临时改吻了他的额头。她抱住老板，拥抱了好长时间，老板能感觉出她的反常。

离开后她庆幸自己会掩饰，回到宾馆仍然在想：他到底为什么？到了三个月，他还活着，该怎么跟别人解释？对，他一直跟别人说他身体很好，疯传的自然成了谣言。只是，设计这个谜的人，总该有个理由。

她走后，老板也反复看那张CT片。她在看什么？总该有她要看的。他在片子上一点点地搜寻，终于发现了漏洞，当时想把市第一医院那个主任掐死。不过，冷静下来又宽慰自己：我发现不了的，别人未必看得出来。

群主任一直跟别人说他还有三个月，外行怎么能看出究竟，就算龙经理看出来也不会跟别人说，要操心的是将来会不会说。他有些遗憾地想，本来还想给她安排个好归宿。

后来的几天，他常去“后边”看她，有时在那里睡觉，有时在那里吃饭，他吃的饭是龙经理让灶上单做的，菜也是龙经理点的，他本来想找一个机会跟她解释，现在觉得不必了，龙经理的一举一动都是解释，他还解释什么。

他只是等待。

他整天都在忙，即使到了“后边”，也在看报看电视，看着新闻做生意是他的独门秘籍，现在又学会了上网，一到“后边”就让龙经理打开电脑。

龙经理站在他身后。

他说：房地产是什么？是政策。政策是什么？是人。他有他说话的方式，别人听不懂，龙经理做出弱智的样子，问：我们怎么看不出来？

他说：那是你没压力，你有上亿贷款背着就什么都看懂了。

龙经理心悦诚服。

这一个多月老板看的新闻，关联最多的是省里一位领导，他讲话、剪彩、视察的消息老板一篇都不放过。这位领导在本市当过市长，后来成了书记，再后来升到了省里。

老板突然产生了警惕，扔掉鼠标说：吃饭！

老板说：悠悠万事，唯此为大——吃饭。吃饭从来不只是吃饭，要紧的话都是在饭桌上说的，决策也是在饭桌上敲定的。他让龙经理给他倒一杯药酒。

三天前他刚刚烤了电，他从来不说放疗，说烤电。医生嘱咐他戒酒，龙经理犹豫该不该倒，他说：倒上，我有话跟你说。

龙经理倒了半杯。

他说：你倒半杯，我就跟你说半句。龙经理只好倒满。他一口干了，说：我就是死，也不能死委屈了，得死得痛快。伟人也罢，老百姓也罢，都有死等着，我怕什么！

龙经理事后回想，他每一句话都有意味。

他说：现在该说说你的事了。我想让你到威海分公司，先当副总，了解情况，两个月后我把老总调回来，任命你当老总。

龙经理说：我不去，我一步也不离开你。

他说：傻话。不安排好你，我也不安心。我把几个孩子都叫回来了，你是我最后要办的一件事。你在这里，他们也不见得能容下你。你去也得去，不去也得去。

龙经理想起老娘的话：一个人心能高，眼不能高。她不再坚持。

老板又说：你去还要帮我做一件事。有些账不能在公司放了，你带到威海去。先放在你宿舍，宿舍我已经让他们安排好了。你当了老总后，再找个地方存起来。

龙经理郑重地点头。

老板又说：这只是以防万一，也许我身体没那么坏。

龙经理让眼睛里布满泪水，只是不掉下来。

这不难做到。

六

老板给她派了一辆宾利，司机是老板的司机。

因为路远六点就出发了，没人送她，心里有些许凄凉。回想老板这些日子烤电的情形，大夫的话似乎不可信。她在车上怎么也想不通。

上午十点老娘给她打电话，她谎说正开会。公司一些员工听到她调走，也纷纷来电话祝贺，她寒暄几句就挂了。不愿意当着司机多说。司机是老板的心腹，她也是老板的心腹，心腹跟心腹不是一回事。

中午在一个服务区吃饭，只有炒面和几个简单的菜。司机吃得不多，她问：要不要休息一下？司机说不用，两个人又上了路。

下午两点多，车下了高速。

她问：怎么不走高速了？

司机说：老板让这么走。

老板的意思她不敢反对。路况差，宾利颠得让她心疼。想老板让他们早早下高速是什么意思。这次外放，总觉得有贬出核心的意思。女人的感觉特别准。她没跟别的男人同床同枕过，同学里有同居的，人家说起来就像一家人，她也睡男人，这个男人越睡越远。

昨天下午，她去县医院。从妇科出来走到群主任那里。快下班了，诊室里早没了病人，群主任看了她一眼，问：你看病？

她摇摇头，问：认识我吧？

群主任说：我在你们宾馆吃过饭。想问什么你直说，县里没不认识龙经理的。

她说：其实，我想问什么你知道。

群主任说：胰腺癌是世界级难题，又长在胰头那个位置，只是时间问题。

她问：没治好的？

群主任说：听说有个国家领导人得过，没治好。

她说：不能出现奇迹？

群主任说：奇迹不由我说了算，老天爷说了算！

她跟群主任道了谢，起身告辞。群主任说：我给你的建议是，多为自己想想！

从医院出来她就想，恐怕有人会告诉老板。她不怕。她这个身份，搁谁身上都要打听。老板让她到威海，是为她打算。她当然也要关心老板的病情。群主任说得肯定，让她怀疑大夫搞错了。姨这个孩子从小不着调，小时候说话没几句真的。

老板答应给她安排一个正职。外表冷，别人琢磨不透，不见得就没有感情，只不过不愿意让人利用感情。一股叫温暖的东西在她心里升起。她放松了精神，昏昏欲睡。

一个颠簸她醒来，发现车已经出了国道，行进在一条乡间公路上。她睡意还没过去，又合上眼，却突然警醒，问：这是哪儿？

司机说：离威海不远了。

怎么到了乡下？这是去哪儿？

司机说：前边有个村子，有人在那儿等咱们。

干什么？

司机说：老板说有东西给咱们。

她问：老板让带的东西，不是已经装到了车上？

司机说：我也不知道。他怎么说，咱们怎么办吧。

上车时，司机把一个大提包放进后备厢，那是账，老板让她到威海就为了这些。难道还有账在这里移交？

正想着，忽然看见前面有个塌陷的大坑，她惊叫了一声，司机急踩刹车，外面响起尖利的轮胎摩擦声，电影里才会听到。她瞪了司机一眼，见司机额上浮起一层汗。要不是系了安全带，他们都差点飞出去。

司机倒车。她想起老板问过的话：人有多少种死法？很想问问司机，老板有没有问过他同样的问题。看司机紧张的样子，也就罢了。

车头起了火，浓烟从车厢盖四周冒出来，她最初以为是蒸气，烟雾越来越大，傻子都能看出来不是蒸气，是着火了。她想，烧到油箱汽车必定爆炸，她和司机性命都将不保。她喊：快开车门！

司机拿起手机给老板打电话，说出了事故，车厢盖在冒烟。老板问怎么回事，司机把前面出现大坑的情况说了。她想，这时候还说这么多废话。她想打开车门，打不开。她喊：再不走，咱们就出不去了。

司机转弯，把车开向路边。

车后面飘来浓重的汽油味儿！上车时，司机把一个塑料桶放进后备厢里，她问那是什么，司机说是汽油，宾利车要加好油，怕高速上的油质量不好。她顿时悟出，汽油大概是为那些账准备的。那么，这个事故发生得有些意味。她喊司机：车门怎么打不开？司机把车开到路基下，虽然满面油汗，却并不着急。

她又喊：怎么回事！开车门！

司机不紧不慢地说：老板让咱们跟车在一起。

她说：下车灭火，才能把车保住。

司机犹豫。

她说：你敢不听我的？

司机说：老板说，让咱们别离开车。

她说：我是谁？我是老板的老婆。你想害死我不成？我死，你也好不了。你就是还活着，老板也饶不了你。

司机仍在犹豫。

在龙经理的逼迫下，司机试图打开车门，发现他也打不开了。车头已经看见了火苗，沿着机盖掠过来爬上了前窗。她想起电视里说过，打不开车门可以在车窗角上砸开玻璃。她打开前工具箱，看见有一把锤子，谢天谢地。洪荒之力。她砸开了车窗，司机看到她出来，也逃了出来。

后备厢里还有公司的账。她对司机说，把后备厢打开。司机犹豫。她说：老板让咱们保护账本。司机返回车里，摁了后备厢的开关。她把那个提包提下来时，司机还在车上，好像让什么东西挂住了。后备厢一打开，火苗迅速往后面跑。她提着提包往后跑，摔了一个跟头，爬起来又跑，身后一声巨大的爆炸声，灼浪把她推了一个跟头，她用身体压住提包，重重跌在地上。

好半天她才醒来，想站起来，又摔倒了。她躺在地上看着车，车在燃烧。她又爬起来，发现司机躺在车旁边，车的后备厢已经着了，熊熊大火蔓延了整个车身。她走到车边喊司机，司机不应，后脑壳在往外渗血。

这时，她听见手机响，回过身，看见了她掉在地上的手机。她把手机拿在手里，看出是老板的电话。想接。一瞬间又改变了主意，把手机轻轻放回地上。接着，她听见司机的手机也在响。人死了，手机还活着。她一步步往后面退。离车越远越好。

她问司机：人有多少种死法？

司机躺在那里，不能回答。今天的死法属于司机，不属于她。只要不离开那些账本，也许她就不会安全。但是，她不想放弃。

她吃力地提着包走到路边。裙子上都是土，脸上也是。不过，她仍然算是漂亮的，路边一挥手有一辆奥迪车停下来。她说：只要把我带到一个能打车的地方就行，我给钱。奥迪车开了车门。她坐了上去。

傍晚时分她到了威海。

她没有去分公司，而是找了一家宾馆。她身上有的是钱，包还在，包里卡还在。在宾馆房间里洗了一个澡，换上新买的套装，她还是一个美丽女子。她用房间座机给老娘打了电话，老娘告诉她：你们老板自杀了！

她问：什么时候？

老娘说：下午。

你怎么知道？

你姨说的，网上全都是了。

她问：为什么？

老娘说：网上说，胰腺癌是不治之症，他压力太大。他是个明白人，多活也是受罪，还不如自己了断。换了一个死法，就是一条汉子。

她断了电话。

她知道，没有胰腺癌，所谓胰腺癌是另外一个六十多岁的男人，从大夫把那人的CT片放进老板的诊断袋里，今天就在设计之中了。

司机知道这些吗？

龙经理打开电脑，看到老板自杀的消息已经退出要闻，被刷屏的是另一条新闻：省里那位领导被纪委带走，接受组织审查。龙经理去过领导家三次，她跟领导说话时，司机往家里搬东西，都是箱子什么的。箱子里是什么她没问，司机也没说。

她离开电脑，回过身看了看地上的包。这个她拚了性命从车上抢下来的包，现在成了最宝贵的，她该怎么处理？

【原载《长江文艺》2018年第12期】